KB093308

문학으로의 모험

Literary Wonderlands

문학으로의 모험

역사상 가장 위대한 가상 세계들로의 여행

로라 밀러 책임 편집
박중서 옮김

H
현대문학

차례

◀◀ "세상에, 이게 다 뭐지?"(『폭풍우』 제3막 3장).
『삽화판 장서본 셰익스피어』(1890) 중에서. 64쪽 참고.

과학과 낭만주의

환상소설의 황금기

새로운 세계 질서

컴퓨터 시대

서론

소설이 우리에게 거는 모든 강력한 주문들(몰입되는 줄거리, 그럴듯한 등장인물, 생생한 언어 등등) 중에서도 가장 덜 주목받는 요소 가운데 하나는 우리로 하여금 또 다른 시간과 장소로 옮겨 간 기분을 느끼게 만드는 소설 특유의 능력이다. 열렬한 독자라면 누구나 책을 다 읽고 내려놓은 뒤에도 자기가 실제로 가본 적은 없었던, 그리고 아예 존재하지도 않았던 어떤 세계의 모습과 냄새와 소리를 쉽게 떨쳐버리지 못했던 경험이 있을 것이다. 우리는 빅토리아 시대 런던에 발을 들여놓은 적도 없고, 미들어스를 가로지르는 도보 여행을 해본 적도 없지만, 수백만에 달하는 독자들의 눈앞에서 아서 코넌 도일과 J. R. R. 톨킨은 이런 장소들을 우리가 직접 방문했던 다른 도시들보다 오히려 더 사실적으로 보이게 만들어놓았다.

이 책에서 서술되는 작품들은 모두 오로지 상상 속에서만 존재하는 땅들을 상상해놓았다. 이런 장소들 가운데 일부는, 예를 들어 데이비드 포스터 월리스의 『무한한 익살』(1996. 268쪽 참고)에 나오는 미국이나, 무라카미 하루키의 『1Q84』(2009-2010. 298쪽 참고)에 나오는 일본처럼 우리가 사는 세계와 매우 흡사하다. 또 일부는, 마이클 셰이본의 『유대인 경찰 연합』(2007. 294쪽 참고)에 나오는 알래스카나, 마거릿 애트우드의 『시녀 이야기』(1985. 248쪽 참고)에 나오는 뉴잉글랜드처럼 역사의 경로에서 약간의 변화만 가능했더라도 우리의 세계가 얼마나 크게 달라질 수 있었는지, 또는 달라질 수 있는지를 보여준다. 이 책들 가운데 일부는 앤 레키의 『사소한 정의』(2013. 304쪽 참고)처럼 먼 미래의 삶에 관해 상상하는 반면, 또 일부는 로버트 E. 하워드의 원작 '야만인 코난' 시리즈(1932-1936. 154쪽 참고)처럼 지금은 사라졌지만 한때는 스릴 넘치는 과거가 있었다고 가정한다. 스타니스와프 렘의 『솔라리스』(1961. 194쪽 참고)는 거의 상상이 불가능할 정도로 우리와 다른 지적 생명체의 한 형태에 관해 생각해보라며 독자에게 도전을 제기한다. 조너선 스위프트와 응구기 와 티옹오는 말하는 말馬과 아기를 밴 시체 같은 기괴한 이야기를 꾸며냄으로써, 우리 자신의 행동에 관한 신랄하면서도 친숙한 반영을 들이댄다. 그런가 하면 이탈로 칼비노부터 닐 게이먼에 이르는 한계를 모르는 환상소설가들도 있는데, 이들이 내놓은 가장 큰 선물은 상상이 어디든지 원하는 곳으로 갈 수 있다는 선견지명을 우리에게 제공한 것이었다.

이 모든 책들은 인류의 가장 오래된 이야기들, 즉 신화와 우화와 민담에 뿌리를 두고 있다. 이런 이야기들은 세상이 어떻게 존재하게 되었는지, 또 어째서 지금과 같은 모습인지 등을 설명하기 위해 사람들이 꾸며낸 것들이었다. 문학비평은 새로운 것과 혁신적인 것을 선호하는 경향이 있는 반면, 환상 문학은 전통, 즉 세상이 변해도 여전히 영속하는 것과의 연계를 모색한다. 이 책의 제1부 '고대의 신화와 전설'에 나오는 텍스트들은 그 자체로 이미 희미해져 가는 이야기 문화를 보전하기 위한 시도인 경우가 종종 있다. 『베오울프』(700?-1100?. 28쪽 참고)와 『산문 에다』(1220?. 36쪽 참고)는 각자의 이교도적 과거의 일부를 보전하고자 노력했던 기독교 작가들의 작품이다. 이 책들이 끝내 살아남은 가장 큰 이유는 여러 세기의 간극을 뛰어넘어 새로운 시대와 세계의 거주자들에게 이야기를 건네는 특유의 능력 때문이었다. 오비디우스의 신들이 벌이는 부도덕한 사랑, 맬러리의 아서 왕 시대 기사들의 모험을 무릅쓰는 용기, 오승은의 현장이 견지한 확고부동한 신앙, 이 모든 것들이 우리 자신의 최악 및 최고를 연상시키는 것이다. 하지만 이런 이야기들은 이처럼 인식 가능한 많은 것들뿐만 아니라 풍부한 것과 기이한 것, 기적적인 것과 놀라운 것과 경외감을 심어주는 것을 가지고도 우리를 매료시킨다. 인간이 서로에게 해주었던 최초의 이야기들, 즉 기록되지 않은 우리의 과거로부터 살아남은 이야기들은 일상에 관한 내용이 아니라 오히려 비일상적인 내용이었다. 즉 말하는 동물, 사악한 마법사, 무시무시한 괴물, 금과 보석으로 지어진 도시에 관한 내용이었다.

환상 문학은 항상 현실 세계와의 복잡한 대화를 수행해왔다. 우리 가운데 상당수는 이 세계에서 벗어나기 위해 환상 문학을 읽지만, 그런 소설은 오히려 우리 자신의 삶을 새로운 눈으로 바라보게 만드는 것을 목표한 경우가 대부분이다. 『선녀여왕』(1590-1609. 54쪽 참고) 같은 우의寓意나 『신곡』(1308?-1321?. 40쪽 참고) 같은 서사시는 독자에게 도덕적 가르침을 제공하지만, 그럼에도 불구하고 일부 독자들은 오로지 그 교훈을 에워싼 화려한 장관에만 시선을 두는 편을 더 선호한다. 미겔 데 세르반테스는 『돈키호테』(1605/1615. 62쪽 참고)에서 짓궂게도 기사도 로망스의 구조를 사용해서 경이로운 것을 전문으로 하는 문학 장르인 '로망스' 자체의 관습을 조롱했다. 하지만 토머스 모어의 『유토피아』(1516. 52쪽 참고)에 이르러 가장 과도하게 교훈적인 종류의 문학적 경이 세계literary wonderland가 나타났다. 이 책이 간행된 이후 500년 동안 수많은 유토피아 이야기는 저마다 발명한 세계와 국가를 이용해 현재의 상황에 비판을 가하며, 세계를 바꾸라고 독자에게 권고했다. 환상 문학의 유토피아 장르는 신화에서 유래한 것이 아니라, 오히려 위대한 탐험의 시대에서 유래했다. 그 시대에 유럽인은 지구에서도 이전까지 알려지지 않았고 지도에도 나오지 않았던 지역을 발견하게(또한 안타깝게도 착취하게) 되었던 것이다. 14세기부터는 아시아 여행에 관한 마르코 폴로의 기록(1300?) 같은 여행기가 대단한 인기를 얻었으며, 다른 문화와의 만남을 통해 떠돌이 서양인은 고국의 동포들보다 외국인이 더 낫거나 못한 점이 무엇인지를 자연히 숙고하게 되었다.

유토피아 소설은 또한 스스로에 대한 계몽주의적 사고에서 유래했다. 만약 이성과 과학이 자연계를 이해하고 숙달하는 데에 우월한 도구임을 스스로 입증했다면, 이를 사회공학에도 적용하지 않을 이유가 없지 않겠는가? 작가들은 20세기까지도 계속해서 유토피아 이야기를 만들어냈다. 특히 여성은 양성 평등 또는 여성 지배에 근거한 문화가 어떤 모양일지 그려보고 싶어 했고, 또한 마르크스주의 역시 어떤 면에서는 유토피아적 꿈이었다. 하지만 19세기에 이르러 새뮤얼 버틀러 같은 작가들은 유토피아적 이상주의를 패러디하는 쪽으로 돌아섰다. 유토피아는 대부분 지루한 독서를 보장한 반면, 디스토피아 소설은 십 대 독자를 겨냥한 2008년의 블록버스터 『헝거 게임』(296쪽 참고)에 이르기까지 독자를 매료시키는 특유의 능력을 거듭해서 예증했다. 디스토피아 가운데 일부는, 예를 들어 예브게니 자먀친의 『우리들』(1924. 138쪽 참고)과 올더스 헉슬리의 『멋진 신세계』(1932. 148쪽 참고)처럼 본질적으로 사회적·정치적 비판을 의도한 작품이다. 즉 현대 세계의 지배 이념과 강박에 대한 공격인 것이다. 더 많은 작품들은 단순히 자기가 태어난 사회와 갈등을 빚는 개인이 겪는 유서 깊은 딜레마를 묘사하는 데 그쳤다.

산업화와 대중매체의 대두도 이런 불만족을 야기하는 경우가 종종 있었으며, 디스토피아 소설을 쓰는 행위가 이런 힘들에 반응하는 유일한 방법은 아니었다. 20세기의 처음 60년 전후를 가리키는 이른바 환상소설의 '황금기'는, 대부분 인간이 자연계와 친밀한 관계를 맺었던 뿌리 깊은 삶의 방식의 전면적인 파괴에 대한 반응이었다. 또 다른 불안의 원천은 오랜 세월 지속된 민속 전통의 상실에 대한 인식이었다(그림 형제가 동화를 수집하기 시작한 것은 1800년대 초였는데, 이때의 목표는 아동서 편찬이 아니라 오히려 민족학적 대화라는 행위 그 자체였다). 이 시기에 나온 위대한, 그리고 결과적으로 장르를 규정한 환상소설들은 『반지의 제왕』(1954-1955. 188쪽 참고)부터 나니아 연대기(1950-1956. 178쪽 참고)에 이르기까지 근본적으로 과거를 동경하고, 기계와 시장경제가 우리 삶을 규정하기 이전에 존재했다가 이제는 사라진 이상화된 세계를 예찬하고 있었다. 이 시기는 또한 아동소설에도 풍요한 시기였으며, J. M. 배리부터 토베 얀손에 이르기까지 이 시기의 대가들 가운데 다수는 더 단순한 아르카디아적 목가에 대한 열망을 통합시키거나, 상실된 어린 시절의 순수에 대한 울적한 탄식을 깃들게 했다. 그 와중에 프란츠 카프카와 호르헤 루이스 보르헤스 같은 문학적 모더니스트들은 초현실적이고 기괴하고 부조리한 요소를 이상적인 도구로 사용해서, 탈종교적 문화에 내재한 형이상학적 역설을 묘사했다.

20세기 후반기는 그야말로 질문의 시기였으며, 따라서 들끓는 질문에 가장 잘 어울리는 문학의 형태는 바로 환상 문학이 아닐 수 없었다. 어슐러 K. 르 귄, 커트 보니것, 블라디미르 나보코프, 새뮤얼 R. 딜레이니, 옥타비아 E. 버틀러 등이 고안한 경이 세계는 저마다 유럽 문화의 지고성, 현대 전쟁, 소설, 성性, 인종 같은 오랫동안 유지된 가정들에 대해 의문을 제기했다. 앤절라 카터는 가장 정통적인 문학 형태인 동화를 선택했지만, 정작 이를 뒤집어서 그 내부에 감춰진, 차마 이야기되지 않은 여성의 욕망과 힘을 드러냈다. 과학소설은 단순히 기술적으로 향상된 모험을 위한 수단 이상의 뭔가가 되었고, 신속하게 발전하는 탈산업 시대에 도전을 제기하기 시작했으며, 우리가 어디로 가고 있는지를 경고하게 되었다. 윌리엄 깁슨과 닐 스티븐슨과 같은 소수의 예지력 있는 작가들은 다른 무엇보다도 21세기에 서로 연결된 컴퓨터가 핵심적인 역할을 담당하게 될 것을 예견하여 성공을 거두었다. 가장 놀라운 대목은 깁슨이 '사이버스페이스'라는 용어를 고안함으로써, 주위에서 영구히 웅웅거리는 방대하고도 비물질적인 통신망을 이해하기 위한 우리의 가장 뛰어난 정신모델이 바로 공간적인 모델임을 인식했다는 사실이었다. 우리 모두는 인터넷이 곧 공간이라고 결정했다. 하지만 그 대부분은 말로 이루어져 있다. 어쩌면 이것이야말로 궁극적으로 문학적 경이 세계일지도 모른다.

하지만 우리는 여전히 책에 대해 싫증을 느끼지는 않으며, 심지어 비트와 픽셀로 구성된 매체를 통해서 책을 접하게 되는 상황에서도 마찬가지이다. 오늘날에도 만들어지고, 또한 내일도 만들어질 예정인 수많은 경이 세계들은 또한 그래픽 노블리스트와 영화 제작자와 비디오게임 디자이너의 작품이기도 하며, 거꾸로 이들은 화려한 영광도 마다한 채 산문 텍스트를 고수하는 수많은 작가들에게 영향력을 발휘할 것이다. 살만 루슈디, 무라카미 하루키, 응네디 오코라포르 같은 소설가들은 과학소설과 환상소설이라는 도구를 이용해서 모국에 관해 새로운 이야기를 한다. 한 세대의 어린이가 J. K. 롤링이 보여준 상상의 자유에, 또한 수잔 콜린스의 통렬한 사회 비판에 흠뻑 젖으며 자라났다. 그 세대야말로 우리 모두를 미지의 장소로 떠나게 해줄, 그리하여 우리의 가장 황당무계한 꿈조차도 거뜬히 능가하는 먼 지평선과 신선한 발견을 찾게 해줄 가상의 배를 만들기에 최상의 채비를 갖춘 셈이다.

로라 밀러
뉴욕 시에서

브리턴 리비에르, 〈우나와 사자〉(1880).
『선녀 여왕』에서 소재를 가져왔다. 54쪽 참고.

고대–1700

1 고대의 신화와 전설

왕과 편력 기사와 서사시적 모험에 관한 이 전설들은 현대 장르소설의 역사적이고 시적인 선구라고 할 수 있다.

작자 미상

길가메시 서사시

THE EPIC OF GILGAMESH(기원전 1750?)

기원전 1750년경에 처음 나타났고, 기원전 700년경에 고정된 형태로 발견된 이 바빌로니아의 시는 세상에서 가장 오래되고 위대한 문학작품 가운데 하나로서, 길가메시 왕의 위업과 아울러 불멸에 대한 추구와 좌절을 자세히 설명하고 있다.

『길가메시 서사시』는 150년 전까지만 해도 역사에서 사라진 작품이었다. 그 텍스트는 여전히 불완전하며 현재도 재구성 중이다.

새로운 단편이 계속 나타나고 있어서, 이 시가 언젠가는 다시 완전해질 것이라는 기대를 높여주고 있다(위의 사진 속 점토판은 2011년 이라크 소재 술라이마니야 박물관이 입수한 것이다).

길가메시에 관한 별개의 수메르 시도 다섯 편이나 있는데, 이 모두는 바빌로니아의 시보다 더 오래된 것일 수도 있다.

전설의 주인공 길가메시는 바빌로니아인들에게 가장 위대한 영웅이며 가장 위대한 왕이었다. 그의 이야기를 담은 이 시는 영원한 세계에서 필멸자로서의 삶이 무엇인지, 인간의 본성은 동물 및 신과 어떻게 다른지, 정치권력과 군사력의 윤리는 무엇인지와 같은 여러 실존적인 질문들을 건드린다. 이런 문제 제기와, 다른 보편적인 테마들 때문에 이 시는 꾸준히 걸작으로 간주되는 것이다. 이 시는 길가메시가 왕으로 있던 고대 바빌로니아의 도시 우루크에서 시작되는데, 그 서사는 현실 세계 가장자리에 자리한 상상의 풍경을 보여준다.

길가메시는 야생 인간 엔키두와 친구가 되고, 두 사람은 명성과 영광을 찾아 모험을 떠난다. 이들은 여러 날이 걸려 신들의 영역인 삼나무 숲에 도착하는데, 그곳의 파수꾼인 힘센 괴물 훔바바를 죽이고 목재를 약탈한다. 그런데 바빌로니아에는 숲이 없기 때문에, 이 풍경은 전적으로 상상의 산물이다. 울창하고 무시무시한 이 밀림은 영웅들의 힘과 의지를 꺾는 위압감을 발산한다. 2012년에야 재구성된 이 서사시의 일부분에는 이 숲의 임관을 가득 채운 귀가 먹먹해지는 소음에 대한 생생한 묘사가 담겨 있다. 즉 새가 지저귀는 소리, 곤충이 윙윙거리는 소리, 원숭이가 울부짖는 소리가 불협화음의 교향곡을 만들어내서 그 숲의 파수꾼을 즐겁게 만든다는 것이다.

훔바바는 유별난 궁전을 보유한 왕이다. 그는 오래된 나무가 지닌 영원한 생명력의 의인화이지만, 또한 코끼리 같은 용모를 지니고 있다. 그의 코울음소리는 멀리까지 들리고, 그의 걸음은 관목에 커다란 발자국을 남기며, 그의 얼굴은 주름이 가득해서 흉측한 데다 심지어 엄니까지 달렸다. 훔바바와 삼나무에 관한 이야기에서는 자연의 위력에 대응하는 친숙한 인간의 반응이 나타나는데, 그것은 바로 공포와 놀람, 그리고 탐욕과 후회이다. 그 숲은 동시대의 도덕적 딜레마를 제시하는 '암흑의 핵심'이다. 침입자가 문명의 이름으로 지배자를 죽이고 그의 자원을 약탈해도 되는 것일까? 이 일화는 숲의 파괴에 대한 영웅들의 양가감정을 표현한다. "친구여." 엔키두는 길가메시에게 말한다. "우리는 숲을 폐허로 만들었다네. 고향에 계신 우리 신들께 뭐라고 대답해야 하겠는가?" 신들은 훔바바 살해를 죄로 간주했고, 결국에는 이것이야말로 엔키두가 죽어야만 하는 이유 가운데 하나가 되었다.

▶ 이라크 북부 코르사바드 소재 사르곤 2세의 궁전 유적에 있는 설화석고상(기원전 8세기). 우루크의 왕 길가메시를 묘사한 것으로 추정된다.

엔키두의 죽음에 길가메시는 차마 견딜 수 없는 슬픔에 빠지지만, 또한 스스로에 대한 끔찍한 두려움을 느낀다. 그 역시 친구와 마찬가지로 반드시 죽어야 하는 걸까? 그는 대홍수 이후 신들이 인류에게 내린 필멸자의 운명을 벗어난 것으로 알려진 유일한 인물을 찾아내기 위해서 땅의 끝으로 여행을 떠난다. 이 장면은 진정으로 기괴하기 짝이 없다. 산꼭대기의 동굴 입구에는 일부만 인간이고 일부는 전갈인 괴물이 지키고 있다. 마법 정원의 나무와 그 열매는 귀금속으로 이루어져 있다. 숲에 정박한 연락선에서는 돌 거인이 배를 저어 '죽음의 바다'를 건너간다.

시인은 상상의 풍경을 이용해 자기 영웅이 현실을 직시하게 만든다. 그 현실이란 집에서 떠나는 순간부터 이미 확실한 것이었으며, 말하기는 쉬워도 행하기는 어려운 것이었다. 이 시의 결말에서 독자는 이미 친숙해진 도시 우루크로 돌아간다. 그곳의 성벽 안에서 관찰자는 인간의 다양한 활동을 볼 수 있고, 비록 개인은 소멸해도 종족은 영원하다는 사실을 알게 된다. 이 간단한 진리를 이해하기 위해서 길가메시는 우선 이국적이고 상상적인 장소에 가서 지혜를 얻어야 했던 것이다.

호메로스 HOMER

오디세이아

THE ODYSSEY(기원전 725?-675?)

이제껏 나온 이야기 가운데 가장 칭송받고 영향력 있는 작품 가운데 하나인 이 서사시는 오디세우스의 기나긴 귀향 항해를 묘사한다. 인간의 평생 여정을 멋지게 상기시키는 그의 모험에는 환상적인 생물과 신화적인 적들이 가득하다.

『오디세이아』의 단편을 담은 이 고대 그리스의 파피루스는 기원전 3세기의 것이다.

『오디세이아』는 호메로스의 또 다른 작품인 『일리아스』 다음으로 서양 문학에서 가장 오래된 현존 작품이다.

이 시는 전 24권이며 모두 합쳐 1만 2000행이 넘는다. 『오디세이아』의 속편인 『텔레고네이아』를 스파르타의 키나이톤이 썼다지만, 그 필사본은 이제껏 발견되지 않았다.

유럽 문학에서 현재까지 가장 오래된 작품은 그리스의 서사시 『일리아스』와 『오디세이아』이다. 고대로부터 '호메로스'라고 알려진 그 저자에 관해서는 확실하게 알려진 바가 전혀 없다. 소아시아 해안에서 몇 킬로미터 떨어진 섬 키오스를 비롯한 여러 지역이 그의 출생지라는 명예를 저마다 주장했지만, 어쩌면 그는 오늘날의 터키에 해당하는 육지 출신일 수도 있다. 이 시는 기원전 6세기에 아테네에서 처음으로 기록되었지만, 대략 그로부터 두 세기 전에 구전으로 형성된 것으로 추정되며, 그 내용에 묘사되는 사건들인 그리스의 트로이 원정이나 거기 참여한 영웅 오디세우스의 귀향 등은 그보다 더 오래전, 즉 크레타와 미케네라는 위대한 문명의 몰락 이전의 일로 추정된다.

이 시의 핵심 소재는 트로이의 함락 이후 그리스 영웅 오디세우스가 고향으로 돌아오기까지의 여정이다. 그는 워낙 오랫동안 고향을 떠나 있었기에(전쟁 그 자체만 해도 10년이나 걸렸고, 항해는 10년이나 더 걸렸다) 급기야 사망한 것으로 추정되지만, 그의 아내 페넬로페는 여전히 정절을 지키며 수많은 구혼자를 물리친다.

오디세우스는 님프 칼립소의 섬에서의 오랜 억류 생활 이외에도 열한 가지 모험을 서술하는데, 그중 세 번째는 키클롭스 폴리페모스와의 만남이다. 눈이 하나인 이 거인 목자는 매일 저녁 커다란 바위로 입구를 막아 영웅과 그 부하들을 자기 양 떼와 함께 동굴에 가두어둔다. 그리고 매일 밤마다 인간 한둘씩을 먹어치운다. 오디세우스와 그 부하들은 이 거인을 죽일 수 없었는데, 왜냐하면 이 거인이 없으면 바위를 굴려 치울 수가 없기 때문이었다. 그리하여 오디세우스는 올리브 나뭇가지를 뾰족하게 깎은 다음, 독한 와인을 먹고 잠든 거인 폴리페모스의 눈을 나뭇가지로 찌른다. 아침이 되자 눈먼 거인은 바위를 굴려 치우고 양 떼를 밖으로 내보냈는데, 오디세우스와 그 부하들은 양 떼의 배에 달라붙음으로써 폴리페모스의 더듬는 손길을 피해 밖으로 도망친다.

호메로스보다 더 앞선 것이 분명한 또 다른 버전에서는, 거인이 희생자를 끼워 굽던 쇠꼬챙이로 오디세우스가 상대의 눈을 멀게 만든다. 이 다른 버전은 이야기가 좀 더 자연스러워 보이기에, 호메로스의 작품에 그 흔적이 보인다는 것은 결국 그가 이 이야기를 만든 것이 아니라 단지 반복한다는 사실을, 아울러 이 과정에서 여러

▲ 야코프 요르단스,
〈폴리페모스의 동굴 안에 갇힌 오디세우스〉(1635).

버전에서 가져온 세부 사항을 융합했을 가능성이 있음을 시사한다.

호메로스는 전승된 신화에 의존할 뿐만 아니라, 초창기 그리스의 여행가들이 가져온 낯선 땅에 관한 보고도 이용한다. 호메로스의 시대에 그리스인은 터키에서 이집트에 이르는 근동 해안선에 이미 친숙했고, 동쪽으로는 흑해를 탐험했으며, 서쪽으로는 지중해 너머 이탈리아와 심지어 에스파냐까지도 진출해 있었다. 비록 위치가 내용에 걸맞게 과장되거나 변경되기는 했어도, 오디세우스의 기나긴 서사에는 이 모두의 흔적이 있으며, 학자들은 여러 세기 동안 그 정확한 위치를 확정하기 위해 노력해왔다.

한 가지 명확한 사례는 '로토스 먹는 사람들'에 관한 오디세우스의 설명이다. 로토스 열매를 먹는 사람은 아무런 해가 없지만, 대신 만사에 관심이 없어져서 더 이상은 집에 가고 싶어 하지도 않는다. 이 대목에는 낯선 지방에서 뭔가를 먹고 마시는 것을 경고하는 전형적인 동화의 흔적이 있지만, 또 한편으로 당시에 인도와 이집트 사람들은 두 가지 종류의 유사한 과일을 먹었으므로, 그중 이집트의 사례를 호메로스도 들어보았을 가능성이 있다.

오디세우스에게 항해 방향을 가르쳐줄 때, 키르케는 '맞부딪치는 바위'에 대해 경고하며, 이제껏 그곳을 지나간 배는 이아손이 지휘한 아르고 호 하나뿐이었다고 말한다. 그렇다면 호메로스는 황금 양털을 찾으러 떠난 아르고 호 선원들의 항해를 알았다는 뜻이 된다. 이 여행은 당시에는 미지의 영역이었던 흑해로의 여행이라고 종종 설명되는데, 그곳의 주민들이 사금 채취에 양가죽을 이용했기 때문이다.

◀ 존 윌리엄 워터하우스, 〈오디세우스에게 잔을 권하는 키르케〉(1891).

그리스 신화의 신들은 『일리아스』와 『오디세이아』에 나타난 호메로스의 상상 세계에서 두드러지고 적극적인 역할을 담당한다. 바다의 신 포세이돈은 자기 아들 폴리페모스의 눈을 멀게 했다는 이유로, 태양의 신 헬리오스는 그 부하들이 자신의 신성한 수소를 잡아먹었다는 이유로, 각각 오디세우스를 괴롭힌다. 하지만 오디세우스는 아테나의 보호를 받는다. 이 여신은 그를 위해 지고신 제우스에게 탄원하며, 신들의 전령 헤르메스를 보내 오디세우스와 그의 아들 텔레마코스에게 인도와 조언을 건넨다. 인간과 님프와 신이 공통의 기반 위에서 상호작용하는 것이다. 비록 평등의 기반까지는 아니지만, 더 나중의 신화에 비하자면 오히려 평등의 기반에 가깝다고 할 수 있다. 신들은 영웅의 삶에서 지속적인 현존으로 나타난다.

호메로스 시에 관한 연구는 중세 이후의 유럽에서부터 오늘날에 이르기까지 고전 교육의 기반을 형성했다. 그 시적 위력은 거의 3000년 동안이나 비교 대상이 없었으며, 서양 미술과 문학에 지속적이고도 차마 측정 불가능한 영향력을 발휘해 왔다. 그 이야기는 여러 칭송받는 문학작품에 스며들어 있다. 예를 들어 단테는 『신곡』(1308?-1321?. 40쪽 참고)에서 이 이야기를 다시 언급한다. 하지만 이와 관련된 20세기의 가장 위대한 작품은 제임스 조이스의 모더니즘 걸작 『율리시스』일 것이다. 심지어 조이스의 소설은 『오디세이아』의 모험에서 따온 부제를 각 장에 붙였을 정도였다.

오비디우스OVID

변신 이야기

METAMORPHOSES(8?)

오비디우스의 전 15권짜리 시는 변화와 변모라는 주제하에 그리스 및 로마 신화의 다채로운 서사를 엮어서 만들어낸 일종의 만화경이다. 여기에 나타난 인간과 신 모두의 운명은 삶 그 자체의 끝없는 변형 가능성을 반영한다.

『변신 이야기』는 전 15권에 걸쳐 250종 이상의 신화를 소개한다.

서기 8년에 오비디우스는 로마에서 추방되어 오늘날의 루마니아로 유배되었는데, 그 이유가 무엇인지는 여전히 불분명하다.

『변신 이야기』의 최초 영역본은 전설적인 인쇄업자 윌리엄 캑스턴이 1480년에 인쇄한 판본이다.

▶ 미켈란젤로 다 카라바조, 〈나르키소스〉(1599).

▶▶ 티치아노, 〈페르세우스와 안드로메다〉(1554?-1556?).

푸블리우스 오비디우스 나소(기원전 43-기원후 17/18)의 『변신 이야기』는 거의 1만 2000행에 달하는 라틴어 장시이다. 이 작품은 기독교 시대 초기에 저술되어 8년경에 완성되었다. 각 권에 나오는 이야기들은 모두 합쳐 100개 이상이며, 뚜렷한 연대 순서에 따르지 않고 임의로 연계되어 있는 것으로, 그리스 및 로마 신화의 세계에 관해 우리가 보유한 현존 최고의 안내서이다.

하지만 이것은 편향적인 선집이기도 한데, 왜냐하면 오비디우스는 변신이나 변형으로 마무리되는 이야기를 자기가 의도적으로 선택했다고 밝혔기 때문이다. 이런 이야기 가운데 상당수는 여전히 친숙하며, 심지어 여기서 비롯된 단어가 현대 언어에 남아 있다. 제3권에 나오는 에코와 나르키소스의 이야기에서, 님프 에코는 여신 헤라에게 처벌을 받는다. 님프들과 노닥거리던 남편 제우스를 뒤쫓는 이 여신의 앞길을 방해하려고 수다를 떨었기 때문이다. 여신은 이제부터 에코가 남에게 들은 말의 마지막 몇 마디만 반복하게 될 거라고 선언한다. 에코는 나르키소스라는 잘생긴 소년을 좋아했지만 거절당하고, 결국 님프는 제 목소리만 남겨놓고 죽어버린다. 그 목소리가 바로 오늘날 우리가 아는 메아리echo이다. 곧이어 나르키소스도 오로지 자기 자신만을 사랑하게끔 저주를 받게 되는데, 그리하여 연못에 비친 자기 모습을 바라보다가 죽어버리자, 그의 몸은 꽃으로 변한다. 그 꽃이 바로 오늘날 우리가 아는 수선화Narcissus이다.

이 두 가지 이야기는 『변신 이야기』의 세계에 관해서 몇 가지를 설명해준다. 즉 그곳은 지중해 세계였지만, 우리가 아는 것보다는 훨씬 더 싱싱한, 더 푸르른, 그리고 훨씬 더 인구가 적은 세계였던 것으로 보인다. 사건들은 숲에서, 또는 개울과 연못 옆에서 일어나며, 그곳에서는 신과 인간이 사슴과 멧돼지를 사냥했다. 그 세계에서는 인간과 신이 님프와 파우누스와 염소 다리 사티로스 등과 함께 자유롭게 뒤섞였다. 나아가 여기 나오는 이야기 대부분은 사랑 이야기이며, 따라서 『변신 이야기』에서 가장 강력한 신은 신과 인간의 아버지 제우스가 아니라, 오히려 에로스인 것처럼 보인다. 에로스는 의인화에서 비롯된 신으로, 다른 모두를 지배하면서 계속해서 좌절이나 재난이나 불명예에 뒤얽히게 만든다.

오비디우스의 영웅 가운데 상당수는 오늘날에도 영화와 문학 각색의 대상이

▶ 〈에우로페의 납치〉(1632)는 렘브란트 판 레인에게는 흔치 않은 신화 소재의 작품이다. 황소 모습의 제우스가 아름다운 에우로페를 데려가는 광경이다.

며, 여전히 친숙한 이름으로 남아 있다. 이들이 무찌른 괴물들 역시 마찬가지이다. 페르세우스는 뱀 머리카락의 고르곤 메두사와 싸워야 하는데, 이 괴물은 사람을 돌로 만들어버릴 수 있다. 곧이어 그는 고질라 비슷한 바다 괴물 케토스로부터 처녀 안드로메다를 구출하는 위업을 세운다. 테세우스는 황소 머리의 미노타우로스를 무찌르며, 나중에는 한 결혼식 잔치에서 반인반마 켄타우로스족과 라피타이족 간에 벌어진 참혹한 전투에도 개입한다. 헤라클레스는 지옥의 문을 지키는 머리 세 개 달린 개 케르베로스를 쇠사슬로 묶어 끌고 온 것을 비롯해 수많은 위업을 세웠다.

오비디우스의 이야기는 불경했기 때문에, 동시대의 경건한 로마인 가운데에는 분노와 불안을 느낀 사람이 많았다(더 나중의 경건한 기독교인 역시 마찬가지였다). 그는 결국 아우구스투스의 명령으로 흑해 인근에 유배되었다. 하지만 『변신 이야기』에 대한 또 다른 응답은 이 선집 전체를 도덕을 가르치는 우의寓意로 간주하는 것이었다. 그리하여 중세 프랑스에서는 『도덕적으로 해석한 오비디우스Ovide Moralisé』가 나왔으며, 결국 중세를 거쳐 르네상스 시대에까지도 『변신 이야기』는 바로 이런 형태로 가장 널리 알려지게 되었다.

이 작품의 전체적인 영향력은 차마 계산이 불가능할 정도이다. 다양한 형태로, 종종 검열되거나 우의로 해석되어서, 그의 이야기는 여러 세기 동안 학교 교과과정의 일부가 되었다. 초서의 시 『명성의 집』은 오비디우스의 '파마의 집'(모든 소문의 원천)에서 나왔고, 『캔터베리 이야기』에 포함된 「식품 조달인의 이야기」는 아폴론과 까마귀의 이야기에서 나왔다. 셰익스피어의 시 『아프로디테와 아도니스』도 『변신 이야기』에 나온 몇 가지 이야기를 토대로 했다. 『한여름 밤의 꿈』에서는 우스꽝스러운 직공들이 테세우스와 그의 신부인 아마존의 여왕 히폴리테 앞에서 피라모스와 티스베에 관한 연극을 공연하려 한다.

오비디우스의 극적이고 도발적인 장면들 역시 카라바조, 티에폴로, 벨라스케스 같은 화가에게는 좋은 소재를 제공해주었다. 16세기에 티치아노는 〈아르테미스와 악타이온〉과 〈아르테미스와 칼리스토〉를 그렸고, 17세기에 렘브란트는 〈가니메데스의 납치〉와 〈에우로페의 납치〉를 그렸다. 영국에서는 19세기와 20세기 초에 존 워터하우스가 〈키르케〉와 〈티스베〉를 더 점잖게 그렸다.

훗날 오비디우스에 근거한 이야기들로 말하자면 너무 많아 차마 열거할 수가 없을 지경이며, 2차 및 3차 언급까지 포함하자면 더더욱 그렇다. 예를 들어 C. S. 루이스의 『사자, 마녀, 그리고 옷장』(1950. 178쪽 참고)에서는 파우누스, 드리아데스, 켄타우로스, 주신酒神 디오니소스, 여신 포모나가 언급된다. 조지 버나드 쇼의 희곡 『피그말리온』(1912)은 조상彫像과 사랑에 빠지는 왕에 관한 오비디우스의 이야기에서 영감을 얻었고, 1964년에 뮤지컬 〈마이 페어 레이디〉로 각색되었다. 21세기에 와서도 J. K. 롤링은 해리 포터 시리즈(1997-2007. 272쪽 참고)에서 오비디우스의 신화를 많이 가져다 썼다. 대표적인 예가 두들리 더즐리에게 돼지 꼬리가 솟는 것, '금지된 숲'에 켄타우로스가 돌아다니는 것, 머리 세 개 달린 개 '플러피'가 '마법사의 돌'을 지키는 것 등이다.

나의 영혼은 변신을 노래할 것이다.
그러나, 오, 신들이여, 당신들은 한 몸이
다른 몸으로 되는 일의 원천이시니, 부디
변화에 관한 내 책에 숨을 불어넣으소서.
내가 부를 노래가 이음매 없이 매끈하게 하소서,
세계의 시작부터 지금까지 이어진 그 방식대로. (제1권 1-5행)

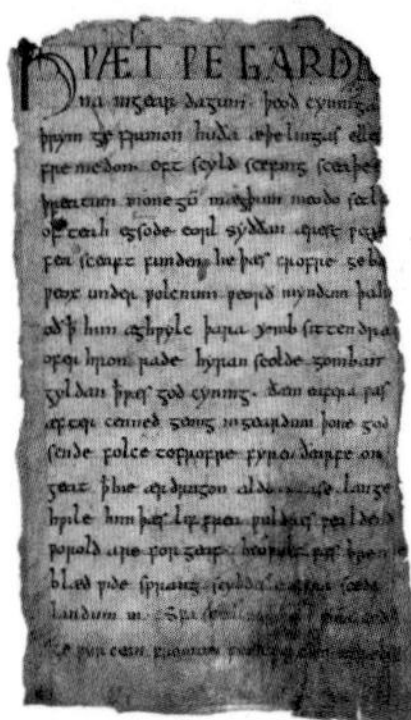

작자 미상

베오울프

BEOWULF(700?-1100?)

고대 영어로 작성된 가장 오래된 현존 서사시인 이 작품은 스칸디나비아의 영웅 베오울프가 무시무시한 거인들이며 용과 맞서 싸우는 세 번의 전투를 묘사하는데, 그 내용은 악을 이기는 선의 승리와 거기 깃든 모호함에 대한 고전적인 묘사에 해당한다.

시 전문은 3000행이 넘으며, 그 유일한 필사본은 런던 소재 대영도서관에 소장되어 있다. 정확한 연대에 대해서는 의견이 엇갈리지만, 대략 1000년 이상 되었음은 분명해 보인다.

이 텍스트의 번역본도 여러 가지인데, 그중 노벨문학상 수상자 셰이머스 히니의 유명한 번역본은 1999년에 휫브레드 상 '올해의 책'에도 선정되었다.

8세기에서 11세기 사이의 언젠가에 고대 영어로 작성된 약 3000행의 서사시 『베오울프』는 갖가지 의미가 들어 있어서 다양한 해석을 낳았다. 어떤 사람은 기독교의 가치에 대한 초기의 예찬이라고 보았고, 또 어떤 사람은 비기독교적 영웅주의에 관한 흥미로운 이야기라고 고찰했다. 하지만 영문학 고전으로서 그 중요도는 결코 낮지 않은데, 그렇게 되기까지는 1936년 영국 학술원에서 예술 작품으로서 이 시의 뛰어난 가치를 주장했던 소설가 겸 영문학자 J. R. R. 톨킨의 공헌이 있었다.

『베오울프』의 배경은 400년에서 600년 사이의 스칸디나비아 남부이며, 시기상 암흑시대의 초기인 동시에 북유럽 영웅 시대의 전성기였다. 따라서 오늘날의 독자가 읽는 『베오울프』는 과거에 기독교인 앵글로색슨족 청중이 들은 역사 문학으로서, 전사의 무리와 괴물들이 출몰하는 험악한 땅에서 살아가던 영웅적인 비기독교인 선조들의 이야기이다. 이 시의 세계에서는 그렌델과 복수심에 불타는 그 어미, 그리고 용 같은 괴물들이 베오울프 못지않게 현실의 존재였다. 반면 암흑시대보다는 지금에 더 가까운 청중에게는 이 괴물들이 '환상적 사실'로 남아, 오히려 상징적 가능성만 지니고 있다. 여기서 그렌델과 그 어미는 성서에 나오는 최초의 살인자 카인의 후손으로 묘사된다. 아울러 교양 있는 기독교인 청중을 겨냥해, 저 무시무시한 용은 「요한계시록」 20장 2절에서 '마귀이고 사탄'이라고 묘사된 '그 옛날의 뱀'일 가능성이 암시된다.

또한 이 시는 청중이 잘 알고 있었을 법한 역사와 전설을 인유하고, 군사 귀족주의의 시대를 돌아본다. 그 시대에 진정한 남자는 곧 군주를 섬기고 보호하던 직업 전사였고, 군주 역시 거꾸로 전사를 보호하는 동시에 피를 흘려 얻은 약탈품을 공평하게 나눠주었다. 앨프레드 대왕(849-899)과 커뉴트 왕(995-1035)의 궁전에서는 베오울프의 세계가 여전히 친숙하게 여겨졌을 터이며, 다만 더 편협하고 더 원초적이라는 점, 그리고 더 괴물이 많이 돌아다니는 점이 달랐을 것이다.

이 시의 첫 번째 대전투에서 (오늘날의 스웨덴 일부를 차지했던 북유럽의 게르만족) 예이츠의 왕자 베오울프는 흐로드가르 왕이 통치하던 이웃 나라를 공포에 떨게 한 무시무시한 그렌델을 물리친다. 그 직후에 흐로드가르의 커다란 연회장 헤오로트에서는 승리를 축하하는 잔치가 열리지만, 그렌델의 어미(그 이름이 무엇인

▲ 용을 죽이는 베오울프의 모습에 관한 20세기의 해석.

지는 나오지 않는다)가 아들의 치명상에 대한 복수를 가해 연회장을 쑥대밭으로 만든다. 이 시의 두 번째 전투에서 베오울프는 또다시 괴물을 찾아 살해하며, 그 용기에 대한 보상으로 흐로드가르의 백성은 갖가지 선물과 잔치를 베푼다. 하지만 베오울프의 영웅적인 행동 막후에서는 인간의 배신과 전쟁이 펼쳐지고 있었으며, 결국 헤오로트와 흐로드가르의 혈통은 모두 사라지고 만다.

그로부터 50년 뒤를 배경으로 하는 마지막 장에서 베오울프는 이제 예이츠의 왕인데, 마침 용 한 마리가 그의 왕국을 습격한다. 주위의 현명한 조언에도 불구하고 베오울프는 혼자서 용과 맞서 싸우기로 작정한다. 그가 위기에 처하자, 부하 가운데 위글라프 한 명만이 달려와 도움을 준다. 바로 이 흥미진진한 순간에 이 시는 잠시 서술을 멈추고, 청중에게 위글라프가 가진 검의 역사를 알려준다. 다시 이어지는 내용에서 베오울프는 용을 죽이고 자기도 치명상을 입는다.

위글라프는 베오울프의 왕위를 계승하며, 그리하여 이 시의 마지막에 가서는 예이츠에 대한 스웨덴의 전통적인 적대감이 이제는 스웨덴과 개인적인 숙원 관계인 위글라프에 대한 적대감으로 변했을 뿐만 아니라, 베오울프의 선임자에게 공격을 당한 강력한 프랑크족의 증오까지도 덧붙여짐이 분명해진다. 베오울프의 영웅적 업적과 관대함처럼, 위글라프의 업적과 관대함 역시 쓸모가 없어질 것이었다. 헤오로트와 흐로드가르의 혈통이 그러했듯이, 예이츠 역시 사라질 운명이기 때문이었다.

이 시의 결말에는 그 시작과 마찬가지로 비기독교적 장례식이 등장하는데, 이번에는 베오울프의 장례식이다. 사람들은 온화하고 선량했으며, 명성을 얻으려 분투했던 저 과거의 영웅적인 전사를 애도한다. 하지만 베오울프 평생의 영웅적 행동은 훗날 폄하될 것이었으며, 이후의 세상에서 그는 이교도로서, 그리고 (이 시의 마지막 단어인) 로프게오르노스트lofgeornost의 인간으로서 정죄될 것이었다. '자랑스럽게 영광을 열망한다'는 뜻의 이 단어가, 저 콧대 높은 기독교인들에게는 죄짓는 일로 보였기 때문이다.

반면 이 시와 시인의 세계에서, 죽음을 무릅쓰고 분투하는 베오울프는 아마도 가장 순수한 영웅이었을 것이다. '패배한 영웅'이 과연 가능하냐는 오늘날의 논쟁을 돌아보고, 갖가지 결함을 지닌 (초인) 영웅들이 가득한 대중문화를 돌아보면, 『베오울프』는 우리에게도 여전히 의미 있는 문학작품이 아닐 수 없다.

작자 미상

천일야화

THE THOUSAND AND ONE NIGHTS(700?–947?)

이 어마어마하게 영향력이 큰 민담 모음집은 무려 1000년도 더 전에 편찬되었으며, 샤리야르 왕이 그 아내 샤라자드로부터 듣는 여러 가지 이야기라는 기본 줄거리를 토대로 하고 있다.

시카고 대학 부설 동양학 연구소는 이 작품의 필사본 가운데 가장 오래된 사례를 소장하고 있다.

이것이야말로 현존하는 가장 오래된 아랍어 문헌 필사본 가운데 하나이다. 필사본 한쪽에 법률 문서를 겹쳐 쓴 것인데, 원래의 필사본은 작성 연대가 대략 879년일 가능성이 있다.

샤리야르Shahriyar 왕과 샤라자드Shahrazad의(또는 샤라르Shahryar 왕과 셰라자데Scheherazade의) 철자 표기는 영어 음역마다 제각각이며, 학자들 사이에서는 어떤 것이 더 정확한지를 놓고 여전히 의견이 분분하다.

『천일야화』 또는 『아라비안나이트』(최초의 영어 번역본은 1706년 간행)는 지금으로부터 1000년도 더 전에 페르시아, 인도, 중국, 이집트 같은 여러 출처에서 나온 이야기들을 아랍어로 옮겨 엮은 모음집이다. 유럽에 처음 알려진 것은 앙투안 갈랑이 1704년부터 1717년 사이에 전 12권의 프랑스어 번역본을 간행하면서부터였다. 가장 유명한 영역본은 탐험가 리처드 버턴 경이 만든 것으로, 1885년부터 1888년 사이에 전 16권으로 간행되었다. 이 모음집에서 가장 유명한 이야기인 「알라딘의 램프」와 「알리바바와 40인의 도둑」은 아랍어 원문에 없지만 갈랑이 덧붙인 것으로, 본인은 한나 디아브라는 시리아인 이야기꾼으로부터 직접 들었다고 주장했다. 두 가지 모두 진짜 중동 민담인 것처럼 보이므로 그의 주장도 사실일 가능성이 있으며, 그리하여 지금은 각국의 번역본에 꼬박꼬박 포함된다.

이 민담집이 처음 유럽에 소개되었을 때, 그 독자들에게는 여러 가지 층위에서 전적으로 낯설어 보였다. 액자식 구성의 외부 이야기에서 샤리야르 왕은 아내의 부정에 충격을 받은 나머지, 여성의 배신으로부터 안전해지는 유일한 방법은 매일 저녁 처녀와 결혼하고 다음 날 아침 처형하는 것뿐이라고 판단한다. 왕이 이런 학살을 계속하던 와중에 총리 대신의 영리한 딸이 한 가지 계획을 짜낸다. 즉 매일 밤마다 이야기를 하나 시작하고는 마무리하지 않은 상태로 남겨놓음으로써, 다음 날 이야기를 마무리할 때까지 목숨을 부지하게 만드는 방법이었다. 그리고 한 가지 이야기가 끝나면 그녀는 또 다른 이야기를 시작했다. 종종 한 이야기 속에 또 다른 이야기가 삽입되기 때문에, 그 결말은 계속해서 미뤄지곤 했으며, 급기야 1001일 밤이 지나서 샤라자드는 (이미 세 아이를 낳은 상태에서) 샤리야르 왕의 신뢰를 얻고, 그리하여 이후로도 목숨을 부지하는 데에 성공한다.

그 시작부터 우리는 전제적인 권력과 잔혹의 세계에, 하지만 동시에 막대한 부와 자비의 세계에 들어서게 된다. 왕과 칼리프는 자격을 갖춘 젊은이들에게 수천 냥의 금과 낙타 여러 마리에 실을 분량의 보물을 하사하는데, 때로는 '하느님을 빼고는 아무도 얼마인지 셀 수 없을 정도'로 많은 금액이 된다.

이보다는 덜 기적적인 층위에서도 풍부한 부가 묘사되는데, 왜냐하면 이 이야기들의 무대는 저 거대한 중세 이슬람 문명이기 때문이다. 이 문명은 아프리카, 인

▲『천일야화』의 14세기 아랍어 필사본.

도, 중국, 중앙아시아와 연계를 맺었고 카이로, 다마스쿠스, 알레포, 바스라 같은 거대한 도시들을 거느렸다. 특히 칼리프의 거처인 바그다드의 시장에는 갈랑 시대의 유럽인들이 거의 들어본 적도 없는 물건들이 가득했다. 예를 들어 마르멜로, 복숭아, 시리아산 자스민, 티하마산 건포도, 석류꽃, 피스타치오 같은 것들이 그러했다.

『아라비안나이트』에서 역시나 서양인에게 완전히 새로웠던 요소, 그리고 어쩌면 그 모방자들에게 훨씬 더 큰 영향력을 발휘했던 요소는 바로 계속해서 음모를 꾸미는 초자연적 피조물의 등장이었다. 샤라자드의 첫 번째 이야기는 무시무시한 이프리트(마신)가 한 상인을 죽이러 칼을 빼들고 나타나는 것으로 시작되는데, 왜냐하면 상인이 무심코 뱉은 대추야자 씨앗에 이프리트의 아들이 맞아 죽었기 때문이었다. 다른 위협 요소 중에는 무덤에서 기어 나와 인간을 잡아먹는 굴이 있는데, 이놈들 역시 미녀로 변신하는 능력을 지녔다. 또 무슬림의 낙원에 사는 님프인 후리스도 있다. 하지만 이 작품에 나오는 이야기 전부에서 가장 두드러진 존재는 진 또는 지니인데, 대개는 램프나 병이나 반지 안에 갇혀 있는 상태이며, 그 새로운 주인의 모든 소원을 들어주는 조건으로만 잠시 풀려난다. 때로는 이들을 속박하는 힘이 바로 위대한 마법사 술레이만의 힘으로 설명되는데, 기독교인이라면 그가 바로 구약성서에 나오는 다윗의 아들 솔로몬 왕임을 알아챌 수 있었다.

마지막으로, 18세기와 19세기의 유럽 독자들에게 가장 유혹적이고 새로웠던 요소는 바로 성과 사랑의 표현이었다. 모든 왕과 칼리프와 족장과 총리 대신은 영양처럼 우아하고 아름다운 아내들과 첩들로 이루어진 하렘과, 그곳을 지키는 환관들을 보유하고 있었다.

하지만 여기 묘사된 여자들도 철저히 갇혀 있지는 않았고, 그 추종자들 못지않게 모험에 열정적이었던 것처럼 보인다(애초에 샤리야르 왕이 여자를 죽이기 시작한 원인도 바로 그거였으니까). 남자와 여자 모두가 손쉽게 사랑에 빠졌고, 중세 유럽의 민담과 비교하자면 훨씬 더 죄의식 없이 자기네 사랑에 몰두했다. 비록 『아라비안나이트』 곳곳에는 무함마드와 『코란』에 대한 존경이 나타나며, 심지어 진과 바

▶ 샤라자드가 모험 이야기를 늘어놓아 샤리야르 왕과 자기 동생 디나르자데를 매료시키는 장면. 프랑스 화가 폴 에밀 드투슈의 19세기 유화.

다 괴물조차도 그런 태도를 보이지만, 등장인물들의 종교적 헌신에는 기독교인의 경건에 종종 따라붙는 금욕주의가 전혀 들어 있지 않다. 심지어 여성조차도 이론상으로는 지배당하고 사실상 종속된 상태이지만, 종종 지혜를 이용해 우위를 차지하곤 한다.

삭제와 선별을 거친 형태의 『아라비안나이트』는 「잭과 콩나무」나 「신데렐라」 못지않게 서양 어린이에게도 무척이나 친숙하게 되었다. 스탕달부터 톨스토이에 이르는 여러 고전 작가들도 이 작품을 언급했다. 디킨스는 여러 차례 이 작품을 명시적으로 언급했으며, 그가 묘사한 런던은 변장한 인물이 거리를 돌아다니며 기묘한 이야기를 밝혀낸다는 점에서 마치 바그다드의 각색판처럼도 보인다. 로버트 루이스 스티븐슨의 『새로운 아라비안나이트』(1882)에 묘사된 런던도 마찬가지이다. 브론테 가족은 그 이야기 가운데 몇 가지의 순화된 버전, 즉 1764년에 제임스 리들리가 간행한 『지니 이야기』를 특히나 좋아했다.

『아라비안나이트』가 고전 문학에 끼친 영향보다는 오히려 아동 문학에 끼친 영향이 훨씬 더 클 것이다. 『알라딘』은 오늘날 어린이 연극의 주요 레퍼토리이고, '열려라, 참깨'를 모르는 사람이 없을 정도이다. E. 네스빗의 3부작 『다섯 아이와 모래요정』(1902), 『불사조와 양탄자』(1904), 『부적 이야기』(1906)에는 『아라비안나이트』에서 유래한 갖가지 소품이 나온다(물론 모래요정은 네스빗의 순수 창작이지만 말이다). C. S. 루이스의 나니아 연대기 가운데 『말과 소년』(1954)은 마치 『아라비안나이트』에 수록된 이야기마냥 아르시시라는 가난한 어부의 이야기로 시작된다. 또한 나니아 남쪽에 있는 칼로르멘이라는 더운 나라에 전제적인 군주와 비굴한 총리 대신과 위선적으로 화려한 언어가 있다는 설정은 『아라비안나이트』에 나오는 아라비아의 패러디 버전이다. 『아라비안나이트』의 세계는 오늘날 워낙 친숙해졌기 때문에, 이에 대한 언급도 상당히 멀찍이, 또는 훨씬 더 간접적으로 이루어진다. 그 세계도 미들어스나 셔우드 숲처럼 이미 서양 대중문화의 일부분이 되었기 때문이다.

『아라비안나이트』의 인기의 결과로 여러 영화 각색물이 등장했으며, 대표적인 것이 세 가지 버전의 〈바그다드의 도둑〉(1924, 1940, 1978)과 스톱모션 특수 효과로 유명한 〈신드바드의 일곱 번째 항해〉(1958)이다. 가장 성공한 각색물인 디즈니의 〈알라딘〉(1992)은 아카데미상을 두 개나 받았다. 최근에는 살만 루슈디가 『아라비안나이트』라는 보물 창고에 눈을 돌렸는데, 그 결과물인 『2년 8개월 28일 야화』(2015. 308쪽 참고)를 본 어슐러 K. 르 귄은 "루슈디야말로 우리의 셰라자데"라고 말한 바 있다.

날이 밝기 한 시간 전에 디나르자데가 잠에서 깨어나더니, 미리 약속한 대로 이렇게 말했다. "사랑하는 언니, 혹시 잠이 든 게 아니라면, 해가 뜨기 전에 언니의 재미있는 이야기 가운데 하나를 들려줘. 언니의 이야기를 듣는 기쁨을 내가 누리는 것도 이번이 마지막일 테니까." 샤라자드는 동생에게 대답하는 대신 술탄을 돌아보았다. "전하께서 허락하신다면, 제 동생의 요청을 들어주어도 될까요?" 그녀가 말했다. "당연하지." 그가 대답했다. 그리하여 샤라자드는 이야기를 시작했다…….

작자 미상

마비노기온

THE MABINOGION(12-14세기)

켈트 신화와 아서 왕 전설에 기반한 이 11개의 낭만적인 이야기는 웨일스의 숲과 계곡을 무대로 삼고, 또한 용과 거인이 돌아다니고 미덕을 지닌 영웅들이 명예를 추구하는 음침한 '이계異界'를 무대로 삼아 펼쳐진다.

『마비노기온』의 이야기는 두 가지 필사본에 수록되어 있다. 하나는 웨일스 국립도서관 소장 『리데르크의 하얀 책』(1300년대 중반)이고, 또 하나는 옥스퍼드 대학 지저스 칼리지 소장 필사본 컬렉션에 포함된 『헤르게스트의 빨간 책』(1382?-1410?)이다.

샬럿 게스트 여사(1812-1895, 아래 그림)의 『마비노기온』 영어 번역은 거의 한 세기 동안 표준 번역으로 통했다. 그중 첫 권은 1838년에 간행되었으며, 이후 1845년까지 전 7권으로 완간되었다.

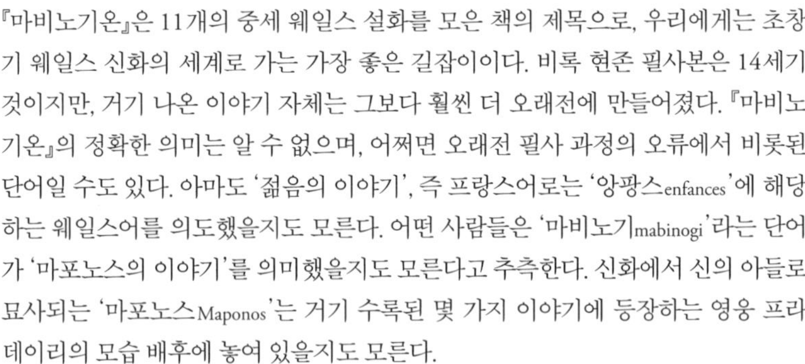

『마비노기온』은 11개의 중세 웨일스 설화를 모은 책의 제목으로, 우리에게는 초창기 웨일스 신화의 세계로 가는 가장 좋은 길잡이이다. 비록 현존 필사본은 14세기 것이지만, 거기 나온 이야기 자체는 그보다 훨씬 더 오래전에 만들어졌다. 『마비노기온』의 정확한 의미는 알 수 없으며, 어쩌면 오래전 필사 과정의 오류에서 비롯된 단어일 수도 있다. 아마도 '젊음의 이야기', 즉 프랑스어로는 '앙팡스enfances'에 해당하는 웨일스어를 의도했을지도 모른다. 어떤 사람들은 '마비노기mabinogi'라는 단어가 '마포노스의 이야기'를 의미했을지도 모른다고 추측한다. 신화에서 신의 아들로 묘사되는 '마포노스Maponos'는 거기 수록된 몇 가지 이야기에 등장하는 영웅 프라데이리의 모습 배후에 놓여 있을지도 모른다.

『마비노기온』의 세계에서는 신화 및 전설이 역사 및 현실과 공존하며, 그 경계를 정확히 구분하기가 힘들다. 이 이야기의 지리적 세계는 마치 중세 웨일스처럼 보이며 귀네드, 포이스, 디버드 같은 별개의 왕국들로 나뉘어 있다. 하지만 이 상상의 웨일스는 거인, 괴물, 기이한 동물을 포함하고 있으며, 또한 초자연적 차원과도 접해 있다.

반면 그 사회는 중세 웨일스의 귀족 사회로서 아직 앵글족이나 노르만족에게 정복되지 않고 독립을 유지하며, 음유시인이 노래하거나 이야기하는 자기네 전통을 자랑스러워한다. 이들의 역사적 감각은 놀라우리만치 멀리까지 거슬러 올라간다. 「막센 윌레디그의 꿈」에서 막센은 로마의 장군 막시무스인 것으로 여겨지는데, 그는 383년에 브리타니아 주둔 군단을 이끌고 갈리아로 진입해 제위를 차지하려다가 실패하고 말았다. 웨일스의 민담에서 그는 로마 황제가 되었으며, 애초에 아름다운 웨일스 공주의 환상에 이끌려 브리타니아에 오게 된 것으로 묘사된다.

아서 왕 전설에 속하는 이야기도 두 가지 있다. 「쿨후흐와 올루엔」은 쿨후흐가 사촌 아서의 도움으로 거인 왕 이스바다덴의 딸을 아내로 얻는 이야기이다. 이 과정에서 주인공은 슬픔의 계곡에 사는 검은 마녀의 피 같은 여러 가지 마법 물품을 획득한다. 「쿨후흐와 올루엔」과 「로나브위의 꿈」에서는 아서 왕의 궁전에 있는 등장인물이 여럿 열거된다. 그중 훗날 널리 알려지게 될 사람 가운데 하나인 케이, 즉 케이 경은 이때부터 나중의 이야기에 묘사되는 것처럼 무뚝뚝한 성격으로 묘사된다.

하지만 최고의 부분은 '마비노기'의 네 '가지'로 고안된 네 편의 이야기인데, 이

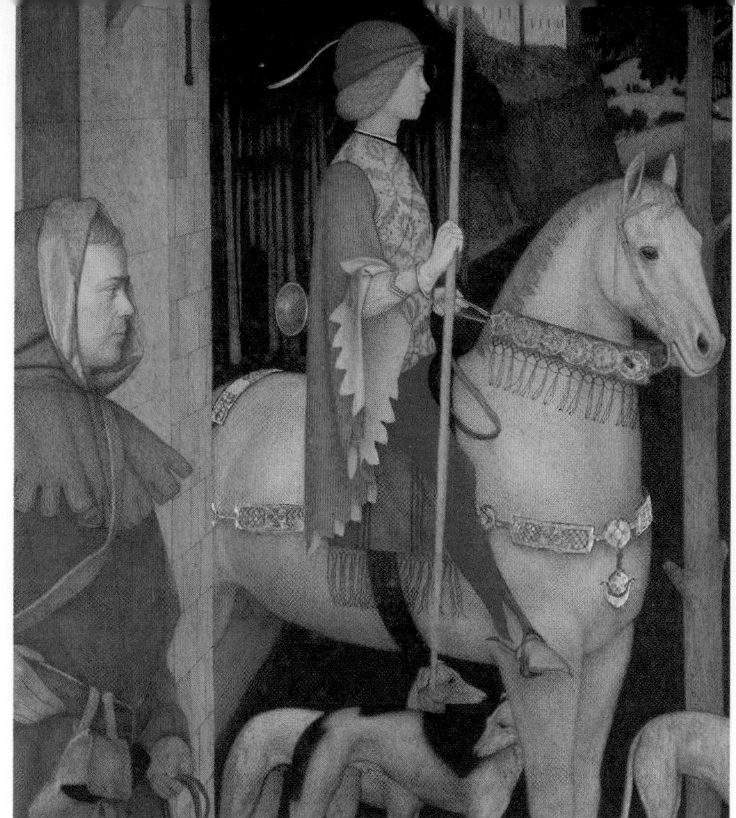

◀ 조지프 개스킨의 〈왕의 아들 쿨후흐〉(1901)의 세부. 쿨후흐는 사촌 아서 왕의 도움을 받아 거인 왕 이스바다덴의 딸인 아름다운 올루엔을 아내로 맞이한다.

모두는 영웅 프라데이리에 의해서 느슨하게나마 연결된다. 유머와 상상력 면에서 이 네 가지 이야기는 전 세계 어디의 여타 경이담과도 다르다. 그 주인공은 역설적이다. 즉 격정적이면서도 공손하고, 말이 많으면서도 입이 무겁고, 정중하면서도 거칠다. 여성은 가치 높게 여겨지고 정중하게 대우받지만, 리아논 귀부인은 아들을 죽였다며 허위 고발을 당하고(하지만 그 아들은 사실 거인의 발톱에 채여 간 것뿐이며, 훗날 영웅 프라데이리로 자라난다), 급기야 궁전의 디딤돌 옆에 앉아 있다가, 방문객을 등에 업어 궁전으로 나르는 굴욕적인 일을 하게 된다. 이후 그녀는 혐의를 벗지만, 이런 천박함은 훗날의 궁정 로망스 이야기에서는 잊히게 될 것이었다.

다채로운 등장인물과 수준 높은 드라마와 철학과 낭만이 담긴 이 켈트 이야기들이 처음에는 프랑스 로망스 저자들에게, 그리고 이후 8세기 동안의 다른 이야기꾼들에게 차마 저항할 수 없는 영감으로 입증된 것은 놀라운 일도 아니었다. 웨일스에서는 이 이야기들을 민족 문화의 기반으로 여기고 특히나 소중히 여긴다. 이 이야기들은 최근 들어 여러 차례 소설 형태로 개작되었으며, 대표적인 것이 로이드 알렉산더의 전 6권짜리 '프라데이리 연대기'(1964-1973)이다. 『안눈의 군주』(1970)로 시작되는 이밴절린 월턴의 전 4권짜리 시리즈는 2002년에 '마비노기온 4부작'이라는 제목으로 재간행되었다. 앨런 가너의 『올빼미 문양 접시』(1967)는 레우와 그로누와 블로데우웨드의 비극적 사랑 이야기를 더 행복한 결말로 개작했다.

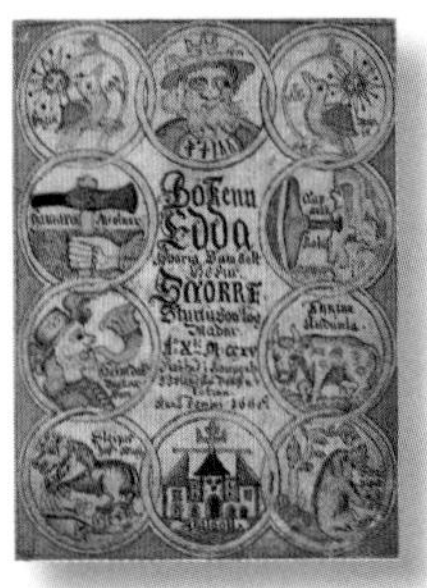

스노리 스툴루손SNORRI STURLUSON

산문 에다

THE PROSE EDDA(1220?)

북유럽 신화를 보존한 이 놀라운 기록물은 신과 영웅과 전사 군주와 거인과 난쟁이와 요정의 모험을 자세히 묘사한다. 이것이야말로 스칸디나비아의 문학 전체를 통틀어 가장 유명하고 영향력 있는 작품이다.

『산문 에다』의 필사본은 7종이 남아 있다. 그중 6종은 중세의 것이고, 1종(위 사진)은 1666년의 것이다.

필사본 가운데 완전본은 하나도 없는 까닭에, 『산문 에다』는 오랜 세월에 걸쳐서 단편을 이어 붙여 완성되었다.

구스타브 비겔란이 제작한 스노리 스툴루손의 조상彫像(아래 사진)은 노르웨이 정부가 1947년에 아이슬란드에 기증한 것으로, 현재 레이크홀트에 있다.

▶ 후긴Hugin(생각)과 무닌Munin(기억)이라는 두 마리 까마귀를 거느리고 있는 오딘을 묘사한 17세기의 삽화.

스노리 스툴루손(1179-1241)의 시대에 이르러 아이슬란드는 이미 두 세기째 기독교 국가였고, 과거의 비기독교 전통은 점차 사라지는 중이었다. 『산문 에다』를 쓸 때에 스노리의 주된 목표는 미래의 시인들을 위해 시적 어법과 인유의 지침을 제공하는 것이었다. 그는 과거의 시를 언급하고 인용했는데, 영웅과 신화를 다룬 이 시 가운데 상당수는 『운문 에다』라는 이름의 선집에 전해진다.

스노리의 텍스트는 다양하고 상호 연관된 세계들을 묘사한다. 신들(또는 에시르Æsir)은 아스가르드에 살고, 거인들은 외툰헤임에 살고, 난쟁이들은 스바르트탈파헤임에 살고, 빛의 요정들은 알프헤임에 살고, 원초적 혼돈의 암흑 세계인 니플헤임도 있다. 인간의 세계는 바다로 에워싸인 평평한 원반이며, 신들이 그 가장자리에 담을 세워 거인들이 들어오지 못하게 했다. 여기가 바로 고대 북유럽어로 '미트가르트르Mithgarthr', 영어로는 보통 '미드가르드Midgard'라고 부르는 곳이다. 우주의 중심에는 거대한 물푸레나무 이그드라실이 있다. 그 뿌리 세 개는 아스가르드, 니플헤임, 그리고 서리 거인의 땅에 각각 뻗어 있다. 미드가르드를 에워싼 바다에는 무시무시한 미드가르드 뱀이 사는데, 그 이름은 외르문간드이다.

북유럽의 우주론에서 아마 가장 놀라운 부분은 무시무시한 위협에 대한 그 인식일 것이다. 용 니드회그는 이그드라실의 뿌리를 계속해서 갉아먹는다. 다람쥐 라타토스크는 밑바닥의 니그회드와 꼭대기의 독수리 사이를 오가며 증오와 경멸의 이야기를 전달한다. 해와 달은 항상 스쾰과 하티라는 두 마리 커다란 늑대에게 쫓겨 하늘을 가로지르며, 언젠가는 양쪽 모두 늑대들에게 붙잡힐 것이라 예상된다. 신들과 인간들은 항상 괴물 세계로부터의 위협을 당하고, 이 모든 일은 라그나뢰크, 즉 '신들의 죽음' 때에 끝나버릴 것이다. 이때에 신들과 영웅들은 거인들과 괴물들에 맞서 최후의 전투를 벌일 것이며, 이들은 미리부터 패배를 예감하지만, 다만 당당하고 파멸적으로 패배하기를 바랄 뿐이다.

나아가 『산문 에다』의 우주는 도덕적 중립성의, 또는 심지어 도덕적 무관심의 우주이기도 하다. 인간은 신들의 편에 서서 괴물과 맞서지만, 어느 누구도 '모두의 아버지' 오딘을 신뢰하지는 않는다. 왜냐하면 이 신은 전쟁터에서 영웅들을 속여서 발할라로 데려와 자기 군대를 늘리기 때문이다. 천둥신 토르와 풍요신 프레이는 더

Odinn
sem er Ödins Bylate.

i huarfi ol for. en þi heita þickia m oskyllt at h^a. nea kveþ set
an heit h man hyrnir heiþ þyrnir lepar hriod vidblain.
vnin skal kenna himinin. kalla h ymis haus z erfidi z byrþ
dverga hialm austra. vestra. nordra. sudra. [illegible] solar z tungls
z himintungla va[illegible]a. e. vedra. hialm [illegible] h. lopz z iarþar.
[illegible] ero nofn stundana. aulld. [illegible]dum
alldr. fyrr longu. opt sinni. vetr. sumar. haust var. manodr. vika
dagr nott. morginn aptann. qvelld arla. snemma sidla. i sinn fyrra dag.
nott i gær. [illegible] þi eo heita natturnar i oluis malum
[illegible] Niola helio. kollud er grima m; gufu. olldag
kalla iotnar. C par svefnganian dluaar dravm
vngl nattin mylin myln ny hep artalt
fengari [illegible] skyndir skialgr skramr.
Sol sunna raudull eygloa anskin syn fag hvel lino skin
dvalins leika alfraudull. Hvnig skal kenna sol kalla ha dott
mundilfera. [illegible] mana. konu gles elld himins z lopz

[illegible]
Jon [illegible]

친근해 보일 수도 있지만, 신들 가운데 슬그머니 숨어 있는 로키라는 신은 계속해서 말썽을 일으킨다.

◀14세기의 삽화 필사본 『산문 에다』의 한 쪽.

북유럽 신화의 또 다른 면은 놀랍게도 특유의(때로는 잔인한) 유머이다. 항상 주인의 손으로 돌아오는 강력한 망치 묄니르를 지닌 토르는 몇 편의 이야기에서 영웅인 동시에 놀림감으로 나온다. 스노리는 토르와 로키가 거인 우트가르다로키를 찾아간 사건을 자세히 설명한다. 거인은 토르에게 간단한 능력 시험을 제안한다. 신은 뿔잔에 담긴 술을 비우려 하지만, 세 모금을 마셨는데도 비우지 못한다. 바닥의 고양이를 들려고 하지만, 한쪽 발만 떨어졌을 뿐이다. 엘리라는 할멈과 씨름을 하지만, 도리어 토르가 한쪽 무릎을 꿇고 만다. 토르는 굴욕을 느꼈지만, 사실 이 시험은 겉보기와는 영 달랐다. 뿔잔은 바다와 연결된 것이어서 비우기가 불가능했지만, 토르가 바닷물을 너무 많이 들이켜 조류潮流가 생기고 말았다. 고양이는 사실 미드가르드 뱀이었고, 할멈의 이름 '엘리'는 노년을 의미했다. 에다 시 「하바말」에 따르면, 노년은 '아무에게도 자비를 베풀지 않는다'고 묘사된다.

『산문 에다』에서 스노리는 이와 같은 성격의 이야기를 20개쯤 선보인다. 리하르트 바그너는 이 이야기를 재창작해 유명한 4부작 오페라 『니벨룽의 반지』(1876. 96쪽 참고)를 만들었다. J. R. R. 톨킨은 전하지 않는 운문판을(그는 다른 모든 이본이 바로 이 운문판에 기초했으리라고 생각했다) 재창작하려 시도했으며, 그 결과물이 사후에야 간행된 『시구르드와 구드룬의 전설』(2009)이다.

이 전설이 19세기와 20세기에 중세에서 소재를 취한 가장 위대한 재창작자들의 상상력을 사로잡았다는 사실은 그 지속적인 힘을 입증한다. 실제로 『산문 에다』의 전체 신화는 그때 이후로 환상소설 작가들에게 인기 있는 소재가 되었다. 요정과 난쟁이와 기타 피조물은 있지만 비기독교 신들은 없는 톨킨의 미들어스는 미드가르드의 고도로 절충적인 재상상에 해당한다. 북유럽의(그리고 기타 지역의) 신들은 현대 미국 세계에도 나타났는데, 대표적인 작품으로는 닐 게이먼의 『신들의 전쟁』(2003), 그리고 저 궁극의 트릭스터 이야기를 개작한 조앤 해리스의 『로키복음』(2014)이 있다.

하지만 이 전설의 가장 인기 있는 개작은 만화업계에서 나타났다. 마블 코믹스에서는 『강한 자 토르』를 1962년부터 지금까지 600호 이상 간행했는데, 여기서는 자신이 토르의 화신임을 자각한 현대 미국인이 우리 세계와 아스가르드 세계를 오가는 이야기가 펼쳐진다. 토르와 로키의 만화 속 모험은 2011년에 케네스 브래너 감독에 의해 영화화되었고, 덕분에 한때 거의 잊히다시피 했던 북유럽 신화가 졸지에 서양에서는 다른 여러 고전 및 성서 신화보다도 더 잘 알려지게 되었다.

단테 알리기에리DANTE ALIGHIERI

신곡

THE DIVINE COMEDY(1308?–1321?)

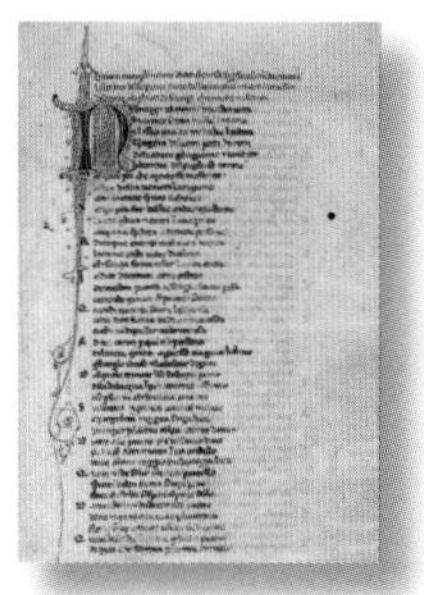

이탈리아 피렌체 소재 메디치 리카르디 궁전 내 리카르디아나 도서관에 소장된 이 특별한 『신곡』 필사본에는 조반니 보카치오(1313-1375)가 직접 쓴 '지옥'과 '연옥'과 '천국'의 텍스트 전체가 들어 있다.

단테의 서사시는 중세 유럽에서 가장 위대하고 가장 영향력 있는 작품 가운데 하나라는 찬사를 받는다. 이 영적 여행을 통해 우리는 지옥의 어둠을 지나 연옥의 산을 거쳐 천국에 이르고, 이 과정에서 이성과 신앙은 도덕적·사회적 혼돈 상태에 질서를 가져온다.

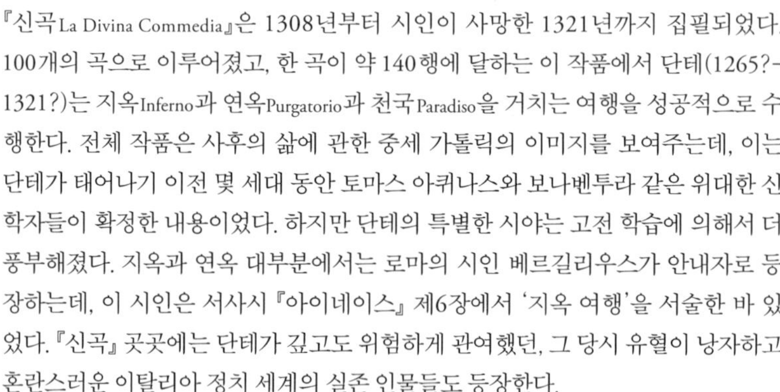

『신곡La Divina Commedia』은 1308년부터 시인이 사망한 1321년까지 집필되었다. 100개의 곡으로 이루어졌고, 한 곡이 약 140행에 달하는 이 작품에서 단테(1265?-1321?)는 지옥Inferno과 연옥Purgatorio과 천국Paradiso을 거치는 여행을 성공적으로 수행한다. 전체 작품은 사후의 삶에 관한 중세 가톨릭의 이미지를 보여주는데, 이는 단테가 태어나기 이전 몇 세대 동안 토마스 아퀴나스와 보나벤투라 같은 위대한 신학자들이 확정한 내용이었다. 하지만 단테의 특별한 시야는 고전 학습에 의해서 더 풍부해졌다. 지옥과 연옥 대부분에서는 로마의 시인 베르길리우스가 안내자로 등장하는데, 이 시인은 서사시 『아이네이스』 제6장에서 '지옥 여행'을 서술한 바 있었다. 『신곡』 곳곳에는 단테가 깊고도 위험하게 관여했던, 그 당시 유혈이 낭자하고 혼란스러운 이탈리아 정치 세계의 실존 인물들도 등장한다.

단테는 피렌체 정부를 겨냥해 성난 비판을 가했고, 1308년경에 그 도시에서 영구 추방당했다.

특히나 기억에 오래 남는 부분은 단테의 지옥 묘사인데, "이곳에 들어오는 자, 모든 희망을 버리라"로 끝나는 명문銘文이 있는 문을 통해 지옥으로 들어가는 장면이 유명하다. 그 문 너머에는 아홉 개의 권역이 있고, 죄인들은 각자의 죄에 걸맞은 장소에서 처벌을 당한다. 호색가들은 제2권역에서 강한 바람에 영원히 날려 다닌다. 폭군들은 제7권역에 있는 끓는 피 호수에서 영원히 화상을 입는다. 거짓 예언자들은 제8권역에서 영원히 걸어 다녀야 하는데, 이들의 머리는 뒤를 바라보도록 꺾인 상태이기 때문에 자기가 어디로 가는지도 알 수가 없다. 또 아첨꾼들은 영원히 입에서 오물을 토해낸다. 제9권역은 반역자들이 있는 곳인데, 그중에서도 가장 깊은 곳은 예수를 배신한 사도 가룟 유다Judas Iscariot의 이름을 따서 '주데카Judecca'로 일컬어진다.

지옥에는 죄인들만 있는 것이 아니었다. 단테는 여러 기묘한 생물들이 그곳에서 각자의 역할을 담당한다고 상상했다. 그리스 신화에서처럼 아케론 강에는 영혼들을 그 너머로 데려다주는 뱃사공 카론이 있다. 미노스도 영혼 하나하나를 재판하고 꼬리로 휘감아서 어울리는 곳에 던지는데, 죄인들이 배정받는 권역의 숫자에 따라 휘감는 횟수도 달라진다. 제12곡의 끓는 피 호수를 지키던 켄타우로스는 단테와 베르길리우스와 한동안 동행하며 안내한다. 반면 제8권역에 있는 수뢰범(부패한 법조인과 정치인)을 괴롭히는 뿔 달린 악마들은 사정이 전혀 다르다. 이 악마들은

이름부터 '악한 꼬리', '돼지 머리', '할퀴는 개'이다. 이놈들은 갈고리를 가지고 끓는 역청 속의 죄인들을 끄집어내고, 사실상 지휘관의 명령조차도 받지 않는다. 두 여행자는 (인간의 얼굴과 사자의 발과 전갈의 독침 꼬리가 달렸으며, 협잡의 의인화인) 괴물 게리온을 타고 제7권역을 따라 내려간다.

연옥 역시 지옥과 마찬가지로 속죄할 죄의 종류에 따라 여러 층으로 이루어졌다. 교만하여 목이 뻣뻣한 사람들은 목에 돌을 매달고, 질투하는 사람들은 눈을 꿰매고, 음식 탐하는 사람들은 갈증과 허기를 견디고, 호색가들은 오로지 거룩한 입맞춤으로만 인사하는 법을 배운다. 여기서는 지옥의 악마와 괴물 대신 천사 뱃사공과 수호천사가 나타난다. 연옥의 꼭대기 근처에서 단테는 지상낙원에 들어선다. 베르길리우스도 여기는 들어갈 수 없고, 고결한 이교도들의 거처인 지옥의 제1권역으로 돌아가야만 했다. 단테의 천구天球 여행의 안내자는 이상화된 아름다움의 형태를 취한 신학의 의인화인 베아트리체이다. 태양 천구에는 현자들과 신학자들이, 화성 천구에는 용감한 지휘관들이, 목성 천구에는 정의로운 통치자들이, 거기서 더 위인 제8천구에는 교회의 승리자들이, 제9천구에는 천사들이, 제10천구에는 지복至福의 직관直觀이 있다.

특유의 생생한 묘사와 훌륭한 시적 기교 덕분에 『신곡』의 내용은 오늘날까지도 대중의 의식 속에 남아 있다. 서양 예술과 문화에서 그 영향력은 한마디로 측정 불가능한 수준이고, 초서와 밀턴과 발자크와 T. S. 엘리엇과 새뮤얼 베케트를 비롯한 수많은 작가들에게 영감을 제공했다.

▲ 요제프 안톤 코흐, 〈게리온의 등에 올라탄 단테와 베르길리우스〉(1821?).

▶▶ 산드로 보티첼리, 〈지옥의 심연〉(1485?).

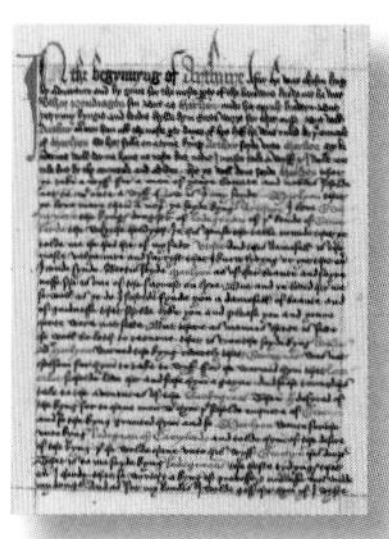

토머스 맬러리 THOMAS MALORY

아서 왕의 죽음

LE MORTE D'ARTHUR(1485)

아서 왕의 권좌 등극과 원탁의 기사들의 모험이 펼쳐지는 맬러리의 암시적이고 매혹적인 텍스트는 이 고대의 왕을 다룬 전설에 관한 후대의 모든 탐구에 시금석이 되었다.

영국에 처음 인쇄기를 도입한 윌리엄 캑스턴이 1485년에 간행한 『아서 왕의 죽음』.

1934년에 '윈체스터 필사본' (1471?-1481?. 현재 런던 소재 대영도서관 소장)의 발견 덕분에 맬러리가 『아서 왕의 죽음』의 저자임을 확인할 수 있었다. 그 이전까지는 저자가 '기사 출신의 죄수'로만 알려졌을 뿐이었다.

현재 맬러리의 초상화는 전해지지 않고, 그의 텍스트의 필사본 역시 '윈체스터 필사본'이 유일하다.

만약 아서 왕이라는 역사적 인물이 실존했다면, 로마인의 브리타니아 철수(407년)로부터 몇 세기 뒤에 살았을 터이지만, 이 시기에 관해서는 오늘날 전해지는 기록이 전무하다시피 하다. 830년경에 넨니우스라는 웨일스인이 이 왕에 관해 작성한 라틴어 기록이 전해지고, 1130년대에 몬머스의 제프리가 저술한 『영국 왕의 역사』에도 비록 위조이지만 인상적인 아서 왕의 전기가 등장한다. 그러다가 오늘날 우리가 익히 아는 탐색과 성과 마상 경기에 관한 이 영속적인 전설이 대중의 상상력에 확고하게 자리 잡게 된 것은 15세기에 토머스 맬러리 경이 『아서 왕의 죽음』(1469년경 완성. 1485년 간행)을 펴내면서부터였다.

맬러리의 주요 참고 자료는 속어본이라고 알려진 프랑스의 산문 로망스 연작으로, 이것은 그 자체로도 여러 세기에 걸친 아서 왕 관련 창작물의 축적물이었다. 맬러리에 이르러 이 단조로운 작품들에는 뚜렷한 개인적 취향이 깃들게 되었다. 그는 수도사가 아니라 기사였으며, 아마도 1430년대까지 거슬러 올라가는 다사다난한 경력 도중에 일련의 험악한 범죄로 인해서 감옥에 갇혀 있는 동안 『아서 왕의 죽음』을 집필한 것으로 보인다. 그의 구체적인 죄목은 알려져 있지 않은데, 고발자들이 정치적 의도를 갖고 있었을 가능성도 있다. 그 당시에는 장미전쟁이 한창이었고, 매일같이 새로운 원한이 생겨났으며, 과거의 동맹 관계도 종종 시험대에 올랐다. 이 작품은 1485년에 인쇄 간행된 이후로 줄곧 친숙한 상태로 남아 있는 극소수의 중세 영어 작품 가운데 하나가 되었다.

『아서 왕의 죽음』은 아서 왕 전설 전체에 관한 완전한 서술을 제공한다. 즉 아서의 잉태 과정에서의 부정, 근친상간으로 태어난 아들 모드레드, '바위에 박힌 검' 엑스칼리버, 마법사 멀린의 고문 역할을 비롯해서 랜슬롯, 가웨인, 게라인트, 퍼시벌, 보어스, 갤러해드, 트리스탄 같은 원탁의 기사 가운데 다수의 이력 소개 등이 포함된다. 장미전쟁 당시에는 잔인무도한 격변과 당파주의와 기회주의에도 불구하고 (또는 그런 상황 '때문에') 기사 전설과 역사에 관한 관심이 유난히 높았다. 아서 왕의 기사들은 장미전쟁의 정치적 격돌로 인해 부식되는 모습이 역력했던 갖가지 미덕의(예를 들어 충성, 용기, 명예, 의협 등의) 상징이었다.

하지만 맬러리의 텍스트가 발휘하는 지속적인 매력에는 그 당시 현실과의 연

▲〈기사들의 무장 및 출발〉(1895-1896). 『아서 왕의 죽음』을 토대로 에드워드 번존스가 디자인하고, 모리스 앤드 컴퍼니에서 제작한 태피스트리.

관성 이상의 뭔가가 더 있다. 이 이야기에는 예언, 예정된 운명, 성性, 위험, 마법 등이 정신없을 정도로 뒤섞여 있다. 아울러 친숙한 것과 낯선 것을 모두 포함한 수많은 개울, 호수, 초원, 성 같은 잉글랜드의 전원적인 배경이 연이어 등장한다. 여러 이야기에서 기사들은 미지의 성에 도착하고, 이례적인 관습과 규범이 도리어 정상으로 통하는 그곳에서 각자의 미덕을 시험당한 끝에, 저마다 성격의 복잡성이 폭로된다.

이 이야기의 핵심은 아서 왕과 기네비어 왕비와 고귀한 기사 랜슬롯 경 사이에 펼쳐지는 비극적이며 낭만적인 삼각관계이다. 이 상황을 더욱 긴장시키는 것은 성배의 신비로운 존재인데, 전설에 따르면 이 잔은 그리스도가 최후의 만찬에서 사용했던 것인 동시에, 그리스도가 십자가에서 흘린 피를 담은 것이다. 성배가 아서 왕의 궁전 캐밀롯에 신비스럽게 모습을 나타내고, 잔치를 위한 음식을 제공함으로써, 이 사라진 잔을 되찾고자 하는 기사들이 일련의 탐색을 시작하게 된다. 그러나 랜슬롯은 성배에 접근하려다가 누군가의 뜨거운 숨결과 보이지 않는 손에 의해서 저지당한다. 왕비를 향한 부정한 사랑이 그를 무자격자로 만든 것이었다.

There foloweth the syxth boke of the noble and worthy prynce kyng Arthur.

How syr Launcelot and syr Lyonell departed fro the courte for to seke auentures / & how syr Lyonell lefte syr Laũcelot slepynge & was taken. Capitulum .i.

Anone after that the noble & worthy kyng Arthur was comen fro Rome in to Englande / all the knyghtes of the roũde table resorted vnto ẏ kyng and made many iustes and turneymentes / & some there were that were good knyghtes / whiche encreased so in a
mes and worshyp that they passed
theyr felowes in prowesse & noble ded
& that was well proued on many. B
in especyall it was proued on syr La
celot du lake. For in all turneyment
and iustes and dedes of armes / bot
for lyfe and deth he passed all knyght
& at no tyme he was neuer ouercom
but yf it were by treason or enchaun
ment. Syr Launcelot encreased so m
uaylously in worshyp & honour / wh
fore he is the first knyght ẏ the frens
booke maketh mencyon of / after th
kynge Arthur came from Rome / wh
fore quene Gueneuer had hym in gr
fauour aboue all other knyghtes / a
certaynly he loued the quene agayne
boue all other ladyes and damoysell
all the dayes of his lyfe / and for her

급기야 기네비어와 랜슬롯의 관계는 불편해지고, 그는 마치 자신의 실패를 그녀 탓으로 돌리는 것처럼 보인다. 하지만 의심과 죄의식이 늘어만 가는 상황에서 왕비는 계속해서 기사의 보호를 필요로 한다. 멜리아곤스 경이 기네비어를 간통죄로 고발하자 랜슬롯은 고발자에게 결투를 신청하는데, 이 기사의 무공을 생각하면 이것이야말로 살인 예고나 다름없는 일이었다. 급기야 두 사람이 왕비의 침실에서 발각되고, 랜슬롯은 어찌어찌 도망쳐 나왔지만, 기네비어는 사형 선고를 받는다. 왕비를 구출하던 와중에 기사는 가웨인 경의 형제인 가레스와 가헤리스 같은 친구들을 죽인다. 가웨인 경은 영원한 복수를 맹세하고, 원탁의 기사는 해체된다. 그리고 이 혼란 속에서 아서의 아들이자 조카인 모드레드가 왕위를 차지하려고 시도하며, 급기야 최후의 전투가 벌어져서 치명상을 입은 아서가 아발론으로 이송된다. 랜슬롯과 기네비어는 참회자로 살다가 죽는다.

맬러리가 묘사한 랜슬롯은 기네비어를 향한 사랑, 아서를 향한 충성, 성배에 접근할 만한 자격 모두를 얻으려는 필사적인 노력의 사이에서 오도 가도 못하는 사람이며, 결국 이 세 가지 모두에 실패하고 만다. 『아서 왕의 죽음』은 크나큰 긴장이 감도는 독창적인 장면에서 묘사된 그 예리한 심리적 통찰 때문에라도 주목할 만한 작품이다.

아서, 멀린, 엑스칼리버, 호수의 여인, 그리고 용감하고 씩씩한 기사들에 관한 전설은 이후로도 계속해서 수많은 소설가와 영화 제작자에 의해서 개작되었다. 이 전설에 시간 여행을 곁들인 마크 트웨인의 『아서 왕 궁전의 코네티컷 양키』(1889. 108쪽 참고)에서부터, 제2차 세계대전 이후의 독자를 위한 재해석인 T. H. 화이트의 『과거와 미래의 왕』(1958)은 물론이고, 심지어 초현실적인 유머가 돋보이는 영화 〈몬티 파이선과 성배〉(1975)까지 수많은 각색 작품이 있다.

◀ 윈킨 드 워드가 1529년에 간행한 맬러리의 『아서 왕의 죽음』에 수록된 목판 삽화(채색은 후대에 가해짐). 랜슬롯 경이 왕궁의 마상 경기에 출전해 싸우는 모습이다.

루도비코 아리오스토 LUDOVICO ARIOSTO

광란의 오를란도

ORLANDO FURIOSO(1516?/1532?)

이 쾌활한 르네상스 환상 문학은 샤를마뉴의 용사들에 관한 옛이야기에 격정적 사랑이라는 테마를 덧붙이면서, 순전히 상상의 오락을 위해서 수많은 마술사, 마술 반지 및 창, 히포그리프, 바다 괴물 등을 등장시켰다.

루도비코 아리오스토는 오늘날의 이탈리아 레지오 에밀리아에서 태어났지만, 14세 때에 부모를 따라 페라라로 이주했다. 1518년에 루도비코는 유명한 예술 후원자 알폰소 데스테 공작 휘하에서 일하게 되었다.

아리오스토는 1533년에 사망하기 전까지 『광란의 오를란도』를 꾸준히 개작해서 각각 1516년, 1521년, 1532년에 세 가지 판본을 간행했다.

이 가운데 1532년에 페라라에서 간행된 최종판이야말로 세르반테스와 스펜서와 셰익스피어 모두에게 영감을 제공한 바로 그 판본이었다.

아서 왕 로망스의 수많은 작품군과 겨룰 만한 대표 경쟁자는 샤를마뉴와 그 용사들을(즉 휘하의 가장 뛰어난 기사들을) 중심으로 한 수많은 전설이다. 이들의 역사적 근거는 아서 왕 이야기보다 더 명료하며, 그 결정적인 사건은 브르타뉴 백작 롤랑(이탈리아어로는 '오를란도'이다)이 778년에 롱스보 고개의 전투에서 사망한 것이었다. 물론 이 이야기는 아서 왕 전설만큼의 인기를 결코 달성하지는 못했는데, 이탈리아 르네상스의 시인 마테오 마리아 보이아르도(1441-1494)는 욕망과 격정이 결여된 까닭이라고 지적했다. 그의 장시 『사랑에 빠진 오를란도』는 이런 단점을 해결하려는 시도였지만, 보이아르도의 죽음으로 결국 미완성으로 남고 말았다. 그로부터 10여 년쯤 뒤에 시인 루도비코 아리오스토(1474-1533)는 서사시 『광란의 오를란도』에서 그 이야기를 이어나갔다. 이 서사시는 초판이 1516년에, 최종판이 1532년에 간행되었다.

이 시의 배경은 기독교인과 무슬림 사이의 충돌로, 보이아르도와 아리오스토의 시대까지 에스파냐와 발칸 반도에서 지속되고 있었다. 이런 현실 세계의 줄거리에 여러 세기에 걸친 웅대한 로망스와 마법이 추가되었다. 사실 이 작품은 줄거리를 제대로 따라가기가 어렵다. 정말 광란의 속도로 전개되고, 한 가지 이야기 다음에 또 다른 이야기가 뒤따르고, 종종 아슬아슬한 상태에서 끊어지기 때문이다. 전쟁이라는 배경 위에 영예로운 임무와 마법 물품이 곁들여진다. 예를 들어 아름다운 처녀 안젤리카의 반지는 마법을 물리치고, 마법사 아틀란테의 빛나는 방패는 누구든지 보기만 해도 정신을 잃고, 잉글랜드 용사 아스톨포의 마술 뿔피리는 누구든지 듣기만 해도 공포에 사로잡히고, 여기사 브라다만테는 투명한 창을 가졌고, 무슬림 기사 루지에로는 아틀란테의 날개 달린 말 히포그리프를 이용해서 (숱한 '위기의 여주인공' 장면 가운데 하나에서 제물이 된) 안젤리카를 '오르크', 즉 바다 괴물로부터 구해준다. 이 등장인물들의 주된 동기는 사랑, 욕정, 또는 심취이지만, 이런 줄거리보다 더 중요한 것은 오히려 여담이다. 이 시는 순수한 오락을 위해 고안되었기에, 경이와 놀라움이 계속해서 흘러나온다. 그 세계는 무슨 일이든지 가능한, 흥미진진한, 무시무시한, 성적으로 노골적인, 소름 끼치는, 그리고 다른 무엇보다도 예상을 뛰어넘는 세계이다. 등장인물들은 중국과 스리랑카와 달과 지옥과 지상낙원을 비롯해

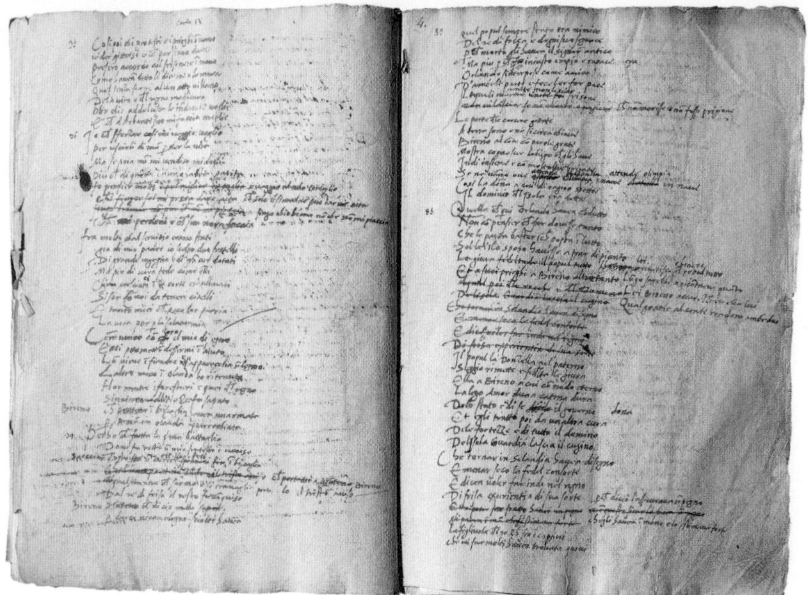

서 어디든지 여행한다.

또 이들은 (보이아르도의 작품에 나오는 '잔인한 성'에서 벌어진 시체애호증의 결과로 탄생한 괴물을 비롯해서) 숱한 악마와 괴물로부터 위협을 당하고, 착하거나 나쁜 여러 마법사들로부터 보호를 받거나 공격을 당한다. C. S. 루이스는 이 시야말로 환자에게 이상적인 읽을거리로서 저술되었다고 주장했다. 항상 놀랍고, 낙천적이고, 결코 너무 어렵거나 도덕적으로 부담스럽지 않기 때문이라는 것이다. 다시 말해 이것이야말로 낭만적 환상소설이라는 현대 장르 전체의 선조인 것이다.

『광란의 오를란도』의 성공 가운데 상당 부분은 자유분방한 무책임성에서, 그리고 지속적인 성적 인유가 불어넣은 활력에서 비롯되었다. 1591년에 존 해링턴 경은 엘리자베스 여왕의 수행원들을 즐겁게 해주려고 이 작품의 제28곡에 나오는 점잖지 못한 이야기를 번역했다가, 여왕에게 발각되어 궁전에서 쫓겨나기도 했다. 이 시는 에드먼드 스펜서의 『선녀 여왕』(1590-1609. 54쪽 참고)에 큰 영향력을 발휘한 것으로 입증되었으며, 그로부터 몇 년 뒤에는 셰익스피어도 『헛소동』(1612)의 줄거리를 구상하는 과정에서 영감을 얻었다. 세르반테스 역시 『돈키호테』(1605/1615. 62쪽 참고)에서 그 주인공이 크게 매료된 로망스들을 열거하며 『광란의 오를란도』를 언급했다.

20세기에 들어 이 시는 L. S. 드 캠프와 플레처 프래트가 공저한 '미숙한 마술사' 환상소설 시리즈(1941)에 영감을 제공했다. 최근에 와서도 소설가 이탈로 칼비노, 호르헤 루이스 보르헤스, 살만 루슈디 같은 작가들이 아리오스토로부터 영감을 얻었다. 특히 첼시 퀸 야브로의 『아리오스토: 광란의 아리오스토, 대체 역사 르네상스를 위한 로망스』(1980) 역시 여러 세계를 오간다는 소재를 다루고 있으며, 시의 세계, 가공의 르네상스 시대 이탈리아, 그리고 허구의 미국이 그 배경이다.

▲ 페라라 소재 아리오스토 시립 도서관에 소장된 『광란의 오를란도』 필사본.

▶▶ 장 오귀스트 도미니크 앵그르, 〈안젤리카를 구출하는 루지에로〉(1819).

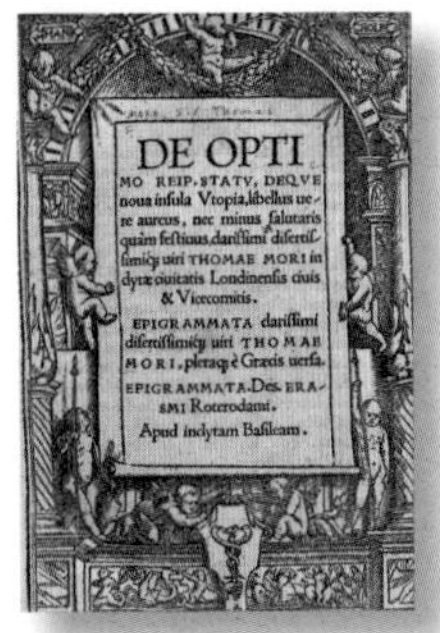

토머스 모어THOMAS MORE

유토피아

UTOPIA(1516)

사회는 완벽하고 주민은 조화를 이루며 살아가는 머나먼 섬에 관한 모어의 상상은 이른바 '유토피아 소설'이라는 새로운 장르를 만들어냈다. 하지만 '유토피아'가 '없는 장소'를 뜻한다는 점에서, 이 작품이야말로 그 당시의 사회에서 저자가 목격한 결점과 부패에 대한 비판임을 알 수 있다.

『유토피아』의 초판본은 1516년 벨기에 루뱅에서 간행되었다.

모어는 특유의 학식과 재치로 국왕 헨리 8세의 눈에 들어서 1529년에 대법관으로 임명되었다.

1532년에는 국왕이 영국 국교회의 수장임을 인정하기를 거부하고 직위에서 물러났으며, 급기야 런던 탑에 투옥되었다.

1535년 7월 6일, 모어는 참수형에 처해졌다. 이때 그는 '국왕의 훌륭한 종으로, 하지만 그보다 먼저 하느님의 훌륭한 종으로' 죽는다고 군중에게 선언했다.

영국의 인문주의자 토머스 모어(1478-1535)가 1516년에 쓴 『유토피아』는 지대한 영향력을 발휘하면서 하나의 문학 장르를 가리키는 말이 되었으며, 사회공학으로 완벽해진 문명이라는 그 개념은 후세의 수많은 작가와 화가를 매료시켰다. 『유토피아』는 전2권으로 이루어졌다. 1권에서 모어는 안트베르펜으로 출장을 떠나고, 그곳에서 라파엘 휘틀로다이우스라는 사람을 소개받는다. 휘틀로다이우스는 자기가 다녀온 여행을 모어와 또 다른 동료에게 설명하는데, 이들의 대화는 급기야 통치의 규범을 거쳐서 가난, 사형, 그리고 (농업 노동자를 희생시키면서까지 수익이 더 높은 목축업에 전용하기 위해 농지에 울타리를 치는) 인클로저 법률 같은 쟁점으로 이어진다. 결국에 가서 휘틀로다이우스는 사유재산을 완전히 없애버리는 것만이 유일하게 만족스러운 제도라고 불쑥 선언한다. 그 실현 방법은 2권에서 설명되는데, 왜냐하면 유토피아 시민들이 이미 실천하는 일이기 때문이다.

유토피아는 잉글랜드와 비슷한 크기의 섬이다. 여기에는 54개의 마을이 있고, 하나같이 똑같은 설계에 따라 지어졌다. 시민들은 똑같은 모양의 집에 살다가 10년에 한 번씩 재배치받는데, 그렇게 함으로써 어느 누구도 소유 의식을 느끼지 않게 한다. 농장에서는 전체 국가를 유지하기에 충분한 식량을 생산한다. 모두가 일하지만 오로지 하루 6시간만 일한다. 식량은 중앙 상점에서 가져오고, 다른 모든 것과 마찬가지로 대금 지불은 불필요하다. 모든 사람이 똑같이 실용적인 옷을 입고, 금과 은은 경멸의 대상이며, 보석은 오로지 아이들의 장난감일 뿐이다.

유토피아의 체제에 대한 후세의 평가는 부정적이었다. 활기 없고, 획일적이고, 가혹하고, 통제된다는 이유 때문이었다. 유토피아인은 내국인과 외국인 범죄자 모두를 노예로 삼았다. 혼전 성관계를 범하면 평생 독신으로 살게 했다. 결혼은 평생 유지되었고, 간통자는 노예로 삼았다. 이혼은 가능했지만, 어디까지나 엄격한 조건 하에서만 가능했다. 국내를 여행하는 데에도 신분증이 필요했다. 부적절한 기록 행위를 하면 자칫 노예가 될 수 있었다.

그냥 굶어 죽는 사람, 또는 식량을 훔치다 교수형으로 죽는 사람이 많았던 시대, 그리고 빈민을 위한 사회제도가 거의 없다시피 했던 시대에는 이런 금욕주의적 제도조차도 오히려 용인 가능했던 것처럼 보인다. 하지만 21세기에 와서 되돌아보

면, 모어의 섬은 놀라우리만치 전체주의적이고 권위주의적으로 보인다.

이후 여러 세기에 걸쳐 수많은 학자들은 모어가 『유토피아』를 발명한 이유를 알아내기 위해 골몰했다. 모어는 이런 이상 사회가 결코 존재할 수 없음을 알았다. 왜냐하면 이 섬의 이름 자체가 '없다'는 뜻의 그리스어 '우ou'와 '장소'라는 뜻의 '토포스topos'를 조합한 결과물이기 때문이다. 『유토피아』에는 풍자적인 요소도 때때로 나타나는데, 예를 들어 안락사와 사제의 결혼과 같은 유토피아의 관습 가운데 일부는 모어 본인의 가톨릭 신앙과는 정반대되는 내용이었다. 모어는 유토피아의 장점과 현실 세계의 결점에 대한 비교를 거듭해서 내놓는다. 그의 최우선 목적은 아마도 정답을 제시하는 것이 아니라, 오히려 다음과 같은 간단한 질문을 던지려는 것이었으리라. '우리가 지금보다 더 나아질 수는 없을까?'

H. G. 웰스는 『현대의 유토피아』(1905)와 『다가올 미래의 모습』(1933)에서 모어의 견해를 재현했지만, 전쟁과 스탈린주의로 인해 주목받지 못했다. 조지 오웰의 『1984』(1949. 174쪽 참고)는 무시무시하게 변질된 공산주의 유토피아를 보여주고, 올더스 헉슬리의 『멋진 신세계』(1932. 148쪽 참고)는 소비주의적 기술 유토피아를 풍자한다. 이 분야에서 가장 사려 깊은 소설 형식의 논평은 어슐러 K. 르 귄의 『빼앗긴 자들』(1974)인데, 모어의 유토피아의 규범 가운데 상당수를 따르는 공동체가 등장한다. 여기서는 화폐와 사유재산의 폐지도 이루어졌는데, 역시나 모어의 상상처럼 가난과 불의에서 촉발된 일이었다. 하지만 인간 본성을 전적으로 억누를 수는 없었던 이 사회도 결국 무너지기 시작한다.

▲1518년 바젤에서 간행된 『유토피아』에 수록된 암브로시우스 홀바인의 목판화(암브로시우스는 헨리 8세의 궁정 화가 한스 홀바인의 형이다). 이 목판화의 세부 묘사를 보면, 이 섬의 수도인 (안개 도시) 아마우로툼Amaurotum이 한가운데 있고, 그 주위에 (물 없는) 안휘드룸 강이 흐르고 있으며, 강의 '수원Fons Anydri'과 '하구Ostium Anydri'에도 각각 이름표가 붙어 있다.

THE FAERIE
QVEENE.
Difpofed into twelue books,
Fashioning
XII. Morall vertues.
LONDON
Printed for William Ponsonbie.
1590.

에드먼드 스펜서 EDMUND SPENSER

선녀 여왕

THE FAERIE QUEENE(1590–1609)

엘리자베스 시대 영국의 가장 뛰어난 작가 가운데 한 명이 지은 이 방대한 우의시寓意詩는 고전 신화 및 영국 전설의 여러 신과 괴물이 등장하는 아서 왕 시대 궁정의 풍경에 관해 웅장한 상상력을 보여준다.

스펜서가 이토록 길면서도 결국 미완성으로 남은 시를 쓰게 된 것은 엘리자베스 1세 여왕을 기리기 위해서였다. 하지만 국왕이 하사하는 연금을 제외하면, 생전에 그는 사실상 거의 인정을 받지 못한 상태였다.

그는 생애 대부분을 아일랜드에서 보냈는데, 당시에 잉글랜드는 아일랜드 통치를 확립하려고 도모했기 때문이다. 하지만 아일랜드인의 봉기로 스펜서는 1598년에 잉글랜드로 돌아오고 말았다.

1599년에 사망한 스펜서는 웨스트민스터 대성당의 시인 묘역에 매장되었다.

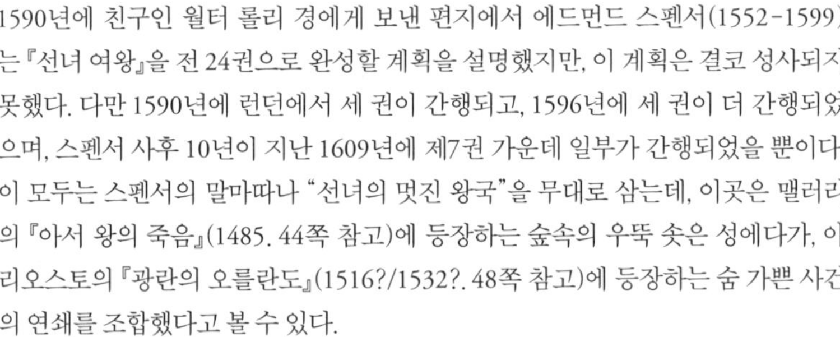

1590년에 친구인 월터 롤리 경에게 보낸 편지에서 에드먼드 스펜서(1552–1599)는 『선녀 여왕』을 전 24권으로 완성할 계획을 설명했지만, 이 계획은 결코 성사되지 못했다. 다만 1590년에 런던에서 세 권이 간행되고, 1596년에 세 권이 더 간행되었으며, 스펜서 사후 10년이 지난 1609년에 제7권 가운데 일부가 간행되었을 뿐이다. 이 모두는 스펜서의 말마따나 "선녀의 멋진 왕국"을 무대로 삼는데, 이곳은 맬러리의 『아서 왕의 죽음』(1485. 44쪽 참고)에 등장하는 숲속의 우뚝 솟은 성에다가, 아리오스토의 『광란의 오를란도』(1516?/1532?. 48쪽 참고)에 등장하는 숨 가쁜 사건의 연쇄를 조합했다고 볼 수 있다.

실제로 스펜서의 서사시는 여러 면에서 『광란의 오를란도』를 모방했다. 우선 그의 처녀 기사 브리토마트는 아리오스토의 여주인공 브라다만테와 상당히 유사하다. 나아가 스펜서의 '정의의 기사'인 아테걸 경을 브리토마트가 구출한 사건 역시 아리오스토의 남주인공 루지에로를 브라다만테가 구출한 사건과 병행을 이룬다. 아리오스토의 귀부인 안젤리카는 흑심을 품은 악당들 때문에 줄곧 곤경을 겪는데, 스펜서의 경우에는 플로리멜이 그렇다. 양쪽의 로망스는 마술사와 거인과 용과 처녀와 마상 경기가 일종의 조연으로 등장하는 것까지도 똑같다.

또한 이 작품은 잉글랜드 민간 전승과 아서 왕 전통으로부터 강한 영향을 받았다. 이미 완성된 부분에는 각 권마다 아서 왕자가 (아직 왕까지는 아닌 상태로) 등장하고, 그중 마지막 권에는 맬러리의 '탐색하는 야수'를 모델로 삼은 '소란스러운 야수'가 등장한다. 롤리 경에게 보낸 편지에서 스펜서는 자기가 호메로스와 베르길리우스의 전통을 따랐다고 말하지만, 실제로는 성서에서도 더 현저한 영향을 받았다. 예를 들어 제1권의 주인공인 '붉은 십자가 기사'는 의심의 여지 없이 잉글랜드의 수호성인 성聖 조지의 상징이지만, 롤리에게 보낸 편지에서 스펜서가 내놓은 설명에 따르면, 이 기사의 갑주는 바로 신약성서에 나오는 '하느님의 갑주'(「에베소서」 6장 10–18절)이다.

아리오스토의 작품과 달리 『선녀 여왕』은 더 선명한 초점과 탄탄한 구조를 지녔으며, 이는 스펜서의 훨씬 더 진지한 의도가 작용한 결과였다. 각 권마다 한 가지씩의 미덕이 남녀 주인공으로(또는 제4권에서처럼 캠벨과 트라이아몬드라는 공동

하지만 불과 탐욕스러운
강건함으로 가득한
젊은 기사는 가만히만
있을 수가 없어서
어둑어둑한 구멍 속으로
걸어 들어가
안을 들여다보았다.
그의 번쩍이는 갑주에
약간의 빛이 생기자,
그늘 정도의 밝기였어도
그는 추악한 괴물의 얼굴을
똑똑히 볼 수 있었다…….

▲ 존 멜류시 스트루드위크의 〈아크라시아〉(1888)는 제2권에 등장하는 마법의 유혹녀 아크라시아와 '희락의 소굴'에서 마법에 걸린 기사의 모습을 묘사하고 있다.

주인공으로) 의인화되며, 이들의 모험은 미덕과 아울러 앞으로 생길 수 있는 잠재적인 덫이 무엇인지를 보여준다. 제2권에서 절제의 의인화인 가이언 경은 사나운 '격정'에게 물어뜯기는 중인 청년을 구하러 달려간다. 가이언 경이 싸움에서 고전하자 그의 조언자인 '순례자'는 항상 '격정'을 따라다니는 '기회'라는 노파를 구속하는 것이 먼저라고 알려준다. 여기서의 교훈은, 격정을 물리치려면 일단 그런 감정이 강해질 기회를 허락하지 말아야 한다는 것이다.

스펜서의 서사시는 또한 고전 신화로부터 소재를 가져왔다. 변신 능력을 지닌 신 프로테우스가 미녀 플로리멜을 바다 밑에 가둬놓은 대목은 지하세계로 끌려간 페르세포네나 에우리디케의 신화와도 유사하다. 동시대 철학자 프랜시스 베이컨은 프로테우스가 곧 물질을 상징한다고 보았는데, 나무 열매의 경우처럼 무르익고, 부패하고, 돌아오는 과정을 항상 거치기 때문이다.

『선녀 여왕』은 그 묘사 면에서도 주목할 만하다. 예를 들어 벌거벗은 처녀들과 마법에 걸려 짐승이 된 기사들로 완성된 '희락의 소굴'이라든지, 비기독교적이고 부도덕한 풍요의 장소인 '아도니스의 정원'이라든지, 전원적 풍경을 갖춘 '우미優美의 춤'이라든지, 미처 완성되지 못한 제7권에 나오는 '변화'와 '자연'의 연설에 관한 묘사가 그렇다. 이처럼 다채롭고 심미적인 배경하에서, 스펜서는 이탈리아의 오를란도 로망스에서 발견되는 환상 문학의 매력에다가 심리적이고 정서적인 깊이를, 아울러 눈에 보이는 것 이상이 숨어 있다는 뚜렷한 감각을 새로이 덧붙였다.

◀ 존 싱글턴 코플리의 〈붉은 십자가 기사〉(1793?)를 위한 습작. 기사와 마주친 두 여성은 각각 미덕의 의인화이다. 왼쪽의 '믿음'은 뱀이 도사린 잔을 들었고, 오른쪽의 '희망'은 작은 닻을 들었다.

오승은 WU CHENG'EN

서유기

JOURNEY TO THE WEST(1592?)

용과 도적과 요괴와 마법사에 관한 중국 고대의 전설을 다룬 이 16세기 말의 작품은 영적 지혜에 유머와 깊이의 층을 여러 겹 덧붙여놓았다.

『서유기』는 원래 익명으로 유포되었기 때문에, 저자 확정의 문제는 여전히 논란의 대상으로 남아 있다.

여러 세기가 지난 뒤인 1970년대 말에 일본에서 그 각색인 사카이 마사아키 주연의 TV 연속극 〈서유기〉가 제작되었는데, 이 작품은 컬트의 고전이 되어 지금까지도 인기를 누리고 있다.

오승은(吳承恩, 1500-1582)의 16세기 소설 『서유기西遊記』는 이른바 화본話本 소설과 통속극이라는 중국의 오랜 전통을 토대로, 식자층을 겨냥해 저술한 복잡하고 우의적인 서사물이다. 이 소설은 7세기의 위대한 학승 현장玄奘의 시련을 서술한다(그의 별칭인 '삼장三藏'은 그가 경장經藏 · 율장律藏 · 논장論藏의 세 가지 경전을 가져온 사람임을 상징한다). 그는 불교의 발상지 인도에서 그 원문 경전을 가져오는 과정에서, 사라진 왕국들과 길도 없는 황무지를 지나가는 순례를 감행했다. 이런 모험의 윤곽만 살펴보아도 환상적인 풍경에 대한 기대가 생겨나는 것은 자연스러운 일이다. 하지만 우리가 시작하는 여정은 낯선 풍토의 이국성을 일깨우는 방향보다는, 오히려 불교 구도자의 영적 구성 요소에 관한 탐색이라는 방향으로 더 많이 향한다.

그렇다면 인류 역사상 가장 뛰어난 여행기 가운데 하나의 우의화인 이 작품에서조차도 결국 '중화中華'의 문학적 상상력을 속박했던 문화적 곁눈 가리개가 적용되었다는 결론으로 비약해도 되는 걸까? 만약 그렇게 생각한다면, 우리는 과녁에서 한참 벗어나버리고 마는 셈이다. 아주 이른 시기부터 중국 독자들은 『산해경』 같은 책에 열거된 기묘한 지역과 생물에 매료되었기 때문이다. 비교적 최근인 청 제국 말기에 가서도, 중국의 주변부 원정에 관한 가상의 보고에서는 계속해서 미지의 지역과 민족을 매력 요소로 제시했다. 본토와 더 가까운 곳에서조차도 중국의 시적 상상력을 크게 사로잡은 테마 가운데 하나는, 외부 세계에서 명성과 부를 추구하는 자멸적인 행동을 멀리한 사람들이 완벽한 평화와 조화 속에 살아가는 비경秘境을 운 좋게 발견하는 것이었다. 이에 관한 가장 유명한 사례는 바로 도연명의 『도화원기』일 것이다.

하지만 『서유기』의 일차적인 문학적 관심은 순례자들이 통과하는 상상의 세계가 아니라, 오히려 그 지역에 거주하는 등장인물에 맞춰져 있다. 그리고 이때의 등장인물은 시골 나무꾼에서부터 계몽되거나 미개한 군주처럼 더 '인간다운' 주민뿐만 아니라, 순진한 승려를 사로잡기 위해 종종 친절한 통치자로 위장하고 나타나는 요괴 주민도 포함한다. 주인공들이 지나가는 사라진 도시며 미지의 황무지의 경우, 대개는 명나라의 풍경에 관한 회화적이고 도상적인 규약과 일치하리만큼 크게 동화되었다. 이런 세계 역시 거의 대부분 '산'으로 확인되는데, 그곳의 비밀 요새와 동굴 속에는 갖가지 적대자들이 숨어 있기 때문에, 아름답지만 방심할 수 없는 지역이 된다. 기존 질서가 역전된 '서량의 여인국'의 예외를 제외하면(이 나라에서는 남성 지배의 모든 형태를 여성이 대신한다) 대안적인 존재 양식이 두드러진 영역을 사실상 찾아볼 수가 없고, 아울러 (극소수의 예외를 제외하면) 모든 관심은 요괴 두목들의 악한 의도와 기묘한 무기에 쏠리게 된다.

이런 고찰의 한 가지 예외는 이 책의 맨 처음에, 즉 지금은 사라진 완벽한(최소한 처음에는 '완벽했던') 세계에 관한 성숙한 문학적 묘사에 형상화되어 있다. 즉 당나라 승려의 '서사시적' 여행의 서술 직전에 미후왕의 과거 이력에 관한 일화가 연이어 나오는 것이다. 그는 화과산에서 원숭이 무리를 위해 요새화된 낙원을 만든 태평한 창건자로 입지를 다지는데, 무제한의 자유와 풍요를 지닌 이 땅은 정말 예리하게도 '오만이 꽃피는 땅傲來國'에 위치해 있다. 머지않아 그는 자기만족이라는 오만 때문에 자신의 영역을 벗어나 천상 세계의 권능자들을 향해 반란을 일으키고, 결국 진압당한 뒤에 (이제는 원숭이 형상에 '손오공孫悟空'이라는 법명까지 얻고서) 자아의 경계 너머로 떠나는 탐색 여행이라는 더 높은 목표에 복종하게 된다.

▲ 20세기 초의 이 삽화에서는 '흑수하黑水河'의 교활한 요괴가 뱃사공으로 가장한 다음, 미후왕 손오공이 구하러 달려오기 전에 현장 법사를 납치하는 모습이 묘사되어 있다.

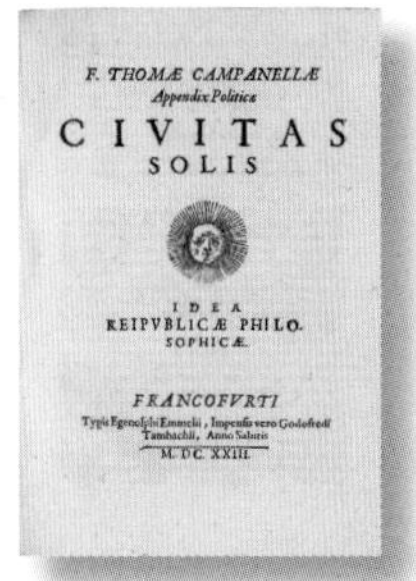

토마소 캄파넬라 TOMMASO CAMPANELLA

태양의 도시

THE CITY OF THE SUN(1602)

이곳은 모든 것이 공유되는 신정주의적 유토피아이다. 솔라리아인은 자유로운 보편 교육의 혜택을 받는다. 이들은 매일 6시간만 일하고, 최소 100년의 수명을 누린다.

『태양의 도시』 원고는 1602년에 완성되었지만, 초판본은 1623년에야 프랑크푸르트에서 간행되었다.

캄파넬라는 1634년 10월부터 사망 때까지 프랑스에 거주했으며, 훗날의 루이 14세가 태어나자 기쁜 마음으로 점성학 운세도를 만들어주었다.

왜냐하면 이 왕자가 태어난 1638년 9월 5일은 그로부터 70여 년 전에 캄파넬라가 태어난 날이었기 때문이다.

도미니크회 수사 겸 박학다식자인 토마소 캄파넬라(1568-1639)는 (나폴리에서 에스파냐의 통치에 저항하는 음모를 주도한 혐의로) 감옥에 있었던 1602년에 1100쪽짜리 유토피아 선언문 『현실 철학Philosophia Realis』을 탈고했다. 거기에는 『태양의 도시La città del Sole』라는 제목의 부록이 있었는데, 훗날 그의 대표작이 되었다. 그 이야기는 한 여행자의 회고담이라는 문학적 액자 속에서 나타나는데, 아마도 토머스 모어의 『유토피아』(1516, 52쪽 참고)에서 가져온 장치로 보인다. 물론 캄파넬라의 텍스트에는 저 영국 인문학자가 명시적으로 언급되지 않으며, 대신 고대 그리스의 철학자 플라톤의 영향과 발상이 더욱 강조된다.

이 작품에서 몰타 기사단의 한 수도사는 최근 귀국한 선장에게 머나먼 '태양의 도시'를 방문한 경험을 설명해달라고 요청한다. 선장의 설명에 따르면, 이 도시는 타프로바네 섬에 있으며(고대 그리스인도 알고 있었던 이 섬은 오늘날의 스리랑카나 수마트라로 추정된다) 그곳의 주민은 원래 인도에서 살다가 그곳으로 건너왔다. 선장은 그 장소에 관해서, 그리고 그 주민 솔라리아인에 관해서 일련의 복잡한 세부사항을 밝히는데, 이를 토대로 우리는 캄파넬라가 자신의 유토피아를 이 장르의 다른 사례들보다는 뭔가 덜 환상적으로 만들고자 원했음을 짐작할 수 있다. 즉 이곳은 '어딘가에' 실제로 있는 곳이므로, 예를 들어 플라톤의 '국가'만큼 순수 사변적이지도 않고, 모어의 '유토피아'만큼 그 이름부터 부정否定이 가득하지도 않다.

선장이 말하는 몇몇 세부 사항은 오히려 단조로운 편이지만, 가장 중요한 요소들, 즉 통치, 교육, 종교, 개인의 자유 등은 캄파넬라 본인의 견해를 반영하는 동시에, 점성학과 수비학에 대한 그의 애호를 반영한다(예를 들어 우리는 이 도시의 방벽이 일곱 개의 튼튼한 동심원을 형성하고 있으며, 각각의 원이 행성 하나씩을 가리키고 있음을 알게 된다). 이 도시의 중심부에 있는 언덕 위에는 원형 사원이 있고, 그 주위에는 49명의 사제가 거주한다. 사원 안에 있는 제단에는 두 개의 구球가 놓여 있는데, 하나는 지구이고 또 하나는 천체를 묘사하는 천구이다. 또한 돔 지붕의 둥근 부분에는 일곱 개의 황금 등불이 걸려 있는데, 저마다 행성의 이름이 달려 있고 항상 켜져 있다. 당연한 이야기지만, 그 주민의 완성에서는 교육이야말로 중요하고 핵심적이다. 도시를 에워싼 방벽의 안팎에는 모든 지식의 도해가 그려져 있어서,

◀ 피오 산퀴리코, 〈감옥 안의 토마소 캄파넬라〉(1880). 이 도미니크회 수사는 나폴리에서 에스파냐의 통치에 저항하는 음모를 주도한 혐의로 투옥되었으며, 이때 감방 안에서 『태양의 도시』 텍스트를 탈고했다.

모든 아이들은 3세부터 10세까지 바로 그곳에서 의무 교육을 받는다.

이 도시는 최고 지도자가 통치하는데, 그는 바로 '호Hoh'라는 이름의 사제이다. 그는 평생 직위를 유지하며, 형이상학과 신학에 관해서는 다른 누구보다도 더 많은 지식을 지녀야만 한다. 호는 임무를 수행하는 과정에서 공동 군주 세 명의 보좌를 받고, 각각의 군주는 역시나 여러 행정관의 도움을 받는다. 군주 가운데 첫 번째인 '폰Pon'(힘)은 전쟁과 평화에 관한 임무를 담당하고, 두 번째인 '신Sin'(지혜)은 '학예와 공학과 모든 과학의 지배자'이다. 세 번째인 '모르Mor'(사랑)는 '종족을 담당'하는데, 이는 결국 그가 모두의 장수를 보장하고 '남녀가 결합하여 최고의 후손을 낳을 수 있도록 감독한다'는 뜻이다.

비록 『태양의 도시』의 표면 바로 아래에는 디스토피아적 대안의 씨앗이 놓여 있지만(즉 우생학과 전체주의를 지지하는 관념이 떠오르게 되지만) 캄파넬라의 텍스트는 르네상스 후기에 대두한 평등이라는 중요한 철학적 테마를 반영하고, 지적 자유를 증진하기 위해 노력한다. 그러나 이 텍스트가 간행된 1623년에는 정부 통제 출산이라든지, 간음이 죄가 아니라는 견해 등이 물의를 일으켰으며, 급기야 이단이라는 비난까지도 나오고 말았다.

미겔 데 세르반테스 MIGUEL DE CERVANTES

돈키호테

DON QUIXOTE(1605/1615)

이 서사시적인 걸작에서 세르반테스는 기사 전설과 로망스에 미혹된 한 기사의 우스꽝스러운 모험을 통해 현실적인 것이 곧 상상적인 것으로 변모하고, 거꾸로 상상적인 것이 현실적인 것을 상징하는 상황을 보여줌으로써, 에스파냐 제국에 관한 전복적인 초상화를 그려냈다.

세르반테스는 1547년 10월 9일에 세례를 받았지만, 실제 생일은 알려지지 않았다. 다만 그의 이름 '미겔'은 그가 미가엘 축일인 9월 29일에 태어났음을 암시한다는 주장도 있었다.

이 소설의 간행 이후로 '돈키호테 같은quixotic'이라는 표현은 '그 결과에 대한 고려라고는 없이 무모하거나 낭만적인 이상을 뒤쫓는 실현 불가능한 추구'를 의미하게 되었다.

『돈키호테』의 제1부 초판본은 1605년 마드리드의 프란시스코 데 로블레스에 의해서 간행되었다.

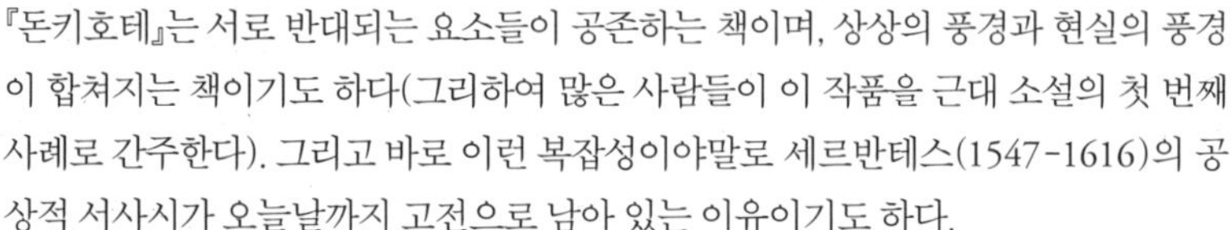

『돈키호테』는 서로 반대되는 요소들이 공존하는 책이며, 상상의 풍경과 현실의 풍경이 합쳐지는 책이기도 하다(그리하여 많은 사람들이 이 작품을 근대 소설의 첫 번째 사례로 간주한다). 그리고 바로 이런 복잡성이야말로 세르반테스(1547-1616)의 공상적 서사시가 오늘날까지 고전으로 남아 있는 이유이기도 하다.

세르반테스의 글쓰기는 여행과 모험으로 점철된 본인의 삶에 상당 부분 바탕하고 있다. 그는 이탈리아인 추기경의 수행원, 에스파냐 제국의 군인, 알제리의 포로, 극작가, 시인, 징세관에 이르기까지 파란만장한 삶을 살았다. 또한 그는 경제적 곤란 때문에 에스파냐에서도 몇 번이나 감옥에 들어갔고, 심지어 『돈키호테』의 놀라운 인기 이후에도 부富와는 거리가 멀었다.

주인공의 이름 '라만차의 돈키호테Don Quixote de La Mancha'가 암시하는 것처럼, 이 소설은 에스파냐의 마드리드 남쪽에 있는 실존 지역을 무대로 한다. 라만차가 속한 카스티야는 『돈키호테』가 나왔을 무렵 우세하던 기독교 국가 에스파냐를 대표하는 지역이었고, 이슬람교와 유대교 전통으로부터 큰 영향을 받은 남부 지역 안달루시아와 맞닿아 있었다. 따라서 세르반테스의 손을 거친 라만차의 풍경은 에스파냐 그 자체의 다양한 종족적 정체성을 상징하는 것으로도 간주될 수 있다. 돈키호테에게 라만차는 머무르기 위한 공간이 아니라, 단지 자기가 모험, 또는 '기습 공격'하는 동안에 배회하기 위한 공간이다. 제공되는 묘사는 사실적이지 않으며, 오히려 상징적이고 문학적이다. 예를 들어 돈키호테가 자진해서 참회를 수행한 동굴과 산맥은 기사도 전통에서 가져온 것이며, 목자들이 기대어 서서 노래하고 대화하는 너도밤나무로 말하자면 세르반테스가 패러디한 전원시에서는 나오지만 정작 라만차에서는 자라지 않는다.

세르반테스에게는 상상의 세계 역시 현실 세계 못지않게 상징적 연상물을 갖고 있었다. 돈키호테는 미혹에 사로잡힌 등장인물이며, 기사도 로망스를 과도하게 읽은 나머지 미쳐버렸다. 이 전설 텍스트를 모방하여 그는 편력 기사로서 시종과 함께 모험을 찾아 떠난다. 그의 곤경은 고상하거나 거창한 이상의 실현 불가능성을 풍자하며, 그의 미혹은(특히 풍차를 거인으로 오인하고 돌진하는 것이 가장 유명한데) 당시 카스티야를 지배한 합스부르크 가문이 그곳 풍경에 부과하던, 매우 실제

적이고 충격적인 기술적 변모에 대한 반응으로도 해석될 수 있다. 왜냐하면 그 당시에 풍차는 카스티야의 풍경에서 전통적인 요소까지는 아니었기 때문이다. 오히려 그것이야말로 합스부르크 가문의 세계 대전 당시 경제를 추진하기 위해서 만든, 바람이 잦은 라만차의 언덕에 설치한 괴물 같은 새로운 기계일 뿐이었다. 풍차, 그리고 풍차가 상징하는 것이 가한 충격은 또한 툭하면 얻어맞고 두들겨 맞는 돈키호테와 산초의 딱한 상태를 묘사할 때마다 나오는 '몰리도스molidos'[동사 'moler'(갈다)의 과거분사]라는 단어의 반복에서도 강력하면서도 미묘하게 표현되었다.

현실적인 것과 상상적인 것 사이의 경계를 흐리는 이 강력한 전략 덕분에 세르반테스는 검열과 강압의 시대에, 즉 진실이 오로지 지하에서만 유포되던 시대에 자기 통찰을 표현할 수 있었다. 나아가 허구를 현실로 바꾸고 현실을 허구로 바꾸는 그의 놀라운 역량은 문학적 표현의 한계를 확장시켰으며, 그의 상상력의 가장 지고한 힘을 두드러지게 했다. 다른 여러 이유 중에서도 바로 이런 이유 때문에, 『돈키호테』는 문학의 걸작으로 간주되는 한편, 전 세계 수백만 작가와 독자에게 계속해서 영감을 제공하는 것이다.

▲ 오노레빅토랭 도미에의 〈돈키호테와 산초 판사〉(1855?). 도미에는 세르반테스의 텍스트에 근거한 그림을 몇 가지 남겼다. 여기서는 돈키호테가 어딘가로 돌진하는 사이, 그의 시종 산초 판사가 당나귀 위에 앉아 병에 든 음료를 마시고 있다.

THE
TEMPEST.

Actus primus, Scena prima.

윌리엄 셰익스피어 WILLIAM SHAKESPEARE

폭풍우

THE TEMPEST(1611)

셰익스피어의 마지막 희곡은 마법사 프로스페로, 그의 딸 미란다, 그리고 이들의 시종 에어리얼, 괴물 같은 칼리반이 사는 마법에 걸린 섬을 무대로 한다. 그리고 이 희곡의 시작과 함께 큰 폭풍우로 난파한 사람들이 이들의 고립된 목가를 방해하게 된다.

이 작품은 1623년에 에드워드 블런트와 아이작 재거드가 간행한 '초판 2절판'에 포함되어 있었다.

런던 소재 BBC 방송국 본사 바깥에는 에어리얼과 프로스페로의 조상彫像이 세워져 있는데, 이는 무선 송수신이라는 마법을 상징하기 위해서이다.

영화 〈금지된 행성〉(1956)은 『폭풍우』의 SF식 해석이라고 할 수 있는데, 여기서 에드워드 모비어스 박사와 그의 딸 알타이라는 머나먼 행성 알타이르 4호에 표류하게 된다.

『폭풍우』는 배 한 척이 폭풍우 치는 바다에서 고군분투하고, 그 탑승자들이 생명의 위협을 느끼는 것으로 시작된다. 이 폭풍우는 딸 미란다와 함께 인근의 무인도에 표류해 살아가는 강력한 마법사 프로스페로가 만들어낸 것이다. 이 섬에는 프로스페로와 미란다 외에도 다른 두 명의 거주자가 있다. 바로 악마와 마녀의 아들인 칼리반과, 마녀에게 고통받다 프로스페로에게 구출되어 그를 섬기는 요정 에어리얼이다.

프로스페로의 행동 동기는 복수이며, 그 대상은 그를 권좌에서 몰아내 유배시키고 밀라노의 공작이 된 동생 안토니오, 그리고 이 과정에서 안토니오를 지원한 나폴리의 왕 알론소이다. 그는 우선 알론소의 아들 페르디난드를 섬의 바닷가에 떠밀려 오게 하고, 곧이어 섬에 도착한 알론소며 다른 일행과 헤어지게 만든다.

셰익스피어(1564?-1616?)의 이 섬은 내용상 밀라노와 나폴리 모두에서 그리 멀지 않은 지중해의 어딘가에 위치했을 가능성이 크다. 하지만 이른바 '무인도'에 관한 발상은 1492년 콜럼버스의 신세계 발견으로부터 유래한다. 셰익스피어는 카리브 해를 다녀온 탐험가들의 이야기에 깊은 관심을 품었던 것이 분명하다. 난파에 관한 그의 묘사에는 1609년에 잉글랜드에서 버지니아로 향하던 도중에 버뮤다 제도에서 실종된 선박의 사건에서 얻은 발상이 포함되어 있다. 하지만 그 탑승자들은 여러 달 동안 무인도에서 비교적 편안하게 살아가다가 결국 버지니아에 무사히 도착했다.

16세기와 17세기 유럽인의 눈에 비친 카리브 해는 모순의 땅이 아닐 수 없었다. 그곳은 정말 유례가 없는 방식으로 위험했지만, 동시에 정말 유례가 없는 방식으로 풍요했으며, 이국적이고 새로운 것들이 가득했다. 그곳에는 여러 가지 새롭고 충격적인 위험도 있었는데, 그중 하나인 허리케인에 관한 기록은 1555년에 처음으로 영국에 나타났다. 상어에 관한 기록 역시 대략 이 시기에 처음 나타났다(아들 페르디난드가 죽었다고 생각한 알론소는 이렇게 묻는다. "어떤 낯선 물고기가 그 아이를 먹이로 삼았을지?"). 이와 유사하게 초창기 탐험가들은 그곳의 토착민을 어떻게 대해야 할지 몰랐으며, 신세계에는 흉포하고 예측 불허의 주민들이 살고 있을 것이라는 두려움을 품은 나머지, 그곳 사람들이 악마이거나 악마 숭배자일 것이라고 간주한 경우도 종종 있었다. 뿐만 아니라 식인 종족에 관한 충격적인 보고까지 있었

▲ 작자 미상(영국 화파), 〈미란다와 프로스페로와 에어리얼〉(1780?).

다(영어에서 '식인cannibal'이라는 단어의 최초 기록은 1553년에 나타났는데, 이는 '카리브Carib'와 같은 어원에서 비롯되었다. 셰익스피어의 '칼리반Caliban' 역시 이 어원에서 비롯된 의도적인 변형처럼 보인다).

셰익스피어는 이 희곡에서 토착민이라는 소재를 이용한다. 프로스페로가 처음 이 섬에 도착했을 때, 칼리반은 마법사에게 식수용 샘이 있는 곳을 알려주고, 나중에는 난파한 사람들에게 나무 열매가 있는 곳이며 물고기 잡는 법까지 알려준다. 거꾸로 프로스페로와 미란다는 칼리반이 본성적으로 사악하다고는 믿지 않으며, 심지어 그에게 말하는 법을 가르침으로써 정신을 '문명화하는 사명'이라도 품은 것처럼 보인다.

『폭풍우』는 셰익스피어의 마지막 희곡인데, 그의 다른 희곡 대부분이 그러하듯이 당대의 사건에서 소재를 가져왔을 뿐만 아니라, 더 오래된 이야기며 역사며 환상과 통합시켰다. 헤라, 이리스, 데메테르 같은 그리스 신들이 언급되는가 하면, 프로스페로의 유명한 연설은 오비디우스의 『변신 이야기』(8?. 22쪽 참고)를 연상시킨다. 다른 환상적인 요소들은 중세의 전설과 잉글랜드 민담에서 선별한 것이다. 예를 들어 난파를 겪은 군주들은 프로스페로의 강력한 마법을 보고 나서 자기들이 일각수와 불사조를 믿게 되었다고 말한다. 에어리얼은 마치 잉글랜드 민담에 나오는 장

두려워 말아요. 이 섬에 가득한 소음과
소리와 달콤한 공기는 기쁨만 주고 해치진 않으니.
때로는 1천 개의 현악기가
내 귀에 울리죠. 때로는 목소리가 울리고.
마치 내가 긴 잠에서 깨어난 직후에도
다시 잠들게 만들 만한 목소리가. 그 꿈속에서는
마치 구름이 열리고, 보고寶庫가 드러나
금방이라도 내게 떨어질 듯하여, 잠에서 깨어나면
나는 다시 꿈을 꾸려고 안달하곤 했죠.(제3막 2장 130-138행)

◀ 아서 래컴의 펜화 〈칼리반과 에어리얼〉(1899-1906).

난꾸러기 정령들처럼(즉 요정과 보거트와 홉고블린처럼) 행동한다. 정령들은 칼리반을 꼬집고, 난파자들을 늪과 수렁으로 유도하고, 도깨비불로 변하고, 요정의 원을 만든다. 셰익스피어 당시의 관객들에게는 이 모두가 카리브 해의 이야기나 중세 전설보다 더 친숙했을 가능성이 높다.

『폭풍우』는 무인도를 배경으로 한 사상 최초의 문학작품까지는 아니지만, 현실의 제약에서 벗어나 심상과 상상의 자유로운 혼합을 그려낼 빈 화폭으로서 이 배경의 막대한 잠재력을 예증했다. 이 잠재력 충만한 설정은 이후 대니얼 디포의 『로빈슨 크루소』(1719), 조너선 스위프트의 『걸리버 여행기』(1726. 74쪽 참고), R. L. 스티븐슨의 『보물섬』(1883. 100쪽 참고), H. G. 웰스의 『모로 박사의 섬』(1896), 심지어 윌리엄 골딩의 『파리대왕』(1954)에 이르는 숱한 문학작품에 영향력을 발휘한 바 있다. 특히 잃어버린 아이들, 해적, 인디언, 요정, 인어 등이 어울려 사는 네버네버랜드를 배경으로 한 J. M. 배리의 『피터 팬』(1911)은 『폭풍우』에 크게 빚진 작품이라고 할 수 있다.

문학적 탁월성뿐만 아니라, 그 지속적인 사회적 중요성 때문에라도, 이 작품은 현대에 와서도 여러 차례 유명한 무대 공연으로 이어졌으며, 무대 너머에서도 여러 가지 매체로 이식되었다. 호가스, 퓨젤리, 밀레이 같은 화가들이 일부 장면을 그림으로 묘사했고, 이 희곡을 토대로 한 오페라만 무려 40편이 넘는다. 이 작품에서 영감을 얻은 시로는 브라우닝의 「칼리반의 세테보스론論」(1864)과 W. H. 오든의 프로이트적인 「바다와 거울」(1944)이 있고, 텔레비전 드라마와 영화의 각색물 역시 수없이 많다.

이처럼 방대한 영향력의 유산은 『폭풍우』의 지속적인 중요성을 알려주는 한 가지 단서가 된다. 친숙하면서도 낯선 저 '다른' 세계를 창조함으로써, 셰익스피어는 탐험과 발견의 시대에 자국이 직면했던(아울러 오늘날까지도 여전히 직면하고 있는) 가장 중요한 문제 가운데 상당수를 선구적으로 탐구했다. 그것은 바로 인종, 성性, 식민주의, 그리고 '타자'의 경험 같은 문제였다.

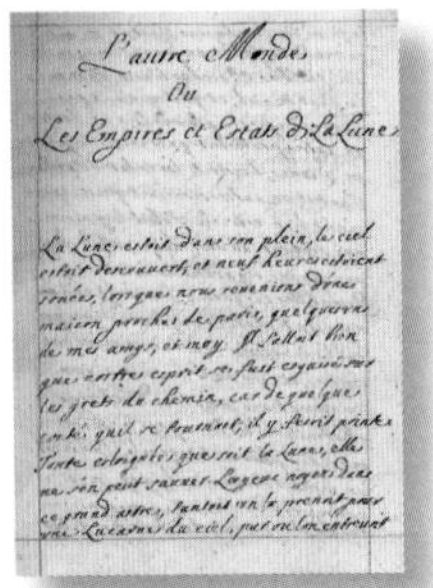

시라노 드 베르주라크 CYRANO DE BERGERAC

달나라 여행

A VOYAGE TO THE MOON(1657)

시라노 드 베르주라크의 소설 속 달나라는 토착민, 인간 다섯 명, 지식의 나무 한 그루가 있는 낙원으로, 당대의 천문학과 기독교의 정통설에 도전을 제기한다.

원제가 『다른 세상: 달의 나라와 제국L'Autre Monde: ou les États et Empires de la Lune』인 이 작품은 저자의 사후인 1657년에 샤를 드 세르시에 의해서 간행되었다.

시라노의 생애에 관한 허구적인 묘사는 매우 인기가 높았던 에드몽 로스탕의 1897년 작 희곡 『시라노 드 베르주라크』에 나타난 바 있다.

시라노 드 베르주라크(1619-1655)가 『달나라 여행Voyage dans la Lune』과 그 속편인 『해의 나라와 제국의 역사L'Histoire des États et Empires du Soleil』를 쓰게 된 것은 태양 중심 우주에 관한 발상이 이단적이라고 로마가 단죄한 때로부터 얼마 되지 않아서였다. 따라서 그의 목적 가운데 하나는 코페르니쿠스, 케플러, 갈릴레오의 주장을 지지하려는 것이 분명했다. 그는 해와 달이 우리 세계와 똑같은 세계라고, 왜냐하면 자기가 거기 가보았기 때문이라고 말했다.

이 1인칭 과학소설에서 시라노의 운송 수단은 과거와 현재의 혼합물이다. 그의 첫 번째 발상은 자기 몸 주위에 이슬 담은 병을 묶는 것이었는데, 왜냐하면 이슬이 증발하며 해에게 빨려 들어가기 때문이었다. 하지만 이것만으로는 추진력이 부족해서 도로 땅에 떨어지고 말았다. 결국 그는 로켓의 보조를 받아 이륙한 다음 달나라의 인력까지 함께 이용함으로써(이전 시도에서 멍든 상처를 완화하려고 몸에 바른 소의 골수를 달이 빨아들였기 때문이다) 목적지에 도착했다.

시라노의 주된 혁신은 우주적 풍자가로서의 업적이었다. 달나라에서는 모든 것이 거꾸로였다. 즉 사람들이 경의를 표하는 방법이란 모자를 쓰고 자리에 앉는 것이었으며, 사람들이 받는 가장 가혹한 형벌은 늙어서 자연사하도록 방치하는 것이었고, 신사의 상징은 검이 아니라 허리띠에 매단 금속제 발기 남근상이었다. 더 황당무계한 대목은 달나라 사람들이 키가 6미터나 되었는데도 불구하고 네발로 기어다니고, 의사소통 수단에 따라서(즉 상위 계급은 음악으로 대화하고, 하위 계급은 몸짓으로 대화함으로써) 계급이 나뉜다는 점이었다.

이 대담한 탐험가는 또한 달나라의 주민이 정교한 요리를 만들긴 하지만, 실제로는 조리되는 음식의 냄새만을 섭취한다는 사실을 발견했다. 이들은 시라노 본인만큼 커다란 코를 해시계로 사용했고, 시詩를 화폐로 사용했다(소네트 한 편이면 일주일치 식사를 살 수 있었다). 자유 연애는 실천될 뿐만 아니라 의무화되어 있었다.

하지만 그의 주된 목표가 비록 희극이라 하더라도, 시라노는 또한 예언자로서의 평판도 어느 정도는 받을 만하다. 왜냐하면 오디오북의 개념은 물론이고 세균 이론 비슷한 뭔가도 예견했고, 심지어 빛의 본성에 대한 해명까지도 시도했기 때문이다. 하지만 무신론자를 마주했을 때에는 정통론이 다시 나타났는데, 왜냐하면 악마

▲ 프랜시스 고드윈의 『달에 간 사람』(1638)에서는 주인공이 새를 이용해 달에 간다(왼쪽). 반면 시라노 드 베르주라크는 기발하게도 이슬 담은 병을 이용해 달에 간다(오른쪽). 시라노의 책에서는 두 사람이 달에서 만나는 장면이 나온다.

가 나타나 무신론자와 시라노 모두를 붙잡아 지옥으로 데려갔기 때문이다. 다행히 시라노는 "예수님, 마리아님!"이라고 외쳤고, 이에 악마는 그를 다시 지구에 떨어트렸다. 더 나중에 나온 『해나라의 역사』 역시 이와 유사하게 기발한 부분과 진부한 부분이 뒤섞여 있다.

우주 탐험에 관한 환상적인 이야기를 쓴 까닭에 시라노 드 베르주라크의 작품은 종종 상상 속의 달나라 여행과 관련해서(그런 작품이야 상당히 많다), 그리고 과학소설의 역사에서 언급되어 왔다. 이후의 여러 작품이 그로부터 영향을 받았으며, 가장 대표적인 것으로는 스위프트의 『걸리버 여행기』(1726. 74쪽 참고)를 들 수 있다. 왜냐하면 거기서도 주인공 걸리버가 낯선 땅을 배회하면서, 이와 유사하게 우스꽝스러운 경이에 나름대로의 고찰을 조합하기 때문이다.

THE DESCRIPTION OF A NEW WORLD, CALLED The Blazing-World. WRITTEN By the Thrice Noble, Illustrious, and Excellent PRINCESSE THE Duchess of Newcastle. LONDON, Printed by A. Maxwell, in the Year M.DC.LXVIII.

마거릿 캐번디시, 뉴캐슬 공작부인 MARGARET CAVENDISH, DUCHESS OF NEWCASTLE

'광휘세계'라는 신세계에 관한 보고

THE DESCRIPTION OF A NEW WORLD, CALLED THE BLAZING-WORLD (1666)

화려한 환상소설인 동시에 과학소설의 초창기 형태에 해당하는 이 작품은 17세기 과학 이론을 비판하는 한편, 정교하게 묘사된 평행 세계 사이를 오가는 내용이다.

『광휘세계』의 초판본은 『실험 철학에 관한 고찰』과 함께 1666년에 앤 맥스웰에 의해서 인쇄 간행되었다. 제2판은 1668년에 간행되었다(위 사진).

『광휘세계』를 간행했을 즈음, 캐번디시는 『시와 공상』(1653)을 쓴 시인이자, 『다양한 종류의 희곡과 연설』(1662)을 쓴 극작가이자, 『세계 잡록』(1655)과 『철학 서한』(1664)을 쓴 에세이 작가 겸 철학자로 이미 명성을 얻고 있었다.

이 가운데 『시와 공상』에는 다중 세계 이론과 원자 이론에 근거한 시가 들어 있다.

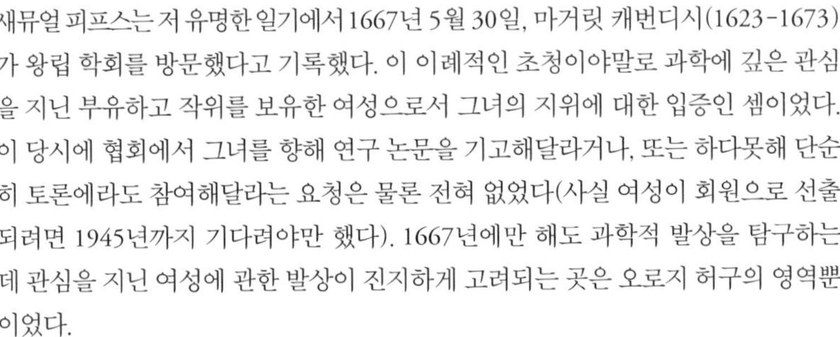

새뮤얼 피프스는 저 유명한 일기에서 1667년 5월 30일, 마거릿 캐번디시(1623-1673)가 왕립 학회를 방문했다고 기록했다. 이 이례적인 초청이야말로 과학에 깊은 관심을 지닌 부유하고 작위를 보유한 여성으로서 그녀의 지위에 대한 입증인 셈이었다. 이 당시에 협회에서 그녀를 향해 연구 논문을 기고해달라거나, 또는 하다못해 단순히 토론에라도 참여해달라는 요청은 물론 전혀 없었다(사실 여성이 회원으로 선출되려면 1945년까지 기다려야만 했다). 1667년에만 해도 과학적 발상을 탐구하는 데 관심을 지닌 여성에 관한 발상이 진지하게 고려되는 곳은 오로지 허구의 영역뿐이었다.

『광휘세계』는 과학 및 기술 분야에서의 최신 발전에 관한 더 진지한 비평인 캐번디시의 저서 『실험 철학에 관한 고찰』의 문학적 자매편에 해당한다. 『고찰』은 자연을 모두 이해하겠다는 과학의 주장에 도전을 제기하는 한편, 과학 연구를 진작시키기 위해 개발된 새로운 기술에 대해 비판적인 태도를 보였다.

『광휘세계』는 이름을 알 수 없는 한 여성이 흑심을 품은 상인의 선박에 납치되는 사건으로 시작된다. 이들이 탄 선박이 폭풍우로 난파하자, 그녀는 뱃사람 몇 명과 함께 구명정에 올라타 목숨을 건진다. 남성 모두는 추위로 사망하고, 결국 여성 혼자만 남는다. 곰과 흡사한 외모에 지능을 보유한 곰 인간을 시작으로, 여우 인간과 새 인간과 사티로스를 연이어 만난 끝에, 그녀는 초록색 피부의 남자 인어들에게 안내받아 그들의 황제를 만난다. 황제는 그녀를 거룩한 존재로 믿은 나머지 결혼을 하는데, 이때부터 그녀는 '황후'로 통하게 되고, 자신의 새로운 고향에 관해 가급적 모든 것을 배우기 시작하는 한편, 학회를 다수 창립하기 시작한다. 이 이야기의 상당 부분은 바로 이런 학회들과의 대화로 이루어져 있으며, 그녀는 광휘세계의 자연 법칙에 관해서 질문하며 답변을 찾는다.

이 세계는 상호 연결된 강과 바다의 그물망 내에 있는 여러 개의 군도로 이루어져 있다. 이곳에는 수많은 도시가 있으며, 그 각각은 서로 다른 종류의 물질로 만들어졌지만(그중에는 '우리 세계에서는 미처 알려지지 않은 것들'도 있다) 결과물은 하나같이 고전 로마 양식을 따랐다. 제국의 수도인 파라다이스에 소재한 제국 궁전은 금으로 만들고 귀금속으로 장식했다. 또한 그곳 주민은 인간과 지능을 보유한 동물로, 종류마다 특화된 학습 분야를 보유하고 있다. 여러 학회 소속의 다양한 과학자가 내놓은 설명에 따르면, 광휘세계는 우리 세계의 물리법칙과는 현격히 다른 물리법칙에 따라 가동되거나, 또는 그곳 과학자들이 지극히 무능한 관계로 캐번디시의 시대에도 이미 이해된 자연현상에 관해서 기묘한 설명만을 내놓거나, 둘 중 하나이다.

모든 학문에 관한 광범위한 조사 끝에, 심지어 초자연적 지식을 지닌 영들과 대화까지 나눈 뒤에, 황후는 비의적 지식의 총체에 관한 요약서를 저술한다. 황후는 '영靈의 형태'를 취해 자기를 방문할 수 있는 캐번디시를 '공작부인'이라고 호칭하며 자신의 필경사로 삼는다.

이 작품의 간략한 제2부에서 황후는 조국이(즉 가상의 에스피 왕국이) 침략당했다는 사실을 알게 된다. 공작부인은 광휘세계의 병력을 동원해 전쟁을 지원하라며 황후를 설득한다. 황후는 건축가와 공학자를 불러(이들 모두는 거인들이다) 공작부인의 지시를 받들라고 명령하고, 이들은 광휘세계와 우리 세계의 간극을 지나 병력을 운반할 잠수함을 만들어낸다. 곧이어 황후는 자국의 병력이 승리를 거둘 수 있도록 인도한다.

▲ 아브라함 반 디펜베크의 1655년 작 동판화. 지혜와 학식을 나타내는 휴대품인 깃털 펜과 잉크병 옆에 앉아 있는 공작부인의 머리 위에서 천사들이 월계관을 씌워주는 모습이 묘사되어 있다.

『광휘세계』는 최초의 과학소설 가운데 하나이며, 17세기에 여성이 간행한 과학소설의 유일한 사례임에 의심의 여지가 없다. 상호 연결된 이세계異世界에 관한 캐번디시의 상상은 훗날 과학소설의 발전에서 확실히 영향력을 발휘했지만, 지식의 축적을 통해 절대 권력까지 손쉽게 거머쥔 여성에 관한 또 다른 상상은 더 최근에 와서야 비로소 페미니스트 문학 연구자들에게 수용되었다. 버지니아 울프는 『자기만의 방』(1929)에서 캐번디시를 언급했다. 더 최근에는 시리 허스트베트가 뉴욕의 예술 공동체에서 여성 혐오를 당하는 한 여성 화가에 관한 장편소설에서 이 텍스트와 그 제목을 인용한 바 있다.

『아서 왕 궁전의 코네티컷 양키』(1889)의 속표지. 108쪽 참고.

1701–1900

2 과학과 낭만주의

이 시기에는 산업혁명과 고딕 환상 문학의 절정기가 일치하면서, 과학의 기적과 아울러 미지에 대한 극심한 공포 모두가 산출되었다.

조너선 스위프트 JONATHAN SWIFT

걸리버 여행기

GULLIVER'S TRAVELS(1726)

이 고전 풍자소설은 레뮤얼 걸리버가 소인 릴리펏인, 철학하는 휘늠, 야만적인 야후 사이에서 겪는 모험을 따라가면서, 인류에 대한 우스꽝스러우면서도 냉정한 반성을 보여준다.

『걸리버 여행기』 초판본은 1726년 런던에서 벤저민 모트에 의해서 간행되었다.

'야후Yahoo'는 훗날 무례하고 천박하고 난폭한 사람을 가리키는 모욕적 의미의 단어로 자리 잡았다. 인터넷 개척자인 제리 양과 데이비드 파일로가 1994년에 새로 만든 검색엔진에 이 이름을 붙인 것도 바로 그런 정의를 염두에 둔 까닭이었다.

▶ 릴리펏인들에게 붙잡혀 땅에 묶인 걸리버의 모습. 1860년에 넬슨 앤드 선스에서 간행된 『걸리버 여행기』에 수록된 삽화.

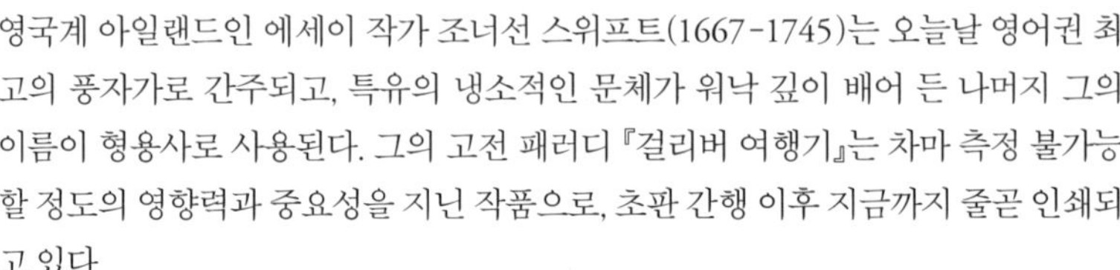

영국계 아일랜드인 에세이 작가 조너선 스위프트(1667-1745)는 오늘날 영어권 최고의 풍자가로 간주되고, 특유의 냉소적인 문체가 워낙 깊이 배어 든 나머지 그의 이름이 형용사로 사용된다. 그의 고전 패러디 『걸리버 여행기』는 차마 측정 불가능할 정도의 영향력과 중요성을 지닌 작품으로, 초판 간행 이후 지금까지 줄곧 인쇄되고 있다.

처음 두 번의 '여행'에서 레뮤얼 걸리버는 서로의 거울상 노릇을 한다. 첫 번째 여행에서 릴리펏의 주민들은 키가 15센티미터 정도로 매우 작다. 반면 브롭딩낵의 주민들은 키가 21미터로 매우 큰데, 앞에서는 거인으로 통했던 걸리버도 뒤에서는 인형 취급을 받는다. 세 번째 여행에서 그는 날아다니는 섬 라퓨타, 그 아래에 있는 발니바비, 강신술사의 섬 글럽덥드립, 그리고 불멸하지만 노쇠한 스트럴드브럭이 사는 럭낵 왕국을 방문한다. 네 번째 여행에서 걸리버는 지적인 말馬인 휘늠의 나라에 표류하는데, 그곳에는 야후도 살고 있었다. 야후는 지저분하고 위험하고 가르치기 어려운 인간의 패러디이다.

작품 전체에 걸쳐서 스위프트는 경이와 풍자를 뒤섞는데, 결국에 가서는 풍자가 전면에 등장한다. 첫 번째 여행이 가장 유명하고 가장 많이 각색되는 부분인 까닭도 그래서이다. 릴리펏인에 관한 설명의 상당수에는 규모에 관한 세부 사항이 곁들여진다. 즉 걸리버의 식사 방법, 걸리버를 통제하려는 소인들의 시도, 걸리버가 그곳 왕과 궁전에 바친 공헌 등이다. 하지만 규모를 제외하면 릴리펏인의 나라는 사실상 잉글랜드와 똑같다. 즉 그곳에도 소와 양과 말과 나무와 풀이 있으며, 다만 주민과 마찬가지로 모두 규모가 작을 뿐이다. 그곳의 사회제도 역시 스위프트 당시 영국의 유사물이자 패러디이다.

브롭딩낵도 비록 역전되기는 했지만 이와 유사한 효과를 발휘하는데, 여기서 걸리버는 사냥개 크기의 쥐, 새 크기의 파리, 사자 크기의 고양이, 코끼리 크기의 개 때문에 심각한 위협을 당한다. 나아가 스위프트는 크기와 미덕을 동등하게 놓는 듯하다. 릴리펏의 궁정은 기본적으로 한심스러우며, 그 당파 싸움은 영국 궁정 사회에 대한 풍자적인 이미지를 보여준다. 반면 브롭딩낵에서는 감명을 주려는 의도로 영국의 힘과 기술에 관해 설명하는 걸리버의 노력에서 풍자가 나타난다. 심지어 탁

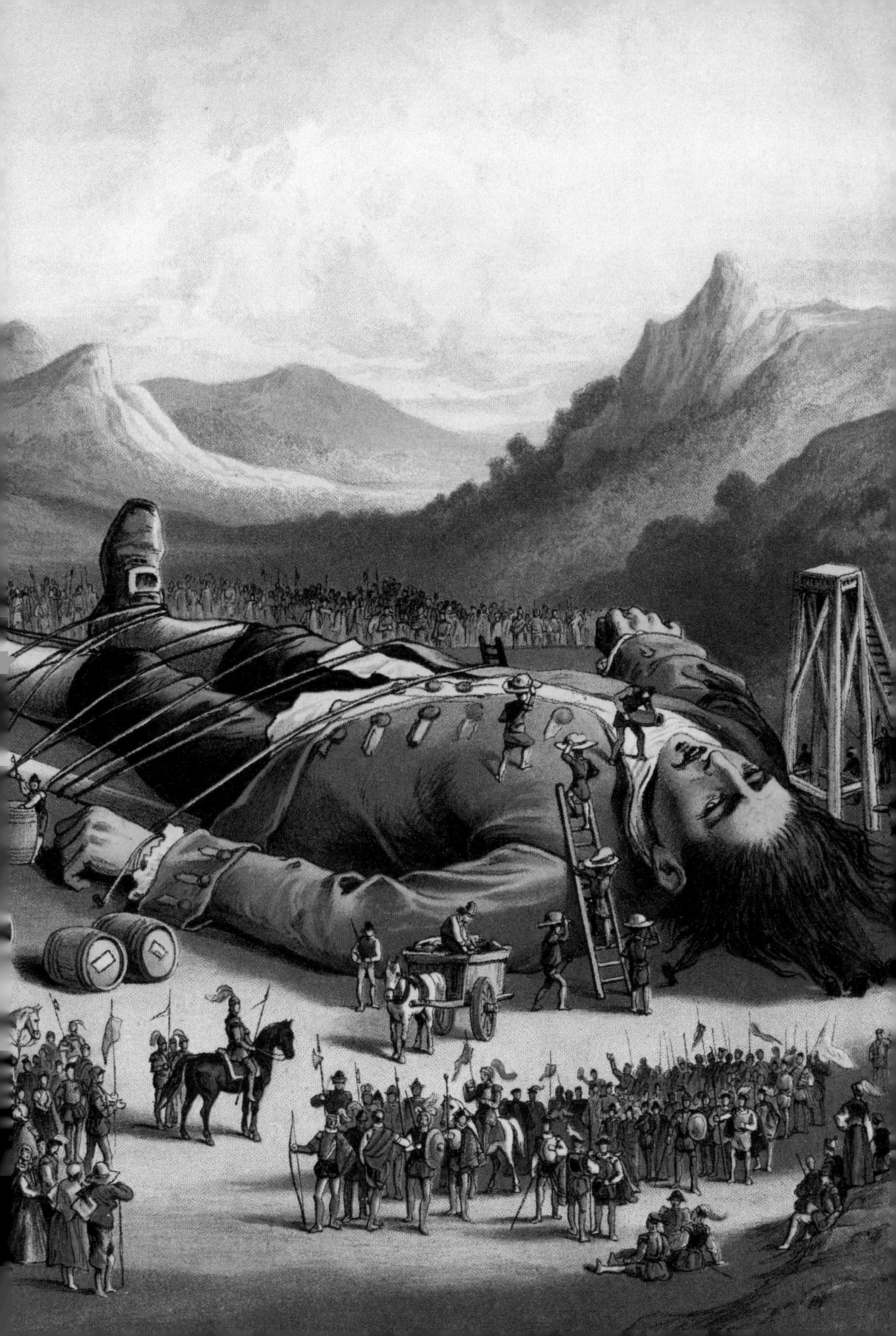

▲ 스티븐 배곳 들라비어,
〈걸리버와 휘늠〉(1904).

그들은 합리적인 피조물에게 뭔가를 강제하는 것이 가능하다고 생각하지 않았고, 다만 조언이나 권고만이 가능하다고 생각했다. 왜냐하면 어떤 인간도 이성에 불복종할 수는 없으며, 만약 불복종할 경우에는 스스로를 합리적인 피조물이라고 주장하기를 단념해야 할 것이기 때문이었다.

월한 무기인 화약에 대한 설명에도 불구하고, 그곳의 왕은 그 용도에 대해서 경멸을 표시할 뿐이다. 많은 사람들은 세 번째 여행에서 스위프트의 풍자가 본래의 맥락에서 많이 벗어났다고 생각해왔다. 커다란 자석을 이용해 공중에 떠 있는 섬에 사는 라퓨타인은 오로지 수학과 음악을 존중하며, 완전히 비실용적이다. 그 아래에 있는 섬에 사는 그 신민들은 더 나쁜 상태여서, 라퓨타인을 모방해 갖가지 '학회'를 조직하여, 오이에서 햇빛을 추출한다거나, 똥을 음식으로 복원한다거나, 단어 없이 사물을 이용해 의사소통하는 보편 언어를 만든다거나 하는 온갖 종류의 어리석은 과학 실험을 시도한다. 이 대목에서 스위프트는 1660년에 설립된 왕립 학회를 풍자하는 것이다.

네 번째 여행에서 마침내 스위프트 본인의 인간혐오주의가 걸리버에게도 영향력을 발휘한 것처럼 보인다. 휘늠은(그 명칭부터 말馬의 울음소리와 비슷한데) 정중하고 지적이고 도덕적인 반면, 야후는 말할 수 없이 야비하다. 결국 고향에 돌아온 걸리버는 아내를 비롯한 인간 종種과 어울려야 하는 상황을 차마 못 견딘 나머지, 매일 여러 시간 말을 붙잡고 대화를 나눈다. 인간성에 대한 그의 비판을 우리가 얼마나 진지하게 받아들여야 하는지에 대해서는 학자들 사이에서도 의견이 갈린다.

『걸리버 여행기』는 여러 편의 영화 및 TV 각색물이 나왔고, 특히 일본의 미야자키 하야오 감독의 애니메이션 〈천공의 성 라퓨타〉는 격찬을 받았다. 그리고 릴리펏인 역시 여러 편의 만화책과 소설에 등장했다. 스위프트적 개념 가운데 다른 것들은 과학소설에서 널리 등장했다. 미국의 TV 애니메이션 시리즈 〈거인들의 땅〉(1968-1970)은 훗날 머리 라인스터가 세 권짜리 소설로 각색했다. 라퓨타는 제임스 블리시의 『공중 도시』 4부작(1955-1962)에도 영감을 주었는데, 여기서 어느 무법 도시는 라퓨타인들이 때때로 위협조로 들먹이던 행위, 즉 '하늘을 떨어트리는 일'을 실천으로 옮긴다. 휘늠은 존 M. 마이어스의 소설 『실버로크』(1949)에 등장하며, 스트럴드브럭은 프레더릭 폴의 『주정뱅이 걸음』(1960)의 결말에 등장한다.

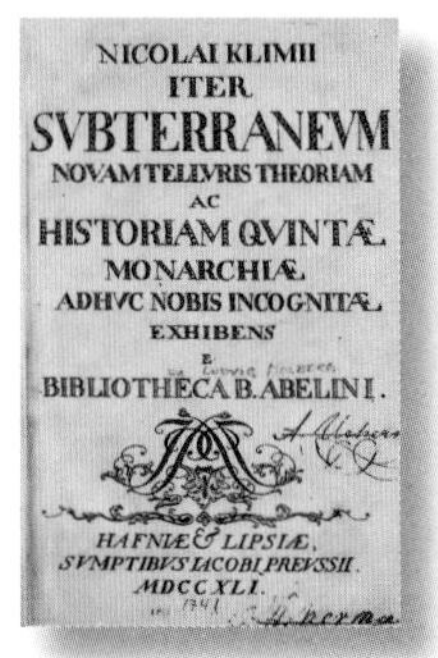

루드비 홀베르LUDVIG HOLBERG

닐스 클림의 지하 세계 여행

THE JOURNEY OF NIELS KLIM TO THE WORLD UNDERGROUND(1741)

간혹 최초의 과학소설로도 평가되는 이 지하 세계 모험담은 이른바 지구공동설이라는 발상을 탐구한 최초의 작품이기도 하다.

홀베르는 풍자 희곡의 인기 덕분에 '북유럽의 몰리에르'라는 별명을 얻었다.

이 작품은 원래 라틴어로 작성되어서 1741년 독일에서 『니콜라이 클리미 이테르 숩테라네움Nicolai Klimii Iter Subterraneum』이란 제목으로 간행되었다. 영어판 제목은 『닐스 클림의 지하 세계 여행, 그리고 지구에 관한 새로운 이론과 이전까지는 알려지지 않았던 다섯 번째 왕국의 역사』이다.

루드비 홀베르(1684-1754)는 덴마크와 노르웨이 문학의 아버지로 종종 지칭되며, 방대한 분야의 저술을 남겼다. 하지만 그는 무엇보다도 풍자 희극의 작가로, 그리고 『닐스 클림의 지하 세계 여행』에 등장한 지구공동설의 창시자로 가장 유명하다.

제목에서 알 수 있듯이 이 텍스트는 주인공 닐스 클림의 여행을 서술한다. 그는 동굴 탐험 도중에 밧줄이 끊어지면서 지구 한가운데로 떨어지는데, 알고 보니 그곳에는 외로운 행성 하나가 지하의 태양 주위를 공전하고 있었다. 첫 번째 모험의 무대는, 지성을 보유하고 이동이 가능한 나무들이 거주하는 유토피아 국가 '포투'이다. 다리가 있어서 나무보다 더 빨리 움직일 수 있는 클림은 나자르 행성 전체를 여행하고 돌아와 왕에게 보고하는 임무를 부여받는다. 이 행성은 원주가 960킬로미터에 불과하기 때문에, 나무는 2년 걸릴 여행을 클림은 2개월 만에 해치운다. 클림이 나자르의 다른 여러 지방을 방문하는 과정에서 이야기는 유토피아에서 풍자로 바뀐다. 포투인과 똑같은 언어를 사용하는 여러 종류의 나무들이 거주하는 여러 나라에 관한 묘사는 매우 짧으며, 그 대부분은 대안 사회에 관한 풍자적인 소묘를 제공한다. 쿠암소에서는 모두가 행복하고 건강하고 지루하다. 랄락에서는 일할 필요가 없고, 모두가 불행하고 병약하다. 키말에서는 시민이 부유한 까닭에 도둑 걱정을 하며 시간을 보낸다. 그리고 '자유국'이란 이름의 나라는 아이러니하게도 전쟁 중이다.

클림은 커다란 새를 타고 지구 속 행성 포투를 떠나 지구의 지각 아래로 여행한다. 그의 여행은 마르티니아 왕국에서 시작되는데, 이곳은 지성을 가졌지만 변덕스러우며 유행에 집착하는 유인원들의 나라이다. 클림은 마르티니아인에게 가발을 소개함으로써 한 재산을 마련한다. 급기야 그는 황당무계한 생물들이 살고 있는 넓은 바다 저편 메자도르 제도로 무역 항해를 떠나고, 이때부터 이야기는 풍자에서 환상으로 바뀐다.

난파당한 클림은 지성을 가진 동물이나 나무가 아니라 원시인이 사는 외딴 나라에 도착하는데, 그곳 주민은 지하 세계의 생물 가운데 '유일하게 야만적이고 문명화되지 않은' 상태였다. 원시인들도 '대자연이 인간에게 선물한, 다른 모든 동물에 대한 지배권을 회복하도록' 하려는 의도에서, 클림은 상황 개선을 시도한다. 즉

▲ 닐스 클림이 바다에서 구조되는 장면. 덴마크의 화가 니콜라이 아브라함 아빌고르의 그림.

자기 지식을 이용해 화약을 제조하고, 결국 같은 하늘 아래 모든 나라를 하나하나 정복한 것이다. 여러 차례의 정복 끝에 클림은 스스로를 '지하 세계의 알렉산드로스'로 간주하면서 급기야 폭군이 된다. 신민이 반란을 일으키자 그는 도망치는 신세가 된다. 은신처를 찾던 도중에 그는 이전에 떨어졌던 바로 그 구멍으로 다시 떨어져서 결국 노르웨이로 돌아온다.

홀베르의 텍스트는 지구공동설에 관한 최초의 묘사이지만, 이 발상의 유래를 암시하는 증거는 거의 없다시피 하다. 구멍에 떨어지면서 클림은 지구 속 영역에 관한 다른 보고를 언급하지만, 더 이상의 세부 사항은 없다. "나는 지하 세계로 빠져 들어갔다고, 그리고 지구에 공동이 있다고 주장한 저 사람들의 추측은 맞았다고, 껍질 또는 외피 내부에는 더 작은 구球가 있으며, 더 작은 해와 별과 행성으로 장식된 또 다른 하늘이 있다고 생각하게 되었다." 그렇다면 '저 사람들'은 누구이며, 왜 그들은 지구에 공동이 있다고 주장한 것일까? 어떤 사람들은 천문학자 에드먼드 핼리의 지구 속 '동심구' 이론이 그것이라고 지적한다. 하지만 홀베르의 지구 속 세계에는 여러 개의 구 대신 지구 속 태양 주위를 행성 하나가 공전하고, 심지어 지각 내부에도 거주민이 있다고 나온다. 이것이야말로 이후의 지하 세계 소설에서는 중요한 특징이지만, 핼리의 개요에 포함된 것은 아니다. 다른 여러 초창기 유토피아와 풍자 작품과 마찬가지로, 홀베르는 자기가 상상한 세계의 물리적 세부 사항에 대해서는 무관심했다. 이 소설이 집필된 시기인 1741년으로 말하자면, 16세기와 17세기의 대중적 여행기가 18세기에 들어서 상상의 여행기로 진화한 때였다. 그리하여 작가들은 정치적이고 사회적인 대안을 그려냄과 동시에, 마치 진짜 여행기인 척하면서 허구라는 한계를 은근슬쩍 피해 갈 수 있었다.

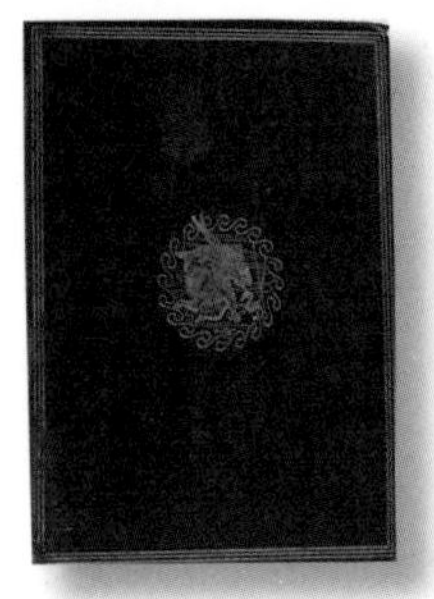

찰스 킹슬리 CHARLES KINGSLEY

물의 아이들: 땅의 아이들을 위한 동화

THE WATER-BABIES: A FAIRY TALE FOR A LAND BABY (1863)

이 소설은 풍부한 상상력과 구원이라는 고상한 소재, 그리고 당대의 진화론과 아동 노동을 조합한 기이하면서도 인상적인 이야기이다.

1863년에 맥밀런 앤드 컴퍼니에서 초판 간행된 『물의 아이들』에는 '옛날 옛적에……'로 시작되는 다른 여러 동화의 반향이 깃들어 있다.

이 책은 1864년의 굴뚝 청소부 규제법을 촉발시킨 요인으로 지목된다.

킹슬리는 '껴안고 싶을 만큼 귀여운'이라는 뜻의 단어 'cuddly'를 고안했으며, 이 단어는 『물의 아이들』에서 처음 사용되었다.

비록 외관상으로는 동화인 찰스 킹슬리(1819-1875)의 『물의 아이들』은 빅토리아 시대의 우화 가운데 가장 상상력이 돋보이는 작품으로, 당시의 어린이 독자뿐만 아니라 분별력 있는 어른들도 겨냥한 책이었다.

주인공 톰은 빅토리아 시대 문학의 강인한 주인공인 굴뚝 청소부이다. 그는 하토버 하우스의 굴뚝 속으로 내려갔다가, 우연히 그 집의 딸 엘리의 침실로 들어간다. 갑자기 부끄러운 마음이 든 소년은 자기가 '더럽다'는 것을 깨닫고 도망친다. 뭔가 방법을 써서 깨끗해져야만 한다는 생각에 사로잡힌 톰은 위험천만하게도 근처 개울로 뛰어든다. 하지만 그는 물에 빠져 죽은 것이 아니라 바다로 떠내려갔고, 물에 깨끗하게 씻긴 것은 물론이고 일련의 환상적인 모험을 겪으며 도덕적으로나 물리적으로나 재탄생한다. 모험 중에 그는 악덕 고용주 그라임스와 수수께끼의 캐리 아주머니를 만난다. 그는 '네가남에게바라는것만큼하거라' 아주머니로부터 귀중한 삶의 교훈을, 그리고 프트믈른스프르츠 교수로부터 그보다는 덜 귀중한 삶의 교훈을 배운다. 마침내 톰은 말 그대로 '바다의 변화'를 겪고 나서 엘리와 재회하고, 깨끗한 물의 힘으로 구원받아 '위대한 과학자'로 성장한다.

찰스 킹슬리는 영국국교회 목사였고, 이른바 '강건한 기독교' 운동의 지도자였다. 사회 문제에 맞서는 것이 목사의 임무라고 여긴 그가 거의 강박의 수준에 이를 정도로 가장 몰두했던 사회 문제는 바로 위생이었다. 만약 킹슬리가 악마의 모습을 그린다면, 뿔과 꼬리와 쪼개진 발굽 대신 지저분한 모습으로 그렸을 것이다. "청결은 경건 다음가는 미덕이다"라는 격언도 있지만, 그에게는 청결이 '곧' 경건이었다. 이런 강박은 '아이들만을 위한 것은 아닌' 이 소설의 추진력이기도 하다.

이 소설의 기원은 런던의 역사에서 찾을 수 있다. 1854년에 이 도시는 콜레라의 대유행으로 황폐화되었다. 2년에 한 번 꼴로 전염병이 발생했으니, 런던 사람들에게는 겨울의 도래와 마찬가지로(겨울에도 추위로 수천 명씩 죽었으니까) 일상화되었다. 당시의 통념에 따르면, 이 질환은 '독기성', 즉 더러운 공기로 전파되는 것이었다. 하지만 1854년에 존 스노라는 젊은 의사가 전염병 발생 원인을 추적해보니, 사실은 더러운 공기가 아니라 더러운 '물'이 문제였다. 그 와중에 말똥과 쓰레기 천지인 런던의 거리에서는 또 다른 혁명이 일어나고 있었다. 도시공학자 조지프 베이질제트는 로마 시대 이후 최초로 효율적인 하수도 시스템을 건설했다. 베이질제트의 과제를 더욱 시급하게 만든 요인은 1858년 여름의 악명 높은 '대악취' 사건으로, 오염된 템스 강의 악취가 워낙 지독하고 치명적이어서 강변에 있는 국회조차도 문을 닫고 말았다. 베이질제트의 지하 하수도망은 (플리트 스트리트의 이름이 유래한 과거의 개방식 운하를 대체하여) 이런 사태가 결코 재발하지 않도록 보장해주었다.

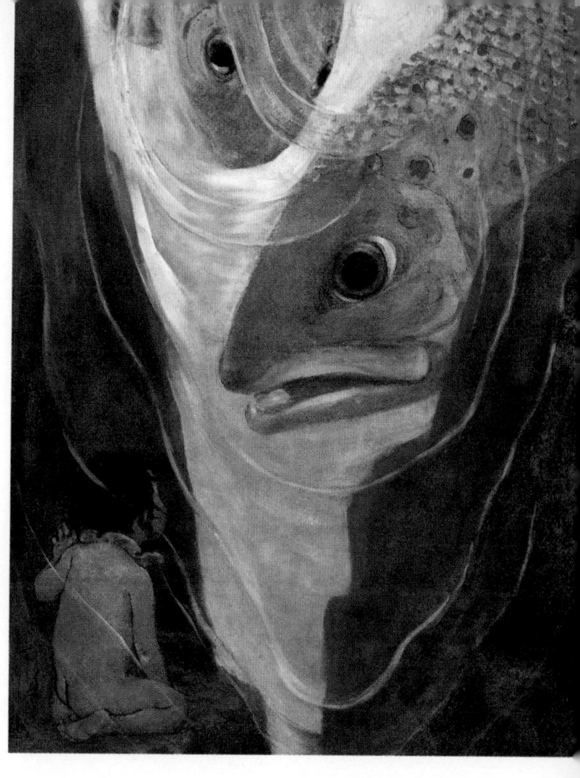

▲ "아, 나를 해치지 마!" 톰이 외쳤다. "나는 그저 너를 바라보고 싶을 뿐이야. 너는 참 잘생겼구나." 1916년 판본에 수록된 제시 윌콕스미스의 삽화.

한 독일 역사가는 "영국인은 문명이 곧 비누라고 생각한다"고 비아냥거렸다. 디킨스는 실제로 그렇게 생각했다. 1850년에 그는 메트로폴리탄 위생 협회 강연에서 이렇게 말했다. "저는 솔직히 주장하는 바입니다. 저의 눈을, 또는 코를 (웃음) 이용한 모든 사례에 의거하여, 즉 제가 이제껏 모든 감각기관을 통해 얻을 수 있었던 정보에 의거하여, 저는 위생 개혁의 추구야말로 다른 모든 사회적 질환에 대한 개혁보다 앞서야 한다는 확신을 강화하게 되었습니다. (박수) (……) 그 빛과 공기 약간을 통해 제가 처음 봤던 하늘을 주십시오. 물을 주십시오. 제가 깨끗해지도록 해주십시오."

빅토리아 시대의 어린이에 대한 모든 억압 중에서도 굴뚝 청소는 가장 지독했다. 올리버 트위스트도 이 운명을 가까스로 피했다. 만약 갬필드에게 잔인하게 고용된 상태로 남아 있었다면(그는 이 아이의 소유권을 5파운드에 팔겠다고 했다) 올리버 역시 다른 많은 아이들과 마찬가지로 이 분야의 직업병인 음낭암이나 폐 질환에 걸렸을 가능성이 있다. 굴뚝 청소부 가운데 중년까지 사는 사람은 극소수였고, 대부분은 성인이 되기도 전에 사망했다.

19세기에는 순수한 물이 역시나 핵심적으로 중요한 가치를 지니고 있었다. 이는 세례라는 중요한 제의를 통해 기독교의 구원을 상징했다. 윌리엄 블레이크는 『순수의 노래』에 수록된 「굴뚝 청소부」에서 이런 발상을 혼합했다. 블레이크의 요지는 죽음이 인간을 깨끗하게 만들어준다는 것이다. 하지만 더 중요한 점은 탄생 역시 인간을 깨끗하게 만들어준다는 것이다. 세례는 19세기 기독교인의 삶에서 크나큰 행사였다. 아기는 마치 결혼식 날의 신부에 버금갈 정도로 가운, 장식, 세례 기념잔, 은수저 등등 많은 선물을 받았다.

위생적인 물 공급과 세례라는 두 가지 발상은 『물의 아이들』에서 혼합되었다. 킹슬리 목사는 사회적 진보와 근본적 종교가 상충되지는 않는다고 믿어 의심치 않았다. 하느님은 당신의 피조물이 에덴동산의 물만큼 순수한 물을 갖기를 원하셨다. 그리고 하느님께 맹세코, 찰스 킹슬리는 그런 물을 얻기 위해 싸우는 사람들의 대열에서 맨 앞에 설 의향이 있었다.

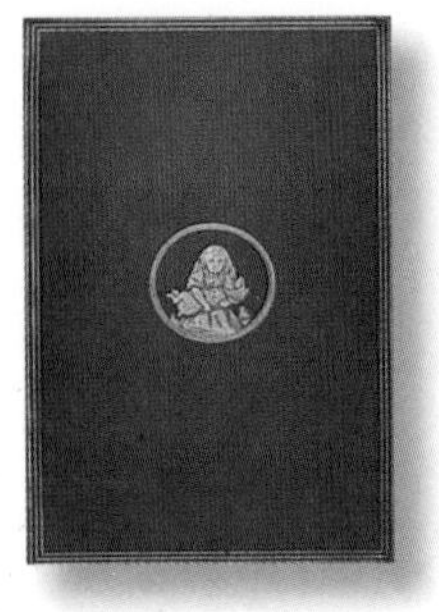

루이스 캐럴(찰스 럿위지 도지슨) LEWIS CARROLL(CHARLES LUTWIDGE DODGSON)

이상한 나라의 앨리스

ALICE'S ADVENTURES IN WONDERLAND(1865)

무의미 환상소설의 고전인 동시에, 회중시계를 든 토끼, 미친 모자 장수, 체셔 고양이, 포악한 하트의 여왕 등 상당한 흥미 요소들을 포함한 이 작품은 무려 150년 이상 성인과 아동 독자 모두를 매료시켜 왔다.

이 작품의 초판본은 1865년 맥밀런 앤드 컴퍼니에서 간행되었다.

완벽주의자였던 이 책의 삽화가 존 테니얼은 자신의 정교한 디자인이 불완전하게 재현되었다며 초판본 2000부를 폐기해야 한다고 고집했다.

▶ "하지만 나는 미친 사람들 사이로 가고 싶지 않아." 앨리스가 말했다. "아, 그건 네가 어찌할 수 없는 일이야." 고양이가 말했다. "여기 있는 우리는 모두 미쳤거든. 나도 미쳤고, 너도 미쳤지." "내가 미쳤는지를 네가 어떻게 알아?" "너는 분명히 미쳤을 거야." 고양이가 말했다. "그러지 않았다면 여기에 오지 않았을 테니까." 앨리스가 씩 웃는 체셔 고양이를 만나는 모습. 테니얼의 삽화에 근거한 채색화.

찰스 럿위지 도지슨 목사는 옥스퍼드 소재 크라이스트 처치 칼리지의 수학 연구원이었으며, 동료의 딸들인 여자아이 셋을 위해 『이상한 나라의 앨리스』를 쓴 것으로 유명하다. 그는 이너, 앨리스, 이디스 리들과 함께 여름이면 강으로 놀러 가곤 했다. 그는 '이야기를 해서' 아이들을 매료시켰고, 리들 가족의 딸들로서는 운 좋게도 그는 역사상 최고의(비록 기묘하기는 해도) 이야기꾼 가운데 하나였다.

소설가 헨리 킹슬리는[그의 형이 『물의 아이들』(1863)을 쓴 찰스 킹슬리이다. 80쪽 참고] 친구 도지슨의 원고를 읽고 나서, 앨리스를 더 큰 세상에 내보내야 한다며 정식 간행을 촉구했다. 세상 물정을 몰랐던 도지슨은 대뜸 옥스퍼드 대학 출판부를 떠올렸지만, 이 출판사는 그 원고가 자신들의 수준 높은 도서 목록에는 어울리지 않는다며 거절했고, 아울러 그런 작품을 본명으로 간행하는 것이 학계에서의 이력에는 아무런 도움이 되지 않을 것이라며 넌지시 충고했다.

결국 도지슨도 설복당해 킹슬리의 책을 펴냈던 맥밀런 앤드 컴퍼니에 이 작품을 건네었고, 존 테니얼이 삽화를 담당했다. 도지슨은 본인과 이 재치 있는 이야기 모두에 어울리는 필명 '루이스 캐럴'을 고안했다. 이것은 당연히 말장난이었으며, 크라이스트 처치 칼리지의 교원 식탁에 앉은 그의 동료들은 그 수수께끼를 푸느라 상당히 고생했을 것이 분명하다(라틴어 어원을 따져보면 '루이스Lewis'는 '럿위지Lutwidge'와, 그리고 '캐럴Carroll'은 '찰스Charles'와 관련이 있다).

두 권의 앨리스 책은('이상한 나라'에서의 모험이 베스트셀러가 되면서, 이 소녀는 『거울 나라의 앨리스』에도 등장했다) 성인에게도 역시나 매력을 발휘한다는 점에서 아동 문학에서도 이례적인 작품이다. 가장 이상적인 독자는 영리한 성인들인데, 그들이야말로 캐럴의 작품에 깃든 특유의 지성주의를 제대로 파악할 수 있기 때문이다.

이 이야기는 한여름에 앨리스가 나무 아래서 책을 읽다 말고 빈둥거리다가, 흰 토끼 한 마리가 달려가는 모습을 목격하는 것으로 시작된다.

그 일에는 '아주' 주목할 만한 것까지는 전혀 없었다. 앨리스도 그 일이 '아주' 많이 이례적이라고는 생각하지 않았는데, 갑자기 토끼의 혼잣말이 들려왔다. "아, 이런!

▶ 미친 모자 장수, 3월 토끼,
산쥐와 자리를 함께한 앨리스.
테니얼의 삽화에 근거한
채색 동판화.

In this
Style
10/6

아, 이런! 아무래도 늦겠어!" (앨리스가 나중에 가서 생각해보니, 자기도 어리둥절해야 마땅했겠지만, 그때는 그 모두가 너무나도 자연스러워 보였다고 한다.) 하지만 토끼가 실제로 '조끼 주머니에서 시계를 꺼내서' 그걸 들여다보고, 곧이어 서둘러 가버리자, 앨리스도 발걸음을 옮기기 시작했다. 왜냐하면 그녀의 머릿속에서 주머니 달린 조끼를 입은 토끼라든지, 또는 거기서 시계를 꺼내는 토끼를 한 번도 본 적이 없었다는 생각이 스치면서, 호기심이 활활 타올랐기 때문이다. 그녀는 토끼를 뒤쫓아 들판을 가로지른 다음, 운 좋게도 때맞춰 토끼가 산울타리 아래 커다란 토끼 구멍으로 뛰어 들어가는 모습을 보았다.

굳이 프로이트의 도움이 없다 하더라도, 우리는 여덟 살짜리인 이 소녀가 '자궁으로 돌아가서' 미친 세계 한가운데 떨어지게 되었음을 알 수 있다. 닫힌 문들 때문에 앞길이 막히자, 앨리스는 여러 가지를 먹고 마심으로써 키를 키우거나 줄인다. 그녀는 상상의 동물인 그리폰, 멸종한 동물인 도도새, 이빨을 보이며 미소 짓는 체셔 고양이 등을 만난다. 그녀는 초대받지 않은 상태에서 미친 모자 장수의 티 파티에 뛰어들며, 급기야 성미 급한(한마디로 지옥에서 온 어머니상인) 하트의 여왕으로부터 참수형 선고를 당하고 만다.

여왕의 트럼프 신하들이 참수형을 집행하려고 앨리스를 덮친 순간, 잠에서 깨어난 그녀는 자기 얼굴에 떨어진 낙엽을 발견한다. 때는 봄이었지만, 지금은 가을이 되어 있었다. 소녀는 자라난 것이다.

▲ "아, 내 귀야, 수염아, 날 살려라. 정말 많이 늦겠는데!" 흰 토끼가 회중시계를 확인하는 모습.

◀ '거지 소녀'로 분장한 앨리스 플레전스 리들(1852-1934)의 모습. 루이스 캐럴이 직접 찍은 사진이다.

앨리스는 강둑에서 아무런 할 일도 없이 언니 옆에 앉아 있기가 무척이나 지루해지기 시작했다. 한두 번쯤 그녀는 언니가 읽는 책을 엿보았지만, 거기에는 그림도 없고 대화도 없었다. "그림도 대화도 없는 책이 도대체 무슨 소용이지?"

쥘 베른 JULES VERNE

해저 2만 리

TWENTY THOUSAND LEAGUES UNDER THE SEA(1870)

'과학소설의 아버지'가 내놓은 이 고전 모험 이야기는 잃어버린 도시 아틀란티스에서부터 남극에 이르는 상상의 영역을 지나 항해한다.

1869년부터 1870년까지 연재물로 첫선을 보인 『해저 2만 리』의 단행본 초판본은 1870년에 피에르쥘 에첼에 의해 간행되었다. 1871년에 에두아르 리우가 간행한 삽화본에는 화가 알퐁스 드 뇌빌의 그림이 수록되었다.

이 소설은 베른의 『지구 속 여행』(1864)과 같은 상당수의 다른 작품들보다 과학적 색채를 더 뚜렷이 드러내며, 외관상 환상적인 노틸러스 호만 해도 당대의 잠수함 설계에 관한 연구에 근거해서 만들어졌다.

▶ 노틸러스 호의 응접실 창밖 풍경. 알퐁스 드 뇌빌의 삽화에 근거한 채색 판화.

쥘 베른(1828-1905)의 대표작 모두가 그러하듯이, 『해저 2만 리Vingt mille lieues sous les mers』의 줄거리는 그의 뛰어난 상상력의 회화를 전시하기 위해 박아놓은 한 개의 못에 불과하다. 이 소설의 어느 부분을 펼쳐보아도, 생생한 회화가 줄줄이 나타난다. 예를 들어 바닷속의 '산호 숲'과 아틀란티스의 유적이며, 비고 만에서 가라앉은 범선이 썩어가는 모습에 관한 기나긴 묘사를 보라. 베른은 또한 무척이나 손버릇 고약한 작가이기도 했다. 거대 오징어의 공격을 자세히 묘사하는 이 소설의 절정 부분은 빅토르 위고의 『바다의 노동자』(1866)에서 빌려온 것이었다(저자도 순순히 인정했다). 네모 선장과 그 잠수함이 거대한 북쪽의 '소용돌이'에 휘말려 자멸했다는 내용 역시 에드거 앨런 포의 「큰 소용돌이 속으로의 낙하」(1841)에서 빌려온 것이었다. 하지만 이런 줄거리의 절도죄가 충분히 용서되는 까닭은, 베른의 이야기에 대단히 독창적인 내용도 무척이나 많기 때문이다.

이 이야기의 화자는 세계적으로 유명한 프랑스의 해양생물학자 피에르 아로낙스이다. 1866년 3월, 북아메리카 조사를 마치고 돌아오는 길에, 그는 미국 정부의 의뢰로 빛을 발하는 거대한 괴생물체를 추적하는 일을 맡게 된다. 미국 해군 소속 전함 에이브러햄 링컨 호를 타고 출발한 아로낙스에게는 두 명의 동행자가 있다. 하나는 유능하고도 세련된 하인 콩세유이고, 또 하나는 캐나다인 작살잡이 왕 네드 랜드로, 마치 베른이 거리낌없이 참고한 또 다른 작품인 허먼 멜빌의 『모비 딕』에서 방금 걸어 나온 듯한 인물이다.

에이브러햄 링컨 호는 수수께끼의 인광성 갑각류를 목격하고 추적하다가 결국 괴물에게 발포한다. 하지만 그놈은 포격에도 멀쩡했고 도리어 전함을 공격해 들이받는다. 아로낙스와 콩세유와 랜드는 바다에 빠지고 만다. 이들은 마치 고래처럼 보이는 괴물의 옆구리에 달라붙지만, 알고 보니 거대한 금속제 잠수함이었다. 내부로 들어간 세 사람은 이 잠수함 노틸러스 호야말로 (전기로 추진되고, 온도가 조절되고, 마치 궁전 같은 편의 시설을 갖추어서) 현대 기술이 만들어낸 기적이라는 사실을 알게 된다. 하지만 세 명의 포로는 그곳을 떠날 수 없다는 통보를 받는다. 네드 랜드는 이를 특히나 불쾌하게 받아들인 나머지, 이야기 내내 이 '금속제 감옥'에서 빠져나갈 궁리만 한다. 반면 아로낙스는 기뻐해 마지않는다. 그에게는 이곳이 감옥

◀◀ 네모 선장의 부하 선원 가운데 하나가 거대 오징어에게 붙잡혀 있다(왼쪽). 노틸러스 호를 공격하는 거대 오징어(오른쪽). 알퐁스 드 뇌빌의 삽화에 근거한 채색 판화.

이라기보다는 오히려 세계 최고의 실험실이기 때문이다. 이 책의 대부분은 9개월간 바다 위와 아래에서 2만 리에 걸친 이들의 항해를 상세히 묘사한다. 주인공 일행은 결국 잠수함과 그 승무원 모두를 삼켜버린 소용돌이 바깥으로 안전하게 떨어져 나옴으로써 탈출에 성공한다.

비록 화자는 아로낙스이지만, 독자의 상상력을 사로잡는 인물은 오히려 노틸러스 호의 선장 네모이다. 베른은 이 선장을 폴란드 귀족으로, 즉 1863년의 봉기를 잔혹하게 진압한 러시아에 복수하는 인물로 그리려 했다. 하지만 러시아 독자를 의식한 출판사의 설득으로 이 설정을 포기하고, 대신 네모Nemo를 수수께끼의 인물로 만들어버렸는데, 그의 이름부터 라틴어로 '아무도 아닌 자'라는 뜻이다. 그는 5개 국어를 능숙하게 구사하지만, 그중 어느 것도 모국어는 아니다. 정신이 온전하지만 천성적으로 어두운 면이 있고, 자기가 말하는 모든 것에 관해 정통하다. 나이는 불분명하며, 휘하의 선원들은 세계 곳곳에서 데려온 사람들이다. 그는 한마디로 걸어 다니는 물음표이다.

아로낙스가 마지막으로 목격했을 때, 그러니까 노틸러스 호가 소용돌이의 깊은 구렁텅이로 빠져들어 가는 상황에서, 네모는 자기 선실 벽에 걸린 한 여자와 두 아이의 초상화를 바라보며 서럽게 울고 있었다. 그의 아내일까? 아니면 어머니일까? 아로낙스는 결코 알 수가 없었고, 그건 우리도 마찬가지이다.

『해저 2만 리』는 『교육 오락 잡지』의 1869년 3월호부터 1870년 6월호까지 연재되며 첫선을 보였다. 베른의 첫 문장은 이렇다. "1866년은 놀라운 발전으로 상징되는 해였다." 이후의 줄거리에서는 시간이 흘러 1867년 중반이 된다. 이것이야말로 당시의 소설치고는 놀라우리만치 현대적인 배경인 것이다. 뿐만 아니라 이 소설에서는 당시의 중요한 사건 몇 가지도 언급된다. 아로낙스가 승선한 전함의 이름은 작품 배경 연도에서 불과 2년 전인 1865년에 암살당한, 미국의 제16대 대통령 에이브러햄 링컨에게서 따온 것이다. 1869년에만 해도 잠수함이라는 발상에는 새로운 것이 없었으며, 남북전쟁 당시 남부 해군은 이미 잠수함을 전쟁에서 효과적으로 이용한 바 있었다. 즉 1864년 찰스턴 해안에서 선원 8명에 수동 프로펠러를 장착한 길이 12미터의 헌리 호가 북군 전함 후사토닉 호를 침몰시킴으로써, 이 새로운 선박의 어마어마한 군사적 잠재력을 입증했던 것이다. 장차 바다에서의 전쟁을 혁신할 이 새로운 종류의 무기를 전 세계가 갑자기 주시하게 되었다.

이런 것을 비롯해서 다른 수많은 관심사들이 이 소설에서 뚜렷한 반향을 일으키고 있으며, 이는 이 소설의 특징인 즉시성과도 연관을 맺는데, 이것이야말로 영국적이거나 미국적이라기보다는 오히려 프랑스적인 특징이다. 『해저 2만 리』의 사례에서 알 수 있듯이, 프랑스의 대중 소설은 이른바 '연재물' 형태로, 즉 일간지나 주간지나 격주간지를 통해서 간행되는 경향이 있었다. 반면 영국에서는 월간지와 양장본이 이른바 '당대' 소설의 주된 발표 무대였다. 즉시성이라는 프랑스 특유의 관습은 대혁명 당시까지 거슬러 올라가는데, 비밀 등사기를 이용해 한 시간이 멀다 하고 간행된 소책자와 신문으로(이른바 '은밀한' 간행물로) 대혁명이 더욱 촉진되었던 것이다. 베른의 소설 역시 이와 마찬가지로 인쇄기에서 갓 나와 따끈따끈했다.

바다가 전부입니다. (……) 이곳은 거대하고 텅 빈 장소이지만, 여기서 인간은 결코 외롭지 않습니다. 왜냐하면 창조의 작용을 사방에서 감지하기 때문이죠. 이것이야말로 초자연적 존재의 물리적 체화입니다. 왜냐하면 바다는 그 자체로 오로지 사랑과 감정이기 때문이죠. 이것이야말로 당신네 시인들 가운데 하나가 말한 것처럼 살아 있는 무한無限입니다. 자연은 광물과 식물과 동물이라는 세 가지 계界로서 여기에서 스스로를 드러내죠. (……) 바다는 자연의 거대한 저장고인 겁니다.

끝없는 상상력과 풍부한 세부 묘사가 주 무기였던 베른은 당대의 발견을 토대로 새로운 것과 미지의 것으로 확장해 나아갔고, 기술적이고 지리적이고 차원적인 개념을 밀고 나아가 이전까지는 결코 목격되거나 상상된 적이 없는 세계를 만들어 냈다. 이 철저하고도 매력적인 풍경을 통해서, 그는 인간과 자연의 관계를, 또 인간과 인간의 관계를, 그리고 현대사회에서 인간의 자유를 숙고했다.

쥘 베른은 위대한 산문 작가까지는 아닐 수도 있으며, 이에 관해서는 그의 가장 열렬한 추종자들조차도 동의할 것이다. 하지만 그의 대단한 상상력의 대담함과 매력을 감히 능가할 사람은 없을 것이다. 이 세상에 그 어떤 작가도 그보다 더 탁월한 상상력으로 종이 위에 펜을 놀리지는 못했기 때문이다.

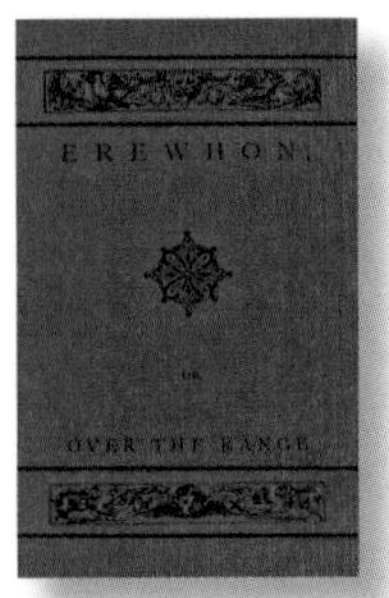

새뮤얼 버틀러SAMUEL BUTLER

에레혼

EREWHON(1872)

이 작품은 빅토리아 시대 사회의 전통에 대한 도발적인 풍자인 동시에, 기계의 대두에 관한 뛰어난 통찰을 담고 있다.

이 작품의 초판본은 1872년 트뤼브너 앤드 컴퍼니에서 간행되었다.

올더스 헉슬리는 『멋진 신세계』(1932. 148쪽 참고)에 버틀러의 영향이 있었음을 인정했고, 조지 오웰은 훗날 버틀러를 예찬하며 『에레혼』이 간행되었던 시대에는 "기계가 유용한 만큼 위험할 수도 있다는 사실을 통찰하려면 매우 높은 수준의 상상력"이 필요했다고 지적했다.

빅토리아 시대 사회에 관한 새뮤얼 버틀러(1835-1902)의 이 위대한 디스토피아 풍자극은 더 나중에 상상된 세계에 비하자면 약간 평이한 느낌도 없지 않다. 그래도 『에레혼』은 대영제국 또는 사실상 모든 현대사회를 정의로운 유토피아로 간주하던 어리석음을 향해 끼얹은 찬물 세례로서 여전히 상쾌하다.

버틀러는 당대의 가장 언변 좋은 회의주의자 가운데 하나였으며, 그의 주장 가운데에는 그리스도의 부활에 대한 부정이라든지, 『오디세이아』의 작가는 여성임이 분명하다는 믿음 같은 것들이 있었다. 『에레혼』은 원래 익명으로 간행되었지만, 대중적 성공을 거둔 이후에는 버틀러가 저자임을 밝혔으며, 오늘날에 와서는 인공지능과 기계의 진화라고 묘사되는 현상에 관한 다윈주의적 발상에 근거한 토론으로 가장 잘 기억된다.

『에레혼』과 이 작품 속 상상의 세계는 대학 졸업 이후에 뉴질랜드에서 양 떼를 돌보았던 버틀러의 실제 경험에 근거했다. 화자는 젊은 목자로서, 자기 농장을 에워싼 높은 산 너머에 무엇이 있는지 궁금해한다(버틀러가 1901년에 내놓은 전편보다 못한 속편 『다시 찾은 에레혼』에서는 화자의 이름이 '힉스'로 밝혀진다). 급기야 그는 아슬아슬한 절벽을 넘고 위험천만한 강을 건너는 여행 끝에 에레혼이라는 미지의 나라를 발견한다. 모어의 '유토피아'처럼 '에레혼Erewhon'도 '어디에도 없는 nowhere'이라는 단어의 철자를 재배열한 것이다.

화자는 원형으로 배열된 '천박하고 야만적인' 조상彫像들을 발견하는데, 바람이 그곳을 스치면서 무시무시한 울음소리를 내자 두려움에 사로잡혀 정신을 잃고 쓰러진다. 나중에 염소 치는 소녀들이 그를 발견해서 장로들에게 데려온다. 이방인인 힉스는 일단 구류되었고, 시계를 빼앗기고 신체검사를 당한 뒤에는 잠시 감옥에 수감된다. 힉스는 에레혼인의 관습과 믿음이 기묘하게도 자기네 관습과 믿음을 뒤집은 것임을 깨닫는다. 가장 흥미로운 것은 병드는 것을 '범죄'로 간주한 이들의 반응이었는데, 이는 흔히 생각하는 더 자발적인 위반 행위와 뚜렷이 대조적이었다.

> (……) 어떤 사람이 건강이 나빠지거나, 어떤 질환에 걸리거나, 70세가 되기 전에 신체가 망가지면, 그는 동포들로 이루어진 배심 앞에서 재판을 받고, 만약 유죄가

▲ 펭귄 클래식스 판본 『에레혼』 표지에 사용된 조반니 벨리니의 〈야외에서 독서하는 성聖 히에로니무스〉의 세부. 출판사에서는 이 풍경이 버틀러의 상상 세계와 유사하다고 생각한 모양이다.

> 선고되면 대중의 비웃음을 당한다. (……) 하지만 어떤 사람이 수표를 위조하거나, 자기 집에 불을 지르거나, 폭력을 써서 누군가에게 강도질을 하거나, 그 외에도 우리 나라에서 범죄로 간주되는 어떤 일을 할 경우, 사람들은 그를 병원으로 데려가거나, 공적 자금을 이용해서 가장 자상하게 보살핀다. 환경이 좋은 사람의 경우에는, 자기가 부도덕이라는 심각한 질환 때문에 고통받고 있음을 모든 친구에게 알린다.

에레혼의 청년들은 '불합리 대학'에 다니는데, 여기서는 유용한 지식을 전혀 가르치지 않는다. 기계는 어떤 형태든지 간에 추방되는데, 만약 발전을 허락한다면 결국 기계가 사회를 점령할 것이라는 근거에서이다.

힉스는 감옥에서 석방되자마자 노스니보르의 보호를 받게 되며(이 사람은 한 미망인과 그 자녀로부터 돈을 갈취한 행위 이후에 '회복' 과정에 있다) 급기야 화자는 그의 딸 아로웨나와 사랑에 빠진다. 두 남녀는 결국 기구를 이용하여 그곳을 탈출하고 외부 세계로 돌아온다. 『다시 찾은 에레혼』에서 아내와 사별한 힉스가 에레혼으로 돌아가보니, 그는 과거 하늘에서 수수께끼처럼 사라진 이후에 '태양의 아들'이란 신흥 종교의 핵심으로 추앙받고 있었다. 회의주의자인 버틀러는 인간이 무엇이든지 기꺼이 믿으려는 듯하다고 꼬집는다.

리하르트 바그너RICHARD WAGNER

니벨룽의 반지

THE RING OF THE NIBELUNG(1876)

신과 영웅과 인간에 관한 이 서사시적 걸작은 십중팔구 오페라의 역사에서 가장 비범한 업적일 것이다.

바그너는 1848년부터 1874년까지 약 30년에 걸쳐서 4부작 오페라에 사용된 대본과 음악 모두를 작업했다.

바이에른 국왕 루트비히 2세는 바그너가 4부작 전체를 완성하기도 전에 『라인 강의 황금』(1869)과 『발퀴레』(1870)의 시사회를 명령했다. 『니벨룽의 반지』 4부작 전체의 초연은 1876년 8월 13일부터 17일까지, 바그너의 설계대로 건설된 바이로이트 음악당에서 열렸다.

▶ 애마 그라네에 올라타서 애인 지크프리트의 화장용 모닥불로 뛰어드는 발퀴레 브륀힐데를 묘사한 아서 래컴의 삽화. 바그너 오페라 대본의 영역본 『지크프리트와 신들의 황혼』(1924)에 수록됨.

리하르트 바그너(1813-1883)보다 더 폭발적으로 분열적인 예술가는 아마 없을 것이다. 인종적 우월성에 관한 그의 생각이라든지, 또는 훗날 나치가 그의 음악을 인정한 사실(아돌프 히틀러는 좋아하는 작곡가 가운데 하나로 바그너를 거론했다) 등은 바그너의 작품에 어두운 그림자를 줄곧 드리워왔다. 학자들은 그 사람과 그 음악을 분리하는 것이 과연 가능한지, 또는 심지어 용인할 만한지에 대한 문제를 놓고 여전히 논쟁 중이다. 하지만 바그너는 역사상 가장 격찬받은 음악 가운데 일부를 만들어냈으며, 특히 〈발퀴레의 비행〉은 단연코 지금까지 만들어진 음악 테마 중에서도 가장 유명한 것 가운데 하나이다.

바그너는 자기 오페라에 사용할 음악과 대본(텍스트) 모두를 직접 만들었으며, 그 무대 공연을 가리켜 '총체 예술Gesamtkunstwerk'이라 지칭한 그의 인식은 이 예술 형태를 혁신시켰다. 그의 창조적 구상이 가장 완전하게 실현된 작품은 전설적인 4부작 오페라인 『니벨룽의 반지Der Ring des Nibelungen』로, 이 걸작을 쓰는 데에 그는 거의 30년이 걸렸다.

『니벨룽의 반지』의 배경은 북유럽 신화의 세계이며, 작곡가는 그 내용을 자신의 구상에 걸맞게 각색했다. 다른 여러 작가들도(특히 톨킨이) 똑같은 전승에서 영감을 찾은 바 있었지만, 바그너의 구상은 독창적이고도 두드러졌다. 즉 이 작품은 처음부터 끝까지 높은 수준을 유지한다고 봐야 한다. 바그너가 주로 참고한 북유럽의 서사시 『볼숭 사가』는 위대한 영웅들의 이야기이지만, 실존 인물이 일부 포함된 그 배역들은 어디까지나 인간이었다. 반면 바그너의 세계는 신화 속 배역들인 신, 거인, 난쟁이, 발퀴레(이들은 전장에서 죽은 전사들을 보탄의 집 발할라로 데려온다), 노른(여성의 모습으로 '운명'의 밧줄을 꼬아 인간의 운명을 조종한다) 등이 지배한다. 이 모두는 『볼숭 사가』에서나 다른 고대 북유럽 문헌에서는 전혀 언급되지 않는다. 하지만 바그너는 이들 중 다수의 역할을 확장시키고 다른 배역들을 덧붙였는데, 대표적인 경우가 제목에 등장하는 마법 반지의 재료가 되는, 저 라인 강의 황금을 수호하는 '라인 강의 처녀들'이다.

총체 예술의 일환으로서, 바그너는 신화적인 대본과 복잡한 성격 묘사에 구체적인 무대 지시를 풍부하게 곁들였다(하지만 19세기의 기술만 가지고는 이 지시를

충실하게 따르기가 힘들었을 것이 분명하다). 예를 들어 그중 첫 번째 작품인 『라인 강의 황금』의 첫 장면에는 소용돌이치는 물과 바위와 안개와 깊은 협곡이 등장하며, 난쟁이 알베리히가 협곡에서 나와(그가 바로 4부작의 총칭에 등장하는 '니벨룽'이다) 라인 강의 처녀들로부터 라인 강의 황금을 빼앗는다. 두 번째 장면은 발할라의 웅장한 연회장 바깥으로, 거인 파졸트와 파프너가 신들의 우두머리 보탄을 위해 건축 공사를 막 마무리한 참이다. 이런 식으로 4부작은 니벨하임의 연기 자욱한 대장간에서부터(바로 이곳에서 알베리히가 마법 반지를 만든다) 구름이 흩어진 산꼭대기며 새들이 가득한 숲에 이르는 각지를 무대로 하여 이어진다. 서사시의 세계를 만들어내는 바그너의 역량에는 정말 한계가 없었다. 그런데 흥미로운 점은, 다른 여러 이세계 창조 예술가들과는 달리, 바그너는 자신의 복잡하고 구체적으로 묘사된 세계를 결국 완전히 파괴하려는 구체적인 의향을 지니고 있었다는 것이다.

『라인 강의 황금』에서 보탄은 발할라를 지어주는 대가로 거인들에게 자기 아내 프리카의 동생인 여신 프라이아를 넘겨주기로 약속했음이 밝혀진다. 프라이아는 신들을 불멸하게 해주는 황금 사과를 소유했기 때문에, 이것이야말로 위험천만한 도박일 수밖에 없었다. 여차하면 프라이아를 영영 잃어버릴 것처럼 보이던 찰나, 보탄의 영리하고 수완 좋은 부하 로게가 알베리히의 마법 반지 이야기를 한다. 거인들은 만약 보탄이 저녁까지 그 반지를 건네준다면, 기꺼이 여신을 돌려주겠다고 합의한다.

보탄과 로게는 알베리히를 속여 반지를 빼앗고, 이에 격노한 난쟁이는 반지에 치명적인 저주를 건다. 보탄은 반지를 가지려고 시도하지만, 여의치 않자 거인들에게 건네준다. 이에 반지가 그 치명적인 위력을 발휘하면서, 파프너가 반지를 혼자 차지하려고 파졸트를 때려 죽인다.

두 번째 작품 『발퀴레』에서 보탄은 그 반지를 알베리히보다 먼저 되찾으려 노심초사한다. 난쟁이가 그걸 되찾으면 신들에게 재난이 될까 두려운 까닭이었다. 하지만 신들의 법률 때문에 그는 힘으로 그걸 되찾을 수 없었다. 따라서 이 법률에서 자유로운 영웅이 그 일을 해내야 했으며, 이를 위해서 보탄은 땅의 의인화인 에르다를 이용해 아들 지크문트를 만들어낸다. 하지만 지크문트는 쌍둥이 누이 지클린데를 사랑하게 되고, 보탄의 아내 겸 재산 관리인 프리카는 지크문트를 죽여야 한다고 주장한다. 보탄의 딸인 발퀴레 브륀힐데는 지크문트를 보호하려 하지만, 보탄이 자기 아들의 검을 부러트리자 지클린데의 남편 훈딩이 지크문트를 살해한다. 브륀힐데는 임신한 지클린데와 부러진 검을 구출하려다가, 이런 불순종에 대한 처벌로 마법에 걸려 잠들고 만다.

세 번째 작품 『지크프리트』에서는 지크문트와 지클린데의 아들 지크프리트가 중심이 된다. 두려움을 모르는 청년으로 자라난 지크프리트는 알베리히의 형제 미메로부터 가르침을 얻어 아버지의 검을 복구하고, 그걸 이용해 거인 파프너를 죽이고 반지를 빼앗는다. 아울러 잠든 브륀힐데를 깨우고, 곧바로 그녀와 사랑에 빠진다.

4부작의 마지막 작품 『신들의 황혼』에서는 세 명의 노른이 '운명'의 밧줄을 짜

▲1876년, 바그너의 서사시 전체의 초연에 등장한 라인 강의 처녀들. 릴리 레만이 '보글린데', 마리 레만이 '벨군데', 미나 라메르트가 '플로스힐데'로 나왔다.

는 것으로 시작된다. 이들의 노래는 신들의 시간이 끝날 것이며, 보탄이 발할라를 불태울 것이라고 알린다. 보탄의 계획은 마지막 작품에서 알베리히의 아들 하겐이 등장하며 마침내 분쇄된다. 하겐은 망각의 약에 취해 브륀힐데에 대한 사랑을 잊은 지크프리트를 자기 이복형제 군터의 모습으로 변장시켜 반지를 가진 브륀힐데에게 보낸다. 지크프리트는 그녀에게서 반지를 빼앗은 다음, 그녀를 진짜 군터에게 신부로 넘겨준다. 자기가 군터에게 빼앗겼던 반지를 낀 지크프리트를 본 브륀힐데는 속았음을 깨닫고, 그가 군터의 모습으로 변장했을 때 자기를 강간했다고 거짓으로 주장하며 남편에게 복수를 요구한다. 이에 하겐은 반지를 빼앗기 위해 지크프리트를 죽이고, 곧이어 자기 이복형제도 죽여버린다.

하지만 결국 반지를 도로 차지한 브륀힐데는 그걸 가지고 지크프리트의 화장용 모닥불 속으로 뛰어든다. 마지막 장면에서 라인 강의 처녀들이 화장용 모닥불로 강물을 쏟아붓고, 반지를 집어 들고 하겐을 빠트려 죽이며, 그 와중에 배경에서는 발할라에 살던 신들과 영웅들이 화염 속에 사라진다.

바그너의 복잡한 줄거리를 놓고서는 여러 가지 의문이 제기된다. 알베리히는 어떤 최후를 맞이했는가? 반지가 결국 라인 강의 처녀들에게 돌아갔는데, 왜 신들은 굳이 지크프리트와 함께 죽음을 맞이한 것인가? 이 이야기는 사랑과 권력에 관한 우화이지만, 그 우화의 핵심은 여전히 수수께끼로 남아 있다. 이 작품은 현대사회의 산업화에 대한 비판으로 해석되는가 하면, 정반대로 영웅적 힘과 개인적 에너지의 이상화로 해석되기도 한다.

'니벨룽의 반지'에 대한 바그너의 의도가 무엇이었든지 간에, 그 방대한 세계는 음악, 문학, 미술, 영화 등 종말론적 테마에 관한 이후의 모든 묘사에 영향을 주었다. 그중에서도 가장 친숙한 묘사라면 아마도 프랜시스 포드 코폴라 감독의 〈지옥의 묵시록〉의 한 장면, 즉 헬리콥터에 장착된 스피커에서 〈발퀴레의 비행〉이 흘러나오는 와중에 미군이 베트남 마을에 폭격을 가하는 장면일 것이다.

로버트 루이스 스티븐슨 ROBERT LOUIS STEVENSON

보물섬

TREASURE ISLAND(1883)

전 세계에서 가장 꾸준히 사랑받는 모험소설 가운데 하나인 이 작품은 해적과 선상 반란과 땅에 묻힌 보물과 '그곳을 표시한 X자'에 관한 흥미진진하고도 시대를 초월한 이야기이다.

스티븐슨의 소설은 1881년 『영 포크스』에 연재되었고, 이때에는 저자가 '조지 노스 대위'라고 나왔다. 단행본은 1883년 카셀 앤드 컴퍼니 사에서 간행되었으며, 이때에는 앞서 사용한 가명을 쓰지 않았다. 위의 사진은 1884년 로버츠 브러더스에서 간행된 미국 초판본이다.

이 작품의 친필 원고는 스티븐슨의 소설 상당수와 마찬가지로 오늘날 전해지지 않는다. 그의 문서 역시 제1차 세계대전 당시 유족이 경매를 통해 매각함으로써 각지로 흩어지게 되었다.

▶ 스티븐슨이 직접 그린 보물 지도는 저자의 말마따나 "우뚝 서 있는 뚱뚱한 용"을 닮았다.

역사상 가장 뛰어난 모험소설에 관한 설문 조사를 한다면, 이 떠들썩한 해적 이야기가 상당히 높은 순위로 등장할 가능성이 크다. 로버트 루이스 스티븐슨(1850-1894)이(가족과 친구는 그를 '루이스'라고만 불렀다) 말년에 들어 "내 첫 번째 책"이라고 선언하게 될 작품을 썼을 때, 그는 결코 젊지 않았다. 스티븐슨은 1880년 여름에 두 번째 아내 패니와 함께 캘리포니아에서 자기 고향 에든버러로 돌아왔다. 역시 재혼이었던 패니에게는 이전 결혼에서 얻은 11세 아들 로이드가 있었다. 고향에 돌아온 루이스는 옛 친구 W. E. 헨리와 재회했다. 두 사람은 이전에 병원에서 만난 바 있었는데, 그때 루이스는 폐 질환을 치료 중이었고, 헨리는 한쪽 다리를 막 절단한 상태였다. 오늘날 헨리는 다음과 같은 도발적인 마지막 행으로 유명한 시 「불굴」의 저자로 기억된다. "나는 내 운명의 주인이며 / 나는 내 영혼의 선장이다." 아울러 그로부터 영감을 얻어 만들어진 한 작중 인물은 이미 오래전에 집단 기억의 일부로 수용되었다.

『보물섬』의 출간 이후에 스티븐슨은 헨리에게 다음과 같이 시인했다. "불구인 자네가 보여준 힘과 능숙함의 광경이야말로 [이 소설의 핵심 악당인] 롱 존 실버를 낳았다네. (……) 지배자인 동시에 이름만으로도 모두를 벌벌 떨게 만드는 장애인에 관한 발상은 전적으로 자네한테서 얻은 것이라네." 19세기에만 해도 목제 의족은 보통 시인보다는 오히려 뱃사람과 더 관련이 깊었다. 바다에서 전투나 사고로 한쪽 다리에 큰 부상을 당하면, 즉각적인 절단이야말로 가장 확실한 치료법이었기 때문이다. 당시의 선박에는 병원 설비가 없었으므로, 손상된 팔다리를 곧바로 잘라내고 상처를 끓는 타르에 지지는 것만이 괴저를 막는 유일한 방법이었다. 이런 수술은 종종 선박의 요리사가 부엌칼로 실시했다. 상처가 나으면 다리에 나무토막을 덧대고, 손을 잃었으면 선박 부엌의 고기 거는 갈고리를 달았다[J. M. 배리는 『피터 팬』(1911)의 후크 선장도 롱 존 실버에게서 직접적인 영감을 얻었다고 시인했다].

의사들은 에든버러가 (스모그로 악명 높은 도시이다 보니) 스티븐슨의 건강에는 유해하다고 판정했다. 패니와 루이스는 멀리까지 갈 자금이 없었기 때문에, 하이랜드의 브레이마에 있는 오두막을 한 채 빌렸다. 그곳의 날씨는 '철저하고도 꾸준하게 나빴고', 온 가족이 집에만 갇혀 있었다. 하루는 로이드를 즐겁게 해주려고 애

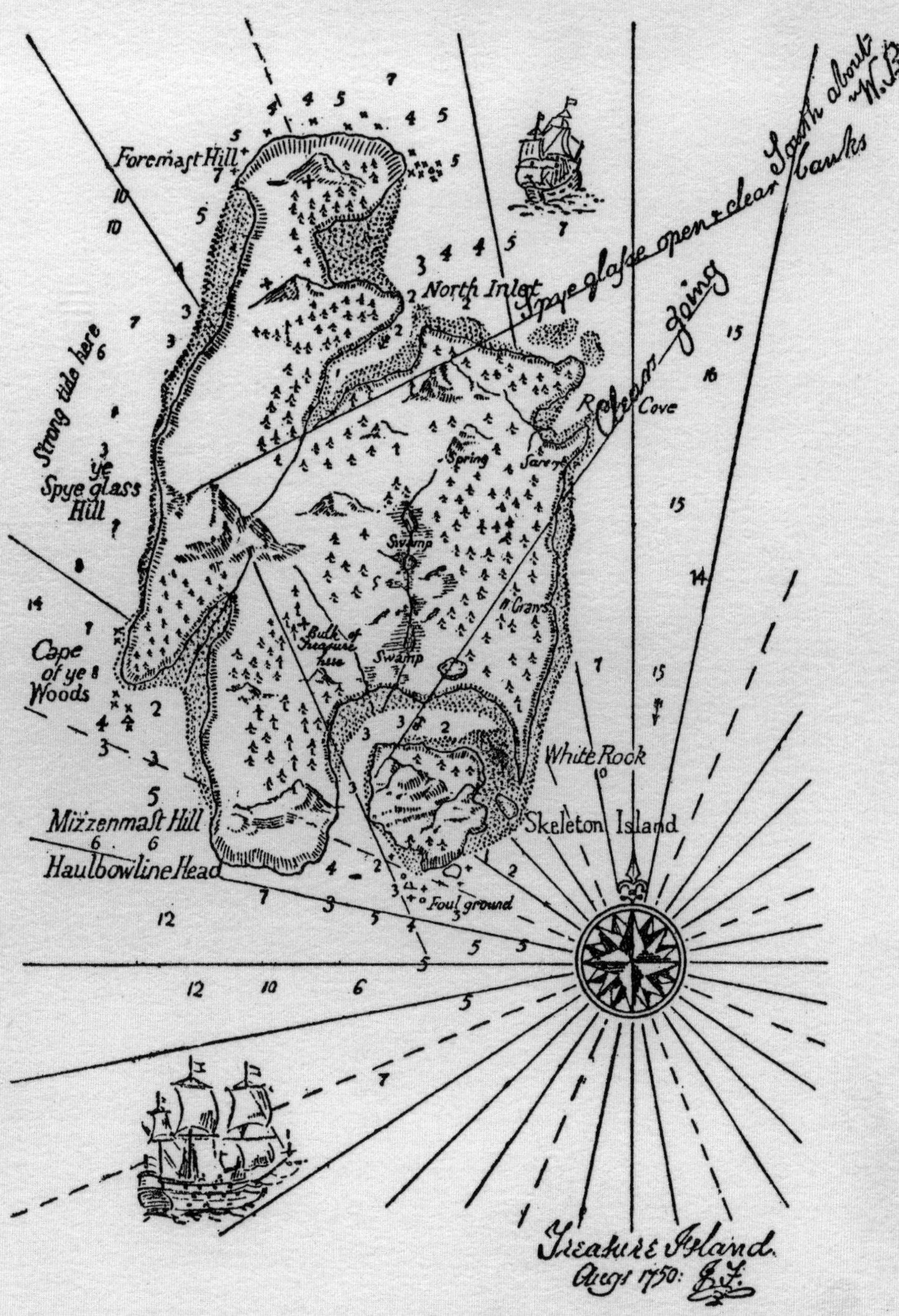

Facsimile of Chart; latitude and longitude struck out by J. Hawkins

쓰던 스티븐슨이 어떤 섬의 지도를 그려주었다.

> (……) 상당히 공들여 그리고 (내 나름대로는) 아름답게 채색도 했다. 그 모양새는 차마 표현할 수 없을 만큼 내 상상력을 사로잡았다. 그곳에 있는 항구는 마치 소네트처럼 나를 즐겁게 만들었다. (……) 내가 만든 '보물섬'을 지켜보고 있자니, 미래의 소설 속 등장인물들이 상상의 숲속에서 나타나기 시작했다. (……) 정신을 차리고 보니, 내 앞에는 종이가 몇 장 놓여 있었고, 나는 장章 배열을 적어놓은 상태였다.

그 이야기는 매일 아침마다 한 장章씩의 속도로 스티븐슨의 펜에서 솟아났다. 그 외의 더 진지한 글쓰기 임무는 모두 중단되었다. 이 단계까지만 해도 이 소설은 어디까지나 가족끼리만 즐기려는 오락거리에 불과했다. 하지만 문학계에나 스티븐슨의 경력 모두에 다행스럽게도, 마침 알렉산더 헤이 재프 박사라는 손님이 그곳을 방문해 당시 집필 중이던 이야기를 들었다. 이 대목에서 스티븐슨이 스코틀랜드 특유의 억양으로 첫 번째 문단을 흥미진진하게 읽어주는 모습을 상상해보시라.

▲ "'한 발짝만 더 가까이 오면요, 핸즈 씨.' 내가 말했다. '당신 머리통을 날려버릴 거예요! 죽은 사람은 깨물 수가 없으니까요, 잘 아시다시피!' 나는 킥킥거리며 덧붙였다." 짐이 돛대에 올라가 해적 이즈레이얼 핸즈와 말다툼을 벌이는 장면.

> 나는 그의 모습을 어제 일처럼 기억한다. 여관 문으로 들어오는 그는 선원용 궤짝 하나를 두 바퀴 손수레에 실어 뒤에 끌고 있었다. 키가 크고, 강인하고, 육중하고, 밤색으로 그을린 남자였고, 타르칠 한 꽁지머리가 지저분한 푸른색 외투의 어깨 위로 늘어지고, 양손은 거칠고 상처투성이였고, 손톱은 검고 부러져 있었으며, 뺨에는 칼자국이 탁한 납빛으로 가로질러 있었다.

마침 재프는 당시의 인기 있는 주간 만화 잡지 『영 포크스』의 편집자와 가까운 사이였다. 런던에서 활동하던 그 잡지의 편집자 겸 발행인 제임스 헨더슨 역시 스코틀랜드 출신이었다. 재프는 이 소설을 『영 포크스』에 실어보지 않겠느냐고 저자에게 제안했다. 그 덕분에 얼마 안 되는 '푼돈'이라도 벌어다 주면 저자에게도(당시 스티븐슨은 실제로 돈이 절실히 필요했다) 좋은 일일 것이라고 했다.

스티븐슨은 짐 호킨스의 이야기를 탈고했고, 곧이어 『보물섬』이 연재되면서 50파운드가 조금 못 되는 원고료를 벌었으며, 이후로도 재판 간행되면서 약간의 재산을 얻게 되었다. 『보물섬』은 영국 소설계에 새로운 재능의 도래를 알린 작품이기도 했다. 이 이야기는 지루한 하루하루를 버티기 위해 난롯가에 앉아서 낭독하며 가족끼리만 즐기려는 오락거리에서 시작되었지만, 결국에는 고전이 되었다. 이 작품이 없는 영국 소설은 차마 상상조차 불가능하다.

이후의 인기를 생각해보면 놀라운 일이지만, 『보물섬』은 『영 포크스』 연재 당시에만 해도 큰 성공을 거두지는 못했다. 어쩌면 심리학적 면모를 지닌 스티븐슨의 이야기가 그 잡지의 독자인 청소년에게는 너무 어려웠을지도 모를 일이다. 더 중요한 사실은, 『보물섬』이 어린이 독자에게는 지나치게 불편한 작품이었을 수도 있었다는 점이다. 예를 들어 톰 레드루스의 살해 장면은 정기적으로 엽기적인 내용을 만끽하던 빅토리아 시대 어린이들의 눈높이에도 과한 면이 없지 않았다. 실버는 지주님의 충성스러운 부하 톰을 선상 반란에 끌어들이려다가 실패하자 직접 처형을 집행한다. 엽기적으로 묘사된 이 잔인한 살해 장면을 목격한 짐은 그만 기절하고 만다. 성인이건 어린이건 간에, 독자 역시 몸의 떨림을 억제하기가 어렵다는 사실을 깨닫는다. 결국 실버가 살아남았으며, 이 무자비한 범죄에 대해 처벌받기는커녕 부정하게 금을 챙겨 갔고, 이후로도 자기를 격분시킨 누군가를 박살 내리라고 생각할 때에도 역시 마찬가지 느낌이 든다. 아동 문학 분야의 불문율로 간주되던 권선징악은 어디로 갔단 말인가?

▲ "퓨는 비명을 지르며 쓰러졌고, 그의 비명은 한밤중에 멀리까지 울려 퍼졌다." 해적 장님 퓨가 세금 징수원들의 말발굽에 밟히는 장면.

『보물섬』은 풍부하고도 복잡한 상상력의 작품이다. 그렇다면 이 소설의 상상 세계는 어디서부터 시작되는 걸까? 아마 목제 의족, 나쁜 날씨, 그리고 낯선 사람의 우연한 방문에서부터 시작된다고 봐야 할 것 같다.

실버의 목소리였다. 그의 몇 마디 말을 듣자, 나는 절대로 모습을 드러내지 않기로 했다. 나는 거기 누워서, 극도의 두려움과 호기심 속에서, 몸을 떨며 귀를 기울였다. 왜냐하면 그의 몇 마디 말 속에서, 나는 이 배에 타고 있는 정직한 사람들 모두의 생명이 오로지 나 한 사람에게 달려 있음을 이해했기 때문이다.

에드윈 A. 애벗('A. 사각형') EDWIN A. ABBOTT('A SQUARE')

평면나라: 여러 차원에 관한 소설

FLATLAND: A ROMANCE OF MANY DIMENSIONS(1884)

과학소설의 짧은 고전인 이 작품은 공간나라, 선나라, 점나라 같은 여러 차원을 오가는 A. 사각형의 수학 여행을 묘사한다.

이 작품의 초판본은 1884년 실리 앤드 컴퍼니에서 간행되었다.

애벗은 생전에 교육가 겸 신학자 겸 언어학자로 가장 잘 알려져 있었다. 그의 수많은 저술 중에는 교과서, 신학 논고, 심지어 철학자 프랜시스 베이컨의 전기도 있었다.

이 이야기는 2007년에 애니메이션으로 각색되었고, 마틴 신과 크리스틴 벨이 목소리 연기를 담당했다.

수학자들도 흥미로운 소설을 쓴다. 예를 들면 루이스 캐럴이 1865년에 펴낸 『이상한 나라의 앨리스』(82쪽 참고)가 그렇다. 『평면나라』의 저자 에드윈 A. 애벗(1838-1926)은 교사 겸 언어학자 겸 신학자였으며, 구제 불능으로 탐구심 넘치던 시대에 남보다 더 쾌활하게 탐구하는 정신의 소유자였다. 『평면나라』에서 그는 우의적 과학소설의 원형을 만들어냈다.

'A. 사각형'이라는 필명으로 발표한 이 소설은(물론 이 작품을 '소설'이라고 부를 수 있다면 그렇다는 뜻이다. 왜냐하면 이 작품은 때때로 길이가 긴 지적 농담처럼 보이기 때문이다) 2차원적(즉 평면의) 우주를 상상한다. 화자인 'A. 사각형'은 기하학적 평민이다. 화자는 자기가 사는 단면單面 우주에서의 삶과 사회 관습에 대해 확장된 숙고를 거듭한 끝에, 그 경계를 의문시하거나 넘어서는 자들 특유의 운명을 겪게 된다. 사각형은 '공간' 속에서 살아가는 특권을 독자에게 이렇게 설명한다.

> 종이가 한 장 있고, 그 위에 곧은 '선'들, '삼각형'들, '사각형'들, '오각형'들, '육각형'들, 그리고 다른 도형들이 각자의 장소에 고정된 채 남아 있지 않고 자유롭게 움직인다고 상상해보십시오. 그 표면 위에, 또는 안에 있지만, 그 위로 솟아오르거나 그 아래로 가라앉을 능력까지는 없어서, 마치 그림자와 매우 유사하다면(다만 가장자리가 딱딱하고 빛을 낸다는 차이만 있을 뿐이라면) 여러분은 제 나라와 동포에 대해서 상당히 정확한 개념을 얻게 되는 셈입니다.

이 작품의 전반부는 특히 평면나라의 경직되고 위계적인 사회구조에 초점을 맞추는 까닭에, 빅토리아 시대의 사회규범에 대한 풍자라는 평판을 얻었다. 평면나라의 계급은 한 사람이 보유한 각角의 개수에 따라 결정되며, 따라서 각이 많은 다각형이 일종의 귀족제를 형성하고, 이등변 삼각형은 노동 계급이며, 화자와 같은 일반적인 사변형은 확고한 중류층이다. 사회적 이동성은 제한되며, 오로지 남자에게만 가능하고(각 세대마다 아들들은 추가적인 각을 획득한다) 여성은 오로지 선線뿐이어서 자기 지위를 향상시킬 수가 없다. 아울러 여성을 정면에서 바라보면 '점'으로 오해할 수 있기 때문에, 여성은 별도의 문을 이용하는 동시에 평면나라를 돌아다닐

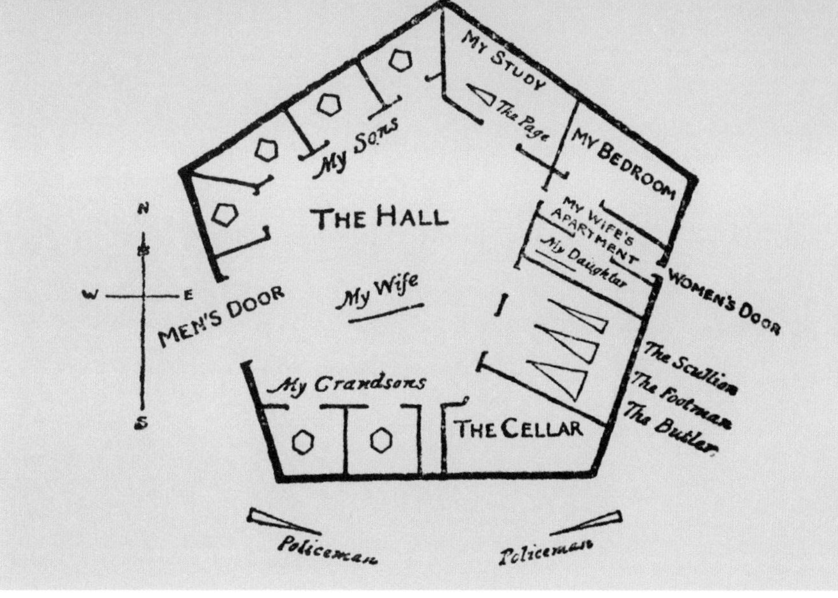

▲ 초판본 표지에 나온 A. 사각형의 집 평면도. 다각형 남성이 사용하는 넓은 출입구와 선형 여성이 사용하는 좁은 출입구가 보인다.

때에는 자칫 동포를 찌르는 사고를 범하지 않기 위해 큰 소리를 질러야 한다.

물론 애벗에게 페미니스트적 의식이 있었다고 주장하는 것은 어딘가 시대착오적인, 또는 어설픈 느낌도 없지 않아 보이지만, 이 작품의 개정판 서문에서 저자는 마치 자신의 풍자적 의도를 시인한 것처럼 보인다. 그는 이렇게 주장했다. "(아주 최근까지만 해도) 여성과 인류 대중의 운명은 차마 언급할 만한 가치가 없는 것처럼, 따라서 신중한 고려의 대상이 된 적이 없는 것처럼 보였습니다."

1999년에 새로운 밀레니엄이 목전에 닥치자, 사각형은 자기네보다 오히려 낮은 차원의 세계에 관해 꿈을 꾼다. '선나라'라는 그곳에서는 모든 존재가 단선적이다(혹시 선도 사변형처럼 네 개의 면을 갖고 있을까? 연필로 그려보면 그렇게 보이지만, 기하학에서는 그렇지 않다. 여러분도 한번 곰곰이 생각해보시라).

H. G. 웰스의 단편 「장님들의 나라」(1904)의 주인공과 마찬가지로, 사각형은 '지금 당신이 다스리는 세계 이외의 다른 세계가 있다'는 사실을 선나라의 왕에게 납득시킬 수가 없다(물론 수학자들이야 자기들이 이야기하는 내용을 이해하지 못하는 사람들에게 익숙한 상태이지만). 그런데도 사각형 본인은 '공간나라'의(즉 '우리' 세계의) 구球형 방문객과 마주하자 그만 당황하고 만다. 또 다른 기하학을 지닌 다른 세계가 더 있을까? 모든 존재가 한 점에 제한된 '점나라'에 관한 언급도 나오지만, 구球 본인은 자기가 사는(즉 '우리'가 사는) 차원 말고 4차원, 5차원, 또는 더 높은 차원의 가능성에 대해서는 동의하지 않는다(비록 현대 물리학과 수학에서는 흔한 이야기이지만 말이다). 자신의 발견을 평면나라 동포들에게 알린 사각형은 졸지에 이단 혐의로 감옥에 갇히고 만다. 쉽게 말해서 그는 '선을 넘은' 것이었다. 애벗은 자기 책을 '상상력의 확장'에 바친다고 밝혔다. 많은 독자들은 그가 상상한 세계가 결국 두뇌 운동용이라는 사실을 알게 되겠지만, 그래도 재미있다는 사실에는 변함이 없을 것이다.

에드워드 벨러미 EDWARD BELLAMY

뒤돌아보며: 2000년에 1887년을

LOOKING BACKWARD: 2000-1887(1888)

19세기에 가장 영향력 있었던 '유토피아'를 다룬 이 책에 담긴 정치적 비전은 훗날 벨러미 클럽의 조직망에는 물론이고, 궁극적으로는 정당에도 영감을 제공했다.

이 책의 초판은 1888년 티크너 앤드 컴퍼니에서 간행되었다.

1900년에 『뒤돌아보며』는 미국 역대 베스트셀러 순위에서 3위로 집계되었다. 당시 1위는 『톰 아저씨의 오두막』(1852) 이었고, 2위는 『벤허: 그리스도 이야기』(1880)였다.

벨러미와 같은 사회주의자인 H. G. 웰스는 『잠자던 자 깨어나다』(1910)에서 '잠자는 동안의 시간 여행'이라는 발상을 채택했다. 이때 웰스는 주인공이 100년간 잠들어 있는 동안 예금 잔액이 크게 늘어난 까닭에 미래에는 세계 최고의 부자가 된다는 기발한 발상을 덧붙였다.

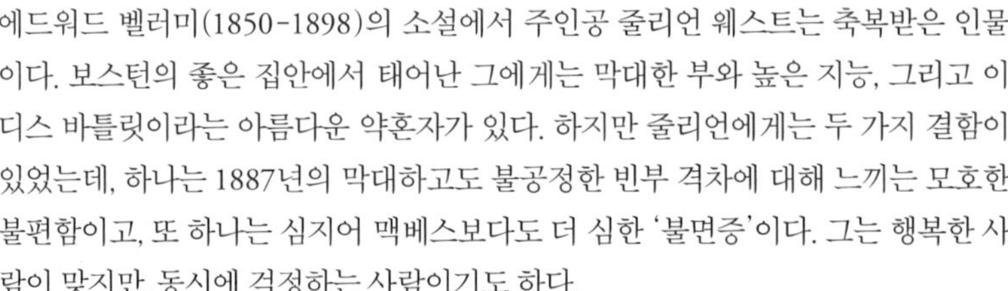

에드워드 벨러미(1850-1898)의 소설에서 주인공 줄리언 웨스트는 축복받은 인물이다. 보스턴의 좋은 집안에서 태어난 그에게는 막대한 부와 높은 지능, 그리고 이디스 바틀릿이라는 아름다운 약혼자가 있다. 하지만 줄리언에게는 두 가지 결함이 있었는데, 하나는 1887년의 막대하고도 불공정한 빈부 격차에 대해 느끼는 모호한 불편함이고, 또 하나는 심지어 맥베스보다도 더 심한 '불면증'이다. 그는 행복한 사람이 맞지만, 동시에 걱정하는 사람이기도 하다.

줄리언은 특히 거리의 소음 때문에 곤란을 겪는다. 결국 그는 집 아래에 자기 하인만 아는 비밀 방음실을 마련하고, 한 친구가 거는 최면을 통해 깊은 잠에 빠져든다(1880년대에는 메스머주의, 즉 최면술이 대유행이었다). 그런데 최면술이 워낙 강력해서인지, 줄리언은 무려 113년이나 지난 미래인 2000년 9월 10일에 깨어난다. 그는 자기가 잠든 직후에 화재가 발생해 집이 파괴되고, 주인의 위치를 아는 유일한 사람인 하인도 사망했음을 알게 된다. 결국 줄리언 웨스트가 어떻게 되었는지는 아무도 알 수 없었고, 시간이 더 흐르자 아무도 관심을 두지 않는다.

벨러미는 자기가 살던 세계의 '변화 속도'에 대해서 매우 흥분했고, 자기 우화의 주제에 관해서 후기를 덧붙였다. 하지만 미래에 대한 그의 비전은 지나치게 가속화된 감이 없지 않았다. 『뒤돌아보며』의 '2000년'은 우리가 실제로 경험한 것과는 매우 달랐다(수많은 유토피아들의 운명이 그러했다. 예를 들어 1984년은 오웰의 『1984』와 얼마나 비슷했단 말인가?).

벨러미의 2000년은 말 그대로 '천년 왕국', 즉 시간의 끝에 자리한 완벽한 세계였다. 줄리언이 발견한 미래의 완벽한 사회에서는 자유방임적 자본주의를 폐지하고 사회주의를 선택함으로써 산업화의 문제를 해결했다(비록 벨러미는 자칫 독자에게 부정적인 연상 작용을 일으킬 수 있는 '사회주의'라는 단어를 최대한 회피하지만 말이다). 즉 부는 평등하게 분배되며, 사유재산은 폐지되었다. 너그러운 정부는 모두에게 대학 교육과 평생 돌봄을 제공한다. 일은 쉬우면서도 보람 있고, 45세면 은퇴한다. 기대 수명은 과거보다 훨씬 높아졌고, 범죄와 부패와 가난 같은 사회악도 이미 사라졌다.

자신이 속한 '현재'로 돌아갈 수 없었던 줄리언은 미래에 남게 된 것에 기뻐하

주위의 변화에서 비롯되는 영향은 시간의 경과에서 비롯되는 영향과도 유사해서, 과거를 멀리 떨어진 것처럼 보이게 만들죠.

Vol. 2. DECEMBER, 1889. No. 1.

"THE NATIONALIZATION OF INDUSTRY AND THE PROMOTION OF THE BROTHERHOOD OF HUMANITY."—*Constitution of the Nationalist Club, Boston, Mass.*

THE

NATIONALIST

THIS EDITION .. 35,000.

FRONTISPIECE, Pen and Ink Portrait of . . EDWARD BELLAMY.

Looking Forward	*Edward Bellamy*
Now is the Time to Begin (Verse)	*Frank J. Bonnelle*
The Why and Wherefore	*Mrs. Abby Morton Diaz*
To Wendell Phillips (Verse)	*Henry Austin*
Politics and the People	*Thaddeus B. Wakeman*
My Masterpiece (Verse)	*Arthur Macy*
A Solution of the Liquor Problem	*George W. Evans*
The Poetry of Evil	*W. G. Todd*
Our Block—A Coöperative Possibility	*George F. Duysters*
The Key Thereof (Verse)	*Mrs. Alys Hamilton Harding*
A Plan of Action	*Burnette G. Haskell*
Editorial Notes	
Remarks on Removal	*John Ransom Bridge*
A Retrospect	*Cyrus F. Willard*
Goldwin Smith's "False Hopes"	*Dr. William L. Faxon*

PUBLISHED BY

THE NATIONALIST EDUCATIONAL ASSOCIATION,

No. 77 BOYLSTON STREET, BOSTON, MASS.

Copyright, 1889, by Nationalist Educational Association. Entered at the Boston Post-Office as second-class matter

PRICE $1.00 A YEAR. SINGLE NUMBERS 10 CENTS.

▲ 벨러미의 유토피아적 발상의 추종자들이 창간한 미국 사회주의 잡지 『내셔널리스트』의 1889년 12월호 표지.

며, 자신의 첫사랑 겸 옛사랑인 이디스 바틀릿의 증손녀인 이디스 리티와 사랑에 빠진다. 벨러미는 나중에 덧붙인 후기에서 다음과 같은 의기양양한 선언과 함께 이야기를 마무리한다.

> 사려 깊은 사람이라면 누구나, 현재의 사회 국면이 거대한 변화를 앞두고 있다는 사실에 동의할 것이다. 유일한 문제는, 그 변화가 더 나은 것이 될지, 아니면 더 못한 것이 될지의 여부일 뿐이다. 인간의 본질적인 고귀함을 신봉하는 사람은 앞의 견해로 쏠릴 것이요, 인간의 본질적인 비열함을 신봉하는 사람이라면 뒤의 견해로 쏠릴 것이다. 내 경우에는 앞의 의견을 고수하는 바이다. 『뒤돌아보며』는 황금시대가 바로 우리 앞에 있다는, 즉 우리 뒤도 아니고, 우리에게서 멀지도 않다는 믿음에서 쓴 작품이다.

벨러미의 책 자체는 상당히 즉각적인 영향력을 발휘했으며, 초판 간행 이듬해에 전국적인 베스트셀러가 되었다. 이 책은 초판 간행 이후 한 번도 절판되지 않았으며, 수많은 속편들은 물론이고 문학적 '응답'들도 불러냈다. 물론 항상 긍정적인 응답은 아니었지만, 그중에는 윌리엄 모리스의 유토피아 소설 『어디에도 없는 곳으로부터의 소식』(1890)도 있었다. 초판 간행 직후에 미국에서는 수백 군데의 내셔널리스트(또는 벨러미) 클럽이 생겨났다. 이곳은 이 소설에 나온 발상들이며, 그 실현 가능성을 진지하게 토론하는 장이었다. 1890년대 초에 벨러미는 점점 더 정치화되는 이 운동에 참여했으며, 심지어 조기 폐간한 잡지 『뉴 네이션』을 직접 간행함으로써 이 단체의 대의를 전파했다. 경제적 어려움과 아울러 (훗날 민주당과 합병하는) 인민당의 인기가 늘어나면서 내셔널리스트 운동은 1890년대 중반에 시들고 말았지만, 벨러미의 책은(비록 저자는 어느 시점에선가 이 작품을 '문학적 환상소설, 즉 동화'라고 묘사했지만) 이미 역사에 뚜렷한 자취를 남긴 다음이었다.

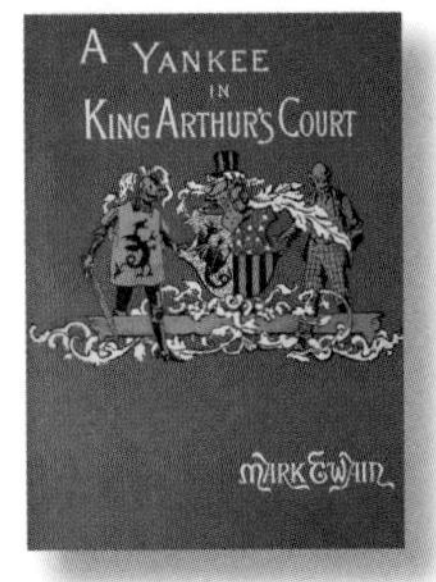

마크 트웨인(새뮤얼 랭혼 클레멘스)MARK TWAIN(SAMUEL LANGHORNE CLEMENS)

아서 왕 궁전의 코네티컷 양키

A CONNECTICUT YANKEE IN KING ARTHUR'S COURT(1889)

이 풍자소설은 19세기의 미국인 행크 모건이 머리를 얻어맞고 기절하며 중세 잉글랜드로 옮겨 간 결과 상당히 달라진 캐밀롯을 상상하고 있다.

1889년 찰스 L. 웹스터 앤드 컴퍼니에서 간행된 초판본(위 사진)의 제목은 '코네티컷'이 빠진 『아서 왕 궁전의 양키』였다.

트웨인은 토머스 맬러리의 기사도 이야기인 『아서 왕의 죽음』(1485. 44쪽 참고)을 입수한 이후에 『아서 왕 궁전의 코네티컷 양키』에 대한 영감을 얻었다.

"나는 그냥 미국인an American이 아니라. '진짜배기' 미국인the American이다." 이 말은 저명한 소설가 겸 유머 작가 마크 트웨인의 창작으로 오인되는데, 실제로는 그의 친구인 프랭크 풀러의 창작을 인용한 것뿐이다. 그래도 어울리는 표현이긴 하다. 왜냐하면 미국 작가를 통틀어 자국의 목소리를 가장 확실하게 포착한 인물이 바로 마크 트웨인이기 때문이다. 그렇다면 미국인이 된다는 것은 과연 무엇일까? 미국 작가 중에서도 가장 미국적이었던 이 작가는 문득 궁금증을 느꼈다.

트웨인의 생각처럼, 여기서의 핵심 질문은 새 나라(미국)와 옛 나라(영국)의 관계였다. 미국이라는 혼합체에는 갈등뿐만 아니라 계승도 있었다. 결국 트웨인은 『아서 왕 궁전의 코네티컷 양키』라는 대표작에서 자신의 상상력을 이용해 이 모순을 파고든다.

19세기가 마무리될 즈음, 여러 작가들이 소설적 장치로서 시간 여행이라는 발상에 매료되었지만, H. G. 웰스를 비롯한 대부분은 과거보다 미래로 여행하는 것을 더 즐거워했다. 어쨌거나 내가 과거를 바꿔버리면, 방금 전에 내가 왔던 현재를 어떻게 보전할 수 있단 말인가? 하지만 트웨인은 이처럼 발생 가능한 역설을 멋대로 짓밟아버렸다. 『아서 왕 궁전의 코네티컷 양키』는 트웨인이 낯선 사람을 만나 놀라운 이야기를 듣는 것으로 시작된다. 행크 모건이라는 그 사람은 캐밀롯, 즉 아서 왕 궁전에 다녀온 것이었다. 그곳이야말로 영국의 귀족 제도와 신사도와 기사도의 이상이 형성된 장소였다. 그곳이야말로 잉글랜드의 문명의 시작점이었다.

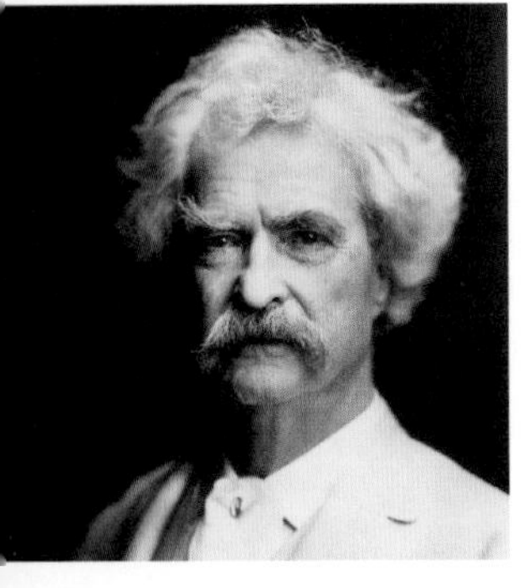

기술자인 행크는 공장에서 사고로 쇠지레에 머리를 얻어맞고, 1879년의 코네티컷 주 하트퍼드에서 528년의 잉글랜드 캐밀롯 인근 들판으로 가게 된다. 지금 자기가 도착한 곳이 어디인지를 한 행인으로부터 전해 듣고 난 직후, 우리 주인공의 첫 번째 반응은 절망이었다. "나는 가슴이 철렁 내려앉는 기분으로 중얼거렸다. '이제는 친구들과도 결코 못 만나겠구나. 결코, 결코 말이야. 친구들이 태어나려면 앞으로 1300년도 더 지나야 하니까.'" 그런데 지나가던 기사가 창술 연습을 한답시고 그를 표적으로 고르면서, 그의 절망은 급기야 공포로 바뀐다.

하지만 행크는 진정한 미국인이었다. 그는 자기 소개를 하고, 과거의 잉글랜드를 한 바퀴 둘러보고 나서, 자기 눈에 비친 모습을 재미있어하는 동시에 역겨워한

상상력이
날뛰고 있을 때에는
차마 눈을 믿을 수가 없다.

다. 마법사 멀린은 엉터리로(즉 기껏해야 삼류 서커스 마술사 수준으로) 판명되고, 잉글랜드는 부패한 계급 체계에 속박되어 있었다. 자유민으로 태어난 코네티컷 양키가 보기에는 그야말로 혼란스럽고 끔찍스러웠다. 행크는 이런 문제를 개선하는 조치에 나선다. 그는 저 유서 깊은(물론 그 시대에는 오히려 '새로운') 미국인의 노하우가 6세기에 필요하다고 인식했다. 다시 말해 기술, 산업, 공장, 증기력, 전화, 자전거, 총 같은 것들이 말이다. 머지않아 그 시대에 바퀴가 발굽을 대체했다. 머지않아 그는 전국에서 가장 중요한 인물이며, 심지어 왕보다도 더 중요한 인물이 된다. 그는 '작업반장 경卿'으로 작위도 받는다.

▲ 자전거를 타고 달리는 랜슬롯 경. 초판본에 수록된 대니얼 카터 비어드의 삽화.

우리는 이런 세계를 어떻게 읽어야 할까? 트웨인과 동시대의 미국인은 이 이야기를 전적으로 애국적인 우화로 바라보았다. 즉 '옛날 잉글랜드'의 불결과 예속과 미신에 대한 풍자가 결과적으로 자기네 새 나라를 더 빛나게 해준다는 것이었다. 저자 본인도 부분적으로는 이런 견해를 지지한 것처럼 보인다. 하지만 뛰어난 상상력을 발휘한 작품 모두가 그러하듯, 『아서 왕 궁전의 코네티컷 양키』를 읽는 방법도 여러 가지이다. 이 이야기는 '미국인 교사가 너그럽게도 영국인에게 도덕적 교훈을 제공한다'는 트웨인의 지나치게 깔끔한 설명과는 딱 맞아떨어지지 않는다. 행크는 진보를 상징하지만, 이때의 진보란 결국 피와 철과 대량 학살의 과정이기도 하다. 기관총이 비무장 상태인 적들을 쓰러트리는 대목에서, 트웨인은 분명히 미국 남북전쟁을 생각했을 것이다. 경이로운 점은, 위대한 예술가 특유의 저 기묘한 혜안 때문인지, 트웨인이 1914년에 닥칠 제1차 세계대전 당시의 대량 학살 광경을 일찌감치 그려본 듯하다는 것이다. 이것이야말로 끔찍하면서도(하지만 재미있으면서도) 매우 트웨인다운 일이다.

H. G. 웰스 H. G. Wells

타임머신

THE TIME MACHINE(1895)

시간 여행의 수단이 되는 기계의 개념을 대중화한 웰스의 이 환상소설은 연약하고 단순한 인간 종족과 음침하고 뒤틀린 식인 종족이 공생하는 먼 미래를 묘사한다.

이 작품은 1895년에 『뉴 리뷰』에서 연재물 형태로 최초 간행되었다. 하지만 같은 해의 더 나중에 윌리엄 하이네만에서 간행된 단행본에서는 연재 당시의 제11장이 누락되었다.

웰스는 과학소설 분야에서 『모로 박사의 섬』(1896), 『투명인간』(1897), 『우주 전쟁』(1898) 같은 중요한 작품도 여러 권 남겼다.

▶ 1960년에 조지 팰이 감독 및 제작을 담당한 MGM 영화의 포스터.

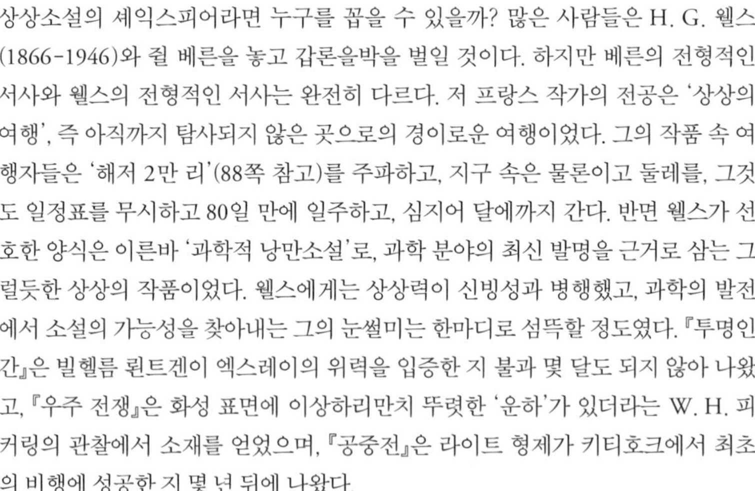

상상소설의 셰익스피어라면 누구를 꼽을 수 있을까? 많은 사람들은 H. G. 웰스(1866-1946)와 쥘 베른을 놓고 갑론을박을 벌일 것이다. 하지만 베른의 전형적인 서사와 웰스의 전형적인 서사는 완전히 다르다. 저 프랑스 작가의 전공은 '상상의 여행', 즉 아직까지 탐사되지 않은 곳으로의 경이로운 여행이었다. 그의 작품 속 여행자들은 '해저 2만 리'(88쪽 참고)를 주파하고, 지구 속은 물론이고 둘레를, 그것도 일정표를 무시하고 80일 만에 일주하고, 심지어 달에까지 간다. 반면 웰스가 선호한 양식은 이른바 '과학적 낭만소설'로, 과학 분야의 최신 발명을 근거로 삼는 그럴듯한 상상의 작품이었다. 웰스에게는 상상력이 신빙성과 병행했고, 과학의 발전에서 소설의 가능성을 찾아내는 그의 눈썰미는 한마디로 섬뜩할 정도였다. 『투명인간』은 빌헬름 뢴트겐이 엑스레이의 위력을 입증한 지 불과 몇 달도 되지 않아 나왔고, 『우주 전쟁』은 화성 표면에 이상하리만치 뚜렷한 '운하'가 있더라는 W. H. 피커링의 관찰에서 소재를 얻었으며, 『공중전』은 라이트 형제가 키티호크에서 최초의 비행에 성공한 지 몇 년 뒤에 나왔다.

그렇다면 최신 과학의 대중화에 공헌한 이 상상력 뛰어난 작가는 도대체 어디서 나온 걸까? H. G. 웰스는 바로 1870년의 의무교육법 덕분에 전통적인 예속 상태에서 해방된 세대 겸 계급에서 나왔다. 그의 아버지는 프로 크리켓 선수였다가 부상을 입고 작은 상점을 운영했지만 성공을 거두지는 못했다. 13세 때에 아버지가 파산하자 소년은 한 시골 저택에 일자리를 얻은 어머니를 따라갔고, 덕분에 그곳의 서재를 마음껏 이용하라는 허락을 얻었다. 다니던 학교를 그만두고 포목 '상점'에서 도제 생활을 했지만, 막상 웰스는 그 일을 질색했다(이때의 경험은 그의 유머 소설 『킵스』를 통해 불멸이 되었다).

명석했던 그는 18세에 정부 장학금을 받고 과학 사범학교에 입학했고, '다윈의 불도그'라는 별명으로 통하던 진화론 옹호자 T. H. 헉슬리로부터 큰 영향을 받았다. 급기야 웰스는 (자기보다 7년 먼저 탄생한) 『종의 기원』을 성서로 여기게 되었고, 그 책의 무오류성에 대한 믿음을 죽을 때까지 고수했다. 헉슬리는 이 신조에 '적자생존'이라는 개념을 도입했는데, 이는 결국 종 내부 및 종 사이의 영원한 투쟁을 통해 보장되는 뭔가였다. 이 개념 역시 청년 웰스에게는 일종의 신조가 되었다.

DWYN
YER
nts
GE PAL
UCTION
H.G. WELLS'
THE TIME MACHINE
in futuristic
METROCOLOR
STARRING
ROD TAYLOR
ALAN YOUNG · YVETTE MIMIEUX

『타임머신』은 웰스가 처음으로 간행한 과학적 낭만소설이었지만, 그 내용 면에서는 '상상의 여행'으로서의 측면이 베른의 소설보다도 훨씬 더 강했다. 왜냐하면 그 당시의 독서 시장을 염두에 두고서 쓴 소설이었기 때문이다. 『자서전의 실험』에서 웰스는 어느 여름밤 잉글랜드 켄트 주의 초라한 하숙집에서 창문을 열어놓고 밤늦게까지 이 책을 쓰던 시절을 회고했다. 당시에 그를 못마땅해한 하숙집 여주인이 등불을 너무 많이 쓴다며 창밖의 어둠 속에서 투덜거렸다는 것이다.

『타임머신』은 다음과 같은 생생한 문장으로 시작된다. 이것이야말로 이 작품이 처음 연재된 『뉴 리뷰』를 무심코 넘겨보던 독자들의 시선을 끌기 위해 고안된 장치이다.

> 시간 여행자는(이렇게 불러야 그에 관해 이야기하기가 편리할 것이다) 심오한 내용을 우리에게 설명하고 있었다. 그의 회색 눈동자는 빛나고 또 반짝였으며, 평소에는 창백하던 그의 얼굴은 붉어지고 또 화색이 돌았다. 불은 환하게 타올랐고, 은빛 백합 모양 촛대 속 밝은 불빛의 부드러운 광채가 우리 유리잔 속에서 터지고 또 지나가는 거품의 모습을 비춰주었다.

『타임머신』의 전신인 단편 「시간 여행자」에서는 여행자의 이름이 (독일어로 '안개 낀 산꼭대기'라는 뜻인) '네보기펠 박사Dr. Nebogipfel'라고 나온다. 반면 더 나중의 작품에서는 여행자는 물론이고 매주 목요일마다 모이는 그의 청중 역시 익명으로 처리하는 기발한 솜씨를 선보였다. 즉 타임머신의 비밀 유지를 위해서 그의 정체도 당연히 비밀로 유지할 수밖에 없다는 것이다.

여행자는 친구들에게 두 가지를 설명한다. 첫째는 4차원의 특성이고, 둘째는 자기가 4차원을 항해하는 타임머신을 발명했다는 사실이다. 친구들이 지켜보는 가운데 그는 첫 번째 실험 여행을 떠나며 다음 주 목요일에 돌아오기로 했다. 실제로 그는 그날에 맞춰 돌아와 세 번에 걸친 미래 여행에 관해 보고한다.

첫 번째 미래는 80만 2701년이었다. 그는 진화가 역전되어서 인류는 두 가지 대조적인 종으로 갈라졌음을 발견한다. 하나는 엘로이로, 일종의 에덴동산 같은 곳에서 살아가며 그저 놀기만 한다. 또 하나는 식인 성향의 몰록으로, 지하의 공장 세계에서 노예처럼 살아가다가 오로지 밤에만 지상에 나타나 먹이를 찾는다.

엘로이는 거대하지만 허물어진 스핑크스 아래에서 귀엽지만 무의미한 삶을 영위하는데, 그 유적의 모습은 셸리의 시 「오지만디아스」를 연상시키는 동시에 문명의 몰락을 연상시킨다. 엘로이는 19세기 후반의 퇴폐주의자들, 특히 오스카 와일드와 그 추종자들을 연상시킨다. 몰록과의 전투를 마친 여행자는 미래를 향해 두 번이나 더 여행을 시도한다. 이 과정에서 태양계의 열적사熱的死를 목격하는데, 이때에는 태양이 죽으면서 지구상에는 균류菌類 및 게와 비슷한 섬뜩한 생물밖에는 살아남지 못하게 된다. 이 보고를 남긴 후에 그는 다시 여행을 떠나지만 영영 돌아오지 않는다.

시간 여행은 웰스의 시간 환상소설이 나오기 훨씬 오래전부터 상상 문학 분야에서 선호되는 소재였다. 그런데 이 시나리오에서의 약점은 바로 미래로(또는 과거로) 가는 방법 그 자체였다. 그중에서도 인기 있는 해결책은 버니언이 『천로역정』에서 사용한 다음과 같은 방법이었다.

> 나는 이 세계의 황야를 걸어 지나가던 중에 어떤 장소에 도착했는데, 마침 그곳에는 동굴이 하나 있기에 그 안에 들어가 누웠다. 자는 동안에 나는 꿈을 꾸었다.

『타임머신』에 영향을 준 두 가지 상상 작품도 바로 이 방법을 이용했는데, 하나는 에드워드 벨러미의 『뒤돌아보며』(1888. 106쪽 참고)이고, 또 하나는 윌리엄 모리스의 『어디에도 없는 곳으로부터의 소식』(1890)이다. 두 작품 모두 주인공이 (마치 워싱턴 어빙의 소설 속 인물인 '립 밴 윙클'처럼) 잠들었다 깨어보니 어째서인지 먼 미래에 와 있다. 하지만 이것은 현실의 미래일까, 아니면 꿈속의 미래일까? 모리스와 벨러미는 친사회주의 성향이어서 젊은 웰스도 호감을 느꼈지만, 그래도 꿈 이야기라는 설정은 근본적으로 뭔가 어설퍼 보였다. 결국 웰스는 원래 「시간 여행자 The Time Traveller」였던 소설 제목을 『타임머신The Time Machine』(시간 기계)으로 바꾸었다. 그에게는 이 소설의 기계 관련 부분이 가장 중요했기 때문이다.

하지만 이 기계는 도대체 무엇이란 말인가? 웰스는 정작 기계에 대해서는 자세한 설명을 내놓지 않았고, 다만 삼각형 뼈대에 좌석이 하나 있고, 뭔가 신비스러워 보이는 수정水晶이 추진 작용을 한다고만 말했을 뿐이다. 이는 결국 자전거의 일종이 분명하다. 실제로 자전거는 산업혁명 후기 잉글랜드의 도시 중심부에 갇혀 있던, 빅토리아 시대 말기의 대중을 예속 상태에서 해방시킨 바 있었다[웰스의 다음 소설 『우연의 바퀴』(1896)가 바로 그런 소재를 다루었다]. 4차원을 주파하는 자전거에 관한 아이디어는 물론 터무니없을 수밖에 없다. 하지만 보석을 장착한 웰스의 이 기계는 어쨌거나 우리가 시간 장벽을 넘을 수 있다면, 그건 바로 기술을 통해서 가능하리라는 점을 분명히 했다.

『타임머신』에 직접적인 영감을 제기한 글 중에는 사이먼 뉴컴의 1894년 『네이처』 기고문이 있었는데, 소설에서도 여행자가 친구들 앞에서 그 글을 처음 접했을 때를 언급한다. 그 세기의 주도적인 수학자였던 뉴컴은 '완전히 정당한 사고의 연습'으로서, 우리는 4차원에(즉 '시간'에) 존재하는 물체의 가능성을 시인해야 마땅하다고 주장했다.

웰스의 소설을 위한 또 다른 과학적 정당화는 그의 스승 T. H. 헉슬리의 1894년 강연이었는데, 거기서는 다음과 같이 지극히 비관적인 주장이 나왔다. "우리의 지구는 융합 상태에 있으며, 따라서 마치 태양과 마찬가지로 점점 식어갈 것이고 (……) 언젠가는 진화라는 것이 보편적 겨울에 대한 적응을 의미하고, 모든 생명체가 죽어 없어질 때가 올 것이며 (……) 우리 지구가 수백만 년 동안 오르막길을 지나왔다면, 언젠가는 정상에 도달하게 될 것이고, 거기서부터는 내리막길이 시작될 것이다." 이런 수학적 예측과 우주적 암울함에도 불구하고, 『타임머신』은 재미있는 모험소설인 까닭에 1895년에는 물론이고 오늘날에도 여전히 신선하게 다가온다.

계급 갈등은 또 다른 주제이다. 1890년대의 사회는 통합이 아니라 양극화로 가고 있었을까? 노동 계급은(즉 셸리의 말마따나 착취당한 '다수'는) 마치 몰록처럼 미래의 어느 시점에 특혜를 누리는 '소수'에게 복수를 가하게 될까? 사회주의자라면 이를 어떻게 다루어야 할까? 해결책은 있을까?(이 소설이 간행되기 2년 전에 창당된 독립노동당ILP이야말로 한 가지 해결책이었고, 웰스 역시 이를 승인한 바 있었다).

하지만 과학적 낭만소설의 여러 가지 문제 가운데 하나는 그 기초 과학이 뚜렷이 잘못되었다는 점이다. 웰스의 동료 소설가 이즈레이얼 쟁월은 여행자가 미래로 돌진하는 동안 자신의 사망 날짜를 지나게 되리라고 지적했다. 뿐만 아니라 수천 년이 지나다 보면 타임머신의 강철 뼈대도 녹슬게 되리라고 지적했다. 급기야 뼈다귀 몇 개와 금속 조각 몇 개, 그리고 광채도 흐릿해진 수정 몇 개만 80만 2701년에 도착하게 되리라는 것이었다.

이처럼 1895년에는 그럴듯해 보였던 과학이 오늘날에는 그렇지 않게 보인다. 인류는 현재 간빙기에, 즉 빙하시대와 빙하시대의 사이에 살고 있다. 앞으로 1만 년쯤 지나면 지구의 타원형 공전 궤도로 인해서 또 한 번의 빙하시대가 도래할 것이다(웰스는 빙하시대가 끼어들지 않고 1895년부터 80만 2701년까지 꾸준한 기후가 이어진다고 보았다). 또한 헉슬리의 예측대로 태양이 마치 거대한 라디에이터처럼 점점 더 식어가지도 않을 것이다. 오히려 그 핵연료가 소진되면 태양은 폭발하여 거대한 불덩이가 되기 때문에, 지구는 꽁꽁 얼어붙는 것이 아니라 활활 불타버릴 것이다.

웰스는 가장 큰 역설도 피해 갔다. 타임머신에는 역전 기어가 달려 있었다. 만약 여행자가 과거로 거슬러 올라가 자기 자신을(또는 자기 조상을) 만나서, 본인과 지구의 미래 역사를 바꿔놓는다면 어떻게 될까? 이 소설을 쓰는 7년 내내 웰스는 과거로의 여행도 고려해보았고, 여행자가 플라이스토세로 거슬러 올라간다는 내용의 원고를 실제로 한 장章 완성해놓았다. 하지만 결국 그는 소설을 단순화시키기로 했다. 그 결과 단순하고도 놀라우리만치 뛰어난 상상력을 지닌 작품으로 탄생한 이 소설은 1895년 초판 간행 이후 지금까지 한 번도 절판되지 않았다. 어쩌면 80만 2701년까지도 계속 간행되며 꾸준히 독자를 만나게 되지 않을까.

▲ 조지 팰 감독의 1960년 작 영화에서 주연을 맡은 로드 테일러의 모습.

이 책의 초판본은 1900년 조지 M. 힐 컴퍼니에서 간행되었다.

바움의 회고에 따르면, 이 마법 왕국의 이름인 오즈는 알파벳 'O부터 Z까지'(O-Z)에 해당하는 서류를 넣어둔 자기 서류함에서 따왔다고 한다.

원고를 마무리한 바움은 자기가 뭔가 주목할 만한 것을 창조했음을 본능적으로 깨달았다. 마지막 몇 쪽을 쓰고 나서, 그는 다음과 같은 설명과 함께 연필을 액자에 넣어 책상 위에 올려놓았다. "나는 이 연필로 '에메랄드 도시' 원고를 완성했다."

▶ 도로시와 겁쟁이 사자의 만남. 초판본에 수록된 W. W. 덴슬로의 삽화.

L. 프랭크 바움 L. FRANK BAUM

오즈의 마법사

THE WONDERFUL WIZARD OF OZ(1900)

도로시, 토토, 허수아비, 양철 나무꾼, 겁쟁이 사자가 등장하는, 시대를 초월한 이 도덕적인 이야기는, 미국 국회도서관의 표현대로 '가장 뛰어나고 가장 사랑받는 미국 동화'로서 계속해서 남녀노소 독자 모두를 매혹하고 있다.

L. 프랭크 바움(1856-1919. 그의 이름에서 L은 '리먼Lyman'의 약자이다)은 석유 산업으로 부유해진 상인의 아들이었다. 바움은 언론계에 뛰어들어 1897년에 처음으로 아동서를 간행했고, 이후 아동서 시장을 겨냥한 글쓰기는 그의 주요 활동이 되었다. 1900년에 그는 삽화가 W. W. 덴슬로(1856-1915)와 합작으로 『오즈의 마법사』를 펴냈다(처음의 제목은 『에메랄드 도시The Emerald City』였다). 나중에 바움은 '오즈' 속편들을 시리즈로 펴냈고, 가족과 함께 할리우드로 진출했으며, 그리하여 자기 작품을 직접 각색해 영화화한 미국 작가의 첫 세대에 속하게 되었다.

이제는 『오즈의 마법사』를 책으로 읽은 사람보다 영화로 본 사람이 더 많아졌다. 그래도 MGM의 전성기를 이끈 이 1939년 작 영화는(이 소설을 각색한 영화로는 무려 여덟 번째였다) 바움이 쓰고 덴슬로가 그린 내용에 상당히 충실한 편이다. 이 책은 미국 경제가 거듭된 불황을 겪는 도중에 고안되고 간행되었으며, 그리하여 1900년에 바움이 서문에서 표현한 핵심 가운데 하나는 자기 이야기가 '현대화되었다'는 점, 즉 불편한 현재를 배경으로 한다는 점이었다. 환상소설의 한가운데 자리한 이런 사실주의야말로 이 작품을 혁신적인 '동화'로 만들어준 요소였다.

이 소설은 '드넓은 캔자스의 대평원'의 황량한 풍경 속에 자리한 가난한 농가에서 시작된다. 고아인 도로시는 헨리 아저씨와 엠 아줌마의 보호를 받고 있다. 도로시의 집은 초라하고 먼지 쌓인 장소로 묘사되며, 이는 머지않아 그녀가 발견하게 된 번쩍이는 세계와는 뚜렷한 대조를 이룬다.

갑자기 사이클론이 일어나, 그 바람에 허약하고 오래된 집 전체가 날아가버리고, 그 안에 있던 도로시와 충성스러운 개 토토는 졸지에 오즈 공화국의 난쟁이 먼치킨이 사는 땅에 도착한다. 거기에서 도로시와 토토는 노란 벽돌길을 따라서 에메랄드 도시로 향하는데, 그곳에 가면 고향 캔자스로 돌아가게 도와줄 마법사가 있다는 소문 때문이다. 도중에 그녀는 유명한 동행 세 명을 만난다. 바로 허수아비, 양철 나무꾼, 그리고 겁쟁이 사자이다.

갖가지 모험 끝에 네 명은 거대한 도시에 도착해서 위대한 마법사의 방에 들어간다. 하지만 머지않아 이들은 문제의 마법사가 사기꾼이며 '허풍쟁이'라는 사실을 알아낸다. 그는 지금까지의 행세도 지겹다는 듯, 예전처럼 서커스 광대 생활로 돌아

"You ought to be ashamed of yourself!"

▶ MGM의 전설적인 1939년 작 영화에서 도로시, 양철 나무꾼, 허수아비, 겁쟁이 사자가 나란히 에메랄드 도시로 향하는 모습.

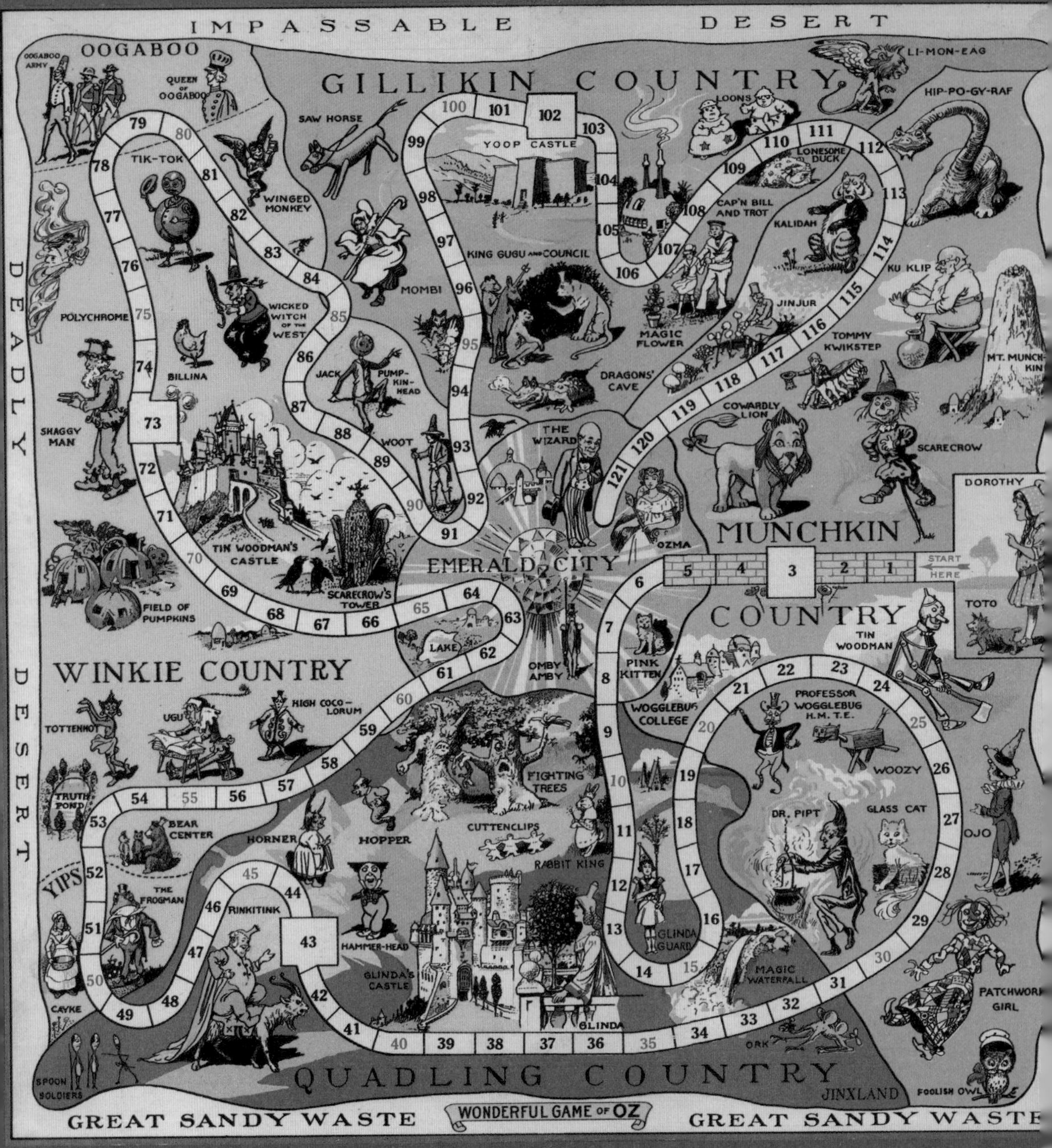

"그건 네가 유별나다는 걸 증명해." 허수아비가 대답했다. "나는 이 세상에서 고려의 대상이 될 가치가 있는 유일한 사람은 바로 유별난 사람이라고 생각해. 평범한 사람은 마치 나무에 매달린 나뭇잎처럼 아무런 주목도 끌지 못하고 살다 죽으니까."

가고 싶어 한다. 에메랄드 도시 역시 그곳을 방문하는 모든 사람이 낀 초록 색안경에서 비롯된 환상에 불과했다. 이 이야기의 교훈은 분명하다. 스스로를 도우라. 이것이야말로 자기 개선에 관한 미국식 치료법이었던 것이다. 결국 도로시 일행은 남쪽의 착한 마녀로부터 도움을 얻게 된다. 도로시 역시 스스로의 힘으로 캔자스에 돌아가게 되고, 비록 그곳이 얼마나 가난한지를 깨달았지만, 그래도 초라한 자기 집을 좋아하게 된다.

◀ 이 소설의 여러 나라와 등장인물 모두를 망라한 보드게임 '오즈의 말판 놀이'. 1921년 파커 브러더스에서 제작했다.

지난 반세기 동안 『오즈의 마법사』는 전 세계에서 가장 유명한 동화 가운데 하나가 되었으며, 급기야 학자들마저 이 작품에 대한 연구에 뛰어들었다. 이때부터 이 소설은 더 이상 모든 연령의 어린이를 위한 작품이 아니었고, 오히려 탐구심 강한 사회과학자와 역사학자를 위한 증거물이 되었다. 바움은 극심한 경제 불황의 시기에 이 작품을 썼으며, 1894년 국회의사당을 향한 '콕시 부대'의(정치 조직가 제이컵 콕시에게서 따온 이름이었다) 항의 행진에 매우 깊은 인상을 받았다고 전한다. 당시에 수백 명, 때로는 수천 명의 실업자가 미국 전역에서 수도로 행진했다. 결국 이들의 시위는 워싱턴에서 진압되었고, 그 지도자들은 '국회의사당 잔디밭 무단 침입' 혐의로 체포되었다.

이렇다 보니 어떤 사람은 사기꾼 오즈의 마법사가 말만 앞서고 행동은 없었던 당시 대통령 윌리엄 매킨리를 상징한다고 해석한다. 그리고 노란 벽돌길을 따라(이 길은 콕시와 다른 포퓰리스트가 없애고 싶었던 금본위제를 상징한다고 해석한다) 저 유명한 행진에 나서는 농장 소녀 도로시는 정직한 서민을 상징한다고 해석한다. 또 허수아비는 농촌 빈민을 상징하고, 양철 나무꾼은 공장에서 착취당하는 노동자를 상징한다고 해석한다. 사자는 딱 떨어지게 해석하기가 더 힘들지만, 당시의 '겁쟁이' 대중 지도자 여러 명이 후보로 거론되었다.

이는 상당히 흥미로운 해석이지만, 그렇다고 해서 각별히 유익한 것까지는 아니다. 현실과 비현실, 그리고 꿈과 악몽으로 점철되어 무척이나 많은 사랑을 받는 이 작품에서 갖가지 내용을 읽을 수는 있지만, 결국에 가서는 어디까지나 부차적인 요소에 불과하다. 물론 그런 내용 역시 이 흥미진진한 상상의 작품이 가진 매력에 또 한 가지를 더해주는 것이겠지만 말이다.

1901–1945

3 환상소설의 황금기

20세기 초에는 통속 우주 환상소설부터 디스토피아적 미래에 관한 섬뜩한 전망까지, 상상의 영역에서도 막대한 부가 산출되었고, 그런 한편으로 세계대전이라는 전례 없던 폭력이 소설을 영원히 뒤바꿔놓았다.

〈새들과 말다툼한 요정들〉. 『켄징턴 가든스의 피터 팬』(1906)에 수록된 아서 래컴의 삽화. 124쪽 참고.

J. M. 배리 J. M. BARRIE

켄싱턴 가든스의 피터 팬

PETER PAN IN KENSINGTON GARDENS(1906)

런던에 있는 이 공원은 해가 지고 나면 경이 세계로, 즉 요정과 말하는 새와 걸어 다니는 나무는 물론이고, 결코 자라지 않는 소년이 살아가는 영토로 변모한다.

이 책의 초판본은 1906년 호더 앤드 스터튼 출판사에서 간행되었다.

켄싱턴 가든스는 원래 켄싱턴 궁전에 포함된 개인 정원이었지만, 오늘날에는 하이드 파크와 함께 런던 왕립 공원 가운데 하나로 운영된다.

J. M. 배리의 작품 가운데 피터 팬이 나오는 것은 소설 『작고 하얀 새』(1902), 희곡 『피터 팬, 또는 자라지 않는 소년』(1904), 희곡 『어른이 된 웬디』(1908), 소설 『피터와 웬디』(1911)이다. 그중 맨 나중 작품이 이후 『피터 팬과 웬디』로 재간행되었다가, 오늘날에는 그냥 『피터 팬』으로 간행되고 있다.

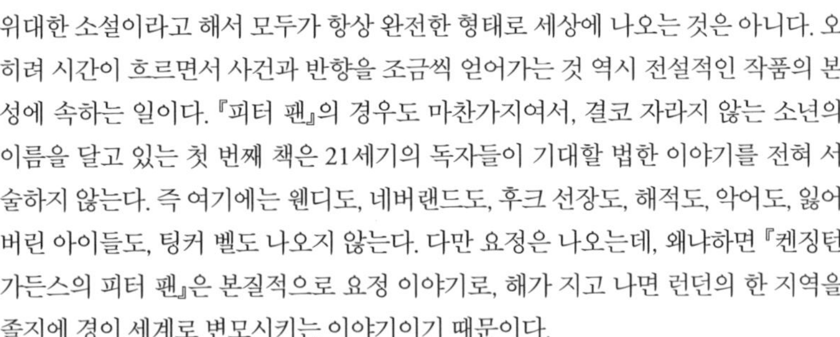
위대한 소설이라고 해서 모두가 항상 완전한 형태로 세상에 나오는 것은 아니다. 오히려 시간이 흐르면서 사건과 반향을 조금씩 얻어가는 것 역시 전설적인 작품의 본성에 속하는 일이다. 『피터 팬』의 경우도 마찬가지여서, 결코 자라지 않는 소년의 이름을 달고 있는 첫 번째 책은 21세기의 독자들이 기대할 법한 이야기를 전혀 서술하지 않는다. 즉 여기에는 웬디도, 네버랜드도, 후크 선장도, 해적도, 악어도, 잃어버린 아이들도, 팅커 벨도 나오지 않는다. 다만 요정은 나오는데, 왜냐하면 『켄싱턴 가든스의 피터 팬』은 본질적으로 요정 이야기로, 해가 지고 나면 런던의 한 지역을 졸지에 경이 세계로 변모시키는 이야기이기 때문이다.

『켄싱턴 가든스의 피터 팬』은 1906년에 간행되었는데, 이때에는 피터 팬이 이미 유명해진 다음이었다. 이 소년은 J. M. 배리(1860-1937)가 1904년에 발표해 흥행 기록을 새로 쓴 인기 희곡 『피터 팬, 또는 자라지 않는 소년』에서 핵심 등장인물로 나왔다. 바로 이 희곡을 통해서 피터 팬의 이야기가 우리에게 가장 친숙한 형태로 발전하게 되었으며, 이 희곡에 와서야 비로소 후크와 웬디와 기타 등등이 모두 등장한다. 그로부터 2년 뒤에 『켄싱턴 가든스의 피터 팬』이 간행되자, 독자들은 희곡 내용을 소설 형태로 개작한 것이거나, 또는 그 속편이 나온 것이라고 예상했다. 하지만 이 작품은 오늘날 흔히 말하는 '기원편'과 비슷한 작품이었다. 심지어 새로 쓴 작품도 아니었고, 1902년에 배리가 간행한 소설 『작고 하얀 새』의 제13-18장으로 첫선을 보인 바 있었다. 결국 다른 책의 일부를 떼어내 만든 단행본 『켄싱턴 가든스의 피터 팬』은 정식 소설이라기보다는 주제상의 연관성이 있는 이야기와 사건의 모음집이라고 해야 더 적절하다.

『작고 하얀 새』는 성인 독자를 위한 소설이다. 세기 전환기의 런던 켄싱턴 가든스 인근을 배경으로 삼고(미국 초판에는 아예 '또는 켄싱턴 가든스에서의 모험'이라는 부제가 붙어 있었다) 작중 화자는 중년의 육군 퇴역 장교 W. 대위이다. 이 책은 대위가 여섯 살짜리 꼬마 데이비드와 우정을 쌓고, 급기야 꼬마의 부모를 서로 화해시키는 이야기를 들려준다. 오늘날의 시각에서는 마치 포스트모더니즘의 전조처럼 보이는 대목도 있어서, W. 대위는 자신이 이 텍스트를 작성 중이라고 말하는가 하면, 결말에 가서는 원고를 완성하고 간행된 책을 데이비드의 어머니에게 건넨다.

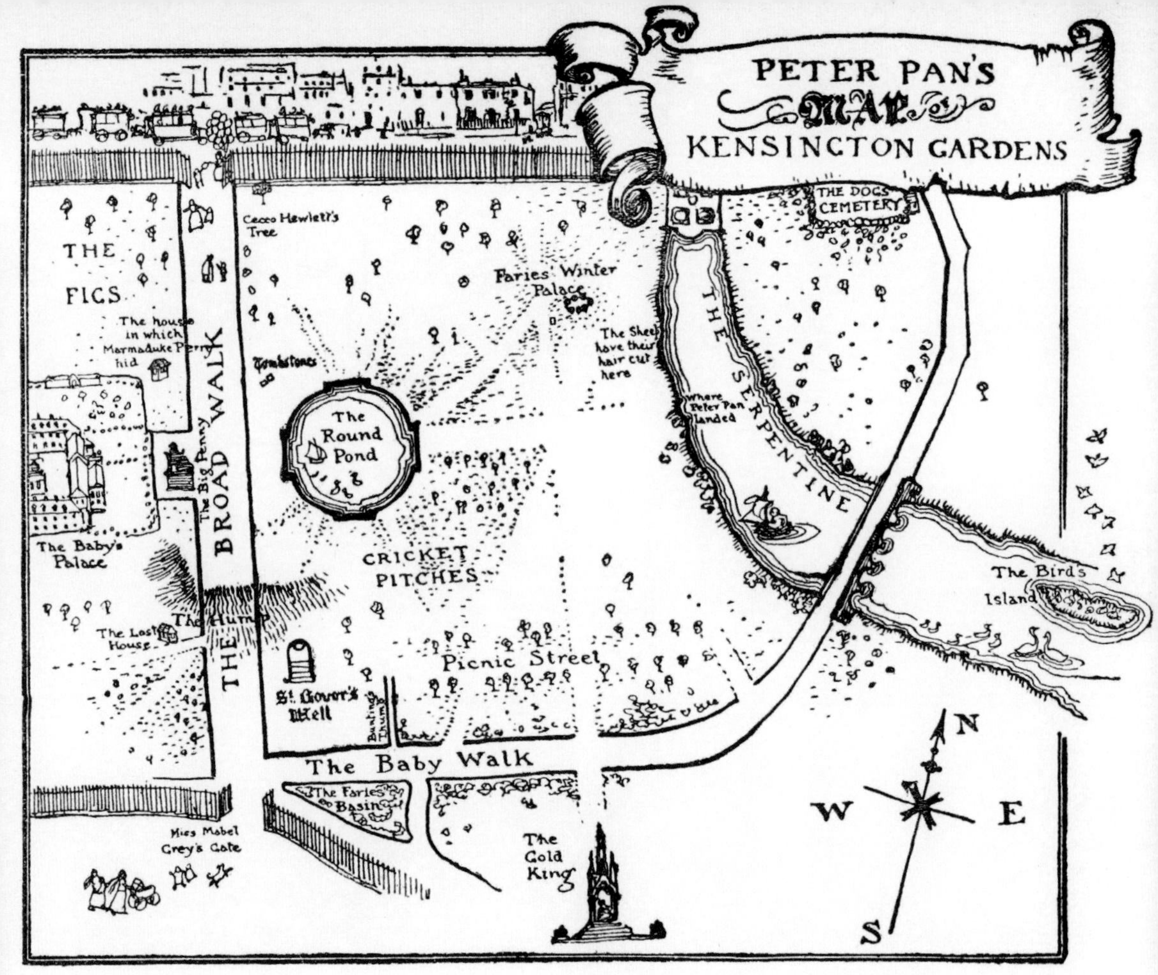

『켄징턴 가든스의 피터 팬』은 그곳 공원 전체의 일주로 시작하는데, 애초의 약속은 이곳의 유명한 기념물을(즉 대산책로, 원형 호수, 구불구불 호수 등을) 소개하는 것이었지만, 두 번째 문단에 가서 텍스트가 갑자기 변덕을 부린다. 즉 공원 문 앞에 한 여자가 앉아서 풍선을 파는 장면이 등장하는 것이다. 이 여자는 항상 철책을 붙잡고 있어야만 할 터인데, 왜냐하면 그걸 놓으면 '풍선들이 그녀를 들어올려서, 멀리멀리 날아가버릴 것'이기 때문이었다. 유모들과 보모들이 아기들을 '유모차에 태워 바람 쐬러 나오는', 그리고 좀 더 나이 먹은 아이들은 장난감 배를 띄우며 노는 매우 중산층다운 이 세계에서, 풍선 장수는 (결국 날아가버린) 전임자에 비해 자기 위치를 더 잘 지켜왔다는 것이 저자의 설명이다.

기묘한 점은, 피터 팬이 처음으로 언급된 1902년의 텍스트에서도 저자는 마치 독자가 그를 이미 아는 것처럼 간주한다는 점이다. 밤이 되면 구불구불 호수에 빠져버린 별들이 나타난다는 설명 와중에, 배리는 처음으로 자기 주인공을 다음과 같이 언급한다. "만약 그렇다면, 피터 팬은 배를 타고 호수를 가로지르는 중에 그걸 봤을 터인데……." 정식으로 소개되기 전부터, 피터 팬은 여러 세대 동안이나 유명했었

▲『켄징턴 가든스의 피터 팬』 초판본에 수록된 삽화가 아서 래컴의 지도 〈피터 팬의 켄징턴 가든스〉.

▶『켄징턴 가든스의 피터 팬』 초판본에 수록된 아서 래컴의 삽화 〈가을 요정들〉.

다는 점이, 즉 지금과 마찬가지로 그때도 여전히 전설적이었다는 점이 기정사실화된다. "만약 여러분이 할머니에게 혹시 어린 시절에 피터 팬을 아셨느냐고 여쭤본다면, 할머니도 그렇다고 말씀하실 것이다. '암, 당연히 알고 말고.'"

◀ 런던의 하이드 파크 옆 켄징턴 가든스에 있는 '결코 자라지 않는 소년' 피터 팬의 동상. 1902년에 J. M. 배리가 조지 프램턴 경에게 제작을 의뢰하여, 1912년에 켄징턴 가든스에 건립되었다.

피터의 세계에서는 아이들이 아기의 모습으로 태어나기 전에 새의 모습을 취하며, 피터는 태어난 지 7일째 되는 날 완전히 인간이 되지 않고 육아실 창밖으로 날아가 켄징턴 가든스로 돌아왔다. 그는 이후 아무리 오래 살더라도 결코 더 나이를 먹지 않는다. 요정을 만날 때마다 꼬박꼬박 겁을 준 다음, 그는 새들과 상의한 끝에 구불구불 호수에 있는 섬으로 날아간다. 여기에는 기독교적 우의寓意의 느낌이 있다. 새들은 날 수 있지만 우리는 날 수 없는 이유는 새들이 완벽한 믿음을 갖고 있기 때문이며, 완벽한 믿음을 갖는 것은 곧 날개를 갖는 것이다. 이는 이 소설의 본질적으로 범신론적인 핵심과는 어딘가 배치된다. 왜냐하면 피터는 그리스 신 '판'의 이미지를 상당히 순화한 결과물이기 때문이다.

피터는 낮이면 섬에서 자고, 밤이면 공원에서 운좋게 발견한 것들을(예를 들어 굴렁쇠, 들통, 풍선, 심지어 '요정 여왕의 겨울 궁전 입구 근처'에 있는 유모차까지도) 가지고 놀지만, 그렇다고 항상 성공하는 것은 아니다. 피터는 요정들과도 잘 알게 되고, 이들의 무도회에 맞춰 피리를 연주해준다. 그 대가로 요정들은 두 가지 소원을 허락하는데, 그는 그것을 모두 집으로 날아가는 데 이용한다. 첫 번째 소원에서는 잠든 어머니의 모습을 보고 집에 머물 뻔하지만, 자유로운 생활에 미련이 남아 다시 날아간다. 두 번째 소원 때 피터는 공원에서 작별 인사를 하고 집으로 돌아가지만, 창문은 닫혀 있고 '자기 어머니가 또 다른 어린 아들을 끌어안고 평화롭게 잠들어 있는' 것을 발견한다.

피터는 결코 자라지 않을 뿐만 아니라, 결코 집에도 갈 수 없기에 요정과 함께 자기만의 세계를 만든다. 저자는 이렇게 설명한다. "아이들이 있는 곳에는 어디나 요정이 있다. 오래전에는 아이들이 켄징턴 가든스에 들어올 수 없었는데, 그때에는 요정들도 그곳에 단 한 명도 없었다." 배리는 자신의 요정 사교계를 일상생활의 패러디로 만들었으며, 우체부에서 공주까지 모든 계급도 도입했다. 그의 요정들은 대개 무해하지만, '유용한 일 역시도 전혀 하지 않았다'.

보행 및 지각 능력을 지닌 나무들에서부터(이들은 『반지의 제왕』에 나오는 엔트의 원조격이다) 생리학적 반응에 대한 의사의 관찰에 의거하여 사랑이 정의되는 요정 세계에 이르기까지, 『켄징턴 가든스의 피터 팬』은 공상과 풍자에다가 풍부하지만 제한된 상상력을 융합해냈다. 상상력은 오로지 피터가 무대에 등장할 때에야 비로소 속박에서 풀려난다.

이 책은 어둠 속에서, 즉 밤이 되어 문이 닫히고 나면 켄징턴 가든스에 계속 머물러 있는 것이 위험하다는 경고와 함께 끝난다. 때로는 아이들이 '춥고 어두운' 곳에서 죽고 마는데, 그건 염소에 올라탄 피터가 너무 늦게 달려와서 구출하지 못하기 때문이다. 그럴 경우 피터는 무덤을 파고 '작은 묘비를' 세워준다. 과거에도 피터는 이미 여러 번 늦은 바 있었지만, 어린 나이를 감안하면 그건 전적으로 그의 책임까지는 아니라는 것이다.

이 소설의 초판본은 1912년 호더 앤드 스터튼 출판사에서 간행되었다.

아서 코넌 도일ARTHUR CONAN DOYLE

잃어버린 세계

THE LOST WORLD(1912)

챌린저 교수는 아마존의 야생 지대에서 서식하는 선사시대 생물들을 찾아서 긴장감 넘치는 탐험을 떠난다. 하지만 그의 일행은 졸지에 공룡과 야만스러운 원인 사이에서 오도 가도 못하는 신세가 된다.

그런데 소설에 공룡을 등장시킨 최초의 작가는 도일이 아니다. 1824년에 '메갈로사우루스'에 관한 최초의 과학적 보고가 간행된 이후로 제임스 드밀, 쥘 레르미나, 프랭크 매킨지 새빌 같은 작가들도 이 생물을 등장시킨 모험소설을 간행한 바 있었다.

도일은 리전트 파크 동물원에서 영감을 얻었다. 인근의 동물학회 회관은 이 동물원의 모기관인 동시에, 이 소설에서 익수룡의 등장으로 난리법석이 벌어진 바로 그 장소이기도 하다.

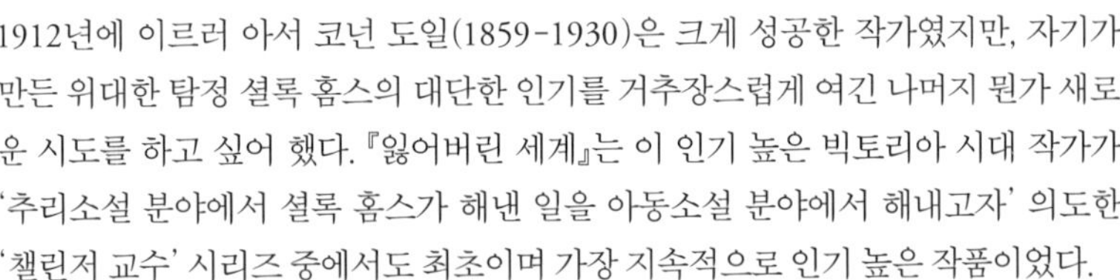

1912년에 이르러 아서 코넌 도일(1859-1930)은 크게 성공한 작가였지만, 자기가 만든 위대한 탐정 셜록 홈스의 대단한 인기를 거추장스럽게 여긴 나머지 뭔가 새로운 시도를 하고 싶어 했다. 『잃어버린 세계』는 이 인기 높은 빅토리아 시대 작가가 '추리소설 분야에서 셜록 홈스가 해낸 일을 아동소설 분야에서 해내고자' 의도한 '챌린저 교수' 시리즈 중에서도 최초이며 가장 지속적으로 인기 높은 작품이었다.

이 환상소설은 한편으로 공룡에 대한 저자의 매료에서(1909년에 그의 자택 인근인 서식스 주 크로버러에서 이구아노돈의 발자국이 발견되었다), 또 한편으로 고고학자 겸 탐험가 퍼시 해리슨 포셋 대령의 실제 원정에서 기원을 찾을 수 있다. 또한 도일은 쥘 베른이 『지구 속 여행』에서 만들어낸 선사시대 영역으로부터도 큰 영향을 받았지만, 결과적으로 『잃어버린 세계』는 이 멸종한 거인들을 도입함으로써 미래의 모든 '인간 대 괴물' 모험소설의 표준을 마련한 셈이 되었다.

도일의 소설 속 화자는 『데일리 가제트』 소속의 젊고 대담한 기자 에드워드 '에드' 멀론이다. 스코틀랜드 출신인 편집장 매커들의 지시로, 그는 선사시대 괴물들이 사는 숨은 계곡을 발견했다고 주장하는 한 괴짜 교수를 취재하러 나선다. 그가 바로 챌린저 교수인데, 하필이면 신문기자를 향해 폭행도 불사하기로 악명 높은 인물이었다.

동물학회의 회의 때에 챌린저 교수와 반대파인 회의주의자 서멀리 교수는 아마존의 가장 외딴 지역에 자리한 문제의 비밀 계곡을 향해 과학 원정을 떠나기로 합의한다. 이 과정에서 두 사람은 침착하기 그지없는 전문 탐험가 존 록스턴 경을 대동한다("그야말로 잉글랜드 시골 신사의 전형으로, 예리하고도 눈썰미 좋고도 공개적으로 말과 개를 애호하는 사람이었다"). 멀론 역시 자사 신문의 특종을 건지기 위해 이 원정에 참여하여 기사를 쓰기로 한다.

탐험대는 커다란 강을 따라 상류로(즉 이때까지만 해도 자세히 탐험되지 않은 곳으로) 향했고, 중도에 계속해서 모험을 겪은 끝에 '잃어버린 세계'를 발견한다. 이들은 공룡 사진을 찍고, '원인猿人'과의 치열한 전투도 겪는다. 고국으로 돌아온 탐험대는 동물학회에서 이 사실을 발표하지만 아무도 믿지 않는다. 급기야 이들은 매우 설득력 있는 증거를 하나 제시한다.

▲ 해리 O. 호이트 감독의 무성 영화 〈잃어버린 세계〉(1925)의 한 장면. 이 영화에는 〈킹콩〉 원작의 애니메이터였던 윌리스 오브라이언이 제작한 선구적인 스톱모션 특수 효과가 사용되었다. 도일도 이 영화를 호평했으며, 1922년의 한 강연에서는 공룡이 실제로 있었음을 청중에게 납득시키기 위해서 이 영화의 특수 효과 시험용 영상을 활용했다고 한다.

> 그는 상자의 미닫이 뚜껑을 열었다. (……) 잠시 후 뭔가를 할퀴는 듯 덜걱거리는 소리가 나더니, 매우 무시무시하고 혐오스럽게 생긴 생물이 아래에서 모습을 드러냈고, 상자의 모서리에 성큼 올라앉았다. (……) 그 생물의 얼굴은 마치 중세의 정신 나간 건축가의 상상력이 만들어냈을 법한 가장 황당무계한 가고일과도 비슷했다. 그야말로 악의적이고, 무시무시하고, 마치 숯불의 끄트머리마냥 반짝이는 작고 새빨간 눈이 두 개였다. 그놈의 길고도 야만스러운 주둥이는 반쯤 열려 있었고, 마치 상어와도 유사한 이빨이 이중으로 잔뜩 나 있었다.

이 소설에는 비유럽 인종에 관한 불쾌한 묘사가 몇 개 있는데, 이런 생각이야말로 도일의 시대에는 이 소설의 중심 테마인 종種의 진화와 거북하게나마 연관되어 있는 것으로 해석될 수 있었다. 하지만 『잃어버린 세계』의 몇몇 대목이 오늘날의 기준에서는 인종차별주의적 선입견 쪽으로 기울어 있는 게 분명하다 치더라도, 도일은 그 당시에 적극적인 인권 보호 운동가이기도 했다. 그의 저서 『콩고의 범죄』(1909)는 콩고자유국에서 벌어지는 원주민에 대한 무자비한 강제 노동의 현실을 폭로하기도 했다.

에드거 라이스 버로스EDGAR RICE BURROUGHS

지구의 중심에서

AT THE EARTH'S CORE(1914)

타잔과 존 카터의 창조자가 쓴 이 고전 통속소설에서는 지구 내부의 공동에 있는 지하 세계 펠루시다에서 선사시대 인간과 짐승이 발견된다.

『지구의 중심에서』는 버로스의 펠루시다 시리즈 전 6권 가운데 첫 번째로, 1914년 4월 주간지인 『올스토리』에 전 4회로 나뉘어 연재되었다. 단행본 형태의 초판본(위 사진)은 1922년에 A. C. 매클러그 앤드 컴퍼니에서 간행되었다.

에드거 라이스 버로스는 초창기에만 해도 자신의 평판을 보호하기 위해 '노먼 빈Norman Bean'이라는 필명을 사용했다.

제2차 세계대전 당시 진주만 공격 직후, 당시 육십 대였던 버로스는 전쟁 특파원으로 활동하기도 했다.

『지구의 중심에서』는 지하 세계 펠루시다를 무대로 하는 에드거 라이스 버로스(1875-1950)의 고전 통속 과학소설 시리즈 가운데 첫 번째 책이다. 버로스는 1875년에 시카고에서 태어났고, 건강 문제로 군대에서 제대한 이후 1900년대 내내 여러 가지 저임금 직종에 종사하며 가족을 부양했다. 그는 통속소설 잡지를 무수히 읽은 다음, 저술업에서 자기 실력을 시험해보기로 작정했다. 버로스 특유의 과학소설 겸 모험소설은 『올스토리 매거진』에서 성공을 거두었고, 급기야 전업 작가가 된 그는 훗날 한 재산을 톡톡히 벌어다 줄 등장인물 '유인원 타잔'을 1912년에 만들어낸다. 하지만 문학적 상상 세계의 경계를 넓힌 버로스의 작품은 바로 펠루시다 시리즈였다.

『지구의 중심에서』에서 이 시리즈의 주인공인 광산 소유주 데이비드 이네스는 지하 깊은 곳을 시추하는 기계 장치인 탐광기探鑛機의 발명자 애브너 페리와 함께 사하라 사막으로 간다. 두 청년은 이 기계를 이용해 지구 안에 공동이 있음을 발견했다. 즉 지구라는 커다란 구球 안에 또 다른 작은 구 또는 세계가 있으며, 그곳은 지각에서 800킬로미터쯤 밑에 있는 것이다. 펠루시다라는 그 세계에는 지구와도 유사하게 자체적인 소형 태양, 우주, 지형이 있고, 그 내용은 시리즈의 이후 권에서 자세히 설명된다. 이들 모험가의 도착을 묘사한 대목은 버로스의 전형적인 통속성을 보여준다.

> 우리는 함께 밖으로 걸어 나갔고, 그곳에 선 채로 저 기묘한 동시에 아름다운 풍경을 아무 말 없이 음미했다. 우리 앞에는 낮고도 평평한 해변이 고요한 바다까지 길게 뻗어 있었다. 눈이 닿는 제일 먼 곳까지, 수면 위에는 작은 섬들이 수없이 점을 이루고 있었다. 어떤 섬들은 우뚝하니 풀 한 포기 없는 화강암 덩어리였고, 또 어떤 섬들은 열대식물이 화려한 무더기를 이루고 있어서 눈이 부셨으며, 선명한 꽃의 놀라운 장관이 무수히 펼쳐져 있었다.

펠루시다에서는 오로지 암컷뿐인 조류형 파충류 마하족이 인간을 식량 겸 노예로 삼아 억압하고 있었다. '못생긴 쥬발'의 가증스러운 손아귀에서 벗어나려 시도하던 미녀 다이안과 이네스의 낭만적인 관계는 이 시리즈의 첫 권에서 줄곧 다뤄

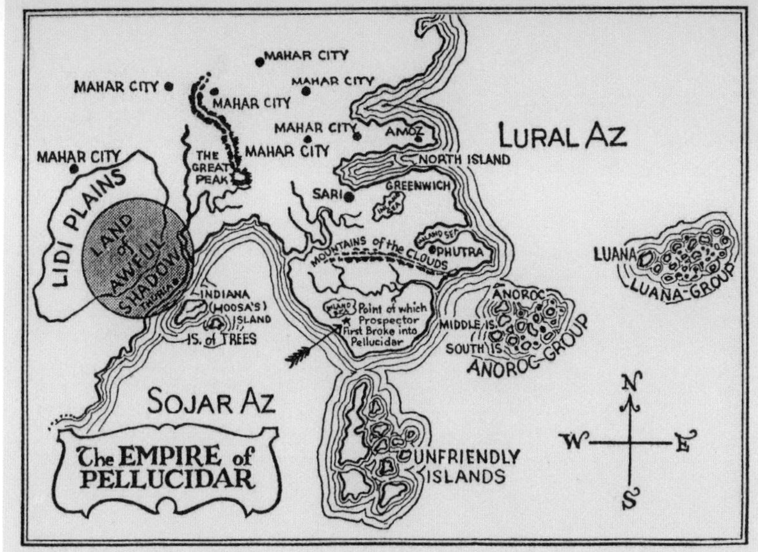

◀ 버로스의 시리즈 제2권 『지저세계 펠루시다』(1915)에 수록된 펠루시다 제국 지도. 암컷뿐인 조류형 파충류 마하족의 여러 도시뿐만 아니라 '섬뜩한 그림자의 땅'도 나와 있는데(지도 왼쪽의 검은 원), 이곳은 영구적인 일식으로 인해 어둠이 깔린 지역이다.

지지만, 소설은 뚜렷한 결말 없이 갑작스레 끝나버린다. 시리즈의 다음 권『지저세계 펠루시다』(1915)에서는 이네스가 탐광기 뒤에 달린 긴 전신선을 찾아내고, 이를 이용해 지표면에 있는 버로스의 수백만 독자에게 이후의 모험을 전송한다.

오늘날에 와서는 황당무계하게 생각되지만, 이른바 지구공동설은 19세기의 지질학자들에게 진지하게 고려된 바 있었고, 버로스가 작가로 활동하던 시기에도 여전히 민간신앙으로서의 지위를 보유하고 있었다. 지구공동설의 주도적인 옹호자 존 클리브스 심스 2세(1779-1829)는 '북극 구멍'을 통해 지구 중심부로 들어가서 성조기를 꽂겠다면서, 자기 탐험을 후원해달라고 미국 정부에 요구했다. 하지만 현대 지질학의 설명에 따르면, 지구 내부는 온도가 무척 높기 때문에 문제의 성조기도 석면으로 만들어야 할 것이다.

소설가들은 오래전부터 우리 발밑의 세계를 상상해왔다. 예를 들어 루드비 홀베르의『닐스 클림의 지하 세계 여행』(1741)을 보라(78쪽 참고). 쥘 베른의 '상상의 여행' 시리즈 가운데 하나인『지구 속 여행』(1864)도 버로스보다 먼저 똑같은 아이디어를 다루었다. 비록 베른의 소설은 선사시대 지하 세계를 상상했다는 차이가 있지만, 이 세 가지 작품 모두는 석탄을 연료로 사용하던 19세기에 광산업을 위한 지질학의 대두로부터 영감을 얻은 것이었다.

이런 소설들의 유행과 인기는 결국 우리 발밑에 있는 것들에 대한 우리의 끝없는 매료를 증언해주는 셈이다. 우리에게는 그것이야말로 훗날 저 별들에서 발견될 뭔가에 못지않게 경이로운 것이기 때문이었다.

샬럿 퍼킨스 길먼 CHARLOTTE PERKINS GILMAN

허랜드

HERLAND(1915)

길먼의 유토피아 소설이 보여주는 이상화된 세계는 오로지 여성들만 살아가기 때문에 전쟁에서 자유로운 동시에 거대한 가족으로 조직된 사회이기도 하다.

『허랜드』의 단행본 초판본(위 사진)은 1979년에 판테온 북스에서 간행되었다.

『허랜드』의 속편인 『허랜드 여성, 바깥세상에 가다』(1916)에서는 밴과 그의 아내이며 허랜드 여성인 엘라도어가 '바깥세상'에 나갔다가 목격한 상황에 경악한 나머지, 다시 허랜드로 돌아오는 이야기를 서술했다.

선구적인 미국 여성 사진작가 겸 사진기자 프랜시스 벤저민 존스턴이 찍은 길먼의 사진(아래).

'허랜드'라는 국가는 그로부터 3년 전에 간행된 아서 코넌 도일의 『잃어버린 세계』(1912. 130쪽 참고)의 무대와 마찬가지로 외부인이 올 수 없는 밀림 한가운데 고지대에 있다. 미국의 작가 겸 편집자이자 페미니스트 운동가인 샬럿 퍼킨스 길먼(1860-1935)이 창조한 이곳은 평온과 관용과 풍요가 있는 유토피아지만, 여기서 가장 두드러진 특징은 바로 그곳의 주민이다. 이 환상의 나라에는 오로지 여성만 있는데, 이들은 무성생식을 하는 동시에 이제껏 단 한 번도 남성과 접촉한 적이 없었다. 그러다가 남성 탐험가 세 명이 그곳을 찾아온다. 길먼은 세 남성이 내놓는 바깥세계의 묘사와 허랜드의 삶을 대조시킴으로써, 여성의 지능과 능력과 (특히 여성의 권리 관련 운동이 절정에 이르렀던 1915년에 나온 책이니만큼) 정치 역량에 관해서 그 당시의 남성이 품고 있던 가정의 오류를 입증한다. 그로부터 5년이 더 지나서야 미국 수정 헌법 제19조에 의거하여 미국 여성은 투표권을 얻게 되었다. 영국에서는 1918년에 30세 이상의 여성에게 투표권이 부여되었다.

길먼의 소설에서 남성 탐험가 세 명은 허랜드에 들어서자마자 사로잡히는데, 이때 이들이 만난 여성들은 '차분하고, 엄숙하고, 두려움이라곤 없고, 자신감이 뚜렷하고, 결의가 굳은' 모습이었으며, 이들 탐험가가 예상했던 이른바 '여성적' 특징이라고는 전혀 갖고 있지 않았다. 그곳 여성은 짧은 머리에, 좋은 옷이나 장식에 대해서는 전혀 관심이 없었고, 폭력의 표출 앞에서 경악하기는 했지만 두려움은 전혀 보이지 않았으며, 단순히 머릿수를 이용해(아울러 필요한 경우에는 딱 알맞은 분량의 클로로포름까지 이용해서) 침입자를 서슴없이 제압했다.

남성 탐험가들은 이 공동체가 하나의 거대한 가족으로 구성되었고, 재산을 공유하고 있음을 발견한다. 정치적 권위는 경험과 지혜와 존경에 근거해 발휘된다. 이곳 여성은 채식주의자이며, 바깥세상의 낭비와 허식에 관한 방문객들의 설명에 눈살을 찌푸린다.

『허랜드』는 원래 길먼이 직접 편집하고 집필하던 『포러너』라는 잡지에 연재물로 첫선을 보였다. 그녀는 주도적인 여성 평등 운동가였으며, 특히 기혼 여성의 평등에 관심을 가졌다. 1898년에는 『여성과 경제』라는 책에서 여성은 투표권뿐만 아니라 완전한 경제적 독립이 필요하다고 주장했고, 1903년에는 『가정: 그 작용과 영

▲1916년, 여성 클럽 연맹의 회원들에게 연설하는 샬럿 퍼킨스 길먼.

향력』이라는 책에서 여성이 가정이라는 공간에만 갇혀 있음으로써 감내해야 하는 탄압에 주목했다.

『허랜드』에서는 이런 불의가 더 이상 존재하지 않기에, 남성 탐험가 가운데 하나이며 화자인 밴은 그곳의 페미니스트 철학으로 철저하게 전향한다. 그의 동료 제프 역시 그곳의 삶이 더 우월하다는 사실을 납득하지만, 그의 반응에는 자기가 만난 여성들의 운동 능력, 힘, 지구력을 무시하는 듯한 이상적인 기사도의 흔적이 여전히 남아 있다. 또 다른 동료 테리는 여성이 남성 못지않게 자치 능력이 있다는 생각 자체를 납득하지 못한다.

성性에 대한 태도야말로 허랜드 주민과 세 명의 탐험가들 사이의 중대한 차이이다. 여성들은 성행위의 유일한 가치가 생식에 있다고, 즉 바람직한 개인적 특질을 물려주어 공동체를 강화하는 데 있다고 주장한다. 반면 남성들은 쾌락과 애정 표현 역시 중요하다고 주장한다. 결국 세 명의 남성 모두 허랜드 여성과 결혼하는데, 자기네 공동체에 남성이 들어오면 사회가 더 향상될 것이라 믿은 그곳 주민들의 독려 덕분이었다. 하지만 스스로를 '우월한' 남성으로 생각한 테리는 자기를 거부하는 아내를 힘으로 압도하려다가 결국 재난을 일으킨다.

심한 우울증을 앓았던 길먼은 말기 유방암 진단을 받고 몇 해 지나지 않아 1935년에 자살하고 말았다. 그로부터 44년이 더 지난 1979년에야 『허랜드』는 단행본 형태로 처음 출간되었지만, 그 잔잔하고도 끈질긴 아이러니와 함께, 평화롭고 관용적인 세계를 향한 초창기의 영향력 있는 페미니스트의 관점으로서 오늘날 명성을 확립하게 되었다.

세실리아 메이 깁스 CECILIA MAY GIBBS

스너글포트와 커들파이의 놀라운 모험 이야기

TALES OF SNUGGLEPOT AND CUDDLEPIE: THEIR ADVENTURES WONDERFUL(1918)

이 아동 환상소설은 오스트레일리아 특유의 식물상을 의인화한 '유칼립투스 열매 아기들'이 사는 미니어처 세계를 배경으로 한다.

이 책의 초판본은 1918년 앵거스 앤드 로버트슨에서 간행되었다.

『스너글포트와 커들파이』는 오스트레일리아에서 영감을 얻어 그곳 특유의 문화를 담은 아동 그림책으로서, 해외 출판업계와 경쟁하기 위해 간행된 1세대 작품 가운데 하나이다.

이 책은 1918년 초판 간행 이후 한 번도 절판되지 않았으며, 훗날 발레와 뮤지컬로도 각색되었다.

메이 깁스는 훗날 오스트레일리아의 민간 전승에서 핵심 요소로 자리할 여러 오지 등장인물을 확립했다.

오스트레일리아의 오지奧地는 경이 세계일까, 아니면 상상 불가능한 공포의 장소일까? 분명 백인 정착 초기부터 지배적인 의견은 바로 공포였다. 그곳은 유럽의 민간 전승과 원주민 전설이 서로 뒤섞이며 나타난 공포가 잠복한 곳이며, 자칫 거기서 길을 잃을지도 모른다는 두려움은, 오스트레일리아의 현실 생활에서는 물론이고 서서히 발전하던 문학에서도 나타났다. 처음에는 유형수들이, 나중에는 정착민들이 길을 잃고 사라지는 사건이 이어지며, 오스트레일리아의 전적으로 새로운 풍경의 유혹은 치명적 매력이 되었다. 급기야 불운한 결말을 맞이한 1861년의 버크와 윌스의 원정에 이르러, '사람을 집어삼키는 오스트레일리아의 풍경'이라는 전형적인 이미지는 국제적인 뉴스거리가 되었다.

오스트레일리아 오지를 배경으로 삼은 19세기의 모험 이야기라면 헨리 킹슬리, 마커스 클라크, 헨리 로슨 같은 저자들의 시나리오로 가득했다. 비교적 최근인 1911년까지만 해도 런던의 인기 있는 정기간행물 『오스트레일리아 오지 생활』에서는 이렇게 경고했다. "어머니는 (……) 오지에 사는 어린이를 기다리는 공포를 잘 알고 있다. 따라서 어머니는 어린이에게 (……) 저 너머 덤불에는 '무서운 것'이 있다고 말해준다." 하지만 그로부터 몇 년 뒤, 이 위협적인 경이 세계는 마법과 환상의 장소로 완전히 뒤바뀌고 만다.

메이 깁스(1877-1969)는 잉글랜드에서 태어났지만, 4세 때인 1881년에 가족과 함께 오스트레일리아로 이주했고, 이 경험은 훗날 유칼립투스 열매 세계를 창조하는 기반이 되었다. 그녀의 아동서들은 내용과 삽화 모두에서 오스트레일리아 특유의 동물군과 식물군에 관한 완전히 독창적인 이미지를 확립했다. 이는 오스트레일리아의 회화적 어휘를 풍요하게 만들었고, 깁스의 이름을 전국적으로 유명하게 만들었다.

1900년부터 1909년 사이에 세 차례나 런던에 가서 미술을 공부한 깁스는 제1차 세계대전 직전인 1913년에 오스트레일리아로 돌아왔다. 전쟁 중에는 애국적이고 민족적인 이미지의 수요가 많았으며, 깁스는 이로부터 영감을 얻어 오스트레일리아 오지 특유의 경계와 보호를 넘어선 곳에 있는 인간 세계의 반영으로서 미니어처 세계를 창조했다. 잡지 표지에, 신문 연재만화에, 다양한 단발성 인쇄물에 모습을

▲ 유칼립투스 열매 아기들이 등장하는 깁스의 〈유칼립투스 꽃 발레〉 채색 속표지.

드러낸 그녀의 유칼립투스 열매 아기들은 머지않아 전국을 장악하게 되었다.

깁스는 마치 비어트릭스 포터를 연상시키는 다섯 권의 작은 소책자를 간행하기 시작했다. 그러다가 자연 교육, 야외 오락, 심지어 환경보호에 대한 관심이 대두하면서, 그녀의 작품에 대해 이전까지는 없었던 수요가 생겨났다. 급기야 깁스의 첫 번째 장편 아동서 『스너글포트와 커들파이』는 문학 명예의 전당에 새로운 이름들을 여럿 올려놓았다.

그 당시 대영제국 전역에서 나온 서평은 한마디로 극찬 일색이었다. 심지어 이 책이 '제국의 모든 어린이를 하나로 엮어주는 연결고리'라고 주장한 출판사의 자랑도 일리가 있을 정도였다. 심지어 깁스의 책에서는 '모든 글과 그림에' 오스트레일리아가 깃들어 있으며, '곰, 캥거루, 주머니쥐, 물총새가 인간의 모든 미덕과 약점을 갖고 있다'고도 주장했다. 경이 세계를 만들어낸 다른 20세기의 작가들과 마찬가지로(예를 들어 머빈 피크를 보라. 170쪽 참고) 깁스는 내용에 자기만의 시각적 차원을 덧붙임으로써, 자신의 창조물을 대중의 상상력에 단단히 고정시켰다.

깁스의 사후에는 발레와 뮤지컬로도 각색되고, 심지어 우표도 여러 종 발행되었다. 시드니 항을 굽어보는 그녀의 자택 겸 작업실이었던 오두막은 개발 과정에서도 무사히 보존되어서, 비어트릭스 포터의 힐탑 농장과 마찬가지로 방문객들이 찾는 명소가 되었다.

예브게니 자먀친YEVGENY ZAMYATIN

우리들

WE(1924)

미래의 독재 치하 디스토피아를 무대로 하는 『우리들』은 개성이 거의 전멸한 단일제국의 거대한 유리 도시에 살면서 스파이와 비밀경찰에게 끊임없이 감시당하는 공학자 D-503의 여정을 소개한다.

이 소설의 영역 초판본은 1924년 E. P. 더턴에서 간행되었다.

이 소설의 러시아어 제목 '미Мы'는 (위 사진의 영역본에 나왔듯이) '우리들We'이라는 뜻인 동시에, '우리들의 것ours'이란 뜻이기도 하다. 이것이야말로 집단에 대한 개인의 반항을 다룬 소설에는 매우 적절한 제목이 아닐 수 없다.

1921년에 『우리들』은 소련의 검열 기구로 운영되던 국가 출판 위원회에 의해 금지된 최초의 작품이 되었다. 스탈린이 소련의 권력을 장악하자, 자신이 1920년에 예견한 세계가 주위에서 실현되는 것을 목도한 자먀친은 1930년대에 파리로 망명했다.

자먀친의 디스토피아 소설 『우리들』은 1920년에 완성되었지만, 워낙 선동적으로 간주된 나머지 소련에서는 개방 정책이 실시된 1988년까지 간행이 금지되었다(하지만 뉴욕에서는 1924년에 비인가 비공식 영역본이 간행되었다). 『우리들』의 무대는 미래 세계인 '단일제국'으로, 여기서는 삶의 모든 국면이 비밀경찰인 '보안국'에 의해 통제된다. 시민은 이름 대신 번호를 부여받으며, 항상 감시가 가능하도록 투명 아파트에서 산다. 이 소설의 줄거리는 수학자 겸 공학자인 D-503의 행적을 따르는데, 그는 단일제국의 제도를 다른 행성으로 수출하기 위해 고안된 우주선 '인테그랄'(통합) 호의 제작을 돕고 있다. 그는 자기가 살아가는 이른바 유토피아 세계에 대한 증대하는 의구심을 토로하는 일기를 작성하고 있다.

『우리들』의 세계는 어쩐지 우리에게 친숙해 보이는데, 왜냐하면 자먀친이 고전 디스토피아 소설의 여러 규약들을 수립한 작가이기 때문이다. 실제로 이 작품은 오웰의 『1984』(1949. 174쪽 참고), 올더스 헉슬리의 『멋진 신세계』(1932. 148쪽 참고), 어슐러 K. 르 귄의 『빼앗긴 자들』(1974)에 직접적인 영향을 주었다. 단일제국은 독재적인 '은인'이 다스리며, 시민은 항상 감시당하고, 시간표에 매시간의 일정이 적혀 있다. 모두가 밝은 청색의 작업복을 입고, 똑같은 합성 식품을 먹고, 똑같은 시간에 운동을 한다. 단일제국 주위에는 거대한 초록 장벽이 에워싸고 있는데, 이는 자연재해를 방지하기 위해 지어졌다지만, 나중에 나오는 설명에 따르면 과거 전 지구적 전쟁의 결과로 인구의 0.2퍼센트만이 살아남았고, 저 장벽 너머는 폐허가 된 풍경뿐이다. 단일제국 내에서는 우정과 대인 관계와 양육조차도 엄격하게 통제되고, 모든 성적 접촉은 국가가 승인한 상대에게만 한정된다.

『우리들』은 여러 개의 짧은 단락, 또는 '기록'으로 이루어졌다. 그 어조는 냉랭하고 규제된 세계와 상반되는, D-503의 종종 풍부하고 감동적인 생각 및 감정을 대조시킨다. 그리고 주인공의 어조는 처음에만 해도 행복하고 낙관적이었지만, 점점 더 절망적으로 바뀐다. 이런 대조는 이 소설의 풍경에도 역시나 반영되어 있다. 초록 장벽 내부에서는 모든 것이 체계적으로 질서 정연하고 명료하고 정확하다. 부정확한 것은 모조리 추방되었으며, 심지어 인간의 격정도 마찬가지이다. D-503은 불법 연애를 통해 그런 격정을 경험하는데, 그의 상대인 쾌활한 여성 I-330은 그 철

저하게 논리적인 사회에서 흡연과 음주와 애정 행각 같은 비논리적인 행동을 일삼는다.

독자는 저 세계가 믿기 힘들 만큼 도식적이고 단순화되었다는 사실에 충격을 받을지도 모르지만, 자먀친은 도식화를 자신이 묘사하는 사회의 논리 그 자체로 삼아 도리어 설득력을 확보한다. 덕분에 그의 산문은 생생하고 다채롭고 암시적이며, D-503이 겪는 인간의 딜레마가 매우 매력적으로 서술된다. 이런 까닭에 『우리들』은 지금까지 나온 디스토피아 소설 중에서도 가장 예언적이고 강력한 작품 가운데 하나로 남아 있는 것이다.

▲ 최근에 간행된 펭귄 클래식스 판본 『우리들』의 표지에 사용된 앤턴 브레진스키의 〈미래의 건물과 도시〉의 세부도. 이른바 '폴란드의 피카소'로 유명한 브레진스키(1946-)는 고전 과학소설 표지 제작 방면에서 풍부한 경력을 자랑한다.

프란츠 카프카 FRANZ KAFKA

성

THE CASTLE(1926)

카프카의 미완성작인 이 애매모호한 소설에서는 한 남자가 부조리하고도 마치 미로와 같은 세계를 이해하기 위해 분투하다가, 어느새 존재의 본성에 관한 복잡한 진실에 대해 숙고하게 된다.

카프카는 이 소설을 마무리하기 전에 사망했지만, 설령 그가 결핵에서 완치되었더라도 과연 이 소설을 마무리할 의도가 있었는지는 의심스럽다.

그 초판본은 저자 사후인 1926년에 카프카의 친구 막스 브로트의 편집을 거쳐 쿠르트 볼프 출판사에서 간행되었다.

카프카의 친필 원고에서 처음 몇 장은 1인칭 화자의 관점에서 작성되었지만, 나중에 가서 3인칭 화자로 바뀌었다.

『성』은 『변신』(1915)과 『소송』(1925)과 함께 카프카의 3대 장편소설 가운데 하나이다.

▶ 성 앞에 서 있는 K. 샘 콜드웰의 삽화.

『성』은 그 어떤 전통적인 서사의 맥락에서 보더라도 결론이 나지 않는 작품이다. 아울러 그 어떤 전통적인 서사의 맥락에서 보더라도 줄거리가 없는 작품이다. 프란츠 카프카(1883-1924)는 이 작품을 결코 완성하지 못했다. 그 이야기는 문장 중간에 뚝 끊어지며, 마치 무너진 '폐허'와도 유사하게(낭만주의자들은 그런 폐허를 가져다가 정원을 꾸미기 좋아했으니까) 『성』의 이런 미완결성이야말로 그 존재의 의미이다. 즉 이 작품은 진술 내놓기를 거부함으로써 진술을 내놓는 셈이다.

토지 측량사인 K.는 중부 유럽 어딘가에 있는 한 마을에 도착한다. 그의 임무는 안개로 에워싸인 불길한 모습으로 마을을 굽어보는 성에 사는 백작을 만나는 것이다. 청년 K.는 해 질 녘에 마을에 도착하지만, 어디서도 환영을 받지 못한다. 농부들은 그를 노려보며 입을 다문다. 독자는 궁금해할 수밖에 없다. 도대체 어떤 수수께끼가 이 방문객을 기다리는 것일까? 도대체 우리는 어떤 세계에 들어선 걸까?

카프카는 1922년에 『성』을 집필했다. 사망하기 2년 전이었고, 오스트리아-헝가리 제국이 제1차 세계대전으로 인해 분열되고 4년 뒤였다. 그 시기로 말하자면 의심의 여지 없이 '현대'였으며, 이는 그 마을에 전화와 전기가 있음을 통해 알 수 있다. 하지만 1914년부터 1918년까지의 대격변은 과연 어디에(만약 어딘가에 있긴 있다고 치면) 있는 것일까? 그 일은 이미 일어났는가? 아니면 곧 일어날 예정인가? 아니면 우리는 그 일이 결코 일어나지 않은 우주에 있는 건가? 『성』에서는 대량 학살의 메아리가 전혀 들리지 않는다. 카프카는 그 세기의 가장 큰 사건이 아예 존재하지 않는다고 상상해보았던 것이다.

이 작품에서는 모든 것에 수수께끼가 감돈다. K.는 이름인 동시에 이름이 아니다. 때는 해 질 녘이어서 낮과 밤 사이의 어떤 시간도 아니다. K.는 외부 세계와 마을 사이의 공간에 걸려 있는 다리 위에 서 있다. 성은 안개와 어둠과 눈에 에워싸여 있다. 과연 그의 앞에는 공허 말고 다른 뭔가가 더 있기는 한 걸까? 그리고 그의 뒤에는 다른 뭔가가 더 있기는 한 걸까? K.는 어디서 온 걸까? 제1장에서 우리는 그가 멀리서 오랫동안 여행했다는 사실을 알게 된다. 그렇다면 지금 이 나라는 어디일까? 마을 주민 대부분은 독일식 이름을 갖고 있지만, 카프카가 집필 중이던 당시의 오스트리아-헝가리 제국의 혼돈스러운 분열 속에서 정확한 위치는 불확실한 채로 남는다.

K.는 운명적으로 다리를 건넌다. '다리 여관'에서는 여관 주인이 마지못해 K.를 손님으로 받아들이더니, 술집 바닥에 밀짚 매트리스를 깔고 자게 한다. 그곳에서는 맥주 냄새며 농부의 땀 냄새가 고약하게 풍기고, 쥐가 그의 발을 넘어 다니며, 급기야 그는 성에서 찾아온 사자使者 때문에 잠시나마 쪽잠을 자다가 거의 곧바로 일어날 수밖에 없다. 사자는 퉁명스레 묻는다. 그는 베스트베스트 백작의 영지에서 무엇을 하는가? 그는 필요한 '허가'를 받았는가? 당황한 K.는 자기가 백작을 위해 일하려고 파견된 토지 측량사라고 주장한다. 혹시 그는 거짓을 말하는 것은 아닌가?

처음에는 성의 대리인조차도 K.를 사기꾼이라고 폄하한다. 곧이어 전화가 걸려 오자, 그는 어조를 확연히 바꾼다. 이 이방인의 정체는 자처하는 그대로라는 것이다. 과감해진 K.는 자기 조수들과 장비가 '수레로 내일 도착할 것'이라고 말한다. 실제로 다음 날 조수 두 명이 도보로 도착했지만, 이들은 사실 성에서 보낸 인력일 뿐이다. 이들은 측량에 대해서는(또는 다른 무엇에 대해서도) 전혀 몰랐으며, '도구'도 전혀 갖추지 못했다. 기묘하게도 K.는 그들을 안다고 주장하며, 그들이 자신의 '예전 조수들'이라고 확인한다. 하지만 그는 이들의 이름조차 알지 못하며, 터무니없는 고자세로 두 명 모두를 '아르투르'라고 통칭한다. 추가적인 혼란을 야기하려는 듯, 여기에 '바르나바스'라는 이름의 굼뜬 사자는 K.와 성 사이의 의사소통을 조율하는 임무를 담당한다. 하지만 그는 제대로 조율하지 못한다.

K.와 성 사이의 주된 장애물은 분명히 클람이라는 마을 주민 겸 백작의 심복이다. 클람은 어느 누구와도 사업 이야기를 하지 않고, 공식 문제가 언급되면 서둘러 방을 나선다. 그는 땅딸막하고, 정장을 걸치고, 코안경을 끼고, 버지니아 산 엽궐련을 피우는 관료의 전형이다. 비평가들은 클람이 카프카의 아버지 헤르만과 놀라우리만치 유사한 외모임을 주목했다. 이 남자와의 접촉이 무산되자, K.는 대신 클람의 현재 내연녀인 술집 여종업원 프리다를 유혹한다.

카프카는 지그문트 프로이트의 저서에 친숙했기 때문에, 우리도 이 소설에 나오는 여러 가지 사건을 프로이트적 독법으로 해석하려는 유혹을 느끼게 마련이다. 하지만 더 낭만적인 서사에서라면 우리는 이를 가리켜 '첫눈에 반한 사랑'이라고 부를 수도 있을 것이다. K.를 한번 본 프리다는 곧바로 그에게 굴복하며, 술집 카운터 아래 고인 맥주 위에서 격정적인 성관계를 통해 자신들의 계약에 인장을 찍는다. 이후로 그녀는 K.의 약혼자를 자처한다. K.도 프리다와 결혼할 의향이 있다고 여주인에게 말한다. 하지만 제1장에서는 K.가 이미 아내와 아이를 두고 있다고 간접적으로 서술한 바 있었다.

성의 '높은 분들'은 측량사의 도움이 필요 없다고 결정하고, 초현실적인 과정을 거쳐 K.를 학교의 임시 수위로 임명한다. 정확한 급료조차도 미확정된 상태이고, 그나마도 미확정된 미래의 언젠가에 나올 예정이라고만 한다. 어쩌면 K.는 이를 승리로 간주했을지 모르지만, 그는 프리다와 함께 밤을 따뜻하게 보내려고 학교의 헛간에서 장작을 훔쳤다가 곧바로 해고되고 만다.

『성』의 전반부는 돈키호테적 추구라고 할 수 있다. 그리고 후반부는 대화 소설로 변모된다. 이 소설은 이야기와 마비적인 비활동이 점차 맥빠지며 뒤범벅되는 가운데 그 종국을 향해 떠내려간다. 급기야 이 작품은 문장 하나를 마무리하기 위한 에너지조차도 갖고 있지 않게 된다.

카프카가 『성』에서 제시하는 저 당혹스러운(때로는 공포스러운) '상상 세계'를 우리는 어떻게 이해해야 할까? 여기서 우리가 반드시 기억해야 할 점은, 애초에 카프카는 이 모두를 제시할 의도 자체가 없었다는 것이다. 임종 때에 그는 자기 죽음 이후에 원고를(사실상 오늘날 우리가 알고 있는 그의 작품 전체를) 읽지 말고 모두 불태우라고 가장 친한 친구 막스 브로트에게 부탁했다.

여기서의 '죽음'이란 효력 발생 문구이다. 『성』은 카프카의 최후 작품이었다. 이 작품을 쓰던 당시에 그는 완치 불가능한 결핵으로 죽어가는 중이었다. 이승과 저승 사이의 문간에 서 있을 때, 위대한 작가는 과연 무엇을 '상상하는' 것일까?

카프카는 프라하로 돌아온 직후인 1922년 9월, 자기는 '성城 소설'을 결코 마무리하지 못할 것이라고 브로트에게 고백했다. 그럼에도 불구하고 그는 가능한 결말 역시 고백했다. 만약 카프카가 마무리에 성공했다면, 이 소설은 K.의 죽음과 함께 마무리될 것이며, 이와 동시에 성으로부터는 마을에 거주해도 좋다는(하지만 합법적인 것까지는 아닌) 허락이 당도할 것이었다. 그는 결국 영원한 이방인이 될 예정이었던 것이다.

하지만 죽음이라는 박판을 통해서 이 소설을 바라보는 것은 이 텍스트를 해석하는 여러 가지 방법 가운데 단 하나일 뿐이다. 1930년대에 최초의 영역본이 나타나기 전까지만 해도, 카프카는 사실상 영어권에 전혀 알려지지 않은 작가였다. 그로부터 20년간 그는 극도로 실험적인 작가로, 또한 아방가르드에게나 관심 대상일 뿐인 작가로 간주되었다. 그러다가 1940년대 말부터 1950년대 사이에 프랑스 실존주의에 대한 대중의 관심이 늘어나면서부터 상황이 바뀌었다. 실존주의에서는 부조리와 궁극적 무의미성의 관념이야말로 이 세상에서 유일하게 보편적인 의미일 것이라고 주장했다. 실존주의 철학자 알베르 카뮈는 이를 시시포스의 고역으로 묘사했다. 즉 영원히 언덕 위로 바위를 굴려 올리지만, 또다시 바위가 굴러떨어지는 것이다. "이해의 시작을 보여주는 첫 번째 징조는 죽으려는 소망이다." 카뮈는 음산하게도 이렇게 말했다. 만약 여러분이 카프카라면, 이는 결국 자신이 삶 동안에 창조하려 노력한 모든 것을 불태우는 일이 되지 않을까.

문학적 경이 세계에서 묘사된 상상 세계 가운데 상당수는 따뜻하고 편안한 장소였으며, 일상 존재의 냉혹한 현실로부터 도피할 수 있는 장소였다. 반면 『성』은 우리 대부분이 사는 세계보다 더 냉혹한, 그리고 사르트르가 우리에게 불편하게 상기시키는 바에 따르면 더 현실적인 세계를 상상해놓았다.

H. P. 러브크래프트 H. P. LOVECRAFT

크툴루 신화

THE CTHULHU MYTHOS(1928-1937)

러브크래프트의 '그레이트 올드 원'에 관한 전승과 전설은 환상소설 분야에서 새로운 영역을 개척했고, 크툴루라는 무시무시한 존재는 이후 여러 세대의 공포 작가들에게 영향을 주었다.

스티븐 킹은 자신의 초기 작품에 가장 중요한 영향을 끼친 인물로 러브크래프트를 꼽았고, 20세기의 가장 위대한 공포 작가라며 경의를 표시했다.

작가 미셸 우엘벡은 러브크래프트의 소설을 '무지막지한 공포에서 저며낸 한 조각'이라고 묘사했다.

오늘날의 독자는 러브크래프트의 작품에 나타난 과도한 인종차별주의 때문에 불편함을 느끼는 실정이다. 2015년에 세계환상문학상 주최 측은 급기야 트로피를 새로 만들겠다고 발표했다(이전까지는 러브크래프트의 흉상 모습으로 되어 있었다).

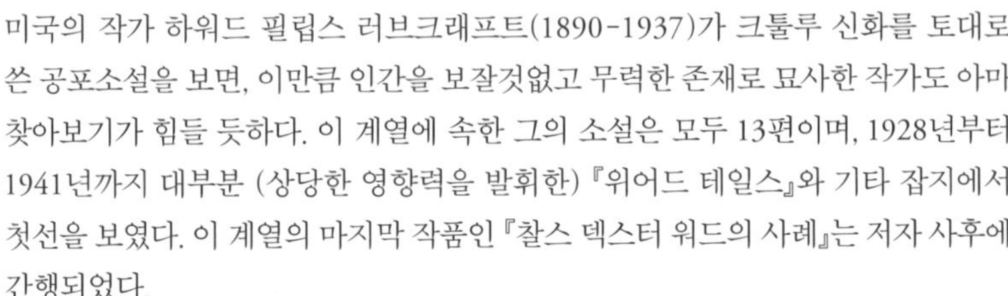

미국의 작가 하워드 필립스 러브크래프트(1890-1937)가 크툴루 신화를 토대로 쓴 공포소설을 보면, 이만큼 인간을 보잘것없고 무력한 존재로 묘사한 작가도 아마 찾아보기가 힘들 듯하다. 이 계열에 속한 그의 소설은 모두 13편이며, 1928년부터 1941년까지 대부분 (상당한 영향력을 발휘한) 『위어드 테일스』와 기타 잡지에서 첫선을 보였다. 이 계열의 마지막 작품인 『찰스 덱스터 워드의 사례』는 저자 사후에 간행되었다.

그중에서도 가장 큰 영향력을 발휘한 단편 「크툴루의 부름」은 1928년에 발표되었으며, 이른바 '그레이트 올드 원'이 지배하는 광대하고도 악의적인 우주에 관한 러브크래프트의 개념을 확립했다. 그레이트 올드 원은 거의 상상 불가능할 만큼 먼 과거부터 살아남은 초超도덕적이고 절대적인 신들이다. 이때 러브크래프트는 '칠승십억 년'이라는 표현을 사용하는데, 여기서 칠승십억이란 1 뒤에 0이 63개 붙은, 즉 '십억'을 '칠승'한 숫자이다.

이 무시무시하고 신비스러운 권능자들은 그 시간 동안 줄곧 죽은 것처럼 보였지만, 언젠가는 '별들이 적절한 위치에 오면' 깨어나서 지구를 파괴할 것이며, 때때로 부주의한 인간과 맞닥트릴 것이다. 크툴루는 그레이트 올드 원의 대사제로서, 가라앉은 도시 리예에 숨어 있었지만, 탐험가들이 지도에도 나오지 않는 남태평양 외딴섬의 바위 동굴로 들어가는, 조각이 새겨진 거대한 문을 열자마자 튀어나왔다.

지구는 러브크래프트의 우주에서도 극미한 일부에 불과하지만, 그레이트 올드 원이 등장하는 특정 부분에서의 묘사는 신비스러운 공포의 분위기를 형성한다. 남태평양의 외딴섬이건, 이에 비해 친숙한 풍경인 미국 동부건, 아니면 남극의 폐허건 간에, 이런 장소에는 위협적인 분위기가 가득하다.

> 서쪽으로는 거대하고 황량한 수수께끼의 봉우리가 계속해서 어렴풋이 모습을 드러내는 가운데, 정오의 낮은 북쪽 태양이나, 훨씬 더 낮아서 지평선에 붙어있다시피 한 자정의 남쪽 태양은, 그 흐릿하니 불그스레한 광선을 흰 눈과 푸르스름한 얼음과 물길과 돌출된 화강암 비탈의 검은 조각들 위에 퍼붓고 있었다. 황량한 봉우리를 지나서 무시무시한 남극의 바람이 광범위하고도 간헐적인 질풍이 되어 불어

왔다. 그 소리는 때때로 광포하고도 지각 능력 비슷한 것을 지닌 존재의 피리 연주라는 희미한 암시를 품고 있었고, 그 음은 방대한 범위에 걸쳐 있었으며, 어떤 무의식적 기억의 이유 때문인지 내게는 불안한, 심지어 어렴풋이 무시무시한 소리로 들렸다. [『광기의 산맥』(1936)]

그런가 하면 단편 「더니치 호러」(1929)에서 여행자들은 또 다른 종류의 예감을 경험한다.

작물을 심은 농지는 기이하게도 드물고 또 황량했다. 반면 띄엄띄엄 흩어져 있는 주택은 그 나이와 불결과 황폐에서 놀라우리만치 공통된 면모를 지니고 있었다.

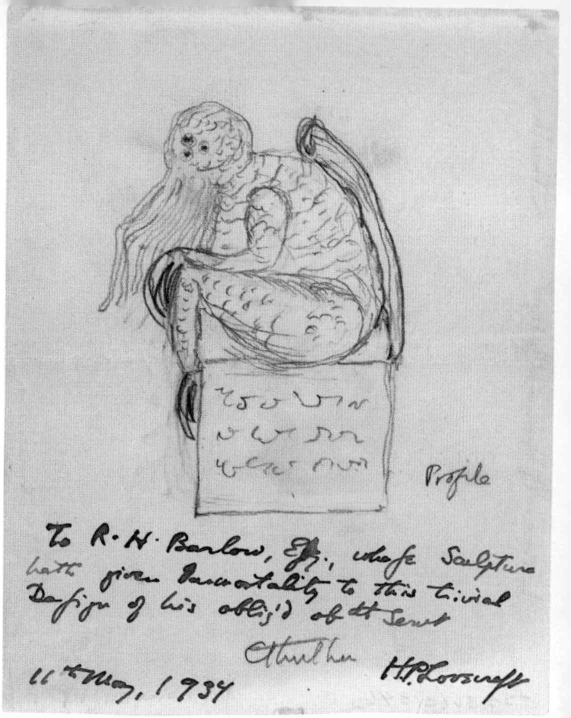

어째서인지는 몰랐지만, 여행자는 무너져가는 문간에서, 또는 경사진 돌투성이 초지에서 때때로 이곳을 흘끔거리는 거칠고 혼자인 사람들에게 방향을 묻기가 꺼려졌다. 그 사람들은 워낙 조용하고 은밀했기 때문에, 여행자는 마치 아예 관계없는 편이 더 나을 법한 어떤 금지된 것과 마주하는 듯한 기분을 느꼈다.

▲ 동료 작가 겸 친구 R. H. 발로에게 보낸 1934년의 편지에서 러브크래프트가 직접 그린 크툴루의 스케치.

'어째서인지는 몰랐지만'이라는 구절이야말로, 러브크래프트의 작품에 깃든 저 이름도 없고 정의하기도 불가능한 공포를 요약해준다. 그가 창조한 상상적 환경의 거대한 규모며(즉 하나의 세계라기보다는 하나의 우주이니까) 그곳의 신들이 발휘하는 권능의 저 악몽 같고 무시무시한 모호함은 이후의 환상 및 공포 작가들에게 영향력을 발휘했다.

러브크래프트의 세계에서 궁극적인 힘을 보유한 신들은 무자비한 악의 분위기를 갖고 있지만, 그 물리적인 세부 사항이 제시되는 경우는 드물다. 비록 「크툴루의 부름」의 도입부에서 언급된 소름끼치는 조상彫像은 '문어 같은 머리, 수많은 촉수로 된 얼굴, 고무처럼 보이는 비늘 덮인 몸통, 앞발과 뒷발에는 커다란 발톱, 뒤에는 길고 가느다란 날개'를 보유한 괴물을 묘사하고 있지만, 이 생물 자체는 단순히 '차마 묘사가 불가능한 것'으로만 밝혀질 뿐이며, 목격자들도 단지 초록색의 끈적거리고 꿈틀거리는 점액질이라는 몇 가지 모호한 세부 사항만 기억할 뿐이다.

러브크래프트는 1890년에 로드아일랜드 주 프로비던스에서 태어났고, 8세 때 아버지가 사망하자 어머니와 외할아버지와 이모 두 명과 함께 생활했다. 어린 시절부터 그는 무시무시한 악몽에 시달렸고, 어쩌면 이것이야말로 훗날의 소설 가운데 일부의 영감을 제공했을지 모른다. 소년은 외할아버지가 들려주는 고딕 공포 이야

▶ 신화 속 도시의 폐허를 찾아 떠나는 원정 이야기인 『광기의 산맥』에 관한 러브크래프트의 노트 내용 가운데 일부.

기를 들으며 매료되었다.

러브크래프트의 성장기에는 한창 진행 중이었던 과학적 발전의 무시무시하고도 유해한 잠재력에 대한 자각이 유럽과 미국의 작가와 독서 대중 사이에서 높아지고 있었다. 예를 들어 그가 8세 때에 나온 H. G. 웰스의 『우주 전쟁』이, 십 대 중반일 때에 나온 영국계 아일랜드인 작가 던세이니 경의 『페가나의 신들』이 그런 소재를 다루었다. 아울러 탐험에서 자칫 예상치 못했던 공포를 발견할 수도 있었다. 예를 들어 던세이니 경의 환상 세계 '페가나'와 러브크래프트의 『광기의 산맥』에 등장한 남극에서의 탐험 등이 그런 소재를 다루었다. 「크툴루의 부름」에서 러브크래프트는 이렇게 썼다.

> 우리는 무한의 검은 바다 한가운데 있는 무지의 평온한 섬에 살고 있으며, 이는 우리가 멀리까지 항해해야 마땅하다는 뜻은 아니다. 저마다 각자의 방향으로 뻗은 과학은 이때까지만 해도 우리에게 거의 해를 끼치지 않았다. 하지만 언젠가는 흩어진 지식을 한데 모음으로써 무시무시한 현실에 관한 시야가 열릴 것이며, 그곳에서 우리의 무시무시한 위치에 관한 시야가 열릴 것이므로, 우리는 그 계시로 인해 미쳐버리거나, 또는 그 빛을 피해서 새로운 암흑시대의 평화와 안전 속으로 도망쳐버릴 것이다.

금지되고 위험한 지식에 관한 이런 관념은 그의 소설 전체에 걸쳐서 지속적인 테마가 된다.

러브크래프트는 당대의 다른 공포 작가들과 편지를 통해 매우 가까운 관계를 유지했다. 그중에는 클라크 애슈턴 스미스와 『사이코』의 저자 로버트 블로크, 『야만인 코난』(1932-1936. 154쪽 참고)의 저자 로버트 E. 하워드 등이 있었다. 이들은 훗날 '러브크래프트 서클'로 알려지게 되었으며, 저자 동의하에 그의 소설에 등장한 인물과 배경과 다른 요소를 때때로 각자의 작품에 차용했다. '크툴루 신화'라는 표현은, 러브크래프트의 사후 2년인 1939년에 작품집을 간행한 출판인 오거스트 덜레스가 고인의 소설을 대중화하기 위해 고안한 것이다.

크툴루 신화는 오늘날까지도 지속되고, 여러 단행본과 잡지와 비디오게임과 심지어 대중음악에까지 진출했다. 하지만 작품 상당수에서 목격되는 반복적인 인종차별주의 때문에, 오늘날 독자들의 눈에 러브크래프트는 또한 논란의 대상이기도 하다.

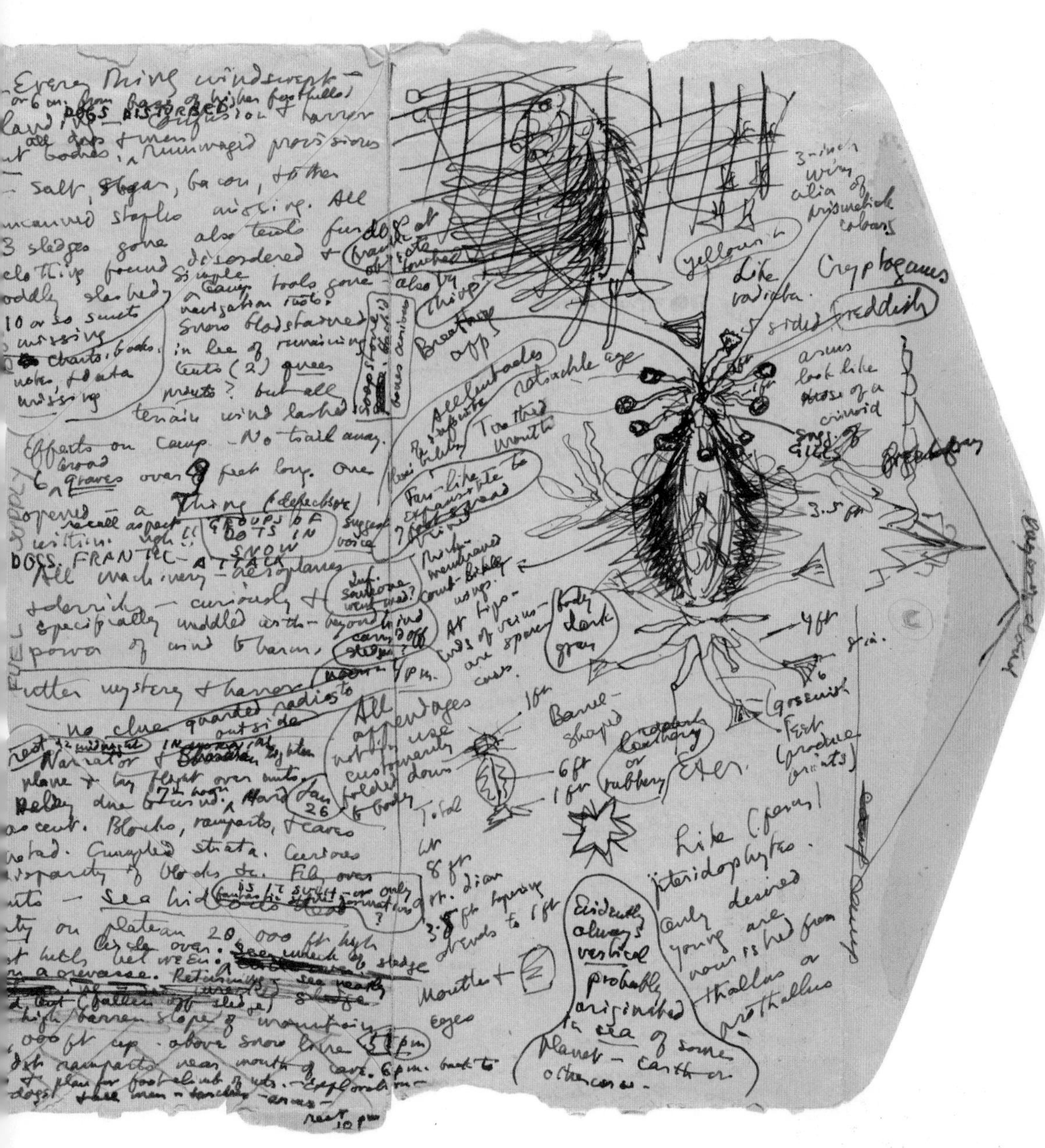

올더스 헉슬리ALDOUS HUXLEY

멋진 신세계

BRAVE NEW WORLD(1932)

미래 세계를 다룬 헉슬리의 이 불후의 걸작은 유전공학의 가능성과 현대사회에서 개인의 상실을 지속적으로 음울하게 조명하고 있다.

이 소설의 초판본은 1932년 채토 앤드 윈더스에서 간행되었다.

이 소설의 무대는 포드 T 모델 자동차가 출시된 지 632년 뒤인 서기 2540년이다. 기업가 헨리 포드에 대한 어마어마한 존경심 때문에, 훗날 세계 정부에서는 그를 사실상 신에 가까운 존재, 즉 '우리 포드님'으로 받들어 모신다.

▶ 세계 정부의 다섯 가지 계급 가운데 마지막 세 가지인 감마, 델타, 엡실론은 각각 초록색, 황갈색, 검은색 옷을 입으며 육체노동을 담당한다. 핀 딘의 삽화.

1949년에 『1984』(174쪽 참고)를 간행한 조지 오웰은 불과 40년 뒤의 미래를 저 황량하고 가혹한 상상의 무대로 선택했다. 반면 올더스 헉슬리(1894-1963)는 그로부터 무려 600년 뒤의 미래를 『멋진 신세계』의 무대로 삼았다. 그럼에도 불구하고 그 세계는 여전히 1930년대에 확고히 뿌리를 내리고 있다. 주요 등장인물은 헉슬리 시대의 주도적인 기업가와 정치가의 이름을 갖고 있으며, 이른바 '세계 정부'의 최면술과 품종 개량과 생산 라인에 입각한 생활 방식 모두는 헉슬리가 알던 세계의 여러 국면을 반영한 것이다.

나치즘과 소련의 공포가 나타난 직후에 작품을 발표한 오웰이 미래를 '인간의 얼굴을 영원히 짓밟는 군홧발'로 바라본 것으로 유명한 반면, 헉슬리는 『멋진 신세계』를 더 부드럽고 더 잠행성인 악몽으로 제시한다. 즉 미래에도 국가의 압제력이 있음에는 의심의 여지가 없지만, 문제가 발생할 경우에 출동하는 진압 경찰의 무기는 기껏해야 만족감 유발 약물과 마취 가스와 부드러운 말 몇 마디뿐이다. 미래에는 생각의 자유가 없지만, 어느 누구도 그걸 원하는 것 같지는 않다. 미래에는 '주재 감사관'에 맞서는 정치적 반대 세력이 없으며, 사실상 모두가 현 상태를 용인한다.

『멋진 신세계』가 간행된 1932년은 자동차 제조업자 헨리 포드가 이동식 조립 라인에서 저렴하게 생산한 자동차를 대중에게 선사한 지 20여 년쯤 지난 뒤였다. 이 소설의 도입부에 등장하는 런던 중앙 부화장의 인상적인 장면에서, 헉슬리는 대량생산 기술을 인간 번식에 적용한다. 이 소설의 등장인물에게는 어머니도 없고, 아버지도 없고, 가족도 없다. 이들은 생산 라인을 따라 차근차근 움직이는 수천 개의 태아와 마찬가지로 복제되고 실험용 병 속에 들어가 자라나며, 지배자인 알파와 피지배자인 베타, 감마, 델타, 엡실론 같은 각자의 예정된 역할을 수행하게 된다.

세계 정부에서는 자주적 사고와 격정, 독창성 등이 이상하고도 죄스러운 것일 뿐만 아니라, 전반적으로 상상 불가능한 것이기도 하다. 그곳 주민들은 각자의 사회적 역할에 따라 (알파 플러스부터 엡실론 마이너스의 반半백치에 이르기까지) 구체적으로 창조될 뿐만 아니라, 항상적인 세뇌와 심리 조작에 노출되어서 계속해서 유순하게 유지된다. 이들의 삶의 모든 측면은 중앙 권력에 의해 지시되는데, 여기서는 수수께끼의 10인의 감사관들이 바로 그들이다.

14

▶ 미시간 주 디트로이트 소재 포드 자동차 공장을 떠나는 얼굴 없는 교대 노동자들. 1935년경.

그 대가로 주민들은 자유로운 성관계와, 휴식과 도피의 수단으로서 정기적으로 분배되는 최면제 및 향정신성 약물이 있는 사회에서 살아간다. 철저한 전체주의와 무절제한 쾌락주의가 공존하는 이 세계에서는 헉슬리 당시의 전통적인 도덕관념이 혼란에 빠지고 만다. 일부일처제는 혐오의 대상이며, 가족은 고색창연한 억압의 도구로 간주되고, 모성의 관념은 외설적이라 여겨진다. 질병과 고통은 물론이고 심지어 노쇠조차도 박멸되었지만, 그래도 성차별주의만큼은 무려 여섯 세기 이후에도 여전히 살아남은 것처럼 보인다. 왜냐하면 여성은 세계 정부의 행정부에서 아무런 역할도 차지하지 못한 듯 보이고, 직장에서는 그 상사들로부터 무시받거나 성추행을 당하며, 오로지 그 '단단하고 햇빛에 그을린 몸'의 '균형 잡힌' 모양새에 따라서만 가치가 평가되기 때문이다. 1930년대 초에 이런 방면에서의 몇 가지 변화만큼은 헉슬리같이 교양 있는 사람들조차도 차마 상상 불가능했던 모양이다.

올더스 헉슬리는 1894년에 완벽한 중산층 가정에서 교사의 아들로 태어났지만, 또 한편으로는 인상적인 혈통을 지닌 지적 귀족의 후손이기도 했다. 왜냐하면 그의 할아버지는 진화론에 대한 전투적인 옹호를 통해 '다윈의 불도그'라는 별명을 얻은 T. H. 헉슬리였기 때문이다.

하지만 올더스 헉슬리는 이튼에서 옥스퍼드로 쉽게 진학하면서 다른 생각을 발전시켰다. 그는 대중문화를 싫어했으며, 교육은 어디까지나 그로부터 이득을 얻을 수 있는 사람의(즉 자기와 같은 사람의) 특권이 되어야 한다고 믿었다. "보편 교육으로 인해 이른바 '새로운 얼간이들'이라고 불러야 마땅한 거대한 무리가 생겨났다." 그는 경멸하듯 말했다. 힌두교의 카스트 제도를 현대식으로 기묘하게 바꿔 조직된 세계를 상상한 헉슬리의 관점에서 보자면, 이런 견해는 분명히 타당했다. 그의 조부는 인간이 유토피아를 건설하기는 불가능하며, 오로지 곤충만이 유토피아를 건설할 수 있다고 보았다. 같은 맥락에서 『멋진 신세계』에서 대중이 종종 메뚜기, 진디, 개미, 구더기 떼로 묘사되는 대목은 상당히 의미심장하다.

세계 정부에 관한 헉슬리의 개념은 미국에서 겪은(그는 캘리포니아 영화업계의 자의식적 현란함과 광휘에 치를 떨었다), 그리고 대공황의 시작 때에 산업화된 잉글랜드의 거리와 공장에서 겪은 개인적 체험으로부터 급진적 영향을 받았다. 결국 엉망진창으로 끝난 미국의 금주법 실험은, 이 소설에서 헉슬리의 대중이 긴장성 만족의 상태에 머물게 해주는 약물인 소마를 금지하자는 비현실적인 제안에 반영되었다. 또 활동사진, 즉 '영화'는 스크린 속 등장인물의 형체와 소리만이 아니라 냄새와 감각까지도 공유하는 '필리스'로 재현되었다.

헉슬리의 소설 제목은 셰익스피어의 『폭풍우』(1611. 64쪽 참고)에서 프로스페로의 섬에 상륙한 귀족들을 본 미란다가 내뱉은 순진한 감탄의 말에서 가져온 것이다. "아, 멋진 신세계, 저런 사람들이 살고 있는 곳!" 물론 헉슬리가 이 대사를 세계 정부에 적용한 것은 상당히 아이러니하지만, 그는 자기가 묘사한 사회가 깊은 흠결을 갖고 있듯이, 고귀한 야만인에 관한 낭만적 신화에도 인류를 위한 희망은 역시나 없다고 바라보았다. 그의 친구인 소설가 D. H. 로런스는 『날개 달린 뱀』을 비롯

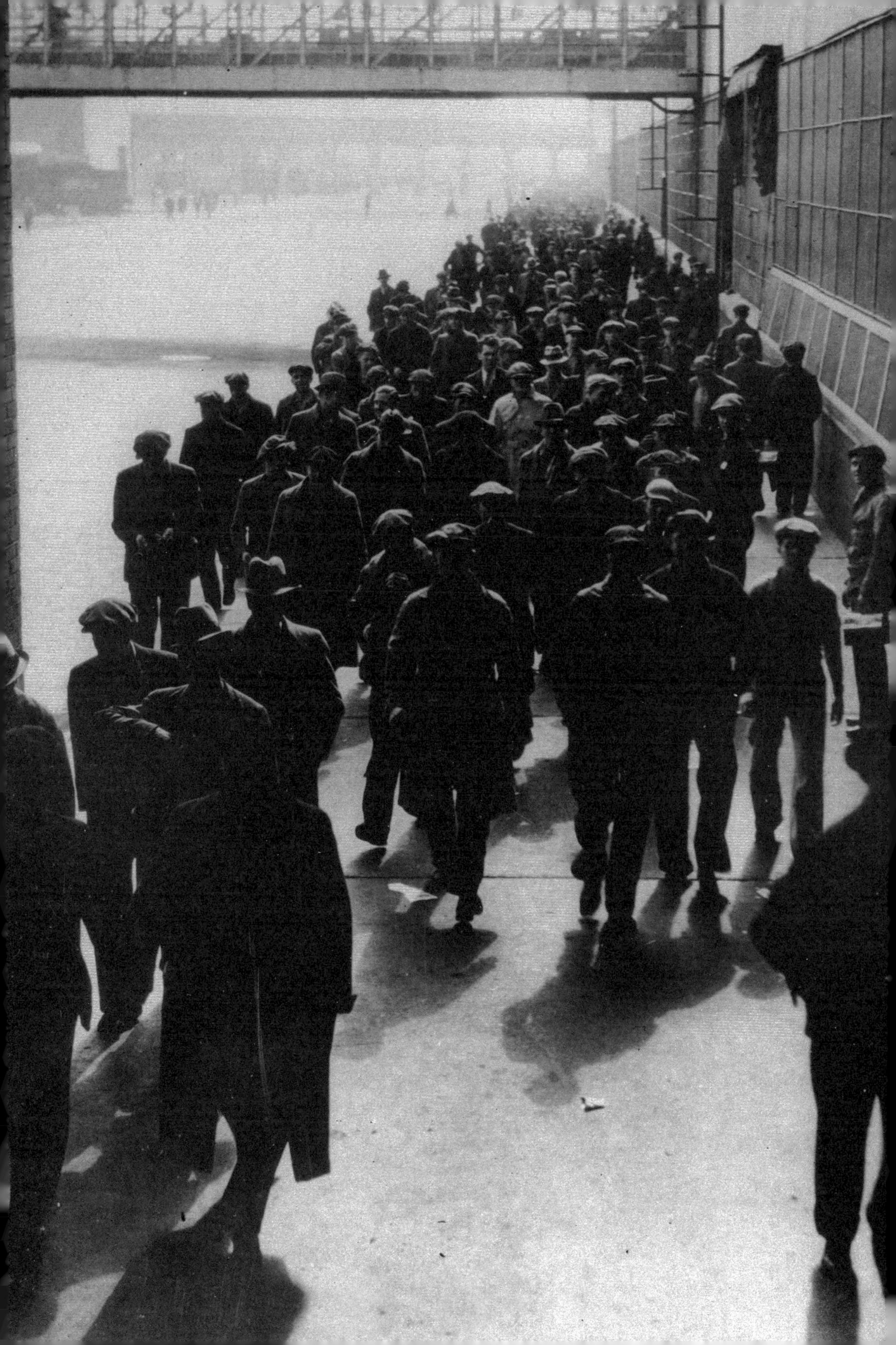

한 여러 작품에서 멕시코 원주민의 본능적인 에너지와 활력을 격정적으로 서술했다. 하지만 헉슬리는 이와는 다른 더 황량한 그림을 내놓았다. 『멋진 신세계』의 뉴멕시코 보호 구역에 살고 있는 야만인 종족은 세계 정부 주민들이 받는 구속에서 자유롭지만, 이들의 자유는 잔혹성과 불결함으로 상징된다. 오로지 몇 군데 외딴섬에서나 삶이 근소하게나마 이상적이라 할 수 있었는데, 그런 장소야말로 '자기만의 독립적인 생각을 가진 (……) 사람 모두가' 유배된 곳이다.

1946년에 추가한 서문에서 헉슬리는 미래에 대한 긍정적 상상이 그처럼 결여된 것이야말로 『멋진 신세계』의 실수였다고 인정했다. "오늘날, 나는 정상성이 불가능하다는 것을 예증할 생각은 전혀 없다." 그의 말이다. 하지만 이 책의 지속적인 매력은 우리 자신의 경험의 한계 바로 너머에 놓여 있는 세계, 즉 세련된 잔혹성과, 유전적 조작과, 심리적 세뇌와, 나른한 약물 및 성 문화를 보유한 세계로부터 도피할 방법이 전혀 없다는 함의로부터 비롯된다. 헉슬리는 서문에서 말했다. "그때에만 해도 나는 600년 뒤의 미래를 배경으로 삼았다. 하지만 오늘날에는 그 공포가 불과 한 세기 안에 우리에게 닥칠 가능성도 충분히 있어 보인다." 무려 60년이 더 지난 지금까지도, 이것이야말로 참으로 불편한 생각이 아닐 수 없다.

◀ 버나드 막스는 세계 정부 바깥의 보호 구역에서 '야만인' 존을 발견해 데려온다. 존은 그곳에서 '인기인'이 되지만, 그곳의 공장과 학교를 견학하면서 목격한 광경에 점점 더 불편함을 느낀다. 핀 딘의 삽화.

로버트 E. 하워드 ROBERT E. HOWARD

야만인 코난

CONAN THE BARBARIAN(1932-1936)

검과 마법의 세계를 주름잡은 이 지속적인 영웅은 본래의 뿌리인 통속소설의 장르를 초월해서 수많은 영화, 텔레비전 프로그램, 비디오게임, 만화 등으로 각색되었다.

코난은 『위어드 테일스』 1932년 12월호(위 사진)에 수록된 단편 「칼날 위의 불사조」로 첫선을 보였다. 이 작품에서 코난은 비교적 나이 든 모습으로 등장해 아퀼로니아 왕국을 통치하는 한편, '네 명의 반역자'의 암살 음모에 맞서 싸워야 한다.

하워드는 공포소설의 대가 H. P. 러브크래프트(144쪽 참고)와 친구 사이였다. 두 사람은 자주 편지를 주고받았고, 각자의 작품에서 상대방의 작품을 언급하기도 했다.

1982년에 『야만인 코난』이 영화로 각색되었을 때에는 보디빌더 아널드 슈워제네거가 주연을 맡아 하루아침에 스타가 되었으며, 그 여세를 몰아 훗날 캘리포니아 주지사로도 당선되었다.

먼 북쪽 출신의 떠돌이 야만인 도둑 겸 무법자 겸 용병 코난의 이야기를 서술하기 위해, 텍사스의 작가 로버트 E. 하워드(1906-1936)는 우리가 아는 거대 문명이 아직 생겨나지도 않은 수천 년 전으로 거슬러 올라갔다.

하워드는 이미 먼 과거를 배경으로 한 단편들을 여럿 내놓은 바 있었지만(통속 잡지 『위어드 테일스』에 게재된 그의 첫 번째 간행작 「창과 송곳니」는 크로마뇽인과 네안데르탈인이 벌이는 선사시대 전투를 다루었다) 새로운 등장인물을 위해서 그는 완전히 가공의 역사 시대를 고안했다. 이 단편들은 하이보리아 시대를 배경으로 하는데, 이때는 '대양이 아틀란티스와 빛나는 도시들을 집어삼킨 시대와, 아리아인의 후손들이 대두한 시대의 사이', 다시 말해 신화에 등장하는 아틀란티스의 멸망과 인도·유럽어족의 등장 사이의 시기이다.

코난의 모험의 배경이 되는 환상 세계는 이른바 검과 마법, 아름다운 처녀와 독니를 가진 괴물, 기이하고 악의적인 신과 기적에 의한 반전의 세계이며, 유럽과 북아메리카의 과격한 변형판에 해당하는 지리에 아주 느슨하게나마 근거한다. 예를 들어 코난의 종족인 키메리아족은 켈트족과 유사한 데가 있으며, 먼 동쪽에 있는 키타이 왕국은 중국에 해당한다. 실존했던 픽트족은 문명의 변경에 사는 거친 야만인으로 묘사되고, 솀은 오늘날의 메소포타미아와 아라비아와 시리아와 팔레스타인에 해당하는 지역으로 이해할 수 있다.

사실 21편의 코난 이야기는 중동의 『아라비안나이트』 같은 「미끄러지는 그림자」에서부터, '화려하게 세공한 철갑옷에, 번쩍이는 투구 위에서는 물들인 깃털 장식이 흔들거리는' 아서 왕 로망스 같은 기사 이야기에 이르기까지 매우 다양한 양식을 취한다. 하워드의 주요 테마 가운데 하나는 문명의 부패와 쇠약 효과이다. 사회 체계를 묘사하려는 진지한 시도는 없으며, 기껏해야 여러 왕과 귀족과 고위 사제와 마법사의 권력을 서술할 뿐이다. 코난의 세계는 정치적이라기보다는 오히려 신화적이고 심리학적이다.

여기에는 현대의 독자를 종종 당혹스럽게 만들 법한 폭력적인 심리학의 측면도 몇 가지 있다. 예를 들면 당대에 유행했던 유전학과 인종적 순수성의 이론은 하워드의 상상 역사 전체에 걸쳐 반향을 남겼다. 코난 이야기에서 여성은 조연을 담당

여기 키메리아족 코난이 나타났다. 검은 머리카락에, 무뚝뚝한 눈빛에, 검을 빼든 그는 도둑이고, 약탈자이고, 살인자이고, 어마어마한 우수와 어마어마한 환희를 지니고, 샌들 신은 발로 지구상의 여러 보석 박힌 보좌를 짓밟고 다닌다. (「칼날 위의 불사조」)

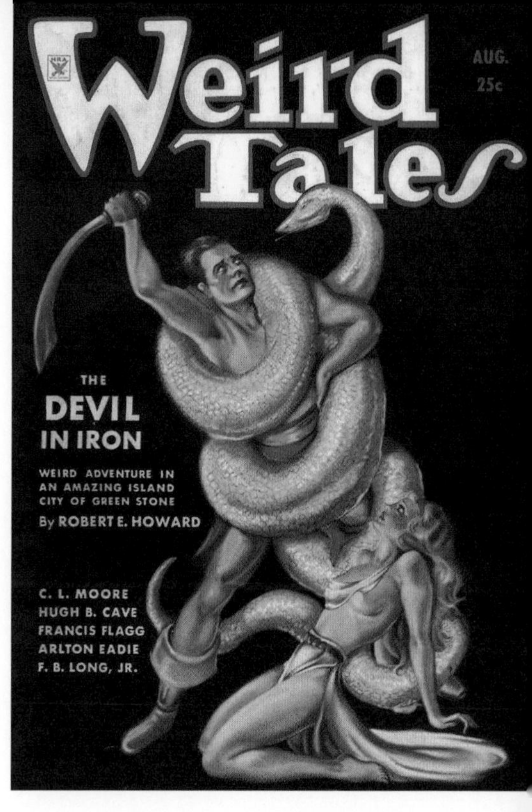

▲『위어드 테일스』 1934년 8월호 표지에서 현실에 나타난 전설의 악마가 불러낸 거대한 뱀과 싸우는 코난. 「철의 악마」는 코난 이야기 가운데 각별히 뛰어난 작품으로 간주되지는 않지만, 이 표지만큼은 괴물을 물리치고 헐벗은 미녀를 구출하며, '경이로운 섬의 도시 그린스톤에서 벌어지는 기이한 모험'을 약속하는 전형적인 전사로서의 코난을 잘 묘사하고 있다.

하며, 보통은 '윤기 있는 팔다리와 상아색 가슴'을 제대로 감추지도 못하는 옷을 걸치고, 때때로 채찍질을 당해 비명을 지르고 몸부림친다. 코난은 대개 과묵하고 무시무시한 모험가이지만, 때로는 여자들이 외모를 가꾸는 데 너무 많은 시간을 허비한다며(마치 1930년대의 노인네 마냥) 투덜거린다.

하워드의 생애는 짧고도 매우 평범했다. 어린 시절에는 텍사스 주의 크로스 플레인스라는 도시에서 병약한 어머니를 우상시하며 살았고, 만화와 통속 잡지에 푹 빠져들었다. 만성적으로 수줍음이 많고 기질적으로 우울했지만, 청소년기에 시와 소설을 잔뜩 써냈으며 18세 때에는 첫 번째 단편을 정식 발표했다. 평생 부모와 함께 살았지만, 25세 즈음에는 단편을 통해 얻은 명성이 점점 높아졌다. 코난은 눈부신 성공을 누리고 있었다.

1936년에 어머니가 결핵으로 인해 의식불명 상태에 빠지자, 간호사는 회복 가능성이 없다고 말했다. 그러자 하워드는 자기 승용차에 들어가 머리에 총을 쏴서 어머니보다 하루 전에 죽고 말았다. 하지만 코난은 하워드의 이야기에서도 살아남았고, 훗날 만화, 텔레비전 프로그램, 비디오게임, 영화 등에서도 역시나 살아남았다. 그중 상당수는 하워드의 원래 창조물과는 거의 유사성이 없다시피 하지만, 문명의 부패에 홀로 저항하는 '고귀한 야만인'이라는 설정은 여전히 강력한 매력을 발휘하고 있다.

블라디미르 바르톨 VLADIMIR BARTOL

알라무트

ALAMUT(1938)

11세기 비밀결사 지도자가 지배하는 신비의 세계를 배경으로 펼쳐지는 이야기인 이 작품은 무솔리니 치하의 20세기 파시스트 국가에 관한 우의이다.

이 소설의 초판본은 1938년에 슬로베니아에서 간행되었고, 영역본은 마이클 비긴스의 번역으로 2004년에 스칼라 하우스 프레스에서 처음 간행되었다. 위 사진은 같은 출판사에서 나온 영역본의 가장 최근 판본이다.

2001년 9월 11일의 세계무역센터 공격 직후에 슬로베니아에서 간행된 신판이 2만 부 넘게 팔렸고, 19개 언어로 번역되기까지 했다.

이 소설에서 반복 등장하는 문구는 다음과 같다. "절대적 실재는 전무하다. 모든 일이 허용된다."

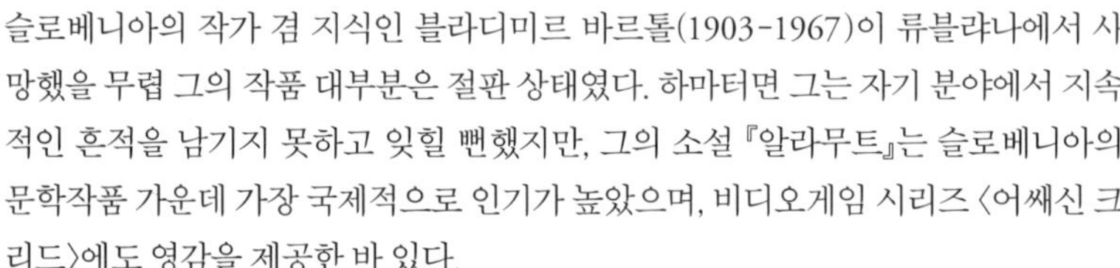

슬로베니아의 작가 겸 지식인 블라디미르 바르톨(1903-1967)이 류블랴나에서 사망했을 무렵 그의 작품 대부분은 절판 상태였다. 하마터면 그는 자기 분야에서 지속적인 흔적을 남기지 못하고 잊힐 뻔했지만, 그의 소설 『알라무트』는 슬로베니아의 문학작품 가운데 가장 국제적으로 인기가 높았으며, 비디오게임 시리즈 〈어쌔신 크리드〉에도 영감을 제공한 바 있다.

얼핏 보기에 『알라무트』의 주제는 21세기에 나온 비디오게임이나 바르톨에게는 어울리지 않아 보일 수 있다. 1938년에 초판 간행된 이 소설은 11세기 페르시아의 한 요새를 배경으로, 비밀결사 지도자 하산 이븐 사바('사이두나')가 교묘하고도 섬뜩한 전략을 이용해서 자기 군대('페다인')를 목숨 바쳐 싸우도록 조련하는 이야기이다. 그의 전략은 바로 지상에 낙원을 재현하는 것이다.

이처럼 만만찮고 낯선 주제에 관한 소설을 쓰기 위해서 바르톨은 방대한 준비 작업을 진행했다. 그는 우선 『동방견문록』(1300?)에서 영감을 얻었는데, 여기에는 강력한 페르시아의 군벌이 하시시와 하렘을 이용해서 어리석은 청년들을 속인다는(즉 자기가 그들을 낙원으로 보낼 능력을 지닌 척한다는) 이야기가 들어 있었다. 바르톨은 이 책을 쓰기 위해 10년 동안의 자료 조사와 구상을 거쳤고, 9개월간 캄니크의 산속 마을에 들어가 집필에 전념했다. 당시에 거기서 불과 50킬로미터 떨어진 곳에서는 독일과 오스트리아의 합병이 진행되고 있었으며, 무솔리니의 파시스트가 바르톨의 고향 트리에스테에서 슬로베니아 출신자를 탄압하고 있었다.

그 결과 무시무시한 세계에 관한 풍부하고도 흡인력 있는 작품이 등장했다. 사이두나는 산속의 외딴 요새 알라무트를 '인간 본성을 바꾸는 실험'을 수행하는 도가니로 만들고, 이 과정에서 자기 식의 이스마일파(이슬람교에서 기원한 종파의 하나)를 정당화하는 좌우명을 내세운다. "절대적 실재는 전무하다. 모든 일이 허용된다." 적들이 요새를 공격하자, 이 위험하리만치 카리스마적인 독재자는 휘하 청년들의 욕망과 심리를 더 깊이 파고들어 가서, 불가피한 패배에 직면한 상태에서 두려움 없는 모습을 보이도록 단련시킨다.

바르톨의 가장 큰 업적은 그가 알라무트를 불길한 동시에 매력적인 곳으로 만들었다는 점이다. 신입자 두 명의(즉 하렘에 들어온 처녀 할리마와 전사 지망생 청

▲ 11세기 중동의 비밀결사 지도자인 하산 이븐 사바, 일명 사이두나가 자신의 권위를 보여주기 위해 휘하의 암살자 가운데 하나에게 자살을 명령하는 장면.

년 이븐 타히르의) 눈으로 바라본 이 요새는 신비와 기쁨의 장소인 동시에, 급기야 불안이 두려움과 환멸로 꽃피는 장소이다. 할리마와 이븐 타히르를 따라서 알라무트의 여러 통로와 비밀 장소를 누비며 사이두나의 섬뜩한 사고방식을 한 꺼풀씩 벗기고 들어가다 보면, 우리는 매료되는 동시에 몸서리치게 된다. 액션으로 가득한 최고의 컴퓨터 게임과 마찬가지로, 이 책을 읽다 보면 우리는 깜짝 놀라면서도 차마 눈을 돌릴 수 없는 기분을 느끼게 된다.

『알라무트』의 세계가 종종 파시즘의 악에 관한 우의寓意로 해석되는 것은 놀랄 일도 아니다. 하지만 현실 세계와의 평행 관계는 여기에서 그치지 않는다. 21세기의 여러 독자들 역시 젊은 지하드 전사들의 과격화에 관한 반영을 발견할 수 있었다.

하지만 이 소설의 공명과 적용에 관한 절충주의는 오히려 바르톨의 비판 대상이 특정 이념이라기보다는, 오히려 억압적인 지도자를 무작정 믿고 따르는 인간 성향이라는 사실을 상기시킨다. 사이두나의 설명처럼, '사람들은 동화와 날조를 원하며, 맹목 속에서 암중모색하기를 좋아한다'는 깨달음이야말로 권력의 핵심이기 때문이다. 이 사실을 인식함으로써 그는 부하들을 마치 (바르톨이 이 최면적이고 무시무시한 세계를 종이 위에 옮겨놓은 지 수십 년 뒤에야 발명된 가상의 게임 세계에 등장하는) 아바타마냥 능숙하게 조종하고 이용할 수 있었던 것이다.

호르헤 루이스 보르헤스 JORGE LUIS BORGES

틀뢴, 우크바르, 오르비스 테르티우스

TLÖN, UQBAR, ORBIS TERTIUS(1941)

이 단편소설은 보르헤스의 철학적 관심사 가운데 여러 개를 조합함으로써, 대안 세계의 창조와 그것이 우리 세계로 침투하려는 시도에 관해 자세히 묘사한다.

1940년 아르헨티나의 잡지 『수르』에 처음 게재된 이 소설은 1941년에 에디토리알 수르에서 간행된 단편집 『두 갈래로 갈라지는 오솔길들의 정원』(훗날의 『픽션들』)에 수록되었다.

보르헤스는 부에노스아이레스의 부유한 아르헨티나 가정에서 태어났으며, 어린 시절에 아버지의 서재를 이용하면서 문학에 대한 애정을 갖게 되었다.

제2차 세계대전 당시 후안 페론의 독재 정권 치하에서 보르헤스는 연합군에 대한 지지를 피력했다는 이유로 직장인 부에노스아이레스 도서관에서 해임되었다.

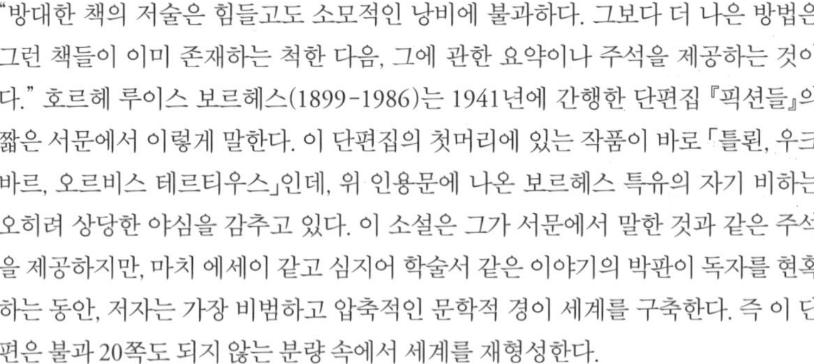

“방대한 책의 저술은 힘들고도 소모적인 낭비에 불과하다. 그보다 더 나은 방법은 그런 책들이 이미 존재하는 척한 다음, 그에 관한 요약이나 주석을 제공하는 것이다.” 호르헤 루이스 보르헤스(1899-1986)는 1941년에 간행한 단편집 『픽션들』의 짧은 서문에서 이렇게 말한다. 이 단편집의 첫머리에 있는 작품이 바로 「틀뢴, 우크바르, 오르비스 테르티우스」인데, 위 인용문에 나온 보르헤스 특유의 자기 비하는 오히려 상당한 야심을 감추고 있다. 이 소설은 그가 서문에서 말한 것과 같은 주석을 제공하지만, 마치 에세이 같고 심지어 학술서 같은 이야기의 박판이 독자를 현혹하는 동안, 저자는 가장 비범하고 압축적인 문학적 경이 세계를 구축한다. 즉 이 단편은 불과 20쪽도 되지 않는 분량 속에서 세계를 재형성한다.

보르헤스는 40세 생일을 얼마 남겨놓지 않은 상황에서 갑자기 소설을 쓰게 되었는데, 머리 부상 이후에 자신의 정신 능력이 회복되었는지 시험해보기 위해서였다. 사고 이후 두 번째로 쓴 소설인 「틀뢴, 우크바르, 오르비스 테르티우스」에서 보르헤스는 선조들 가운데 여럿이었던 군인 영웅들을 모범으로 삼아서, 자신이 열망하던 ‘서사시적 운명’에다가 유년 초기부터 두드러졌던 애서벽愛書癖과 신체적 허약함을 조합했다. 1970년에 『뉴요커』에 게재된 자전적 회고에서 보르헤스는 이렇게 말했다. “내 삶에서 중요한 사건이 무엇이냐는 질문을 받는다면, 아버지의 서재라고 말하겠다.” 「틀뢴, 우크바르, 오르비스 테르티우스」를 이해하는 한 가지 방법은 바로 서재를 사건으로 만들려는 기묘하게도 성공적인 시도로 보는 것이다.

이 단편은 처음부터 문학적인 것과 문자적인 것 사이의, 그리고 가상 인물과 실존 인물 사이의 경계를 흐린다. 이 작품에는 보르헤스의 동시대인의 이름이 점점이 흩어져 있고, 유명하지 않은 철학 전문서를 자유자재로 인용하는 특유의 능력이 발판 노릇을 한다. 심지어 저자는 양쪽 모두를 전거로 들먹이며 허구의 인용문을 자유롭게 제시한다. 도입부에서 보르헤스는 절친한 공저자 아돌포 비오이 카사레스와 식사 중인데, 갑자기 비오이가 우크바르의 한 이교 창시자의 발언을 인용한다. “거울과 성교는 혐오스러운 것이니, 왜냐하면 인간의 숫자를 늘리기 때문이다.” 이에 흥미를 느낀 보르헤스는 그 출처가 어딘지 묻는다. 비오이는 『앵글로 아메리칸 백과사전』이라고 대답하는데, 이 책은 1902년 판 『브리태니커 백과사전』을 ‘문자 그대로, 하지만 무단으로' 재간행한 것에 불과했다. 그런데 보르헤스가 가진 책에는 우크바르에 관한 내용이 전혀 없었지만, 비오이가 가진 책에는 제46권 말미에 우크바르에 관한 4쪽 분량이 추가되어 있었다. 이 항목은 우크바르의 위치에 관해서는 모호하게 설명했고, 대부분 무미건조한 내용일 뿐이지만, 대신 우크바르의 문학은 일관되게 사실주의를 회피하고, 믈레흐나스와 틀뢴이라는 상상의 지역을 배경으로 삼는다는 설명으로 보르헤스의 관심을 일으킨다.

이 소설의 나머지 대부분은, 그로부터 2년 뒤 보르헤스가 발견한 『틀뢴 제일백과사전』 내용에 의거하여 자세히 설명하는 환상적인 이야기로 이루어진다. 보르헤스의 말에 따르면, 이것은 "허구의 나라에 대한 간략한 묘사"가 아니라 "뭔가 참작할 만한 것"이며, "미지의 행성에 관한 완전한 역사의 단편 상당량"이 나와 있다. 틀뢴에서는 철학적 논쟁뿐만 아니라 나머지 모두가 버클리식 관념론에 의거하고 있는데, 이 관념론에서는 물리적 우주는 실재하지 않으며 단지 우리 정신의 투사에 불과하다고 주장한다.

백과사전적 현학의 외피 아래에서 보르헤스는 이러한 입장의 수많은 함의를 가지고 유희를 벌인다. 즉 인과성과 시간 그 자체의 관념을 반박하고, 모든 과학 분야를 심리학에 종속시키고, 터무니없는 '유물론의 교의'를 늘어놓고 (가장 설득력 있게는) 이런 개념적 합류로부터 산출될 수도 있는 몇 가지 문학에 관한 전망을 탐구한다. 즉 모든 책은 '시간을 초월한 익명의' 저자 한 명의 작품으로 간주되며, 소설 작품은 한 가지 줄거리의 모든 변형을 함유하고, 시는 주어를 회피하는 대신에 형용사나 동사의 거대한 응집을 선호한다. 보르헤스에 따르면, "어마어마하게 긴 단어 하나로 이루어진 유명한 시가 있는데, 그 단어가 사실상 작가의 창작물인 시적 '대상'을 형성한다". 급기야 보르헤스는 틀뢴에서도 "여러 세기에 걸친 관념론이 현실에 영향력을 행사하지 못하지는 않았다"면서, 현실의 대상들 역시 욕망이나 기대에 의해 생산될 수 있다고 말한다. 즉 틀뢴에서는 분실물 하나를 두 사람이 찾다 보면 결국 두 개가 발견된다. 급기야 고고학자들도 고대 유물을 언제든지 발굴하게 되어서, 과거 역시 "미래와 마찬가지로 변화 가능한, 또는 순종적인" 것이 되었다.

이런 예상치 못한 구상적 발전은 이 이야기의 마지막 선회를 만들어낸다. 즉 과거에서 미래로의, 환상에서 현실로의, 운문에서 산문으로의, 그리고 다시 반대로의 선회이다. 머지않아 보르헤스는 버클리 주교가 17세기 초에 상상의 나라를 발명하기 위해 조직된 비밀결사에 참여했음을 알게 된다. 이 작업에는 여러 세대가 걸렸으며, 그로부터 두 세기 뒤에는 미국의 열혈 무신론자 백만장자로부터 재정적 후원을 받게 되었는데, 그는 자기 재산을 유증하면서 미국인 특유의 호방함에 걸맞게 국가 하나가 아니라 행성 하나를 만들라는 조건을 내걸었다. 회원들에게는 1914년에 간행된 『틀뢴 제일백과사전』 완질본이 제공되었다. 보르헤스에 따르면, "1942년경에 작업에 속도가 붙기 시작했다". 즉 상상의 나라에 관한 문학 속에 자리한, 상상의 나라의 문학 그 자체의 우화적 성질이 현실을 침해하기 시작했던 것이다.

보르헤스는 이 단편의 대부분을 1940년에 썼다고 했는데, 이는 그 실제 집필 순간을 반영한 것이다. 그는 여기에 1947년의 후기를 가상으로 덧붙이면서, 자기

가 이 단편의 앞부분에서 신중하게 묘사했던 현실 영역을 잠식하는 틀뢴의 정복 과정을 서술한다. 그리하여 이 경이 세계의 구체적인 윤곽이 더 명료해진다. 즉 이곳은 토끼 굴 속이나 무지개 너머에 정지 상태로 놓여 있는 것도 아니고, '문학'은 이 경우에 불확정적 수정물이 아니라 절대적으로 본질적인 것이다. 이것이야말로 '시poetry'의 어원인 그리스어 '포이에시스poiesis'의 원래 의미인 '만들다'에 함축된 경이 세계이다. 틀뢴의 시인이 어마어마하게 긴 합성어를 가지고 '시적 대상'을 만들어 내듯이, 틀뢴은 마침내 그 시의 낙인을 우리 세계의 산문적인 영역에 은근슬쩍 주입시킨다. 보르헤스는 프랑스산 수입품 상자 안에 틀뢴의 문자로 장식된 나침반이 들어 있는 것을 부에노스아이레스에서 목격한다. 그로부터 몇 달 뒤에는 우루과이 어느 지방에서 발견된 시신에서, 작지만 믿을 수 없이 무거운 원뿔형 물체가 발견되는데, 그 재질은 '이 세상에는 존재하지 않는' 금속이며 그 형태는 '틀뢴의 특정 종교에서 사용하는 신의 이미지'였다.

곧이어 전 세계가 틀뢴에게 종속되는데, 처음에는 분명히 문학의 형태로서 그렇게 되었다. "'인류의 걸작'의 지침서, 선집, 요약문, 여러 판본, 공식 재간행본, 해적판본이 이 세계로 쏟아져 들어왔고, 지금도 여전히 쏟아져 들어온다." 그 언어와 그 '조화로운 역사'는 우리의 언어와 역사를 대체하고, '투명한 호랑이'와 '피의 탑'은 대중잡지를 가득 채우고 인류를 '현혹시킨다'. 보르헤스는 '질서정연한 행성에 관한 미세하고도 방대한 증거'야말로, 1930년대에 '질서의 외양을 보여주는 대칭적 세계 모두, 예를 들어 변증법적 유물론, 반유대주의, 나치즘'이 누리는 보편적 매력에 버금간다고 비교한다. 우리는 그 말미에서 작중 인물 보르헤스의 조용한 체념을 읽을 수 있는데, 당시에 그는 간행되리라는 소망조차 없는 토머스 브라운 경의 책을 에스파냐어로 번역하고 있었다. 이것이야말로 저자로서 보르헤스가 취한 더 공격적인 입장에 대한 대위로서, 그가 이 단편을 쓰던 당시까지도 현실의 전체주의 정부가 실천하던 정복에 대한 항의 차원이었다. 하지만 우리는 다른 한편으로 보르헤스가 아버지의 무릎 위에서부터 철학적 관념론을 주입받은 이래 줄곧 거기 매료된 상태로 남았다는 사실을, 또한 틀뢴의 기괴한 문학적 관습의 상당수는 수십 년 내내 보르헤스의 글쓰기에 활력을 부여한 공상을 반영한다는 사실을 기억해야 한다.

이 소설 안에서뿐만 아니라 그 너머에서도, 보르헤스는 시적 감수성과 신념을 현실 세계의 변화를 위한 동력으로 삼았다. 즉 인간 지식의 총체를 증류하고 기록한다는 백과전서파의 계몽주의적 계획으로부터, 여전히 더 과격한 과제로의 이행을 서술하는 동시에 거기에 미묘한 영향을 주려는 것이었다.

◀ 보르헤스와 그의 친구 겸 공저자인 아돌포 비오이 카사레스.

오스틴 태펀 라이트AUSTIN TAPPAN WRIGHT

이슬란디아

ISLANDIA(1942)

이 작품은 하버드 출신으로 유토피아 국가 이슬란디아의 초대 미국 영사 직위를 얻게 된 존 랭의 모험 이야기이다. 풍부한 세부 사항에 기발한 발상이 돋보이는 라이트의 카라인 대륙에 맞먹는 창조물이 있다면, 아마도 톨킨의 미들어스뿐일 것이다.

이 소설의 초판본은 1942년 파라 앤드 라인하트 사에서 간행되었다.

1931년에 라이트가 교통사고로 때 이른 죽음을 맞이한 이후, 그의 누이와 미망인이 본문을 다시 편집했음에도 불구하고 이 소설은 여전히 900쪽이 넘는다.

비평가의 주목은 거의 받지 못했지만, 오스틴 태펀 라이트(1883-1931)의 사후에 간행된 『이슬란디아』는 일종의 컬트 고전이 되었으며, 어슐러 K. 르 귄으로부터 서구화와 '진보'라는 주제를 직접적으로 다룬 유일무이한 유토피아 소설이라는 격찬을 받았다.

이 소설은 제국주의가 절정에 달한 20세기 초를 배경으로 한다. 라이트의 동생이자 지리학자인 존 커틀랜드 라이트가 그린 본문 속 지도를 보면, 이슬란디아는 독일 보호령 및 영국과 프랑스 식민지와 국경을 마주하고 있다. 이 소설에서는 그 지형이 이례적으로 자세히 묘사되어 있다. 주인공 존 랭은 하버드 재학 시절 이슬란디아 출신 동창을 통해 그 나라를 처음 알게 되었고, 급기야 그 지역 언어를 배운 다음 부유한 사업가인(아울러 이슬란디아를 잠재적인 미국 상품 수출 시장으로 간주하던) 숙부를 통해 영사 직위를 얻는다. 랭의 임지 도착이야말로 이 소설의 핵심 주제를 극적으로 보여준다. 즉 이슬란디아는 해외 무역에 문호를 개방해야 하는 것일까, 아니면 제국의 가장자리에서 독립을 지켜야 하는 것일까? '섬나라'를 연상시키는 그 이름에서 알 수 있듯이, 이슬란디아가 처한 곤경은 1850년대에 일본이 처한 곤경과도 유사한데, 이는 결국 이슬란디아의 독립이 오래 지속되지 않을 것임을 암시한다.

랭이 이슬란디아에게 각별한 매력을 느끼는 까닭은, 그곳이 구식이고 오로지 경공업화만 이루어졌기 때문이다. 이 나라를 둘러보는 그의 여행은 주로 말이나 배를 이용해서 이루어지며, 이는 미국의 삶의 속도와 대조적으로 느긋한 편이다. 소설의 전반부에서 랭은 이슬란디아 사회를 점차 배우게 되며, 이때의 핵심적인 첫걸음은 그 지형에 대한 그의 이해를 진전시키는 것이다. 한 농장에 가까워질 때의 묘사는 이렇다. "좁은 도로에는 여기저기 바퀴 자국이 파이고 풀 더미가 남아 있었지만, 바퀴 달린 차량이 많이 다니는 고국에서처럼 규칙적인 이랑을 이루지는 않았으며, 여기저기 있는 풀 더미가 말발굽에 부드럽게 짓밟혔다. 우리는 짧은 뿔과 둥근 몸통과 망아지마냥 긴 다리를 지닌 이슬란디아의 회색 사슴 세 마리와 마주쳤는데, 이것이야말로 상당히 예상 밖의 일이었다." 저자는 독자를 향해 미국과의 사소한 차이에 주목하도록 독려하며, 자신의 묘사 배후에 놓인 더 나은 삶의 질을 추론하도록

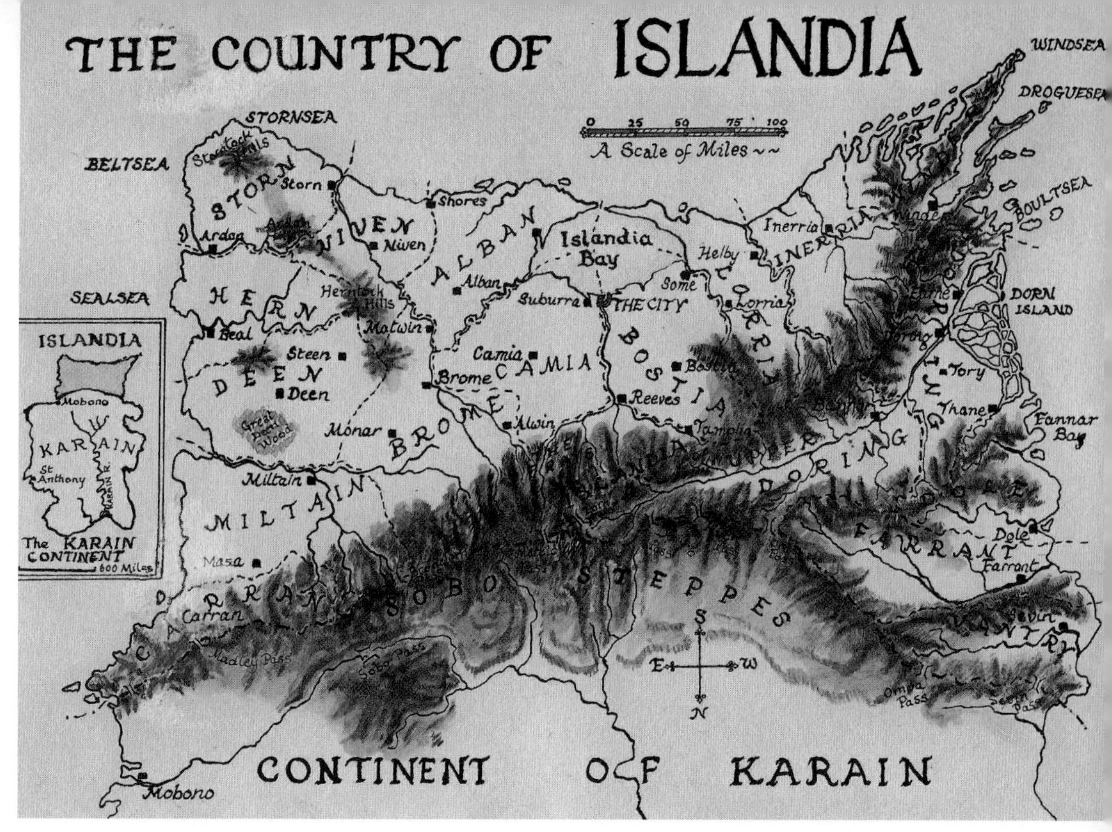

▲ 저자의 동생 존 커틀랜드 라이트가 그린 이슬란디아 지도. 에드워드 렐프의 채색 버전.

항상 권유한다.

이슬란디아 사회는 여전히 봉건적 요소를 보유하고 있지만, 그래도 랭의 고국보다는 훨씬 더 양성평등적인 모습을 드러낸다. 처음에 그는 평화로운 외양에 감명을 받았으며, 그 지역 사람들이 입는 옷의 수수함에도 감명을 받는다. 지역 사람들은 사회적 의례를 크게 감소시키고, 새로운 사회와 랭의 만남을 용이하게 해준다. 가장 놀라운 사건은 이슬란디아의 의회에서 해외 무역에 문호를 개방하자는 법안을 놓고 토론이 벌어질 때에 나타난다. 여기서 의견이 양편으로 갈리는데, 더 유토피아적인 일파에서는 외부의 가치의 이런 침입에 저항하는 반면, 다른 일파에서는 시대에 따라 자기들도 변화해야 한다고 주장한다. 의회의 표결은 결국 변화에 반대하는 쪽으로 결론 난다. 하지만 그렇다고 해서 변화가 완전히 중단되었다는 뜻은 아닌데, 왜냐하면 랭의 서술만 해도 외부의 영향력의 한 가지 사례로 읽을 수 있기 때문이다.

랭의 서술은 세 가지 국면으로 나뉘고, 그 각각은 연애를 중심으로 구성되지만, 이런 설정은 어디까지나 문화적 토론과 비교를 위한 수단으로만 사용된다. 랭은 미국으로 돌아가고, 달라진 눈으로 모국을 바라본 끝에, 한 미국 여성을 향해 자기와 결혼하고 이슬란디아로 함께 가서 가정을 꾸리자고 설득한다. 사실상 이 소설의 마지막 말은 랭이 그의 아내에게 건네는 다음과 같은 대사이다. "우리는 이슬란디아인이에요." 하지만 이런 결론은 어디까지나 이슬란디아 문화에 관한 여러 열띤 토론 끝에야 비로소 나온 것이었다.

ANTOINE DE SAINT-EXUPÉRY
Le Petit Prince
Avec dessins par l'auteur

앙투안 드 생텍쥐페리ANTOINE DE SAINT-EXUPÉRY

어린 왕자

THE LITTLE PRINCE(1943)

이 작품은 지구에 떨어진, 사막에서 함께한, 인간의 진실에 관한 우화를 솔직하게 내놓은, 그리고 하늘의 자기 고향으로 돌아가기 위해 죽은 한 친구를 위한 사랑스러운 비가悲歌이다.

이 소설의 초판본은 1943년 레이널 앤드 히치콕 사에서 간행되었다.

『어린 왕자』는 역사상 가장 많이 번역된 책 가운데 『피노키오』(1883) 다음으로 2위이며, 역사상 가장 많이 팔린 소설 가운데 1위인 『두 도시 이야기』(1859)와 2위인 『호빗』(1937) 다음으로 3위이다.

소행성 충돌에서 지구를 지키려는 연구를 수행하는 NGO인 B612재단의 이름은 어린 왕자의 작은 고향인 '행성'의 이름에서 따온 것이다. 실제로 『어린 왕자』를 기리기 위해 'B612'라고 명명된 소행성도 있고, 또 다른 소행성 2578호는 작가를 기리기 위해 '생텍쥐페리'라고 명명되었다.

『어린 왕자Le Petit Prince』는 이미 여러 세대를 도취시킨 달콤씁쓸한 팔림프세스트이다. 이 작품은 여러 개의 의미 층을 전개함으로써 삶의 냉엄한 진리를 부드럽게 시인하고, 성인 독자를 서글프면서도 희망차게 만들고, 별에서 온 아이와 그의 웃음을 열망하게 만든다. 이 소설은 프랑스의 작가 겸 시인 겸 조종사 앙투안 드 생텍쥐페리(1900-1944)의 가장 유명한 작품이며, 역사상 가장 많이 번역된 책 가운데 하나인 동시에, 가장 단순한 것이 가장 중요하다는 사실을 주장하는 현대의 고전으로 남아 있다.

『어린 왕자』를 쓰는 과정에서 생텍쥐페리는 자신의 조종사 경험에(그는 1922년에 관련 자격을 얻었다) 의존했는데, 그중에는 북아프리카에서의 근무 경험도 있었다. 제2차 세계대전 중인 1944년에 그는 프랑스 상공에서의 정찰 임무에 나섰다가 끝내 돌아오지 못했다. 2004년에 그의 비행기 잔해가 발견되었지만, 정확한 추락 원인은 밝혀지지 않았다.

이 소설은 생텍쥐페리의 수채화 가운데 하나로 시작되는데, 이는 화자가 여섯 살 때에 읽은 '진짜' 밀림 이야기에 나온 그림을 모사한 것이다. 즉 왕뱀에게 칭칭 감긴 '야생 동물' 한 마리가 자기를 삼키려고 벌린 포식자의 아가리를 툭 튀어나온 눈으로 바라보는 광경이다. 화자의 설명에 따르면, 어린 시절에 그는 이 그림을 재현하려 시도했었다. 그 결과물을 '어른들'은 모자로 오인했지만, 여섯 살짜리 꼬마는 코끼리를 집어삼킨 뱀이라고 정확하게 간파했다. 이 단순한 죽음 묘사에서 생텍쥐페리는 (아이들은 직접적으로 볼 수 있는) 잠재적인 의미와 (그런 잠재력을 바라보지 못하도록 어른들의 눈을 가려버리는) 통상적인 해석의 충돌을 예시한다. 하지만 그 이야기 안에서 이런 충돌은 오히려 생산적이다. 『어린 왕자』는 어른들을 질책하지만, 동시에 어른들을 풍요하게 만들어주기 때문이다.

이제 어른이 된 화자는 조종사로 활동하다가 문명의 흔적이라곤 없는 황량한 사막에 추락한다. 비행기를 고치려고 애쓰는 동안에 목도리를 두른 금발의 어린 소년 하나가 갑자기 나타난다. 이후 8일 동안 어린 왕자는 머나먼 소행성에 있는 자기 고향에 관해, 다른 행성들에서의 모험에 관해, 지구에 떨어지게 된 과정에 관해 생생한 이야기를 화자에게 들려준다. 이 이야기는 우화적이고 문화적으로 상징적인 테마를 제시한다. 예를 들어 어린 왕자는 작은 행성에 살던 사람이 덤불 솎아내기

ANTOINE DE SAINT-EXUPÉRY
Le Petit Prince
Avec dessins par l'auteur
REYNAL & HITCHCOCK · NEW YORK
Je crois qu'il profita, pour son évasion, d'une migration d'oiseaux sauvages.

▲ 초판본 속표지에 수록된 생텍쥐페리의 삽화.

를 깜박한 이야기를 화자에게 들려준다. 급기야 미리 솎아냈어야만 하는 '나쁜' 씨앗 세 개가 그곳에서 싹을 틔우고 말았다. 그 식물은 결국 커다란 바오밥 나무가 되어서 차마 베어낼 수도 없게 되었으며, 마침내 그 나무들이 행성의 생명력을 빨아먹고 산산조각 내버렸다. 화자는 그 이야기를 전하며 이렇게 덧붙인다. "어린이 여러분, 바오밥을 조심하도록!"(물론 어른인 우리 역시 각자의 삶에 어떤 '바오밥'이 있는지를 반드시 배워야 할 것이다.)

지구에 떨어진 소년은 예수의 아바타가 아니다. 하지만 그의 견해, 이야기, 영향은 서양 문화에서 기독교의 가르침과 공명하는 바가 많다. "너희가 변하여 어린아이처럼 되지 않는 한, 너희는 결코 하늘나라에 들어갈 수 없을 것이다"(「마태복음」 18장 3절). 나아가 예수가 의심 많은 사도 도마에게 말한 것처럼, "너는 나를 보았으므로 믿었지만, 보지 않고도 믿는 자들은 복되니라"(「요한복음」 20장 29절). 어린 왕자는 조종사에게 이렇게 말한다. "중요한 것은 눈에 보이지 않는 법이야." 하지만 어린 왕자는 자기 친구를 위해 죽은 게 아니다. 단지 자기가 돌보았기 때문에 사랑하게 된 장미에게 돌아가기 위해 죽은 것뿐이다. 아울러 그의 고향인 소행성 B-612의 숫자는 4 곱하기 153이다. 그리고 여기서 4는 성서에서 지상의 완전함을 상징하고, 153은 「요한복음」 21장 11절에서 베드로가 부활한 예수의 말에 순종해 잡아 올린 물고기, 또는 영혼의 숫자이다.

▲ '어른들'은 위의 그림을 모자로 오인하는 반면, 여섯 살짜리 꼬마는 코끼리를 집어삼킨 뱀이라는 사실을 명확히 이해한다.

이 책의 마지막 그림은 사막 위에 별이 하나 떠 있는 풍경을 보여준다. 화자는 혹시 이 풍경을, 그리고 저 별 아래 서 있는 어린아이를 보면 자기에게 알려달라고 독자에게 말한다. "내가 계속 슬픔에 잠겨 있게 놔두지 마시라. 그가 돌아왔다고 내게 곧바로 알려주시라."

토베 얀손TOVE JANSSON

무민 가족과 대홍수

THE MOOMINS AND THE GREAT FLOOD(1945)

무척이나 많은 사랑을 받는 얀손의 무민들은 친절과 예절의 중요성을, 심지어 혼돈스러운 모험 속에서도 그것이 중요하다는 사실을 여러 세대의 아이들에게 가르쳐주었다.

이 소설의 초판본은 1945년 쉴츠 출판사에서 간행되었다.

무민 소설 아홉 권 외에 얀손은 무민들을 소재로 한 연재만화도 그렸다. 이 만화는 훗날 그녀의 남동생 라르스가 이어받아 그리게 되었다.

얀손은 성인 독자를 위한 장편 및 단편 소설도 발표했다. 그중 몇 편에는 아동서와 만화를 만드는 등장인물이 나온다. 소설 『진짜 사기꾼』의 여자 주인공은 부유하지만 염세적인 성향의 작가로 묘사되는데, 그녀는 마케팅과 머천다이징의 가차 없는 힘 앞에서 무민과 비슷한 자기 창조물에 대한 권리를 유지하기 위해 분투한다.

스칸디나비아의 자랑인 토베 얀손(1914-2001)이 창조한 무민 가족은 특유의 기묘하고도 온화하고도 항상 정중한 모습으로 전 세계 수백만 독자를 즐겁게 해주었다. 얀손이 맨 처음 무민을(또는 그와 매우 비슷한 뭔가를) 구상한 것은 어린 시절의 일이었으며, 이후 전문 화가 겸 삽화가가 되면서 그 구상을 계속 발전시켰다. 무민은 풍자 잡지 『가름』에 얀손이 기고하던 성인용 정치 만화에서 첫선을 보였다.

무민 단행본 가운데 첫 번째인 『무민 가족과 대홍수』(실제로는 60쪽에 불과한 단편이다)는 '공식적'으로는 무민 시리즈의 일부가 아니다. 하지만 이 작품은 이후에 나온, 그리하여 훗날 어마어마한 산업으로 발전한 시리즈를 위한 기본 설정의 증거로서 볼 수 있다. 이 책에 묘사된 세계는 한마디로 요동하는 세계이다. 무민 가족은 제목에 언급된 홍수를 피하기 위해 숲과 늪과 절벽 동굴과 바다로 줄곧 길을 떠난다. 심지어 이들은 초콜릿과 잼 강이 흐르는 사탕 풀밭에서 하룻밤을 보내는데, 이는 아마도 로알드 달의 『찰리와 초콜릿 공장』에서 영향을 받은 것으로 보인다. 이 책은 가족이 재회하는 것으로 끝나며, 이때 아빠 무민은 가족이 살 집을 짓기에 알맞은 골짜기를 하나 발견했다고 발표하는데, 그곳이 바로 이후 무민 작품 모두의 무대가 되는 장소이다.

그런데 원래 1945년에 간행된 이 책에 나오는 세계는 우리의 예상보다 훨씬 더 문명화되어 있다. 무민 가족이 친구들과 헤어질 때, 엄마 무민은 이렇게 약속한다. "편지를 보내서 무슨 일이 있었는지 알려줄게"(어쩐지 이 황야의 한가운데서도 여전히 우편을 이용할 수 있는 듯하다). 홍수가 난 이후에는 갈 곳을 잃은 등장인물들이 모닥불을 피우고 둘러앉아서, 좋은 이웃이라면 마땅히 그래야 하는 것처럼 각자의 주방 도구를 공유하고 따뜻한 음료를 서로에게 만들어준다. 이처럼 예의범절과 좋은 이웃다운 행동이야말로, 이 시리즈며 이들의 세계 모두에서 핵심이라 할 수 있는데, 이는 그 모든 환상적인 특성에도 불구하고 토베 얀손이 자라난 핀란드의 풍경과 스웨덴의 문화에 근거하고 있다. 무민들은 현세적이며, 오락과 편의 모두를 열망하고, 모든 것을 제자리에 두기 위해 열심이다. 이들이 구축한 세계는 이런 열중을 반영한다. 즉 무민 가족의 집은 아늑하고, 우리가 완전히 편안하다고 느끼기 위해 필요한 온갖 물건을 구비하고 있다. 그 와중에 엄마 무민은 소풍을 떠날 경우에도

튤립이 다시 빛을 내면서,
그 꽃잎을 모두 펼치자, 그
한가운데에는 발치까지 늘어지는
파란색의 긴 머리카락을 가진
여자아이가 서 있었다.

▲ 토베 얀손의 무민 골짜기 지도. 오른쪽 아래에는 무민 가족의 집 위아래 층의 평면도가 자세히 나와 있다.

식기류는 물론이고 버터 접시까지도 모조리 갖춘 완벽한 식사를 준비하며, 그녀의 지갑 속에는 본인과 아이들이 건강하고 행복해지는 데 필요한 모든 물건이 들어 있다.

계절의 변화는 무민 세계의 형태와 성격을 결정한다. 더 나중의 소설인 『마법사의 모자와 무민』(1948)은 긴 여름 동안을 배경으로 하며, 이때에는 섬으로의 보트 여행이며 야외 취침 같은 스칸디나비아 특유의 여름 소풍의 특징들이 나타난다. 『무민 골짜기의 겨울』(1957)에서는 주인공 무민트롤이 동면 중에 예상치 못하게 깨어나, 전 세계가 무섭도록 낯설게 변화되었음을 발견한다. 마침 무민 가족의 바닷가 집에 살던(아울러 집 안을 뭔가 낯설게 바꿔놓은) 투티키는 이렇게 설명한다. "여름과 가을과 봄에는 있을 자리가 없는 것들이 여기에는 상당히 많아. 약간 수줍고 약간 기묘한 것들은 모조리 있지. 일종의 야행성 동물이며, 남들과 잘 어울리지 못하는 사람들이며, 아무도 진짜로 믿지는 않는 것들 등이지. 이런 것들은 연중 내내 옆으로 비껴 나 있게 마련이야. 하지만 온 세상이 조용해지고, 새하얘지고, 밤이 길어지고, 모든 사람이 잠들어버리면, 그것들이 나타나는 거야." 무민들의 세계는 환상적인 동시에 친숙하고, 아늑한 동시에 무섭고, 영원한 동시에 변화무쌍하다. 이런 긴장이야말로 이 시리즈가 이제 막 자기 세계를 발견하기 시작한 아이들과 여러 세대에 걸쳐 강력하게 공명하는 이유를 설명해준다.

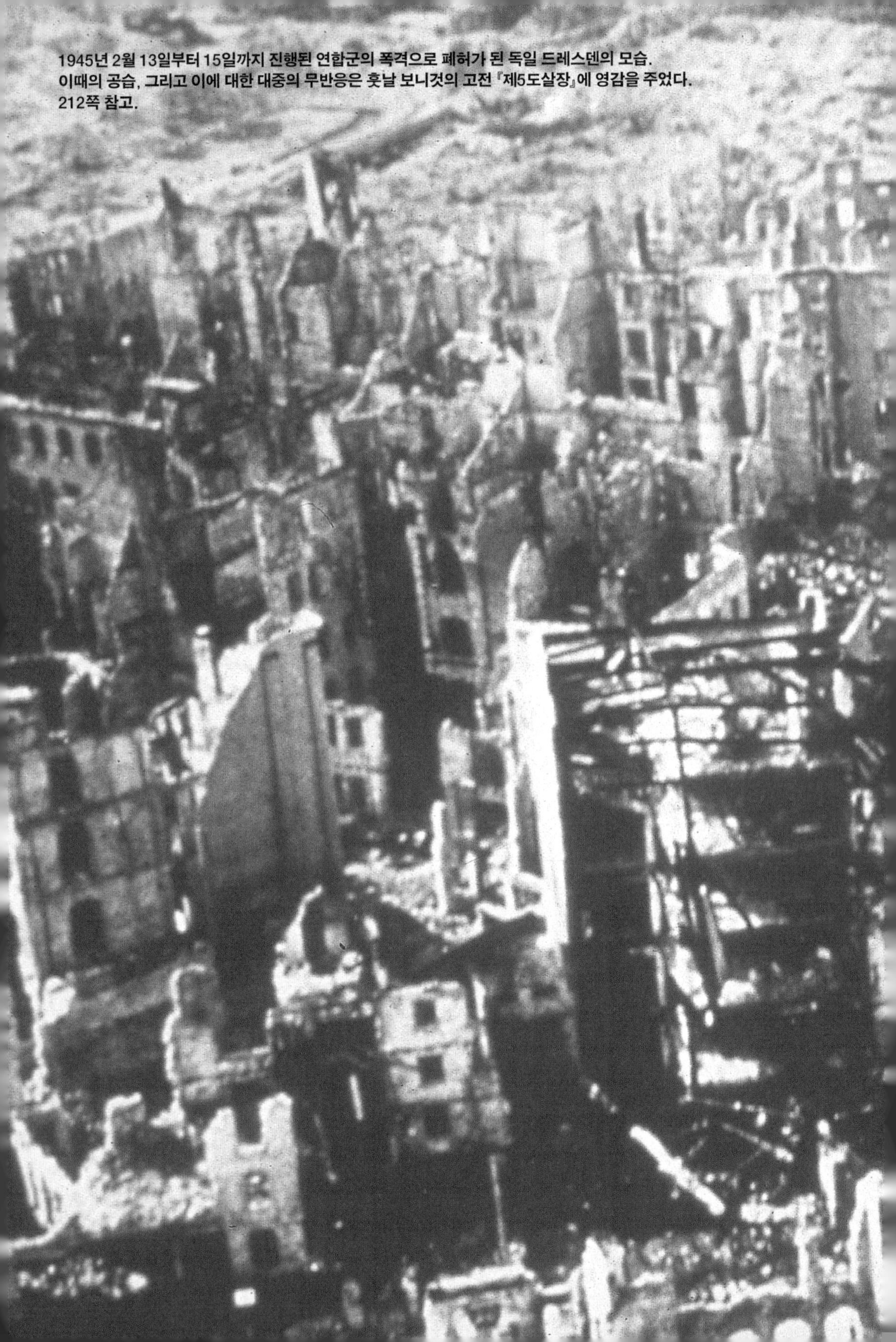

1945년 2월 13일부터 15일까지 진행된 연합군의 폭격으로 폐허가 된 독일 드레스덴의 모습.
이때의 공습, 그리고 이에 대한 대중의 무반응은 훗날 보니것의 고전『제5도살장』에 영감을 주었다.
212쪽 참고.

1946–1980

4 새로운 세계 질서

제2차 세계대전 및 이후의 냉전으로 인한 긴장으로부터 충격을 받은 한 세대의 작가들은 저마다 차마 말할 수 없는 것을 말하기 위한 목소리를 찾아 나섰다. 페미니즘 및 포스트모더니즘 글쓰기 역시 그 장르에 따라다니는 진부해진 양식의 재단장을 도모했다.

머빈 피크 MERVYN PEAKE

고먼가스트 시리즈

GORMENGHAST(1946-1959)

거대하면서도 무너져 내리는 고먼가스트 성과 그 기묘한 거주자들에 관한 피크의 꾸준히 사랑받는 고딕소설은 유서 깊은 의례와 배신과 조작과 살인이 횡행하는 어둠의 세계를 탐구한다.

『타이터스 그로운』(1946), 『고먼가스트』(1950), 『타이터스 혼자』(1959)는 피크의 시리즈 가운데 핵심을 차지하는 3부작이다(모두 에어 앤드 스포티스우드 출판사에서 간행되었다). 피크는 1960년경에 네 번째 권인 『타이터스 깨어나다』의 집필 계획을 세웠지만, 지병이 악화되어 결국 완성하지 못했다.

피크는 런던 소재 로열 아카데미에서 공부했고, 전쟁 이전부터 화가 겸 삽화가로 명성을 얻었다. 그리하여 본인의 저술 외에도 『이상한 나라의 앨리스』, 『노수부의 노래』, 『지킬 박사와 하이드 씨』, 그림 형제 동화집 등에 삽화를 그렸다.

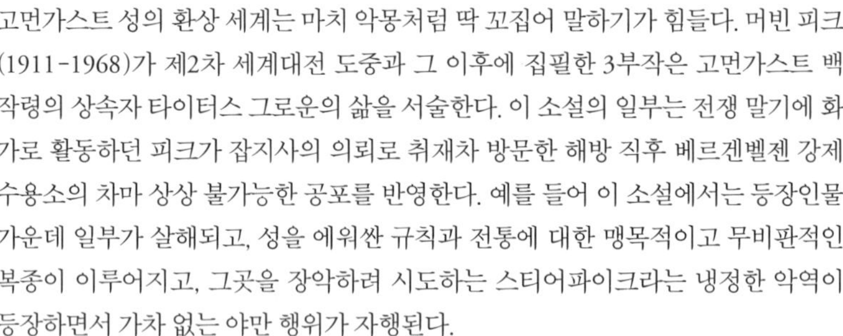

고먼가스트 성의 환상 세계는 마치 악몽처럼 딱 꼬집어 말하기가 힘들다. 머빈 피크(1911-1968)가 제2차 세계대전 도중과 그 이후에 집필한 3부작은 고먼가스트 백작령의 상속자 타이터스 그로운의 삶을 서술한다. 이 소설의 일부는 전쟁 말기에 화가로 활동하던 피크가 잡지사의 의뢰로 취재차 방문한 해방 직후 베르겐벨젠 강제 수용소의 차마 상상 불가능한 공포를 반영한다. 예를 들어 이 소설에서는 등장인물 가운데 일부가 살해되고, 성을 에워싼 규칙과 전통에 대한 맹목적이고 무비판적인 복종이 이루어지고, 그곳을 장악하려 시도하는 스티어파이크라는 냉정한 악역이 등장하면서 가차 없는 야만 행위가 자행된다.

하지만 구체적인 비교를 하는 것은 불가능하며, 고먼가스트 성과 그곳의 거대한 '부싯돌 탑'을 20세기 유럽과 나치라는 배경에 놓고 바라보는 것은 더더욱 불가능하다. 타이터스 그로운이 태어난 장소인 저 무질서하게 뻗은 성에 있는 고딕 양식의 탑들은(이 성은 한 채의 주택이라기보다는 오히려 하나의 도시인데, 그 안에는 몇 킬로미터에 걸친 구불구불하고 어둑어둑한 길이 뻗어 있고, 심지어 아무도 다가가지 않는 은밀하고도 황폐한 지역마저 있기 때문이다) 마치 중세에 속한 장소처럼 보이며, 먼지 자욱한 옛날 책에서 읽어내는 고대의 전례라든지, 금접시와 진홍색 잔을 이용한 연회도 마찬가지이다. 등장인물 가운데 일부는(예를 들어 이르마 프룬스퀼러는 안경을 끼고, 머리를 틀어 올리고, 꽃을 장식한 베일을 쓰고, 신경과민적 강박 증세를 드러낸다) 1920년대의 캐리커처일 수도 있다. 세 번째 책인 『타이터스 혼자』에서 타이터스는 성을 떠나서 자동차와 마천루와 텔레비전을 벗하며 지낸다.

고먼가스트는 그 자체로 시공간 모두에서 고립된 하나의 세계이다. 거기서 일어난 그 어떤 일도 단적으로 초자연적이라 말할 수는 없지만, 마법의 분위기가 소설 위에 감돈다. 성벽 밖에는 기묘한 나무 한 그루가 수평으로 자라고 있으며, 그 줄기가 워낙 굵은 까닭에 타이터스의 숙모인 코라와 클래리스가 그 위에 탁자를 올려놓고 앉아서 차를 마실 정도이다. '이 성에는 악이 깃들어 있다'고 섬뜩한 경고를 내놓는 그로운 백작부인은 조만간 닥칠 재난에 관한 신비로운 예감을 지닌 것처럼 보이며, 결국에 가서는 이곳을 떠나는 타이터스에게 마치 초자연적 지식에 가까운 다음과 같은 경고를 내놓는다. "여기 말고 다른 곳은 없어. 너는 원을 그릴 뿐이야.

'I hate you for coming here!
hate you in my room!
her hands behind her —
rattled it on its legs.

▲ 피크가 『고먼가스트』 친필 원고에 그려놓은 스티어파이크와 푸셔 그로운의 삽화.

(……) 모든 것은 고먼가스트로 오게 되니까.”

이 모호함은 작품 전체에 걸쳐 드러난다. 예를 들어 ‘교수들’을 비롯한 일부 등장인물은 디킨스 식의 희극적인 인물로 묘사되는 반면, 정신질환자 수준으로 공감이나 후회가 결여된 무시무시한 인물 스티어파이크는 섬뜩한 심리학적 사실주의 기법으로 묘사된다.

『멋진 신세계』(1932. 148쪽 참고)나 『1984』(1949. 174쪽 참고)나 『허랜드』(1915. 134쪽 참고)와는 달리, 고먼가스트 시리즈는 정치적 경고나 이상을 제시하지 않는다. 오히려 피크의 상상력은 디킨스의 희극적 전망, 『이상한 나라의 앨리스』(1865. 82쪽 참고)의 정신없고 무의미한 세계, 『보물섬』(1883. 100쪽 참고)의 모험적인 도전 등으로부터 문학적 영향을 받았다. 그 세계는 마법적이지도 않고 현실적이지도 않으며, 완전히 희극적이지도 않고 완전히 비극적이지도 않으며, 유토피아도 아니고 디스토피아도 아니다. 어쩌면 이 움직이는 초점과 흐릿하고 악몽 같은 성격이야말로, 고먼가스트 시리즈를 출간 이후 지금까지 꾸준히 인기 있게 만들어준 요소일 것이다.

고먼가스트 성의 첫인상은 바로 그 규모 자체이며, 거대한 상아색의 성벽이 그 아래 붙어 있는 외부 거주자들의 움막 위로 우뚝 솟아올라 있다. 부싯돌 탑은 ‘마치 관절이 불거진 석수의 주먹에서 잘려 나온 손가락마냥, 신성모독적으로 하늘을 가리키면서’ 모든 것을 압도하고, 깎아지른 외벽은 마치 회색 절벽처럼 몇 평방킬로미터의 개활지를 비롯해서 수많은 다른 탑과 동棟과 통로를 에워싸고 있다. 이 건축물 전체는 워낙 방대하기 때문에, 그 안에 있는 사람들조차도 차마 돌아다닐 엄두를 내지 못한다.

이 성은 바위투성이 고먼가스트 산의 산자락에 자리하고 있는데, 인근에는 사실상 통과가 불가능한 트위스티드 숲과 고먼가스트 강이 있다. 다른 삼면으로는 습지와 유사流砂와 늪지가 멀리까지 펼쳐져 있다. 이곳은 대홍수가 일어나기 십상인 습하고도 불리한 환경이어서, 일단 대홍수가 나면 성의 가장 높은 층까지도 물이 차올라 거의 무너질 지경에 처한다.

성벽 내부의 세계는 단연코 낙후된 것으로 보인다. 건물의 구조물은 대부분 무너져 내리고 있으며, 오로지 그 위에 뒤덮인 아이비에 의해서만 지탱될 뿐이다. 더 중요한 문제는 이런 부패의 분위기가 심지어 그 안에 사는 사람들에게까지 연장되는 것이다. 그로운 백작의 조상들은 차마 기억이 나지 않을 정도로 오래전부터 줄곧 고먼가스트를 통치해왔는데, 이제 이 가문의 유일한 기능이란 오래된 장부에 기록된 끝도 없고, 세세하며, 명백히 우스꽝스러운 의례와 전통을 백작의 '의례 담당관'이 해석하는 바에 따라 준수하는 것뿐이다. 타이터스는(그의 출생은 『타이터스 그로운』에서 이야기된다) 『고먼가스트』의 도입부에서 '그늘을 먹고, 말 그대로 의례의 그물망을 마신' 사람으로 다시 소개된다. 고먼가스트야말로 과거에 압도당한 세계이기에, 그는 저 사악한 스티어파이크가 통치하기로 결심한 이곳으로부터 도망치려 한다.

소설가 앤서니 버제스는 『타이터스 그로운』과 『고먼가스트』와 『타이터스 혼자』를 가리켜 현대가 배출한 상상력의 가장 중요한 작품 가운데 하나라고 설명했다. 이 책은 그 나름대로의 기괴한 규칙과 가정에 의거한 일관성 있는 환상 세계를 제시하지만, 그 표면 아래에서는 피크 본인의 삶의 몇 가지 국면을 찾아볼 수 있다. 즉 그는 기독교 선교사인 아버지의 부임지인 중국 장시성 구링에서 태어나, 유년기 대부분을 베이징 남동쪽의 톈진에서 보냈다. 어떤 사람은 고먼가스트 성과 그로운 가문의 의례 및 관습에서 중화제국의 메아리를 발견하며, 출생지의 험한 풍경, 즉 요새화된 도시들이 가파른 산자락에 매달려 있는 모습도 이 성의 무대에 관한 묘사에 반영되었다고 해석한다.

나아가 피크는 제2차 세계대전 전후에 채널제도 소재 사크 섬에서 살았는데, 고먼가스트에 나오는 여러 장소들, 즉 쿠페, 실버마인스, 고리, 리틀사크 등의 이름도 바로 이곳에서 따왔다. 하지만 그의 삶에서 아마도 가장 중요한 시기는 1945년에 베르겐벨젠 소재 나치 강제수용소를 방문해 그림을 그린 시기였을 것이다. 그는 몇 가지 감동적이고 고뇌하는 시를 썼으며, 그곳의 무시무시한 광경이며 경험은 그의 상상력에 어둡고도 차마 지울 수 없는 인상을 뚜렷이 남겼다.

케네스 그레이엄의 『버드나무에 부는 바람』 같은 더 이전의 환상소설과 마찬가지로, 고먼가스트 시리즈는 20세기 초반 사회적 평등의 요구가 급증하는 것에 대한 저자의 불안을 예증한다. 그로운 가문의 통치는 위압적이고, 편협하고, 자기중심적이고, 나아가 전통 그 자체에 대한 무의미한 의무감 때문에 불구가 되었는지도 모르지만, 스티어파이크로 대표되는 야심만만한 새로운 능력주의 사회도 섬뜩한 대안을 제시하기는 마찬가지이다. 스티어파이크는 딱정벌레의 다리를 천천히 잡아당

▲ 타이터스의 어깨 너머로 고먼가스트 성의 모습이 드러난 보기 드문 장면. 피크의 스케치 중에서.

겨 뜯어내면서 이렇게 중얼거린다. "평등이란 중요한 거지. 평등이 전부인 거야."

고먼가스트 시리즈를 구성하는 세 권의 책은 진정한 의미에서의 3부작까지는 아닌데, 원래는 타이터스의 일생을 따라가는 더 긴 시리즈의 일부로 계획된 것들이기 때문이다. 하지만 두 권을 완성하고 세 권째를 작업 중이었던 1950년대 중반에 피크에게 파킨슨병 초기 징후가 나타나기 시작했다. 그는 이후 신체적으로나 정신적으로나 점점 더 능력이 쇠퇴했으며, 요양원에서 수년을 보내다가 1968년에 57세의 나이로 사망하고 말았다.

독특하고, 매력적이고, 유혹적이고, 현혹적이고, 때때로 섬뜩하기까지 한 고먼가스트의 세계는 궁극적으로 분류를 불허한다. 이곳이야말로 경험을 토대로 그려낸 꿈과 환상과 악몽의 장소이다.

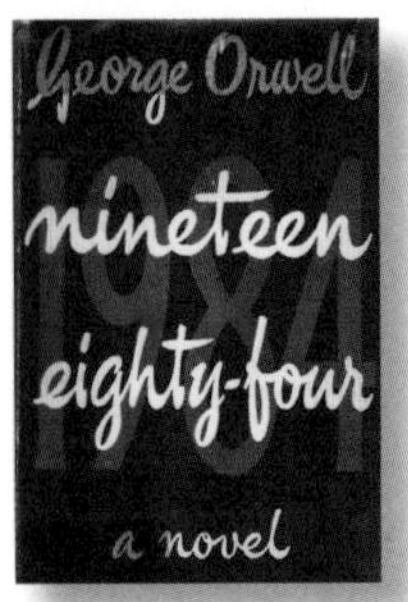

조지 오웰(에릭 아서 블레어) GEORGE ORWELL(ERIC ARTHUR BLAIR)

1984

NINETEEN EIGHTY-FOUR(1949)

20세기 최고의 디스토피아 가운데 하나인 이 전체주의적 근미래에 관한 오웰의 음울한 상상은 여러 모방자를 양산했으며, 즉각적으로 알아볼 수 있는 그 특유의 발상과 용어는 급기야 대중의 의식 속으로까지 진출하게 되었다.

이 소설의 초판본은 1949년 세커 앤드 워버그 출판사에서 간행되었다.

『1984』는 종종 20세기의 가장 위대한 작품 가운데 하나로 선정되곤 한다. 그 명성이 워낙 대단하기 때문에, 펭귄북스의 2013년 판본에서는 저자의 이름과 제목을 완전히 먹칠해 지워버렸는데도, 독자는 어떤 책인지 금세 알아볼 수 있었다.

▶ 마이클 앤더슨 감독의 영화 〈1984〉(컬럼비아 픽처스, 1956)의 세트장에 설치된 '빅 브라더'의 항상 감시하는 두 눈 아래에서 노는 아이들.

21세기의 독자들이 보기에 『1984』에서 상상한 세계는 어딘가 이상해 보일 것이다(특히 위성사진과 드론이라는 오늘날의 기준에 비해, 감시 국가 '오세아니아'는 뭔가 시대에 뒤떨어져 보일 것이다). 하지만 1940년대 말에만 해도 조지 오웰(1903-1950)의 묘사는 당대의 경향을 기괴한 결론까지 밀어붙여 만들어낸 매우 가까운 미래의 타당한 외삽外揷이었다. 1949년이라면 아돌프 히틀러가 사망한 지 불과 5년도 안 된 상태였다. 스탈린은 멀쩡히 살아 있었고, 일찍이 국제적인 기근과 (소위 '대공포'로 알려진) 당내 숙청과 전쟁 범죄를 야기한 무지막지한 독재를 여전히 자행하고 있었다. '사회주의자'라는 용어는 히틀러의 '국가 사회주의 독일 노동자당'과 '소비에트 사회주의 공화국 연방'이라는 이름 모두에 사용된 바 있었다. 인도주의적인 러시아 혁명에 대한 희망은 배신당했다. 나치즘과 공산주의와 제2차 세계대전은 터무니없는 선전, 정통론에 대한 광신적 헌신, 노골적인 역사 개작, 냉소적인 편 바꾸기, 관료적 기회주의, 폭정, 고문, 대량 노예화, 대량 학살, 그리고 권력에 대한 욕망을 만들어내고 용인하는 충격적인 인간 능력을 예증했다. 오웰의 음울한 미래 전망은 풍자적 과장의 정당한 범주 내에 있었다.

『1984』는 주인공 윈스턴 스미스와 그 애인 줄리아, 그리고 지배 엘리트인 연상의 남성 관리 오브라이언의 삼각관계를 중심으로 한다. 이 소설은 (물론 이제 우리에게는 과거에 불과하지만) 근미래의 디스토피아를 배경으로 하며, 이야기 속 세계는 물론이고 그 암묵적인 풍자 대상이야말로 주요 등장인물 못지않게 독자의 시선을 끄는 요소이다. 어쩌면 소설로서의 『1984』에는 부당한 평가일지도 모르지만, 오웰이 상상한 1984년의 세계야말로 이 소설의 지속적인 영향력을 결정한 요인인 동시에, '오웰적인Orwellian'(전체주의적인)이라는 표현을 영국 정치의 어휘 가운데 일부로 만든 요인이기도 했다.

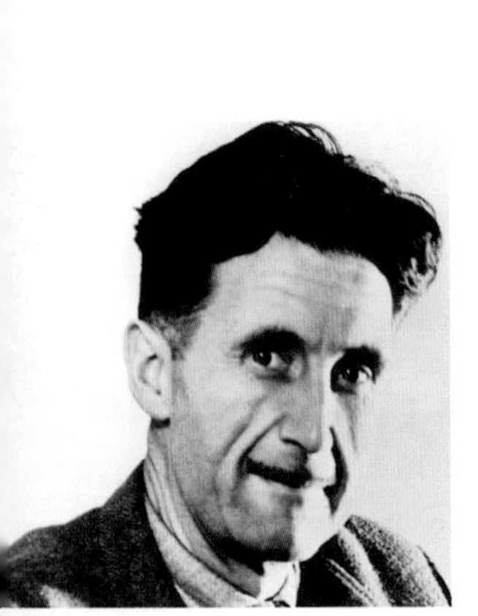

작품의 중심 배경은 (남북 아메리카, 영국, 남아프리카, 오스트랄라시아로 이루어진) 초강대국 '오세아니아'의 한 지역인 '제1공대空帶의 으뜸 도시 런던'이다. 한때는 영국이었던 이곳이 이제는 반목과 연합을 번갈아 하는, 오세아니아의 경쟁 상대이자 초강대국인 유라시아와 이스타시아에서 가장 가까운 공항으로 전락해버리고 말았다. 유라시아는 유럽 나머지와 러시아를 포괄하고, 이스타시아의 국경은

BIG BROTHER
IS WATCHING
YOU

덜 명확하긴 하지만 오늘날의 중국과 일본과 타이완과 한국을 포함하는 것으로 나온다. 오웰의 소설 속 지역 구분은 제2차 세계대전 이후의 실제 및 전망상의 지정학적 배열을 반영한 것이다.

『1984』에서는 1950년대 내내 전 지구적인 핵전쟁과 내전이 맹위를 떨쳤다고 나온다. 런던은 사실상 재건되지 않았고, 여전히 정기적으로 로켓 폭탄이 떨어진다. 지배 관청 외부의 사람은 대부분 더럽고, 가난하고, 영양실조이다. 오세아니아 사회는 3층짜리 피라미드 형태이며, 그 정점에는 당 대표인 빅 브라더가 있다. 물론 빅 브라더가 죽었는지, 또는 실제로 존재하는지 여부는 확인되지 않는다. 그 밑에는 약 600만 명에 달하지만 전체 인구 가운데 2퍼센트 미만에 불과하며, '국가의 두뇌'로 일컬어지는 내부당이 있다. 그 밑에는 스미스 같은 말단 관리들로 이루어진 외부당이 있다. 그 아래에는 전체 인구의 85퍼센트를 차지하는 '말없는 대중 (……) 프롤(프롤레타리아)'이 있다.

스미스는 일터인 '진리부'에서 줄리아를 만나고, 피차 빅 브라더에 대해 거부감을 가졌음을 확인하자 연애를 시작한다(그 명칭과는 반대로 진리부는 기존의 모든 텍스트를 편집하고 수정해서 마치 지배당을 지지하는 주장처럼 보이게 만든다). 두 사람은 당에 저항하는 '형제회'에 가입하기 위해 오브라이언과 접촉하지만, 결국 당의 보안 기구인 '사상경찰'에게 체포되어 '애정부'로 끌려간다. 이곳은 독립적 인간과 인간관계를 파괴하기 위해 특별히 고안된 고문실이다.

『1984』는 대부분 작고 비좁은 공간에서 펼쳐진다. 스미스의 누추한 아파트, 일터 사무실, 윈스턴과 줄리아가 밀회를 나누는 프롤 지구 내 어느 상점 위층의 작은 방 등이 그렇다. 이런 제한된 환경은 나중에 가서 '애정부'의 감방과 취조실에도, 그리고 (죄수에게 최악인 악몽, 두려움, 공포를 담고 있는 궁극적 고문실인) 101호에서의 절정에도 반영된다. 만연한 폐소공포증은 윈스턴과 줄리아가 처음으로 성관계를 갖는 교외 장면에서, 그리고 윈스턴의 꿈에서 스쳐 지나가는 과거 '황금 국가'의 모습에서만 짧게나마 중단된다.

윈스턴과 줄리아가 밀회하는 상점 위층 방도(외관상 안전하게 사방이 벽이고, 사랑을 나누는 침대까지 있어서) 프롤 사이에서는 희박하게나마 과거의 세계가 잔존함을 시사한다. 여기서 과거의 세계란 곧 개인적 충성의 세계, 정서적으로 충만한 성性과 소박한 품위의 세계이다. 이 방에는 오래된 서진書鎭이 하나 있는데, '역사의 작은 덩어리'라고 당에서 간과한, '100년 전으로부터 온 메시지'인 이것 역시 '정부'의 거대한 피라미드와 대조적으로 우아한 말투를 보유하고 풍부한 상징성을 띤 연약한 물건이다. 그 방에서 줄리아와 함께 침대에 누워서 윈스턴은 이렇게 생각한다. '그 서진은 그가 지금 있는 방이었고, 그 산호는 줄리아의 삶이자 그의 삶으로서, 수정의 한가운데에서 일종의 영원에 고정되어 있었다.'

저 연약한 서진은 곧 윈스턴과 줄리아의 사랑과, 외관상 안전하게 사방이 벽인 공간과, 과거의 세계와 상호 연관되어 있다. 반면 피라미드는 곧 위계와, 기념비적 규모의 관료제와, 억압적인 전체주의 권력과 상호 연관되어 있다. 무엇보다도 저 서진은 한때 사람들이 '개인적 충성에 의해 지배될' 수 있고, '개인적 관계'를 중요시

30세 이상의 시민이 자녀를 두려워하는 것은 거의 정상이었다. 그리고 여기에는 충분히 그럴 만한 이유가 있었는데, 일주일이 멀다 하고 『타임스』에서는 뭔가 위태로운 발언을 엿듣고 사상경찰에게 부모를 고발한 꼬마 밀고자들을(보통 사용되는 표현은 '어린이 영웅'이었지만) 소개하는 단신을 게재했기 때문이었다.

할 수 있었던 과거와, 즉 '전적으로 무익한 몸짓조차도, 단지 포옹조차도 (……) 그 자체로 가치를 갖고 있었던' 세계와 상호 연관되어 있다.

『1984』에서 오세아니아와 유라시아와 이스타시아는 모두 전체주의 국가들로서 때로는 냉소적 동맹을 통해서, 또 때로는 증오 및 전투를 통해서 피차 연관되어 있다(물론 윈스턴보다 더 예리한 줄리아는 전쟁 그 자체도 거짓말일 수 있다고, 즉 오세아니아가 자국 시민들에게 폭격을 가하는지도 모른다고 추측하지만 말이다). 이 소설의 유일한 희망은 여전히 인간으로 남아 있으려는 프롤레타리아의 미약한 희망뿐일지도 모른다. 윈스턴과 줄리아의 사랑과 충성의 시간은 비록 '무익한 몸짓'일 수도 있지만, 그래도 충분히 가치 있는 것이다.

『1984』에서 오웰의 목표는 20세기 전반에 전체주의의 공포를 부각시키는 것, 그리하여 전체주의의 반복을 저지하는 데 일조하는 것이었다. 그는 분명히 이 목표를 달성했다고 말할 수 있는데, 왜냐하면 이 소설의 발상 가운데 '빅 브라더가 당신을 지켜보고 있다', '신어新語', '이중 사고', '사상 죄', '현실 통제' 등 여러 가지가 이미 일상적인 용법에 들어와 일종의 경고로 사용되기 때문이다.

C. S. 루이스C. S. LEWIS

나니아 연대기

THE CHRONICLES OF NARNIA(1950-1956)

"항상 겨울이고 크리스마스도 없다니. 생각해봐!" C. S. 루이스의 옷장 너머 마법에 걸린 영역과 그곳의 마법 같은 주민들은 지난 수십 년 동안 모든 연령의 독자를 매료시켜 왔다.

나니아 연대기 제1권인 『사자, 마녀, 그리고 옷장』은 2년에 걸쳐 집필되었다. 그 당시에 저자는 임종을 앞둔(그리고 불평이 많은) 지인을 간호하는 동시에, 술꾼인 형님을 돌보는 동시에, 옥스퍼드 대학에서 중세 및 르네상스 문학 전공 연구원으로서 활동했다. 이 시리즈의 초판본 가운데 다섯 권은 제프리 블레스 출판사에서 간행되었고, 마지막 두 권만 보들리 헤드 출판사에서 간행되었다.

젊은 시절에 루이스는 북유럽 신화를 접하고 그 말하기 힘들 정도로 격렬하고, 슬프고, 아름다운 내용에 깊은 인상을 받았다. '북유럽적인 것'에 대한 이런 심취 덕분에, 그는 1920년대에 옥스퍼드에서 신임 연구원으로 함께 근무하던 J. R. R. 톨킨과 친분을 쌓기 시작했다.

영국계 아일랜드인 중산층 가족에서 태어난(그리고 친구와 가족에게는 '잭'으로 통했던) 클라이브 스테이플스 루이스는 스스로를 가리켜 "기나긴 복도, 텅 비고 햇빛이 환한 방, 위층 실내의 고요, 혼자 탐험하는 다락, 부글거리는 물탱크와 파이프, 그리고 기와를 스치는 바람 소리의 산물. 또한 끝도 없이 많은 책들의 산물"이라고 묘사했다. 9세 때에 어머니가 사망한 이래, 비록 형 워런과 한평생 가깝게 지내기는 했지만, 아버지와의 관계는 어려웠다. 그는 워런과 함께 '박슨'이라는 상상의 나라를 발명했는데, 이곳에 사는 동물은 마치 사람처럼 옷을 입고 정치며 교통이며 산업에 관한 이야기를 나누었다. 훗날 루이스 본인은 이를 가리켜 "거의 놀라우리만치 진부했다"고 깎아내렸다.

어린 시절에 그에게 가장 강력한 인상을 심어준 작가는 비어트릭스 포터와 E. 네스빗이었으며, 나니아 연대기의 줄거리와 형제자매 관계를 보면 아동 문학의 원칙에 관한 루이스의 개념에 네스빗의 영향이 얼마나 강했는지 알 수 있다. 네스빗과 루이스 모두가 채택하는 아이러니와 비교적 세련된 사회 희극은[예를 들어 『새벽 출정호의 항해』(1952)에 등장하는 저 끔찍한 유스터스 스크럽의 일기에 나오는 것 같은] 루이스가 좋아하던 오스틴과 트롤럽 같은 19세기 영국 소설에서 유래한 것이다.

비평가 윌리엄 엠슨은 루이스를 가리켜 "그 세대에서 책을 가장 많이 읽은 인물, 모든 것을 읽었을 뿐만 아니라 자기가 읽은 내용을 모두 기억한 인물"이라고 평했다. 주된 이유는 그가 즐거움을 위해서 책을 읽었기 때문이었다. 비록 때로는 편협하고 불관용적일 수도 있었지만, 루이스의 문학비평은(비록 그의 유명한 신학 저술 때문에 부당하게 그늘에 가려지기는 해도) 그가 관대하고도 공감적인 독자임을, 즉 항상 기꺼이 저자를 직접 만날 의사가 있을 뿐만 아니라, 아무도 읽기는커녕 굳이 알려고도 하지 않는 라틴어 우의寓意 작가에 대해서도 끝없이 옹호하는 인물임을 보여준다. 편지에 오로지 책 이야기만 써 보낸다는 이유로 가장 나이 많은 친구로부터 질책을 받자, 루이스는 이렇게 대답했다. "이른바 실생활에 관한 모든 지저분하고 재미없는 걱정 따위는 다른 사람들이 하게 내버려두고, 당신과는 오히려 삶을 바람직하게 만들어주는 기쁨이며 경험을 공유하고자 합니다. (……) 그나저나

▲ 월든 미디어와 월트 디즈니 픽처스가 공동 제작한 앤드루 애덤슨 감독의 영화 〈나니아 연대기: 사자, 마녀, 그리고 옷장〉(2005)에서 페번시 4남매 수전, 피터, 루시, 에드먼드가 눈 덮인 나니아를 발견하는 장면.

'오로지' 책과 음악 등등, 마치 이런 것들이 중요한 것이 아니라는 듯이 표현하시다니, 도대체 무슨 생각이신 겁니까!"

루이스가 사랑했던, 그리하여 저서의 토대로 삼았던 중세 문학은 본질적으로 이교적, 민속적, 기독교적 요소의 혼합이었다. 즉 통일과 동질화보다는 오히려 수집과 조화를 도모하는 의도적인 쪽모이의 미학이었고, 이 세계의 모든 것들은 하느님의 무한히 다양한 선善을 증언한다는 원칙에 근거하고 있었다. 따라서 나니아에서는 말하는 동물, 북유럽의 난쟁이, 로마의 파우누스, 아서 왕 시대의 기사 등이 사자신 아슬란의 기치 아래 모두 행복하게 공존한다. 그 배후의 사고는 플라톤주의적 또는 신플라톤주의적이다. 외관상 서로 어울리지 않는 듯한 이 모든 요소들은 진리와 (또는 서로 간에) 상반되는 거짓이 아니라, 오히려 인간이 이승에서는 결코 직접 경험할 수 없는 하나의 거대한 실재를 그려내기 위해서 발명한 다양한 그림자일 뿐이다.

나니아와 가장 흡사한 모범을 찾으라면 16세기 시인 에드먼드 스펜서의 '선녀 왕국'(54쪽 참고)일 것인데, 마침 루이스의 전공 분야가 바로 스펜서의 작품이었다. 선녀 왕국과 마찬가지로, 그리고 (루이스가 어린 시절 아일랜드인 유모에게 들은) 켈트 전설에 나오는 '투아하 데 다난Tuatha Dé Danann'의 지하 왕국에 관한 개념과 마

▲ 툼누스 씨는 루시 페번시가 나니아에서 맨 처음 만난 주민이다. 『사자, 마녀, 그리고 옷장』의 앞부분에서 이 파우누스는 우산과 짐 꾸러미를 들고 눈 덮인 숲속을 지나가다가 루시와 마주친다.

찬가지로, 나니아는 별개의 세계임에도 불구하고 특정 장소와 시간에 우리 세계와 교차하기 때문에, 양쪽의 사람들이 서로 오갈 수 있다. 『사자, 마녀, 그리고 옷장』에서 페번시 4남매는 마법의 옷장을 통해 나니아에 들어가고, 그곳이 '항상 겨울이고 크리스마스도 없'도록 저주를 내린 하얀 마녀의 포악한 지배하에 고통받고 있음을 발견한다. 4남매는 마녀를 물리치기 위해 아슬란의 부름을 받았지만, 그에 앞서 에드먼드 페번시의 배신 때문에 사자신이 자기 목숨을 희생하고, 이후에 의기양양하게 부활해야만 했다.

나머지 여섯 권의 '연대기'에서도(『말과 소년』은 예외이지만) 매번 우리 세계의 아이들이 건너가서 나니아를, 또는 그곳 주민을 구출한다. 그런데 주목할 만한 점은 나니아 그 자체에서는 뚜렷한 활동이 벌어지지 않으며, 간혹 벌어졌다 하면 일단 나니아가 뭔가 잘못되었을 때뿐이라는 것이다. 예를 들어 하얀 마녀 때문에 얼어붙었다거나, 『캐스피언 왕자』에서처럼 텔마르인 때문에 특유의 마법적인 성격이 억압된다거나, 또는 '연대기' 마지막 작품인 『마지막 전투』에서처럼 타락의 늪에 빠지는 식이다. 나니아의 정수는 『사자, 마녀, 그리고 옷장』에서 툼누스 씨의 난롯가 이야기에 가장 잘 포착되어 있는데, 거의 항상 시공간상으로 멀찍이서만, 또는 아이들이 이 세계로 돌아오기 직전의 짧은 순간에만 만끽할 수 있다. 이때 이상적인 나니아는 끝없는 전원적 즐거움과는 거리가 멀다.

(……) 그는 한밤중의 춤에 관해서, 우물에 사는 님프와 나무에 사는 드리아데스가 나와서 파우누스와 함께 춤추는 것에 관해서 이야기했다. 또 잡으면 소원이 이루어진다는 우유처럼 새하얀 수사슴을 뒤쫓는 사냥꾼들에 관해서 이야기했다. 또 깊은 광산 속에서, 그리고 숲의 바닥 깊숙한 곳에 자리한 동굴 속에서 거칠고 붉은 난쟁이들과 함께 벌이는 잔치며 보물찾기에 관해서 이야기했다. 그러고 나서는 여름이 되어 숲이 초록으로 물들고 나이 많은 실레노스가 뚱뚱한 당나귀를 타고 그들을 방문할 때, 그리고 때로는 디오니소스가 직접 그들을 방문할 때, 그리하여 개울이 물 대신 와인으로 변하고, 숲 전체가 몇 주씩 연이어 잔치판으로 변할 때에 관해서 이야기했다.

이 시리즈에는 아르카디아의 반향이 워낙 강력하기 때문에, 대부분의 독자는 (이 시리즈의 가장 유명한 삽화가인 폴린 베인스조차도) 나니아를 완만한 언덕과 초원에 간혹 나무가 그림처럼 돋아난 풍경으로 줄곧 바라보았다. 하지만 루이스는 이곳이 대부분 숲으로 이루어졌다고 묘사했다. 그곳 주민은 말하는 동물로서 일반적인 '벙어리' 동물보다 더 크고 확실히 더 똑똑하며, 모든 훌륭한 나니아인들은 말하는 동물을 자유롭고 지각 능력 있는 존재로 대한다. 다른 나니아인들로는 파우누스, 사티로스, '붉은' 종류와 '검은' 종류로 나뉘는 난쟁이, 각각 나무와 물의 요정인 드리아데스와 나이아데스, 켄타우로스, 그리고 미노타우로스부터 늑대 인간에 이르는 다양한 신화 속 생물이 있다. 나니아가 '인간의 나라가 아니라'는 점에는 마법 주민들의 의견이 일치하지만, 그럼에도 불구하고 『마법사의 조카』(1951)에서 세계의 시작 때에 아슬란이 내놓은 명령에 따라 소수의 인간 엘리트가 이곳을 통치해야 한다.

나니아의 서쪽과 북쪽 국경에는 바위투성이에 주민이 드문 산악 지대가 맞닿아 있고, 특히 북쪽 늪지대의 국경에는 때때로 호전적인 식인 거인들이 공격을 가한다. 남쪽에는 우호 관계의 국가 아첸랜드가 있는데, 이곳은 봉건적 사회 구조를 보유했다. 아첸랜드에 인접한 사막 너머에는 희미하게나마 투르크를 연상시키는 칼로르멘 제국이 있으며, 터번을 두른 검은 피부의 통치자들은 종종 북부의 야만인들을 대상으로 제국다운 계획을 수행한다.

나니아 동쪽에는 '동쪽 큰 바다'가 있고, ('연대기'에서 가장 중세적인 동시에 많은 독자가 최고로 꼽는) 『새벽 출정호의 항해』에서 방문하는 우의적인 섬들이 여기저기 흩어져 있다. 나니아의 세계는 평면이기 때문에 동쪽 큰 바다의 끝에는 흐르는 물의 벽이 있고, 그 너머는 덕스럽게 죽은 자들의 영혼이 머무는 아슬란의 나라이다. 나니아의 지표면에서 한참 아래에는 비슴의 나라가 있는데, 그곳의 난쟁이 주민들은 불의 강변에서 행복하게 살아가며, 마치 열매처럼 다이아몬드를 주워서 그 즙을 짜낸다.

나니아의 변경邊境에 관한 세부 사항은 상당히 엉성한 데가 있다. 이건 마치 구식 영화의 세트장과도 비슷해서, 당면한 줄거리의 배경으로 딱 어울릴 정도만큼의 외관만 갖추고 있다. 심지어 나니아 그 자체도 지붕 달린 건물이 드물다. 대도시가

the giants' house
HARFANG
RUINED CITY OF THE GIANTS
the SHALLOW LANDS
BISM
GIANT BRIDGE
WILD LANDS of the NORTH
where Narnia began
GREAT WATERFALL
LANTERN WASTE
ETTINSMOOR
GORGE
RIVER SHRIBBLE
MARSH
NARNIA
GREAT RIVER
BERUNA
ASLAN'S HOW
DANCING LAWN
CAIR PARAVEL
GLASSWATER
GALMA
THE BIGHT of CALORMEN
TEREBINTHIA
THE SEVEN ISLES
MUIL
BRENN
REDHAVEN
GREAT EASTERN OCEAN
DAWN TREADER
here Edmund, Lucy and Eustace joined the ship
Goldwater Island
ARCHENLAND
PASS TO TELMAR
TRUFFLEHUNTER'S CAVE
ANVARD
STORMNESS
MOUNT PIRE
R. WINDING ARROW
desert
CALORMEN
GORGE
ROCK
OASIS
TISROC'S PALACE
TOMBS
TASHBAAN
here Shasta met Aravis
SPLENDOUR HYALINE
FELIMATH
THE LONE ISLANDS
DOORN
to the east Eustace was changed into a dragon
the Dark Island
the Island of the Star
PRINCE CASPIAN
THE SILVER CHAIR
THE VOYAGE of the DAWN TREADER
THE HORSE and his BOY
THE LAST BATTLE
A MAP OF NARNIA AND THE SURROUNDING COUNTRIES
Miles
0 25 50

전혀 없고, 기껏해야 성 두 채와 짧게 언급될 뿐인 시장 도시 치핑포드가 있을 뿐이다. 산업이나 농업이라 내세울 만한 것이 없음에도 불구하고 주민들은 재봉틀, 오렌지 마멀레이드, 차茶 같은 일용품을 용케 마련하는 듯하며, 특히 소시지와 베이컨은 끝도 없이 공급되는 것처럼 보인다.

◀ 나니아 지도. 1972년의 퍼핀 북스 판본에 수록된 폴린 베인스의 그림.

이런 부조화가 과연 문제가 될까? 수백만 명에 달하는 어린 독자들에게는 전혀 아니었던 것이 분명하다. 어른들이야 '연대기'에서 종교적 상징주의가 무척이나 거슬린다고 여기는 반면, 아이들은 그런 걸 감지조차도 못하기 때문이다. 우리는 욕망의 대상 속에서는 결점을 잘 감지하지 못하는데, 나니아의 경우가 딱 그렇다. 이곳은 손에 닿지 않는 곳에서 가물거리는 감미로운 신기루인 것이다. 파악하기 힘든 그 국경 내부에는 루이스가 읽은 수천 권의 책에서 각별히 즐거웠던 경이가, 그가 열망했던 모험이, 용감한 왕자와 용맹한 오소리가, 마법의 웅덩이와 안개 낀 산이, 인어와 잎사귀 머리카락 드리아데스가, 뾰족탑 성과 푸른 언덕이 모조리 모여 있다. 만약 그의 욕망의 강렬함에 의해서 통합되지 않았더라면, 이것은 실제로 잡다한 모음에 불과했을 것이다. 그의 욕망은 사실상 어린이의 열망과 마찬가지였으며, 만만찮게 독서를 많이 한 중년 남성의 정신 속에 그런 욕망이 신비롭게도 잘 간직되어 있었던 까닭에, 무엇보다도 즉각적으로 어린이 독자들과 의사소통이 가능했던 것이다.

하지만 그렇다고 해서 이 작품이 단순히 유치하기만 한 것은 아니다. 삶의 즐거움 모두를 한데 모아 축하하는 것이야말로, 비록 루이스의 믿음을 따르지 않는 사람들일지라도 충분히 이해하고 공유할 수 있는 충동이기 때문이다. 나니아의 경우에 그 마법의 비결, 즉 여러 부조리에도 불구하고 그 장소를 마치 실제처럼 만드는 비결이 있다면, 배경막의 정교함이 아니라 오히려 그곳에 거주하는 주민들의, 그리고 그곳을 만든 바로 그 사람의 끝없이 샘솟는 기쁨인 것이다.

아이작 아시모프 ISAAC ASIMOV

아이, 로봇

I. ROBOT(1950)

로봇공학이 불가피한 결론을 향해 나아가는 가운데, 아시모프의 『아이, 로봇』에 수록된 9편의 단편소설은 1998년부터 2052년까지의 미래사를 놀라우리만치 예언적으로 기술하고 있다.

이 소설의 초판본은 1950년 놈 프레스에서 간행되었다.

로봇이 외계에서만 이용되다가 나중에는 인간과 구분 불가능하게 되었다는 설정만 놓고 보면, 『아이, 로봇』은 무려 수십 년 전에 영화 〈블레이드 러너〉를 예견했다고도 볼 수 있다. 즉 이 기념비적인 영화의 탄생에 결정적인 역할을 했을 뿐만 아니라, 그 공식적인 원작인 필립 K. 딕의 『안드로이드는 전기양의 꿈을 꾸는가?』의 탄생에도 핵심적인 역할을 했다고 볼 수 있다.

『옥스퍼드 영어사전』에서는 '로봇공학robotics'과 '양전자의positronic'라는 단어의 최초 사용자가 아시모프로 나와 있다(물론 '로봇robot'이라는 단어의 최초 사용자는 1920년에 희곡 『로숨의 유니버설 로봇』을 발표한 카렐 차페크였다).

1940년부터 1950년까지 『어스타운딩 사이언스 픽션』과 『슈퍼 사이언스 스토리즈』 같은 여러 잡지에 처음 게재되었던 9편의 단편소설을 통해, 러시아 출신의 미국 과학소설 대가 아이작 아시모프는 미래에 관한 자신의 전망을 발전시켰다. 그 당시의 '미래'란 바로 우리의 '현재'이므로, 그 내용 역시 지금 보면 뭔가 순진한 동시에 이례적으로 예언적인 면이 없지 않다. 그의 선견지명은 이례적으로 뛰어난 상상력에 진짜 과학에 대한 천재적 능력이 결합되어 생겨난 것이다. 즉 그는 1948년에 생화학으로 박사학위를 취득했고, 이후 보스턴 대학 의과대학원의 교수가 되었다.

1950년에 『아이, 로봇』이라는 단행본으로 개작 간행된 9편의 단편소설은 인간이 태양계 곳곳에 퍼져 살아가는 경이의 미래 세계를 제시했다. 그곳에는 하늘을 나는 자동차, 화성의 광물 채굴, 행성 간 태양 동력 전송 기지 네트워크, 별로 향하는 우주선에 동력을 제공하는 새로운 워프 항법을 실험하는 하이퍼 기지 등이 있다. 이 모든 경이를 하나로 엮어주는 요소는 바로 로봇, 그중에서도 독점기업 '미국 로봇 기계 인간 주식회사'에서 설계한 로봇이다.

이 회사는 1982년에 로런스 로버트슨이 설립했는데, 바로 그해에 태어난 수전 캘빈 박사가 훗날 이 회사의 수석 로봇심리학자가 되었다. 캘빈이 수록작 모두에 등장하지는 않지만, 단편소설들을 엮어서 장편소설로 '개작'하는 과정에서 아시모프는 일종의 액자 장치를 마련했다. 즉 75세로 은퇴를 앞둔 이 과학자가 젊은 기자와의 인터뷰를 통해, 자신의 삶이며 로봇공학의 복잡다단한 역사를 설명할 기회를 제공한 것이다.

수록작에 반복해서 등장하는 다른 몇몇 등장인물도(예를 들어 로봇 수리 기술자들인 그레고리 파월과 마이크 도노번처럼) 있지만, 어떤 등장인물보다도 더 꾸준하게 등장하는 것은 바로 신속한 기술 발전으로 실현된 지속적인 변화의 과정이다. 1998년이 배경인 첫 번째 단편에서 로비는 말을 못하는 인간형 금속 기계로, 글로리아라는 소녀의 친구 노릇을 한다. 그런데 불과 17년 뒤가 배경인 「술래잡기」에서는 말하는 로봇이 화성에서 복잡한 광물 채굴 활동에 종사한다.

바로 이 이야기에서 대중문화에 대한 아시모프의 가장 독창적이고 지속적인 기여인 로봇공학 3원칙이 등장한다. 이는 인간의 안전을 최우선으로 확보하기 위해

로봇은 인간을 해쳐서는 안 되고, 또한 인간에게 해가 닥치는 것을 가만히 방조해서도 안 된다.

로봇은 인간의 명령에 반드시 복종해야 하고, 다만 그 명령이 제1원칙과 상충할 경우는 예외로 둔다.

로봇은 자신의 존재를 반드시 보호해야 하고, 다만 그 보호가 제1원칙 및 제2원칙과 상충하지 않는 한에서 그렇게 한다.

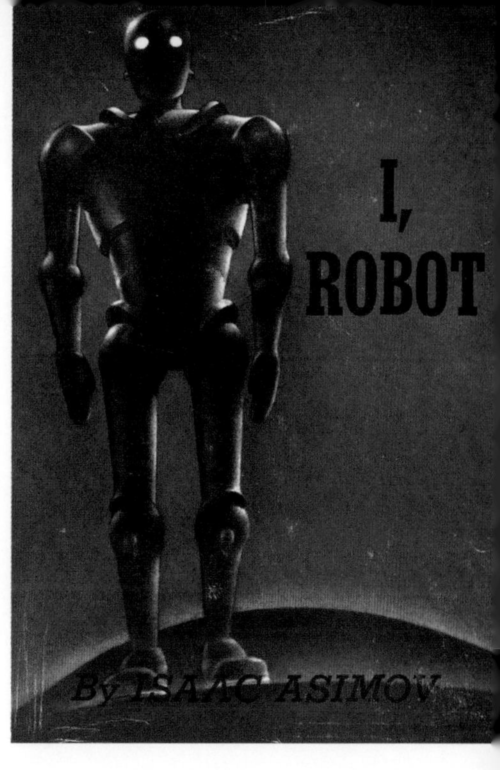

▲1950년에 놈 프레스에서 간행된 『아이, 로봇』 미국 초판본의 표지. 맞은편 사진은 1952년에 간행된 영국 초판본의 표지이다.

점점 더 정교해지는 로봇의 행동을 좌우하는 기본 규약이었다. 일단 규칙이 정해지자, 이야기는 마치 논리 퍼즐처럼 펼쳐진다. 즉 파월이나 도노번이나 (나중에는) 캘빈이 등장해서, 로봇이 의외의 방식으로 3원칙을 해석하는 바람에 생겨난, 종종 위험하기 짝이 없는 딜레마 상황을 해결하는 것이다.

로봇은 '양전자' 두뇌를 갖고 있다. 의식을 지녔지만, 인공두뇌의 '자유의지'와 프로그래밍 사이에는 갈등이 존재한다. 수전 캘빈이란 이름이, 일찍이 개인의 운명은 하느님에 의해 예정되어 있다고 주장한 신학자 장 칼뱅을 연상시키는 것은 우연이 아닌 듯하다. 실제로 이 책의 마지막 단편 「회피 가능한 충돌」은 양쪽 요소의 '불가피한 충돌'을 서술한다.

제2차 세계대전부터 냉전 초기에 걸쳐 집필된 작품임에도 불구하고, 『아이, 로봇』은 평화로운 미래에 관한, 그리고 후기자본주의 및 탈국가통제 시대 전 지구적 경제로의 이행에 관한 놀라우리만치 낙관적인 전망을 제공한다. 아쉽게도 불가피하게 그 시대의 산물이었던 『아이, 로봇』의 미래는 대부분 남성의 세계로 남아 있으며, 거기서 캘빈은 유일하게 성공을 거둔 여성으로 보인다. 예외가 있다면 세게초프스카 여사의 짧은 등장뿐인데, 그녀는 유럽 지역 공동조정관이며, 모든 실제 권력이 기계 속에 존재하는 사회에서 네 번째로 강력한 인물로 나온다.

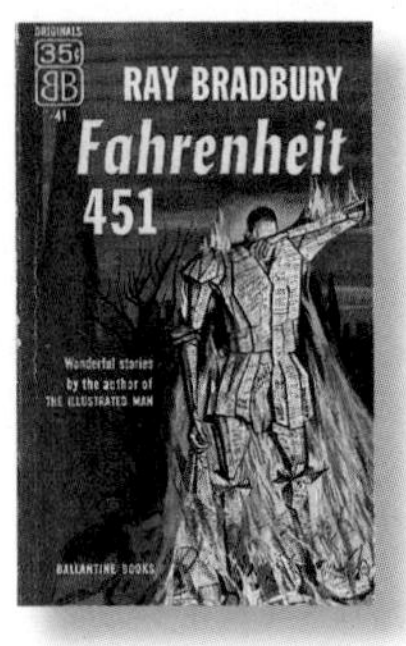

레이 브래드버리RAY BRADBURY

화씨 451

FAHRENHEIT 451(1953)

문학이 멸종 위기에 처한 황량한 디스토피아적 미래를 배경으로 한, 20세기 문학의 걸작.

이 소설의 초판본은 1953년 밸런타인 북스에서 간행되었다.

화씨 451도는 서적 용지가 불타기 시작하는 온도로 추정된다.

2015년 12월, 법적인 이유로 검열·차단되는 내용물을 가리키기 위해 채택된 새로운 인터넷 HTTP 에러 코드가 바로 '451'이었다.

1949년에 레이 브래드버리(1920-2012)는 캘리포니아 대학 로스앤젤레스 캠퍼스(UCLA) 도서관 지하에 있는 대여 타자기를 이용해서 불과 9일 만에 『화씨 451』의 초고를 완성했다(원래 제목은 『방화수The Fireman』였다). 집필 당시 브래드버리는 영감을 얻기 위해 주위의 수많은 책들을 무작위로 꺼내 펼쳤고, 훗날에 가서는 도서관이 자기 대신 글을 써주었다고 즐겨 말했다. 우리가 『화씨 451』이라고 알고 있는 바로 그 소설은 1953년에 간행되었다.

비록 본인도 영화를 좋아했지만, 브래드버리는 텔레비전이라는 새로운 매체야말로 독서와 대화 모두에는 확실한 위협이라고 여겼다. 사람들이 타인과 교제하거나 사유하는 시간보다, 거실에서 화면만 바라보며 보내는 시간이 점점 더 늘어났기 때문이다. 급기야 그는 50년 뒤의 결과를 상상해보았다. 즉 벽마다 커다란 '텔레비전'이 달려 있고, 사교 생활은 드라마 속 가족으로 한정되고, 작은 '귀마개 라디오'를 귀에 꽂으면 음악이나 대화가 계속해서 흘러나와서, 사람들은 독립적이고 비판적인 사고를 점점 더 거부할 뿐만 아니라, 혹시나 누군가가 남다른 사람이 될까봐 두려움을 품고 있다.

이런 무미건조한 복종의 악몽 속으로 브래드버리는 자신의 개인적 혐오 대상을 통합시켰다. 즉 속도, 팀 스포츠, 현대미술이 바로 그런 것들이다. 그는 결코 운전을 배우지 않았지만, 그가 상상한 디스토피아 사람들은 시속 80킬로미터 이상으로만 달리도록 규제되어서, 종종 충돌 사고를 일으킬 뿐만 아니라 보행자를 치고 지나가기를 즐긴다. 스포츠는 책 대신 학교 교과과정의 대부분을 차지했고, 일탈 행위를 저지른 사람 모두에게 (손쉽게 이용 가능한 진정제며 흥분제와 함께) 처방으로 제시된다. 그리고 오로지 추상 회화만 전시된다.

규범의 역전이 가장 두드러지는 대목은 과거에 불을 끄던 '소방수firemen'가 이제는 불을 지피는 '방화수firemen'를 가리키는 것이다. 이들의 임무는 불법 보관된 책들을 찾아내서 불태우는 것이다. '행복'과 '자유롭고 평등한 사회'의 헌법적 의미가 변질된 나머지, 모두가 행복하려면 모두를 평등하게 '만들어야' 한다고 해석되었고, 급기야 방화수가 사회의 파수꾼이 된 것이다.

방화수인 가이 몬태그는 자신의 파괴력을 기뻐하던 중에, 스스로 '미쳤다'고

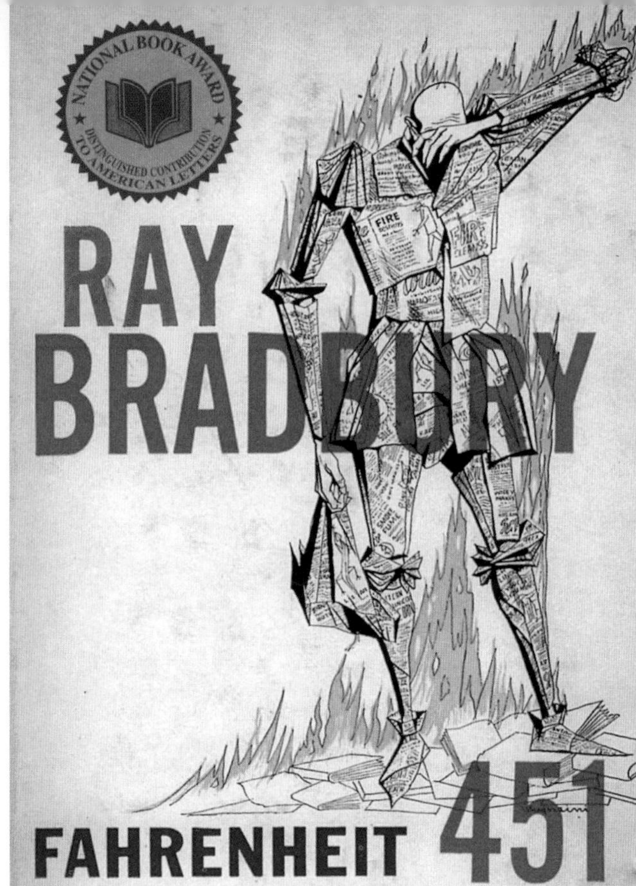

◀ 브래드버리와 자주 공동 작업한 삽화가 겸 화가 조지프 무냐니가 그린, 초판본의 충격적인 표지화. 2003년에 간행된 50주년 기념 판본(맞은편 사진)에도 똑같은 그림이 사용되었다.

말하는 이웃의 십 대 소녀 클라리세로부터 이런 질문을 받는다. "정말로 행복하세요?" 그는 차마 대답을 내놓지 못했고, 이때부터 자기 삶에 대해 의문을 품게 된다.

몬태그의 상사인 비티 서장은 책이 인간의 행복에 무척이나 위험한 영향을 끼치는 까닭은, 그중 어느 것도 다른 것과 의견이 일치하지 않기 때문이라고 설명한다. 그중 일부는 특정 집단에게 거슬리고, 또 일부는 불쾌한 감정을 야기하고, 또 일부는 각자의 몫에 불만족하게 만들고, 또 일부는 질문을 던지게 강요한다는 것이다. 따라서 책이란 마치 장전된 총이 엉뚱한 손에 들어간 상황과 마찬가지라는 것이다. 한 여성이 책과 이별하기 싫어하며 차라리 함께 불타 죽는 것을 택하는 걸 보자, 몬태크는 그것이야말로 자기 삶에서 결여되었던 뭔가라고 믿게 된다.

『화씨 451』에 나오는 도시는 이름이 없지만, 아마도 캘리포니아 주의 어디쯤인 것으로 보인다. 핵전쟁의 그림자가 줄곧 드리워진 상태에서도, 시민들은 오로지 '다른 사람들'만이 그런 식으로 죽게 될 거라고 믿도록 독려받는다. 하지만 상황이 아무리 절망적이라 하더라도, 일말의 희망은 항상 남아 있다. 도시 밖에서는 전직 교수와 사서와 다른 사람들이 시골에서 소박하게 살아가며 일종의 저항 운동을 결성했는데, 이들은 금지된 책들을 소유하는 대신 각자의 머릿속에 생생하게 보존한다. 이들은 암기한 텍스트를 자녀에게 말로 전달할 것이며, 자녀는 또 그 자녀에게 말로 전달할 것이며, 책의 부활에 적기가 올 때까지 그렇게 할 것이었다.

J. R. R. 톨킨 J. R. R. TOLKIEN

반지의 제왕

THE LORD OF THE RINGS(1954-1955)

고전적이면서 믿을 수 없을 만큼 상세한 환상 세계 미들어스는 온화한 언어학 교수가 취미 삼아 만들어낸 결과물로서, 역사상 가장 영향력 있는 상상 세계가 되었다.

『반지의 제왕』의 초판본은 조지 앨런 앤드 언윈 출판사에서 『반지 원정대』(1954년 7월), 『두 개의 탑』(1954년 11월), 『왕의 귀환』(1955년 10월), 이렇게 세 권으로 나뉘어 간행되었다.

『반지의 제왕』은 본래 1937년에 아동서로 초판 간행된 『호빗』의 속편으로 계획된 것이었다. 하지만 무려 17년 뒤에야 완성된 작품은 더 이상 아동서가 아니었으며, 훨씬 더 길고 야심만만한 내용이 되어 있었다. 두 작품 모두의 배경인 미들어스의 역사는 훗날 『실마릴리온』(1977)으로 간행되었다.

J. R. R. 톨킨(1892-1973)의 『호빗』과 『반지의 제왕』에 나오는 미들어스는 아마도 20세기의 가장 유명하고 가장 영향력 있는 상상 세계일 것이다. 이 책들은 수십 개 언어로 번역되어 수백만 부가 팔렸지만, 여기서 놀라운 점은 단순히 이런 숫자만이 아니다. 영웅 환상소설은 그 이전에도 물론 있었지만, 톨킨의 성공으로 인해 이 장르는 대중 시장에 진출하게 되었다. 이후의 작가들 가운데 톨킨의 영향에서 벗어난 사람은 극히 드물며(제아무리 떨쳐버리려고 애쓴 작가들조차도 마찬가지이며) 그 중 상당수는 톨킨의 작품 때문에 결국 작가가 되었다고 증언한 바 있다.

톨킨의 상업적이고 대중적인 성공이 아이러니한 까닭은, 정작 본인은 이런 성공을 달성하려는 노력을 사실상 전혀 하지 않았기 때문이다. 그로 말하자면 전업 작가처럼은 결코 보이지 않는 사람이었다. 오늘날 우리는 톨킨이 개인적인 신화의 한 버전을 무려 1917년부터 쓰기 시작했음을 알고 있지만, 계속된 수정 작업에도 불구하고 저자 본인은 무려 20년 동안이나 정식으로 간행할 시도를 사실상 하지 않았으며, 이후에는 시도했지만 별 성과를 거두지 못했다. 『호빗』(1937)이 정식 간행된 것도 톨킨의 제자 가운데 한 명이 조지 앨런 앤드 언윈 출판사의 한 직원에게 무심코 그 이야기를 했기 때문이었다. 『호빗』이 그럭저럭 성공을 거두자, 발행인 스탠리 언윈은 속편을 써달라고 부탁했다. 톨킨은 1937년 크리스마스부터 작업에 들어갔지만, 정작 그 속편이 간행된 것은 1954년부터 1955년까지의 일이었고, 무려 세 권짜리인 『반지의 제왕』은 더 이상 아동용 소설이 아니었다. 언윈은 이 작품이 적자를 기록하리라 예상하면서도 일단 도박을 걸어보기로 결심했다. 왜냐하면 저자의 뚜렷한 아마추어성의 이면에는 독창성이 있었기 때문이다.

『반지의 제왕』은 목표 추구의 이야기라기보다는 오히려 목표 제거의 이야기이다. 주인공인 호빗 프로도 배긴스는 (예를 들어 성배처럼) 막강한 힘을 보유했지만 어딘가로 사라진 물건을 찾으러 나서는 것이 아니라, 오히려 자기가 가진 그런 물건을 영영 파괴하러 나선다. 그 물건이란 곧 '절대반지'인데, 전작 『호빗』에서 그의 숙부 빌보 배긴스가 우연히 발견한 것이었다. 만약 '어둠의 군주' 사우론이 그 반지를 되찾는다면 그 힘은 그야말로 저항 불가능한 수준이 되겠지만, 거꾸로 그 반지를 파괴하면 사우론도 무너질 것이었다. 하지만 그 반지를 파괴할 수 있는 유일한 장소는

▲ 아이센가드의 침투 불가능한 탑 오르상크. 『반지의 제왕』의 초기 원고에 수록된 톨킨의 스케치.

바로 그 반지를 주조한 사우론의 나라 모르도르의 한가운데 자리한 '운명의 산의 틈'뿐이었다. 프로도는 동료 샘과 함께 그곳까지 알아서 가야만 했다. 그사이에 다른 동료들은 전쟁과 전투에 뛰어드는데, 비록 프로도의 은밀한 여정보다는 훨씬 더 극적임에도 불구하고 어디까지나 부차적인 줄거리에 불과하다.

호빗은 인간의 작은 인종, 또는 아종으로 보통 키가 120센티미터 미만이지만, 그 나머지 거의 모든 측면에서는(심지어 행동거지와 마음가짐까지도) 저자의 유년기인 빅토리아 시대의 소박한 영국 사람들과 똑같이 쾌활하고, 실용적이고, 지적이지 않고, 모험심도 없다. 톨킨의 고향인 우스터셔와 매우 흡사한 샤이어에 사는 호빗들은 미들어스의 더 넓은 세계에 아무런 관심조차 없다. 『호빗』에서는 마법사 간달프가 이들을 흔들어 깨우는 역할을 담당하는데, 용 스마우그에게서 선조들의 보물을 되찾으러 떠나는 난쟁이 일행에게 빌보를 절도 전문가로 추천했기 때문이다.

『반지의 제왕』은 시공간 모두에서 『호빗』보다 훨씬 더 넓은 시야를 열어준다. 이 작품에서 간달프는 그 반지의 정체 및 제거 방법을 프로도에게 설명한다. 하지만 가장 중요한 발명은 더 이전의 작품에도 분명히 있었으니, 그건 바로 미들어스의 개념이었다. 『반지의 제왕』의 주인공은 프로도도 아니고, 아라고른도 아니고, 심지어 샘 갬지도 아니고, 오히려 미들어스 그 자체라고 말해도 무방할 것이다. 수백만 명에 달하는 독자가 사랑에 빠진 대상은 바로 미들어스이다. 이 신비의 땅에서 맨 먼저 눈길을 끄는 부분은 그곳의 여러 물리적 환경이다. 예를 들어 안개 산맥, 리더마크의 평원, 안두인 대하, 죽음의 늪 등이 그렇다. 하지만 그중에서도 특히 눈에 띄는 것은 어두운 숲, 묵은 숲, 팡고른 숲, 로스로리엔 같은 숲들이며, 하나같이 색다르고 사랑스럽게 묘사되어 있다.

물리적 환경 못지않게 눈길을 끄는 요소는 바로 다양한 생물종이다. 톨킨이라면 미들어스가 순수하게 자신의 창조물까지는 아니라고, 오히려 초창기 북유럽 전설과 신화의 잃어버린 세계에 관한 자신의 특별한 전문 지식에 근거한 재창조물이라고 기꺼이 인정했을 법하다. 톨킨은 이런 옛날이야기로부터 요정과 난쟁이, 트롤과 용 같은 여러 등장인물을 가져왔다. 특히 오크와 엔트의 경우, 원래 고대 영어에 있었지만 호빗과 마찬가지로 사실상 아무런 의미가 없는 단어였다가 톨킨이 생명력을 불어넣은 경우였다.

톨킨은 리즈 대학에서 영어학 교수로 재직하다가 훗날 옥스퍼드 대학의 앵글로색슨어학 교수가 되었으며, 나중에는 역시나 옥스퍼드 대학의 머턴 영어영문학 석좌교수가 되었다. 그의 소설 모두에 생동감을 불어넣은 요소는 한편으로 고대 북유럽 문학에 대한(특히 고대 북유럽어와 앵글로색슨어에 대한) 지식이었으며, 또 한편으로 (모순적이고 미흡하다고 비판받는) 이런 옛날이야기를 가급적 이치에 닿게 만들려는 노력이었다.

저자의 전문 지식은 미들어스에 뚜렷한 특징을 하나 더 부여했는데, 그 특징이란 바로 기나긴 연대와 복잡한 역사였다. 톨킨의 작품 때문에 이후의 환상소설 작가들에게는 각자의 상상 세계를 보여주는 지도를 삽입하는 것이 일종의 의무가 되다시피 했다. 여기서 그치지 않고 톨킨은 『반지의 제왕』 말미에 아예 100쪽에 걸쳐 역사와 연대기와 가계도를 설명해놓았으며, 신중하게 고안한 가상의 문자와 언어학적 주석까지도 덧붙여놓았다. 이후의 작가 가운데 어느 누구도 이런 부분까지 모방할 만한 능력을 지니고 있지는 못하다. 톨킨은 이처럼 방대한 지식이 깃든 머릿속에서 20년간 숙성시킨 미들어스를 바탕으로 3부작을 집필하기 시작했으며, 그때쯤 그곳에는 요정 언어와 등장인물은 물론이고 심지어 시문학의 전통적 양식까지도 완비되어 있었다(『반지의 제왕』에는 시가 많이 나오는데, 그 대부분의 양식은 오늘날 상당히 낯설어 보인다). 하지만 프로도와 샘과 다른 호빗들은 샤이어를 떠나자마자 현대 독자들과 마찬가지로 연이어 놀라게 되는데, 왜냐하면 그들은 종종 깊은 역사적 의미를 보유한(그리고 종종 오랜 원한이 뒤얽힌) 세계로 갑자기 뛰어든 셈이기 때문이다. 빌보의 난쟁이 동료들은 용 스마우그에게 복수를 하고 싶어 하고, 모리아 광산은 오크와 난쟁이 사이에 벌어진 지하 전쟁의 기억을 보유했으며, 요정과 난쟁이는 예나 지금이나 서로 원한을 품고 있고, 미들어스의 풍경에는 영국의 풍경과 마찬가지로 옛 무덤이며 성의 폐허며 잊힌 민족의 기념물 같은 것이 여기저기 남아 있기 때문이다. 그 모두는 뭔가 더 알고 싶다는 소망을 일깨우지만, 그런 소망은 결코 충족되지 못한다. 톨킨이 창조한 광범위한 역사를 더 크고 더 깊이 이해하려는 이런 갈증이야말로, 훗날의 여러 작가와 시인과 화가와 심지어 작곡가에게까지 중요한 자극이 되어왔다.

톨킨의 이례적인 성공에 대한 설명으로서 우리가 고려할 만한 마지막 특징은 방금 말한 것을 염두에 두면 약간 놀랍기도 하다. 그 특징은 바로 동시대와의 관련성이었다. 톨킨의 삶은 비교적 평탄했다. 그는 40년 동안 학계에서 몇 가지 직위를 연이어 차지했으며, 십 대에 만난 연인과 결혼했고, 자녀 넷을 낳아 길렀고, 은퇴 때에 가서야 비로소 대중적 명성을 누렸다. 하지만 그의 초기 삶은 무척이나 서글펐다. 4세에 아버지를 여의고, 12세에 어머니를 여의었다. 가족생활은 학교생활로 대체되었고, 학교에서 만난 친구 중 다수는 제1차 세계대전 당시에 사망했으며, 톨킨 역시 랭커셔 수발총燧發銃 연대 소속으로 솜에서 참전했다가, 이가 옮기는 것으로 추정되는 참호열에 걸렸다.

이 작품에서는 감정적인 깊이가 이례적으로 나타난다. 『반지의 제왕』은 비록 승리를 서술하지만, 그렇다고 해서 승리로 마무리되지는 않는다. 프로도는 미들어스에서 차마 치료될 수 없는 상처를 입었고, 결국 '불사의 땅'으로 떠나야 하는 신세가 된다. 모두가 그를 따라갈 수 있는 것은 아니다. 요정들은 불멸의 잠재력을 지녔지만, 만약 미들어스에 남으면 죽거나 쇠하고, 만약 미들어스를 떠나면 그 땅은 물론이고 자기들이 사랑하던 나무를 영영 잃어버리게 된다. 나무 목자인 엔트는 멸종의 운명에 처해 있다. 난쟁이와 호빗은 계속 살아남겠지만, 어디까지나 변경에서 눈에 띄지 않은 상태로 그럴 뿐이다. 톨킨은 죽음의 장면을 훌륭하게 묘사했으며, 심지어 아동서인 『호빗』에서도 그러했지만, 그의 입장에서 죽음의 느낌보다 더 강렬한 것은 상실의 느낌이었고, 사실 죽음이란 상실의 일부에 불과했다. 우리는 사람뿐만 아니라 기억조차도 상실할 수 있으며, 어찌 보면 심지어 골룸의 상실조차도 슬프기 짝이 없다. 그는 죽기 직전에 충분히 살 기회가 있었지만, 차마 그 기회를 붙잡지 못하고 말았다.

하지만 상실의 반대는 결의이다. 톨킨의 작품에는 다양한 유형의 영웅들이 등장한다. 아라고른과 활잡이 바드, 또는 『실마릴리온』에서의 투린처럼 전사이며 용을 물리친 영웅도 있고, 『호빗』에서의 베오른처럼 곰으로 변신하는 자도 있고, 『반지의 제왕』에서 죽음과 영광을 향해 돌진하는 세오덴 왕도 있고, 다른 무엇보다도 호빗이 있다. 호빗들이 매우 호전적인 것은 아니지만, 그래도 참호 속에서 고생하는 병사들과 비슷하게 용감하고도 쾌활하게 싸우는데, 이 호빗들과 병사들 모두 영웅이 아닐 수 없다. 톨킨의 작품에서는 고대와 현대의 개념이 상호 침투하며 변화의 배후에 자리한 지속성을 보여준다. 이런 지속성이야말로 그가 확고하게 믿어 의심치 않았던 것이었다. 그는 신화와 전설의 유산 전부를 자신의 방대한 세계에 가져왔고, 나아가 오늘날에도 유효하게 만들었다.

후안 룰포JUAN RULFO

페드로 파라모

PEDRO PÁRAMO(1955)

어마어마한 영향력을 발휘한 이 소설에서 후안 프레시아도는 멕시코를 가로질러 코말라라는 유령 도시에 도착한다. 이곳에서는 꿈과 현실이, 과거와 현재가, 산 자와 죽은 자의 영역이 통합되고 중첩된다.

이 소설의 초판본은 1955년 폰도 데 쿨투라 에코노미카에서 간행되었다.

룰포의 본명은 후안 네포무세노 카를로스 페레스 룰포 비스카이노이며, 시나리오 작가 겸 사진작가로도 활동한 바 있다.

그의 대표작은 『페드로 파라모』이고, 『불타는 평원 El Llano en llamas』(1953)이라는 단편집이 있다.

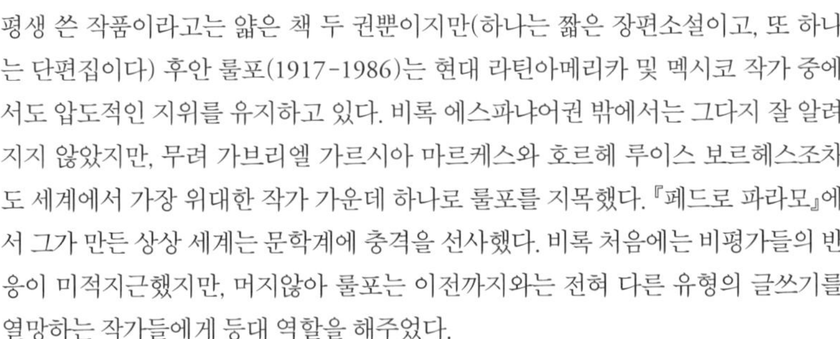

평생 쓴 작품이라고는 얇은 책 두 권뿐이지만(하나는 짧은 장편소설이고, 또 하나는 단편집이다) 후안 룰포(1917-1986)는 현대 라틴아메리카 및 멕시코 작가 중에서도 압도적인 지위를 유지하고 있다. 비록 에스파냐어권 밖에서는 그다지 잘 알려지지 않았지만, 무려 가브리엘 가르시아 마르케스와 호르헤 루이스 보르헤스조차도 세계에서 가장 위대한 작가 가운데 하나로 룰포를 지목했다. 『페드로 파라모』에서 그가 만든 상상 세계는 문학계에 충격을 선사했다. 비록 처음에는 비평가들의 반응이 미적지근했지만, 머지않아 룰포는 이전까지와는 전혀 다른 유형의 글쓰기를 열망하는 작가들에게 등대 역할을 해주었다.

『페드로 파라모』는 거듭해서 뒤바뀌는 여러 개의 서사적 목소리, 과거와 미래로의 장면 전환, 시간상의 비약 등으로 형성된 층 구조를 취한다. 우리의 여행은 1인칭 화자 후안 프레시아도의 시점에서 시작되지만, 이후 아무런 경고도 없이 여러 등장인물의 시점으로 바뀌며, 이 과정에서 1인칭과 3인칭 서술을 오락가락하고, 산 자와 죽은 자를 오락가락한다. 이 작품은 계속해서 독자를 당혹스러운, 마치 꿈과 같은 상황에 놓아둔다. 후안이 어머니의 유언을 받들어 아버지 페드로 파라모를 찾으러 떠나면서, 룰포의 소설은 상상적이고 통렬한 황무지 코말라로 독자를 데려간다(이 여행을 독자는 지옥으로의 하강으로 해석할 수도 있는데, 왜냐하면 '코말라comala'는 요리용 불판, 석쇠, 화로를 뜻하기 때문이다). 『페드로 파라모』(여기서 '파라모paramo'는 황무지 또는 황량한 평원을 뜻한다)에서 독자는 만만찮은 도전에 직면한다. 즉 최초 화자의 목소리, 지하 묘지에 있는 죽은 자들의 속삭임, 페드로 파라모의 유년기와 수사나 산 후안에 대한 사랑 같은 과거로의 장면 전환, 삶과 죽음에 대한 수사나의 무의미한 숙고, 후안 프레시아도의 어머니가 임종에 내놓은 (자기 고향 코말라의 푸르른 아름다움을 예찬하는) 반복적인 발언, 그리고 텅 비어 있고 말라붙은 황무지 같은 도시에 관한 후안의 현재의 언어적 지각 등을 일일이 구분하는 도전이다.

이 소설은 가장 인상적인 에스파냐어 문학작품 가운데 하나로 종종 선정된다. 이 소설에서 룰포의 시간 사용은 혁명 전후의 삶에 관한 그 독특한 문화적 제시와 함께, 예나 지금이나 멕시코적이라고 인식 가능할 법한 삶의 방식을 요약한다. 독자

▲1967년 카를로스 벨로 감독이 이 소설에 부분적으로 기초해 만든 영화 〈페드로 파라모〉의 한 장면.

는 시공간과 관련해서 방향 설정과 방향 재설정의 과정에 계속 뒤얽히며, 급기야 방향 상실의 감각이야말로 룰포의 서사의 틀을 잡아주는 기준이 되어버린다. 룰포는 여러 가지 서사적 목소리의 불협화음을 이용해서 지하 묘지의 공동체를 묘사한다. 그곳에서는 사람들이(특히 가난한 사람일수록) 사실상 서로의 위에 얹힌 방식으로 묻혀 있고, 죽은 자가 오히려 산 자의(또는 거꾸로 산 자가 오히려 죽은 자의) 관심사에 더 많이 관심을 가진 것으로 예시된다. 이들은 지하 묘지에서 죽음의 잠에 빠진 수사나 산 후안이 큰 소리로 말하는 것을 몰래 들으려고 시도한다. 돈이 많았던 그녀는 매장된 공동체의 나머지로부터 더 멀리 떨어져 있기 때문에, 다른 죽은 자들이 그녀의 목소리를 들으려면 잔뜩 긴장해야만 했다.

룰포는 독자를 인과관계라는 측면에서 방향을 상실한 상태로 놓아둘 경우, 소설의 신빙성이 떨어진다는 사실을 알았다. 하지만 여러 다른 서사적 목소리의 묘사는 세계와 사회의 모조품을 만드는 데에 도움을 주는데, 이 모조품은 환상적인 재현에 다름 아니다. 마치 중대한 사건이 우리의 의식 속에 맴도는 것과 마찬가지로, 코말라의 유령은 우리 머릿속에 맴돌게 된다. 그 어떤 독자도 코말라를 완전히 뿌리치고 떠나지는 못하는 것이다.

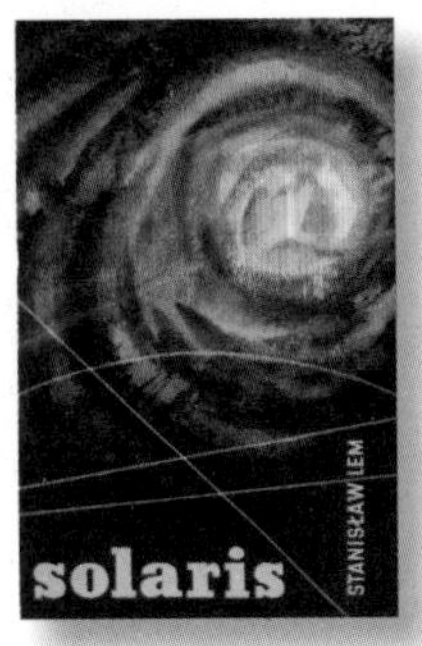

스타니스와프 렘STANISŁAW LEM

솔라리스

SOLARIS(1961)

렘의 강력하게 지적이고 영향력 있는 과학소설은 우리가 차마 스스로를 이해하지도 못한 상태에서 과연 우주의 수수께끼를 이해할 수 있겠느냐는 근본적인 질문을 던진다.

이 소설의 초판본은 1961년 폴란드 국방부 출판국에서 간행되었다.

'솔라리스solaris'라는 단어는 '태양의sunny'라는 뜻의 라틴어 형용사이다.

이전까지만 해도 의식이라고 하면 두뇌의 뉴런 패턴이나 컴퓨터의 회로처럼, 뭔가가 지나갈 수 있는 '단단한' 또는 고정된 체계를 필요로 한다고 여겨졌다. 반면 스튜어트 해머로프 같은 더 최근의 사상가들 가운데 일부는 뭔가 더 유동체에, 또는 양자에 기반한 의식을 이론화했는데, 이는 렘이 이 소설에서 개진한 발상에 가깝다.

폴란드 태생의 스타니스와프 렘(1921-2006)은 놀라우리만치 다작인 동시에 다채로운 작가이지만, 1961년에 발표한 소설『솔라리스』가 대표작으로 남아 있는 데에는 그럴 만한 이유가 있다. 항상 지칠 줄 모르고 지적인 동시에 창의적이었던 그는 소설가인 동시에 철학 사상가이기도 했으며, 그의 작품 가운데 상당수는 지적인 층위에서 생각을 유발하는 것들이었다. 하지만 행성 솔라리스가 재현하는 극단적으로 낯선 지성과 접촉하기 위해 지구에서 파견된 탐험가들에 관한 이야기는 단순히 생각을 유발하는 것 이상의 뭔가였다. 이것은 시적이고, 감동적이고, 심지어 독자의 꿈에 나올 법한 이야기였다.

이 소설에서 인간 우주 탐험가들은 수십 년 동안 솔라리스라는 당혹스러운 세계를 연구해왔다. 온통 바다로 뒤덮인 이 행성은 그 자체로 의식과 지성을 지니고 있는 듯했지만, 이와 접촉하려는 시도는 모두 실패하고 말았다. 이 바다 세계는 인간에게 무관심한 것처럼 보였고, 과학자들의 관찰 임무도 단순히 이 행성의 유동적인 표면에서 벌어지는 복잡한 현상을 기록하고 목록화하는 것으로 축소되어 있었다. 급기야 그곳의 우주기지 요원들의 정신 건강이 위협을 받게 되자, 심리학자 크리스 켈빈이 지구에서 급파된다. 그런데 그는 솔라리스의 궤도상에 있는 우주기지에 도착하자마자 얼마 전에 자살한 아내의 모습을 보게 되고, 요원 가운데 몇 명도 이와 유사한 유령을 보았다고 증언한다. 이는 결국 그들 각자가 상실한 무엇인가의 현현인 셈이었는데, 과학자들이 행성에 엑스레이를 발사하자, 행성이 이런 허깨비를 만들어내는 것으로 응수한 듯했다. 그로 인해 생성된 인공 인간들은 인간의 기억을 텔레파시처럼 읽어내서 마치 진짜 같은 정신과 감정을 보유한다.

『솔라리스』는 거의 압도될 만큼 극단적인 낯섦과 타자성과의 대면을 중점적으로 다룬 소설이다. 대부분의 과학소설에서 외계인은 인간과 닮았거나, 또는 외양은 우리와 다르더라도 의사소통 및 상호작용이 충분히 가능하다. 또한, 과학소설에는 인간 대 외계인의 교역, 또는 전쟁, 또는 통혼에 관한 이야기가 가득하다. 그런데『솔라리스』는 전혀 그렇지가 않다.

이 소설에 따르면, 이 행성의 초기 관찰자들은 '솔라리스의 생각하는 바다야말로 거대한 두뇌로서, 놀라우리만치 잘 발달했으며 우리 문명보다 무려 수백만 년

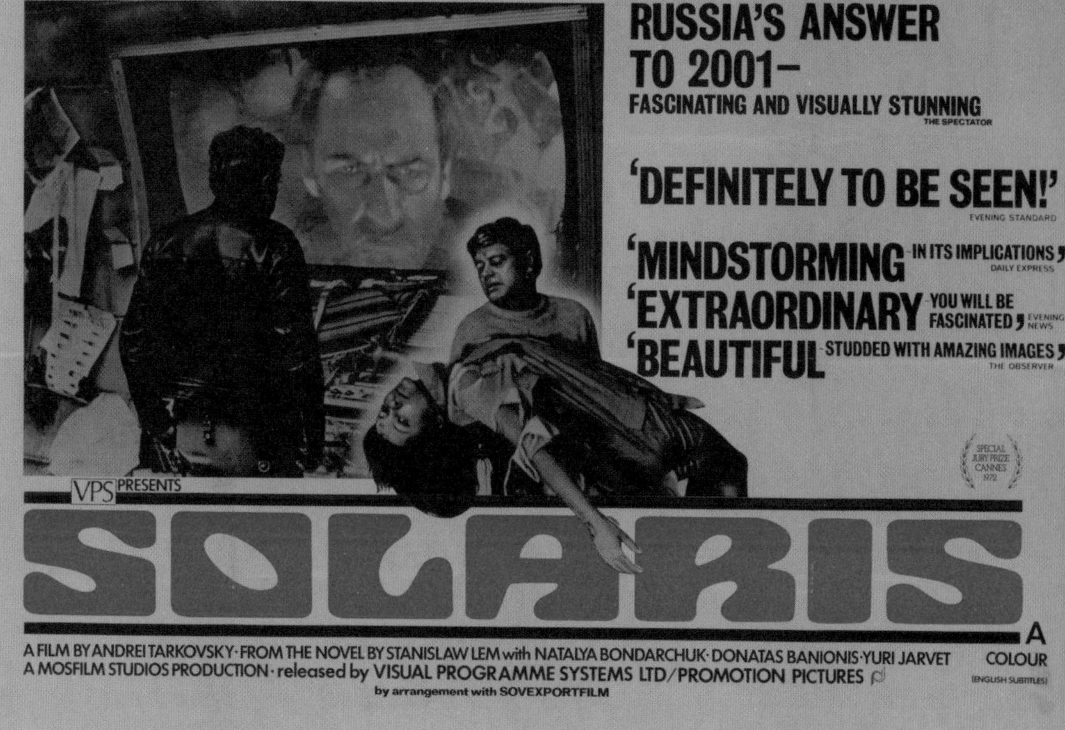

THE PLANET WHERE NIGHTMARES COME TRUE...
RUSSIA'S ANSWER TO 2001–
FASCINATING AND VISUALLY STUNNING
THE SPECTATOR
'DEFINITELY TO BE SEEN!'
EVENING STANDARD
'MINDSTORMING IN ITS IMPLICATIONS'
DAILY EXPRESS
'EXTRAORDINARY YOU WILL BE FASCINATED'
EVENING NEWS
'BEAUTIFUL STUDDED WITH AMAZING IMAGES'
THE OBSERVER
SPECIAL JURY PRIZE CANNES 1972
VPS PRESENTS
SOLARIS
A
A FILM BY ANDREI TARKOVSKY · FROM THE NOVEL BY STANISLAW LEM with NATALYA BONDARCHUK · DONATAS BANIONIS · YURI JARVET
A MOSFILM STUDIOS PRODUCTION · released by VISUAL PROGRAMME SYSTEMS LTD/PROMOTION PICTURES
by arrangement with SOVEXPORTFILM
COLOUR
(ENGLISH SUBTITLES)

▲ 안드레이 타르코프스키의 1972년 작 영화의 포스터.

이나 더 앞섰다'고, 급기야 '모든 행동의 허망함을 오래전에 이해한 나머지, 바로 그 때문에 차마 깨지지 않는 침묵 속으로 후퇴해버렸다'고 추정한다. 하지만 소설이 진행되면서 우리는 '살아 있는 바다가 활동 중임'을 깨닫게 된다.

하지만 그 활동이란 인간의 생각대로가 아니었다. 즉 솔라리스는 도시나 교량을 짓지도 않았고, 비행 기계를 제작하지도 않았다. 솔라리스는 우주 정복에도 관심이 없다. 오히려 끝도 없는 변모의 과정을 수행할 뿐이었고, 이는 곧 존재론적 자기 변신이었다.

이 마지막 표현이야말로 이 소설이 허구의 작품으로서 거둔 성공의 핵심이다. 상상 속의 솔라리스는 계속 변화하고, 스스로를 재규정하고, 결과적으로는 그 인간 관찰자들을 재규정한다. 렘이 이 행성을 바다로 상상한 이유도 그래서이다. 인간의 정신이 과학이나 규약이나 이념의 한 점에 고정되거나 기준을 두는 반면, 솔라리스의 의식은 그렇지가 않다. 이 행성은 곧 지속적인 유동의 과정이다. 과학소설 전체를 통틀어도 이런 세계는 전무후무하다.

앤서니 버제스ANTHONY BURGESS

시계태엽 오렌지

A CLOCKWORK ORANGE(1962)

젊음과 폭력과 자유의지에 대한 연구인 『시계태엽 오렌지』는 아이와 어른이 서로를 이해하지 못하는 세계를 건설하기 위해 새로운 언어를 만들어냈다.

이 책의 초판본은 1962년 하이네만 출판사에서 간행되었다.

『시계태엽 오렌지』는 오랫동안 영국판과 미국판의 결말이 서로 달랐다. 영국판은 마지막 장에서 철들고 점잖아진 알렉스를 보여주지만, 미국판은 그 장 전체를 빼버려서 더 암울한 결말로 만들었다.

이 책에서 청소년이 사용하는 언어를 가리키는 '십대스키nadsat'라는 말은 러시아어에서 십 대, 즉 11부터 19까지를 가리키는 숫자 이름의 어미 '-nadcat'에서 가져온 것이다.

『시계태엽 오렌지』는 다음과 같은 질문으로 시작된다. "그럼 어떻게 되는 거야, 응?" 이 질문은 소설 내내 반복될 것이고, 등장할 때마다 서로 다른 반향을 일으킬 것이다. 하지만 바로 다음 문장에서 독자는 이 책의 세계 속으로 훽 빠져들게 된다. "나는, 그러니까 알렉스는, 패거리 세 명과 함께 코로바 밀크바에 앉아서 (……) 저녁에 뭘 할지를 놓고 우리의 마음스키rassoodocks를 정하고 있었다." 이 책에는 뭔가 더 낯선 단어들, 예를 들어 '장소스키mesto', '빨리스키skorry', '물건스키veshches', '우유스키moloko', '마셔스키peet' 등이 사용된다. 아울러 어법도 매우 이례적이다. '건조하지만 약간 어둡고 쌀쌀한 겨울 개자식 저녁', '어쩌면 여러분은, 오, 형제들이여, 잊어버렸을지도 모르지만', '하느님스키랑 그 천사랑 성자 모두를 보는' 등등.

이것이야말로 앤서니 버제스(1917-1993)가 발명한 은어 '십대스키'로서, 대부분 영어화된 러시아어 어근을 토대로 한 것이다. 이 단어들은 한 사람의 목소리를 만들어낼 뿐만 아니라, 또한 전체 세계를 암시한다. 머지않아 십대스키는 오로지 특정 부류의 젊은이들만이 사용하는 언어임이 분명해진다. 십대스키를 사용하는 아이들은 표준 영어를 사용하는 어른들이 자기들을 전혀 이해하지 못하게 만든다. 십대스키를 이용해서 버제스는 문자 그대로 세대 간의 간극을 만들어낸다.

앤서니 버제스는 1962년에 이미 작가로서 명성을 얻은 상태였지만, 『시계태엽 오렌지』는 국제적인 명성을 덧붙여주었고, 특히 1971년에 스탠리 큐브릭의 각색 영화가 개봉되면서 명성은 더욱 높아졌다.

『시계태엽 오렌지』의 배경은 발표 당시인 1962년에만 해도 미래로 간주되던 시기인데, 비록 정확한 연도가 밝혀지지는 않지만 그 세계의 모습은 1960년대의 잉글랜드와 크게 다르지 않다. 물론 '전 세계 동시 방영' TV 쇼처럼, 집필 당시까지만 해도 현실보다는 상상에 더 가까운 일들이 등장하지만, 과학소설의 느낌은 대부분 십대스키 은어에서 비롯되며, 이는 전형적인 과학소설에 나오는 워프 항법이나 광선총처럼 강력한 소격 효과를 손쉽게 만들어낸다.

또한 이 작품에는 알렉스가 본인과 패거리의 행동을 가리키며 쓴 용어인 '초절정 폭력ultraviolence'이 있다. 즉 이들은 파괴하고, 폭행하고, 강간한다. 큐브릭의 영화가 주는 충격은 이들이 가학성으로부터 큰 즐거움을 느낀다는 사실에서 비롯되지

만, 막상 소설에서는 그 효과도 약간 다르고 그 세계에 관해 많은 것을 암시한다. 예를 들어 알렉스는 집에 여자애들을 데려와 베토벤의 교향곡 9번을 틀더니 약물을 먹이고 강간한다. 영화에서도 비슷한 장면이 나오지만, 책에서의 핵심은 확연히 다르다. 즉 이 여자애들은 '기껏해야 열 살밖에는 안 되었기' 때문이다.

정치가와 과학자가 해결하려 노력하는(그 과정에서 알렉스는 제목에 언급된 '시계태엽 오렌지'가 되어, 사소한 폭력 충동에도 곧바로 고통과 구토를 느끼며 무기력해진다) 청소년 폭력은 결코 작은 문제가 아니었다. 알렉스는 괴물이었고, 괴물 같은 삶을 살았으며, 이런 사람은 이 세계에서도 드물지 않아 보인다. 알렉스가 폭력을 못 쓰게 프로그램되어야 하는지, 아니면 본인의 자유의지대로 남아야 하는지의 여부는 이 소설이 제기하는 여러 가지 질문 가운데 하나이다.

급기야 알렉스는 폭력을 통제하려는 정부 계획의 반대 세력에게 일종의 정치적 상징이 된다. 정부 역시 그를 이용하려 든다. 하지만 양쪽 모두 정작 그를 인격체로 간주하지는 않으며, 단지 각자의 정치적 이득을 위해 선전할 상징으로만 간주한다. 이것 역시 또 다른 종류의 시계태엽 오렌지이다.

『시계태엽 오렌지』에 대한 가장 큰 오해는 이를 디스토피아 소설로 설명하는 것이다. 하지만 등장인물의 시각에 따르면, 그곳은 디스토피아로 향하는 도중에 있는 세계이다. 정부와 여러 시민에게는 통제 불능의 어린이들이야말로 국가를 혼돈으로 이끄는 요소이다. 급진주의자에게는 정부야말로 자유의지와 개성을 파괴하려 노력하는 집단이다. 우리가 아는 사실은, 이 소설의 사건 이후에 세계가 뭔가 더 달라졌다는 점이다. 이 책의 첫 번째 문장 가운데 하나에서 알렉스는 이렇게 말한다. "요즘 들어서는 만사가 빨리스키 변하고, 모두들 진짜 금방 잊어버린다." 하지만 그는 잊어버리지 않았고, 차마 잊어버릴 수도 없다. 따라서 그는 우리가 결코 경험한 적이 없었던 세계를 기억하게끔 우리를 돕는 것이다.

▲ "코로바 밀크바에서는 우유플러스, 우유플러스 벨로세트, 또는 합성메스크, 또는 드렌크롬을 파는데, 지금 우리가 마시는 게 바로 그런 거였다. 이건 사람을 예민해지게 만들고, 평소처럼 초절정 폭력을 약간 발휘할 준비를 하도록 만들어준다." 저녁에 무엇을 할지 계획을 세우고 있는 알렉스의 모습. 스탠리 큐브릭의 1971년 작 영화에서 맬컴 맥도웰이 연기했다.

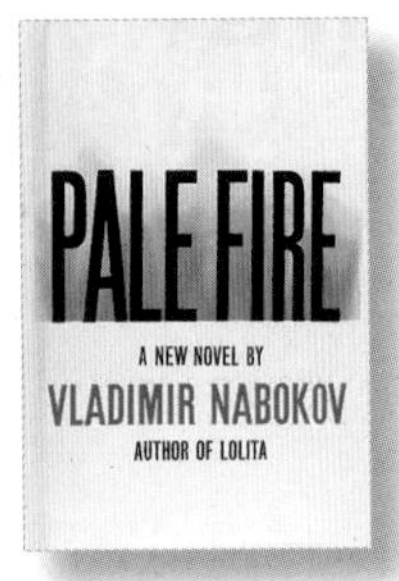

블라디미르 나보코프 VLADIMIR NABOKOV

창백한 불꽃

PALE FIRE(1962)

'나보코프의 가장 완벽한 소설'인 동시에 포스트모더니즘의 걸작인 『창백한 불꽃』은 999행의 시와 그 주해라는 극도로 독창적인 서사 구조를 가지고 있다. 특히 광범위하면서도 매우 주관적인 주해에서는 정치와 아울러 학계의 편협한 시기심이 밝혀진다.

이 소설의 초판본은 1962년 G. P. 퍼트넘스 선스에서 간행되었다.

20세기 최고의 소설 순위에서 자주 모습을 드러내는 『창백한 불꽃』이지만, 간행 당시에는 평가가 엇갈렸으며, 심지어 한 비평가는 "읽기가 불가능한 작품"이라고 단언하기도 했다.

다면적인 동시에 다른 작품에 대한 인유가 무척이나 많은 『창백한 불꽃』은 나보코프의 전작 『롤리타』와 『프닌』에 대한 언급도 포함하고 있다. 특히 『프닌』의 동명 주인공은 이 작품에서도 조연으로 등장한다.

존 셰이드의 시 제목은 셰익스피어의 희곡 『아테네의 티몬』에서 가져온 것이다. "달은 악명 높은 도둑이니 / 그 창백한 불꽃을 태양에서 강탈했노라."

『창백한 불꽃』을 처음 대하는 사람, 특히 시간이 없는 사람에게 과연 이 작품을 어떻게 설명할 수 있을까? 이 작품의 수많은 층위를 파고들려면 하루 온종일, 심지어 평생이 걸릴 수도 있을 터인데 말이다. 우선 이 작품은 매우 환상적이고 매우 재미있는 동화이며, 그중 일부는 가상 시인이 이야기하고, 또 일부는 저 가상 시인의 시를 해설하는 가상 비평가가 이야기한다. 하지만 해설은 어디까지나 핑계일 뿐, 가상 비평가는 환상과 자서전을 조합하며 그 시를 겉보기와 완전히 다른 내용으로, 즉 자기 상상력의 반영으로 만들어버린다.

『창백한 불꽃』은 속임수와 거울과 이중 바닥이 가득한 작품이며, 여러분의 일반적인 경이 세계에서는 결코 발견하지 못할 법한 사람들이 가득하다. 보라! 여기에는 또 한 명의 새뮤얼 존슨 박사가 있다! 그는 마치 교외에 거주하는 영문학 교수처럼 차려입고, 18세기의 런던 대신 뉴욕 주 북부의 대학 도시에서 권위자 행세를 한다. 그리고 여기에는 숙련된 암살자도 있는데, 그는 망명 중인 왕을 살해하기 위해 제정러시아에서 파견되었다. 이들이 마주하지 않을 때에는, 『창백한 불꽃』의 기묘한 불빛 속에서 다른 사람들이 서로를 마주하게 된다. 이들은 변화되고 변모되지만, 차마 우리가 인식 못할 만큼 크게 바뀌지는 않는다.

여기서 멀리 있는 왕의 암살자를 다시 바라보자. 그는 흔해 빠진 정신병자로 거듭났고, 지역 정신병원에서 막 도망쳐 나왔다. 아이슬란드와 에덴동산 사이의 어딘가에 있다는 젬블라라는 왕국을 떠나 망명 중인 군주를 더 유심히 바라보면, 현학적인 반半정신질환자가, 다년간의 '방문' 교수가, 기묘하고도 용감하게 가차 없는 채식주의자가, 동성애자인 망명 러시아인이, 그리고 이런 것들이 용인되기 이전인 지난 세기 중반에 사는 사람이 나타난다.

어느 모로 보나 『창백한 불꽃』의 세계는 웃음을 자아낸다. 가상의 시인이 집필한 시 「창백한 불꽃」은 상당히 좋은 작품이지만, 정작 셰이드라는 이름의 가상 시인은 자기 시가 (『실낙원』을 위대하다고 일컬을 때와 똑같은 방식으로) 많은 사람에게 위대하다고 일컬어질 만한 작품이 아님을 선뜻 시인할 것이다. 그의 시 「창백한 불꽃」은(물론 나보코프의 소설 『창백한 불꽃』도) 깊은 곳의 수수께끼를 독자에게 모두 설명하지는 않는다. 이 시는 영원에 기여하지도 못할 것이며, 영원한 삶을 약

▲ 나보코프의 이 고전을 최근에 재간행한 펭귄 출판사는 메레디스 프램턴의 1943년 작 회화의 일부인, 메시지와 서류가 오가는 이 수수께끼 같은 장면을 표지에 사용했다.

속하지는 더더욱 못할 것이다. 킨보트라는 이름의 그 가상 비평가가 이 시를 겉보기와 다른 뭔가로 굳이 바꿔놓으려는 이유도 부분적으로는 그래서이다. 그의 목표는 자기가 무척이나 그리워하는 것, 즉 겨울 궁전과 바닷가의 별장, 연중 계속되는 화려한 행렬, 유니폼 차림의 젊은 선수들로 구성된 팀 등을 갖춘 전적으로 가상의 나라인 젬블라이다. 이것은 킨보트의 왕국이자 그의 고향이며, 오로지 그의 머릿속에서만 살아 있는 까닭에 더욱 사랑스러운 장소이다.

젬블라나 다른 '바닷가 왕국'만큼이나 아주 멀리 떨어진 이 시 자체는 행복을 전혀 약속하지 않는다. 시 「창백한 불꽃」은 계몽이나 확신을, 고통스러운 모든 것의 종식을 결코 약속하지 않는다. 시인은 매우 상상력이 뛰어나다. 그는 문장을 변모시킬 수 있고, 심지어 가장 평범한 시각이나 청각조차도 졸지에 아름다움과 즐거움을 지닌 대상으로 변모시키는 마법을 발휘한다. 물론 영원히 그런 것까지는 아닌데, 이처럼 '영원'이 결여되었다는 사실은 큰 문제이다. 제아무리 많은 가장조차도 경이 세계에서 고통을 내쫓을 수는 없기 때문이다.

그리고 갑자기 축제의 불빛이 나타났네
다섯 그루 삼목 지나, 눈송이 보이고,
순찰차 한 대가 우리의 울퉁불퉁한 길에
요란하게 멈춰 서고 (……)

이 축제의 불빛은(즉 순찰차의 '경광등'은) 멋진 변모이지만, 이런 시적 수사도 예정된 방문에서 순찰차를 저지할 수는 없다. 이 순찰차는 딸의 자살 소식을 시인 부부에게 알려주러 찾아온 것이었다. 『창백한 불꽃』의 핵심에 놓인 고통은(즉 살고 싶은 의지의 상실, 우리가 사랑하는 뭔가의 상실은) 결코 사라지지 않는다. 그리고 나보코프의 가장 위대한 가장假裝의 위대함이란, 마치 고통이 사라질 수 있다는 듯 가장하지 않는 것이었다.

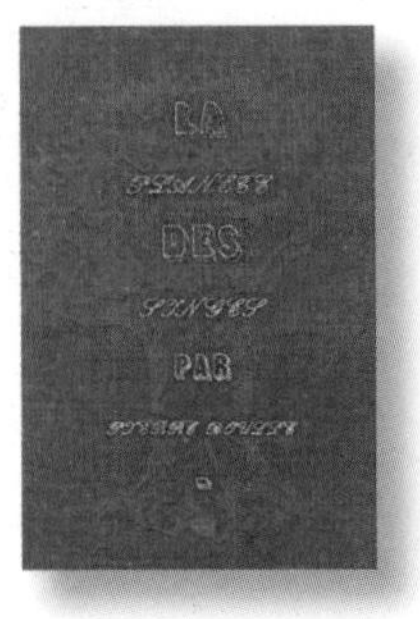

피에르 불PIERRE BOULLE

혹성 탈출

PLANET OF THE APES(1963)

유인원이 지배하는 한 행성의 이야기를 통해 현대 문명과 인간의 오만에 대해 신랄한 풍자와 불편한 비판을 가하는 이 작품은 급기야 20세기의 가장 유명한 소설 가운데 하나가 되었다.

이 소설의 프랑스어 초판본은 1963년에 르네 쥘리아르 출판사에서 간행되었다. 최초의 영역 초판본은 잰 필딩의 번역으로 1963년에 미국의 뱅가드 프레스에서 간행되었고, 영국에서는 『원숭이 행성』이라는 제목으로 간행되었다가, 영화가 개봉되면서 거기 맞춰 원제인 『유인원 행성』으로 바뀌었다.

불은 『콰이 강의 다리』(1952)의 저자로도 유명한데, 이 소설은 훗날 영화화되어 오스카상 7개 부문을 석권했다.

▶ 프랭클린 J. 샤프너 감독, 아서 P. 제이컵스 제작의 전설적인 1968년 작 영화에 출연한 찰턴 헤스턴의 모습.

피에르 불의 1963년 작 풍자소설 『혹성 탈출La Planète des Singes』에서 주인공 윌리스 메루Ulysse Mérou의 이름은 『오디세이아』(기원전 725?-675?. 18쪽 참고)에서 주인공 오디세우스의 라틴어식 이름 '율리시스Ulysses'와 똑같다. 서기 2500년에 광활한 우주를 지나 베텔게우스를 공전하는 한 행성으로 향하던 이 여행자도 뜻하지 않게 낯선 존재에게 붙들려 억류된다. 그는 약간의 계략을 발휘해 낯선 존재로부터 신뢰를 얻어내고, 결국 탈출에 성공한다. 하지만 『오디세이아』와 이 작품의 유사성은 여기서 끝나버린다. 호메로스가 결국 주인공이 고향으로 돌아가는 여행 자체에 집중한 반면, 불은 윌리스와 그 동행자들이 억류된 세계 자체에 집중하기 때문이다.

비록 불이 주인공 일행의 이동 거리를 300광년이라고 서술했지만(물론 베텔게우스까지의 실제 거리에는 절반도 못 미치는 거리이다) 상대성 효과로 인해 이들의 여행은 불과 2년밖에 걸리지 않았다. 게다가 이들이 착륙한 행성은 지구와 놀라우리만치 유사했는데, 일행도 그 뚜렷한 유사성에 감탄한 나머지 라틴어로 '자매'란 의미의 '소로르Soror'라고 명명했다. 하지만 이 신세계의 인간은 야생동물의 상태로까지 퇴화되어 버렸고, 대신 유인원이 우월한 생물 종의 자리를 차지하고 있었다.

착륙 전부터 탐험가들의 장비에서는 행성의 대기가 지구처럼 산소와 질소를 함유했다고 측정해 알린다. 비록 불의 베텔게우스가 태양보다 300-400배는 더 크지만, 이 행성의 궤도 거리는 결국 지구와 유사한 정도의 열복사가 있음을 의미한다. 일행이 목격한 행성의 풍경은 이런 초기의 인상을 확증해준다. 우선 푸른 바다가 여러 개의 대륙을 감싸고 있었다. 더 가까이 다가가자 도시의 주택이며 가로수길과 자동차가 눈에 띄고, 마치 지구의 적도 밀림을 연상시키는 듯한 짙은 황갈색 숲도 보였다.

하지만 밀림에서 윌리스 일행을 사로잡은 벌거벗은 인간들은 언어도 문명도 갖고 있지 않다는 사실이 점차 분명해진다. 그때 갑자기 사냥꾼들이 나타나 인간들을 뒤쫓으며 그중 상당수를 죽이기까지 하는데, 그제야 윌리스는 이 행성에서 인간과 유인원의 위치가 뒤바뀌었음을 깨닫고 공포에 질린다.

심지어 그가 유인원에게 붙잡혀 처음에는 마치 애완동물마냥 쇠사슬에 묶여서 끌려간 도시조차도 때때로 지구와의 차이점이 드러나지만(예를 들어 거리에는

횡단보도 대신 공중 철조망이 설치되어 있어서, 유인원 보행자들은 팔을 뻗어 거기 매달려 도로를 건넌다) 어디까지나 소로르와 지구의 전반적인 유사성을 부각시키는 기능을 할 뿐이다.

월리스를 붙잡은 고릴라며 오랑우탄이며 침팬지 등은 인간이 야만적인 상태에서 전혀 진화하지 못했다고, 왜냐하면 손이 네 개인 유인원과 달리 인간은 손이 두 개라는 신체적 약점을 지녔기 때문이라고 믿는다. 나중에 가서야 매우 논란의 여지가 있는 연구 결과가 밝혀지는데, 이에 따르면 유인원이 달성한 우월성은 비록 과학적으로는 진보했지만 나태하고 무기력했던 과거 인류의 업적을 모방한 결과물이었다.

소로르에는 전쟁도 군대도 국가도 없었으며, 대신 고릴라와 오랑우탄과 침팬지 대표로 구성된 3각 지도부가 정부 위원회를 통치하는 방식이었다. 또한 세 유인원 종을 각각 대표하는 3각 의회도 있었다.

오래전에는 고릴라들이 순전히 물리력을 동원해서 정권을 장악했지만, 이후에는 적어도 이론상으로는 세 가지 종이 평등권을 보유하게 되었다. 하지만 실제로는 고릴라들이 전반적인 무지에도 불구하고 가장 강력한 계급이었는데, 왜냐하면 이들이 다른 두 가지 종을 이용하는 교활한 방식 때문이었다. 또한 이들은 간수나 경찰 업무를 비롯해서 특유의 물리력이 필요한 역할을 담당했으며, 월리스가 붙잡히며 겪은 것처럼(이때 그의 동료 한 명을 비롯해서 여러 명이 죽었다) 인간 사냥을 좋아했다.

오랑우탄은 고릴라나 침팬지에 비해 숫자가 적은 대신 학자나 과학자의 계급을 구성했다. 하지만 월리스는 이들의 과학을 '어용 과학'이라고 폄하했는데, 한마디로 독창적이지 못하고, 모든 혁신에 반대하며, 특유의 좋은 기억력에도 불구하고 책에서 얻은 정보에만 만족했기 때문이다.

오히려 진짜 지성은 침팬지가 갖고 있었다. 치열한 연구 정신도 갖고 있었기에, 소로르의 위대한 발견은 대부분 침팬지 덕분이었다. 유인원은 전기와 산업과 자동차와 비행기를 보유하고 있었지만, 월리스의 지적에 따르면 기술적으로는 오히려 지구 문명보다 여전히 뒤처져 있었다.

하지만 유인원에게는 고전주의와 인상주의 같은 화파는 물론이고 추상화가도 있고, 축구와 권투 같은 스포츠도 있으며, 인간을 비롯한 다양한 생물 종을 우리에 넣어 전시한 동물원도 있다. 인간을 사냥하고 죽이고 가두는 것뿐만 아니라, 유인원은 인간을 이용해 엽기적인 의학 실험을 실시하고, 유난히 잔인하고 모욕적으로 다룬다. 소로르의 과학 학술대회에서 자신의 기원을 설명하면서 월리스는 이렇게 선언한다.

> 저는 머나먼 행성인 지구에서 왔습니다. 지구에서는 아직 설명되지 않은 자연의 변덕에 의해서, 다름 아닌 인간이 지혜와 이성의 보고이며 (……) 다름 아닌 인간이 제 행성에 정착해서 그 지표면을 바꿔놓았고, 사실은 인간이 여러 면에서 매우 세련된 문명을, 오, 유인원 여러분, 당신들의 것과 유사한 문명을 수립했습니다.

이 대목에 이르러 이 소설은 '지혜'와 '이성'과 '세련된' 같은 단어가 매우 아이러니하다는 사실을 예증한 다음이다. 명백한 환경의 유사성은 일종의 질책을 내포한 상수인데, 왜냐하면 불은 소로르와 지구 모두에서 동물을 대하는 야만성을 부각시키기 때문이다.

불이 1963년에 『혹성 탈출』을 집필했을 무렵, 그는 또 다른 베스트셀러 『콰이 강의 다리』(1952)로 이미 전 세계적인 성공을 거둔 다음이었다. 양쪽 모두 영화로 제작되어 성공을 거두었는데, 『콰이 강의 다리』는 일본군 포로수용소에서 보냈던 저자의 체험에 기초한 것으로, 이때의 경험이 소로르의 지배 유인원들이 인간을 잔인하게 지배하는 모습에도 흔적을 남겼다고 비평가들은 평가한다.

소설에 부분적으로 기초한 프랭클린 J. 샤프너 감독의 1968년 작 영화 〈혹성 탈출〉 이후 몇 가지 속편과 텔레비전 시리즈, 만화, 그리고 여러 가지 수익성 높은 상품화 계약 등이 뒤따랐다. 2001년의 리메이크 역시 성공을 거두었고, 이후 〈혹성 탈출: 진화의 시작〉(2011)과 〈혹성 탈출: 반격의 서막〉(2014)이 제작되었으며, 〈혹성 탈출: 종의 전쟁〉이 2017년에 개봉을 앞두고 있다.

1994년에 사망한 불은 1968년 작 영화를 비판했다. 그 영화에는 원작 소설의 섬세함과 아이러니한 신랄함이 결여되었으며, 게다가 마지막의 반전을 통해서 지구와 소로르의 유사성을 원작 소설의 암시보다 훨씬 더 강하게 드러냈기 때문이다. 결국 프랭클린 J. 샤프너가 액션 영화를 만들었던 반면, 불은 오히려 볼테르의 전통에 속한다고 평가할 만큼 탁월한 판단력이 돋보이는 풍자물을 썼다고 할 수 있을 것이다.

가브리엘 가르시아 마르케스 GABRIEL GARCÍA MÁRQUEZ

백 년의 고독

ONE HUNDRED YEARS OF SOLITUDE(1967)

이 소설은 남아메리카의 시골에 자리한 마술적이고도 초현실적인 '거울의 도시' 마콘도에서 펼쳐지는, 부엔디아 가문의 일곱 세대에 걸친 이야기이다.

이 소설의 초판본은 1967년 에디토리알 수다메리카나에서 간행되었다.

이 소설에는 '가브리엘 가르시아 마르케스'라는 조연도 등장한다. 저자와 달리 소설 속의 마르케스는 파리로 이민 가서 '신문지와 공병을 주워 팔면서' 생계를 유지한다.

마르케스는 1982년에 노벨 문학상을 수상했다.

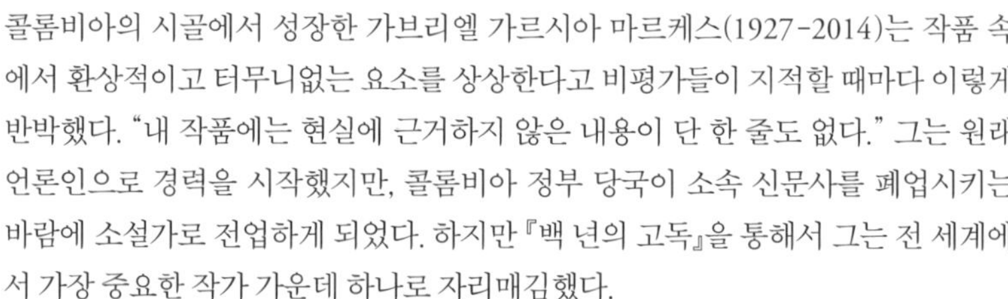

콜롬비아의 시골에서 성장한 가브리엘 가르시아 마르케스(1927-2014)는 작품 속에서 환상적이고 터무니없는 요소를 상상한다고 비평가들이 지적할 때마다 이렇게 반박했다. "내 작품에는 현실에 근거하지 않은 내용이 단 한 줄도 없다." 그는 원래 언론인으로 경력을 시작했지만, 콜롬비아 정부 당국이 소속 신문사를 폐업시키는 바람에 소설가로 전업하게 되었다. 하지만『백 년의 고독』을 통해서 그는 전 세계에서 가장 중요한 작가 가운데 하나로 자리매김했다.

마르케스의 극도로 미묘하고 복잡한 이 소설은 어떤 면에서 상당히 솔직담백하다. '가부장' 호세 아르카디오 부엔디아는 더 나은 삶을 찾아서 아내와 함께 콜롬비아의 리오아차를 떠난다. 어느 날 밤, 그는 강변에서 야영하는 도중에 거울로 만들어진 도시에 관한 예언적인 꿈을 꾼다. 이후 부엔디아는 직접 도시를 건설하고 '마콘도'라고 이름 붙이는데, 이때부터 이 소설은 그의 수많은 후손들에 관한 이야기를 내놓는다.

하지만 전통적인 서사는 사실상 없다시피 하고, 오히려 이 마을에서는 기이한 일들이 연이어 벌어지면서 저주받은 부엔디아 일족의 흥망이 펼쳐진다. 일곱 세대에 걸친 수많은 사람들이 공동으로 주연을 담당한다. 따라서 이 소설의 수많은 일화를 떠받치는 가계도를 추적하듯 읽을 수도 있지만, 그건 이 텍스트를 읽는 최선의 방법이 아니다. 마르케스의 업적은 바로 그가 만들어내는 분위기에 있고, 또한 서사적 강렬함의 여러 암시적이고 심지어 시적인 순간들에 있다. 그 분위기 가운데 일부는 그 짜임새의 어떤 복잡성 또는 분주함에 있으며, 이런 특성은 풍부하고 복잡하며 상호 연관되고 끝없이 놀라운 삶에 관한 상상을 만들어낸다.

그 대표적인 사례는 마콘도 건설자의 둘째 아들인 아우렐리아노 부엔디아 대령이다. 이 소설의 유명한 첫 문장은 다음과 같이 그를 소개한다. "여러 해 뒤에, 총살 집행 부대를 마주한 상황에서, 아우렐리아노 부엔디아 대령은 아버지를 따라가서 얼음을 구경한 저 머나먼 과거의 오후를 기억하게 될 것이었다." 아우렐리아노는 군인인 동시에 시인이었으며, 아름답게 세공된 금제 물고기의 제작자이기도 했다. 그는 17명의 여자에게서 17명의 사생아를 낳았는데, 이들은 모두 아우렐리아노라는 이름을 가졌다. 17명의 아들들은 모두 한날에 아버지의 집을 찾아온다. 그중

▲ 레오 마티스의 <콜롬비아 아라카타카(마콘도) 주택들> (1950?). 이 소설의 무대 마콘도는 마르케스의 어린 시절 고향이었던 콜롬비아 북부 카리브 해 연안의 작은 마을 아라카타카를 상당 부분 모델로 삼았다. 2006년 6월에는 이 마을의 명칭을 '마콘도'로 바꾸자는 주민 투표가 제안되기도 했다.

4명은 마콘도에 눌러앉기로 작정했지만, 이들 모두는 (눌러앉았거나 떠났거나 간에) 35세가 되기 전에 수수께끼 같은 방법으로 암살된다.

이런 일들은 드물기는 해도 충분히 가능하다. 이 소설의 다른 측면들은 꿈의 논리를 따른다. 미녀 레메디오스는 워낙 아름답기 때문에, 남자들은 그녀를 보자마자 쇠약해져 죽고 만다. 분명히 머리가 텅 비어 있는 그녀는 결국 하늘로 날아가버린다. 또 집시 멜키아데스는 싱가포르에 가서 사망했지만, 훗날 '죽음의 고독을 견딜 수 없었다'면서 다시 마콘도로 돌아온다. 결국 그는 두 번째로 죽어서 매장된다. 마르케스는 이 모든 일을 마치 완벽히 정상인 것처럼 다룬다.

방금 말한 부분이 특히나 중요한데, 왜냐하면 이 소설을 읽는 경험 그 자체는 결코 변덕스럽거나, 무작위적이거나, 기묘하지가 않기 때문이다. 오히려 정반대로 마르케스가 만들어낸 세계는 예외적으로 근거 있고 현실적으로 느껴진다. 게다가 일상생활의 직조물이 완전히 암시된다. 예를 들어 날씨와 풍경, 주택을 잠식하는 붉은 개미 떼, 성욕의 물리적 강렬함이 그러하다.

결국에는 허리케인이 불어와 마콘도를 파괴하는데, 이것이야말로 남아메리카 특유의 열기와 격렬함에 더해 홍수와 폭풍우가 잦은 이곳에는 딱 어울리는 결말이다. 마르케스는 고국을 개인의 욕망과 절망, 사랑과 정욕, 자부심과 의지와 가족의 유대에 의해서 기묘한 형상을 취하게 된 장소로 다시 상상했다. 이런 힘들은 인간의 삶에서 중심적이라 할 수 있으니, 우리는 '거울의 도시'가 지닌 마술적 논리를 본능적으로 이해하게 된다. 『백 년의 고독』은 이른바 '마술적 사실주의'라는 문학적 전통의 기반을 구축한 소설이며, 오늘날까지도 그 전통에서 가장 영향력 있는 사례 가운데 하나로 남아 있다.

어슐러 K. 르 귄 URSULA K. LE GUIN

어스시의 마법사

A WIZARD OF EARTHSEA(1968)

한 청년의 고전적 영웅 여행기인 이 작품에서 주인공은 자신이 세상에 풀어놓은 무시무시한 그림자를 대면해야 하는, 그리하여 그 어둠을 자신의 일부로 받아들이고 자신의 힘으로 성장시켜야 하는 처지에 놓인다.

『어스시의 마법사』는 전 6권의 환상소설 시리즈 가운데 첫 번째 작품이다.

이 책의 초판본은 1968년 파나서스 프레스에서 간행되었다. 르 귄은 그보다 먼저 발표한 두 편의 단편소설 「이름의 법칙」(1964)과 「해제의 주문」(1964)을 토대로 이 장편소설을 완성했다.

『어스시의 마법사』는 '마법사 학교'라는 아이디어를 도입해서 훗날 다이애나 윈 존스와 J. K. 롤링에게 영감을 주었다.

『어스시의 마법사』는 영웅 여행담의 핵심 요소를 모조리 갖고 있으며, 이 작품의 무대인 세계에서는 마법 역시 일상생활의 일부분이다. 즉 이곳은 '마법사가 흔해 빠진 땅'인 것이다. 마법은 존경을 받고, 마치 병을 고치는 치료사나 안전한 배를 만드는 기술자처럼 마법사는 훈련을 통해 사회의 핵심 축이 된다. 어스시에는 나름의 창조 신화가 있고, 정치 체계가 있고, 경제가 있다. 또 사회적 위계가 있어서 '마법사로 태어난' 사람은 스스로를 우월하다고 여긴다. 이곳에는 질병과 해적과 전쟁이 인간의 생명을 위협하고, 해상무역이 있고, 청동과 쇠를 다루는 대장장이가 있고, 가축과 농사가 있다. 또 고대의 마법 생물인 무시무시한 용도 있는데, '특유의 지혜'를 갖추고 있으며 '인간보다 더 오랜 종족'인 이들의 발언은 마치 눈사태처럼 위압감을 발휘한다. 어스시는 르 귄(1929-)의 뛰어난 세계 구축 능력의 고전적 사례인데, 매우 견고하면서도 결코 투박하지 않다는 것이 특징이다.

주인공 게드의 여행은 오늘날 영웅의 환상 여행의 표준이 된 방식으로 시작된다. 염소 치기이며 외톨이인 이 소년은 가진 것이 별로 없고, 가난한 마을에서 어머니도 없이 살지만, 자신이 인식하는 것보다 훨씬 더 큰 마법 능력을 지니고 있다. 처음에는 마녀인 이모에게 일부 훈련을 받지만, 마법에 대한 이모의 이해는 피상적인 데 반해 조카의 능력은 훨씬 더 뛰어났다. 훗날 게드는 마법사 학교에 입학하고, 자기와 유사한 능력을 지닌 다른 학생들을 만난다. 급기야 자기 실력을 과시하려다가 악령을 풀어놓아서 자칫 죽을 뻔한 위기를 넘기고, 이후 어스시의 여러 섬을 오가며 그 악령을 찾아서 대면해야 하는 신세가 된다.

어스시는 거대한 군도이다. 르 귄은 이곳의 섬 가운데 세 곳에 자녀가 기르던 애완동물 이름을 붙였고, 나머지 섬에는 자기 귀에 '적당하게' 들리는 이름을 붙였다. 어스시의 문명은 산업혁명 이전 단계이지만 문자가 널리 이용되고, 마법이라는 유서 깊고 공인된 체계는 이곳의 역사와 문화의 일부로 자리 잡았다. 이곳의 마법 체계에서 핵심은 사물이나 사람의 진짜 이름이며, '옛 언어'로 이루어진 진짜 이름을 알면 그 대상을 마음대로 다룰 수 있다. '진정한 언어'로는 거짓말이 불가능하므로, 진실을 말하면 결국 그 일이 실제로 일어난다. 강력한 힘을 가진 사람은 사물을 변모시킬 수 있지만, 그런 행위 하나하나에는 반작용도 따른다. 따라서 어스시의 마

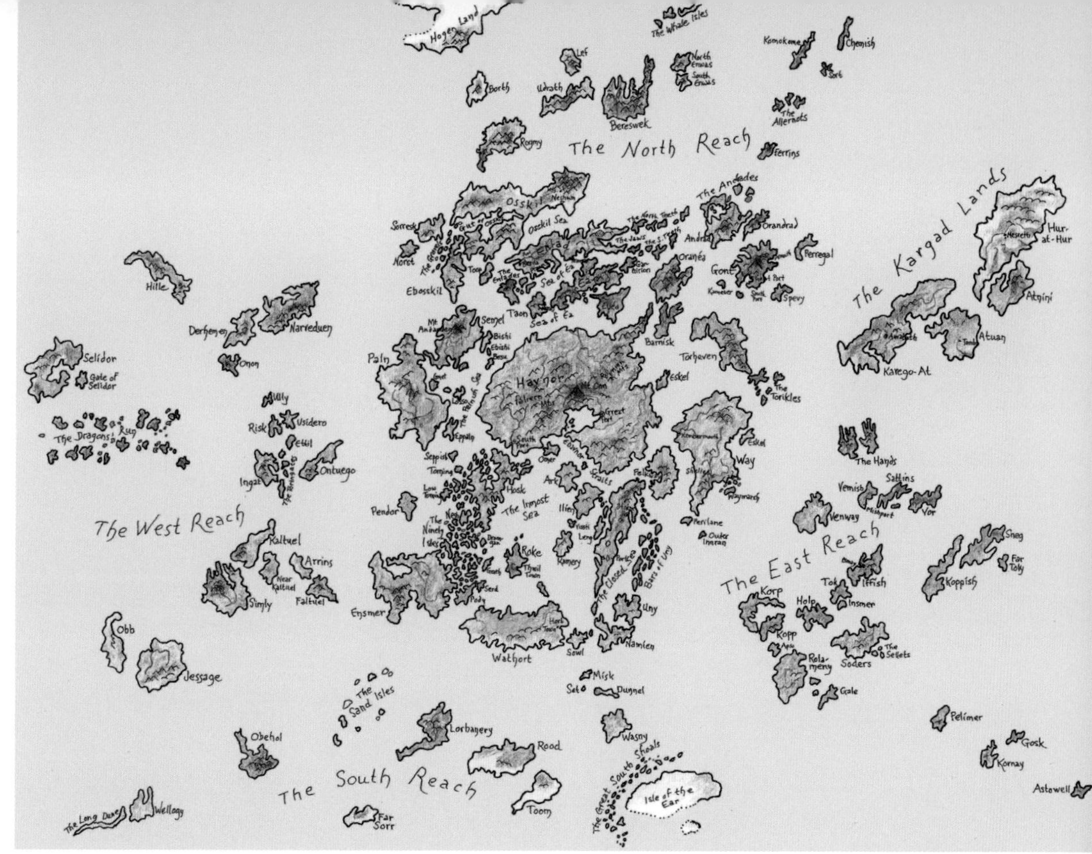

▲ 어슐러 K. 르 귄이 직접 그린 어스시의 지도(저자의 허락을 받아 수록함).

법에는 일종의 견제와 균형이 있는 것이다.

어스시에서는 언어가 중요한데, 언어의 힘과 진정한 이름에 관한 발상은 현실의 여러 종족 사회에서, 그리고 인류학에 대한 르 귄의 관심에서 그 기원을 찾아볼 수 있다. 어스시 사람들은 매우 다인종적이며 다문화적이고, 피부색이 더 밝은 소수가 더 우월하다는 암시는 전혀 없다. 르 귄은 서양의 환상소설 가운데 상당수가 유럽중심주의적 중세를 배경으로 삼는다는 점을 공개적으로 비판한 바 있다. 어떤 면에서 어스시는 미들어스의 반대물이기도 하다. 이곳은 군도이며, 수많은 유색인의 고향이고, 르 귄은 대규모 전쟁보다는 오히려 개별 거주민의 개인적 발달에 더 초점을 맞추었다. 게드는 대규모 군대와 계속해서 전투를 벌이지 않는다. 그의 전투는 오히려 그림자 자아를 상대할 뿐이고, 이 과정에서 자신의 궁극적인 추구와 비교하자면 오히려 하찮은 여러 가지 과제를 완수하는 것뿐이다.

어스시의 문화에서는 마법뿐만 아니라 영성도 일익을 담당한다. 르 귄은 일신교의 모델 대신에 오히려 심리학과 인류학에 의거하여 자기 세계의 영적 체계를 구축했다. 시리즈 전체에 걸쳐서 도교적인 요소가 매우 강하게 나타나며, 특히 마법의 균형의 필요성에 관한 부분이 그렇다. 『어스시의 마법사』에 나오는 게드와 그림자 자아의 전투에서는 심리학자 융의 영향이 뚜렷한데, 융으로 말하자면 '동적 균형'의 도교 사상을 신봉한 인물이다. 그가 배운 것처럼, 촛불을 켠다는 것은 곧 그림자를 드리운다는 것이기 때문이다.

필립 K. 딕 PHILIP K. DICK

안드로이드는 전기양의 꿈을 꾸는가?

DO ANDROIDS DREAM OF ELECTRIC SHEEP?(1968)

종말 이후의 지구에서 인간으로 행세하는 안드로이드 범죄자 무리의 뒤를 쫓던 현상금 사냥꾼이 자신의 인간성에 관해 질문을 던진다.

이 소설의 초판본은 1968년 더블데이 앤드 컴퍼니에서 간행되었다.

딕은 소설 『높은 성의 사내』(1960)를 쓰려고 자료를 조사하다가 게슈타포 장교들의 일기를 보고 안드로이드에 관한 영감을 얻었다고 한다.

더 이전에 완성한 미발표 소설 『우리는 당신을 만들 수 있다』(1972)에서 딕은 넥서스-6 기종의 제조사인 로즌스의 안드로이드 발명에 관해 서술하는데, 이들이 생산한 최초의 인간형 로봇은 중요한 역사적 인물의 복제품이었다.

딕의 소설은 훗날 리들리 스콧의 영화 〈블레이드 러너〉(1982)의 원작이 되었다. 하지만 원작의 여러 가지 요소는 영화화 과정에서 누락되고 말았다.

지구는 이미 파괴되었다. 그 이유를 기억하는 사람조차 없는 어떤 전쟁으로 인해 황폐화된 것이다. 이 행성은 방사능에 오염되어 간신히 거주가 가능할 뿐이다. 인구 대부분은 인류의 유전적 고결성을 보호하기 위해서 외계 식민지로 이주했고, 그 대가로 안드로이드 하인을 제공받았다. 지구에 남은 소수의 사람들은 퇴락한 유전자와 줄어드는 지능을 보유하고 방사능 낙진 속에서 살아간다. 처량하게 망가진 도시에는 텅 빈 아파트 단지가 가득하다. 이곳이 『안드로이드는 전기양의 꿈을 꾸는가?』의 불안하고도 고갈된 세계이다.

현상금 사냥꾼 리처드 데커드는 인간 여부 검사조차도 완벽하게 통과할 만한 경지에 오른 넥서스-6 기종 안드로이드 여섯 대를 추적해서 '퇴역'시켜야 한다. 이 안드로이드들은 폭력을 이용해 화성을 탈출하고 지구로 숨어들었으며, 한때 분주했던 도시의 집단 주거지에서 근근이 살아가는 소수의 잔존 인간들 사이로 끼어든다. 데커드는 안드로이드를 퇴역시키기 전에 인간형 신체를 지닌 상대방이 사실은 안드로이드라는 것을 확실히 입증해야 한다. 안드로이드와 인간을 구분하는 유일한 방법은 보이트 캠프 검사인데, 주로 동물 관련 질문에 대한 본능적이고 감정이입적인 반응을 측정한다. 물론 이 검사도 전적으로 정확하지는 않아서, 정신분열증 환자는 자칫 탈락할 수 있다. 하지만 멸종 위기 생물에 관한 관심이 신성불가침에 가까워진 세계이다 보니, 동물에 대한 감정이입의 결여야말로 인간과 생물학적 인공 유기체를 구분하기에 충분하다. 그 유기체가 제아무리 생명체처럼 보이더라도, 또는 제아무리 다양한 감정을 표시하더라도 말이다.

『안드로이드는 전기양의 꿈을 꾸는가?』는 '인간이란 무엇인가?'라는 질문을 던지는 작품이며, 이 질문은 암울한 미래의 종말 이후 세계에서 특히 더 중요해진다. 데커드가 뒤쫓는 안드로이드들은 자기들에게 허락된 것 이상의 뭔가를 원하며, 다른 행성에서 인간에게 복종하는 대신 황폐화된 지구에서 일종의 독립을 누리기로 선택한다. 반면 지구에 남은 인간은 정서적 감각을 잃어가며, 종종 인공적인 기분 조절 장치에 각자의 일상생활을 떠맡겨버린다. 이 책에 묘사된 세계를 창조하는 저 폭넓고도 효과적인 붓놀림 속에서도, 부조리에 대한 딕의 애호는 각별히 주목할 필요가 있다. 그는 유머 감각이 없지 않으며, 이는 사회와 개인의 꾸준한 붕괴에 관

▲ 워너 브러더스의 영화 〈블레이드 러너〉의 한 장면. 해리슨 포드가 리처드 데커드 역할을 맡았다.

해서 글을 쓸 때에도 마찬가지이다.

그리 멀지 않은 미래인 『안드로이드는 전기양의 꿈을 꾸는가?』의 세계는, 비록 호버크래프트가 날아다니고 다른 행성의 식민화가 이루어졌다지만 제법 그럴듯해 보인다. 심지어 이런 상상은 시대에 뒤떨어진 것처럼 보이지도 않는다. 화상 전화와 기분 조절 장치가 있는 딕의 미래는 여러 가지 면에서 우리의 현재와 많이 닮았기 때문이다. 그가 상상한 샌프란시스코는 낯설지만 충분히 그럴듯하게 구축되어 있다. 즉 그 주민은 도시를 뒤덮은 먼지로 천천히 죽어가고 있으며, 살아있는 동물을 소유하고 돌보기 위해서는 무슨 일이든지 한다. 최종 세계대전 직후의 전염병으로 거의 모든 동물이 멸종 위기에 놓여 있다. 도시는 반쯤 비었고, 곳곳에 가득한 텅 빈 아파트에는 '키플'이라는 불길한 쓰레기가 모여들어 하룻밤 사이에도 무성해진다.

1978년의 에세이 「불과 이틀 만에 무너져 내리지 않는 우주를 만드는 방법」에서 딕은 자기가 오히려 무너져 내리는, 경첩이 빠지는, 떨어져 나가는 우주를 만들기를 즐긴다고, 또한 자기가 혼돈에 대한 은밀한 사랑을 품고 있다고 말한다. "한 사회에서, 또는 한 우주에서 질서와 안정성이 항상 좋다고 간주하지 말라." 그는 이렇게 주장했다. "진정한 인간이 살 수 있으려면 사물과 풍습과 관습과 생활 방식이 반드시 사멸해야 한다."

수색 도중에 데커드는 뭉크의 〈절규〉를 보게 되는데, 이 회화에 관한 딕의 묘사는 이미 독자가 알고 있는 세계뿐만 아니라 그가 창조한 긴장되고 냉혹한 세계에 대한 완벽한 묘사이기도 하다. "머리카락이 없고, 뭔가에 짓눌린 피조물이 묘사된 작품이었다. 머리는 뒤집어놓은 서양배 같고, 공포로 인해 양손으로 양쪽 귀를 덮었으며, 입은 크게 벌려서 소리도 없는 비명을 지르고 있었다. 그 피조물의 고통이 만들어낸 뒤틀린 잔물결, 그 울부짖음의 메아리가, 피조물 주위의 공기를 가득 채웠다. 남자인지 여자인지는 모르겠지만, 그 피조물은 자기 자신의 울부짖음으로 가득 차기에 이르렀고, 스스로의 소리를 막으려고 양손으로 귀를 덮었다. (……) 그 피조물은 고립 상태에서 비명을 지르는 것이다. 그리고 그 자신의 절규에 의해서(또는 절규에도 불구하고) 단절되어 있는 것이다."

피터 S. 비글 PETER S. BEAGLE

마지막 유니콘

THE LAST UNICORN(1968)

'역대 최고의 환상소설' 가운데 하나로 손꼽히는 비글의 소설은, 마지막 유니콘 한 마리가 동족의 다른 생존자를 찾기 위해 반드시 통과해야 하는 일련의 동화를 묘사한다.

이 소설의 초판본은 1968년 미국에서는 바이킹 프레스, 영국에서는 보들리 헤드 출판사에서 간행되었다. 비글의 소설은 지금까지 600만 부 이상이 판매되었고, 25개 이상의 언어로 번역되었다.

『마지막 유니콘』은 1982년에 애니메이션으로 제작되었다. 미아 패로, 크리스토퍼 리, 앤절라 랜스베리, 제프 브리지스, 앨런 아킨 등 유명 배우들이 목소리 연기를 맡았으며, 미국의 싱어송라이터 지미 웹이 배경 음악을 담당했다.

2005년에 비글은 『마지막 유니콘』의 속편으로 「두 개의 심장」이라는 단편소설을 『팬터지 앤드 사이언스 픽션』에 기고했다. 이 작품은 휴고 상과 네뷸러 상을 수상했다.

피터 S. 비글(1939-)의 『마지막 유니콘』은 동명의 주인공이 겪는 여러 가지 일화적 모험을 따라간다. 이 유니콘이 방황하는 곳은 비록 쓸쓸하기는 하지만 의도적으로 포괄적인 동화 세계이며, 여기서는 '현실' 세계가 존재한다는, 또는 꾸준히 형성된다는 암시나 기미가 전혀 없다. 유니콘이 마주치는 것마다 중세풍이 뚜렷하지만, 때때로 다른 시대와 장소의 파편들이 스며들기도 한다. 예를 들어 북유럽 신화의 미드가르드 뱀에 대한 일별, '앵글로색슨 민속'에 대한 언급, 심지어 재잘거리는 나비가 유행가 노랫말과 현대의 재즈곡 제목을 언급하는 경우가 그러하다.

유니콘은 '라일락 숲'에서 여행을 시작한다. 그녀의 마법적인 현존에 부분적으로 힘입어 번성하는 이 아름답고도 외딴 숲에 하루는 사냥꾼 두 명이 찾아온다. 대화 중에 이들은 이 세상에 유니콘이 (기껏해야) 단 한 마리밖에 남아 있지 않을 것이라고 말한다. 아울러 과거의 세대와 자신의 세대를 비교하며 마법이 점차 사라져 간다고 말하는데, 이것이야말로 이 책에서 반복해서 등장하는 테마이다. 사람들의 말을 엿들은 유니콘은 고향을 떠나 동족을 찾아 나선다.

유니콘이 발견한 세계는 유니콘을 비롯한 마법의 존재가 더 이상은 당연하다고 간주되지 않는 세계이다. '서둘러 갈 어떤 장소도, 목적지도 없이' 먼 길을 따라서 이어지는 방랑의 와중에 유니콘은 미처 몰랐던, 또는 미처 깨닫지 못했던 땅들을 지나간다. 이런 감정은 상호적이다. 유니콘이 여러 도시와 마을을 지나갈 때마다, 그곳 주민은 단지 유니콘을 흰 암말로 인식할 뿐이다.

유니콘은 중도에 '포투나 여사의 한밤중 카니발'이라는 초라한 유랑 공연단에 붙잡힌다. 이들은 '한밤중의 피조물을 빛 속으로 끌어낸다'고 선전하지만, 그 공연은 대부분 환상일 뿐이다. 두 가지 예외는 바로 유니콘과 하르피아뿐이다. 이 세계와 초자연적인 것 사이의 어색한 관계가 바로 이 공연에서 나타난다. 관객은 짜릿함과 '마법'을 모두 구경하기 원하지만, 정작 이 공연이 가짜라는 사실을 알고서 비로소 안심하게 된다. 이와 동시에 포투나 여사는 차마 붙잡을 수 없는 것을 붙잡아야 하는 어려움과 매일같이 씨름한다. 즉 하르피아가 결국에는 도망칠 것이고, 그놈이 도망치면 여사는 망할 수밖에 없기 때문이다.

이 공연단은 유니콘이 마주치는 일련의 원형적인 민속적 배경 가운데 맨 첫 번

지금 너는 우리와 함께 이야기 속에 있고, 좋거나 싫거나 간에 이야기와 함께 갈 수밖에 없어. 네가 동족을 찾고 싶다면, 네가 다시 유니콘이 되고 싶다면, 너는 반드시 동화가 이끄는 대로 해거드 왕의 성으로, 또는 동화가 선택하는 곳 어디라도 따라가야 해.

▲ 레베카 나오미 콕스가 2005년에 그린 『마지막 유니콘』의 팬아트. 비글은 콕스의 그림을 이렇게 평했다. "유니콘은 단순히 뿔 달린 말의 모습이 아니다. 마법처럼 아름다운 동시에, 특정 각도와 환경에서는 약간 우스꽝스러워 보이기도 한다. 레베카는 이런 특징을 포착한 유일무이한 화가이다."

째에 불과하다. 무법이 판치는 숲에서 유니콘은 '유쾌한 무법자들'을 만나는데, 이들은 악명을 얻기 위해서 골몰한 나머지 자체적인 민요를 작곡하기 시작했다. 한 마을에서는 각자의 자녀를 희생시키는 대가로 안락한 생활을 보장받는 저주를 주민들이 기꺼이 받아들인다. 모든 일화마다 유니콘은 사람들이 이야기의 힘에 간섭함으로써 이 세계를 조종하려고 애쓰는 것을 발견한다. 즉 포투나 여사는 힘을 추구하는 과정에서 '전설들'을 가두어놓는다. 무법자의 우두머리인 컬리 두목은 자기 신화를 창작함으로써 불멸을 추구한다. 마을 주민들은 저주가 풀리지 않도록 노심초사하는데, 왜냐하면 저주가 사라지면 자신들이 가난해질 것을 알기 때문이다.

결국 해거드 왕의 무너져 내리는 성에 와서야 유니콘은 이 땅의 지리학과 자기 이야기의 진정한 교차점을 발견한다. 해거드와 그의 소유인 붉은 황소는 유니콘 떼 실종의 배후 원인이었으며, 동족을 찾기 위한 과정에서 주인공인 유니콘은 적의 왕국 한가운데로 들어오고 만 것이었다. 해거드의 성은 황량한 바닷가에 자리했으며, 하인들과 조신들 모두 이곳을 버리고 떠나버렸다.

바로 이 대목에서 유니콘은 갑자기 인간 여성으로 변모한다. 비록 인간의 형체라도 유니콘은 주변을 변화시키는 영향력을 여전히 발휘한다. 성의 음침한 분위기조차도 왕의 아들이 이 수수께끼의 낯선 여성에게 품은 사랑을 꺼트리지는 못했으며, 저 불길한 환경에도 불구하고 여전히 남아 있는 경비병과 유니콘의 친구들은 이 성을 아늑한 집으로 만든다. 어디에 있든지 간에 유니콘은 변화의 원인으로 작용하는데, 해거드 왕의 극력 저항에도 불구하고 그의 성채 역시 예외는 아니었던 것이다.

커트 보니것 KURT VONNEGUT

제5도살장

SLAUGHTERHOUSE-FIVE(1969)

보니것의 가장 대중적인 작품으로 평가되며, 드레스덴 폭격 당시의 경험으로부터 영감을 얻은 이 소설은 '시간에 얽매이지 않는' 병사 빌리 필그림의 시간 여행 모험을 따라간다.

이 소설의 초판본은 1969년 델라코트 출판사에서 간행되었다.

이 소설은 내용의 저속성과 선정성을 이유로 미국에서 종종 검열의 대상이 되었다. 1972년에는 영화로도 각색되었다.

보니것의 다른 대표작으로는 『고양이 요람』(1963)과 『챔피언의 아침 식사』(1973) 등이 있다.

제2차 세계대전이 끝나기 세 달 전인 1945년 2월 13일, 전쟁 포로인 커트 보니것(1922-2007)은 지하 도살장에 대피한 상태에서 드레스덴의 파멸적인 폭격을 경험했다. 아이러니하게도 그곳 '제5도살장'은 결과적으로 도살을 모면하는 장소가 되었다. 다음 날 아침, 보니것과 동료 포로들은 숯덩이가 된 시신을 수습해서 화장하는 일에 투입되었다.

영웅과는 거리가 먼 이 소설의 주인공 빌리 필그림은 저 파멸적인 폭격 당시 보니것이 머물렀던 바로 그 대피소에 있었던 전쟁 포로이다. 그 역시 살아남았지만 결국 정신이 나가버렸다. 그로선 그 사건을 도무지 이해할 수 없었던 것이다.

역사와 마찬가지로 소설 역시 드레스덴에 대해서는 대부분 침묵을 지켰다. 히틀러의 말마따나 "승자는 진실을 말하고 있느냐는 질문을 결코 받지 않는 법"이니 말이다. 보니것도 '드레스덴 소설'을 쓰는 과정에서 쉽게 극복할 수 없는 어려움을 겪었다. 완전히 새로운 '정신분열증적' 기법을 만들어내는 과정에서, 그는 사실주의와 통속 과학소설과(예를 들어 마치 변기 뚫는 기구처럼 생긴, 초록색의 외눈박이 트랄파마도어인처럼) 슬랩스틱 사회 희극을 엮어서 놀라우리만치 혁신적인 패턴을 만들어냈다. 1969년에 간행된 『제5도살장』은 격찬을 받았으며, 『뉴욕 타임스』 베스트셀러 목록에서 정상을 차지했고, 이후 미국 고전 소설의 정전으로 남게 되었다.

『제5도살장』의 논제는 결국 인간이 날것 그대로의 현실을 감당할 수 없다는 것이다. 삶은 워낙 끔찍하기 때문에 오로지 소설로만 다룰 수 있고, 아울러 삶의 경험이 더 끔찍할수록 소설은 더 환상적이라는 것이다. 테오도르 아도르노는 아우슈비츠 이후에 시를 쓰기가 불가능해졌다는 유명한 말을 남겼다. 이와 유사하게, 『제5도살장』의 배후 주장 가운데 하나는 결국 드레스덴 이후에 소설을(최소한 사실주의 소설을) 쓰기가 불가능해졌다는 것이다. 이런 난국을 벗어나기 위한 방법이 바로 과학소설이었다. 시간 여행자이자 우주 여행자, 또는 단순히 정신병자일 가능성이 더 높은 빌리 필그림은 결국 드레스덴 이후의 순례를 나치 독일에서가 아니라, 오히려 트랄파마도어 행성에서 외계인들에게 억류된 상태로 마무리한다.

빌리의 감옥은 측지선 돔 형태이며(이것이야말로 1960년대의 히피 공동체가

▲ 드레스덴이 전략적 표적이라는 처칠의 선언 직후 이루어진 폭격에 폐허가 된 도시의 모습. 물론 이곳은 실제로는 전략적 표적이 아니었음에도 불구하고 초토화되었다.

선호하던 양식이었다), 시어스로벅에서 가져온 (히피가 덜 좋아하는 양식의) 가구를 놓아 편의를 꾀했고, 역시나 우주 저편에서 데려온 신인 여배우 몬태나 와일드핵이 빌리의 '짝'이 되었다. 즉 이들은 트랄파마도어 국립 동물원에서 지구인의 표본으로 전시되는 것이었다.

트랄파마도어인은 영국 공군과 마찬가지로 위험한 폭격자들이었다. 혹시 (자기 행성을 파괴하는 데에도 유능했던) 지구인이 우주까지 파괴할 가능성은 없는가? 빌리는 초록색의 자그마한 조언자에게 묻는다. 이 불가피한 운명에 직면한 당신들의 철학은 무엇인가? "우리는 영원토록 즐거운 순간들을 바라보며 지낸다. 오늘 동물원에서 보낸 순간처럼." 지구인도 그렇게 하는 법을 배워야 한다는 것이다. 드레스덴을 잊으라는 것이다. 디즈니랜드를 즐기라는 것이다.

역사적 사건의 공포를 졸지에 슬랩스틱과 블랙코미디와 과학소설의 혼합물로 가공하기로 결심한 이유를 묻자, 보니것은 이런 양식이야말로 셰익스피어의 비극에 나오는 어릿광대와도 유사하다고 지적했다. "다른 행성으로의 여행, 즉 조롱당할 것이 분명한 종류의 과학소설적 요소를 끼워 넣은 것이야말로, 비극에서 어릿광대를 자주 불러내 분위기를 밝게 만드는 것에 상응합니다." 하지만 이 소설은 더 진지한 의도도 분명히 갖고 있다. 『제5도살장』을 쓰는 과정에서 보니것은 조지프 헬러의 『캐치 22』(1961)로부터 영향을 받았다고 인정했다. 『캐치 22』에 묘사된 전쟁은 마치 정신병원과 흡사하다. 주인공 요사리안은 정신병자 진단을 받아야만 전쟁터라는 정신병원에서 벗어날 수 있다. 하지만 정신병자라고 의무대에 자진 신고한다면, 결국 본인은 이성적 판단이 가능한 정상인임을 입증하는 셈이 된다. 이런 이중의 굴레가 바로 군대라는 기계를 돌아가게 만드는 '캐치 22'인 것이다. 이것이야말로 제도화된 부조리이며, 따라서 오로지 희극으로만 효과적으로 다룰 수 있다.

또한 (비록 저자가 인정하지는 않았지만) 『제5도살장』에 영향을 준 작품으로는 핵전쟁으로 인한 전멸을 다룬 스탠리 큐브릭의 코미디 영화 〈닥터 스트레인지러브〉(1964)가 있다. 이 작품은 무척이나 심각하기 때문에, 관객도 웃을 수밖에 없다.

래리 니븐 LARRY NIVEN

링월드

RINGWORLD(1970)

세 가지 은하 생물종의 일원들이 고대의 인공 '세계'를 탐사한다. 자체적인 태양을 에워싼 거대하고 납작한 고리 형태의 그곳이 위협인지, 아니면 기회인지, 아니면 양쪽 모두인지를 알아내기 위해서.

『링월드』의 초판은 1970년 밸런타인 북스에서 간행되었다. 이 작품은 그해 네뷸러 상을 수상했고, 1971년에는 휴고 상과 로커스 상을 수상했다.

링월드의 이야기는 전편 네 권과 속편 네 권을 통해서 확장되었다. 링월드를 일부분으로 포함한 '알려진 우주'는 니븐의 여러 장편 및 단편 소설에서 자세히 설명된다.

니븐의 상징이 되다시피 한 이 세계는 훗날 이언 M. 뱅크스를 비롯한 여러 작가에게 영향을 주었으며, 그 내용 가운데 공학 및 물리적 특성에 관한 부분은 전문가 팬들 사이에서 열띤 토론의 주제가 되어왔다.

『링월드』는 래리 니븐의 '알려진 우주' 이야기 연작의 초기에 간행된 여러 권 중에서도 절정에 해당하는 작품이다. 이 줄거리는 두 가지 상호작용하는 층위에서 펼쳐진다. 링월드에 도착하기 전에 독자는 이전 이야기에서 나온 배경담을 듣게 되는데, 그래야만 주역들의 복잡한 관계가 비로소 이해 가능할 것이기 때문이다. 우선 두 명의 인간이 있는데, 하나는 활동가이며 200세인 루이스 우이고, 또 하나는 유전공학을 통해 현실에 행운을 부여하는 능력을 지닌 20세의 틸라 브라운이다. 또 고양이과 동물이며 성미 급한 전사인 크진 종족의 크미는 다른 종족과 평화롭게 교제한다는 이유로 자기네 문명에서는 도리어 겁쟁이로 간주된다. 반면 머리가 두 개이고 발이 세 개이며 겁쟁이인 퍼피티어 종족 네서스는 위험한 외계 생물종과 접촉해서도 달아나지 않고 교섭하기 때문에 비상식적으로 용감하다고 간주된다. 혹시 이런 배역 설정이 기계적으로 보이더라도, 어떤 면에서는 그것조차도 니븐의 의도이다.

링월드 그 자체는 세 가지 생물종 사이의 상호작용으로 고조되는 사건들과 함께 탐사되고 이해되며, 각각의 사건은 이야기를 진행시키는 동시에, 이 거대한 인공 구조물 고리에 대한 독자의 시야를 더 넓혀준다. 이 고리는 둘레가 10억 킬로미터에 너비가 160만 킬로미터이고, 내부 표면에서 주거가 가능하다. 반면 외부 표면은 생명체가 없고, 사실상 불침투성 물질로 이루어졌으며, 어디까지나 구조물을 한데 묶기 위해서, 그리고 소행성이나 기타 천체와의 충돌을 방비하기 위해서 고안된 것이다. 고리의 외부 표면에는 내부 표면의 지형 윤곽이 반대로 드러난다. 즉 내부 표면에서 바다인 부분은 외부 표면에서 돌출되어 있고, 내부 표면에서 산맥인 부분은 외부 표면에서 함몰되어 있는 것이다. 대기를 담아두는 고리의 테두리 벽은 높이가 1600킬로미터나 되고, 산맥과 능선의 형태에 따라 윤곽도 달라진다. 링월드와 자체적인 작은 태양 사이에는 거대하고 불투명한 직사각형 판들이 늘어서서 움직이기 때문에, 그 판들의 그림자가 링월드에 밤을 만들어낸다. 링월드의 거주 가능 표면의 면적은 대략 지구의 300만 배에 해당한다.

이처럼 너무 넓어서 이해하기 힘든 풍경의 방대한 개요를 소설 한 권에 모두 제공하기는 불가능하기 때문에, 니븐은 굳이 그러려는 위험을 감수하지 않았다. 주역들이 탑승한 퍼피티어의 우주선은 머지않아 작동 불능 상태가 되어 그 표면에 추

▲ 공학자인 크미와 루이스가 고리 벽에 있는 이착륙장에 놓인 거대한 우주선을 조사하는 장면. 폴 마퀴스의 삽화.

락하고, 결국 네 명은 하나로 뭉쳐서 선외 정찰 활동에 나서게 된다. 틸라를 제외한 나머지 모두는 자신들이 미약하게나마 인식할 수 있는 이곳의 규모 그 자체에 그만 압도되는 동시에 위협마저 느낀다. 이곳에서는 만곡도 볼 수 없고, 지평선도 볼 수 없다. 모든 시야는 아찔하게도 소실점으로 끝나버린다. 하늘에는 고리의 아치가 보인다. 만약 수명이 100만 년인 사람이라면 충분히 반대편 고리까지 걸어갈 수 있을 것이다. 동물군은 처음에만 해도 전혀 보이지 않았다. 식물군은 지구와는 약간 다르지만, 충분히 이해 가능한 정도로 유사하다.

주역들은 링월드에서 인간형 존재를 발견함과 동시에, 이들이 재난에 가까운 문명의 상실로 인해 고통을 겪어왔음을 발견한다. 그 상실의 원인은 전반적인 동력 시스템의 고장 때문임이 거의 확실시된다(이곳에는 바위를 제외하면 천연자원이 없다. 그리하여 링월드의 주민은 자원 부족에 직면했던 것인데, 만약 지구의 문명에도 비슷한 상황이 벌어졌다면 극복하기가 쉽지 않았을 것이다). 급기야 문명의 쇠퇴로 그 생존자의 후손은 고대 전제국가 비슷한 공동체에서 살아가고 있었다. 원래의 링월드 공학자들은 어디서도 찾아볼 수 없으며, 이들의 창조물은 마치 그 마지막 단계에 접어든 것처럼 보인다. 링월드의 창조 이유는 추정만 가능할 뿐이다. 우리가 아는 사실은 수조 명에 이르는 사람들을 위한 이 놀이터가 영원히 지속되어야 마땅하리라는 것뿐이다.

이탈로 칼비노 ITALO CALVINO

보이지 않는 도시들

INVISIBLE CITIES(1972)

상인 마르코 폴로는 몽골 황제 쿠빌라이 칸 앞에 나아가 자신이 방문한, 또는 방문했다고 주장하는 55개의 황당무계한 도시들의 인상을 서술한다.

이 소설의 초판본은 1972년 에이나우디 출판사에서 간행되었다.

레오니아라는 도시는 매일 밤마다 모습을 바꾸기 때문에, 그곳 주민들은 아침에 일어날 때마다 새로운 세계를 만난다. SF 영화 〈다크 시티〉(1998)는 바로 그 이야기로부터 영감을 얻은 것이 분명해 보인다.

쿠빌라이 칸은 '계단의 도시'를 상상하는데, 2014년에 간행된 도시 환상소설인 로버트 잭슨 베넷의 '거룩한 도시들' 시리즈의 첫 번째 권에 등장하는 동명 도시는 바로 여기서 영감을 얻은 것이다.

이탈로 칼비노(1923-1985)의 『보이지 않는 도시들Le cittá invisibili』(1972)은 실존 인물인 여행가 마르코 폴로가 남긴 여행기의 포스트모더니즘 버전으로, 제목에 드러난 것처럼 이 베네치아 상인이 방문한 도시들이 그 내용의 핵심이다. 제2차 세계대전 당시 이탈리아 레지스탕스에도 참여했던 칼비노는 가족의 가톨릭 신앙을 거부하고 이탈리아 공산당에 입당했으며, 나중에는 적극적인 정치적 참여로부터 물러났다. 천성적으로 도시인이었던 그는 토리노, 피렌체, 밀라노, 파리, 로마 등지에서 살았으며 한때 이렇게 쓰기도 했다. "나는 항상 뉴요커라는 느낌을 가졌다. 내 도시는 바로 뉴욕이다."

『동방견문록』(1300?)은 마르코 폴로가 제노바의 감옥에 함께 갇혀 있던 루스티첼로 다 피사에게 이야기하는 방식으로 서술되는 반면, 칼비노의 저서는 여행기도 아니고 전기도 아니다. 오히려 이는 황당무계한 기록에 불과하며, 마르코 폴로가 황궁에서 쿠빌라이 칸에게 보고한 머나먼 도시들에 관한 극도로 신뢰하기 힘든 보고들을, 어디까지나 후세를 위해 보전한 것뿐이다.

마르코 폴로의 보고는 전 9장으로 나뉘며, 거기 나오는 대도시들은 모호하게, 또는 아이러니하게 11개의 기준에 따라 분류된다. 즉 섬세한, 숨은, 지속되는, 무역의 도시들이 있고 하늘, 기억, 눈眼, 기호, 이름, 욕망, 사자死者에 사로잡힌 도시들이 있다.

각 장은 직설적이고 아름답게 작성된 보고로 제시되지만, 최소한 우리의 세계에서는 이런 장소들이 존재하지 않는다는(종종 '존재할 수 없다'는) 사실이 금세 명백해진다. 어쩌면 이 소설의 세계는 우리의 세계가 아니라 환상의 세계일 것이다. 또 어쩌면 극도로 뛰어난 날조자인 칼비노의 마르코 폴로가 뭔가 의도를 가지고 황제를 미혹시키거나, 즐겁게 하거나, 기쁘게 하거나, 속이려고 이런 환상을 지어냈을 것이다.

각 장 사이에 끼어든 삽입 장들로 인해 복잡성의 차원이 하나 더 추가되는데, 그 내용은 폴로와 쿠빌라이 칸의 만남을 설명한다. 삽입 장들의 화자는 또 다른 목소리인데, 아마도 훗날의 또 다른 황제의 목소리인 것으로 보인다. 이 다른 황제는 '저녁에 다가오는 공허감'을 이해하는 사람이며, '이 제국이 우리에게는 온갖 경이

의 총합처럼 보이지만, 사실은 끝도 없고 공식적인 폐허에 불과하다는 사실을 발견하는 절망적인 순간'에 관한 칸의 깨달음에 대해 숙고한다.

한 층위에서 『보이지 않는 도시들』은 여행기의 (나아가 모든 텍스트의) 내재적인 신뢰 불가능성에 관한 은밀한 비판으로 볼 수도 있다. 이 책의 한가운데 부분에서 칸은 보기 드문 직접 행차를 통해 베네치아와 매우 유사한 운하 도시 킨사이를 방문하는데, 폴로는 이렇게 말한다. "이런 도시가 존재할 수 있다고 상상하지는 못했습니다." 그러고는 잠시 후에 이렇게 덧붙인다. "제가 어떤 도시를 묘사할 때마다 저는 베네치아의 일부를 말하는 셈입니다."

이것이야말로 『보이지 않는 도시들』의 핵심이다. 즉 상상의 광경은 꾸밈없는 사실보다 오히려 더 깊은 진실을 제공할 수 있다는 것이다. 칼비노의 도시들은 호르헤 루이스 보르헤스의 미궁 및 도서관과도 유사하다. 13세기의 상인이 오토바이와 마천루와 레이더에 관해 이야기한다. 마르코는 비행기를 타고 '트루데'라는 도시에 간다. 전 세계는 온통 이 도시로 뒤덮인다. 단지 공항의 이름만이 바뀔 뿐이다.

『보이지 않는 도시들』은 뚜렷이 이성애적이고 남성적인 시각을 가진 책이다. 여성은 거의 항상 아름다운(대개는 획득 불가능한) 욕망의 대상으로만 등장한다. 스쳐 지나가듯 목격되는 그들은 여행자의 상상력에 출몰하여 영감을 제공하지만, 궁극적으로는 회피나 실망을 안겨준다. 도시 그 자체도 종종 체칠리아, 클라리체, 에스메랄다, 필리스처럼 여성형 이름을 부여받으며, 완전한 지식과 소유의 불가능성을 체화하는 것처럼 보인다. 폴로는 항상 탐색에 나서고, 떠나기 위해 도착할 뿐이며, 또 다음의 보이지 않는 도시를 향해 계속해서 여행을 나아가는 것이다.

▲ 깊은 지하 호수 위에 자리한 1000개의 우물이 있는 도시 이사우라의 모습. 콜린 코라디 브래니건의 삽화.

윌리엄 골드먼 WILLIAM GOLDMAN

프린세스 브라이드

THE PRINCESS BRIDE(1973)

골드먼의 메타텍스트적 희극에서 묘사된 세계 속의 또 다른 세계에는 검술과 '비정상적인 크기의 설치류', 그리고 다른 무엇보다도 로망스가 있었다.

이 소설의 초판본은 1973년 하코트 브레이스 조바노비치에서 간행되었다.

골드먼은 1983년에 또다시 'S. 모르겐슈테른'이라는 필명으로 돌아가서 『말 없는 곤돌라 사공들』이라는 작품을 내놓았다.

이 소설의 서론에서 핵심 인물들로 등장하는 골드먼의 가족, 즉 그의 아내 헬렌과 아들 제이슨은 허구에 불과하다. 저자는 이 소설의 25주년판에서 이들을 다시 등장시킨다.

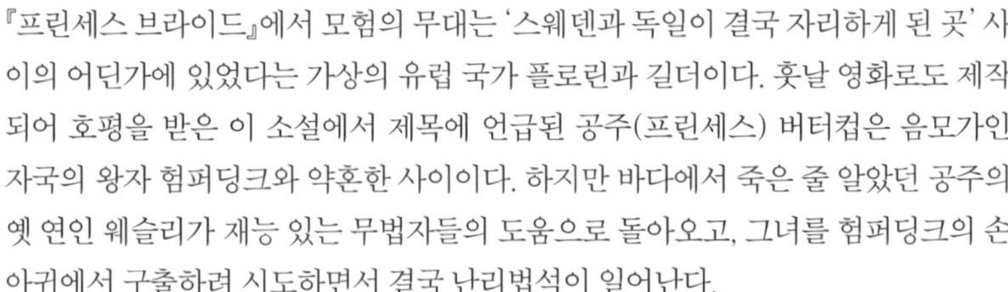

『프린세스 브라이드』에서 모험의 무대는 '스웨덴과 독일이 결국 자리하게 된 곳' 사이의 어딘가에 있었다는 가상의 유럽 국가 플로린과 길더이다. 훗날 영화로도 제작되어 호평을 받은 이 소설에서 제목에 언급된 공주(프린세스) 버터컵은 음모가인 자국의 왕자 험퍼딩크와 약혼한 사이이다. 하지만 바다에서 죽은 줄 알았던 공주의 옛 연인 웨슬리가 재능 있는 무법자들의 도움으로 돌아오고, 그녀를 험퍼딩크의 손아귀에서 구출하려 시도하면서 결국 난리법석이 일어난다.

『프린세스 브라이드』의 사건들은 역사상 존재하지 않았을 뿐만 아니라, 의도적이고도 도발적으로 아예 존재할 수조차 없었던 시대에 일어난다. 즉 '유럽은 없었지만 파리는 있었던 시대'라는 것이 저자 윌리엄 골드먼(1931-)의 여러 모순된 설명 가운데 하나이다. 이 책은 에스파냐, 터키, 스코틀랜드 같은 지명을 자유롭게 지칭하는데, 매번 교묘하게도 이런 장소들이며 그곳의 활동들은 존재했을 수도 있고 존재하지 않았을 수도 있다는 식으로 언급해서, 아무리 좋게 말해도 전적으로 혼돈스럽다고밖에 할 수 없는 역사적 사실성의 느낌을 만들어낸다.

이 책 속의 세계는 의도적으로 정신 사납고, 무정부주의와 모순이 가득하다. 어느 대목에서 골드먼은 이 책의 내용이 역사적 사실이라고 단언하면서, 플로린 관련 자료를 직접 확인해보라고 독자에게 권유한다. 그런 한편으로 『프린세스 브라이드』에는 불타는 늪, 기적의 사나이, 대왕 박쥐, 흡혈 독수리, 괴물 오징어, 그리고 불멸의 '비정상적인 크기의 설치류' 등이 줄줄이 등장한다. 성, 숲, 함대, 유럽 이웃 국가들을 보유한 플로린은 비록 불가능한 것들이 존재하기는 하지만, 전형적이고도 포괄적인 서양의 환상 나라이다.

이런 내용상의 혼돈에서 그치지 않고, 『프린세스 브라이드』라는 책 자체도 허구의 구조물이다. 이 소설에 붙인 수많은 첨언 못지않게 기나긴 서문에서 저자는 『프린세스 브라이드』가 S. 모르겐슈테른이 쓴 원본의 축약본이라고 주장한다. 이 메타텍스트적 포장은 골드먼 가문의 가공 역사와 저자의 유년기에 대한 재상상을 통해 완성된다. 이로써 골드먼은 이 책을 쓰는 동시에 그 테마에 관해서 논평하고, 심지어 유년기와 성인기의 자아를 이용해 수시로 간결한 투사를 시도한다.

골드먼은 방백을 통해서 "삶은 공평하지가 않다"고 말하는데, 이런 테마는 이

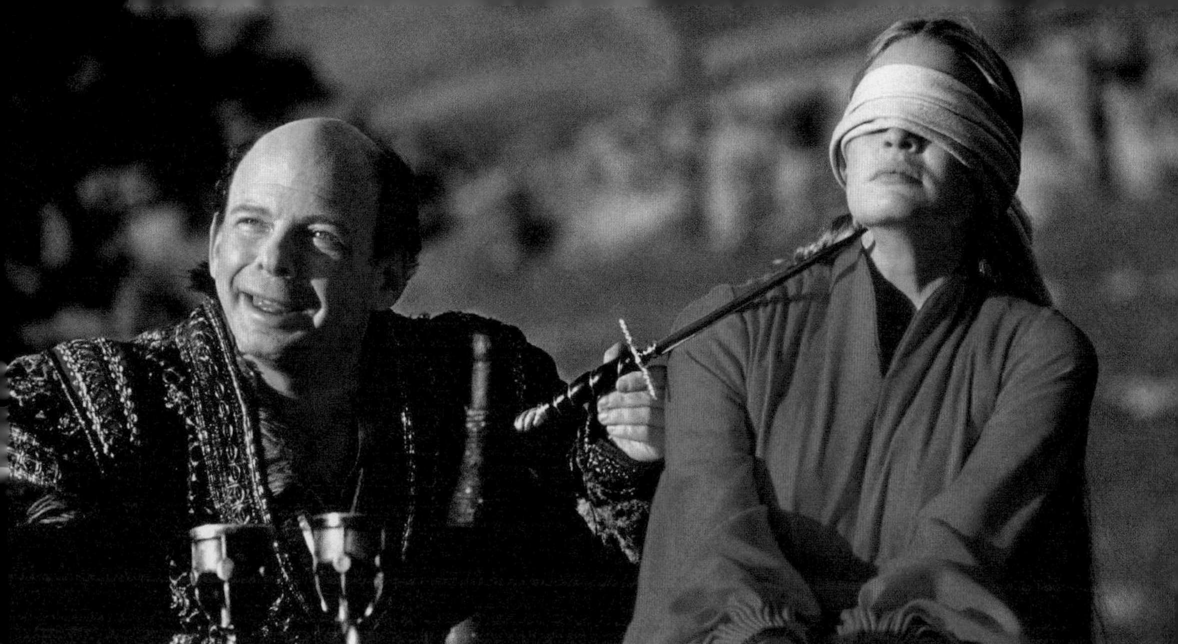

▲『프린세스 브라이드』를 각색한 1987년 작 영화에서 비지니와 버터컵 공주를 연기한, 월리스 숀과 로빈 라이트 펜의 모습.

책에서 묘사된 사람과 장소에도 반영된다. 버터컵은 '객관적으로' 가장 아름다운 사람이고, 힘센 페직은 가장 강한 사람이다. 그러나 좋은 사람에게 끔찍한 일이 일어나는데, 책 중간에 웨슬리가 죽어버리는 대목이 딱 그렇다. 웨슬리는 연이어 불공정한 도전에 직면한다. 즉 거인과 말다툼해서 이겨야 하고, '검술의 마법사'와 싸워서 이겨야 하고, 천재를 생각으로 이겨야 하고, 위대한 사냥꾼을 피해 숨어야 하고, 기괴한 심문자 앞에서 비밀을 지켜야 한다. 심지어 플로린과 길더의 지형조차도 우리의 주인공들을 적대하기로 공모한 듯, 불타는 늪에서부터 무너지는 눈모래며 '광란의 절벽'을 기어오르는 것까지 다양한 시련이 펼쳐진다.

『프린세스 브라이드』에 나오는 세계는 물론 사실이 아니지만, 골드먼은 그게 사실이어야 '마땅하다'고 상상한다. 그가 가상 역사를 매우 지루하게 만들어낸 이유도 그래서이다. 즉 그래야만 영감 넘치는 모험으로 축약할 수 있기 때문이다. 이와 유사하게 『프린세스 브라이드』의 땅은 의도적으로 불공평하다. 즉 불가능한 것에 대한 승리가 우리에게 필요한 낭만과 모험을 만드는 것이다. 상당히 공들여 만들었지만 뭔가 있음 직하지 않은 이 메커니즘의 존재 덕분에 스릴 넘치는 이야기가 탄생할 수 있었던 것이다.

새뮤얼 R. 딜레이니 SAMUEL R. DELANY

달그렌

DHALGREN(1975)

깜짝 베스트셀러 『달그렌』에는 시간을 벗어난 종말론적 도시 벨로나가 등장한다. 벨로나는 무엇인가? 이는 독자 개개인이 반드시 판단해야 하는 문제이다.

이 소설의 초판본은 1975년 밴텀 북스에서 간행되었다.

출간 첫해에 『달그렌』은 7쇄를 찍으며 무려 50만 부 가까이 판매되었다.

『달그렌』을 간행하기로 결정한 이유에 대해서 편집자 프레더릭 폴은 이렇게 대답하곤 했다. "왜냐하면 그 작품이야말로 『O의 이야기』 이후 처음으로 제가 성性에 관해서 미처 몰랐던 것을 이야기해 준 책이었으니까요."

벨로나는 원래 로마 신화에 나오는 전쟁의 여신의 이름인데, 때로는 군신 마르스의 누이나 아내로도 묘사된다.

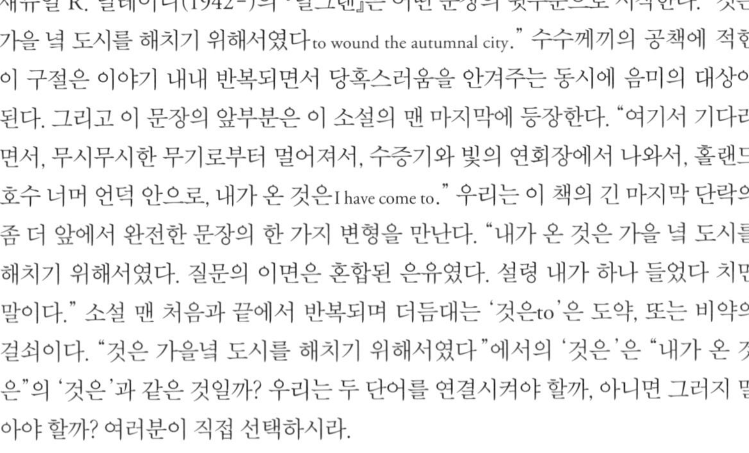

새뮤얼 R. 딜레이니(1942-)의 『달그렌』은 어떤 문장의 뒷부분으로 시작한다. "것은 가을 녘 도시를 해치기 위해서였다to wound the autumnal city." 수수께끼의 공책에 적힌 이 구절은 이야기 내내 반복되면서 당혹스러움을 안겨주는 동시에 음미의 대상이 된다. 그리고 이 문장의 앞부분은 이 소설의 맨 마지막에 등장한다. "여기서 기다리면서, 무시무시한 무기로부터 멀어져서, 수증기와 빛의 연회장에서 나와서, 홀랜드 호수 너머 언덕 안으로, 내가 온 것은I have come to." 우리는 이 책의 긴 마지막 단락의 좀 더 앞에서 완전한 문장의 한 가지 변형을 만난다. "내가 온 것은 가을 녘 도시를 해치기 위해서였다. 질문의 이면은 혼합된 은유였다. 설령 내가 하나 들었다 치면 말이다." 소설 맨 처음과 끝에서 반복되며 더듬대는 '것은to'은 도약, 또는 비약의 걸쇠이다. "것은 가을녘 도시를 해치기 위해서였다"에서의 '것은'은 "내가 온 것은"의 '것은'과 같은 것일까? 우리는 두 단어를 연결시켜야 할까, 아니면 그러지 말아야 할까? 여러분이 직접 선택하시라.

딜레이니는 1969년 1월부터 1973년 9월까지 여러 도시를 전전하며 『달그렌』을 집필했다. 당시에 그는 이미 수상 경력이 있는 과학소설가였고, 『달그렌』은 방대하고도, 기묘하고도, 성적으로 노골적인 소설이었다. 1975년에 간행되자마자 『로스앤젤레스 타임스』에서 할런 엘리슨은 이 작품을 가리켜 "의미 없는 산만함의 유감스러운 일람표"라고 비판했던 반면, 『갤럭시』에서는 시오도어 스터전이 "과학소설 분야에서 나온 최고의 작품"이라고 격찬하며 저자를 호메로스와 셰익스피어와 나보코프에 비견했다. 결국 이 작품은 딜레이니의 베스트셀러가 되었는데, 벨로나에 매료된 모험심 충만한 독자들이 적극 포용한 까닭이었다.

벨로나는 말言로 이루어진 도시이지만, 그렇다고 반드시 지시 대상을 가진 말까지는 아니다. 벨로나는 장소인 동시에 관념이다. 목적이 무엇이냐는 질문에 대해 우리의 주인공 키드는(사실 그의 진짜 이름은 '키드'도 아니다) 이렇게 대답한다. "나는 벨로나로 가서―" 그의 문장은 마무리되지 않는다. 이 책의 수많은 것들과 마찬가지로, 또 벨로나의 수많은 것들과 마찬가지로, 그 문장 역시 단편에 불과하다. 곧이어 그는 자기 목적에 대한 설명을 다시 시작한다. "내 목적은 나머지 모든 사람의 목적과 같아요. 어쨌거나 현실의 삶에서는 말이에요. 즉 의식이 멀쩡한 채로 다음 순간으로 거쳐 가는 거죠."

그렇다면 과연 의식이 멀쩡한 채로 벨로나를 거쳐 가는 사람이 있기는 할까? 그렇다는 증거는 거의 없어 보인다. 벨로나는 산산조각 난 포장도로, 폐허가 된 건물, 그리고 잿더미로 이루어진 장소이다. 이곳의 주민은 도시 그 자체만큼이나 상처 입고 수은에 중독된 상태이다. 이곳은 역사적 의미가 결코 없었던 장소이며, 뉴스를 만들어내지도 않는 장소이다. "이 도시의 존재를 추정하는 사람은 극소수였다. 마치 언론뿐만 아니라 시각의 법칙 자체마저도 이곳을 간과하기 위해서 지식과 지각을 재설계한 것만 같았다." 프리즘과 거울과 렌즈에 대한 언급이 이야기 내내 계속된다. 벨로나는 때때로 이들 모두에 해당한다.

벨로나에 있는 잿더미는 단순히 건물의 잿더미일 뿐만 아니라 텍스트의 잿더미이기도 하다. 『달그렌』은 글쓰기와 글로 작성된 것에 대해, 그리고 격렬한 글쓰기가 뒤에 남긴 흔적에 대해 끝없이 관심을 가지는 소설이다. 그 말들은 다른 말들이다. 수많은 소설과 시와 책의 단편들이 그 페이지를 스쳐 지나가고, 그중 일부는 떠돌이나 여행자로서, 또 일부는 평생 살아온 시민으로서 그렇게 한다.

이 소설에서는 많은 일이 일어나지만, 전통적인 의미에서의 줄거리는 없고, 고조되는 액션도 없고, 대단원도 없다. 벨로나에서의 삶은 단순히 사건의 연속인 것처럼 보일 때가 종종 있다. 사람들은 주위를 배회하고, 대화를 나누고, 파티를 열고, 성행위를 하고, 싸움을 한다(어쩌면 환각과 꿈과 악몽을 경험하는지도 모른다. 하지만 현실이 단단히 고정되지 않았을 경우, 자기가 미쳤는지를 어떻게 안단 말인가?). 산문과 주민 모두가 굽이쳐 흐른다.

벨로나는 왜 이런 모습이 되었을까? 만약 이 작품이 전통적인 소설이었다면 우리도 그 이유를 알았을 것이다. 예를 들어 중성자탄이나 외계인 침공 때문에 그랬다는 식으로 말이다. 하지만 이 작품은 전통적인 소설이 아니다. 벨로나는 과학소설적 원인은 없이 과학소설적 효과만 발휘한다. 만약 벨로나에, 또는 최소한 벨로나의 종말에(즉 뒤죽박죽된 그곳의 시간에, 그 주민에게만 명백한 그곳의 존재에, 불과 잿더미로 이루어진 그곳의 환경에) 어떤 원인이 있다면, 그 원인은 바로 이곳이 과학소설로 홍보되는 소설에 등장하는 도시라는 것뿐이다. 벨로나는 하나의 장소라기보다는 오히려 하나의 경험이다. 즉 등장인물의 경험이며, 또한 독자의 경험이다. 벨로나가 우리에게 무엇을 주느냐는, 우리가 벨로나로 무엇을 가져가느냐에 따라 달라진다.

벨로나는 다른 무엇보다도 소설 속의 도시이다. 따라서 그 말을 발견하는 모든 사람의 머릿속에 있는 도시라고 말할 수 있는 것이다.

Sam Delaney

1067 Natoma Street
San Francisco, California
94103
June 14, 1969

Dear Mr Sale,

A warming letter, it was...your and Mr Pynchon's enthusiasm for a book of mine -- warming indeed!

What of mine I would most like for you to see is current work. From the brief discussion of what your magazine is looking for, what I'm working on now seems most relevant -- off (or all too possibly on) chance this is simply the enthusiasm of the moment; but I would like you to take a look at the opening fifteen thousand words of the novel I am working on, Prism, Mirror, Lens.* The section forms something of a self-contained novelet.

If you can bare with me for a month while I get the various notebooks, napkin, and envelopes on which it is written together and type them neatly up ... as well as squeeze out from under some bread-and-butter dealines.

If your schedule is terribly tight, drop me a postcard and I will condence a month into a week.

Through Marc Heafle I had heard rumour that Mr Barthelme was interested in something from me for your magazine; your conformation is a very nice thing to get in an otherwize dull Saturday morning mail.

All the best,

Samuel R. Delany

* Not in any attempt to tell you what it is about, but as a synopsis (?) of the major image: In a burning city, all but evacuated, a young man is introduced to a variety of sexual/mythical/mystical experiences.

▲ 딜레이니가 커크패트릭 세일에게 보낸 편지. 그는 우선 세일과 토머스 핀천이 자기 작품을 '격려'한 것에 대해 감사를 표한다. 그런 다음에는 '작업 중인 장편소설을 봐주십사'고 세일에게 부탁하는데, 그의 짧은 설명에 따르면 그 작품이 아마도 『달그렌』인 듯하다. "불타는 도시, 텅 비어버린 그곳에서, 한 청년이 다양한 성적·신화적·신비적 경험을 마주하게 됩니다."

GEORGES PEREC
W
ou
le souvenir
d'enfance
L'IMAGINAIRE
GALLIMARD

조르주 페렉 GEORGES PEREC

W 또는 유년의 기억

W OR THE MEMORY OF CHILDHOOD(1975)

페렉의 반半자전적 소설은 불확실한 개인적 기억을 W의 이야기와 뒤섞는데, 여기서 W는 스포츠 대회를 통해서 통치되는 환상적이고 외관상 유토피아적인 섬나라이다.

이 소설의 초판본은 1975년 에디시옹 드노엘에서 간행되었다.

페렉은 울리포의 일원이었는데, 이 집단에서는 새로운 영감을 얻기 위해 각자의 작품에 일정한 형식적 제한을 가하는 것을 목표로 삼았다. 레몽 크노, 해리 매슈스, 이탈로 칼비노도 그 일원이었다.

페렉은 온갖 종류의 퍼즐을 좋아했고, 십자말풀이도 여러 개 고안했다. 그의 가장 유명한 작품 『인생 사용법』(1978)에는 원한을 품은 지그소 퍼즐 제작자가 등장하며, 독자를 위해 숨겨진 게임이 작품 전체에 가득하다.

조르주 페렉(1936-1982)은 그 세대의 가장 뛰어난 작가 가운데 한 명으로, 그리고 20세기의 가장 혁신적인 작가 가운데 한 명으로 격찬을 받았다. 페렉의 작품에서는 이야기의 형식이 그 테마를 밀접하게 반영한다. 『W 또는 유년의 기억』에서는 저자의 유년기에 관한 자전적인 장章들과 스포츠에 열광하는 상상의 파시스트 사회 'W'에 관한 장들이 뒤섞이면서, 두 가지 이야기가 점차 서로를 끌어들인다.

자전적인 서사는 제2차 세계대전 당시 프랑스에서 보낸 저자의 유년기에 초점을 맞춘다. 페렉의 부모는 전쟁 중에 사망했는데, 특히 어머니는 아우슈비츠에서 죽었다. 하지만 페렉이 이런 주제에 접근할 수 있는 것은 어디까지나 상상의 나라 W에 관한 병렬 서사에서뿐이고, 심지어 여기서도 소설의 이 부분만큼은 가스파르 뱅클레의 입을 통해 이야기함으로써 거리를 유지한다. 뱅클레도 페렉처럼 고아이며, 이것이야말로 종종 단어와 이름과 구절을 공유하는 두 가지 서사의 여러 상응점 가운데 하나에 불과하다. 페렉에게는 이런 중첩 자체가 가장 중요한데, 이는 바로 소설의 제목인 '두블베double-vé', 즉 V자 두 개가 중첩되어 W를 만든다는 점에 잘 드러난다. 즉 허구와 사실을 중첩시킴으로써, 페렉은 의도적으로 두 가지 서사에 관한 불확실성을 만들어내고, 이는 역설적으로 홀로코스트에 관한 본인의 경험에 더 쉽게 직면하도록 해준다.

W는 남아메리카 최남단 티에라델푸에고 인근, '마치 양의 머리에서 아래턱이 툭 튀어나온 듯한' 모습의 작은 섬에 있다. W의 사회는 올림픽을 모델로 삼은 일련의 정례적인 스포츠 행사를 중심으로 조직된다. 남성 운동선수들은 서로 경쟁 관계인 여러 마을에 살고, 대회에 관여하는 다른 사람들은 거대한 경기장이나, W의 정부가 자리한 '요새'에 산다.

W에서는 스포츠와 삶의 구분이 없다. 사회 전체는 '신체라는 더 큰 영광'을 찬양할 것을 요구한다. 하지만 이 드높은 이상이야말로 제도화된 잔혹성의 체제를 위한 얄팍한 정당화라는 사실이 점차 뚜렷해진다. W의 운동선수 모두는 영구적으로 영양실조 상태인데, 오로지 승자만이 적절한 식사를 제공받기 때문이다. 패자는 벌거벗은 상태에서 각목과 말채찍으로 두들겨 맞으며, 관객 한 명이 엄지손가락을 아래로 향하기만 해도 사형에 처해진다.

나에게는 어린 시절의 기억이 전혀 없다. (……) 뭔가 다른 역사, 즉 절대 불변의 '역사'가 나 대신 대답해주었다. 전쟁이라고, 수용소라고.

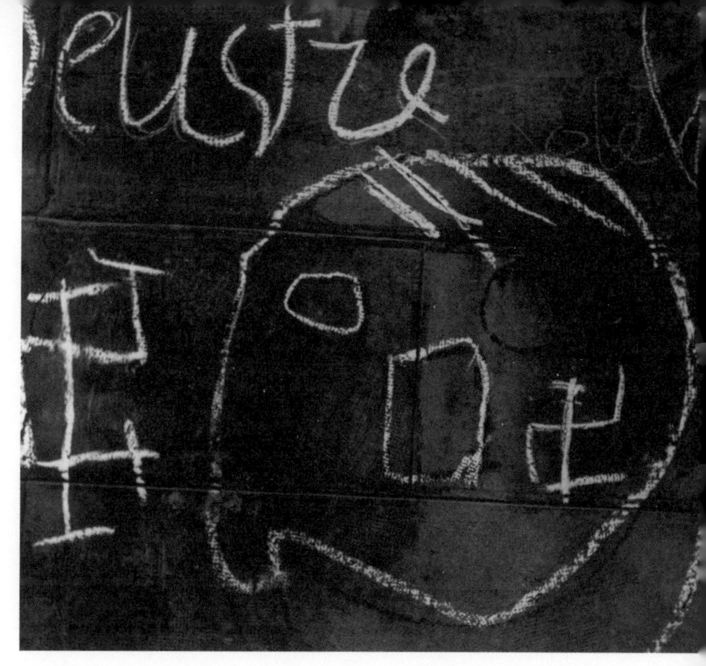

▲ 베르너 비쇼프, 〈1945년 론알프 지역 베르코르의 아이들이 그린 아돌프 히틀러와 나치 기장〉. 이 지역은 나치에 대항한 레지스탕스로 유명하다. 이 이미지는 2013년 모데르니스타 출판사에서 간행된 스웨덴어판 『W 또는 유년의 기억』의 표지에 사용되었다.

체계화된 모욕과 잔혹성에 덧붙여, W라는 국가는 나치의 강제수용소와의 여러 가지 구체적인 병행 요소를 포함하고 있다. W에서는 대회에 나갈 운동선수를 선발하는데, 이는 나치가 죄수 가운데 일부를 선발해 노동이나 처형 처분을 내리던 것과도 유사하다. 또 신참자는 겉옷에 삼각형 표식을 다는데, 이는 유대인이 노란 별 표식을 강제로 달았던 것과도 유사하다. 책의 결말에서는 '요새' 안에 '금니, 금반지, 금테 안경 무더기'와 '품질이 떨어지는 비누 무더기'가 있음이 발견된다.

페렉의 상상 국가의 이 모든 악몽 같은 과도함에도 불구하고, 이 소설의 가장 강력한 상상 행위는 자전적인 서사 내부에서 일어난다. W는 상상 국가가 분명하며, 페렉의 유년기 기억 가운데 상당수도 마찬가지이다. 그는 유년기의 여러 면모를 정확히 기억하지 못하는 자신의 무능력을 솔직히 시인하며, 자기가 제공하는 기억 가운데 상당수가 믿음직하지 않고 왜곡되었을 가능성을 기꺼이 인정한다. 이런 시인과 생략, 그리고 여러 가지 사실의 의도적인 오류는(예를 들어 페렉은 1945년 5월에 일본이 항복했다고 서술하지만, 실제로는 독일이 항복했다고 서술해야 맞는다) 결국 뭔가를 직접 말하지 않으면서 말한다는 이 소설의 테마를 간접적으로 부각시킨다.

『W 또는 유년의 기억』에서 페렉의 가장 큰 환상은 상상의 섬 자체가 아니라 오히려 훨씬 더 일반적인 것이다. 그는 식탁에서 어머니와 마주 앉아 식사를 할 수 있기를, 그런 다음에 가방을 갖고 방에 들어가 숙제를 할 수 있기를 바랐다. 그는 이런 일상을 자기 기억으로 삼고 싶어 했던 것이다.

게르 멘 브란텐베르그 GERD MJØEN BRANTENBERG

이갈리아의 딸들: 성별 풍자극

EGALIA'S DAUGHTERS: A SATIRE OF THE SEXES(1977)

현대 페미니스트 풍자극의 고전인 이 텍스트는 움이 권력을 가진 반면 맨움은 억압을 당하는 환상의 가모장제를 묘사한다.

노르웨이의 양대 공용어 중 하나인 보크몰로 집필된 『이갈리아의 딸들』의 초판본은 1977년에 노르웨이의 팍스 출판사에서 간행되었다.

브란텐베르그는 1981년부터 1983년까지 노르웨이 작가 연맹의 회장을 역임했고, 1984년부터 1992년까지 4회에 걸쳐 국제 페미니스트 도서전을 공동 조직했다.

브란텐베르그는 게이 인권 운동에도 활발하게 참여하며, 노르웨이의 '전국 레즈비언, 게이, 바이섹슈얼, 트랜스젠더 연합'의 전신인 '1948 연대'에서 임원을 담당하기도 했다.

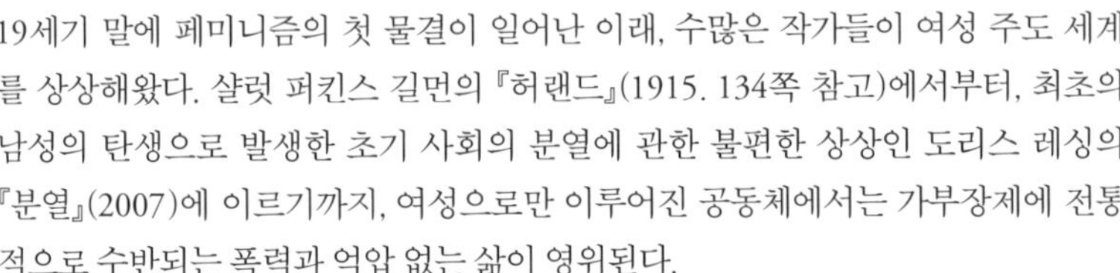

19세기 말에 페미니즘의 첫 물결이 일어난 이래, 수많은 작가들이 여성 주도 세계를 상상해왔다. 샬럿 퍼킨스 길먼의 『허랜드』(1915. 134쪽 참고)에서부터, 최초의 남성의 탄생으로 발생한 초기 사회의 분열에 관한 불편한 상상인 도리스 레싱의 『분열』(2007)에 이르기까지, 여성으로만 이루어진 공동체에서는 가부장제에 전통적으로 수반되는 폭력과 억압 없는 삶이 영위된다.

그런데 노르웨이 작가 게르 멘 브란텐베르그(1941-)의 이갈리아는 뭔가 다르다. 『이갈리아의 딸들: 성별 풍자극』에 묘사되는 사회는 가모장제로서, 성차별이 모든 일상에, 심지어 사람들이 스스로를 묘사할 때에 사용하는 언어에도 스며들어 있다. 이 뒤틀린 거울상 세계에서는 움과 맨움, 영움과 메이드맨未婚男, 맨움의 모닝커피와 젠틀움의 클럽 모임이 있다. 즉 권력을 잡은 움들이 클럽에 모여 그날의 화제를 가지고 토론을 벌이는 사이, 하우스바운드主夫는 작고 귀여운 머리로 근심하며 턱수염 끄트머리를 손으로 꼬는 것이다.

전통적인 성별 불평등에 대한 브란텐베르그의 전복은 기발한 동시에 종종 매우 재미있다. 예를 들어 움프레드 움이 게이 클럽에서 연주하는 음악이라든지, 저명한 심리학자 지그마 플로이드의 저술에 대한 언급 등은 미소를 짓게 만들며, "그럼 나는 개의 딸이 될 거야!"라는 표현도 마찬가지이다. 난생처음 페호를(즉 단정함을 위해서 남성 성기를 흔들리지 않고 고정시키기 위해 착용하는 도구를) 구입하는 민망한 과정에 대한 묘사 역시 재미있는데, 왜냐하면 이 과정에서 끈 길이와 튜브 크기를 맞추는 것의 중요성에 대한 논의가 등장하기 때문이다.

이 모든 웃음에도 불구하고 브란텐베르그의 진지한 의도에 대해서는 독자도 아무런 의심을 품지 않게 된다. 거꾸로 된 세계를 묘사함으로써 그녀는 사회적 통념에 새로운 탐구의 빛을 비추고, 거기 결여된 것을 거듭해서 발견한다. 예를 들어 우리는 양성 간의 힘의 불균형을 정당화하기 위해 자연을 들먹이는 주장에 구멍이 있음을 깨닫는다. 이갈리아에서는 움이 자연 질서를 들먹이면서 피임과 양육과 가사는 오로지 맨움의 책임이라고 주장한다. 왜냐하면 '맨움은 아이를 잉태시키는' 까닭에 '각자의 생물학적 구조에 영원히 속박되기' 때문이라고, 아울러 맨움은 육체적으로 더 강한 까닭에 가사에 더욱 적합하기 때문이라고 주장한다. 남자아이가 자

남자아이들은 이게 어색하고 불편하다고 말했다. (……) 게다가 이걸 차고는 오줌 누기도 힘들었다. 우선 페호를 고정시키는 허리띠를 풀어야 했다. 허리띠는 치마 밑으로 묶었기 때문에, 선 채로 한참 더듬어야만 했다. (……) 뿐만 아니라 페호가 밖으로 늘어져 보이도록 치마마다 구멍을 뚫어놓아야만 했다.

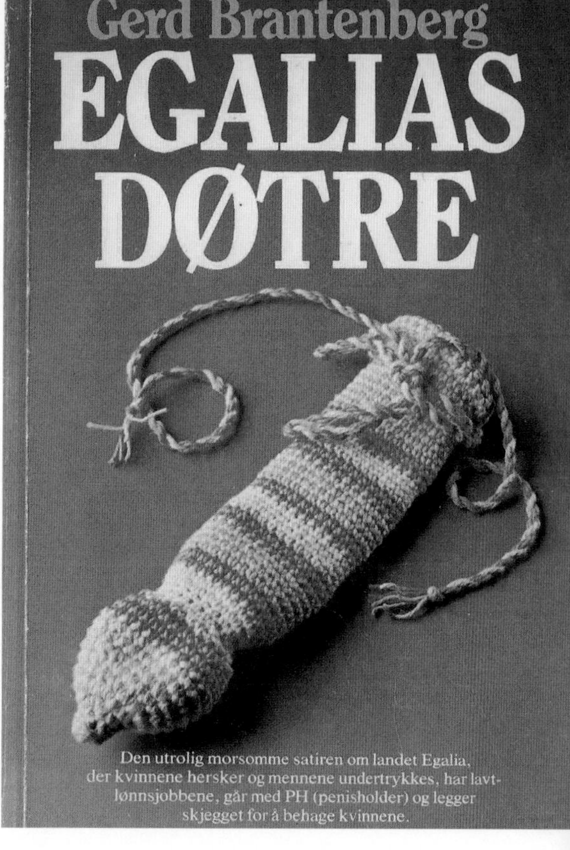

Gerd Brantenberg
EGALIAS
DØTRE
Den utrolig morsomme satiren om landet Egalia, der kvinnene hersker og mennene undertrykkes, har lavtlønnsjobbene, går med PH (penisholder) og legger skjegget for å behage kvinnene.

▲1970년대에 노르웨이에서 간행된 페이퍼백 판본의 표지에는 뜨개질로 만든 페호가 있다. 하단에 적힌 문구는 다음과 같다. "여성이 지배하는 반면, 남성은 억압당하고, 보잘것없는 일을 하고, 남근 고정 장치를 달고, 여자 눈에 들기 위해 턱수염을 길러야 하는 국가 이갈리아에 관한 재미있는 풍자극."

기 체형과 외모에 대해 강박을 느끼는 것이며, 젊은 주인공 페트로니우스가 갖가지 학대를 도리어 정상이라 간주하도록 학습당했음을 깨닫는 것 등은 우리가 두려움과 약점을 내면화하는 방식을 드러낸다. 이 소설은 외관상 무해한 행동들이(심지어 우리가 사용하는 말조차도) 인간을(또는 휴움을) 자유로운 생각을 가로막는 장벽 뒤에 가둬둘 수 있음을 점진적으로 예증한다.

가부장제에 대해 강경한 비판을 가하면서도, 브란텐베르그는 자신의 책이 남성 전체에 대한 비판이 되는 것을 막으려고 노력한다. 이갈리아의 불평등에 항의하는 조직을 시도하려는 과정에서, 페트로니우스와 맨움해방주의 운동가들은 이런 일반화가 무의미하다는 사실을 깨닫는다. "이들이 한쪽 성별에 의해 통치되고 지배되는 세계에 살아가는 한, '맨움의 본성'이니 '움의 본성' 같은 개념을 사용한다는 것 자체가 부조리하기 때문이었다. 한쪽 성별이 다른 한쪽 성별에 권력을 행사하는 한, 이들은 양성 간에 실제로 존재하는 정신적인 차이를(물론 그런 차이가 있다고 가정할 경우) 결코 발견하지 못할 것이기 때문이었다."

이갈리아의 진정한 악은 여성이 남성에게(또는 반대로) 권력을 행사한다는 개념이 아니었다. 오히려 권력 그 자체가 바로 악이었다.

앤절라 카터 ANGELA CARTER

피로 물든 방

THE BLOODY CHAMBER AND OTHER STORIES(1979)

고전 동화의 전복적인 재구성을 통해서 힘과 주체성과 욕망과 내면의 악마에 관한 이야기를 엮은 획기적인 단편소설집.

이 소설의 초판본은 1979년 골란츠에서 간행되었다.

카터는 때때로 이 단편소설들을 동화의 '재구성'이라고 불렀다. 즉 단순한 '개작'은 아니며, 오히려 동화에 들어 있는 기존의 잠재적인 성질을 끄집어내려는 시도라고 설명했다.

닐 조던 감독의 1984년 작 영화 〈늑대의 혈족〉은 『피로 물든 방』에 수록된 늑대 인간 이야기에 기초하고 있으며, 카터 본인이 각본 집필에도 관여했다.

▶「호랑이의 신부」에서는 젊은 여성이 강요에 의해 가면 쓴 수수께끼의 남자와 함께 살게 되는데, 알고 보니 그 남자는 호랑이였다. 이고르 카라시의 삽화.

앤절라 카터(1940-1992)의 본명은 앤절라 올리브 스토커이며, 영국의 해변 도시 이스트본에서 태어났다. 브리스톨 대학을 졸업하고 언론인으로 일하다가 1960년대부터 소설을 쓰기 시작했다.

가브리엘 가르시아 마르케스, 호르헤 루이스 보르헤스, 살만 루슈디와 마찬가지로 카터의 작품은 종종 마술적 사실주의로 묘사된다. 마술적 사실주의는 극도로 사실적이고 구체적인 배경 속에서 황당무계하거나 환상적인 사건들이 일어나는 포스트모더니즘의 문학 유파를 말한다.

『피로 물든 방』의 바로크 고딕 세계를 하나로 묶어주는 요소는 거의 전적으로 카터의 여성 등장인물이 지닌 욕망과 힘이다. 종종 이름 없는 원형에 불과하지만, 이들 각자는 자신의 동기와 욕망을 잘 알고 있다. 이들의 변모하는 힘은 카터가 무척이나 솜씨 좋게 창조한 분위기, 즉 의인화된 악마가 주위에 숨어 기다리는 분위기를 더욱 발전시키는 요소이다. 내면의 야수에 관한(조만간 조용히, 또는 요란한 포효와 함께 나타날 이 야수는 항상, 그야말로 항상, 자신의 현존을 상대방에게 느끼게 만들려는 찰나에 있다) 발상은 상당한 위력을 지녔다. 이 이야기들의 분위기는 항상 뭔가 끔찍한, 뭔가 터무니없는 일이 곧 벌어질 것 같은 분위기이며, 그런 사실을 알고 기다리는 일은 대부분 두려운 흥분의 일부분이 되고 만다. 그리하여 처음에 성적 대상이었던 여성은 대개는 뭔가 더 거대한 것으로 변모하고, 자신의 주체성과 자신의 힘을 회복하여, 자신의 욕망을 소유하게 된다.

카터의 소설 무대는 파리의 작은 아파트에서부터 거칠고 가파른 절벽 위의 커다란 성, 황량한 시골집, 전형적인 숲속의 오두막에 이르기까지 저마다 다양하지만, 그녀의 세계는 모두 동화에서 가능한 방식으로 현실에 근거하고 있다. 모든 것이 약간 더 깊고, 더 어둡고, 더 성적이다. 즉 모든 방은 뭔가 비밀을 감추고 있는 어둡고, 화려하고, 장식된 공간인 반면, 야외는 자연의 모든 요소들이 그 극단까지 도달해 있다. 모든 이야기를 위한 무대 장치는 항상 터무니없을 정도로 연극적이고 극적이지만, 그렇다고 해서 결코 가혹하지는 않으며 종종 부드럽고 사랑스럽게 과장되어 있다.

하지만 카터의 작품 세계를 진정으로 자세히 설명하는 특징은 바로 저자의 멋

지고도 풍부한 언어이다. 그녀의 목소리는 대담하고, 두려움이 없으며, 뻔뻔하다 싶을 정도로 화려하고 관능적이다. 페이지마다 관능적인 색채와 으르렁거리는 소리와 혀와 꼬리와 이빨과 피부의 오케스트라가 솟아난다. 모든 감각은 환각에 가깝도록 확장되지만, 그래도 여전히 아름답고, 우리가 깨고 싶어 하지 않는 악몽처럼 항상 아름답다. 이야기마다 두터운 경이와 묵직한 분위기가 주위를 에워싸고 있으며, 무척이나 대담하고, 무척이나 용감하며, 무척이나 지칠 줄 모르고 두려움이 없다.

◀ 샤를 페로의 단편 「푸른 수염」(1697)의 삽화인 귀스타브 도레의 〈푸른 수염과 그의 아내〉(1862). 카터의 『피로 물든 방』은 바로 이 이야기로부터 영감을 얻었다.

카터는 여성의 이성애가 지닌 중요성에 대해, 그리고 여성이 자기 성性에 대한 통제권을 다른 누구보다도 먼저 보유하는 것의 중요성에 대해 글을 썼다. 그런 내용을 담은 이야기들은 에로틱하지만, 그렇다고 해서 본격적인 에로티시즘 문학까지는 아니다. 즉 이런 작품의 일차적인 목적은 흥분이 아니라, 오히려 우리의 욕망에 대해, 그리고 우리 욕망이 우리를 규정하는 방식에 대해 의문을 제기하는 것이다. 여성은 자신이 욕망하는 것을 이해함으로써 자신이 누구인지를 이해할 수 있다고 카터는 주장한다. 즉 욕망을 이해하고 시인하는 것이(그 욕망이 제아무리 어둡거나 낯설더라도 상관없이 인정하는 것이) 자신을 아는 데에 도움을 주리라는 것이다. 그리고 여기서 말하는 욕망은 당연히 성에 관한 것만이 아니다.

물론 『피로 물든 방』의 세계에는 성이, 그리고 폭력과 통제라는 그 잠재적 성질이 항상 현존한다. 위험한 욕망으로 야기된 신비로운 파멸의 임박에 대한 느낌이 항상 있는 것이다. 하지만 카터의 여주인공들이 저마다의 격렬한 마음과 예리한 정신을 이용해 내면의 야수를, 즉 각자의 욕망이 만들어낸 늑대나 호랑이나 사자를 받아들일 때, 여성의 성은 승리를 거둔다. 우리는 그들이 아내와 딸로서 결혼이라는 덤불을 헤쳐나가는 모습을 바라보고, 그들과 어머니의 관계를 바라보고, 그들이 성적 자각으로부터 힘을 얻는 것을, 더 커다란 존재로 변모하는 것을, 낯선 변형에서 살아남는 것을, 썩어가는 것들 사이에서 살아가는 것을, 성별의 힘의 역학에서 분투하는 것을, 그리고 남성 연인과 압제자의 잔인성에 대처하는 것을 지켜본다.

이들 소녀와 여성은 밤을 되찾고, 어둠을 포용하고 받아들임으로써 자신들이 어둠 위로 올라갈 수 있게, 그리고 세계를 자신들의 것으로 주장할 수 있게 한다.

옥타비아 E. 버틀러 OCTAVIA E. BUTLER

킨

KINDRED(1979)

젊은 흑인 여성 작가가 갑자기 20세기 로스앤젤레스에서 19세기 메릴랜드 주로 이동한다. 그곳에서 그녀는 노예제와 자기 가족의 적나라한 진실을 알게 된다.

이 소설의 초판본은 1979년 더블데이 출판사에서 간행되었다.

버틀러는 1995년에 흔히 '천재 장학금'으로 불리는 맥아더 재단 연구 기금의 수혜자가 되었는데, 과학소설 작가로서 이런 영예를 얻은 사람은 그녀가 처음이었다. 또한 그녀는 PEN 센터 웨스트에서 평생 공로상, 뉴욕 시티 칼리지에서 랭스턴 휴즈 메달, 휴고 상 2회, 네뷸러 상 2회를 수상했다.

다나는 도망치려 시도하다가 붙잡혔지만, 실제 노예 중에 일부는 더 운이 좋았다. 해리엇 터브먼(1820?-1913)은 1849년에 필라델피아로 도주했다가 가족을 구출하러 돌아왔으며, 이후 자유를 찾아 북부로 가는 '지하 철도'를 통해서 약 300명의 노예를 도와주었다.

옥타비아 E. 버틀러(1947-2006)는 1970년대부터 과학소설 작가로 경력을 시작했는데, 백인 남성의 독무대로 널리 간주된 이 장르에서는 유일한 흑인 미국인 여성이었다. 그녀의 처음 저서 세 권은 패터니스트 시리즈의 일부인데, 여기서는 텔레파시 정신 조종과 외계인, 그리고 집단 및 개인 간의 권력 투쟁이 등장했다. 버틀러의 출세작인 동시에 대표작인 『킨』은 과학소설의 요소와 역사적 노예 회고담을 결합하고, 인종 문제에 관한 인상적인 이야기를 다룬 작품이다.

비록 그녀의 다른 장편소설과 여러 가지 공통된 테마를 갖고 있지만, 『킨』에는 초능력이나 외계인이 전혀 등장하지 않으며, 오로지 사회적이고 역사적이고 정서적인 힘들에 의해 형성된 인간만 등장한다. 또한, 시간 여행이라는 요소 때문에 과학소설로 분류되었지만, 정작 버틀러는 시간 여행에 관한 유사과학적 정당화조차도 굳이 내놓지는 않았으며, 도리어 이런 분류에 반발하여 이 작품을 '냉혹한 환상소설'이라고 불렀다.

주인공이자 화자인 다나는 26세 생일, 그러니까 남편과 함께 처음으로 자기 집에 이사한 바로 그날에 비자발적인 시간 여행을 처음 경험한다. 방금 전까지 그녀는 1976년 여름의 캘리포니아 주 앨터디나에서 이삿짐인 책을 꺼내고 있었다. 그런데 다음 순간에는 푸른 숲속에 있었고, 바로 옆의 강에서는 한 아이가 물에 빠져 있었다. 그녀는 곧바로 물속에 뛰어들어 아이를 구하고, 잠깐 동안의 혼란과 위험을 겪고 나서 다시 집에 돌아온다.

그날 저녁에 또다시 시간 여행이 일어나는데, 이번에 다나는 아까 만난 아이와 함께 어떤 집 안에 있었다. 이제 네 살쯤 나이가 더 들어 보이는 그 아이는 커튼에 불을 붙이고 있었다. 다시 한 번 그녀는 아이의 생명을 구한다. 다나는 그 소년을 통해서 자기가 지금 1815년의 메릴랜드 주에 있다는 사실을 알게 된다. 소년의 이름은 루퍼스 웨일린, 바로 그녀의 가족 성서에 나온 선조의 이름으로, 그는 다나의 고조모 헤이가의 아버지였다. 그런데 그가 백인이었다는 사실을 왜 아무도 말하지 않았을까? 아마도 그 사실이 1880년에 헤이가의 사망과 함께 잊혔기 때문일 것이라고 생각하면서, 다나는 이 소년과 자신의 기묘한 관계를 차마 부정할 수가 없게 된다. 루퍼스는 자기 목숨이 위험에 처했을 때에는 항상 그녀를 소환하는 힘을 지녔으며,

▲ 메릴랜드 주 프레더릭 카운티 소재 에르미타주 플랜테이션의 노예 거주지.

다나는 무슨 일이 있더라도(최소한 헤이가가 태어날 때까지만이라도) 소년의 생명을 보전해야 한다는 것을 알게 된다. 하지만 하필이면 노예제 주州에 흑인 여성으로 있다 보니 그녀의 생명과 자유는 계속해서 위협을 당하기 일쑤였다. 게다가 자기 시대로 어찌어찌 돌아가더라도, 이 폭력적이고 예측 불허인 조상님이 언제 또다시 자기를 부를지 모르는 상황이었다.

다나의 모험이 벌어지는 세계는 물론 상상 세계가 아니라 오히려 치밀한 조사를 통한 실제의 시간과 장소에 대한 사실적인 재구성이다. 『킨』의 과거 부분은 1811년부터 1832년까지의 메릴랜드 주 동부 해안의 탤벗 카운티를 무대로 한다. 버틀러가 미국 최남부의 주들 대신에 메릴랜드 주를 선택한 까닭은, 이곳이야말로 노예에게 도주의 실현 가능성이 있는, 즉 바로 위의 펜실베이니아 주로 가면 자유를 얻을 수 있는 유일한 주였기 때문이다. 주인공과 마찬가지로 캘리포니아 주 출신인 버틀러는 배경 조사를 위해 메릴랜드 주를 여행하면서 그곳이 실제로 어떤 느낌인지를 파악했고, 한때 노예였던 사람들의 글은 물론이고 노예제의 역사에 관해서도 많은 책을 읽었다.

버틀러의 목표는 독자가 노예제의 현실을 '느끼도록' 만드는 것이었다. 즉 현대인인 주인공을 졸지에 본인과 독자 모두에게 낯선 세계에 살게 함으로써, 독자 역시 오래전 과거를 관찰하는 데에서 머무는 것이 아니라 더 개인적으로 느끼도록 만드는 것이었다. 왜냐하면 그 세계는 비록 우리에게는 낯설더라도, 한때는 차마 부정할 수 없는 물리적인 현실이었고, 또한 도주가 불가능한 세계였기 때문이다.

더글러스 애덤스DOUGLAS ADAMS

은하수를 여행하는 히치하이커를 위한 안내서

THE HITCHHIKER'S GUIDE TO THE GALAXY(1979)

애덤스의 이 고전 시리즈는 우주 고속도로 건설을 위한 지구의 파괴로 시작된다. 평범한 남자 아서 덴트는 떠돌이 외계인 포드 프리펙트에게 구출되고, 그리하여 시간과 공간을 지나는 요절복통의 거침없는 질주가 시작된다.

이 소설의 초판본은 1979년 팬 북스에서 간행되었다.

애덤스는 BBC 드라마 〈닥터 후〉의 각본 편집자로 일하던 중에 처음으로 『은하수를 여행하는 히치하이커를 위한 안내서』 대본을 쓰게 되었다.

'포드 프리펙트Ford Prefect'라는 이름에 얽힌 농담의 기원은 오늘날 모르는 사람이 많다. 이것은 1940년대부터 1960년대까지 포드 사가 생산한 자동차로, 한때는 영국에서 매우 흔했지만 지금은 희귀해진 차종이다. 소설에 나오는 외계인은 지구인 사이에 자연스레 섞여들기 위해서 그 이름을 선택했는데, 이 자동차가 워낙 많은 것을 보고 지구상의 지배적인 생명체라고 착각했던 것이다.

케임브리지 대학 재학 시절 더글러스 애덤스(1952-2001)는 이곳의 유명한 풋라이츠 코미디 클럽에 참여하게 되었다. 졸업 후에 그는 곧바로 영국 TV 시리즈 〈몬티 파이선의 플라잉 서커스〉와 〈닥터 후〉의 작가가 되었다. 1970년대에 히치하이킹으로 저비용 유럽 여행을 다니는 동안, 그는 〈몬티 파이선〉의 초현실적 희극을 SF물인 〈닥터 후〉와 접목시켜 보려는 발상을 얻었다.

그 결과가 바로 무척이나 재미있는 스페이스 오페라 환상극 『은하수를 여행하는 히치하이커를 위한 안내서』인데, 이 작품은 여러 가지 형식으로 제작된 바 있기 때문에, 차라리 한 번도 제작되지 '않았던' 형식을 열거하는 편이 오히려 더 빠를 지경이다. 우선 이 작품은 1978년에 BBC 라디오 4에서 드라마로 제작되었으며, 30분짜리 6부작으로 밤늦게 방송되었다. 이처럼 시작은 초라했지만 이 드라마는 금세 컬트적인 인기를 얻었다. 두 번째 6부작 라디오 드라마가 1980년에 방송되었으며, 애덤스는 이를 소설화한 『은하수를 여행하는 히치하이커를 위한 안내서』와 『우주의 끝에 있는 레스토랑』(1980)을 펴냈다. 1981년에 텔레비전 드라마가 나왔고, 1984년에 비디오게임이 나왔다. 2005년에 영화가 나왔고, 라디오 시리즈가 세 가지 더 나왔고, 이를 소설화한 작품이 더 나왔고, 무대용 각색과 만화책까지 나오면서 팬 문화의 전반적인 확산이 이루어졌다.

적응 능력이야말로 이 작품의 성공에서뿐만 아니라 그 내부의 논리에서도 핵심이 된다. 왜냐하면 시리즈가 늘어나면서 그 줄거리도 기발하고 부조리하고 터무니없는 방향으로 늘어났기 때문인데, 그래도 그 핵심은 여전히 평범한 인간 아서 덴트의 '물 밖에 나온 물고기' 이야기이다. 소설이 시작되자마자 불쾌한 외계인 보곤족이 등장해 은하계 초공간 우회도로를 만들어야 한다며 지구를 없애버린다. 아직 잠옷 차림인 덴트는 가장 친한 친구 포드 프리펙트 덕분에 이 재난에서 살아남은 유일한 인간이 된다. 덴트는 이 친구가 잉글랜드의 도시 길퍼드 출신이라 믿었지만, 사실 포드는 베텔게우스 행성 출신이었다. 다만 제목에 등장하는 백과사전식 여행 안내서의 지구 항목을 집필하기 위한 조사 차원에서 잠시 이곳에 살았던 것뿐이었다.

이런 거창한 시작과 함께(하긴 어떤 이야기를 세계 종말로 '시작'하려면 적잖

▲ 최초의 라디오 드라마에 참여한 사람들. 왼쪽부터 성우인 데이비드 테이트, 앨런 포드, 제프리 맥기번, 저자인 더글러스 애덤스, 역시 성우인 마크 윙데이비와 사이먼 존스이다.

은 배짱이 필요했을 테니까) 덴트와 포드는 일련의 행성 간 모험을 벌이며 여러 인물을 만난다. 그중에는 한때 은하계 대통령이었지만 이제는 무법자이자 주정뱅이이며 놀라우리만치 이기적인 머리 둘 달린 자포드 비블브락스, 극도로 지능이 높지만 만성 우울증에 시달리는 '편집증 안드로이드 마빈', 지구가 멸망하기 몇 년 전에 탈출한 인간 여성 트릴리언 등이 있다. 이들이 모험을 겪으며 시공간을 오가는 사이에 점점 더 복잡한 분지分枝가 나타난다. 이들은 생명이 넘치는 행성들이며, 섬뜩한 폐허만 남고 버려진 행성들을 방문한다. 이들은 안내서의 출판사 본사를 방문하지만, 그와 동시에 납치 로봇이 등장하며 출판사 건물 전체가 땅에서 떨어져 나와 우주로 날아가버린다. 이들은 시간의 끝 그 자체까지 달려갔다가, 원시인의 시대로 되돌아온다. 어느 순간에나 이들은 창의적이고 무표정하고 지극히 영국적인 유머를 발휘한다. 즉 전제를 논리적으로 외삽하여 부조리에 도달하고, 우주의 독단적인 잔인함이 가장 커다란 규모와(예를 들어 지구와 지구인 전체가 갑작스레 파괴되는 것처럼) 가장 작은 규모로(예를 들어 영국인에게 가장 필수적인 음료인 맛 좋은 차 한 잔을 찾아내기가 무척이나 힘들다는 사실을 깨닫고 덴트가 좌절하는 것처럼) 모두 예시되지만, 재난은 항상 건조하게 희극적인 태도로 취급된다. 슬랩스틱은 거의 없고, 저속하거나 외설적인 표현도 전혀 없으며, 농담은 종종 매우 심오한 형이상학적 결과를 내포한다. 이렇게 말하고 보면 애덤스가 마치 무지막지하게 지적인 유머 작가인 것처럼 보이기 쉽지만, 실제로는 전혀 그렇지가 않다. 『히치하이커』의 가장 재미있는 순간은 인물과 상황에 의존하며, 철학이 농담을 짓밟는 일은 결코 없다.

모험이 이어지면서 덴트와 포드는 지구가 실제로는 평범한 행성이 아니라, 오히려 거대한 우주적인 수수께끼를 해결하기 위한 프로그램을 무려 수백만 년 동안

이나 가동하던 거대한 컴퓨터였음을 알게 된다. 이 수수께끼는 '삶의 의미'가 아니라(이에 관한 답은 오래전에 나왔다. 바로 '42'였다) 오히려 '삶의 의미의 의미'였다. 다시 말해 이 프로그램은 '42'라는 궁극적인 답변을 이끌어낼 수 있는 궁극적인 질문이 무엇인지를 역추적하기 위해서 고안된 것이었다. 라디오 드라마의 두 번째 시리즈 말미에서 우리는 그 궁극적 질문이 무엇인지를 알게 된다. 하지만 스포일러를 방지하는 차원에서, 여기서는 일단 애덤스의 '42'가 깔끔한 부조리 개그인 동시에, 의미의 형이상학에 대한 심오한 간섭이라는 사실만 이야기하고 넘어가겠다. 만약 우주의 의미를 고작 두 자리 숫자로 요약할 수 있다고 치면, 과연 우주 자체는 무엇을 '의미할 수' 있단 말인가?

◀ 날아오는 한 쌍의 미사일을 피하기 위한 최후의 수단으로 주인공들은 무한 불가능 확률값 추진기를 무한 불가능 확률의 방법으로 작동한다. 그리하여 미사일은 졸지에 페튜니아 화분과 향유고래로 바뀌어버린다. 제임스 버턴의 삽화.

『히치하이커』의 매력은 희극성(물론 이 점도 매우 사랑받고는 있지만) 이상의 어떤 것에 의존한다. 애덤스가 상상한 세계는 흥미진진하고, 각양각색이고, 다른 무엇보다도 팬의 참여와 관련해서는 무척이나 호의적이다. 우주에는 무능함과 신랄함이 가득하지만, 그래도 순수한 악이나 잔인성은 찾아보기 힘들다. 심지어 무시무시한 보곤족조차도 시를 쓴다(물론 워낙 형편없는 작품이다 보니, 그 시를 낭송하는 것이 일종의 고문 방법이긴 하지만). 애덤스의 상상 우주 어디를 가든지 기발하고 황당무계한 사건이 일어난다. 모험심 투철한 식당 운영자들은 모든 시간의 끝 자체에 시간 '버블'을 만들었고, 덕분에 '우주의 끝에 있는 레스토랑'에서는 손님들이 풍성한 식사를 즐기면서 궁극적인 종말을 구경할 수 있다. 한 행성의 인구는 진화를 거쳐 새가 되었는데, 그 이유는 신발 가격이 워낙 비싸서 땅 위를 걸어 다니지 않으려 했기 때문이었다. 또 인간은 돌고래와 흰쥐에 이어서 지구에서 세 번째로 중요한 생물 형태라는 사실이 발견되기도 한다. 초공간을 지나는 첫 번째 여행 직전에 포드는 아서 덴트에게 이 경험은 '마치 술이 목구멍을 넘어가듯 불쾌할' 것이라고 말한다. "술이 목구멍을 넘어가는데 왜 불쾌해?" 아서의 질문에 포드는 이렇게 대답한다. "네가 술의 입장에서 생각해봐."

『히치하이커』 시리즈는 라디오 드라마나 소설로서 가장 위력을 발휘하는 것이 사실인데, 왜냐하면 여기서는 애덤스가 만들어낸 탁월하게 암시적인 전망이며, 신랄하게 매력적인 인물에게 가장 덜 속박된 방식으로 상상력이 적용될 수 있기 때문이다. 이는 이 작품의 희극성과 상당 부분 관련이 있는데, 정작 이에 관해 논의하기가 쉽지는 않은 까닭은 아시다시피 농담을 설명해놓으면 재미가 없어지기 때문이다. 사실 문제는 여기서 끝나지 않는다. 『히치하이커』의 유머 가운데 몇 가지 사례를 추출한다고 해도, 애덤스의 세계에서 유머의 느낌을 제대로 전달할 수는 없는데, 왜냐하면 그 각각의 유머는 그것이 발생하는 광대하고도 기발한 문맥에 크게 의존하기 때문이다. 유머를 문맥에 녹여 넣는 용해제는 바로 매력인데, 이것이야말로 문학에서는 진정으로 귀한 특성이며, 과학소설에서는 더더욱 귀한 특성이다. 하지만 이것이야말로 더글러스 애덤스가 풍부하게 보유한 능력이었기에, 자기 창조물의 세계에 손쉽게 이를 불어넣었던 것이다.

앤 레키의 '라드츠 3부작' 표지화를 제작하는
과정에서 존 해리스가 그린 사전 스케치. 304쪽 참고.

1981–현재

5 컴퓨터 시대

냉전의 두려움이 가라앉는 한편 기술 덕분에 우리가 별에 더 가까워지면서, 상상의 세계 역시 그 어느 때보다도 더 정교해졌다. 1970년대의 포스트모더니즘적 쾌활함은 급기야 살만 루슈디와 테리 프래쳇 같은 작가들의 환상적이고 패러디적인 창조물을 낳게 되었다.

스티븐 킹STEPHEN KING

다크 타워 시리즈

THE DARK TOWER SERIES(1982-2012)

킹의 '다크 타워' 우주는 지금까지 창조된 것 중에서도 가장 거대한 환상 세계 가운데 하나로서, 환상물과 SF물과 공포물과 서부물에 이르는 매우 다양한 장르를 통합하고 있다.

이 시리즈의 초판본은 1982년부터 2012년까지 도널드 M. 그랜트 출판사에서 간행되었다.

킹은 로버트 브라우닝의 시 「암흑의 탑에 도착한 차일드 롤랜드」에서 이 베스트셀러 시리즈의 영감을 얻었다.

비록 이 서사시는 완결된 것처럼 보이지만, 2014년 10월 『롤링 스톤』과의 인터뷰에서 킹은 이렇게 말했다. "저는 다크 타워 시리즈를 결코 끝낸 것이 아닙니다."

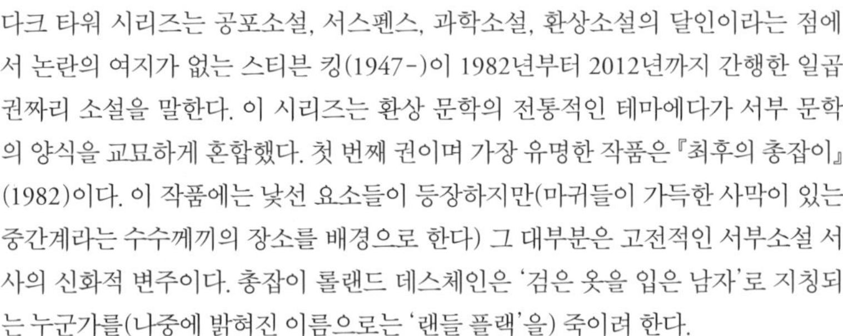

다크 타워 시리즈는 공포소설, 서스펜스, 과학소설, 환상소설의 달인이라는 점에서 논란의 여지가 없는 스티븐 킹(1947-)이 1982년부터 2012년까지 간행한 일곱 권짜리 소설을 말한다. 이 시리즈는 환상 문학의 전통적인 테마에다가 서부 문학의 양식을 교묘하게 혼합했다. 첫 번째 권이며 가장 유명한 작품은 『최후의 총잡이』(1982)이다. 이 작품에는 낯선 요소들이 등장하지만(마귀들이 가득한 사막이 있는 중간계라는 수수께끼의 장소를 배경으로 한다) 그 대부분은 고전적인 서부소설 서사의 신화적 변주이다. 총잡이 롤랜드 데스체인은 '검은 옷을 입은 남자'로 지칭되는 누군가를(나중에 밝혀진 이름으로는 '랜들 플랙'을) 죽이려 한다.

플랙은 다크 타워 시리즈는 물론, 나아가 킹의 작품 전체를 관통하여 구축된 세계를 해명하는 열쇠를 쥔 인물이다. 『최후의 총잡이』 그 자체는 비교적 단순 명료한 작품이지만, 이후 30년에 걸쳐 등장한 속편들은 점점 더 길어지고 복잡해졌다. 이 과정에서 수많은 등장인물과 드넓은 세계와 다양한 생물 및 개념이 등장하고, 심지어 이야기의 올바른 공명을 위해 반드시 기억해야 하는 용어를 열거한 어휘집까지도 등장했다.

중간계는 외관상 우리의 세계와 유사해 보인다. 또는 오히려 이곳이야말로 우리 세계의 변형된 복제물로서, 킹의 소설 역사는 물론이고 더 넓은 소설 역사까지도 고려한 결과물이다. 이곳의 한 마을은 '캡틴 트립스'라는 바이러스에 의해 파괴되는데, 이 바이러스는 킹의 또 다른 소설 『스탠드』에서 전 세계를 파괴한 바 있다. 이곳의 한 인물은 킹의 또 다른 소설의 무대 '살렘스 롯'을 거쳐서 중간계로 오고, 시리즈의 주요 무대 가운데 하나는 『오즈의 마법사』에 나오는 '에메랄드 도시'이다. 이처럼 중간계는 기묘하고도 파편화된 장소이며, 다른 문학작품에서 많은 것을 끌어온 듯한 느낌을 준다. 여차하면 킹이 상호 텍스트성의 개념을 좀 더 진전시켰을 것도 같다는 느낌마저 들지만 내용 가운데 상당수는 모호한 상태로 남아 있다. 물론 일부 내용은 출처가 명확하다. 예를 들어 '칼라의 늑대들'의 경우는 마블의 닥터 둠에 근거해서 만들었음이 분명히 드러나도록 묘사되어 있으며, 이놈들은 해리 포터의 스니치를 던지는 방식으로 격파된다. '검은 옷을 입은 남자'는 조니 캐시의 별명이고, 이 시리즈의 사실상 주된 악역인 '크림슨 킹'은 킹이 좋아하는 밴드의 음반명

▲ 다크 타워 시리즈의 일곱 번째이자 마지막 권 표지에 사용된 마이클 웰런의 그림. 총잡이 롤랜드가 마침내 다크 타워에 도착하는 것으로 이 서사시 전체가 마무리된다.

이다. 심지어 이 시리즈의 이름 자체도 톨킨의 『반지의 제왕』에 나오는 사우론의 요새 '바랏두르'에서 온 것이며, 시리즈 각 권의 제목조차도 T. S. 엘리엇이나 루이스 캐럴에게서 가져온 것이다.

이 시리즈의 마지막 권에서 등장인물들은 중간계를 벗어나 우리의 현실로 들어오는데(재기 발랄한 메타픽션의 걸작인 이 작품에서는 심지어 스티븐 킹과 직접 만나기까지 한다) 이쯤 되면 다크 타워의 세계는 결국 지금까지 킹에게 영향을 준 모든 것들이었음이 분명해진다. 즉 그가 영향을 받았다고 생각하는 소설, 영화, 음악, 미술 등이 모조리 동원되어서 서사의 일부분으로 변모한 것이다. 이 세계는 킹의 창조성의 두뇌 지도이며, 따라서 이제까지 집필되었던 모든 작품과도 전적으로 닮은 동시에 닮지 않았다고 할 수 있다.

킹의 다른 작품들 역시 이와 똑같은 영향을 받은 것은 사실이다. 랜들 플랙은 킹의 다른 여러 소설에 등장하며, 종종 다른 이름을 사용하지만 항상 똑같은 인물로 표현된다. 다크 타워 시리즈의 여러 등장인물 역시 초창기부터 킹의 다른 여러 작품에 나온 바 있다. 때로는 이것이야말로 일종의 게임이다. 즉 킹의 소설을 읽고 나서, 그 작품이 킹의 전체 계획과 정확히 어떻게 연결되어 있는지를 알아내는 게임인 것이다.

테리 프래쳇 TERRY PRATCHETT

디스크월드 시리즈

THE DISCWORLD SERIES(1983-2015)

프래쳇의 디스크월드는 그 모습이며 소리며 냄새 모두가 우리의 세계와 매우 비슷하다. 차이가 있다면 그곳이 거대한 거북의 등 위에 얹힌 상태로 우주를 돌아다닌다는 것, 그리고 무능한 영웅들과, 죽음과, 힘을 얻은 마녀와, 스스로 움직이는 여행용 짐짝 같은 다채로운 캐릭터가 여럿 살고 있다는 것 등이다.

이 시리즈는 여러 출판사에서 간행되었으며, 그중 첫 번째 권인 『마법의 색』은 1983년에 콜린 스미스 출판사에서 간행되었다.

프래쳇은 한때 영국 서점에서 가장 많이 도둑맞는 책의 저자라는 의외의 명성을 얻기도 했다.

2015년 3월 12일, 테리 프래쳇이 사망했을 때 그의 트위터 계정에는 다음과 같은 글이 올라왔다. "테리는 죽음과 팔짱을 끼고 함께 문들을 지나서 끝없는 밤 아래 펼쳐진 검은 사막으로 들어섰다." 곧이어 다음과 같은 말이 나온다. "끝."

테리 프래쳇(1948-2015)의 디스크월드 소설 가운데 첫 번째인 『마법의 색』이 1983년에 간행되었을 때, 그 배경은 먼저 발표한 장편 과학소설 『스트라타』(1981)에서 사용했던 그대로였다. 즉 래리 니븐의 『링월드』(1970. 214쪽 참고)를 패러디해서 만든 납작한 원반형 세계의 발상이 그의 머릿속에서 떠나지 않는 관계로, 급기야 영웅 환상소설의 패러디인 신작에서도 배경으로 재사용했던 것이다. 그런데 이 배경은 무척이나 효과 만점에 인기 높은 곳으로 판명되었기에, 이후 그의 소설 거의 대부분에서 사용되었다. 프래쳇은 이 중요한 배경을 이용해서 친숙하기 짝이 없는 우리 세계에 희극적 마법 거울을 들이대고, 그리하여 종종 심오한 쟁점 앞에서도 웃음을 터트리게 만든다. 2015년에 사망한(이미 작위도 하나 챙긴) 테리 경은 전 세계에서 가장 인기 있는 작가 가운데 한 명이었는데, 그 이유는 바로 디스크월드와 그 등장인물이 독자들의 머릿속에 워낙 오랫동안 머물러 있었던 까닭이었다.

첫 번째 소설의 시작과 함께 우리는 디스크월드가 네 마리의 코끼리 등짝에 얹혀 있고, 그 코끼리들은 또다시 커다란 거북 아투인의 등짝에 얹혀 있음을 알게 된다. 이는 동양 신화에서 얻은 힌트이지만, 그 의도는 디스크월드를 사실주의에 관한 우리의 개념에서 동떨어지게 만드는 동시에, 한마디로 익살맞은 장소임을 강조하는 것이었다. 거북과 코끼리가 암시하는 것처럼 여기서는 무슨 일이든지 일어날 수가 있는데, 왜냐하면 이곳은 현실이 감히 범접하지 못한 영역이기 때문이다. 그럼에도 불구하고 디스크월드의 주된 동력인 마법은 우리 세계의 자연력과 유사한 방식으로 작동하며, 따라서 유사한 방식으로 이론화되어 있다.

이 시리즈는 40권이 넘는 소설에 걸쳐서 수많은 등장인물이 반복 등장한다. 무능한 마법사 린스윈드는 『마법의 색』(1983)에서, 웨더왁스 할머니와 마녀들은 『공평한 의례』(1987)에서, 죽음은 『모트』(1987)에서, 바임스와 도시 경비대는 『경비대! 경비대!』(1989)에서, 어린 마녀 티파니 아칭은 청소년 독자를 겨냥한 디스크월드 시리즈의 외전 『꼬마 마녀 티파니』(2003)에서 각각 처음 등장했다. 이 소설들은 대체로 연대기적 순서를 따르기 때문에, 각 권을 읽어나가는 과정에서 우리는 등장인물들이 변화하는 모습이며(예를 들어 바임스가 승진하고, 웨더왁스 할머니가 사망하는 모습이 그렇다), 새로운 기술들이 수립되는 모습을 보게 된다. 따라서 디스

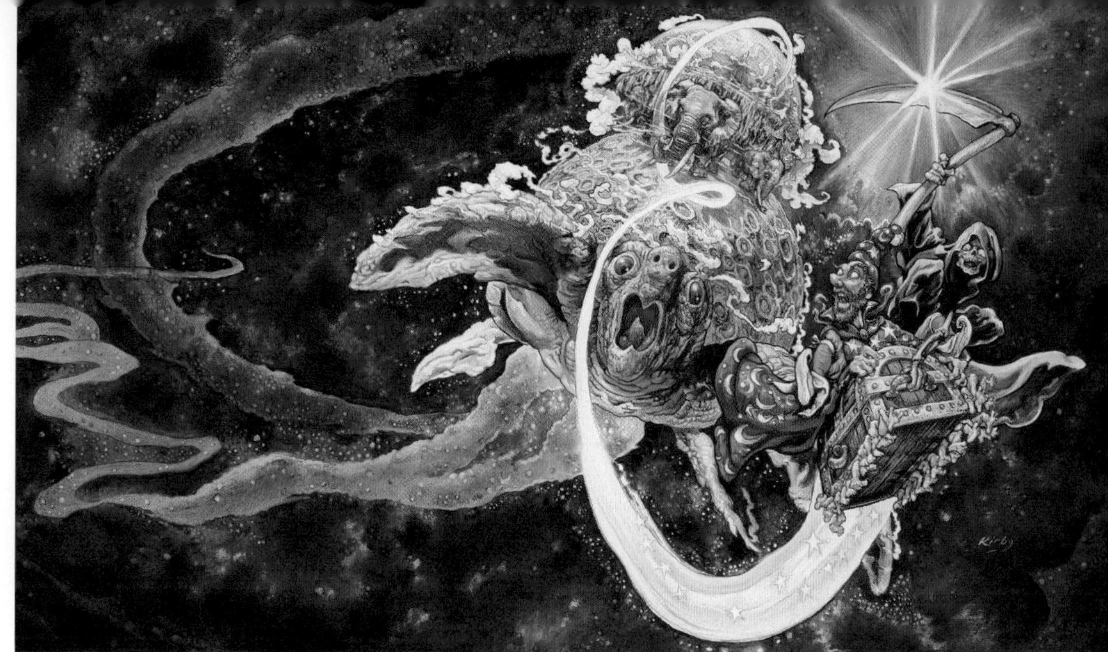

크월드야말로 역동적인 배경인 셈이다.

'보이지 않는 대학', 대도시인 앙크모포크, 그리고 '북'과 '깨진 북'과 '고친 북'으로 이름을 바꿔가는 술집처럼 반복 등장하는 장소들은 하나같이 확고하게 현실화되고 일관된 풍경이 있음을 암시한다. 실제로 『앙크모포크의 거리』(1993)에는 도시 '지도'가 등장하기까지 한다. 하지만 소설들의 연대 순서와 그 배경의 일관성에 담긴 암시만으로, 디스크월드가 항상 똑같은 장소라고 상상하는 것은 잘못이다.

실제로 프래쳇의 말마따나 디스크월드 시리즈의 핵심은 항상 '클리셰를 조롱하는 것'이었으며, 따라서 각각의 소설은 대중문화의 특정 국면을 패러디하게 마련이다. 예를 들어 영화[『활동사진』(1990)], 록 음악[『영혼의 음악』(1994)], 언론[『진실』(2000)], 다른 장소에 대한 태도[『마지막 대륙』(1998)에서의 오스트레일리아], 현대 생활의 특징[『광란』(2004)에서의 우편제도] 등이 그 대상이다. 『징고』(1997)에서의 세계 정치가 되었건, 『돈 벌기』(2007)에서의 경제가 되었건, 『거대한 무리』(2003)에서의 보수주의자가 되었건 간에, 일단 책 안에서는 반드시 뭔가 친숙한 것을 알아볼 수 있어야만 한다. 따라서 프래쳇은 자신의 배경에다가 서슴없이 급격한 변화를 가함으로써, 자기가 하려는 이야기에(또는 더 정확히 말해서, 자기가 패러디하려는 주제에) 걸맞게 만드는 것이다. 『징고』에서 나타난 새로운 섬이건, 『피라미드』에서 나타난 새로운 사회 문화건 간에, 디스크월드는 항상 의도적으로 유동적인 배경인 것이다.

▲ 화가 조시 커비가 그린 〈디스크월드 3〉. 커비는 시리즈 각 권에 수록된 뛰어난 삽화를 그린 장본인으로, 프래쳇의 수많은 팬들은 그의 작품을 단박에 알아본다. 커비는 2001년에 사망했지만, 유족은 감사하게도 그의 작품을 이 책에 수록하도록 허락해주었다.

▶▶ 역시 조시 커비가 그린 『환상의 빛』(1986)의 표지화. 마법사 린스윈드가 죽음의 양녀 이사벨과 디스크월드 관광객 투플라워와 함께, 믿음직한 친구인 똑똑한 여행용 짐짝에 올라타 있다.

윌리엄 깁슨 WILLIAM GIBSON

뉴로맨서

NEUROMANCER(1984)

깁슨의 선견지명적인 이 사이버펑크 소설은, 기술이 어디에나 있지만 도덕은 어디에도 없는 세계를 예견했다.

이 소설의 초판본은 1984년에 미국에서는 에이스 출판사, 영국에서는 빅터 골란츠 출판사에서 간행되었다.

『뉴로맨서』는 휴고 상, 네뷸러 상, 필립 K. 딕 상을 모두 휩쓴 최초의(데뷔작으로는 유일한) 작품이라는 기록을 남겼다.

2005년 『타임』에서는 이 작품을 100대 영문 소설 가운데 하나로 선정했다.

이 소설은 '사이버스페이스'라는 용어를 유행시켰지만, 깁슨이 이 용어를 처음으로 사용한 작품은 『뉴로맨서』보다 2년 전에 간행된 단편집 『크롬 태우기』였다.

1984년에 출간된 『뉴로맨서』는 다음과 같은 황량한(비록 분위기만이지만) 묘사로 시작된다. "항구 위의 하늘은 텔레비전 색깔이었고, 그중에서도 안 나오는 채널에 맞춰져 있었다." 기억을 환기시키는 동시에 기묘하게도 기억에 오래 남는 이 첫 문장은 단숨에 그 세계의 분위기를 묘사하고 있다. 즉 무너져 내리는 기반 시설, 압도적인 기술, 이 아름답고도 불안한 모습이 깁슨의 팽팽한 신新누아르 산문에 모두 포장되어 있다.

윌리엄 깁슨(1948-)의 이 독창적인 사이버펑크 작품은 특히 범죄 음모 소설의 흐름을 따라간다. 명목상의 주인공 케이스는 퇴물 '카우보이', 즉 예전 고용주를 속이려다가 결국 사이버스페이스에 대한 접속권을 박탈당한 전직 해커이다. 강화 신체를 지닌 '거리의 사무라이' 몰리와, 불안정한 전직 비밀작전 전담 군인 아미티지는 케이스를 재고용해 일련의 공작을 주문한다. 처음에만 해도 현실 및 가상 세계를 넘나드는 이들의 여정은 아무 연관이 없어 보였지만, 이야기가 전개되면서 케이스와 몰리는 자신들의 행동의 궁극적인 목표뿐만 아니라, 그 고용주의 진짜 정체를 (아울러 동기를) 조금씩 추리해나간다.

『뉴로맨서』는 케이스의 밑바닥 상태에서 시작된다. 소소한 범죄로 근근이 살아가는 그는 지바 시의 초라한 술집에 있다. 깜박이는 조명과 위험한 주민이 사는, 마치 온통 어두운 뒷골목과 술집으로만 이루어진 듯한 지바 시는 '미쳐 돌아가는 사회 다윈주의의 실험과도 같았다. 그 설계자인 연구자가 지루해진 나머지 계속해서 빨리 감기 버튼을 엄지로 누르는 상태인 것이다'. 케이스는 살아남기 위해서 필사적으로 노력하며, 이런저런 심부름을 연이어 맡아서 약물과 총기와 정보는 물론이고 심지어 장기까지도 사고판다.

일명 '밤의 도시'에 나타난 이런 불가피한 음산함은 의도적인 것이다. 즉 이곳은 '고의적으로 감독이 배제된 기술의 놀이터'로서 기능한다. 케이스가 이 도시에 끌린 까닭은 자신의 망가진 신경계를 고쳐 다시 해커가 될 기회를 잡기 위해서였다. 하지만 돈과 신용 모두가 사라진 상태에서, 그는 단순히 이곳의 범죄 생태계 속 또 하나의 교체 가능한 부품이었고, 결국 자멸의 길로 신속히 떨어져 내려간다.

이런 운명에서 케이스를 구출한 몰리와 아미티지는 그의 망가진 신경계를 고

▲ 삽화가 조시 고딘이 상상한 지바 시의 디스토피아적 지하 세계.

쳐주고 다시 해킹을 시킨다. 하지만 『뉴로맨서』에서는 그 무엇도 공짜가 아니어서, 이제 케이스는 수수께끼의 고용주에게 도리어 감시를 받는 입장이 된다. 이렇게 구성된 팀은 보스턴-애틀랜타 대도시군, 일명 '스프롤'로 향한다. '밤의 도시'보다 더 쾌적하기는 하지만, 돔형의 구조물로 된 북아메리카의 이 거대도시들은 낙원과는 한참 거리가 멀다. 지바 시가 사회 다윈주의라고 치면, 스프롤은 미쳐 날뛰는 자본주의이다. 이곳에는 모든 것을 소비하는 거대 기업의 높은 건물들이 도시를 내려다보고 있으며, 이는 권력을 가진 사람이 누구인지를 보여주는 영구적인 상기물이다. 지바 시와 마찬가지로 스프롤에서도 지속적인 혼잡이 벌어지지만, 여기서는 순이익만을 최고로 친다. 말쑥한 정장을 입은 사업가들이며 초현실적인 거리의 갱단 모두가 스프롤의 평범한 사람들을 표적으로 삼는다. 모두가 놀라운 기술에 접근할 수 있으며, 대부분은 유명 아이돌이 경험하는 감각을 이용자가 공유하는 가상현실인 심스팀스라는 속도 빠른 오락에 중독되어 있다.

스프롤의 아찔하고 초현대적인 높이를 지나서 케이스와 몰리는 이스탄불로 향한다. 지바 시가 미래를 무자비하게 도려내고, 스프롤이 '현재'를 공격적으로 규정했다면, 이스탄불은 과거와 현재가 불편하게나마 공존하는 곳이다.

이스탄불에서는 공항에서부터 호텔 내부에 이르는 번드르르한 현대와 '판자를 이어 붙인 목제식 공동주택의 정신 나간 외벽'처럼 무너져 내리는 불가피한 과거의 병렬이 도시 전체에 걸쳐서 명백하다. 케이스와 몰리는 이 지역 비밀경찰의 내통자와 만나는데, 이는 정치적 상황 역시 그 풍경만큼이나 불안정함을 암시한다.

일행은 이스탄불에서 가학적인 환상 제조가 피터 리비에라를 영입하고, 이제 『뉴로맨서』의 가장 이국적인 목적지인 우주 기지 '프리사이드'로 향한다. 프리사이드는 '라스베이거스 겸 바빌론의 공중 정원'으로서, 초超부유층과 최상류층의 놀이터가 된다. 테시어애시풀 가문이 건설하고 완전히 소유한 프리사이드는 '유곽 겸 은행 연합체, 호화 저택과 자유항, 국경 도시와 온천 휴양지'로서 기능한다. 인공 밤하늘에는 '트럼프, 주사위, 실크햇' 같은 가짜 별자리가 나타난다. 드론을 비롯해서 눈에 보이지 않는 갖가지 하인들이 청소를 도맡기 때문에, 부유한 관광객은 전혀 방해받지 않고 시간을 보낼 수 있다.

우주 기지는 이례적으로 방추형이며, 그리하여 복잡한(그리고 항상 일관적이지는 않은) 중력 효과를 발휘한다. 프리사이드의 대부분은 호텔과 카지노와 나이트클럽과 고급 쇼핑센터 등이 들어서 있다. 이 우주 기지에는 '야외' 요소도 포함되어 있어서, 호수와 경륜장도 있다. 마치 이 모두를 붙잡아두기라도 하는 듯, 프리사이드의 한쪽 끝 '구역' 전체에 걸쳐서 스트레이라이트 저택이 있는데, 외부인의 출입이 금지된 이 사유 시설이 바로 테시어애시풀 가문의 자택이다. 이 저택은 이 가문의 철학을 반영한다. 즉 금융과 기술과 부동산에 대한, 정교한 메커니즘을 통한 엄격한 통제를 상징하는 것이다. 하지만 이는 또한 이들의 광기와 몰락을, 그리고 이들이 만든 세계의 오만이 먼지 쌓인 유물로 해체되고 있음을 암시한다.

케이스는 『뉴로맨서』의 여러 세계를 거치는 여행의 와중에 완벽한 호텔부터 음침한 뒷골목까지, 물리적이고 은유적인 깊이의 지하에서부터 기업이 통제하는 고지까지도 가본다. 각각의 목적지는 기술과 일시성과 인간이 관계하는 서로 다른 방식을 부각시킨다. 지바 시에서는 사기꾼들이 또 하루 살아남기 위해 데이터를 이리저리 긁어모으고, 훔친 하드디스크를 헐값에 팔아치운다. 스프롤에서는 절대 불변의 초거대 기업들이 유행과 제품은 물론이고 심지어 유명 인사까지도 신속히 질주하는 불협화음마냥 만들어낸다. 이스탄불에서는 과거와 현재가 항상 전쟁 중이다. 스트레이라이트 저택에서는 그 일주가 완료되며, 테시어애시풀 가문은 또다시 기술을 이용해 생명을 얻으려고 시도한다. 즉 젊음을 유지하는 냉동유전학과 경제력을 계속 유지하는 인공지능인데, 이것이야말로 무정한 시간의 도래에 대항하는 똑같은 사기 행각, 똑같은 전투인 셈이다.

하지만 매트릭스 안에서는 시간이 존재하지 않는다. 이것이야말로 사이버스페이스로 돌아가려는 케이스의 강박을 어느 정도 설명해준다. 『뉴로맨서』에서 매트릭스는 느슨하게 정의되며, 그 미학보다는 오히려 그 규모가 더 자주 언급된다. 깁슨은 사이버스페이스에 관한 자신의 상상을 "매일 수십억 명이 경험하는 교감적 환영 (……) 모든 컴퓨터의 메모리뱅크에서 추출한 데이터의 그래픽적 재현"이라고 묘사한다. 일단 접속하면(즉 의식을 사이버스페이스로 옮겨놓으면) 케이스는 물리 세계를 뒤로하게 된다. 고통과 아픔은 물론이고 시간의 흐름이나 죄의식이나 정서적 갈망 같은 추상적인 감각들도 마찬가지로 뒤로하게 된다. 케이스가 사이버스페이스에 들어가는 순간 모든 것이 떨어져 나간다. 『뉴로맨서』에서는 케이스가 가상현실 장비를 이용해서 이리저리 '넘나드는', 즉 사이버스페이스라는 추상적인 광대함과 몰리의 감각이라는 활발한 육체성 사이를 전환하는 메커니즘이 소개된다. 지각의 갑작스러운 변화가 있을 때마다, 독자는 케이스가 받는 느낌 가운데 일부를 얻게 된다. 즉 보편적인 것에 관한 권태로운 숙고에서, 졸지에 지저분하고 고통스러운 현실로 전환하는 것이다.

케이스는 테시어애시풀의 인공지능인 윈터뮤트와의 상호작용 중에 현실 세계와 구분이 불가능한 어떤 영역으로 이동된다. 인공지능은 비록 꿈과 같지만 완벽한 세부 사항이 묘사된 자극물을 제공한 것이다. 유일한 결여는 바로 상상력뿐이었다. 즉 윈터뮤트는 접속된 사람의 정신으로부터 이미지를 가져올 수는 있지만, 완전히 새로운 것을 만들어낼 수는 없다. 이 사적인 사이버스페이스에서 케이스는 모로코에 있는 완벽한 해변을 비롯해서 자기 기억 속에 있는 여러 장소를 거닌다. 윈터뮤트의 사이버스페이스가 지닌 예술적 세부 사항은 결국 기술의 무한한 잠재력을, 그리고 기술의 무제한적인 미래를 암시한다.

『뉴로맨서』의 결말에서 매트릭스는 두 가지 추가적인 면모를 지닌 것으로 밝혀진다. 첫 번째는 케이스의 조용하고 개인적인 환상이(즉 윈터뮤트가 그의 정신에 넣어둔 바닷가가) 지각 있는 거주자로 인해 완벽에 도달함으로써 마치 그 나름대로의 생명을 지니게 된 것처럼 보인다는 점이다. 이것이 기억의 단편인지, 아니면 새로운 지성인지는 끝내 설명되지 않는다. 또 하나 설명되지 않는 것은 저 바깥에(여기서 인공지능이 말하는 '바깥'이란 바로 센타우리 항성계이다) '그것과 유사한' 다른 지성들이 있다는 윈터뮤트의 수수께끼 같은 암시이다. 애초에는 데이터 이동에 대한 시각적 은유에 불과했으며, 아울러 '비디오게임'과 군용 소프트웨어의 자식에 불과했음에도 불구하고, 사이버스페이스는 결국 인간의 손이 닿는 범위 너머까지 다양한 방식으로 확장되고 말았다.

마거릿 애트우드 MARGARET ATWOOD

시녀 이야기

THE HANDMAID'S TALE(1985)

억압적인 미국의 신정주의 독재 정권에 관한 이 놀라우리만치 인상적인 페미니스트 디스토피아 소설에서는 '하느님이 곧 국가적 자원'이다.

이 소설의 초판본은 1985년 영국의 매클렐런드 앤드 스튜어트 출판사에서 간행되었다.

애트우드는 이 책을 메리 웹스터와 페리 밀러에게 헌정했다. 웹스터는 애트우드의 선조 가운데 하나로 추정되며, 일찍이 청교도주의가 팽배한 뉴잉글랜드에서 마녀로 몰려 교수형에 처해졌다가 가까스로 생존한 인물이다.

2015년에 미국 공화당 지지자들을 대상으로 한 공공 정책 설문 조사에 따르면, 그중 57퍼센트는 기독교를 국교로 삼는 데 동의했고, 미국 헌법에서 명시적으로 금지하는 이런 조치에 반대하는 의견은 30퍼센트에 불과했다.

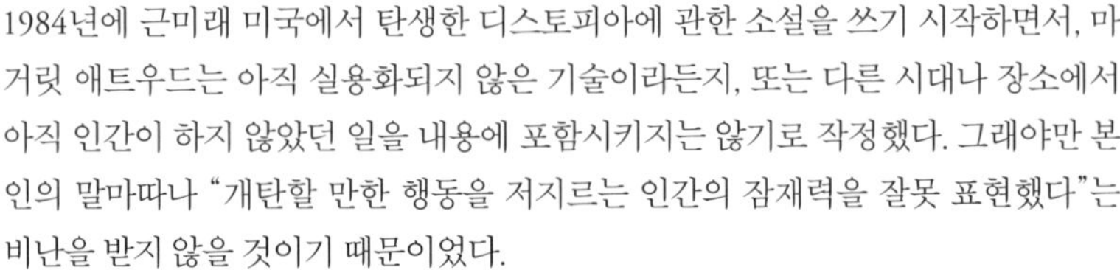

1984년에 근미래 미국에서 탄생한 디스토피아에 관한 소설을 쓰기 시작하면서, 마거릿 애트우드는 아직 실용화되지 않은 기술이라든지, 또는 다른 시대나 장소에서 아직 인간이 하지 않았던 일을 내용에 포함시키지는 않기로 작정했다. 그래야만 본인의 말마따나 "개탄할 만한 행동을 저지르는 인간의 잠재력을 잘못 표현했다"는 비난을 받지 않을 것이기 때문이었다.

미국을 졸지에 신정주의 독재 국가인 '길리어드 공화국'으로 변모시킨 자들은 지상에 하느님의 왕국을 건설하려는 결심에 불타는 광신도들이며, 이는 17세기 청교도 정착민이(그중에는 애트우드의 선조 몇 명도 포함되어 있었다) 뉴잉글랜드에서 품었던 결심과도 흡사했다.

소설이 본격적으로 시작되기에 앞서 미국에서는 기독교 극우 근본주의자들이 대통령과 국회의원들을 암살하고, 이 모두를 이슬람 테러리스트의 행위라고 주장하며 군대를 부추겨 국가 비상사태를 선포한다. 그리하여 헌법 기능이 '잠정적으로' 중단되고, 뉴스가 검열되고, 신분증이 발급되고, 새로운 종교적 통치자들이 나타나고, 새로운 법률이 부과된다. 하룻밤 사이에 여성은 직업과 은행 계좌를 보유할 권리를 잃어버리고, 오로지 남편의 뜻에 복종해야 하는 신세가 된다. 아울러 모든 국민이 '신앙 사령관들'에게 복종해야 하는데, 이 지배자들은 모든 행동마다 성서의 권위를 주장하는 한편, 교회와 국가의 차이를 완전히 없애버린다.

『시녀 이야기』의 화자는 오브프레드Offred, 즉 '프레드의 소유Of Fred'라고 불리는 젊은 여성으로, 프레드라는 고위 사령관의 합법적인 첩으로 지명된 처지이다. 불과 몇 년 전에만 해도 그녀는 이름과 직업, 남편과 딸, 친구와 자유를 갖고 있었고, 심지어 이 모두를 당연시했다. 하지만 뒤늦게 위조 여권을 이용해 캐나다로 넘어가려던 시도가 실패하는 바람에, 그녀의 남편은 죽었는지 감옥에 갇혔는지도 모르는 형편이고, 그녀의 딸은 아이가 없는 부부에게 입양된 다음이다. 오브프레드가 '거류지'로 끌려가서 노예 노동에 종사하지 않았던 유일한 이유는, 그녀가 사령관 부부에게 아기를 낳아줄 수 있는 가능성 때문이었다. 미래에 관한 이 음울한 상상에서 또 한 가지 중요한 요소는 갖가지 이유로 인해 인간의 출산율이 급락한 나머지, 출산 연령에 해당하고 출산 능력이 입증된 여성은 매우 가치 높게 여겨진다는 점이다.

▲ 시녀들은 붉은색 예복을, 아내들은 파란색 예복을, 마르다(요리 및 청소 담당자)는 초록색 예복을 입는다. 안나&엘레나 발부소의 삽화.

성서의 「창세기」에는 야곱이 라헬과 레아 자매 모두와 결혼하는 이야기가 나온다. 아이를 낳지 못한 라헬은 야곱에게 자기 시녀 빌하를 임신시키라고 말한다. "그래서 그녀가 아이를 낳아 내 무릎에 두면, 나 역시 그녀를 통해서 자식을 얻게 될 것입니다." 과학이라면 무조건 두려워하고 불신하는 이 정권은 저 유서 깊은 책을 선별 적용함으로써 모든 문제를 해결하려 도모했기에, 급기야 상류층의 출산율 저하 문제를 해결하기 위해 '라헬과 레아 센터'를 설립하고(당연한 이야기지만, 이 센터의 이름은 야곱의 아이를 실제로 낳은 시녀가 아니라 본처들의 이름을 따서 지어졌다) 자녀가 없는 사령관들의 가정마다 한 명씩 '시녀'를 배정하기에 이른다.

길리어드에서는 사회가 극도로 위계적이며 성별에 따라 구분된다. 신앙 사령관들이 맨 꼭대기이고, 그 밑에는 비밀경찰인 '눈'이 있고, 그 밑에는 군인인 '천사'가 있고, 그 밑에는 경찰인 '수호자'가 있고, 그 밑에는 나머지 모든 남성이 있고, 그 밑에는 나머지 모든 여성이 있다. 여성은 자체적인 권력을 전혀 지니지 못했고, 단지 아내와 출산자로서만 가치를 인정받는다. 일부 미혼 여성은 국가에서 다른 역할을 부여하는데, '아주머니'는 대리모 지망생으로 선정된 여성들을 교육하고 통제하는 임무를 담당하고, '마르다'는 요리와 청소 임무를 담당한다. 가장 오래된 직업에 종사하는 여성도 소수나마 남아 있는데, '이세벨의 집'이라는 유곽에 모여든 권력자들은 타인에게 금지된 자유를 마음껏 누린다.

시녀가 세 번이나 지명 파견되었는데도 임신에 실패하면, 그때는 '비非여성'으로 분류되어 '거류지'로 가게 된다. 강제 노동 수용소의 완곡어인 이곳의 삶은 힘들고도 짧게 마련이다. 복종을 거부한 여성이라든지, 또는 권력자들이 더 이상 사용하지 않는 여성 역시 비여성으로 분류된다.

이처럼 억압적이고, 극도로 계급화되고, 고압적으로 이성애적이고, 오로지 백인만으로 구성된 정권에 희생되는 사람은 여성만이 아니다. 주기적으로 고문과 처형을 당하는 국가의 적들 중에는 가톨릭 사제, 퀘이커 교도, 낙태 시술이나 피임약

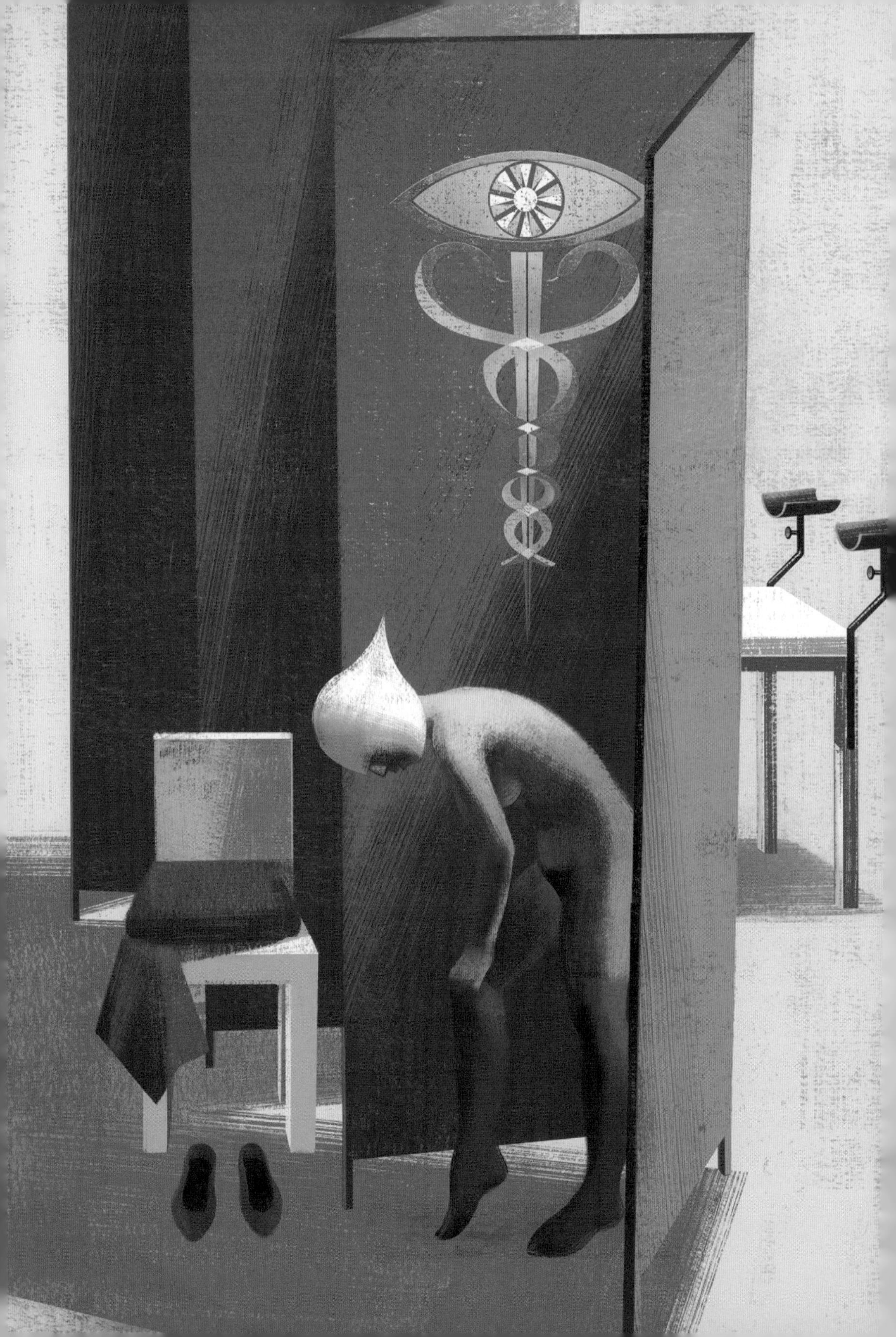

제조 경험이 있거나, 또는 있다고 고발당한 의사, 그리고 '성별 배반자' 등이 포함된다. 흑인은 '노아의 아들인 함의 후손들'이라는 이유로 노스다코타 주의 멀고 외딴 지역에 건설된 국립 흑인 자치구로 이주당했고, 유대인은 이스라엘로의 이주나 개종 가운데 양자택일하게 했다.

시녀로서 오브프레드의 삶은 비교적 쉬운 편이지만 무척이나 지루하다. 그녀의 시간 대부분은 기다리는 데 소비된다. 사령관이 그녀를 임신시키려고 시도하는 순간의 경우, 성교임에도 불구하고 최대한 성적 요소가 제거되어 있다("이건 유희가 아니고, 그건 심지어 사령관에게도 마찬가지다. 이건 진지한 업무다. 그리고 사령관 역시 자기 임무를 수행하는 것뿐이다"). 오브프레드는 이것이 과연 그의 아내에게, 또는 자신에게 더 나쁜 일인지 궁금해한다. 그녀의 방은 마치 감방처럼 황량하며, 우리가 당연히 여기는 모든 것들이 (핸드크림의 경우) 사치품으로, 또는 (독서의 경우) 죄로 간주된다. 시녀는 붉은색 예복을, 아내는 파란색 예복을, 마르다는 초록색 예복을 입어서 각자의 신분을 드러낸다. 오브프레드는 매일 다른 시녀들과 함께 산책하며, 이 과정에서 서로를 감시하도록 되어 있다. 만약 그중 한 명이 도주하거나 잘못을 저지를 경우, 나머지 일행도 처벌받는다.

이 사회에서는 거의 모든 국면이 성서에 나타난 하느님 말씀으로 정당화되며, 오로지 사령관들만 성서를 읽고, 기껏해야 선별적으로 그 내용을 사용할 수 있다. '노동에 따른 분배 법칙'이라는 카를 마르크스의 유명한 말은 졸지에 바람직한 남녀 관계에 대한 바울의 말로 위장되어 훈련 중인 시녀들에게 반복된다. "여성 각자의 능력에 따라 일하고, 남성 각자의 필요에 따라 분배한다."

오브프레드가 배정된 도시의 이름은 밝혀지지 않지만, 하버드 대학이 있는 매사추세츠 주 케임브리지인 것이 분명하다. 마거릿 애트우드가 한때 공부했던 그 대학은 억압의 자리, 구금의 장소, 대량 학살의 현장이 되어버린다.

애트우드는 독재 정권의 작동 방식에 흥미를 느꼈으며, 이로써 『시녀 이야기』에 관한 영감을 얻었다고 말했다. "1939년에, 그것도 제2차 세계대전 발발 3개월 후에 태어난 사람에게는 드물지 않은 일이었다." 그녀의 말이다. "극단적인 형태의 정부를 지닌 국가의 경우, 그 기반이 애초부터 없었을 리가 없다. 미국의 깊은 기반은(내 생각은 그러했다) 평등과 정교분리에 관해 이야기하는 상대적으로 더 최근인 18세기 계몽주의 체제가 아니라, 오히려 17세기 청교도의 뉴잉글랜드에서 실시되던 고압적인 신정론이었다. 일정 기간의 사회적 혼돈이라는 기회가 주어질 경우, 여성에 대한 뚜렷한 편견이 두드러졌던 그 체제가 다시 드러날 가능성은 충분히 있을 것이었다."

◀ 오브프레드가 검진을 위해 산부인과를 방문하자, 의사는 사령관의 불임으로 인한 임신의 불가능성을 지적한다. 하지만 남성은 불임 검사를 받지 않기 때문에, 결국 그녀에게 모든 비난이 집중될 것이었다. 이에 대한 해결책으로 의사는 자기와의 성행위를 제안한다. 안나&엘레나 발부소의 삽화.

이언 M. 뱅크스 IAIN M. BANKS

컬쳐 시리즈

THE CULTURE SERIES(1987-2012)

은하 전체에 걸친 문명 '컬쳐'는 대부분 인간인 여러 종족과 '마인드'라는 인공지능이 만들어낸 탈희소성 유토피아이다.

컬쳐 시리즈의 처음 네 권은 이언 뱅크스가 『말벌 공장』(1984)을 간행해 명성을 얻기 전에 집필되었으며, 집필 순서와는 정반대 순서로 여러 다른 출판사에서 간행되었다.

뱅크스가 컬쳐 시리즈를 구상한 것은 대학에 재학 중이던 1970년대의 일이었다. 그는 나쁜 사람이 대의를 위해 싸우는 이야기를 쓰고 싶었다는데, 이런 소망은 훗날 『무기 사용』(1990)으로 결실을 맺었다.

『플레바스를 생각하라』는 서기 1300년을 배경으로 하고, 『서피스 디테일』(2010)은 서기 2867년을 배경으로 하기 때문에, 결국 시리즈 전체는 무려 1500년 이상의 기간을 망라하는 셈이다.

이언 M. 뱅크스(1954-2013)의 컬쳐 시리즈는 1987년부터 2012년까지 간행된 열 권의 소설로, 그 성격상 보수주의적인 미국 스페이스 오페라의 대척점에서 나온 것이다. 전형적인 스페이스 오페라에서는 한 사람이 우주를 구하고, 미국 자본주의 체계에 근거한 질서를 회복하고, 해군 함정을 본뜬 우주선과 역시나 해군의 명령 체계를 본뜬 군사주의적 사회에서 활동한다. 반면 뱅크스는 이런 클리셰를 하나하나 매우 신중하게 전복해버린다.

그의 역동적인 등장인물은 여성일 가능성이 남성일 가능성 못지않게 크다. 여기서 끝나는 것이 아니다. 작품 전체에 걸쳐서 뱅크스는 저 세계에서는 성별 전환도 가능하다고, 그리고 모두가 평생 한 번 이상 그렇게 한다고 명시한다. 이는 성적 차별을 제거하는 동시에 성적 쾌락을 증대하는 결과를 가져왔다. 나아가 컬쳐 안에서 권력이라 할 수 있는 것은 어디까지나 성별 구분이 없는 '마인드'가 장악하고 있다.

여기서는 고독한 영웅이 우주를 구하지도 않는다. 개인은 물론이고 개별 마인드조차도 거대한 사건의 형성에서는 기껏해야 작은 역할밖에는 담당하지 못하며, 종종 각자의 정확한 역할이 무엇인지, 또는 전체적인 계획 속에서 그 역할이 과연 성공했는지 아닌지조차도 전혀 알지 못한다.

여기서는 질서가 회복되지도 않는데, 왜냐하면 질서가 위협받지 않기 때문이다. 또 실제로 질서는 문제도 아닌데, 왜냐하면 이곳은 변화가 오히려 일상적인 우주이기 때문이다. 컬쳐가 전쟁에 돌입하자[『플레바스를 생각하라』(1987), 『과잉』(1996), 『바람 부는 쪽을 보라』(2000)], 전쟁이라는 사실 자체만 해도 부끄러운 실패로 간주되어 죄의식이라는 유산을 남겼을 정도이다. 컬쳐는 종족 차별적이지 않은 사회로서 인간과 비인간과 기계 지성 모두가 평등하다. 이곳은 공산주의 모델에 근거하고 있다. 뱅크스의 말에 따르면 "화폐는 가난의 표식이다. 수표는 사실상 배급표나 다름없다". 따라서 컬쳐는 필요한 모든 권력을 보유하고, 모든 필요를 충족시킬 기술적 능력을 보유한 탈희소성 사회이다. 그 결과 대두한 무정부적 체제에서는 위계질서도 없고, 법률도 없고, 모두가 각자의 소원대로 할 자유를 지닌다. 『게임의 명수』(1988)에서는 모든 범죄에 대한 유일한 제재란 그 사실이 알려져서 받는 부끄러움뿐이라고 단언된다. 그럼에도 불구하고 탈희소성 사회에서는 범죄의 필요

그 사람들은 왕도 없고, 법률도 없고, 화폐도 없고, 재산도 없지. 하지만 (……) 모두가 왕처럼 살아가고, 행동거지도 버젓하고, 부족한 게 전혀 없어. 그 사람들은 평화롭게 살아가지만, 한편으로는 지루해하고 있어. 제아무리 낙원이라도 시간이 좀 흐르면 그렇게 되게 마련이지.

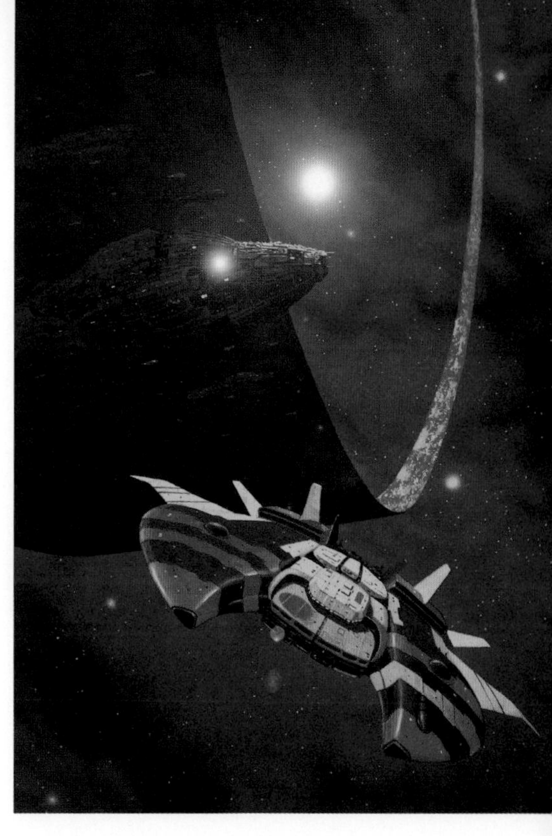

▲ 뱅크스의 컬쳐 시리즈에서 영감을 받은 마크 브래디의 그림.

성이 대부분 사라진 상태이다.

컬쳐는 유토피아로 묘사되지만, 이것은 부분적으로만 맞는 이야기이다. 개인의 층위에서는 삶이 유토피아적이다. 주민의 수명도 길고[『수소 소나타』(2012)에 나오는 키리아는 무려 1만 세이다], 아무런 제약도 없고, 돈 걱정도 없고, 성행위는 하나같이 짜릿하고, 신체에 내장된 약물샘이 순식간에 인공 도취 상태를 제공한다. 하지만 이런 존재조차도 목적이 없으면 지루해지게 마련이어서, 사람들은 저마다 극단적인 스포츠에서 생명의 위협을 무릅쓰거나, 또는 다른 종족의 일에 관여한다. 따라서 정치적인 층위에서 보자면 컬쳐에는 유토피아적 측면보다는 제국주의적 측면이 더 강하다. 컬쳐는 뱅크스가 견지하는 무신론적 인본주의의 표현이며, 켄 매클라우드의 말마따나 "범지각적인 공리주의적 쾌락주의"를 따르고 있다. 더 커다란 선은 십중팔구 더 커다란 쾌락을 가져다준다. 하지만 이것 역시 정확한 표현까지는 아니다. 이 시리즈의 소설들은 차마 '서브라임'까지는 되지 못하는, 즉 다음 층위의 존재로(이는 결국 죽음과 매한가지이거나, 또는 천국으로의 상승일 것이다) 나아가지 못하는 컬쳐의 실패를 점점 더 많이 다루기 때문이다. 특히 더 나중에 나온 소설에서는 컬쳐가 종종 종교적 상징들, 예를 들어 신과 같은 외계인, 인공 지옥, 명백히 진실인 종교 서적 등과 갈등을 벌인다.

비록 외관상으로는 극적 액션과 거대한 인공물과 뛰어난 농담으로 가득한 속도감 있는 스페이스 오페라이지만, 컬쳐 시리즈는 유토피아와 무신론에 관한 심오한 질문을 던지는 셈이다.

베르나르도 아차가BERNARDO ATXAGA

오바바 마을 이야기

OBABAKOAK(1988)

이 연작 단편집에는 바스크어를 사용하는 가상의 마을에서 보낸 화자의 어린 시절이 서술되며, '큰' 문화와 '작은' 문화에서의 문학 및 신화 만들기에 관한 추적과 이야기하기와 대화의 회오리가 나타난다.

이 소설의 초판본은 1988년 에디토리알 에레인에서 간행되었다.

바스크어, 또는 에우스케라는 기원이 불분명한 비非인도유럽어로, 아마도 유럽에서 가장 오래된 언어일 가능성이 높고, 현재 에스파냐와 프랑스와 미국에서 사용된다. 아차가는 우선 바스크어로 이 소설을 쓴 다음, 아내의 도움을 받아 에스파냐어로 직접 번역했다.

『오바바 마을 이야기』가 에스파냐 국가 문학상을 받으면서 아차가는 바스크 지역 바깥에서도 명성을 얻게 되었다.

비평가들은 베르나르도 아차가(1951-)를 가리켜 단순히 바스크인 소설가일 뿐만 아니라, '전형적인' 바스크인 소설가라고 지칭한다. 그의 글쓰기는 장밋빛 향수 속으로 도피하는 일 없이 자신의 혈통을 환기시키기를 추구한다. 그는 산세바스티안 인근의 바스크어를 쓰는 작은 마을 아스테아수에서 태어났는데, 이때에만 해도 바스크인 지역은 여전히 이 문화를 박멸하고자 했던 프랑코의 영향으로 휘청거리고 있었다.

가공의 마을 오바바에 근거한 연작 단편집인 『오바바 마을 이야기』에서 아차가는 그 당시에만 해도 엄격했던 바스크인 정체성의 경계를 유연하게 변모시켰다. 이 새로운 공간은 단단한 동시에 투명하고, 인식 가능한 동시에 인식 불가능하고, 어두운 동시에 밝고, 여행자에게는 뭔가 유혹적이고 매력적이고 호소하는 데가 있다. 제목인 '오바바코아크Obabakoak'는 '오바바 마을 이야기'라는 뜻도 되고, '오바바 마을 사람들과 사물들'이라는 뜻도 된다. 그리고 이 마을은 누군가가 경험하는 이야기 속에서 묘사된다. 따라서 젊은이나 낭만주의자에게는 이곳이야말로 '장난감 계곡', 또는 '쾌적한 장소'가 된다. 반면 숲과 밀림과 산과 외곽 지대 같은 원시적인 공간에 은거하는 작가들을 비롯한 주변적인 등장인물에게는, 이곳이야말로 위협과 어두운 비밀이 가득한 폭력적인 장소가 된다.

대부분의 사람들에게 오바바는 작고 보잘것없어 보이는 장소이다. 대도시에서 보낸 편지는 종종 이곳에 도착하지도 못한다. 하지만 아차가는 힘을 크기와 연계시키지 않는다. 그의 견해에 따르면(마치 순진한 화가의 견해와도 비슷한데) 모든 것은 동일한 평면에 존재하며, 동일한 가치를 가지고 있다. 대부분의 활동은 마을 한가운데서 벌어지는 것이 아니라 경치 좋은 풍경에서 벌어지는데, 왜냐하면 오바바는 바라볼 장소라기보다는 오히려 세계가 지각되는 시야이기 때문이다. 나아가 오바바의 경계는 마치 꿈처럼(이는 바스크어 자장가의 첫 소절인 '자장, 자장oba, oba'에서 유래한 이름을 가진 마을에 딱 어울리는 개념이다) 극도로 침투성이 좋아서, 독자는 마치 아마존의 밀림 같은 미지의 있음 직하지 않은 장소로 계속해서 안내된다.

나아가 아차가는 풍경과 이야기하기 사이에 깨지지 않는 연계를 수립한다. 첫

▲ 산세바스티안 인근의 조용한 바스크어 사용 마을 아스테아수는 가상의 마을 오바바에 영감을 제공했다.

번째 단편의 주인공은 오바바에서의 유년기를 수집하는 지리학자이다. 지리학자 겸 작가의 이미지는 가브리엘 가르시아 마르케스의 마콘도(204쪽 참고), 후안 룰포의 코말라(192쪽 참고), 또는 윌리엄 포크너의 요크나파토파 카운티처럼 그 무대의 신빙성을 향상시킬 뿐만 아니라, 또한 이 책에 수록된 단편 모두에 편재한 소설 쓰기의 과정에 주목하도록 만든다. 『오바바 마을 이야기』는 갖가지 이야기로 가득하며, 또한 보르헤스, 카프카, 첼란, 페렉, 스티븐슨, 단테, 악술라르, 세르반테스 같은 여러 작가들의 작품의 (화자의 표현에 따르면 '표절'이나 다름없는) 개작으로 가득하기 때문이다.

그리고 다른 무엇보다도 『오바바 마을 이야기』는 베르나르도 아차가의 창작 과정을 보여준다. 그는 오바바라는 웅덩이 속으로 뛰어들어, 자기 창조성의 부식토를 구성하는 유년기 경험과 수수께끼를 탐사한다. 그리하여 이 책의 제1부인 '어린 시절'에서 아스테아수 거주 바스크인의 신앙이 지닌 풍부한 전통에 관한 그의 탐사야말로, 저자에게 영향을 준 여러 작가들로부터 영감을 얻은 일련의 서사보다 오히려 앞선다. 아차가의 창의적 내부, 즉 그의 내면의 삶에 관한 지도는 문자와 구전 사이, 바스크와 비非바스크 사이, 아울러 (근대와 그 이전과 그 이후를 망라하는) 여러 관객과 미학 사이의 경계를 넘어서는 저자의 모습을 보여준다.

닐 게이먼 외 NEIL GAIMAN et al.

샌드맨 시리즈

THE SANDMAN(1988-2015)

이 기념비적인 만화 시리즈에서 꿈의 인격화는 불가피한 운명이 다가오는 가운데 여러 가지 도전과 도전자를 상대해야 하는 처지에 놓인다.

『샌드맨: 꿈의 주인, 제1호』(1999)는 닐 게이먼이 글을, 샘 키스와 마이크 드링겐버그가 그림을 담당했다(이미지는 저작권사의 허락을 받아 수록함).

샌드맨 시리즈의 조연 가운데 몇 명은 자체적인 시리즈와 그래픽 노블을 얻게 되었다. 대표적인 경우가 '죽음'으로, 훗날 게이먼이 그녀를 소재로 한 단편을 몇 가지 썼고, 질 톰슨도 그녀를 소재로 한 그래픽 노블을 몇 가지 그렸다.

샌드맨 시리즈 가운데 『안개의 계절』(제21-28호, 1990-1991)에서 지옥의 운영권을 포기한 바 있었던 '루시퍼' 역시 훗날 자체적인 시리즈의 주연을 맡게 되었다. 마이크 케리가 글을 담당한 이 시리즈는 2000년부터 2006년까지 총 75호가 발행되었다.

샌드맨은 본래 DC 코믹스의 그리 유명하지 않은 초인 영웅으로, 웨슬리 도즈와 헥터 홀이라는 인물이 저마다 범죄와 싸우며 사용한 예명이었다. 1980년대에 DC는 자회사 버티고에서 출간할 이 등장인물의 이야기를 다시 만들어달라고, 아울러 더 성인 취향의 테마와 이야기에 집중해달라고 영국 작가 닐 게이먼(1960-)에게 의뢰했다. 이에 게이먼은 친구이자 이전에도 몇 번인가 공동으로 만화를 작업했던 화가 데이브 매킨을 끌어들였다.

샌드맨 시리즈는 이야기 속의 이야기이지만, 더 중요한 점은 이것이야말로 이야기가 현실을 형성하는 이야기이며, 사실상 이야기와 현실의 차이가 전혀 없는 이야기라는 점이다. 그 세계에서 우주론은(지리학에 관해서는 잠시 잊어버리자) 인격체로 형성된다. 샌드맨 시리즈에는 몇 가지 고정된 배경이 있지만, 그 외관이며 작용은 어디까지나 그 중심에 있는 인물들의 변덕에 따라 달라진다는 사실이 금세 분명해진다. 중심인물인 '꿈'은(제목에 나온 '샌드맨'인 동시에 '모르페우스', '오네이로스', '카이쿨'이라는 이름도 있다) '무한無限'이라고 알려진 일곱 형제 가운데 셋째에 해당한다. 무한 일족은 우주의 모든 생물의 삶을 지배하는 불변하는 힘들을 상징한다. 하지만 이 힘들도 신체와 인격을 부여받았으며, 이는 이들의 외관이며 영역을 형성한다. 예를 들어 일곱 형제 가운데 가장 나이가 많은 '운명'은 항상 갈림길이 있는 정원을 거닐면서, 손에 들고 있는 책에서 앞으로의 일을 읽어낸다. 꿈의 동생들 가운데 하나인 '욕망'은 남성인 동시에 여성으로 자신의 거대한 이미지처럼 보이는 성에 살고 있는데, 왜냐하면 욕망은 곧 나르시시스트이기 때문이다. 이에 비해 '꿈'은 형제들과 달리 자신의 영역에 대해서 온전한 지배자 역할을 담당하며, 그에게는 성과 시종뿐만 아니라 왕좌가 있는 공식 알현실까지도 있다. 왜냐하면 꿈은 통치와 우선순위에 대해서, 그리고 자신의 임무에 수반되는 책임과 요구로 간주되는 바에 대해서 강박을 지니고 있기 때문이다. 하지만 형제 가운데 몇 명이 지적한 것처럼, 그가 불변의 법칙이라 인식하는 것이 사실은 그의 선택에 불과하다. 따라서 만약 꿈이 원하기만 했다면, 꿈의 세계는(따라서 전체 세계는) 매우 다른 모습이 되었을 것이다.

꿈은 보통 덥수룩한 검은 머리에 창백하고 깡마른 청년의 모습으로 나타나는

데, 이는 그의 여러 현현 가운데 하나일 뿐이다. 샌드맨 시리즈에 나온 사건들의 전편에 해당하는 『서곡』(2015)에서 꿈은 외계인 종족들의 꿈, 동물들의 꿈, 식물들의 꿈, 지각 능력 있는 기계들의 꿈, 그리고 훨씬 더 낯선 생물들의 꿈 등 자신의 여러 가지 국면들을 만난다. 어쩌면 이 시리즈에서 유일한 고정점은 바로 그의 누나인 '죽음'일 것인데, 그녀는 거의 항상 검은 청바지에 민소매 셔츠를 걸친 쾌활하고 친근한 젊은 여성으로 나온다. 하지만 이런 모습도 이 시리즈의 복잡하게 뒤얽힌 가족극에 공헌한다. 죽음은 냉정한 누나로서 꿈의 자만과 자기연민을 박살내주는 역할을 담당하기 때문이다. 또한 인간이 맨 마지막에 보게 되는 차분하고도 친숙한 얼굴이 바로 이 '죽음'이라는 사실이야말로 게이먼의 세계 구축에서 가장 놀랍고도 설득력 있는 부분이라고 종종 지적되기도 한다.

▲ 여러 이름을 가진 샌드맨을 묘사한 J. H. 윌리엄스 3세의 그림. 그는 샌드맨 시리즈의 리부트 작품인 2013년의 『서곡』에서 닐 게이먼과 호흡을 맞추었다.

과연 만화 말고 다른 매체에서도 게이먼이 이처럼 변화무쌍한, 이처럼 성마른 인격체들의 변덕과 기분 변화에 휘둘리는 세계에 관한 이야기를 할 수 있었는지는 의문이다. 문자만 있었다면 우리가 발판을 찾기 위해 허둥지둥했을 법한 상황에서도, 그림의 존재 덕분에 독자는 현실에 발을 딛게 된다. 또한 그래픽 매체는 영화나 텔레비전이 할 수 없었던 방식으로 게이먼에게 자유를 부여했다. 샌드맨 시리즈에는 그 주인공의 활약상이 여러 호에 걸쳐 펼쳐지는 장편도 있고, 다른(때로는 단 한 번만 나오는) 등장인물이 주연을 맡고 무한 일족이 오로지 조연만 담당하는 단편도 있다. 또한 이 시리즈는 공포물에서 수준 높은 환상물까지, 그리고 신화에서 사실주의 드라마까지 장르를 수시로 바꾸는데, 이것 역시 오로지 만화라는 매체만이 할 수 있는 일로서 그림체의 변화도 수반된다.

만약 샌드맨 시리즈를 가리켜 그 등장인물이 스스로의 세계를 형성하는(그리하여 스스로의 운명을 써나가는) 이야기라고 말한다면, 이것은 (따지고 보면) 오로지 무한 일족이나 별들이나 다른 우주적 존재만이 가진 능력까지는 아니다. 이 시리즈에서 반복 등장하는 등장인물 가운데 하나인 홉 개들링의 경우, 14세기의 평범한 영국인이었지만 죽고 싶지 않다는 소원이 성취됨으로써, 21세기까지는 물론이고 어쩌면 그 이후까지도 죽지 않고 계속 살게 된다. 왜 나를 데려가지 않느냐는 홉의 질문에, 죽음은 그 선택이 궁극적으로는 그에게 달려 있다고 대답한다. 샌드맨 시리즈의 세계에서도, 주인공이 모든 생물에게 보내는 꿈속에서와 마찬가지로, 의미를 형성하고 부여하는 쪽은 바로 우리이다. 이야기를 하는 쪽은 바로 우리인 것이다.

닐 스티븐슨 NEAL STEPHENSON.

스노 크래시

SNOW CRASH(1992)

수많은 초소형 국가로 분열되고 고도로 가맹점화한 근미래의 캘리포니아에서 아프리카계 미국계 한국인 해커 히로 프로타고니스트와 15세 스케이트보더 쿠리에 Y. T.가 궁극의 사이버 음모와 맞서 싸운다.

이 소설의 초판본은 1992년 밴텀 북스에서 간행되었다.

『스노 크래시』에 나온 '바이러스로서의 관념'이라는 발상은, 영화 '매트릭스' 시리즈의 극도로 양식화된 가상현실 액션 장면에서부터, 영화 〈인셉션〉의 더 철학적인 개념에 이르기까지 주류 문화에 다각도로 영향을 주었다.

산스크리트어에서 유래한 '아바타'를 오늘날의 컴퓨터, 또는 온라인상의 의미로 처음 사용한 것은 1986년의 컴퓨터 게임 '해비타트'였지만, 이 단어가 지금처럼 주류에서 사용된 것은 『스노 크래시』 덕분이었다. 구글 어스나 나사 월드윈드 같은 가상 세계의 지리학 프로그램 역시 『스노 크래시』의 메타버스에서 가동되는 프로그램 '어스'와 상당한 유사점이 있다.

윌리엄 깁슨의 『크롬 태우기』와 리들리 스콧의 〈블레이드 러너〉가 사이버펑크의 기본 규칙을 정립한 지 10년 뒤이며, 또한 미국 대통령 로널드 레이건이 무제한적인 신자유주의적 자본주의의 증대를 위한 조건을 확립한 지 10년 뒤인 1992년에 간행된 닐 스티븐슨(1959-)의 세 번째 소설 『스노 크래시』는, 양쪽의 문화적 진로 모두에서 연방의 상태에 관한 심문으로 나타났다. 스티븐슨은 보스턴 대학에서 지리학과 물리학을 전공했고, 1984년에 작가로 등단했다. 이후 시애틀에 거주하면서 온 사회와 세계에 관한 지리학자의 전체론적 지각을 보여주는 서사시적이고 복잡한 장편소설을 계속해서 간행했다.

2010년대에 이르러 작은 정부에 대한 정치적 요구가 이어지며 한때 거대했던 미국 연방 정부는 '페들랜드'라는 작은 지역에 고립되었고, 이곳의 충실한 시민들은 아직 남은 미국의 영토를 세세한 데까지 관리하려 골몰하는 관료제를 위해 일하고 있었다. 이곳 사람들은 미국에 살고 있는 것이 아니라 오히려 L. A.의 버브클레이브에 살고 있는데, 이곳은 메타캅스 사가 보호하는 가맹점 주택 단지를(즉 초소형 국가를) 가리킨다. 『스노 크래시』의 주인공이자 공식적으로 전 세계에서 가장 뛰어난 검술사인 히로 프로타고니스트의 경우, 그룹 멜트다운스의 리드싱어 비탈리 체르노빌과 함께 공항 옆 개조 컨테이너에 살고 있다.

히로는 블랙 선의 공동 창설자인데, 이곳은 그가 공동으로 프로그래밍 한 고화질 입체 가상현실 메타버스에서 가장 멋진 장소이다. 이제 그는 프리랜서로 일하면서 중앙정보회사에 데이터를 업로드하고 조회수 기준으로 대금을 지급받으며, 엉클 엔조의 코사노스트라 피자 업체에서 배달을 하다가 스케이드보드를 타는 쿠리에 Y. T.와 파트너 관계를 형성하게 된다. '친애하는 당신의Yours Truly'의 약자인 그녀는 열다섯 살로, 최신 정보에 정통하고, 냉소적이며, 성적으로 적극적이고, 국가와 기업, 초소형 국가와 가맹점 간의 구분보다는 오히려 초인플레이션 상태의 달러가 더 의미 있는 그 장소에서 더 상승하려는 열망을 품고 있다.

스티븐슨의 세계는 망가진 L. A.와 메타버스(오큘러스 리프트 가상현실과 구글 어스를 예견했다고 볼 수 있는 컴퓨터 아바타의 영역) 사이를 오간다. 이 세계는 영화 〈트론〉에 나오는 라이트사이클 경주를 참고하는 동시에, 영화 〈매트릭스〉에

▲ 그래픽 아티스트 이고르 소볼레프스키가 3D로 구현한 코사노스트라 피자의 배달 차량 2호. 스티븐슨의 소설 주인공 히로 프로타고니스트는 엉클 엔조의 코사노스트라 피자 업체에서 배달원으로 일한다.

나오는 물리법칙을 무시한 전투를 예견했다고 할 수 있다. 나중에 소설 속의 액션은 '뗏목 선단'으로 옮겨 가는데, 이곳은 과대망상증 환자인 텍사스의 억만장자 L. 밥 라이프의 통제하에 있는 미국 해군 항공모함 주위에 구축된 해상 난민 도시이다.

스티븐슨의 풍자적인 풍경의 핵심에서는 경쟁이 벌어진다. 즉 한편에는 자유시장에서 자유롭게 생각하는 행위자로서의 개인, 또 한편에는 생물학과 프로그래밍의 경계선을 넘나드는 바이러스에 정신을 지배당하는 인간 드론, 이렇게 둘이 경쟁을 벌이는 것이다. 저자는 문명과 체계화된 종교의 신경언어학적 기원에 관한 복잡한 이론을 탐구하는 한편, 역사란 결국 합리적인 종교들(즉 모두 성서를 기반으로 삼는 유대교, 기독교, 이슬람교) 간의 투쟁이라고 외삽하고, 또 관념이란 결국 두뇌의 심층 구조를 물리적으로 재작성할 수 있는 언어적 바이러스라고 외삽한다. 이 모두는 만화와도 유사하게 폭력적인 배경과 현학적인 대화 사이에 포장되어 있는데, 이것이야말로 핵폭탄을 가진 사람은 누구나 주권 국가가 될 수 있는 세계에는 딱 어울린다고 하겠다.

종종 초현실적이지만 선견지명 엿보이는 발상들이 불러오는 바로크적인 돌풍이 깃들고, 급기야 정보의 홍수에다가 제임스 캐머론의 영화와도 유사한 볼거리가 펼쳐지는 『스노 크래시』는 첨단 기술 및 신학에 관한 사변을 뒤섞어 현대 미국의 상태를 심문하는 도구로 이용하는 작품으로서, 눈처럼 차갑고, 맞부딪치는 강철만큼 대항적이다. 아이러니한 사실은 사이버펑크의 첫 물결에 관한 스티븐슨의 희극적인 신격화가 문화적으로는 감염성이 높았던 반면, 그의 서사 그 자체는 가장 최근의 L.A. 할리우드 가맹점으로 종속시키려는 모든 시도를 물리칠 만큼 복잡했다는 점이다.

로이스 로리 LOIS LOWRY

기억 전달자

THE GIVER(1993)

로리의 디스토피아 소설은 모든 사람에게 적당한 행동과 때와 장소를 일일이 지시하는 '늘 같은 상태'의 세계에서 개성, 감정, 기억, 도덕을 탐사한다.

이 소설의 초판본은 1993년 호튼 미플린에서 간행되었다. 『기억 전달자』는 1990년대에 금서 지정 신청이 가장 많았던 책 가운데 하나였는데, 안락사를 묘사했다는 것이 대표적인 이유였다.

로리의 말에 따르면, 불편한 기억을 제거함으로써 구축된 평화로운 세계에 대한 발상은 정신적·신체적으로 기능이 쇠퇴해가는 연로한 아버지의 모습을 지켜보면서 얻게 되었다고 한다.

로리의 데뷔작 『그 여름의 끝』(1977) 역시 저자의 언니 헬렌이 28세에 사망한 사건으로부터 영감을 얻었다.

로리는 홀로코스트를 다룬 소설 『별을 헤아리며』로 1990년 뉴베리 상을 받았고, 『기억 전달자』로 1994년에 같은 상을 받았다.

주로 청소년 독자를 겨냥한 로이스 로리(1937-)의 소설 『기억 전달자』는 진지한 주제를 복잡한 방식으로 탐사한다. 1993년에 첫 간행된 이래로 이 책에 대한 반응 중에는 논란도 없지 않았다. 일각에서는 권력의 본성에 관한 그 예리한 탐구를 격찬했던 반면, 일부 학부모는 이 책을 학교 도서관에서 치워달라고 거듭해서 요구했다. 저자는 『기억 전달자』가 디스토피아 소설이라고는 생각하지는 않으며, 오히려 "복잡한 세계를 알아가는 한 아이에 관한 이야기일 뿐"이라고 말했다.

그럼에도 불구하고 이 소설의 배경 그 자체는 '공동체'의 엄격한 가치와 문화, 그리고 기대가 무엇인지를 펼쳐 보인다. 곧 다가올 '열두 살 기념식'에서 '기억 보유자'로 지명될 예정인 11세 소년 조너스가 이 소설의 화자이며, 따라서 독자는 그가 성장하면서 바라보게 된 방식으로 그의 세계를 바라보게 된다. 이 이상화되고 질서정연한 공동체의 모든 건물은 '출산소', '주거 지역', '학교' 등등 뚜렷한 기능에 따라 명명되며, 다만 '노인의 집' 옆에 있는 작은 건물인 '별채'만 예외인데, 조너스는 머지않아 바로 이곳에 살게 된다. 다재다능한 조너스는 개성을 외면하는 이 세계에서 당연히 보잘것없는 신세였고, 처음에만 해도 자기 풍경에 부과된 질서를 매우 바람직하게 생각해 마지않는다.

하지만 네 가지 요소로 인해 조너스는 자각하게 된다. 첫 번째는 뭔가 알 수 없는 이유로(그리하여 과학적 외삽이라기보다는 오히려 동화의 변덕에 더 가깝게도) 조너스가 (처음에는 순간적이지만 나중에는 더 영구적인) 사물의 '변화'를 알아보게 된 것이었다. 나중에 가서야 그는 이런 시각적 이변이 바로 '색깔'이라는 사실을 알게 되는데, 그의 시각을 통해 이야기를 따라가던 독자로선 그제야 이 세계에 색깔이 없다는 사실을 깨닫게 된다. 두 번째는 이보다는 덜 변덕스러운데 조너스가 약간 야한 꿈을 꾸게 되자, 부모님이 미소를 머금고 '충동'을 억압하기 위해서 하루 한 알씩 약을 먹으라고 지시한 것이었다. 세 번째는 조너스가 이제 '전달자'가 된 나이 많은 보유자로부터 기억을 전달받는 과정에서, 단순히 색깔뿐만 아니라 음악과 기쁨과 날씨와 고통과 두려움과 고뇌와 상실과 심지어 언덕으로도 가득한 세계에 관한 지식을 얻게 된 것이었다. 이 대목에 와서야 우리는 '공동체'가 무채색으로 이루어져 있고 기후 조절이 가능한 사회일 뿐만 아니라, 극도로 무미건조한 사회임을 깨달

▲ 필립 노이스 감독의 2014년 작 영화에서 기억 전달자(제프 브리지스)와 이야기를 나누는 조너스(브렌턴 스웨이츠)의 모습.

게 된다. 네 번째는 공동체가 비순응자들을 (불복종처럼 의도적인 문제이건, 또는 무능처럼 우연적인 문제이건 간에) '임무 해제'로써 처벌하는 것이었다. 기억 전달자는 조너스의 아버지인 '보육사'의 모습을 담은 영상을 보여주는데, 거기서 공동체 내부의 혼란을 방지하기 위해 일란성 쌍둥이 가운데 덜 튼튼한 아기를 임무 해제시키는 모습이 나온다. 조너스는 마침내 임무 해제가 곧 약물 주사를 통한 안락사임을 깨닫게 된다. 그의 완벽한 세계에 있는 모든 것이 거짓되고 잔인할 가능성을 지니고 있음이 드러난 것이다.

기억 보유자는 제아무리 고통스러운 것일지라도 문화적 기억을 모조리 갖고 있기 때문에, 다른 사람들은 굳이 그런 기억을 가질 필요가 없어진다. 하지만 드물게나마 공동체가 의외의 상황에 직면하여 귀중한 지혜를 필요로 할 경우엔, 기억 보유자를 찾아가 의논하기도 하며, 보유자는 그 기억을 간직하며 별채에서 혼자 살아간다. 보유자가 기억 전달을 이용해 조너스를 '훈련시키기' 시작하자, 이때부터 보유자는 전달자가 된다. 그러나 조너스는 '신생아'를 재우려고 어르는 과정에서 실수로 즐거운 기억을 아기에게 전달해버리고 만다. 기억 전달자가 되는 방법에는 여러 가지가 있기 때문이었다. 그리고 지혜를 이용하는 방법에도 여러 가지가 있었다.

두 전달자는 조너스가 '저 너머 세계'에서 개성을(아울러 그곳의 언덕이며 날씨를) 만끽할 수 있도록 일종의 와해 계획을 꾸민다. 즉 조너스가 부재한 상황에서 풀려난 기억들로 인해 공동체가 충분히 고통을 받음으로써, 수치스러운 완벽의 상태로부터 벗어나게 만들려는 것이었다.

필립 풀먼PHILIP PULLMAN

황금 나침반 시리즈

HIS DARK MATERIALS(1995-2000)

풀먼의 다중 우주를 오가는 3부작은 두 번째 이브가 될 운명을 지닌 리라 베라커의 이야기인 동시에, 그 모든 세계를 구원하거나 파멸시킬 수 있는 그녀의 선택에 관한 이야기이다.

이 시리즈는 1995년부터 2000년까지 미국에서는 스콜라스틱 출판사에서, 영국에서는 스콜라스틱의 자회사인 데이비드 피클링 북스에서 간행되었다.

풀먼은 이 시리즈의 세계를 배경으로 한 더 짧은 작품도 여러 권 내놓았다. 『리라의 옥스퍼드』(2003), 『옛날 옛적 북극에서』(2008), 그리고 2017년 출간 예정인 『더스트의 책』이다.

『호박색 망원경』의 일부 구절은 미국판에서 누락되었는데, 왜냐하면 그 안에 담긴 성적 암시가 어린이 독자에게는 부적절하다는 우려 때문이었다.

황금 나침반 시리즈는 한때 미국 내에서 금서 지정 신청이 두 번째로 많았던 책으로 집계되었다.

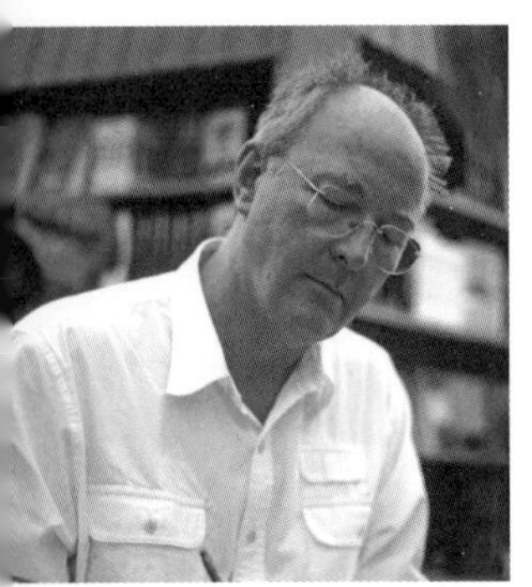

『황금 나침반』, 『만단검』, 『호박색 망원경』으로 구성된 필립 풀먼(1946-)의 황금 나침반 3부작은 출판계에서 큰 화제를 불러일으켰으며, 전 세계에서 약 1700만 부가 판매되고 40개 이상의 언어로 번역되었다. 아동과 성인 독자 모두가 그 다채로운 등장인물과 그 줄거리의 미묘한 복잡성을, 아울러 그 매력적인 재독 가능성을 좋아해 마지않았다. 비록 어린이와 청소년 독자를 겨냥하기는 했지만, 황금 나침반 시리즈는 여러 층위에서 해석이 가능하다. 젊은 독자는 새롭고도 아름다운 세계가 가득한 흥미진진한 모험 이야기로 읽을 수 있고, 성인 독자는 자유의지에 관한 논고인 동시에 종교에 대한 날카로운 비판으로 읽을 수 있었다. 풀먼 본인도 "내 책은 하느님을 죽이는 것에 대한 내용"이라고 말한 바 있다.

이 시리즈는 옥스퍼드에서 시작된다. 하지만 이곳은 우리가 아는 세계의 바로 그 옥스퍼드 대학이 아니라, 비슷하면서도 뭔가 많이 다른 옥스퍼드 대학일 뿐이다. 그 대체 세계에서는 마법이 노골적으로 사용되며, 사람마다 그 영혼의 물리적 현현인, 동물의 형태를 취한 데몬을 데리고 다닌다. 이처럼 비슷하면서도 뭔가 많이 다른(즉 왠지 낯익지만 아주 편안하지는 않은) 어딘가에 와 있다는 느낌이야말로 이 시리즈의 세계가 갖는 특징이라 할 수 있다.

1부 『황금 나침반』(1995)은 리라가 출입 금지된 방 안에 숨어 들어가는 것으로 시작된다. 그녀는 '생각보다 더 커다란' 옷장 속으로 기어들어 가는데, 이는 C. S. 루이스의 나니아(178쪽 참고)를 연상시킨다. 하지만 그 가구는 새로운 세계로의 길을 터주지는 않으며, 오히려 리라의 호기심과 지식에 대한 탐구가 그녀의 세계를 더 확장시켜 준다.

친구 로저가 실종되자, 그녀는 처음에만 해도 매력적인 콜터 부인의 모습에 위안을 받지만, 나중에 가서는 자기 친구의 실종에 콜터 부인이 관여되었을지도 모른다는 사실을 알게 된다. 진실을 말하는 황금 나침반 알레시오미터의 도움으로 리라는 친구를 찾아 떠나게 된다. 북극의 야생으로 여행하는 과정에서 그녀는 자기 세계가 이 세상의 전부는 아니라는 사실을 발견하게 된다. 이 시리즈에서 장소는 지식과 본래적으로 연결되어 있다. 예를 들어 마녀들이 리라의 세계보다 더 북쪽의 세계에 사는 까닭은, 세계 간의 베일이 얇고 자신들의 지식이 바로 이런 근접성에서 비롯되

▲1부를 각색한 영화 <황금 나침반>(2007)에서 리라와 그 데몬인 판타라이몬이 갑옷을 걸친 북극곰 이오렉 버니손을 만나는 장면.

기 때문이다. 또한 장소는 관점과도 본래적으로 연결되어 있다. "이곳은 새로운 세계인가?" 한 등장인물의 질문에 이런 답변이 나온다. "이곳에서 태어난 사람들에게는 그렇지 않아." 장소에 따라서 사물도 다르게 보이는 셈이다.

2부 『만단검』(1997)은 우리 세계에서 시작되지만, 주인공 윌 패리는 '시타가제'라는 세계로 들어가는 문을 발견한다. 거기서 윌은 리라를 만나고 (여러 우주 사이의 벽을 도려내 문을 만드는) 만단검의 수호자가 된다. 하지만 여러 세계를 지나는 여행에는 대가가 따랐다. 즉 문을 하나 만들 때마다 중요한 기본 입자 '더스트'가 상실된다. 리라의 세계에서는 교회가 더스트를 없애려고 획책하는데, 왜냐하면 이 물질에 수반되는 지식이 원죄의 현현이라고 생각하는 까닭이었다. 하지만 더스트 역시 지식과 마찬가지로 이 세상에 꼭 필요한 것이었다.

3부 『호박색 망원경』(2000)에서는 더 많은 세계들이 탐험된다. 죽은 자들의 땅에서부터 코끼리를 닮은 뮬레파의 세계까지를 여행하면서 리라는 운명적인 선택을 해야 하는 입장이 된다. 하지만 일단 선택을 하고 나면 여러 세계 사이에 뚫린 문은 닫혀야만 하고, 결코 다시 열릴 수는 없었다.

조지 R. R. 마틴 GEORGE R. R. MARTIN

왕좌의 게임

A GAME OF THRONES(1996)

세븐 킹덤의 세계에서는 다양한 등장인물이 '왕좌의 게임', 즉 오로지 한 명의 승자만 이 살아남는 환상 세계의 장미전쟁을 벌인다.

이 소설의 초판본은 1996년 밴텀 북스에서 간행되었다.

『왕좌의 게임』은 비평 면에서는 격찬을 받았지만, 그렇다고 해서 즉각적인 인기를 끌지는 못했다. 마틴의 서사시가 열기를 얻기까지는 시간이 좀 걸렸기 때문에, 때로는 저자 사인회에 독자가 한 명도 나타나지 않는 사건도 벌어졌다.

마틴에게 가장 큰 문학적 영향을 준 작가는 통속 과학소설, 추리소설, 스페이스 오페라 등을 발표한 잭 밴스이다.

역동적인 여성 등장인물에 관한 질문을 받자, 페미니스트를 자처하는 마틴은 이렇게 말했다. "아시다시피, 저는 오래전부터 여성도 사람이라고 생각해왔으니까요."

많은 독자가 '미국의 톨킨'이라고 입을 모으는 조지 R. R. 마틴(1948-)은 1996년에 『왕좌의 게임』을 출간했다. 이 시기로 말하자면 환상 문학에는 어려운 막간에 해당했으며, 도시형 환상소설의 신랄한 뻔뻔함으로 근근이 인기를 유지할 뿐이었다. 이런 상황에서 『왕좌의 게임』은 도시형 환상소설 특유의 블랙 유머와 날카로운 재치에다가, 중세 역사에서 큰 영향을 받은 대하소설의 규모와 드라마를 결합시킴으로써, 두 세계 간의 연결 고리로 대두했다. 전통과 현대의 이 영리한 결합 덕분에 '얼음과 불의 노래' 시리즈는 출판계의 큰 화제가 되면서 45개 이상의 언어로 번역되고 텔레비전 드라마까지 나와 큰 인기를 끌었다.

이 시리즈의 1부인 『왕좌의 게임』은 북부의 국외자인 에더드('네드') 스타크 경과 그의 가족에게 초점을 맞추었는데, 정치를 혐오하는 이들이야말로 독자의 관점에서는 필수적인 존재이다. 이 소설은 마치 유혹이라도 하듯 흑마술 장면으로 시작되는데, 이후 600쪽에 걸쳐서 독자는 의심을 거듭하지 않을 수 없다. 도대체 '아더'는 무엇인가? 어떻게 그들은 세븐 킹덤의 정치와 연계되며, 이 다중 시점 이야기의 진짜 초점은 무엇인가? 그런데 막상 이 소설을 흥미진진하게 만드는 요소는 바로 이 소설에서 말하지 않고 내버려두는 부분이다.

마틴의 이 시리즈에서 첫 번째 소설은 세븐 킹덤을 지리적으로 가로지르는 방식으로 그 줄거리를 나눈다. 즉 스타크 가문의 본거지인 얼어붙은 북쪽의 땅과 윈터펠에서부터, '강철 왕좌'가 있는 킹스랜딩과 초원이 있는 에소스까지 무대로 삼는 것이다. 이 가운데 에소스는, 또 다른 중심 인물이며 귀족인 타르가르옌 가문의 마지막 생존자 대너리스가 도트락 전사들 사이에서 성장하는 장소이기도 하다. 여기서 마틴의 초점은 사춘기 소녀에게 맞춰져 있는데(그녀는 훗날 강력한 힘을 지닌 '용의 어머니'가 될 운명을 타고났다) 이는 젊은 남성 주인공에 종종 관심을 갖는 이 장르의 경향을 확연히 바꿔놓은 셈이다. 저자는 이전까지만 해도 (역시나 저마다의 서사시적 세계를 만들어낸) 머시디스 래키와 타니아 허프 같은 페미니스트 환상소설 작가들이 권리를 주장했던 영역에서 작업하는 것이다.

『왕좌의 게임』을 읽는 모험의 일부는 마틴이 장소에 시점을 연관시키는 방식에 놓여 있다. 즉 네드 스타크의 생각은 항상 얼음과 눈에 관한 것이며, 그의 아들 브

▲ 에더드 스타크 경(숀 빈)과 그의 가족이 웨스테로스의 세븐 킹덤의 왕 로버트 바라테온(마크 애디) 앞에서 무릎을 꿇고 있다.

랜의 생각은 하늘을 열망하며, 대너리스의 생각은 에소스의 열기에 의해 담금질된다. 톨킨이 『호빗』의 지도에 룬 문자 단서를 덧붙인 이후, 이 장르에서 지도 제작은 필수화되다시피 했다. 『왕좌의 게임』이야말로 이런 경향이 뚜렷한 작품인데, 여기서는 유서 깊은 가문이며, 정치적 당파며, 토착민 공동체가 중첩되는 영토에 대한 통제권을 얻기 위해 전투를 벌인다. 문장紋章과 지도는 마틴이 혼합된 봉건 사회를 창조하는 과정에서 참고한 중세에서도 역시나 주된 문화적 요소였다. 『왕좌의 게임』은 이런 체계를 낭만화하는 대신, 오히려 그 아래에 도사린 폭력과 부패를 노출시킨다.

독자는 문화와 지리에 의해 분리된 여러 개의 상충되는 시점을 통해서 이 위험하고도 살아 숨 쉬는 세계를 일별하게 된다. 이 서사시의 지도에 관한 우리의 이해는 항상 불완전하다. 캐나다의 환상소설 작가 가이 게이브리얼 케이도 '피오나바 3부작'에서 똑같은 기법을 사용했고, 마틴은 이를 진정으로 거대한 세계에 적용했다. 지도에 그 운명이 걸려 있는 공동체들은(예를 들어 '장벽' 너머의 '와일들링'이 그러한데) 종종 이런 식민적인 관습에 저항하는 사람들이게 마련이다. 마틴은 자기 작품에 나오는 길이 500킬로미터, 높이 200미터의 '장벽'이 하드리아누스 장벽에서 영감을 얻은 것이라고 말했지만, 미하일 존토스 같은 비평가들은 이것이야말로

▶ '알려진 세계'를 보여주는 지도. '얼음과 불의 노래' 시리즈에서 마틴의 지리적 설정은 점차 확장되었다. '알려진 세계'는 웨스테로스, 에소스, 소토리오스라는 세 개의 대륙과 울토스라는 거대한 대륙으로 이루어지고, 그 외에 더 작은 섬들이 수없이 많다.

미국의 변경에 대한 은유라고도 지적한다. 우리의 시야는 결국 우리가 어느 편에 서느냐에 따라서, 그리고 우리 주위에 지도를 그리는 자가 누구냐에 따라서 달라지게 마련이다. 웨스테로스의 여러 지역에는 저마다의 현존 언어가 있는데, 이를 언어학자 겸 언어창작가 데이비드 J. 피터슨이 매우 자세하게 발전시켰다. 그가 만든 도트락어는(이제는 심지어 강의까지 나와 있다) 마틴이 만들어낸 몇 가지 말과 구절을 토대로 해서 발전시킨 것이다. 톨킨이 요정어를(즉 불멸자의 언어를) 만들면서 시작된 전통이 누적된 결과, 여러 문화에서 채택한 일련의 언어들이(심지어 방언까지도) 나온 셈이다.

『왕좌의 게임』은 폐쇄 공간에서의 고딕 이야기로 시작했다가, 스타크 가문 사람들과 함께 바깥쪽으로 폭발하듯 확장되었으며, 이 과정에서 그 환상적인 지도 제작술의 덕을 보았다. 마치 나니아 연대기의 주인공인 페번시 4남매의 더 어두운 변주처럼, 스타크 5남매는 후기 봉건주의 체제의 위험과 불평등을 반영하는 적대적인 풍경과 맞서 싸우게 된다. 이곳에서는 마법이 항상 옅은 빛깔로 불길한 공간에 머물러 있는 반면, 경제와 혈통 정치는 모든 것을 계속 움직이게 만드는 괴물 같은 힘이다. 음유시인은 가난하고, 공주들은 졸卒에 불과하고, 학사들은 (존 스노처럼) '아무것도 모르는' 상태이다. 이는 중세 동안에 나타난 아찔한 아름다움을(예를 들어 회화, 보석 세공, 시, 그리고 절묘한 음악 등을) 때때로 무시해버리지만, 마틴이 비극에 초점을 맞추고 있다는 사실은 여기가 디즈니의 중세는 아니라는 점을 우리에게 상기시킨다. 그는 다양한 등장인물을 보여준다. 여성 통역자들, 불구 소년들, 교활한 환관들, 동성애자 기사들 등등. 이 사람들은 우리의 두뇌 속에 자리를 잡는데, 왜냐하면 그들은 종종 실수하고, 욕망하고, 배반하고, 후회하기 때문이다.

비평가들은 종종 용의 존재에도 불구하고 이 시리즈를 사랑하게 된다고 묘사하지만, 독자와 팬은 용 역시 이야기 그 자체만큼이나 오래되었다는 사실을 완벽하게 잘 알고 있다. 『왕좌의 게임』은 새로운 청중을 위해 한 장르를 소생시켰다기보다는, 오히려 아서 왕에서부터 강철 왕좌에 이르는 환상소설이 어떤 능력을 지니고 있는지를 우리에게 보여주었다고 해야 맞을 것이다.

THE KNOWN WORLD
City
Town
Ruined City
Castle
Ruined Castle
The Shivering Sea
The Shivering Sea
The Summer Sea
The Sunset Sea
THE LANDS OF ALWAYS
Castle Black
Winterfell
The Dreadfort
Barrowtown
White Harbor
Riverrun
Harrenhal
Casterly Rock
King's Landing
Storm's End
Dragonstone
Highgarden
Oldtown
Dorne
Sunspear
The Reach
The Narrow Sea
Braavos
Lorath
Pentos
Norvos
Qohor
Ny Sar
Ar Noy
Myr
Tyrosh
The Sorrows
Selhorys
Valysar
Volon Therys
Sar Mell
Volantis
Mantarys
Tolos
Elyria
Meereen
Yunkai
Astapor
Old Ghis
Ghiscar
New Ghis
Qarth
Port Yhos
Saath
Mossovy
Morosh
Vaes Khadokh
Vaes Dothrak
Vaes Leqse
Vaes Athjikhari
Vojjor Samvi
Vaes Khewo
Kayakayanaya
Kingdom of Sarnor
THE DOTHRAKI SEA
Vaes Diaf
Painted Mountains
Lhazar
The Red Waste
Bone Mountains
Bayasabhad
Plains of the Jhogos Nhai
Nefer
The Grey Waste
K'Dath
Trader Town
Tiqui
The Five Forts
Yi Ti
Mountains of the Morn
Sothoryos
The Summer Isles
Basilisk Isles
Jade Sea
Great Moraq
Port Moraq
Leng
Turrani
Asshai
Ulthos

데이비드 포스터 월리스 DAVID FOSTER WALLACE

무한한 익살

INFINITE JEST(1996)

미래의 북아메리카에 관한 데이비드 포스터 월리스의 거대하고도 복잡한 상상에서는 대중오락이 지배적이며, 이곳을 배경으로 중독과 테니스, 그리고 광고의 위력을 망라하는 이야기가 펼쳐진다.

이 소설의 초판본은 1996년 리틀, 브라운 앤드 컴퍼니에서 간행되었다.

이 책의 제목은 『햄릿』에서 가져왔지만, 집필 당시의 가제는 『실패한 오락물A Failed Entertainment』이었다.

월리스는 여러 신문과 잡지에 수많은 논픽션 및 단편 작품을 발표했다. 또한 호평을 받은 에세이집 『내가 결코 다시는 하지 않을 재미있을 법한 일』(1997)과 단편집 『무시무시한 사람들과의 짧은 인터뷰』(1999)를 발표했다.

그의 유작이자 미완성작인 소설 『창백한 왕』은 2011년에 간행되어 2012년 퓰리처상 최종 후보에까지 올랐다.

『무한한 익살』의 도입부에서 '핼'이라는 별명으로 통하는 십 대 테니스 선수 해럴드 제임스 인캔덴자는 만약 자기가 일요일에 '왓어버거 남서부 주니어 초청 테니스 선수권 대회'의 결승전에 올라갈 경우, 비너스 윌리엄스가 지켜보는 앞에서 경기를 펼칠 아주 좋은 기회가 있으리라고 생각한다.

이에 관해서는 특별히 놀라울 만한 데가 없다. 이것이야말로 평균적이고 일반적인 소설적 세부 사항의 단편이기 때문이다. 비너스 윌리엄스를 굳이 집어넣지 않을 이유가 있겠는가? 그리고 그가 그녀 앞에서 경기를 펼치고 싶어 하지 않을 이유가 있겠는가? 그런데 문제는 데이비드 포스터 월리스(1962-2008)의 이 놀라운 작품이 간행된 때는 1996년이었으며, 그때 윌리엄스는 고작 15세에 불과했다는 점이다. 이때만 해도 그녀는 최초의 그랜드 슬램 선수권 대회에 아직 나서지도 않은 상태였다. 이처럼 무심코 내놓은 월리스의 명명이야말로 근미래에 대한 대담한 예측이며, 이것이야말로 『무한한 익살』의 진면목을 보여주는 특징이다(또는 '보여주었던'이라고 해야 적절할지도 모른다. 미래를 배경으로 한 예술 작품 모두가 그러하듯이, 이 소설 역시 시간이 흐르면서 결국에는 오히려 대체 현실이 될 운명이니까).

『무한한 익살』의 사건들이 벌어지는 정확한 연도는 꼬집어 말하기 힘들다. 몇 가지 세부 사항에 근거하여 설득력 있게 주장된 바에 따르면, 이 책의 배경은 2009년이지만 『무한한 익살』의 세계에서 연도는 더 이상 숫자로 표시되지 않는다. 이 소설은 월리스가 '매수된 시절'이라고 부른 시기를 배경으로 하는데, 이때에는 매년 한 기업이 돈을 내고 자사의 제품명을 연도명으로 삼았다. 따라서 『무한한 익살』에서 작중 시간을 알려주는 연도명은 '초소형 도브 비누의 해', '위스퍼 콰이어트 메이태그 수도꼭지의 해', 그리고 가장 유명한(이 대목을 타자로 입력할 때 월리스가 느낀 기쁨을 우리도 느낄 수 있는) '디펜드 성인용 기저귀의 해'이다.

『무한한 익살』은 물론 과학소설로서 널리 알려져 있지는 않다. 오히려 그 터무니없고 감당 안 되는 분량이며(문고본으로 후주 포함 1088쪽에 달한다) 그 어마어마한 문학적 복잡성으로 더 유명하며, 이 두 가지 특징 덕분에 뿔테 안경을 낀 젊은이들이 칵테일파티에서 침을 튀기며 칭찬한 일종의 컬트적 인기의 대상이 되었다. 다시 말해 이 책은 지적 경쟁자를 굴복시키는 데 필요한 문학적 몽둥이인 셈이었다.

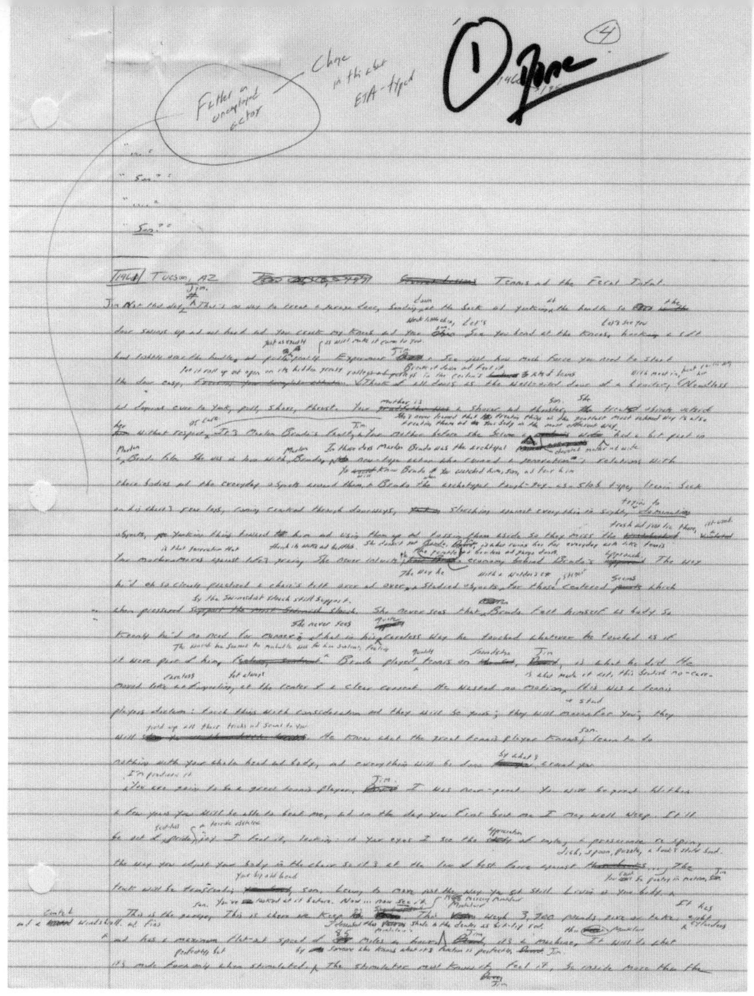

▲『무한한 익살』의 친필 원고 첫 번째 장.

이 책은 제임스 조이스의 『율리시스』에 버금갈 정도로 심각한 해석의 도전을 제기하며, 이와 관련해 수많은 학술 논문, 지침서, 주석, 스프레드시트, 다이어그램, 위키를 낳은 바 있다. 하지만 이 작품이 배경이 된 세계는 우리의 세계가 아니다. 『무한한 익살』은 엄연히 과학소설이며, 다만 과학소설 특유의 통속적인 기원의 흔적을 교묘하게 잘 지워놓았을 뿐이다. 월리스는 순수소설 분야 출신의 크로스오버 작가로서 과학소설을 썼으며, 그런 점에서 토머스 핀천과 돈 드릴로의 수준 높은 전통에 속해 있다.

하지만 월리스가 우리 세계를 이해하기에 더 용이하게 만드는 방법이라는 이유로 굳이 다른 세계에 관한 글을 쓰는 데에는 뭔가가 있다. 그는 뭐든지 약간 비스듬한 것을 좋아하기 때문이다. 그의 첫 번째 소설 『시스템의 빗자루』는 1987년에 간행되었지만 1990년을 배경으로 한다. 작품 속에서 그 즈음에는 오하이오 주의 일부가 '오하이오 대사막Great Ohio Desert'이라는(종종 그 약자인 G. O. D.로 지칭되는) 인공적인 지형지물로 변해 있다. 이는 거대한 예술 작품을 의미하며, '오하이오 주의 훌륭한 시민이 즐겨 찾을 가혹한 휴식 공간. 두려워하고 또 사랑하는 장소'였다.

윌리스는 사실주의자가 아니지만, 미래를 예견하는 데에도 관심이 없기는 매한가지이다. 그는 1990년이나 또는 다른 어느 때라도 '오하이오 대사막'이 실제로 생겨나리라고는 생각하지 않는다. 그는 J. R. R. 톨킨이나 프랭크 허버트처럼 하나의 세계를 구축하지도 않으며, 자신이 만든 가상의 이계異界를 굳이 그럴싸하게 꾸미지도 않는다. 오히려 시간이 일종의 용해제 역할을 해서(즉 현실을 더 유연하게 만드는 방법이 되어서) 그는 현실을 이용할 수 있고, 현실을 과장해서 자기가 표현하고 싶은 것을 표현하는 것이다. 윌리스의 과학소설은 풍자의 일종이다. 즉 미래는 놀기 위한 장소이고, 여기서 그는 베일을 걷고 사물의 본성을 드러내는 것이다.

『무한한 익살』에는 두 명의 주인공이 등장한다. 하나는 앞에 설명한 대로 엔필드 테니스 학교에 다니는 천재적으로 똑똑한 17세의 핼이다. 또 하나는 테니스 학교 인근에 자리한 에네트 하우스라는 재활 병원에서 일하는 한때의 데메롤 중독자 겸 개심한 절도범 돈 게이틀리이다.

핼의 아버지 제임스는 테니스 학교의 설립자인 동시에, 마치 J. D. 샐린저의 『프래니와 주이』(1961)에 나오는 글래스 가문을 연상시키는 괴짜 천재 가문의 가부장이었으나 그만 죽고 말았다. 제임스 인캔덴자는(단지 '그 자신Himself'이라는 별칭으로만 더 흔히 일컬어지는데) 열성적인 아마추어 영화감독으로 활동하면서 영화를 한 편 만드는데, 너무나도 중독성 있게 재미있는 나머지 그걸 보는 사람은 누구나 몸이 마비되고, 다른 모든 일에 관심이 없어지고, 급기야 회복 불가능의 긴장병 상태에 빠지게 된다. "누구든지 그걸 보고 나면, 그걸 다시, 또다시, 계속해서 보고 싶다는 것 말고는 세상에 다른 소원이 없게 되어버린다." 윌리스의 말이다. 너무나도 우스운 나머지 그걸 듣는 사람 누구나 웃다 지쳐 죽고 마는 무시무시한 농담이 있다던 몬티 파이선의 콩트를 연상시키는 이야기이다. 소설이 시작되기도 전에 '그 자신'은 전자레인지에 머리를 집어넣고 그만 자살해버린다.

『무한한 익살』의 세계는 그 나름대로의 뚜렷한 지정학도 갖고 있다. 전직 라스베이거스의 연예인이었던(윌리스가 보통 '유명한 유행가 가수 자니 젠틀'이라고만 지칭하는) 현직 대통령의 주도하에, 미국은 멕시코 및 캐나다와 합병하여 '북아메리카 국가 기구Organization of North American Nations'라는 거대 국가를 형성했다. 여기서도 O.N.A.N.이라는 약자에는 성서와 자위행위onanism의 부끄러움에 대한 짓궂은 암시가 엿보이는데 저자는 분명 더 희희낙락했을 것이다. 뉴잉글랜드의 대부분은 분할되고 외면당해, 거대한 유독성 폐기물 하치장인 '거대 함몰부'가 되어버렸다(이것 역시 『시스템의 빗자루』에 등장했던 G. O. D.의 정신적 후손에 해당한다). 거대 함몰부에서 흘러나온 방사능 때문에 무시무시한 야생 햄스터 떼가 지상을 휩쓸며, 가는 곳마다 식물을 싹쓸이해 없애버린다.

이 불안정한 배열은 『무한한 익살』의 줄거리를 위한 메커니즘을 제공한다(그러니까 '줄거리'가 있다고 치면 그렇다는 뜻이다). 거대 함몰부는 퀘벡 주의 경계를 따라 이어지며, 불가피하게 오염 및 독성 물질이(야생 햄스터 떼는 물론이고) 경계 너머로까지 스며든다. 퀘벡 분리주의자 중에서도 과격한 일파는 거대 함몰부에 반대하며(윌리스의 논리에 따라서 이들은 이곳의 명칭도 '거대 돌출부'라고 다르게 주장한다) 따라서 당연히 O.N.A.N.도 반대하는데, 자신들의 의사를 전달하기 위해서라면 테러리즘을 비롯해 물불을 가리지 않는다. 그렇다면 이들이 선택한 무기는? 그건 바로 제임스 인캔덴자가 만든 저 치명적으로 재미있는 영화로, 소설이 전개되는 거의 내내 이들은 그걸 손에 넣기 위해 노력하며, 그 영화의 제목은 당연히 〈무한한 익살〉이다.

소설 『무한한 익살』은 드릴로의 『언더월드』(1997)와 제이디 스미스의 『하얀 이빨』(2000)처럼, 1990년대의 지배적인 소설 양식 가운데 하나인 맥시멀리즘의 한 가지 사례이다. 이런 작품들과 마찬가지로, 이 소설에서도 전체 세계의 다채색이고 다층적인 직조물을 온전하게, 아무것도 빼놓지 않고 가져오려고 노력한다는 느낌이 있다. 『언더월드』와 『하얀 이빨』과도 유사하게, 월리스가 가져오려고 노력한 세계는 바로 그가 이와 동시에 (햄스터 한 마리 한 마리에 이르기까지, 세부 사항 하나하나를) 창조하는 세계이기도 하다. 이 책의 집필은 어마어마한 과제였다. "이렇게 수많은 불연속적 정보의 단편들을 한꺼번에 내 머릿속에 집어넣고 있어야만 했던 적은 지금껏 한 번도 없었습니다." 그는 립스키에게 말했다. "〈코드명 J〉라는 영화를 보셨습니까? 거기서 주인공은 이런 종류의 데이터를 머릿속에 과도하게 담으면 귀에서 피가 흐르죠." 물론 어떤 면에서는 이 세계를 있는 그대로 묘사했다면 더 쉬웠을 것이다. 월리스야 충분히 이 과제의 적격자이다. 그는 일급 언론인 겸 에세이스트 겸 소설가이기 때문이다. 하지만 『무한한 익살』을 쓸 당시에만 해도, 월리스는 사실주의가 그야말로 바닥을 쳤다고, 아울러 자기가 하려는 일에는 쓸모가 없다고 생각했다. 사실주의는 너무 쉽고, 독자에게도 너무 친숙했다. 즉 충분히 충격적이지가 않다는 것이었다. 그는 사람들을 쾌감대에서 밀쳐내기를, 그리하여 사람들이 생생한 느낌과 날것의 정서와 접촉하기를, 나아가 세상을 있는 그대로 바라보기를 원했다. 그렇게 하기 위해서 그는 역설적으로 독자를 비사실적인 세계에 집어넣어야만 했다.

수십 년 동안 만성 우울증에 시달린 끝에 월리스는 2008년에 자살했지만, 남은 우리가 이 세계에서 살아남는 것을 돕기 위해서 자기 소설과 또 다른 세계를 남겨주었다. "보세요." 월리스는 언젠가 한 인터뷰에서 이렇게 말했다. "아마 우리 대부분은 이 세상에 어두운 시기며 어리석은 시기가 있다는 데 동의할 겁니다. 하지만 그렇다고 해서 만사가 얼마나 어둡고 또 어리석은지를 극화하기만 하는 소설이 정말로 필요할까요? 어두운 시기에 훌륭한 예술이란, 마치 그 시기의 어둠에도 불구하고 여전히 빛나는 인간적이고 마법적인 요소들을 찾아서 심폐소생술을 가하는 예술이며, 그것이야말로 진정 훌륭한 예술인 것입니다."

J. K. 롤링 J. K. ROWLING

해리 포터와 마법사의 돌

HARRY POTTER AND THE PHILOSOPHER'S STONE(1997)

고아가 되어 버림받은 해리 포터는 호그와트 학교에서 자신의 마법 능력을 발견하고, 영원한 생명을 가져다준다는 마법사의 돌을 찾는 사악한 마법사 볼드모트와 대결을 벌인다.

이 소설의 초판본은 1997년 블룸스베리에서 간행되었다.

해리 포터 시리즈에는 본편 외에도 추가편이 몇 가지 더 있다. 바로 호그와트의 교과서, 마법사 아이들이 읽는 우화(『음유시인 비들 이야기』), 롤링이 쓴 온라인 단편소설, 그리고 희곡(『해리 포터와 저주받은 아이』)이다.

『해리 포터와 마법사의 돌』에서 알버스 덤블도어의 친구로 묘사된 니콜라스 플라멜은 14세기의 실존 인물로 사후에 연금술사로서 명성을 얻었다. 파리에 아직 남아 있는 그의 자택은 현재 그 도시에서 가장 오래된 석조 주택이기도 하다.

해리 포터에 관해서는 굳이 설명이 필요 없을 것이다. 이 시리즈는 전 세계에서 4억 5000만 부 이상이 팔렸고, 70개 이상의 언어로 번역되었다. 뿐만 아니라 해리 포터의 세계는 책 너머로까지 확장되었다. 이 시리즈를 각색한 블록버스터 영화는 역대 영화 시리즈 사상 두 번째로 많은 돈을 벌어들였고, 해리 포터는 대중문화에 널리 스며들었다. 비디오게임부터 보드 게임까지, 팬 픽션부터 팬 사이트까지, 해리 포터의 세계와 등장인물은 거듭해서 사용되고 논의된다. 1997년에 이 시리즈의 첫 번째 책인 『해리 포터와 마법사의 돌』을 쓴 J. K. 롤링(1965-)은 결국 역사상 가장 거대한 팬덤 가운데 하나에 불을 붙인 격이 되었다.

이른바 '마법사 세계'의 가장 큰 매력은 이것이야말로 친숙한 동시에 친숙하지 않다는 점일 것이다. 우리의 세계가 또 다른 평행 세계로 이식되는데, 그 세계는 이 세계와 때때로 비슷하고 때때로 다른 규칙에 따라 가동된다. 롤링의 창조물은 일곱 권을 거치면서 점차 확장되어 유럽 대륙의(나아가 해리 포터 팬덤이 만들어낸 저승에서는 심지어 전 세계의) 여러 지역에 사는 마법사들도 언급하게 되었다. 하지만 우리 우주의 거울상에 해당하는 곳을 마법적으로 만들기 위해서 굳이 전 세계적 현존이 필요한 것까지는 아니다. 즉 이 작품의 배경은 잉글랜드 교외이고, 여행은 잉글랜드 기차로 이루어지고, 학교에는 교실과 기숙사가 있다. 이런 모든 장소 각각의 친밀성은 오히려 신선한(때로는 '기이한') 느낌을 통해, 마법사와 머글(비非마법사)의 교차(때로는 '충돌') 부분에서 독자가 재미를 느끼게 한다. '유토피아'라는 단어가 여기 딱 어울리지는 않지만, 이곳은 현대 소설에서 인기 높은 '디스토피아'도 역시나 아니다. 우리의 세계와 나란히(때로는 우리의 세계 '안에') 있지만, 그래도 그 나름대로 잘 돌아가는 이 세계에는 차라리 '콘토피아contopia'(함께 있는 장소)라는 신조어가 딱 어울릴 터이다. 해그리드가 해리에게 설명한 것처럼, 마법사는 자기 세계를 비밀로 간직해야 한다. "모두가 각자의 문제를 마법으로 해결하고 싶어 할 테니까. 아무렴, 우리끼리 그냥 내버려두는 게 최고라구."

해리는 원래 마법사의 가정에서 삶을 시작했지만, 졸지에 그 세계에서 나와, 이모와 이모부와 함께 머글로서의 삶을 살아가게 된다. 아울러 단순히 장소나 의식의 변화뿐만이 아니라, 그가 오로지 꿈으로밖에는 기억하지 못하는 외상적인 사건

▲2001년에 나온 워너 브러더스의 영화에서 각각 론과 해리와 헤르미온느를 연기한 루퍼트 그린트와 대니얼 래드클리프와 엠마 왓슨.

을 겪으면서 그렇게 된다. 처음에만 해도 롤링은 그날 밤의 사건을 가리켜 잉글랜드의 모든 마법사들이 경축한 날이라고만 암시한다. 즉 볼드모트가 한 살에 불과했던 해리를 죽이지 못하는 놀라운 실패를 겪고 사라져버렸기 때문이었다. 하지만 볼드모트가 아기의 부모인 릴리와 제임스 포터를 죽이는 데에는 성공하면서, '살아남은 아이'는 머글 세계에 숨어들 수밖에 없었던 것이다. 그는 11년 동안 프리벳 드라이브에서 철저한 머글인 동시에(심지어 페튜니아 이모는 죽은 동생의 마법 능력을 남부끄럽게 생각했다) 쩨쩨하고 야비한 더즐리 가족과 함께 살면서 온갖 결핍을 겪는다.

나니아 연대기의 경우와 마찬가지로, 독자는 신참자의 눈을 통해서 마법사 생활의 공간과 환경에 친숙해지게 된다. 해리는 더즐리 가족과 함께 외딴섬까지 도망쳤는데도 불구하고 여전히 따라오는 수백 통의 편지를 오로지 자기만 열어볼 수 있다는 사실을 도무지 이해하지 못한다. 이 편지들은 앞서 언급했던 것처럼 '비슷하면서도 다른' 사물 가운데 첫 번째이다. 이 편지들은 하늘을 날고, 문 아래로 비집고 들어오고, 굴뚝을 따라 내려오고, 심지어 수신인의 위치가 바뀌면 주소도 이에 맞춰 바꾼다. 지각 능력을 지닌 편지야말로 롤링의 재주 많은 통신 기술 체계 가운데 일부분에 불과하다. 마법사 모두의 주요 통신 수단은 바로 올빼미이기 때문이다. 시간과 장소를 불문하고 마법사끼리는 간단한 구두 지시만으로 올빼미에게 편지와 소포를 배달시킬 수 있다. 사진, 신문 삽화, 회화 역시 의사소통의 형식들이며, 그 안에 들어 있는 사람들은, 심지어 칸과 액자 사이를 오가면서까지 관람자에게 적극적으

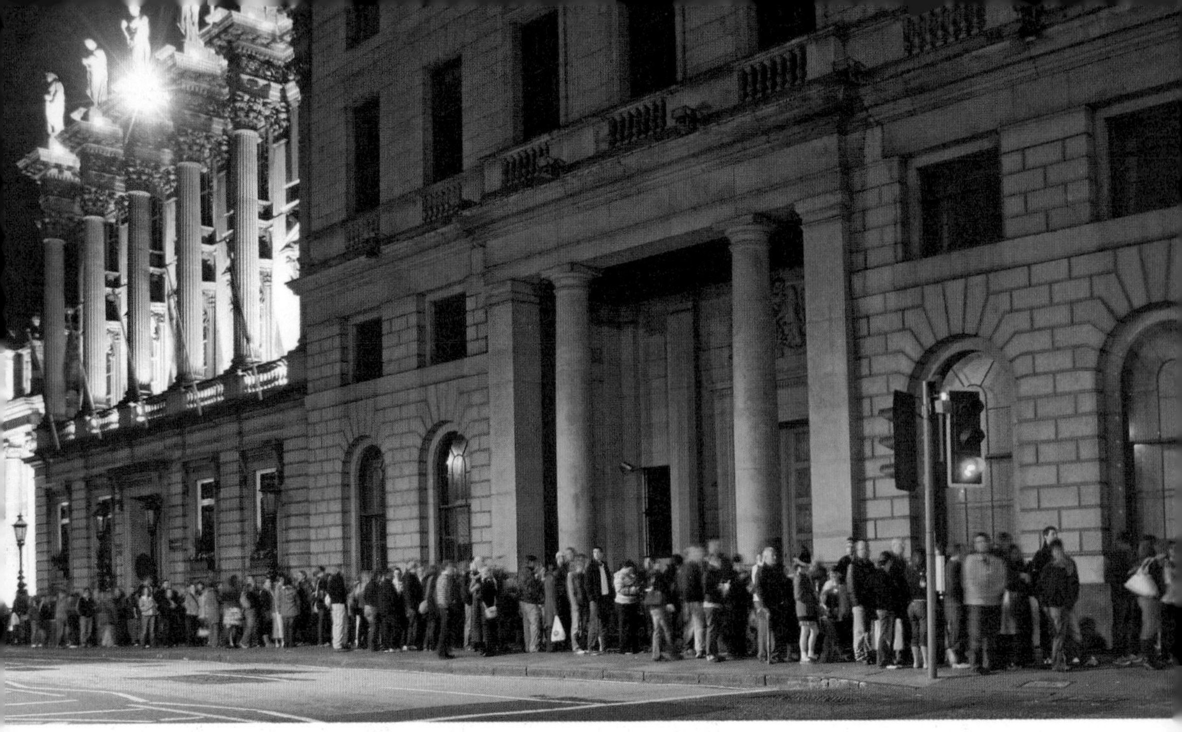

▲2007년 7월, 시리즈의 일곱 번째이자 마지막 권인 『해리 포터와 죽음의 성물』의 발매일 자정에, 롤링이 거주하는 에든버러의 프린스 스트리트에서 세인트 앤드루스 광장으로 가는 길을 따라 늘어선 구입 희망자의 대열.

로 정보를 전달한다.

머글과 마법사의 존재 사이의 근본적인 차이란, 바로 기술이나 마법을 제대로 작동하게 만드는 데 필요한 지식을 숙지하고 다루는 서로 뚜렷이 다른 능력이다. 우리는 스스로의 존재 외부에다가 복잡한 기계 및 전기 제품과 체계를 개발해두었고, 이 기계와 체계는 어쩌면 우리가 인정하고 싶은 수준 이상으로 우리 삶을 통제할지도 모른다. 만약 자동차가 털털대며 멈추면, 많은 사람들이 계기판의 반짝이는 불빛 앞에서 무기력할 것이다. 만약 컴퓨터 스크린이 파랗게 텅 비어버리면, 수리 센터를 찾아가야 할 것이다. 이에 비해 7년 동안 마법을 배우는 마녀와 마법사는 각자의 정신과 능력을 이용해 어떤 힘을 통제함으로써 이와 유사한 과제를 달성하는 법을 배운다. 우리가 플래시의 스위치를 누르는 것처럼, 마법사는 '루모스!'라는 주문을 외쳐 지팡이에서 조명이 나오게 만든다. 몰리 위즐리가 식사하고 나서 설거지할 그릇을 향해 지팡이를 휘두르면, 그릇이 알아서 싱크대에서 설거지를 해치운다. '소망의 거울'은 사용자의 얼굴을 보여주는 대신, 덤블도어의 말마따나 "바로 우리 마음의 가장 깊은, 가장 절박한 열망을 보여준다".

마법사의 잠재적인 능력 범위는 그야말로 무제한의 힘을 부여해준다고 가정되지만, 롤링은 손쉬운 출구에 의존하지는 않았다. 예를 들어 마법사는 자기 세계에 대한 완전한 마법 통제를 실시하지는 않기로 했다. 특히 마법 기술로 인해 제기되는 한 가지 문제는 바로 부의 창조이다. 돈을 무제한으로 공급하려는 생각을 하지 말아야 할 이유가 있을까? 어떤 마법사는 다른 마법사보다 더 부유하지만(부유하지만 거만한 말포이 가족과 가난하지만 선량한 위즐리 가족을 생각해보라) '마법사의 돌'의 존재에도 불구하고 이들은 무작정 금을 만들어내지는 않는다. 또한 이들이 부를 다루는 방식도 우리의 예상과는 다르다. 해그리드와 함께 마법 세계를 처음 방문했을 때 해리가 찾아간 곳 가운데 하나는 그린고트 은행이었는데, 이 디킨스적으로 보이는 시설에는 심지어 해그리드조차도 움찔하게 만들 만큼 불쾌한 고블린들이 직원으로 있었다. 우리는 마법사들이 절도를 막기 위해 돈을 눈에 보이지 않게 만들거나, 또는 돈에 마법을 건다고 기대할 수도 있다. 하지만 해리가 들어간 곳은 머글 은행과 비슷하게 조직되어 있었고, 다만 차이가 하나 있을 뿐이었다. 즉 그린고트 은행은 런던 아래 수백 킬로미터에 달하는 마법 통로를 갖고 있어서, 고블린이 운전하는 광차 비슷한 것을 타고 가야만 하며, 가장 귀중한 금고는 용들이 지키고 있었다.

그 세계에도 마법이 스며들어 있지만, 그렇다고 해서 물 흐르듯 자연스럽거나, 또는 간단명료하거나, 또는 악에서 자유로운 것은 아니다. 오히려 『해리 포터와 마법사의 돌』에서 상상한 세계는 시리즈 전체를 관통하는 수많은 질문을 제기한다. 예를 들어 역시나 힘을 가진 비非인간 생물과는 어떻게 교섭해야 하는가? 마법사도 생명을 창조할 수 있는가? 만약 마법사가 머글의 삶을 통제하려 시도하면 어떻게 되는가? 롤링은 이에 대해서 풍부한 가능성을 고안했는데, 이는 단순히 줄거리의 목적뿐만이 아니라, 자연과 우리의 상호작용을, 타인에 대한 우리의 능력 발휘를, 그리고 다양하고 때로는 위험한 세계에서의 협력을 탐구하기 위해서였다.

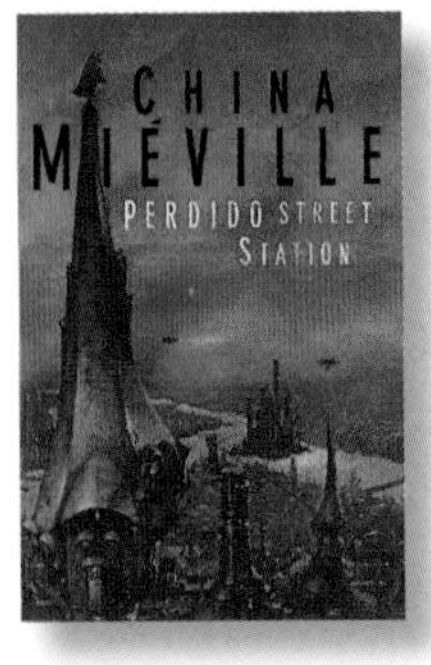

차이나 미에빌 CHINA MIÉVILLE

바스락 시리즈

THE BAS-LAG CYCLE(2000-2004)

기존의 틀을 깨부수는 이 시리즈에 포함된 독창적인 '신괴기' 소설들은 도시 환상소설과 스팀펑크와 과학소설과 공포소설과 초현실주의를 뒤섞음으로써 경이와 괴기의 환상에 독자가 열중하도록 만든다.

이 시리즈의 초판본은 2000년부터 2004년까지 맥밀런 출판사에서 간행되었다.

미에빌은 어린 시절에 던전스 앤드 드래곤스를 비롯한 여러 롤플레잉 게임의 열성 애호가였고, 지금도 여전히 롤플레잉 게임용 동물 사전을 수집한다.

미에빌은 장편 및 단편 소설 외에도 DC 코믹스에서 간행한 '다이얼 H'라는 초인 영웅 만화 시리즈의 각본을 쓰기도 했다.

1972년 잉글랜드 노리치에서 태어나 런던에서 자라난 차이나 미에빌은 사변소설에서 대담하고도 영향력 있는 목소리가 되었으며, 특유의 광범위한 상상력의 시야, 박학다식한 정치적 시각, 그리고 풍부하고 암시적인 산문체로 명성을 얻었다. 데뷔작인 『쥐의 왕』은 런던의 주마등 같은 모습을 그렸지만(그런 점에서는 닐 게이먼의 『네버웨어』 같은 작품과도 유사하다) 2000년에 『퍼디도 스트리트 정거장』을 간행하자 문학적인 센세이션을 일으켰다. 아서 C. 클라크 상을 받은 이 장편소설과 『상처』와 『아이언 카운슬』이라는 속편을 망라한 바스락 시리즈 3부작은 훗날 '신新괴기'(뉴위어드)라는 문학 운동의 싹을 틔웠다. 20세기 초의 괴기(위어드) 문학을 돌이켜보면(이 장르에 가장 긴밀히 관여한 인물은 H. P. 러브크래프트이지만, 그 외에도 윌리엄 호프 호지슨, 클라크 애슈턴 스미스, 앨저넌 블랙우드처럼 저평가되었지만 탁월한 작가들도 포함된다) 신괴기는 『퍼디도 스트리트 정거장』의 불길한 악당 두목 모틀리 씨의 말마따나 '혼성 지역'에, 다시 말해 흔히 양립 불가능하다고 간주되는 여러 세계들로부터 자유롭게 빌려 온 기존 장르들 사이의 좁은 공간에 존재한다. 바스락 시리즈에서는 인공지능 및 양자역학이 마법 및 괴물과 뒤섞이면서 아찔하고도 환각적인 조합이 탄생하며, 여기서는 다루기 힘든 잠재력이 무럭무럭 피어오른다.

『퍼디도 스트리트 정거장』은 전적으로 '뉴크로부존'이라는 도시에서 펼쳐지는데, 이 거대 산업도시의 모습을 보면 빅토리아 시대의 런던뿐만 아니라 뉴올리언스의 프랑스인 지구 케이로, 심지어 머빈 피크의 고먼가스트 성(170쪽 참고)까지도 연상된다. 미에빌은 사방으로 뻗어 있고 바로크적으로 묘사되는 이 도시의 여러 지역에 애정을 품고 세부적으로 설명한다. 섬뜩하고 범죄가 잦은 본타운의 빈민가, 그리고 그 위에 그늘을 드리운 여러 세기 전에 죽은 어떤 거대한 괴물의 갈비뼈, 그리고 오소리 비슷한 생물이 과학자와 마법사의 중간쯤 되는 주인들을 위해 심부름을 다니는 브록마시의 연금술 실험실 등. 마법은(또는 바스락에서 더 일반적인 용어를 사용하자면 '요술'은) 뉴크로부존의 미궁 같은 거리에도 스며들어 있지만, 이는 단순히 알 수 없고 통제 불가능한 신비의 힘이라기보다는 오히려 나름대로의 법률과 논리를 준수하는 과학의 일종으로 간주된다.

『퍼디도 스트리트 정거장』에서는 벤덤 루드거터 시장이, 그리고 『아이언 카운슬』에서는 냉정하고 계산적인 일라이저 스템풀처 시장이 통치하는 뉴크로부존은 호기심과 일상의 잔인함이 있는 장소이다. 비록 명목상으로는 민주주의이지만, 이 도시는 강력한 권위주의적 경향과 탐욕스러운 식민주의적 야심을 품고 있다. 위장한 민병대가 이 도시를 거대한 원형 교도소로 만들었고, 사복 요원들이 군중에 섞여 다니면서 그 주인들의 의지를 무자비하게 실천에 옮기고, 제국주의적 수도에서 방사된 철도는 그 힘을 (바스락에서 가장 많이 서술되는 대륙인) 로하기의 곳곳까지 연장시킨다. 억압적인 팻선 정당에 대한 저항은 『퍼디도 스트리트 정거장』 전체에 걸쳐서 들끓으며, 선동적인 신문 『러니게이트 램판트』와 수수께끼의 무법자 겸 도적 '사마귀팔 잭'이 그 주역이다. 급기야 바스락 시리즈 중에서도 가장 과도하게 정치적인 『아이언 카운슬』에 이르러서는 긴장이 끓어넘쳐 혁명이 일어나게 된다.

바스락 시리즈에서는 다른 두 군데 도시도 두드러지게 묘사된다. 아르마다는 수천 척의 배를 서로 붙들어 매어 만든 해적 도시로서, 『상처』의 배경이 된다. 아르마다의 외관상 무정부주의적 정치는 뉴크로부존의 과두주의적 부패와 전체주의적 경향과 뚜렷이 대조된다. 여기서는 도시 내의 여러 공동체가 권력을 놓고 경쟁하며, 이 선단의 진행 방향과 항해할 바다와 공격 대상을 놓고 토론한다. 강제로 끌려온 포로들과 이 도시의 토박이들은 불편한 공존을 영위하는 반면, 원래 노예나 죄수였던 사람들은 오히려 파도 위에서 자유와 새로운 삶을 발견한다. 뉴크로부존에서와 마찬가지로, 아르마다의 여러 지역도 그 나름의 독특한 성격을 지니고 있다. 예를 들어 장사가 잘되는 도서관 구역인 북타운, 흡혈귀의 영지인 드라이폴, 지식인 구역인 클락하우스 스퍼 등이 그렇다. 시리즈의 세 번째 권의 제목에 언급된 아이언 카운슬도 이와 유사하게 평등주의적인 '영구 운행 열차'로, 급진적인 철도 노동자들이 무법자로 변모한 뒤에 이 열차를 타고 다니면서 로하기의 황야를 배회한다. 이 열차 도시의 모험이 『아이언 카운슬』의 핵심을 형성한다.

다른 도시들은 오로지 감질나게 암시만 되고 만다. 이른바 '기어다니는 액체의 도시'인 테시는 해자와 유리 고양이와 카토블레파스 평원과 상업용 트롤 어선과 방랑 외교관들과 '우는 왕자'가 있는 장소이며, 뉴크로부존의 경제적 경쟁지인 동시에 때로는 군사적 적대지이기도 하다. 하이크롬레크는 방부 처리된 좀비 귀족 타나티가 통치하는 복잡한 계급 체계하에서 인간과 비사자非死者가 함께 살아가는 섬뜩한 대도시이다. 젱그리스는 어류 인간 그린딜로의 거대한 수중 영역으로, 수족 농장과 담즙 제조장과 상상을 불허하는 무기 등이 있는 장소이다. 마루암은 카지노 의회와 카드놀이 사기꾼 의원이 있는 곳이다. 그 외에도 악어의 이중도시 브라더스, 그리고 파이어워터 해협의 마법정체魔法政體이며 래친의 도시인 '슈드 자르 미론 자르코니'가 있다.

이런 수많은 고유명사들은 환상소설에서 찾아보기 힘든 장소감을 바스락에 부여하며, 미에빌이 시리즈 내내 암시하는 조밀한 층을 지닌 역사를 통해서 깊이감과 박진감이 한층 고조된다. 과도한 노출로 인해 독자에게 과도한 부담을 지우지는 않는 선에서, 이 소설은 과거의 사건들과 정체政體들에 관해 이런저런 암시와 미묘

▶▶ 거대 광역 도시 뉴크로부존의 지도. 범죄가 잦은 빈민가 본타운부터 실험실이 밀집한 브록마시에 이르기까지, 미에빌은 사방으로 뻗은 이곳의 구역을 매우 자세하게 묘사했다. 삽화가 리 모이어의 지도.

MILES 1 2 3 4 5
1
2
3
4
5
6
7
RIVER TAR
RAVEN'S GATE
Khadoh Bridge
RIVER CANKER
CANKER WEDGE
TAR WEDGE
Odner's Bridge
CHIMER
CREEKSIDE
RIM
Low Falling Mud
Creek Slum
North Crow
Chimer's End
Chitin
Rim
THE CROW
VERSO LINE
Hadrach Bridge
SAINT JABBER'S MOUND
SMOG BEND
Drud Crossing
Perdido Street Station
GALLMARCH
Outer Crow
Stentorus Bridge
SKULKFORD
Spit Bazaar
Skulkford
SHECK
GROSS COIL
Mandrake Bridge
THE GLASSHOUSE
SERPOLET
East Sink
LICHFORD
KINKEN
Nabob Bridge
Barrow Bridge
Lich Sitting
HOWL BARROW
SINK LINE
Fell Stop
SALACUS FIELDS
SPATTERS
SANGWINE
[Ruined Station]
KETCH HEATH
SOBEK CROIX
RUDEWOOD
BARRACK
NORTH
WEST
EAST
SOUTH
NEW

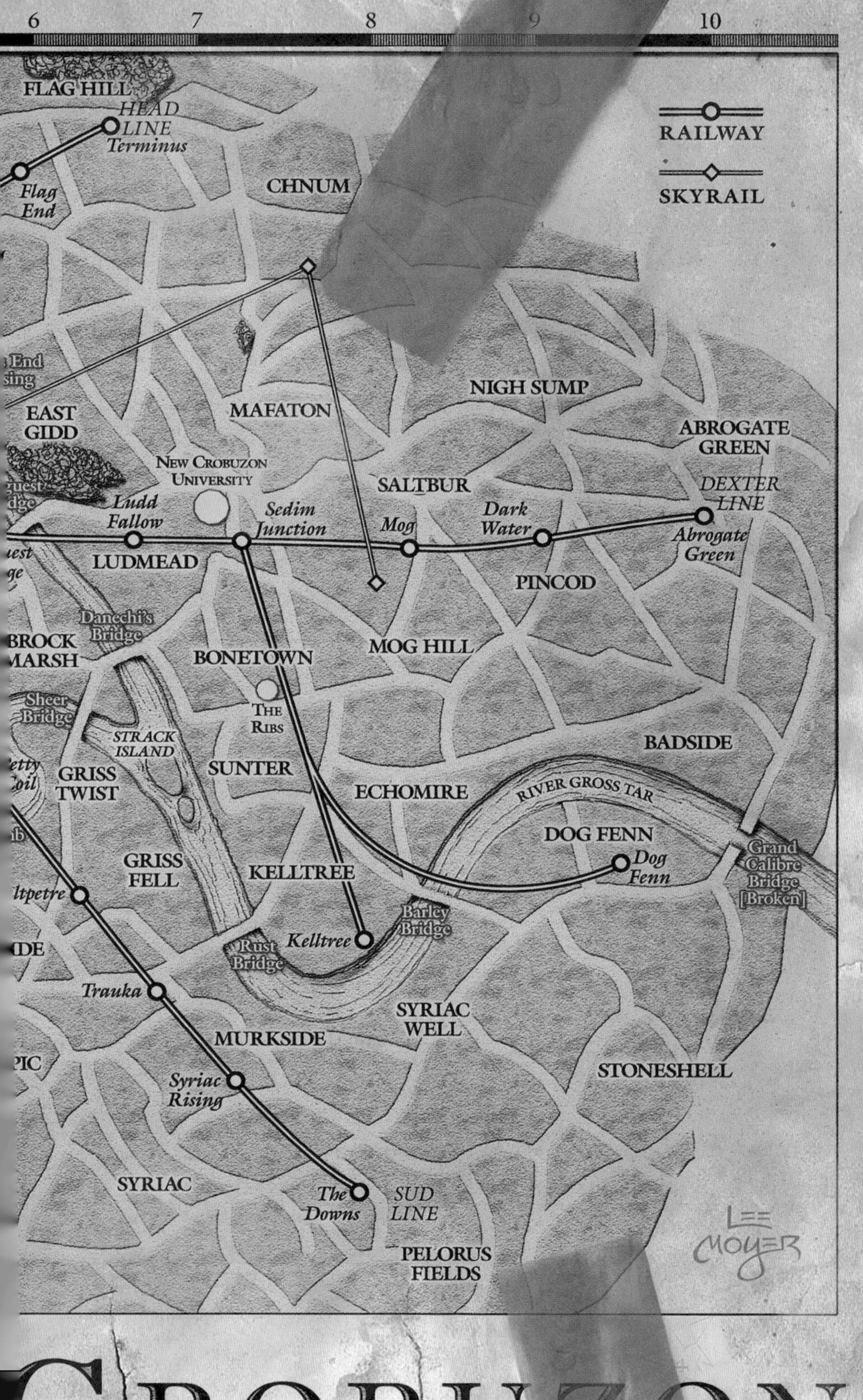

6
7
8
9
10
FLAG HILL
HEAD LINE Terminus
Flag End
CHNUM
RAILWAY
SKYRAIL
NIGH SUMP
EAST GIDD
MAFATON
ABROGATE GREEN
NEW CROBUZON UNIVERSITY
SALTBUR
DEXTER LINE
Ludd Fallow
Sedim Junction
Mog
Dark Water
Abrogate Green
LUDMEAD
PINCOD
Danechi's Bridge
BROCK MARSH
BONETOWN
MOG HILL
Sheer Bridge
THE RIBS
STRACK ISLAND
BADSIDE
GRISS TWIST
SUNTER
ECHOMIRE
RIVER GROSS TAR
DOG FENN
GRISS FELL
KELLTREE
Dog Fenn
Grand Calibre Bridge [Broken]
Barley Bridge
Rust Bridge
Kelltree
Trauka
SYRIAC WELL
MURKSIDE
STONESHELL
Syriac Rising
SYRIAC
The Downs
SUD LINE
PELORUS FIELDS
LEE MOYER

CROBUZON

한 세부 사항을 흩트려놓고 있다.

이런 단편적인 정보를 끼워 맞춤으로써 우리는 고스트헤드 제국에 관해서, 그리고 무시무시한 모기 인간 아노펠리가 통치하여 흡혈이 일상화된 말라리얼 여왕국에 관해서, 그리고 스울런 해海 너머의 대륙 베레드 카이 네브에서 벌어진 대학살에 관해서, 그리고 마치 악몽 같은 폐허로 변한 도시 수로크와 제술에서의 토크 폭탄 공격에 관해서 알게 된다. 이러한 버전의(즉 단호하게 반反과거동경적이고, 잔혹 행위가 곁들여지고, 기술과 계급과 제국주의와 혁명 같은 힘들에 의해서 형성된) 과거는 미에빌의 정치적 전망과 확고한 역사적 유물론과 어울려 강력한 반향을 일으킨다.

영국의 좌파 정당 레프트 유니티의 창립 당원이며, '혁명적 문예 계간지'를 표방하는『샐비지』의 창간 편집인인 미에빌은 공공연한 마르크스주의자이며, 자신의 소설에서 정치의 중요성을 인정한 바 있다. 그의 박사학위 논문은(훗날『평등권 사이』라는 단행본으로 간행되었다) 마르크스주의와 국제법을 다루었다. 바스락의 정치적 갈등과 책략에는 사회주의적 관점이 영향을 주었지만, 이 소설은 정치적으로나 다른 면으로나 환원을 고집스레 회피한다. 미에빌은 자기 책을 우의寓意로 읽어서는 안 된다고 철석같이 주장한다. "나는 환상소설이라는 악질적인 수단을 이용해 사악한 메시지를 몰래 전달하려는 좌파가 아니다." 그는 냉소적으로 주장했다.

바스락에는 분명 괴물이 부족하지 않다. 미에빌은 오늘날 클리셰가 되어버린 톨킨의 애호물들을 비웃는 대신, 확실히 우리에게 덜 친숙한 생물을 선호하는데, 그중 일부는 신화에서 불러온 것이고, 또 일부는 완전히 창조한 것이다. 즉 오르크와 요정과 난쟁이 대신, 바스락에는 풍뎅이 머리의 케프리, 육중한 식물 캑터케이, 물로 형체를 만드는 양서류 보디야노이, 독수리와 닮은 가루다, 회복 능력을 지닌 스캡메틀러, 우아하고 수수께끼 같은 스틸츠피어 등이 있다. 자신의 등장인물을 전형으로 축소시키기를 거부하는 동시에, 환상소설에서 불운하리만치 만연한 단일문화적인 오만을 최대한 회피하려는 의도에서, 미에빌은 바스락에 복잡하고도 괴짜 같은 등장인물을 채워 넣었는데, 이들은 종종 자기네 사회며 관습에 반하곤 한다. 바스락에서 인간 이외의 나머지 거주자를 가리키는 '비非인간 종족'은 파시스트 성향의 뉴퀼 정당 같은 인간지상주의자로부터 편견에 시달리거나 억압을 당한다. 이와 유사하게 리메이드는(도시의 법관들로부터 유죄 선고를 받고 모두가 두려워하는 '처벌 공장'에서 끔찍하게 변형되는 형벌을 당한 자들로서) '전체' 시민으로부터 경멸과 혐오의 대상이 된다. 리메이드 각각은 신체 및 기계의 일부분을 이식하여 생겨난 이조직 공생체로서 유일무이한 존재이고, 그 사지 절단 위치는 무시무시한 권선징악의 악의적인 훈계에 따라서 정해진다. 이 생물정치학적 공포는 그 환상적인 측면과 사회적인 측면 모두에서 바스락이 기형에 애착을 품는다는 사실을 예증한다. 즉 리메이드는 놀라우리만치 독창적인 환상의 괴물인 동시에, 사회경제적 주변화와 착취에 대한 강력한 은유인 것이다.

바스락의 생물종 가운데 다른 자들도 이와 유사하게 정치적으로는 불확실한 위치에, 즉 주변부의 존재로 남아 있다. 예를 들어 불분명한 격변으로 인해 베레드

카이 네브 대륙을 떠난 피난민 케프리를 보자. 동명의 이집트 여신으로부터 영감을 얻은 케프리 여성은 목 아랫부분이 인간 여성과 똑같지만, 머리만큼은 풍뎅이와 똑같다. 남성 케프리는 기껏해야 커다란 곤충에 불과하며, 머리가 나빠서 번식 때가 아니면 전혀 쓸모가 없다. 뉴크로부존의 킹켄과 크릭사이드 같은 게토에 사는 케프리는 분열로 손상된 영적 문화를 보유하고 있다. 한편에는 '곤충의 측면' 종파의 억압적인 종교적 정통론, 또 한편에는 더 진보적이지만 여전히 편협한 '경이로운 어머니' 종파의 추종자가 공존하는 것이다. 이 종교적 분열은 또다시 두 구역에 사는 케프리에게는 심오한 경제적 함의를 지닌다. 『퍼디도 스트리트 정거장』의 주인공 가운데 하나인 여성 케프리 린은 양쪽 공동체의 결함을 인식하고 모조리 거부하면서도 차마 말로 표현할 수 없는 향수 어린 매력을 느낀다.

바스락의 괴물 같은 주민 가운데 일부는 다른 주민보다 이해하기가 쉽지 않다. 바스락에는 용 대신에 '직조자'라는 괴물이 있는데, 강력한 힘과 낯선 지능을 가진 이 거미형 심미가들은 오로지 (직조자들이 강박적으로 조종하는 사물과 사건과 사람들로 이루어진 다차원 직조물이라 할 수 있는) '세계직조물'의 아름다움을 완벽하게 다듬는 것을 삶의 목표로 여긴다. 직조자는 미에빌이 (그의 이론적 글쓰기에서) '미未호감abcanny'이라고 부른 것을 예시한다. 이는 프로이트의 심리학적 '비非호감uncanny'과 대조적으로 별개성과 타자성의 느낌에 근거한 미적 정서를 말한다. 이 시리즈에 등장하는 몇몇 직조자 가운데 하나는 뉴크로부존의 지하에 거주하며, 고맙게도 동면 상태인데, 다양한 형태의 가위를 수집하기 좋아하며, 의식의 흐름 기법을 이용한 시를 줄줄이 읊는다. 이 숭고하리만치 예측 불가능한 생물종 가운데 나머지는 존재의 태피스트리를 더 공공연하게, 하지만 충분히 명료히 재형성한다고 알려져 있다. 즉 군대 전체를 파괴하고, 차마 말로 할 수 없는 흉악 범죄를 저지르고, 죽은 척하고, 총을 유리로 변형시키고…… 세계를 상징하는 그 예술품을 정련하기 위해서라면 무엇이든지 하는 것이다.

직조자들이 이 세계를 예술품으로 바라본 것은 옳았다. 왜냐하면 바스락은 감히 비교할 상대가 드물 정도의 상상적 위업이기 때문이다. 비록 세 권의 바스락 소설이 설득력 있고, 긴장감 넘치는 줄거리와 다채로운 캐릭터를 갖고 있기는 하지만, 이 시리즈에 그 짜릿한 매력을 부여하는 것은 바로 그 배경이며, 그 세계는 생생하게 기괴한 동시에 당혹스러울 만큼 친숙하다.

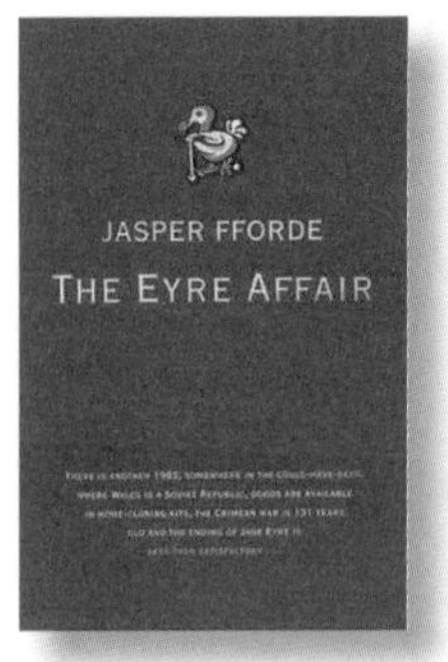

재스퍼 포드 JASPER FFORDE

제인 에어 납치 사건

THE EYRE AFFAIR(2001)

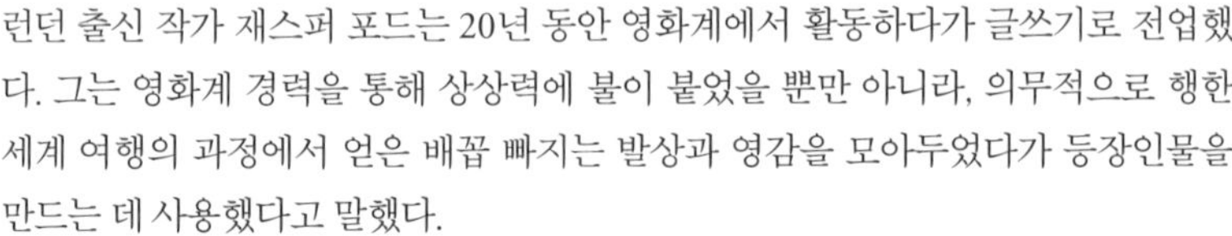
서즈데이 넥스트 시리즈를 규정하는 특징은 바로 변화다. 그곳은 불안정한 우주이며, 시간 역설과 대체 역사와 특정 미래와 논리적 비일관성이 줄줄이 출몰하여 하나같이 쾌활하게 손짓하는 세계이기도 하다.

이 소설의 초판본은 2001년 호더 앤드 스터튼 출판사에서 간행되었다.

포드는 서즈데이 넥스트 시리즈 가운데 세 번째인 『잃어버린 줄거리의 샘』(2003)으로 우드하우스 상을 받았다.

포드의 아버지 존 스탠디시 포드는 잉글랜드 은행의 제24대 출납국장으로 재직한 바 있다(그의 재직 시절에만 해도 파운드화 지폐에는 출납국장의 서명이 들어가 있곤 했다).

서즈데이의 고향으로 설정된 스윈던에서는 매년 '포드 피에스타'라는 행사가 열리는데, 이때에는 과일 이름 알아맞히기 게임과 『햄릿』 빨리 읽기 경연 대회 등이 펼쳐진다.

런던 출신 작가 재스퍼 포드는 20년 동안 영화계에서 활동하다가 글쓰기로 전업했다. 그는 영화계 경력을 통해 상상력에 불이 붙었을 뿐만 아니라, 의무적으로 행한 세계 여행의 과정에서 얻은 배꼽 빠지는 발상과 영감을 모아두었다가 등장인물을 만드는 데 사용했다고 말했다.

『제인 에어 납치 사건』과 속편 여섯 권 모두의 주인공 서즈데이 넥스트는 문학 탐정으로(약칭으로는 '문탐LiteraTec'이다) 미간행 소설의 줄거리 속에 숨어 생활한다. 이 소설에서 잉글랜드는 공화국이고, 웨일스는 사회주의 공화국이며(즉 오늘날 우리가 아는 '영국'은 없고) 나폴레옹 전쟁의 결과는 지속적으로 요동치는데, 왜냐하면 프랑스 개혁론자와 관련된 현재 진행 중인 쟁점들 때문이다.

포드의 소설의 무대인 대체 우주에 대한 최상의 소개는, 넥스트가 이곳에서 상대해야 하는 관료제와 법률 규정을 살펴보는 것이다. 특수 작전과는 관료제가 더 고도화될수록 역시나 더 기이해지는 위협과 범죄에 대처한다. 일부 요원은(특히 시간 간섭을 다루는 책임을 맡은 '시간 경비대'는) 과거와 현재와 미래를 바꿀 수 있는 능력을 보유한다(포드는 먼 미래에 창조된 과일인 바나나를 과거로 보내서 초기 인류에게 슈퍼푸드로 제공함으로써, 사실상 이 세상의 모든 요소가 변형 가능하다는 사실을 예시한다). 다양한 관료제와 시스템은 혼돈에 질서를 부여하려다가 실패한 시도를 상징하며, 이것이야말로 장르소설과 디스토피아 세계의 클리셰에 대한 의도적 뒤집기인 셈이 된다. 흡혈귀와 늑대 인간은 일상생활의 불가피한 번거로움에 불과하고, 흡혈귀 사냥은 부러워할 만한 것이 없고 때때로 영혼을 파괴하기까지 하는 과제이다. 우스꽝스러울 정도로 비윤리적인 거대 기업들이 언론을 통제하는 것 역시 일상생활의 불가피한 현실일 뿐이다.

이 포스트모더니즘적 세계에서는 사실조차도 일순간에 바뀔 수 있으므로, 문학 및 예술의 해석과 영향력을 둘러싸고 엄격한 (설령 부조리하더라도) 규칙이 존재한다. 급기야 특정한 심미적 운동에 대한 극단적 집착의 결과로 폭동이 일어나고, 문학사의 고전에 대한 자유로운 해석은 범죄로 간주된다. 포드의 우주에서 소설(허구)은 양날의 검이 된다. 즉 결정적으로 중요한 것인 동시에, 위험의 잠재력을 지닌 것이다. 자기과시적 범죄자 아케론 하데스가 친필 원고를 훔친 다음, 세계를 넘나드

현실과 소설(허구)의 장벽은 우리가 생각하는 것보다 더 연약하다. 얼어붙은 호수 표면과도 비슷하달까. 수백 명의 사람이 그 위를 걸어 다니다가도, 어느 날 저녁 얇은 부분이 발달하면 누군가가 거기 빠져버리는 것이다. 다음 날 아침이면 그 구멍은 다시 얼어서 덮여버린다.

▲ 초판본에 삽입하기 위해 제작되었지만 결국 사용되지 않았던 매기 로버츠의 삽화. 그림에 나온 동물은 서즈데이 넥스트가 복제한 애완용 도도새 '피크위크'이다.

는 기술을(넥스트의 삼촌이 헛간에서 개발한 기술이다) 이용하여 책 그 자체로 들어가는 문을 열자, 그는 저자가 결코 의도하지 않았던 방식으로 소설을 바꾸는 능력을 얻게 된다. 이야기가 곧 사회 질서의 기반인 세계에서 이런 터무니없이 명백한 텍스트의 오해석은 궁극적인 범죄일 수밖에 없다.

『제인 에어 납치 사건』은 저자가 죽었을 뿐만 아니라, 심지어 때로는 아예 존재하지도 않는 이야기이다. 등장인물은 단지 자기 이야기 내에서만이 아니라, 자기네 이야기 사이에서나 바깥에서도 주체성을 가지고 있으며, 심지어 여러 세계 사이를 마음껏 오가고, 작성된 줄거리의 한계 바깥에서도 존재할 수 있다. 독자의 관심이 다른 곳으로 가 있는 사이, 에드워드 로체스터는 손필드에서 일본인 관광객을 맞이한다. 찰스 디킨스의 『마틴 처즐위트』에 나오는 조연급 등장인물 하나는 친필 원고의 한계를 벗어날 뿐만 아니라, 심지어 포드의 '현실' 세계에서 살해되기까지 했다.

궁극적으로 『제인 에어 납치 사건』과 그 속편들은 텍스트 안에서 벌어지는 변화의 적극적인 행동 주체로서의 독자에 관한 재상상에 의존하는 셈이다. 포드는 개인적 해석의 개념을 문자 그대로의 사건으로 만들었고, 다른 저자의 다른 텍스트 역시 본인의 텍스트만큼이나 변형이 가능한 세계를 창조했다. 한 독자의 간섭은 단순히 책의 의미를 바꿀 뿐만 아니라, 심지어 책 안에서 일어나는 사건까지도 바꿔놓는 것이다. 서즈데이 넥스트는 본인의 상상과 '산문의 문' 기술을 이용해 여러 문학 세계를 넘나들며 그 각각을 완전히 바꿔놓음으로써, 저자의 원래 의도대로 복구한다. 그리고 『제인 에어』에 들어가서는 주인공이 손필드로 돌아오도록 만드는 유인을 제공함으로써 그 결말을 극적으로 향상시킨다.

코넬리아 푼케 CORNELIA FUNKE

잉크하트

INKHEART(2003)

모티머 폴차트는 책 속의 등장인물을 현실로 불러내는 능력을 지녔다. 급기야 그가 현대 세계로 불러낸 강도 두 명이 문제를 일으키자, 모티머는 이를 해결하기 위해 딸과 함께 책 속으로 직접 들어가게 된다.

이 소설의 초판본은 2003년 체칠리 드레서 출판사에서 간행되었다.

푼케는 지금까지 30권이 넘는 장편소설을 발표했고, 여러 작품이 지금까지 28개 이상의 언어로 번역되었다.

2007년에 『잉크하트』는 영국 국립교육협회 선정 '교사가 뽑은 아동서 100권' 가운데 하나로 선정되었다.

푼케는 아동서 삽화가로도 활동했으며, 작가가 되기 전에는 3년간 사회복지사로도 일했다. 이때 그녀는 어려운 환경의 아이들을 상대한 경험으로부터 영감을 얻어 글쓰기를 시작했다고 한다.

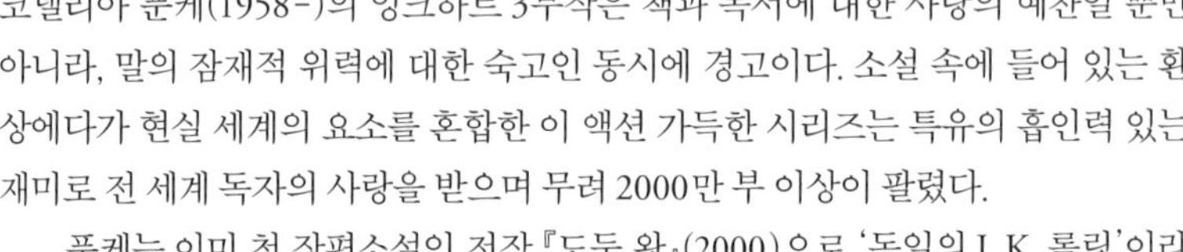

코넬리아 푼케(1958-)의 잉크하트 3부작은 책과 독서에 대한 사랑의 예찬일 뿐만 아니라, 말의 잠재적 위력에 대한 숙고인 동시에 경고이다. 소설 속에 들어 있는 환상에다가 현실 세계의 요소를 혼합한 이 액션 가득한 시리즈는 특유의 흡인력 있는 재미로 전 세계 독자의 사랑을 받으며 무려 2000만 부 이상이 팔렸다.

푼케는 이미 첫 장편소설인 전작 『도둑 왕』(2000)으로 '독일의 J. K. 롤링'이라는 평판을 얻었으며, 이 작품은 『뉴욕 타임스』 베스트셀러 목록 최상위에 근접하기도 했다. 하지만 그녀의 대표작은 유명 문학상을 수상한 잉크하트 시리즈이다. 여기서 푼케는 '책 속에서 길을 잃음'과 '책 속에서 살아감'의 개념을 끝까지 밀어붙여 '잉크월드'를 창조했는데, 이곳은 푼케의 소설 속 이야기에서 페노글리오라는 작가가 쓴 『잉크하트』라는 또 다른 책 속에 있는 세계이다.

소설의 도입부에서 12세의 메기는 아버지 모티머 '모' 폴차트가 책을 큰 목소리로 읽어서 소설 속 등장인물을 현실로 불러내는 능력의 소유자임을 알게 된다. 하지만 등장인물 한 명을 책에서 불러내면, 현실의 사람 한 명이 반드시 그 책으로 끌려들어 간다는 사실을 알게 되자, 모는 결코 다시는 책을 큰 목소리로 읽지 않겠다고 맹세한다. 하지만 이미 현실 세계에 나와 있던 『잉크하트』의 등장인물들은 모가 과거를 잊어버리도록 순순히 내버려두지 않았다. 더스트핑거는 자기가 있던 이야기 속으로 돌아가려 하고, 악당 카프리콘과 그 공모자 바스타는 아직 남아 있는 『잉크하트』를 모조리 찾아 없앰으로써 상황을 장악하고자 한다. 이쯤 되면 우리는 책이야말로 영웅에게나 악당에게나 강력한 도구가 된다는 사실을 알게 된다.

후속 작품인 『잉크스펠』(2005)과 『잉크데스』(2007)에 이르러 독자와 작가의 역할 사이의 긴장은 더 두드러진다. 자기가 창조한 소설 속의 세계에서 살아가던 작가 페노글리오는 본인의 기억 때문에 그 세계가 계속 변화한다는 것을 깨닫는다. 또 모와 유사한 '실버텅' 능력자 오르페우스는 페노글리오의 이야기 속으로 들어온 다음부터 계속해서 텍스트를 건드리고, 급기야 모방 텍스트를 삽입하여 자기가 점점 더 중요한 역할을 맡는 일종의 팬 픽션을 만들어버린다. 이 대목은 비평가 겸 철학자 롤랑 바르트의 주장처럼, 일단 소설이 간행되고 나면 원래의 저자는 수많은 독자 겸 저자로 대체된다는 점을 암시한다. 모는 이렇게 말한다.

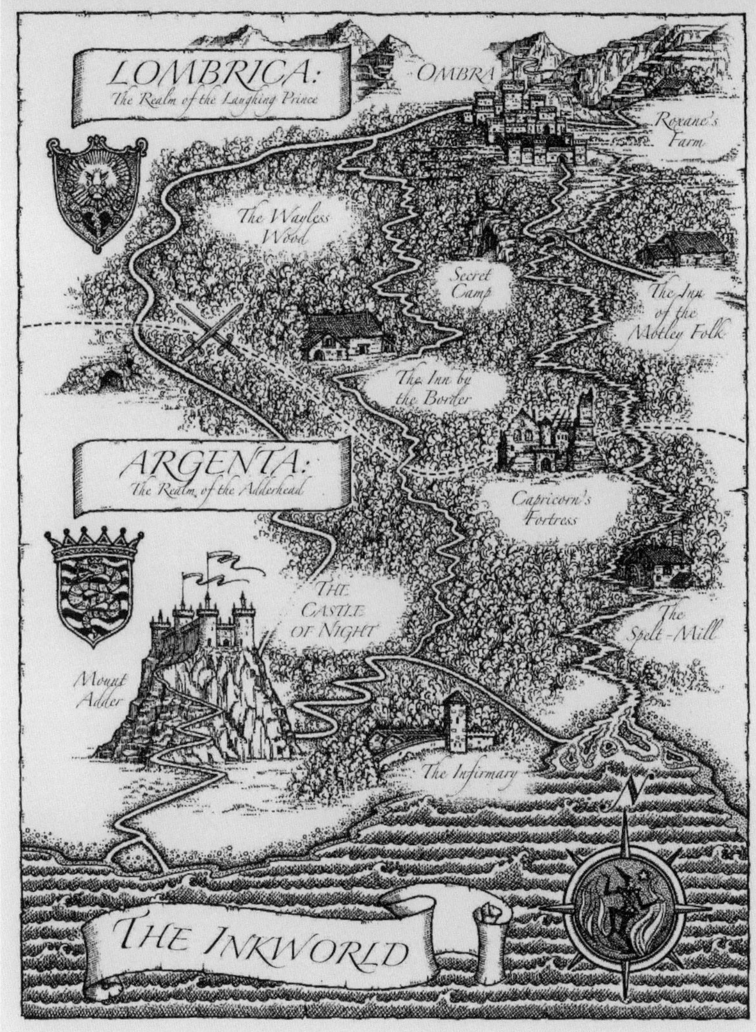

◀ 잉크하트 시리즈의 영국 출판사인 치킨 하우스에서 제작한 잉크월드 그림 지도.

어쩌면 인쇄된 이야기 배후에는 또 다른, 훨씬 더 커다란 이야기가, 그러니까 우리의 세계와 마찬가지로 변화하는 이야기가 있을지도 몰라. 그리고 페이지에 찍힌 글자가 우리에게 말해주는 것은 단지 우리가 열쇠 구멍으로 엿보는 정도에 불과한지도 몰라. 어쩌면 책 속의 이야기는 단지 프라이팬의 뚜껑에 불과한지도 몰라. 항상 똑같아 보이지만, 그 아래에는 우리의 세계와 마찬가지로 계속 발전하고 변화하는 세계가 있는 거지.

이 시리즈를 비판하는 사람들은 비록 푼케가 텍스트의 메타픽션적 성격에 관해서 여러 가지 흥미로운 질문을 제기하기는 했지만, 정작 이에 대해 적절한 답변을 내놓지는 못했다고 지적한다. 왜냐하면 잉크월드 자체가 너무나도 빈약한 까닭에, 소설의 본성에 관한 본격적인 질문을 감당하기에는 부족했기 때문이라는 것이다. 그럼에도 불구하고 이 시리즈는 어린이 독자 사이에서 인기를 얻고 있으며, 2009년에는 『잉크하트』가 영화로도 제작되었다.

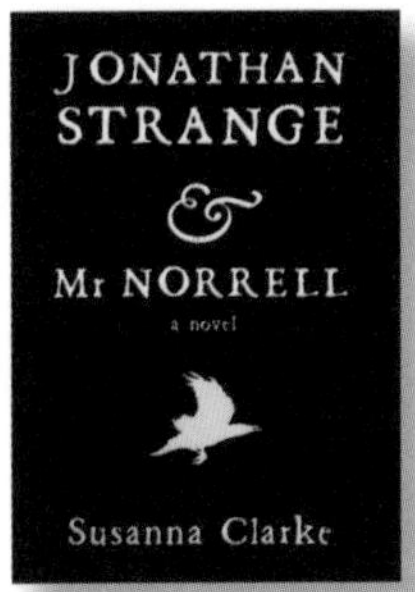

수잔나 클라크 SUSANNA CLARKE

조나단 스트레인지와 마법사 노렐

JONATHAN STRANGE & MR. NORRELL(2004)

나폴레옹 전쟁 당시의 잉글랜드를 무대로 한 클라크의 대체 역사에서 잉글랜드는 한때 마법이 존재했던, 그리고 이제 제목에 언급된 마법사들에 의해서 마법이 다시 깨어나는 장소가 된다.

이 소설의 초판본은 2004년 블룸스베리에서 간행되었다.

『조나단 스트레인지와 마법사 노렐』은 2004년 맨부커 상 후보에 올랐고, 2005년 장편소설 부문 휴고 상을 수상했다.

작품 전체에 걸쳐서 클라크는 각주를 사용해서 배경을 요약하는 한편 잉글랜드 마법의 가공 역사를 설명했으며, 이 과정에서 종종 가상의 텍스트를 언급했다.

클라크는 1992년부터 『조나단 스트레인지와 마법사 노렐』을 쓰기 시작해서 무려 10년 이상을 작업한 끝에야 비로소 탈고했다.

19세기의 문학적 양식과 마법 모험의 어두운 혼합인 영국 작가 수잔나 클라크(1959-)의 첫 장편소설은 2004년 간행되자마자 어마어마한 베스트셀러가 되었다. 닐 게이먼이 "의문의 여지 없이 지난 70년 사이에 나타난 가장 뛰어난 영국 환상소설"이라고 지칭한 『조나단 스트레인지와 마법사 노렐』은 비평적 격찬과 독자의 사랑 모두를 듬뿍 받았다.

이 소설의 도입부에서 마법은 잉글랜드에서 간신히 현존하는(또는 그렇게 보이는) 상태이다. 물론 마법사도 있기는 하지만 어디까지나 이론적인 부류, 즉 마법을 행하지는 못하는 신사 학자에 불과할 뿐이다. 그리하여 잉글랜드는 마법이라고는 없는 평범한 장소처럼 보인다. 하지만 제목에 나타난 현직 마법사들이 나타나면서, 마법의 실천이 잉글랜드의 본성 그 자체를 바꾸게 된다. 즉 이곳은 더 거칠고 낯선 장소로 변하는 것이다. 잉글랜드에서 마법이 더 많이 실행될수록, 마법 세계 잉글랜드가 더 많이 드러나는 셈이다.

이 책의 처음 3분의 1에 해당하는 부분에서 잉글랜드의 마법은 노렐 씨의 냉정하고도 불안한 손에 놓여 있다. 비록 대단하고 놀라운 마법을 행할 수 있지만(요크 대성당의 말하는 조상彫像은 특히나 인상적이다) 그는 마법을 마치 길들여야 하는 뭔가로 대한다. 즉 마법을 통제하거나 억제하고, 마법에 관한 기억을 벗겨냄으로써, 마법이(아울러 잉글랜드가) 원래는 '레이븐 킹' 존 어스크글래스의 소유였음을 더 이상 기억하지 못하게 하려는 것이었다. 유일한 예외는 이 책의 나머지 부분에 반향을 일으키는 한 가지 마법이다. 즉 노렐이 이른바 '엉겅퀴덤불 머리의 신사'인 요정 조력자를 하나 소환해서, 머지않아 폴 경의 부인(레이디 폴)이 될 윈터타운 양을 도로 살려낸 것이었다. 이 마법은 기묘하고도 섬뜩했으며, 결국 무시무시한 결과를 낳는다.

하지만 조나단 스트레인지가 현직 마법사가 되자, 잉글랜드의 마법은 크게 달라진다. 스트레인지는 전쟁에 나서고 나폴레옹 전쟁에서 웰링턴 경을 보좌하는데 이때에도 마법을 부린다. 전장에서 스트레인지는 노렐의 책 속에 대단한 마법이 감춰져 있음을 알게 된다. 이는 무려 죽은 사람을 살릴 수 있는, 그리고 에스파냐의 지리 자체를 재배열할 수 있는 정도의 마법이었다.

▲ 작품 속에서 요크 마법사 협회의 모임 장소인 올드 스타레 여인숙. 짐 케이의 컨셉용 삽화.

하지만 스트레인지가 잉글랜드의 마법을 이용해 에스파냐를 재형성하는 사이, 잉글랜드 역시 마법에 의해서 변화되고 있었다. 실제로 마법에 관해서 이야기하자면 우선 장소에 관해서, 그리고 장소를 변화시키는 마법의 현존에 관해서, 그리고 마법의 현존에 의해서 변화된 장소 그 자체에 관해서 이야기하지 않을 수가 없다. 잉글랜드는 주위를 둘러싼 '요정 나라'의 영토에 조금씩 잠식당하는 상황이다. 엉겅퀴덤불 머리의 신사는 매일 밤마다 레이디 폴을 납치해 자신의 '희망상실' 궁전으로 데려가고, 머지않아 (그때마다 노심초사하며 화를 내는 그녀의 남편 폴 경의 하인들 가운데 하나인) 스티븐 블랙도 납치해서 훗날 왕으로 삼고자 한다.

하지만 그러고 나서도 잉글랜드의 마법은 남아 있었으며(또는 적어도 그런 것처럼 보였고) 눈에 띄게 잉글랜드적이었고, 눈에 띄게 잉글랜드인의 손에 있었다. 이런 상황이 급격히 변하게 된 것은 엉겅퀴덤불 머리의 신사가 마법을 이용해 스트레인지의 아내 아라벨라까지도 요정 나라로 납치하면서부터, 즉 역시나 마법으로 마치 그녀가 죽은 것처럼 보이게 만들면서부터였다. 스트레인지는 베네치아로 갔다가, 급기야 미쳐버리기로 선택한다. 미쳐버리는 것이야말로 요정 나라로 갈 수 있는 가장 쉬운 길을 열어줄 것이기 때문이었다. 스스로 선택한 광기 속에서 스트레인지는 말 그대로 잉글랜드에 마법을 돌려놓을 수 있게 된다. 즉 잉글랜드와 다른 모든 장소로 통하는 문을 열어젖히고, 바위와 돌멩이 위에 마법을 적어놓은 것이었다. 급기야 의외의 장소에서도 마법사들이 나타나면서, 레이븐 킹조차도 다시 잉글랜드를 주목하게 된다.

하지만 마법이 잉글랜드에 돌아온 사이, 조나단 스트레인지와 노렐 씨는 그곳에서 벗어나 있게 된다. 엉겅퀴덤불 머리의 신사가 행한 마법의 결과로 두 사람은 영원한 어둠 속에 갇혀버렸기 때문이었다. 풀려날 마법을 알아내기 전까지는 함께 묶여 있는 상태에서, 이들은 사라져버린다. "마법사는 어디라도 갈 수 있습니다. 하늘 저편이든, 비가 내리는 곳 반대편이든 말이죠."

데이비드 미첼 DAVID MITCHELL

클라우드 아틀라스

CLOUD ATLAS(2004)

여러 문학상을 수상한 미첼의 이 서사에서는 여섯 개의 서로 다른 삶이 맞물린다. 지구를 일주하고 19세기부터 종말 이후의 미래까지를 오가며, 시간과 장르와 언어의 경계를 다시 그려가면서 인간이 지닌 권력 의지의 결과를 탐구한다.

이 소설의 초판본은 2004년 호더 앤드 스터튼 출판사에서 간행되었다.

미첼의 『클라우드 아틀라스』와 2001년 작 소설 『넘버 나인 드림』은 맨부커 상 후보에 올랐고, 『클라우드 아틀라스』는 네뷸러 상과 아서 C. 클라크 상 등에서도 후보에 올랐다.

이 소설의 제목은 일본의 작곡가 이치야나기 도시의 음악 작품에서 영감을 얻었다. "그 곡의 아름다운 제목 때문에 CD를 구입했다." 저자의 말이다.

『클라우드 아틀라스』에서 데이비드 미첼이 만들어낸 세계는 그 지속 시간 대부분 동안 뚜렷이 우리 자신의 세계이다. 우리가 스스로의 역사를 통해 잘 아는 여러 사건과 경험과 현상과(예를 들어 노예제, 예술 창작, 노인 요양원 등과) 나란히 진행되는 줄거리를 우리의 현실에 휘감기도록 하는 데에 워낙 신경을 쓴 까닭에, 소설이 절반쯤 진행되었을 때에 갑자기 복제인간과 종말 이후의 언어가 있는 미래가 나타나면 독자는 사실상 무장해제당한 느낌을 받게 된다.

텍스트의 구조는 이 작품의 가장 두드러진 특징이다. 이야기는 여섯 토막으로 나뉘는데, 이를 서로 별개라고 간주하는 것은 뭔가 부당하고도 의미심장한 분리를 가하는 셈이다. 왜냐하면 여섯 토막의 이야기는 결코 별개가 아니기 때문이다. 토막과 토막 사이는 대부분의 연작 단편집보다 훨씬 더 긴밀하게 연결되어 있다. 토막 각각은 중도에 딱 끊어져버렸다가 나중에야 다시 돌아가는 방식으로 제시된다. 따라서 1850년이 배경인 첫 번째 토막의 전반부는 제1장, 후반부는 맨 끝의 제11장에 나온다. 1931년이 배경인 두 번째 토막의 전반부는 제2장, 후반부는 제10장에 나온다. 이런 구조 때문에 각 토막은 그 자체로는 독립될 수 없으며, 거꾸로 이런 구조가 효과를 발휘하려면 각 토막이 필요하다. 텍스트의 형태와 각각의 토막 사이에는 일종의 공생이 이루어지는 셈이며, 유사한 접근법을 취한 다른 대부분의 소설보다 그 정도가 더 심하다. 이런 구조는 물론 이 소설의 전체적인 핵심이기도 하다. 등장인물과 테마는 처음부터 끝까지 나란히 진행되며, 이 과정에서 미첼은 환생과 질서와 혼돈에 관한 이야기를 들려준다. 이 책에 등장하는 각각의 등장인물은 (어찌 보자면) 우리가 다른 시간에 다른 토막에서 이미 만난 다른 등장인물의 환생이다. 물론 우리가 각각의 토막에서 항상 그들을 알아보는 것은 아니지만, 그들은 분명히 존재한다. 즉 말과 행동과 이념의 양상에서, 그리고 관여하는 사건과 생활 방식의 양상에서 그렇다는 것이다. 2012년에 나온 영화에서는 배우들이 작품 전체에 걸쳐 여러 가지 배역을 담당함으로써 환생이라는 테마를 전면에 부각시켰다. 반면 텍스트에서는 이보다 더 미묘하다.

책이 순환 구조를 지니고, 등장인물 역시 마찬가지이듯이, 우리 앞에 제시되는 작중 세계도 마찬가지이다. 여러 개의 토막들을 가로질러서[그 각각은 이름이 붙어

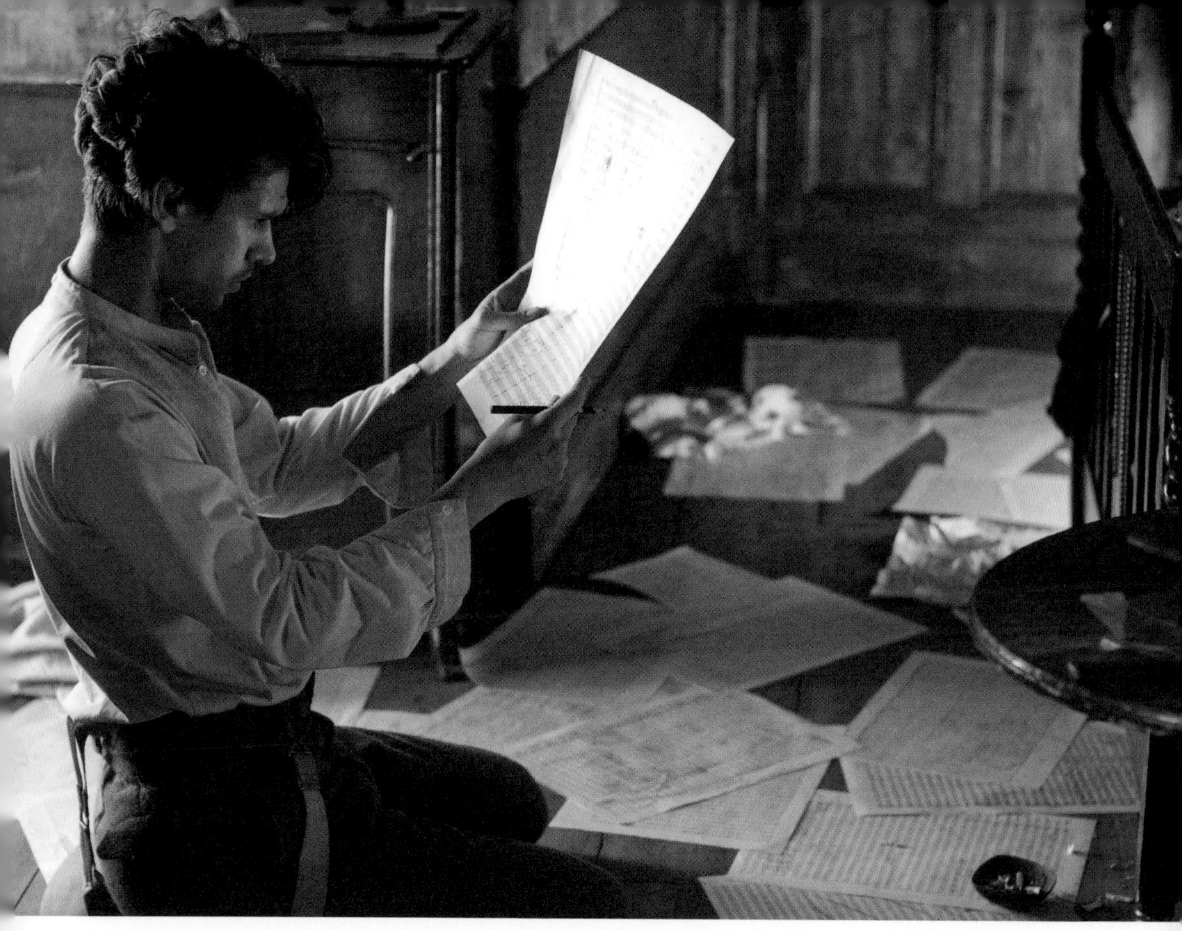

▲2012년 작 영화에서 젊은 천재 작곡가 로버트 프로비셔(벤 위쇼)가 본인의 작품 〈클라우드 아틀라스 6중주〉 악보에 에워싸여 있다.

있고, 문체상 서로 다른 종류의 소설을 암시하며, 가장 중요하게는 어마어마한(그리고 끝내 밝혀지지 않는) 시간에 걸쳐 있다] 줄거리의 층위에서도 똑같은 순환 구조가 존재하기 때문이다. 즉 첫 번째 토막에서 우리는 정복된 야만인의 세계를 보게 되는데, 한 미국인이 19세기 중반 뉴질랜드의 마오리족이 처한 노예제를 목격하기 때문이다. 이후의 여러 토막에 걸쳐 우리가 스스로의 정체성에, 진리에, 시간에, 국가에 얽매인 다른 종류의 노예제를 목격한 다음, 여섯 번째 토막에서 우리는 얼핏 보기에 첫 번째로 제시된 세계와 닮은 듯한 세계로 돌아가게 된다. 하지만 이 세계는 사실 종말 이후의 미래이며, 그곳에서는 인류가 노예 신세이다.

이것이야말로 우리가 책 읽는 내내 인식했던 바로 그 세계이지만, 그때부터 이 세계는 완전히 다른 뭔가가 되어버린다. 즉 전혀 그럴싸하게 들리지 않는(그리고 의도적으로 그러한) 미래이다 보니, 우리는 더 앞에 나온 텍스트에 대해서도 의심을 품게 된다. 환생의 개념이 워낙 널리 퍼져 있는 것만 보아도, 이곳은 우리의 세계가 아님이 분명하다. 이것은 바로 미첼의 세계이며, 또한 그가 지금까지 발표한 모든 소설을 하나로 엮는 바로 그 세계이다. 즉 그의 소설은 모두 연계되어 있으며, 등장인물이 작품과 작품을 넘나들고, 한 작품에서 일어난 사건이 또 다른 작품에서 펼쳐지는 이야기의 배경이 되고 있는 것이다.

가즈오 이시구로KAZUO ISHIGURO

나를 보내지 마

NEVER LET ME GO(2005)

이시구로가 암울한 상상력으로 그려낸 현대 잉글랜드의 목가적인 한 기숙학교. 이곳에서 한 무리의 학생들의 운명을 통해서 삶의 연약함이 인상적으로 극화된다.

이 소설의 초판본은 2005년 페이버 앤드 페이버 출판사에서 간행되었다.

『나를 보내지 마』는 2005년 맨부커 상, 2006년 아서 C. 클라크 상, 2005년 영국 국립 도서 비평가협회상에서 연이어 후보에 올랐다.

『타임』에서는 이 소설을 1923년부터 2005년까지 나온 최고의 영문 소설 100선에 올렸다.

외관상 환상소설 장르의 빈틈처럼 보이는 '장기이식 소재 작품' 중에서도 몇 가지 주목할 만한 성공작은 있었다. 이른바 '영국 과학소설의 수석 사제'인 브라이언 올디스는 근대적인 형태의 과학소설이 메리 셸리의 『프랑켄슈타인』(1818)으로 시작되었다고 주장하는데, 아마 그의 말에 동의할 사람이 많을 터이다. 이 작품에서는 젊고 똑똑한 스위스의 한 과학자가 여러 개의 신체 부속을 합쳐서 '괴물'을 만든다. 이와 유사하게 프레더릭 폴은 잭 윌리엄슨과 공저한 1964년의 장편소설 『우주의 암초』에서 장기이식이라는 소재를 다루었다. 이 냉소적 디스토피아 소설에서는 사회에 '위험 요소'로 낙인찍힌 사람들이 일종의 저장소인 생체 은행에 감금되어 있다가, 수요가 발생하면 사지와 장기를 수확당한다.

그리고 남아프리카 공화국의 외과 의사 크리스티안 바너드가 세계 최초로 심장 이식에 성공한 것은 1967년의 일이었다. 과학소설이 급기야 의학적 사실이 된 것이다. 바너드의 선구적인 수술 이후로 장기이식 관련 소재는 영화와 과학소설에서 흔해지게 되었다. 장르소설의 범위 너머에 있는 순수문학에서 그 정점은 가즈오 이시구로(1954-)의 격찬을 받은 소설 『나를 보내지 마』이다(이 작품은 2010년에 영화화되어 역시나 격찬을 받았다).

이 소설은 외관상 목가적인 잉글랜드의 기숙학교 헤일셤에서 시작된다. 노퍽주의 농촌 교외에 자리한 이 학교에 다니는 학생은 기이하게도 하나같이 부모나 가족이 없으며, '후견인'의 돌봄을 받으며 살아간다. 이들의 교육은 그저 겉핥기 식이고, 시험을 치르기 위해서나 졸업 이후의 생산적인 삶을 위해서도 충분하지 않은 수준이며, 대신 이들의 신체 건강에 대해서 주로 초점이 맞춰져 있다. 그럼에도 불구하고 아이들은 우정을 키우고, 성장하면서 점차 사랑도 키워나간다.

이야기가 계속되면서 비로소 진실이 드러난다. 이 아이들은 실험실에서 제조된 생체 장기 은행이었으며, 각각의 소유주('정상인')의 복제품('대체품')에 불과했던 것이다. 진실을 알게 된 젊은이 가운데 일부는 저항하고, 일부는 자신들을 기다리는 운명을 지연시킬 방법을 모색한다. 또 일부는 각자의 '정상인' 소유주를 필사적으로 찾아 나선다.

이 소설의 마지막 장에서는 '기증자'(복제품)의 비애가 드러나는데, 이들은 계

▲ 영국 서리 주 리치먼드 소재 햄 하우스는 알렉스 갈런드 각본, 마크 로마네크 감독의 2010년 작 영화에서 목가적인 기숙학교로 사용되었다.

속해서 신체 부속을 떼어낸 끝에 '완결'(사용 완료 후 폐기) 상태가 되고 만다. 이 과정에서 복제품들은 자신들이 결코 보유하지 못할 운명인 인간성, 또는 유한성의 본성은 물론이고, 심지어 가장 예지적으로는 학교 밖의 변화 추세조차도 정상인 '수혜자'보다 더 절실하게 깨닫게 된다.

> 새로운 세계가 신속하게 다가오고 있다. 더 과학적이고, 효율적이다. 그렇다. 과거의 질병에 대한 치료법이 더 많이 나온다. 아주 훌륭하다. 하지만 가혹하고 잔인한 세계이다. 나는 한 소녀가, 두 눈을 꼭 감은 채, 예전의 친절한 세계를 가슴에 끌어안은 모습을 보았다. 즉 이제는 남아 있을 수 없다는 것을 잘 알고 있기에, 그녀는 그 세계를 끌어안고 간청하고 있었다. 자기를 보내지 말라고.

SF를 '과학소설science fiction'이라기보다는 '사변소설speculative fiction'이라고 지칭한 로버트 하인라인의 설명은 이 작품에 딱 들어맞는 듯하다. 이 작품을 어떻게 규정하든지 간에 이시구로의 작품이야말로 21세기의 가장 뛰어난 순수소설 가운데 하나라고 간주해야 맞을 것이다.

응구기 와 티옹오 NGŨGĨ WA THIONG'O

까마귀의 마법사

WIZARD OF THE CROW(2006)

아프리카의 가상 독재 국가 아부리리아를 무대로 펼쳐지는 탈식민주의적 도둑정치에 관한 응구기의 부조리 풍자극에서는 자칭 마법사와 그의 연인이 독재자에게 맞선다.

영역본으로 760쪽이 넘는 이 소설의 키쿠유어 초판본은 전 4권으로 간행되었다. 제1권이 간행된 2004년에 모이의 통치가 끝나 케냐로 돌아온 응구기 부부는 숙소에 침입한 강도들로부터 심한 폭행을 당했다.

응구기가 키쿠유어로 쓴 첫 소설 『십자가 위의 악마』(1980)는 교도소에서 화장지에 쓴 것이었다. 그리고 『까마귀의 마법사』에서 주인공 마법사는 어느 술집에서 매료된 청중에게 화장지에 쓴 소설을 읽어주는 한 남자를 발견한다.

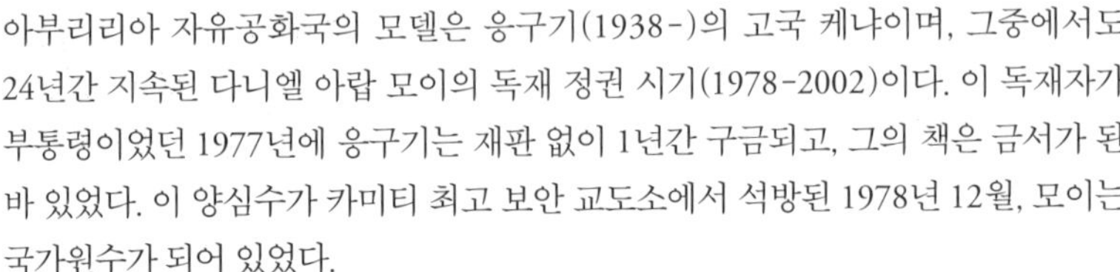

아부리리아 자유공화국의 모델은 응구기(1938-)의 고국 케냐이며, 그중에서도 24년간 지속된 다니엘 아랍 모이의 독재 정권 시기(1978-2002)이다. 이 독재자가 부통령이었던 1977년에 응구기는 재판 없이 1년간 구금되고, 그의 책은 금서가 된 바 있었다. 이 양심수가 카미티 최고 보안 교도소에서 석방된 1978년 12월, 모이는 국가원수가 되어 있었다.

『까마귀의 마법사』에서 '끝없는 약탈자'로 통하는 지고의 도둑정치가인 '통치자'는 아프리카에서 가장 높은 마천루를 짓겠다는 오만한 목표를 세운다. 그의 양복에는 커다란 맹수 모피가 덧꿰매져 있다. 하지만 이 인유는 케냐 이외의 지역에서 군림했던 독재자들에게까지, 즉 모부투와 이디 아민에서부터 마르코스와 피노체트에게까지 뻗어간다. 응구기가 2006년에 직접 번역한 영역본 후기에 쓴 것처럼, 그 내용은 저자가 1980년대에 런던에서 망명 생활을 하면서, 케냐와 다른 감옥에서 정치범들을 석방하라는 운동을 벌이던 때를 바탕으로 했다. 그리하여 'M5' 비밀경찰에 관한 공포 분위기가 나타났던 것이다. 아첨하기 잘하는 장관들은 통치자의 정적들을 감시하기 위해서 극단적인 데까지 나아간다. 즉 한 장관은 자기 눈을 '전구만 한 크기로 확대'했고, 그의 경쟁자는 두 귀를 '토끼 귀보다 더 크게' 만들었다. 저자는 자신의 표적에 관해서 "무척이나 위험하다는 점만 제외하면, 희극적인 요소가 있다"고 평가했다. 이들에게 어떤 방식으로 접근했느냐는 질문에, 응구기는 다음과 같은 질문으로 답변했다. "휘하의 장관 모두에게 앵무새가 되기를 바란다고 말한 모이 같은 사람을, 여러분 같으면 어떻게 풍자하시겠습니까?"

응구기의 답변은 결국 『한 알의 밀알』(1967)과 『피의 꽃잎』(1977) 같은 초기작들에 나타난 사실주의와의 단절을 뜻한다. 이때까지만 해도 그는 '제임스 응구기 James Ngũgĩ'라는 이름을 사용했다. 그러다가 1970년대 말에 이르러 그는 영어식 이름을 포기하고, 케냐 최대 부족의 언어인 키쿠유어로 쓴 희곡을 농촌 무대에 올렸으며, 앞서 언급한 수감 생활 중에 앞으로는 오로지 모국어로만 글을 쓰겠다고 다짐하게 되었다.

아우구스토 로아 바스토스, 가브리엘 가르시아 마르케스, 카를로스 푸엔테스처럼 라틴아메리카의 독재 정권을 묘사한 뛰어난 소설들의 반향에도 불구하고, 이

왜 아프리카는 유럽이 수백만 명의 아프리카 영혼을 이 대륙에서 세계 곳곳으로 데려가게 내버려두었는가? 어떻게 유럽은 자기보다 열 배는 더 큰 대륙을 지배할 수 있었는가? (……) 어떻게 우리는 이런 상태에 도달했는가? 자기가 이미 망가진 연장과 맞바꿔 내버린 것을 한 조각 얻어내는 방법을 아는 사람이 곧 최고의 지도자라니. 아프리카의 미래는 어디에 있는가?

▲1972년 나이로비 대학의 졸업식에 총장 자격으로 참석한 케냐 대통령 다니엘 아랍 모이.

기괴하고도 외설적인 우주는 오히려 알프레드 자리의 『위뷔 왕』(1896)에 더 가깝게 느껴진다. 왜냐하면 '부조리 연극'의 시조인 이 『맥베스』의 패러디에서도 그 저급한 찬탈자가 잡식성의 탐욕을 바탕으로 행동하기 때문이다. 세계화와 원조와 '테러와의 전쟁' 시대를 맞이하여 통치자는 '냉전을, 그러니까 자기가 이쪽저쪽으로 편을 바꿀 수 있었던 시절을 그리워'했지만, 반대자들을 박살낼 풍부한 핑계를 발견한다. '내가 이전에 공산주의자에게 했던 일을 테러리스트에게 또다시 할 수 있다.'

정치 풍자극은 응구기의 어린 시절 저항 영웅들이 살았던 불합리한 세계와 대척점에 있다. 그의 아버지는 영국인 정착민에 의해 자기 땅에서 쫓겨난 사람이었다. 응구기의 어머니는 그의 형이 반영反英 무장투쟁 단체 마우마우 군대에 들어갔다는 이유로 식민지 감옥에서 3개월간 복역했다. 또 다른 형은 제2차 세계대전에 나갔다가 죽었고, 또 다른 형은 농아인 까닭에 영국군 병사의 정지 명령을 듣지 못하고 총에 맞아 죽었다. 제목에 언급된 마법사와 그의 연인을 에워싼 소문과 음모와 신화적 불패의 안개는 마우마우의 영웅들과 그 후손들을 상기시킨다.

어떤 심상은 성서적이다. 성서야말로 응구기가 모국어로 처음 읽은 책이었다(하지만 당시에는 학교에서 모국어를 구사했다가는 회초리 체벌을 받았다). 나중에 그는 브레히트의 시에서 '자기 환경을 바꿀 수 있는 인간의 능력에 대한 비범한 낙관주의'를 발견했다. 이것이야말로 이 소설이 궁극적으로 공유하는 낙관주의이다.

마이클 셰이본 MICHAEL CHABON

유대인 경찰 연합

THE YIDDISH POLICEMEN'S UNION(2007)

알래스카의 한 섬에 유대인 피난민이 건설한 활력 넘치고 복잡한 이디시어 공용 대도시를 무대로 펼쳐지는 탐정소설.

이 소설의 초판본은 2007년 하퍼콜린스 출판사에서 간행되었다.

『유대인 경찰 연합』은 휴고 상, 네뷸러 상, 로커스 상 등 주요 과학소설상을 모두 휩쓸었다.

이디시어는 히브리어와 중세 독일어의 혼종 언어로 히브리어에 근거한 철자법을 사용한다. 그 절정기에는 사용자가 1100만 명에 달했지만, 20세기 말에는 미국에서만 25만 명으로 크게 감소했다. 하지만 지금은 일종의 르네상스를 맞이하여 대학에서도 관련 학과가 생겼다.

"랜즈먼이 자멘호프 호텔에 머문 9개월 동안 그의 동료 투숙객 가운데 어느 누구도 살해되는 일을 겪지는 않았다. 그런데 이제 와서 누군가가 208호 투숙객의 머리에 총알을 하나 박아 넣었다. 사망자는 에마누엘 라스커라는 이름의 유대인이었다."

마이클 셰이본(1963-)의 네 번째 소설 첫 대목은 이 작품이 레이먼드 챈들러의 전통을 따르는 추리소설임을 밝히고 있다. 하지만 주인공 마이어 랜즈먼이 반드시 지나가야 하는 암흑가는 챈들러의 로스앤젤레스나 다른 미국 도시에 있는 것이 아니다. 왜냐하면 '랜즈먼은 싯카 지구에서 가장 많은 표창을 받은 "샤메스shammes"(경찰관)였기 때문이다'.

우리의 세계에서 싯카는 알래스카의 알렉산더 군도에 속한 배러노프 섬 대부분과 치차고프 섬 절반을 차지한 지역으로, 비록 인구는 9000명이 조금 넘을 뿐이지만 면적만큼은 미국 내에서 가장 큰 자치도시이다. 반면 셰이본의 대체 세계에서 이곳은 싯카 연방 특별구로서, 한때 유럽의 나치 지배를 피해 온 유대인을 위한 임시 피난지였으며, 1948년의 아랍-이스라엘 전쟁으로 신생국가 이스라엘이 파괴된 이후에는 팔레스타인의 유대인 정착민을 위한 임시 피난지가 되었다. 그로부터 60년이 지난 지금, 정착민이 만들어낸 번영하는 이 대도시는("사람들은 북부의 유대인 문명의 정점이라고 불렀다") 조만간 알래스카 주에 반환될 예정이고, 그리하여 200만 명 이상의 이디시어 사용 유대인이 졸지에 고향을 잃게 될 예정이었다.

2007년에 간행된 『유대인 경찰 연합』은 추리소설에 과학소설의 하위 장르인 대체 세계를 결합시켰다. 그가 묘사한 생생하고도 설득력 있는 북부 도시를 야기했음 직한 단 한 가지 사건을 우리 역사에서 꼽아보기는 어렵지만, 셰이본은 독일에서 피신한 유대인 난민을 수용하는 장소로 알래스카를 추천한(왜냐하면 그곳은 당시에만 해도 정식 주가 아니라 준주準州여서, 통상적인 이민 할당제가 적용되지 않았기 때문이다) 내무부 장관 해럴드 아이크스의 1938년 법안으로 시작한다. 현실에서는 이 법안이 별다른 지지를 받지 못하고 끝났지만, 셰이본의 가상 역사에서는 의결권 없는 알래스카 대표 하원 의원이 갑작스레 사고사하면서 1941년에 이 법안이 결국 통과된 것으로 나온다. 덕분에 나치의 '최종 해결책'으로부터 수백만 명이 구제되었으며, 유럽에서의 전쟁은 1946년 베를린에 원자폭탄이 떨어지면서 비로소

나의 토요일 밤. 나의 토요일 밤은 마치 전자레인지용 부리토와 비슷하다. 애초부터 무척이나 나빴던 뭔가를 망친다는 건 아주 힘든 법이니까.

▲'싯카 지구에서 가장 많은 표창을 받은 샤메스' 마이어 랜즈먼. 네이트 윌리엄스의 삽화.

마무리된다.

마이클 셰이본은 여행자를 위한 회화집 시리즈 가운데 하나인 비어트리스 & 우리엘 바인라이히 공저의 『이디시어 말하기 교본』(1958)을 우연히 발견하며 이 소설에 관한 영감을 얻게 되었다. "나는 이 책이 의도한 성격과 목적을 차마 이해할 수가 없었으며, 또한 이에 관해 생각하고, 궁금해하고, 꿈꾸기를 차마 멈출 수도 없었다. (……) 바인라이히의 저서가 암시하는 것과 같은 종류의 장소, 즉 오로지 의사들과 웨이터들과 전차 기사들뿐만 아니라, 항공사 직원들과 여행사 직원들과 연락선 선장들과 카지노 종업원들까지도 이디시어를 말하던 장소가 세계 역사상 과연 언제 있었을까?" 같은 에세이 「상상의 모국」에서 셰이본은 단순히 유대계 미국인이라는 점에서뿐만 아니라 장르소설의 애호가라는 점에서도 망명 작가로서의 자신의 감정에 관해서 서술했다. "여러분이 오로지 상상 속에서만 발견되는 땅에 관해서 이야기할 때, 여러분은 사실 나의 언어로, 즉 나의 '마마로셴mamaloshen'(모국어)으로 말하고 있는 셈이다."

수잔 콜린스SUZANNE COLLINS

헝거 게임

THE HUNGER GAMES(2008)

큰 성공을 거둔 콜린스의 헝거 게임 시리즈는 강인한 여성 주인공과 죽음을 보여주는 리얼리티 TV 쇼를 둘러싼 불편한 디스토피아적 미래에 관한 흥미진진한 상상을 다루고 있다는 점에서 수많은 청소년소설 아류작과는 차원이 다르다.

이 소설의 초판본은 2008년 스콜라스틱 프레스에서 간행되었다.

콜린스는 1990년대에 TV 작가로 경력을 시작했고, 특히 니켈로디언 네트워크에서 어린이 쇼의 대본을 집필했다. 그래서인지 그녀의 소설에서는 뛰어난 시나리오 특유의 극적인 속도와 초점 같은 것들이 드러난다.

헝거 게임 3부작에 나오는 '판엠Panem'이라는 국가명은 라틴어 관용구 '파넴 에트 키르켄세스panem et circenses'(빵과 서커스)에서 유래했다. 이는 고대 로마에서 정부가 대중을 진정시키기 위해서 식량 같은 생필품과 검투사 시합 같은 오락을 모두 제공해주었다는 사실을 냉소적으로 요약한 것이다.

『헝거 게임』(2008), 『캣칭 파이어』(2009), 『모킹제이』(2010)로 이어지는 디스토피아 모험소설 3부작은 21세기의 대표적인 베스트셀러이며, 그 이유를 알아내기는 어렵지 않다. 이 소설들은 야만적인 텔레비전 게임 쇼라는 흥미로운 전제를 중심에 두고 있는데, 한 나라의 여러 지역에서 온 십 대 청소년들을 숲 지대에 가둬놓고 한 사람만 살아남을 때까지 서로 싸우게 만드는 것이 그 내용이다. 이런 섬뜩한 발상의 개요는 이미 다카미 고슌의 소설 『배틀 로열』(1999)에서 나온 바 있었지만, 수잔 콜린스의 3부작은 그 줄거리의 총합보다 더 거대한 뭔가를 만들어냈다. 그건 바로 정치 및 사회적 자유, 그리고 그 매력, 그리고 그 대가에 관한 질문의 제기이다.

『헝거 게임』은 종말 이후의 미국을 배경으로 하는데, '판엠'이라는 이 나라에는 12개의 구역이 있다. 그중에서도 가장 부유한 구역은 억압적인 정부의 수도이며 첨단 기술을 보유한 '캐피톨'이다. 반면 다른 구역들은 극심한 가난에 시달리는데, 오래전에 다른 구역들이 합심하여 캐피톨의 지배에 반기를 들었지만 이 반란은 잔혹하게 진압되었고, 심지어 열세 번째 구역은 이 과정에서 아예 없어진 것으로 간주된다. 이제는 매년 '헝거 게임'이라는 결투 행사가 개최되어서, 폭력적인 구경거리와 오락거리를 이용해 모든 구역에게 그 예속 상태를 상기시킨다. 그리하여 각 구역마다 추첨을 통해 십 대 소년과 소녀 한 명씩을 '조공인'으로 선정하고, 이들을 캐피톨로 데려와서 텔레비전 게임에 출연시켜 싸우게 만들며, 우승자의 구역은 식량 및 다른 생필품을 선사받는다.

12번 구역 출신인 소녀 캣니스는 판엠의 기준으로 보아도 이례적으로 힘든 삶을 겪으면서 굶기를 밥먹듯 한다. 이 시리즈의 첫 권은 가장 흥미로운 줄거리를 갖고 있으며, 과연 주인공이 저 험악한 투기장에서 어떻게 살아남을지에 관해 독자의 궁금증을 자극하면서 인상적인 서술의 추진력을 만들어나간다. 나머지 두 권은 이야기의 초점을 더 넓고 깊게 만들었으며, 우정과 충성의 본성이며, 사랑과 우정의 차이며, 독립의 필요성 등을 망라했다(하나같이 '청소년' 분야의 책에서 핵심이 되는 주제들이다).

각각의 구역은 한 가지 산업에 전념하기 때문에, 어떤 곳은 농업, 또 어떤 곳은 광업, 또 해안인 곳은 어업 등을 담당한다. 이곳의 풍경은 상당히 효과적이다. 이곳

은 현실 세계에서 사람들이 각자의 장소에 대한 감각을 형성하는 두 가지 요소를 상징적으로 외면화했다. 하나는 부유층과 나머지 우리가 사는 방식의 선명한 대조이다. 또 하나는 전반적인 감시의 느낌이다. 이 시리즈를 읽고 나서 길을 걷다 보면, 나의 모든 발걸음이 스파이 기술로 감시당할지도 모른다는 섬뜩한 생각이 들게 마련이다. 콜린스의 창조물은 세상 모든 십 대가 공유하는 감각을 문자화하고 또 외면화한다. 그건 바로 독단적인 권위의 불공평성, 항상 감시당하는 것의 억압성, 우정의 중요성, 맞서 싸워야 할 필요성 등이다.

판엠은 무시무시한 땅이다. 비록 외관상 유토피아적인 첨단 기술 캐피톨과 흙바닥이 있는 구역으로 뚜렷이 구분되지만, 그렇다고 해서 그 매력이 감소되지는 않는다. 오히려 비록 반직관적이기는 해도, 디스토피아는 오히려 유토피아보다도 더 강하게 상상력을 자극하는데, 왜냐하면 그곳에는 더 많은 갈등이 있고, 따라서 더 많은 드라마가 있기 때문이다. 그리고 이는 완벽한 사회 특유의 고요한 진부함보다 훨씬 더 많은 상상적 잠재력을 제공하기 때문이다.

▲라이온스게이트 제작, 수잔 콜린스 각본, 게리 로스 감독의 2012년 작 영화 〈헝거 게임〉에서 강인한 주인공 캣니스 에버딘 역할을 맡은 제니퍼 로렌스.

무라카미 하루키 HARUKI MURAKAMI

1Q84

(2009-2010)

살인, 종교, 가족, 사랑 같은 테마를 통해서 긴밀히 뒤얽힌 두 사람의 운명을 서술하는 이 변화무쌍하고 복잡한 서사는 소설의 위력을 강력하게 예증한다.

이 소설의 초판본은 2009년부터 2010년까지 신초샤에서 간행되었다.

이 소설의 초판본은 단 하루 만에 매진되었고, 이후 판매량은 불과 한 달 만에 100만 부에 달했다.

2009년에 무라카미는 자유, 사회, 정치, 정부를 다룬 작품을 발표한 작가에게 주는 문학상인 예루살렘 상을 받았다. 시상식에 참석한 그는 수상 소감에서 정작 이스라엘의 정책에 대한 비판을 가했다.

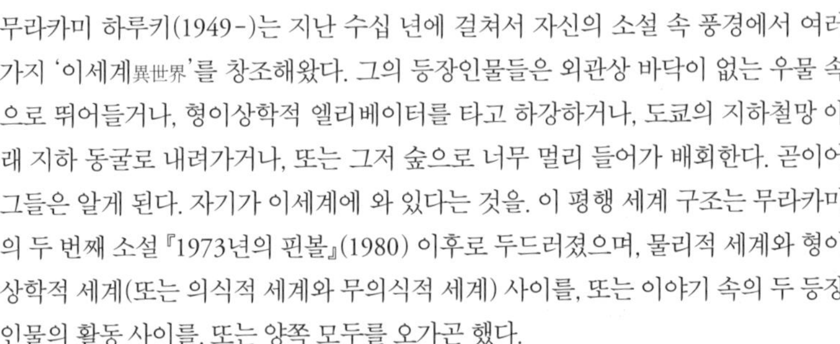

무라카미 하루키(1949-)는 지난 수십 년에 걸쳐서 자신의 소설 속 풍경에서 여러 가지 '이세계異世界'를 창조해왔다. 그의 등장인물들은 외관상 바닥이 없는 우물 속으로 뛰어들거나, 형이상학적 엘리베이터를 타고 하강하거나, 도쿄의 지하철망 아래 지하 동굴로 내려가거나, 또는 그저 숲으로 너무 멀리 들어가 배회한다. 곧이어 그들은 알게 된다. 자기가 이세계에 와 있다는 것을. 이 평행 세계 구조는 무라카미의 두 번째 소설 『1973년의 핀볼』(1980) 이후로 두드러졌으며, 물리적 세계와 형이상학적 세계(또는 의식적 세계와 무의식적 세계) 사이를, 또는 이야기 속의 두 등장인물의 활동 사이를, 또는 양쪽 모두를 오가곤 했다.

초창기에 무라카미는 자기가 사는 사회에서 지나치게 '동떨어진' 주인공들을 창조하기로 유명했다(그리고 때로는 같은 이유로 비판을 받았다). 그러다가 1995년 3월 20일의 옴 진리교 사건 이후로는 극적으로 바뀌었는데, 이 당시에 옴 진리교라는 신흥종교의 추종자들이 치명적인 신경가스인 사린을 혼잡 시간 도쿄의 지하철역과 열차 여러 곳에서 유포했기 때문이었다.

무라카미의 작품은 항상 약간의 영적인 색채를 지니고 있었다. 그의 등장인물은 단순히 재미삼아서가 아니라, 오히려 자기 발견을 위해서, 그리고 때로는 자기 보전을 위해서 이세계에 들어간다. 이들의 목표는 예나 지금이나 현대의 후기 산업사회가 제공하는 인습적이고 집단주의적인 정체성의 유해한(심지어 말살시키는) 영향력에 대항하여 고유한 '핵심 정체성'을[이제 무라카미는 이를 가리켜 '이야기'(모노가타리)라고 말한다] 보전하려는 것이다.

하지만 옴 진리교 사건 이후로 무라카미는 종교라는 소재에 조심스레 접근했고, 특히 문제의 옴 진리교에 관심을 두게 되었다. 왜냐하면 그 추종자 가운데 일부가 추구하던 목표에 그 역시 공감했기 때문이었다. 그 목표란 바로 현대 일본 사회가 제공하는 인습적인 정체성의 이야기에 대한 일종의 대안이었다.

『1Q84』는 아오마메와 덴고라는 두 주인공의 행적을 통해서 운명/결정론과 자유의지의 문제를 탐구했다. 두 사람은 어린 시절에 만나 비록 양쪽 모두 분명히 깨닫지는 못했지만 서로에게 끌렸는데, 왜냐하면 피차 부모에게서, 그리고 주위의 다른 아이들에게서 소외된 느낌을 공유했기 때문이다. 열성 신도를 부모로 둔 아오마

메는 종교적 의무 때문에 친구들 앞에서 드러내야 하는 공개적인 신앙 표현을(큰 소리로 식사 기도를 하는 등) 부끄러워한다. 텐고는 정부 소유 방송국 NHK에 종교적인 열성을 바치다 못해, 심지어 일요일에도 아들을 데리고 '수신료'를 걷으러 다니는 자기 아버지의 만만찮은 열성을 부끄러워한다.

텐고와 아오마메는 비록 어린 나이였지만, 그들 사이에 어떤 유대가 형성되어 있음을 인식한 것처럼 보인다(독자는 과거로의 장면 전환을 통해 이 사실을 알게 된다). 어느 날 10세의 아오마메가 갑자기 텐고의 손을 잡고는 눈을 똑바로 바라본다. 두 사람은 아무 말도 하지 않았지만, 바로 그 순간부터 아오마메는 텐고를 자기 영혼의 짝이라고 느낀 듯하고, 이후 그녀는 두 사람을 다시 만나게 해줄 운명을 고집스레 기다린다. "내가 우리 두 사람에게 바라는 게 있다면, 언제 어디선가 우연히 만나게 되는 거야." 그녀는 한 친구에게 말한다. 이 대화의 더 나중에 가서 그녀는 '모든 것이 미리 결정되어 있고, 우리는 단지 선택을 하는 "척하는" 것뿐일' 가능성을 주장한다. '자유의지란 환상일 수도 있다는' 것이다.

운명을 받아들이려는 아오마메의 의향은 무라카미가 가장 최근에 창조한 마법적인 경이 세계 속으로 우연히 들어가게 됨으로써 일종의 시험을 겪게 된다. 그녀는 그 세계를 '1Q84'라고 부르는데, 이야기의 배경인 1984년에 근거한 이 섬뜩한 농담에서 Q는 '물음표'를 나타낸다. 1Q84는 1984년과 거의 비슷하지만, 약간 더 불길하다. 경찰은 그녀에게 익숙한 연발권총 대신 자동화기를 갖고 다니고, 하늘에는 달이 그녀에게 익숙한 하나 대신 두 개나 떠 있고, 어떤 사건들은 형이상학적 이 세계를 다스리는 영으로서 인간사에 지대한 관심을 보이는 이른바 '리틀 피플'에게 통제되는 것처럼 보인다. 신이라기보다는 오히려 숲의 정령과도 유사한 리틀 피플은 아오마메와 텐고의 운명에 대해서, 아울러 더 중요하게는 이들 사이에서 생겨난 아기의 운명에 대해서 권리를 주장하는 것처럼 보인다.

바로 이 아기 때문에 아오마메는 결국 1Q84로부터, 그리고 원한 적도 없는 리틀 피플의 영향력으로부터 도망치기로 작정한다. 만약 그녀와 텐고 가운데 한 명이 도망치면 나머지 한 명은 반드시 죽게 된다는 경고에도 불구하고, 아오마메는 아기를 양육하고 보호하기 위해서는 자기와 텐고 '양쪽 모두'가 반드시 살아남아야 한다고 작정한다. 바로 이 대목에서 그녀는 운명에 대한 믿음을 버리고 자신의 자유의지를 주장한다. "나는 다른 누군가가 원했기 때문에 제조된 수동적인 존재가 아니야." 그녀는 혼잣말을 한다. "나는 스스로의 자유의지로 여기 있기를 선택한 거야." 아오마메의 이런 선언은 곧 부모의 무자비한 열성으로부터의 독립을, 그리고 단단히 통제하던 과거로부터의 단절을 상징한다. 무라카미 소설의 보다 넓은 맥락에서, 이것이야말로 내면의 '이야기'에 대한 재확인이며, 각자의 운명을 결정하는 개인의 권리에 대한 재확인인 것이다.

▶ 종말론을 주장한 신흥종교 옴 진리교의 신자들. 1990년 7월 20일, 일본 구마모토 현 나미노 촌 소재의 임시 시설에 머무는 모습이다.

우밍이WU MING-YI

겹눈 달린 사람

THE MAN WITH THE COMPOUND EYES(2011)

민담에서 영감을 받은 이 환상소설에서는 자신의 운명에 저항하기로 작정한 소년의 이야기가 정치적 · 환경적으로 위기에 처한 현실과 평행하여 펼쳐진다.

이 소설의 표준 중국어 초판본은 2011년 하일출판사에서 간행되었다. 위의 판본은 2016년에 신경전문화 출판사에서 간행된 것이다.

우밍이는 나비에 관한 논픽션 『잃어버린 나비의 책』(2000)과 『나비의 도』(2003)를 저술하고 디자인과 삽화도 직접 담당한 것으로 유명하다.

우밍이(鳴明益, 1971-)는 여러 가지 재능을 지닌 인물이고, 자신의 창조적 관심을 글쓰기와 회화와 사진 등 여러 분야로 돌린 바 있다. 직업상으로도 그는 상당히 다양한 면모를 지녔다. 그는 타이완의 화롄 소재 국립동화대학에서 문학 및 창작을 가르치고, 인시류鱗翅類에 관한 책을 썼으며, 환경보호 운동가로서도 지칠 줄 모르고 대중의 관심을 촉구하고 있다. 바로 이런 생태학에 대한 관심의 결과로 그는 근미래의 타이완을 무대로 한 환경 재난 소설이며 메타픽션 우화인 『겹눈 달린 사람複眼人』(2011)을 쓰게 되었다.

무라카미 하루키(298쪽 참고)와 데이비드 미첼(288쪽 참고)과 유사하게 우밍이는 냉엄한 현실과 풍부하게 묘사된 환상을 결합시켰다. 말레이시아의 작가 겸 비평가 타시 오의 고찰처럼, 그의 소설은 "분방한 상상력의 벼랑 위를 맴돌고 나서, 타이완의 동물군과 포경업에 관한 세부적인 내용으로 들어간다". 여기서 묘사되는 환경 재난은 인위 개변에 의한 것이며 무척이나 사실적이다. '태평양 거대 쓰레기 소용돌이'를 형성하는 플라스틱 폐기물이(비록 정확한 면적을 알아내기는 힘들지만, 환경보호주의자들은 이 거대한 찌꺼기와 부스러기 소용돌이의 넓이가 70만 제곱킬로미터에 달한다고 추정한다) 거대한 산이 되어 떠다니다가 타이완의 동부 연안에 상륙해서 수백 킬로미터에 달하는 해변을 망쳐놓는다. 이를 청소하기 위한 자원봉사자 다후와 하파는 이 섬의 원주민으로서, 전기와 쓰레기 없는 생활 방식을 배워서 다른 사람들에게 가르친다. 독일인 지질학자 데틀레프와 쓰레기 쓰나미의 생태적 충격을 연구하는 노르웨이인 해양생물학자 사라도 이들의 친구로 등장한다. 이런 개별 주인공의 이야기가 점차 뒤얽히면서 환경보호주의적 집단 행위의 서사를 형성한다.

재난을 통해서 상상과 현실도 서로 뒤얽히고, 가상의 폴리네시아 산호섬 와요와요의 주민 아틸레이도 이야기에 섞여든다. 와요와요는 워낙 자원이 부족하기 때문에, 섬 주민들은 가족 규모를 극단적으로 제한하며, 그리하여 아틸레이 같은 둘째 아들은 15세가 되면 반드시 바다로 내보내 해신에게 제물로 바쳐야 한다. 하지만 아틸레이는 자신의 운명에 저항하기로 작정하고, 사상 최초로 이 도태에서 생존한 사람이 된다. 고향 섬을 떠난 지 얼마 되지 않아서 그는 고래 떼를 발견하는데, 이들

▲ 표준 중국어 판본에는 소설 줄거리에 걸맞게 환상적인 장유란의 삽화가 들어 있다.

은 지금까지 바다에서 죽은 모든 둘째 아들들의 영혼의 화신이었다. 하지만 아틸레이는 이들과 합류하는 대신 떠다니는 거대한 산에 뒤엉키게 되고, 머지않아 바다에 휩쓸려 수톤의 폐기물과 함께 타이완의 동부 해안에 상륙한다. 거기서 그는 앨리스와 만나 산으로 향하는데, 그녀는 덴마크인 남편 톰과 아들 토토가 등산과 곤충 채집 여행 중에 실종되었다고 믿어 의심치 않는다.

톰과 토토에게는 무슨 일이 벌어진 걸까? 그건 어디까지나 '겹눈 달린 사람'만이 아는 일로 보인다. 독자가 이에 관해서 아는 정보라고는, 절벽 아래에서 쓰러져 죽어가는 톰이 그와 나눈 대화의 내용뿐이다. 겹눈 달린 사람은 집단적 시야 안에 들어 있는 개별적 관점의 상징으로서 이해될 수 있다. 그의 눈은 마치 곤충의 눈처럼 작은 눈들이 일종의 비디오 모자이크를 이룬 형태이며, 그리하여 자연의 초월적인 이미지를 형성한다. 겹눈 달린 사람은 독자에게 잠시 옆으로 비껴 서라고, 그리하여 비非인간의 눈으로 세계를 바라보라고 독려하기 위해 존재한다.

나중에야 우리는 토토가 쓰레기 쓰나미가 일어나기 4년 전에 뱀에 물려 사망했음을 알게 되고, 곤충 채집 여행 이야기는 외아들을 잃어버린 외상을 극복하기 위해 앨리스가 꾸며낸 것임을 알게 된다. 그녀는 자기가 『겹눈 달린 사람』이라는 소설을 쓰고 있다고 아틸레이에게 말해주는데, 그렇게 함으로써 자기야말로 이 소설의 여러 이야기 가닥을 하나로 엮어낸 사람임을, 즉 현실과 예측을 이야기에 투사하여 세계 속의 세계에 대해 반성하고 굴절시키는 상상력의 힘에 관한 메타픽션적 우화를 그린 장본인임을 독자에게 드러낸다.

앤 레키 ANN LECKIE

라드츠 3부작

THE IMPERIAL RADCH TRILOGY(2013-2015)

첫 번째 권부터 주목할 만한 데뷔작으로 간주되어 그해에 주요 과학소설상을 모조리 휩쓴 라드츠 3부작은 젠더와 섹슈얼리티에 관해서 상당히 인상적인 태도를 취하는 작품이다.

이 소설의 초판본은 2013년부터 2015년까지 오빗 출판사에서 간행되었다.

『사소한 정의』는 레키의 라드츠 3부작 가운데 첫 번째였고, 이후 『사소한 칼』(2014)과 『사소한 자비』(2015)가 나왔다.

『사소한 정의』는 2014년 장편 부문 휴고 상, 네뷸러 상, 아서 C. 클라크 상, BSFA 상을 모두 수상했다.

세계 각지의 독자들이 라드츠인 및 보조체 등장인물에 관한 팬아트를 무수히 많이 만들었다. 흥미로운 사실은 대부분의 팬아트가 브렉과 아난더 미아나이와 기타 등장인물을 양성적인, 또는 성별이 모호한 모습으로 묘사했다는 점이다.

앤 레키(1966-)는 미주리 주 세인트루이스에서 보낸 유년 시절 내내 과학소설과 환상소설을 읽었지만, 1996년과 2000년에 아이를 낳고 나서야 비로소 개념상으로 야심만만한 라드츠 3부작을 쓰기 시작할 동기를 발견하게 되었다. 이 시리즈는 성별 구분 없는 은하 제국이 내전 직전의 상황에 처한 가운데, 인간의 몸에 갇힌 인공지능의 이야기를 펼쳐 보인다. 이 3부작은 이언 M. 뱅크스의 컬쳐 시리즈의 스페이스 오페라적 면모에다가, 어슐러 K. 르 귄의 대표작들에서 확인할 수 있는 사회적 동물로서의 인간에 관한 심도 깊은 탐구를 결합시켰다. 레키의 작품은 양쪽 모두와의 비교가 불가피하지만, 특유의 이야기 솜씨 덕분에 젠더와 섹슈얼리티에 관한 태도는 단순한 장치 이상의 뭔가가 되었다.

시리즈 전체에 걸쳐서 성별 관련 부분이 눈에 띄는데, 대개는 그게 '없다'는 사실 때문이다. 이것은 표기법의 특징 때문인데, 페이지마다 '그녀she'가 중성 전칭 대명사로 사용되는 점이 그렇다. 영어에서 '그녀'는 사실상 결코 중성 대명사가 될 수 없다. 반면 '그he'는 여전히 '남성, 그리고 잠시 생각해본 후에, 여성도' 의미하는 대명사로 사용된다. 즉 '그녀'는 특칭이지만, '그'는 전칭인 것이다.

하지만 이 시리즈의 서사는 성별에 관한 것이 아니다. 이 시리즈가 서술 방식에서 새로운 장을 연 이유는 성별 이분법에 관한 내용이 아니기 때문이다. 주인공이며 1인칭 화자인 브렉에게는 성별이 전혀 고려의 대상이 아닌데, 왜냐하면 브렉은 일찍이 '음경 달린 사람과 안 달린 사람'의 차이를 뚜렷이 구분하지 않았던 제국 문명에서 건조되어 2000년간 사용한 전함에 탑재된 의식의 단편이기 때문이다. 독자는 외부자의 눈을 통해서 실험적인 과학소설을 상당량 경험하지만, 브렉은 말 그대로 정복을 거듭해온 제국 라드츠의 기계의 일부분이다.

레키는 전제군주 '미아나이'의 분신들이 벌이는 다툼의 한가운데에 독자를 뚝 떨어트려 놓는다. 미아나이는 스스로를 복제하고 여러 개의 신체에 자기 의식을 나누어놓아서 서로를 적대할 수 있게 만든다. 이 시리즈는 정체성이라는 친숙한 문제를 솜씨 좋게 파고드는 동시에, 휘황찬란한 제국과 식민화와 정복이라는 소재를 은하 규모에서 보여준다. 이 세계의 생경함 그 자체는(예를 들어 도자기에 대한 집착이며, 맨손을 공공장소에서 드러내지 않는 것 같은 라드츠 시민들의 관습에서부터

▲ 라드츠 3부작의 표지화는 화가 존 해리스의 커다란 그림을 세 부분으로 나눠서 사용했다.

탈성별, 탈인간 애정 관계에 이르는 구체적인 외삽은) 그 끝없는 친숙함과 확연히 대조된다. 즉 이 세계에도 여전히 정복자와 피정복자, 누군가와의 동침과 사회규범에 대한 존중, 부모와의 갈등과 이웃 사이의 평판 등이 있기 때문이다.

브렉에게는 체화가 곧 외상이자 드라마이다. 브렉은 파괴된 전함의 인간 보조체 가운데 맨 마지막 생존자이며, 연약한 인체에 갇히게 된 생경함 때문에 정작 자신의(또는 다른 누군가의) 신체의 성기 관련 세부 사항에 관해서 생각할 시간이 거의 없다시피 하다. 친숙한 지표도 없는 상태에서, 브렉과 전우들은 여전히 전쟁을 수행하고, 사랑에 빠지고, 서로를 배신하고 또 구출하며, 정복과 사회정의의 복잡성을 붙들고 씨름한다. 이것이야말로 라드츠 시리즈의 핵심에 놓인 진정한 경이이다. 즉 좋은 이야기에는 성별 그 자체가 필수적이지 않음을 예증한 것이다.

다른 무엇보다도 레키의 3부작은 재미있다. 이것이야말로 고전적이고 쾌활한 스페이스 오페라이다. 브렉은 여러 가지 면에서 과학소설에 친숙한 영웅적인 군인 겸 주인공이 될 수 있다. 즉 그녀는 용감하고, 매우 도덕적이고, 갈등하고, 외계인 대사를 만나는 과정에서 자기가 속한 체제의 야만성에 저항하지 않을 수 없는 입장에 놓이고, 문을 걷어차 열고, 적의 함선을 향해 미사일을 발사한다. 그녀는 성별에 의해 한정되거나 규정되지 않은 상태에서도 이 모두를, 나아가 더 많은 것을 할 수 있었다. 바로 이것이야말로 라드츠 시리즈가 우리 시대의 이야기인 이유이다.

응네디 오코라포르NNEDI OKORAFOR

석호

LAGOON(2014)

외계인 침공 이전과 도중과 이후의 라고스에 관한 오코라포르의 서술은 오늘날의 나이지리아에 관한 통렬한 주석인 동시에 속도감 있는 미래 모험담이다.

이 소설의 초판본은 2014년 호더 앤드 스터튼 출판사에서 간행되었다.

이 소설의 제목은 원래 『라고스Lagos』였지만 결국에는 『석호Lagoon』로 바뀌었다. 한편으로는 제목과 관련한 논란의 여지를 피하기 위해서였고, 또 한편으로는 작품 내내 물의 존재가 중요하게 다뤄지는 점을 부각하기 위해서였다.

그런데 포르투갈어 '라고스Lagos'도 원래는 '석호潟湖'라는 뜻이다. 15세기에 이곳을 방문한 포르투갈인이 그런 이름을 붙여주었고, 훗날 그 명칭이 영어로 번역되어 반복되며 '라고스 석호Lagos Lagoon'가 되었다.

과학소설은 오랫동안 순전히 서양의 장르로 간주되어 왔다. 응네디 오코라포르(1974-) 본인의 지적처럼, 아프리카 독자라고 하면 기술이 지배적인 소설보다는 오히려 사실에 기반한 소설에 더 많은 관심을 가지리라는 통념이 불필요하게 만연해 있는 것이다. 그러다 보니 작가와 출판사 모두 이와 같은 종류의 작품을 만들어 내는 데 소극적이 되었고, 독자 역시 이런 작품에 적대적이 되고 말았다. 네뷸러 상 블로그에 올린 글에서 그녀는 이렇게 말했다.

> 서양 독자가 소비하는 데 익숙한 내용과는 다른, 진정한 아프리카 과학소설을 쓰고, 영화화하고, 무엇보다도 구입할 수 있게 해야 합니다. (……) '사회 비평과 변화를 위한 도구로서의 예술' 개념과 오락 개념을 의도적으로 조합해야 할 것입니다. 이야기를 끌고 나가는 기술, 문화 변동, 정서, 관심사, 등장인물, 화법 등이 무엇보다도 아프리카 특유의 것이 되어야만 합니다. 친숙하지 않은 것과 함께 친숙한 것이 반드시 와야만 합니다. (……) 점진적 향상으로 말입니다. 속삭임에서 고함이 되는 겁니다. 한밤중에 유령같이 나타난 여자에서 시작해서, 나이지리아의 이모 주州 한가운데서 외계인의 전면적인 침공이 벌어지는데, 이를 저지할 사람은 평소 현실에 불만을 가진 바나나칩 판매상 추크우디 혼자뿐인 상황이 되는 겁니다.

이 소설을 이해하기 위해서는 이런 배경을 아는 것이 필수적이다. 왜냐하면 이 인터뷰 직후에 집필한 이 작품은, 닐 블롬캠프의 2009년 남아프리카 SF겸 외계인 침공 스릴러 『디스트릭트 9』에 등장한 나이지리아와 나이지리아인에 대한 모욕적인 묘사에 대한 비판인 동시에 항의이기 때문이다. 어떻게 해야만 한 가지 흥미롭고도 역동적인(아울러 외계인 침공 같은 놀라운 일이 일어날 만큼 충분히 중요한) 장소를 통해서 아프리카에 대한 부정적인 인식을 바꿔놓을 수 있을까? 어떻게 해야만 독자가 이를 받아들일 수 있을까?

『석호』의 줄거리는 공연을 마치고 산책 중인 가나 출신의 힙합 가수 앤서니, 코피가 터진 나이지리아 군인 아구, 가정 폭력 문제를 겪는 해양생물학자 아다오라, 이렇게 세 사람이 라고스를 겨냥한 외계인 침공이 시작되는 바로 그 순간에 바 해안

▲ 나이지리아의 라고스 석호 가장자리에 자리한 판자촌 마코코의 수상 주택.

에서 서로 만나는 것으로 시작된다. 곧이어 세 사람이 큰물에 휩쓸려 납치되었다가 결국에 가서는 풀려나는 과정에서, 이들 각자의 삶을 뒤집어놓을 뿐만 아니라 온 나라와 각 지역에 사는 모두의 삶을 뒤집어놓는 사건들이 마치 롤러코스터 같은 줄거리로 펼쳐지면서, 이미 혼돈으로 정의되는 장소에 더 창조적인 무질서를 더한다.

하지만 왜 하필 라고스일까? 저자는 차라리 '안 될 이유가 있는가?' 하고 묻기를 권한다. 이곳은 나이지리아에서 인구가 가장 많은 도시일 뿐만 아니라, 전 세계에서 가장 큰 도시 가운데 하나이다. 인간과 콘크리트와 아스팔트로 이루어진 국제적인 난개발 지역인 동시에, 한때는 나이지리아의 수도이기도 했다. 소설의 주된 배경이 되는 바 해안은 이 나라에서 가장 유명한 대서양으로의 출구이며, 그 앞에는 중상류층 나이지리아인이 사는 개인 소유의 고층 빌딩이 즐비하다. 또 이곳에는 그곳 사회의 밑바닥 계층의 모습도 볼 수 있는데, 매춘부, 경찰의 끄나풀, 종교 사기꾼, 이단자, 보안 요원 등이 그들이다. 1970년대와 1980년대의 군사정권은 사형 판결을 받은 강도를 이 해안에서 공개 처형하기도 했다. 기괴한 역사와 저 해안지가 제공하는 사회적 배경막의 조합에다가, 형체를 바꾸는 외계인 방문객의 활동과 의도와 태도가 곁들어지면서, 이 소설은 처음부터 끝까지 줄곧 흥미를 자극한다.

하지만 『석호』는 단순히 교훈적인 간섭과 항의에 불과한 것만이 아니다. 오히려 저자는 사실적인 인물과 언어(나이지리아인이 아닌 독자는 불가피하게 고생할 수도 있다. 이 작품에 사용된 피진 영어는 포르투갈어와 영어에다가 나이지리아의 여러 토착 언어가 오랜 세월 상호작용하여 형성된 크리올어이기 때문이다), 다양한 범주의 목소리와 시각, 뛰어난 글솜씨, 그리고 작가의 강력한 상상력을 통해 속도감 있고 긴장감 넘치는 내용으로 아름답게 엮어냈다. 작가에게는 나이지리아야말로 현실적이고 의식적인 실체이자 고향일 뿐만 아니라, 풍요로운 환상의 나라였기 때문이다.

살만 루슈디SALMAN RUSHDIE

2년 8개월 28일 야화

TWO YEARS EIGHT MONTHS AND TWENTY-EIGHT NIGHTS(2015)

반半환상, 반半보도 방식으로 오늘날의 전 지구적 혼돈을 묘파한 살만 루슈디의 이 작품에서는 악의적인 진 하나가 페리스탄을 벗어나 인간사에 간섭한다.

이 소설의 초판본은 2015년 미국 랜덤하우스와 영국 조너선 케이프에서 간행되었다.

이란의 아야톨라 호메이니는 1988년에 루슈디의 소설 『악마의 시』가 간행되자 그를 처형하라는 판결, 즉 파트와를 선포한 것으로 유명하다. 급기야 수많은 살해 협박과 암살 시도 끝에 저자는 1년 동안 숨어 지낼 수밖에 없었다.

'두니아Dunya'는 아랍어로 '세계'라는 뜻이며 훗날 페르시아어, 터키어, 우르두어, 힌디어 등으로도 스며들었다. 이 단어는 특히 영적 세계나 저승에 반대되는 일시적인 세계를 가리킨다.

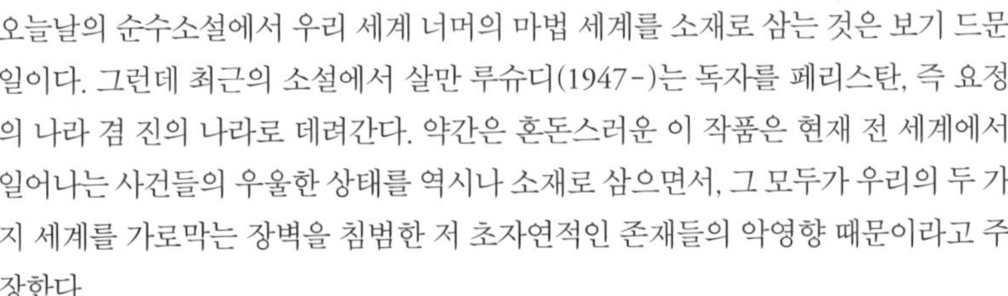
오늘날의 순수소설에서 우리 세계 너머의 마법 세계를 소재로 삼는 것은 보기 드문 일이다. 그런데 최근의 소설에서 살만 루슈디(1947-)는 독자를 페리스탄, 즉 요정의 나라 겸 진의 나라로 데려간다. 약간은 혼돈스러운 이 작품은 현재 전 세계에서 일어나는 사건들의 우울한 상태를 역시나 소재로 삼으면서, 그 모두가 우리의 두 가지 세계를 가로막는 장벽을 침범한 저 초자연적인 존재들의 악영향 때문이라고 주장한다.

이 소설은 중세 에스파냐의 이른바 '공존' 시기에서 시작되는데, 이때에는 무슬림 치하에서 일신교 신앙을 가진 사람들이 그럭저럭 조화롭게 살아갔다. 위대한 합리주의 무슬림 철학자 이븐 루슈드는(유럽에서는 '아베로에스'라는 이름으로 알려져 있다) 선배 철학자 알 가잘리가 내놓은 반反철학적 장광설에 대한 반박서를 쓰고 있었는데, 당시에는 종교적 광신주의가 대두하는 상황이다 보니 이븐 루슈드의 아리스토텔레스 철학 선전에 대해서도 회의적인 시각이 지배적이었다. 어느 날 지니아 한 명이(즉 '두니아'라는 이름의 진 공주가) 그의 집을 찾아온다. 두니아는 페리스탄을 떠나 인간 세계에 몰래 왔으며, 급기야 이븐 루슈드의 침대 안으로 들어온다. 결국 둘은 두니아자트라는 인종을 만들어내게 되는데, 이들은 귓불이 없는 동시에 약간의 마법 능력을 지니고 있었다.

저자는 이 소설에서도 이슬람교 문화의 전통을 멋지게 사용한다. 진은 『코란』에서도 언급된 바 있었고, 이슬람교의 교리와 민간전승과 예술 및 문학작품에서 널리 이용되는 소재이다. 이들은 연기와 불로 이루어졌지만, 물리적 실체를 취할 수도 있다. 이들은 일종의 평행 세계에서 살지만, 인간사에 종종 관여하면서 대개는 불운을 야기한다. 이 소설을 비롯해서 이들에 관한 묘사는 무시무시한 것에서부터 무기력한 것에 이르기까지 다양하다.

환경적 혼란, 부패, 광신주의가 인간 세계를 어둠의 시기로 몰아넣을 때마다, 우리는 이븐 루슈드와 두니아의 현존 후손들을 만나게 된다. 우리가 알게 된 바에 따르면, 현대의 격변 또는 '기이함'은 모두 진이(그것도 권력욕에 불타고 폭력에 집착하는 사악한 진이) 인간 세계에 간섭하고 나선 결과이다. 나쁜 진들에게 죽임을 당한 아버지의 복수를 위해 인간 세계로 돌아온 두니아는 후손들을 불러 모아 전투

▲ 12세기의 학자 겸 철학자 이븐 루슈드(아베로에스)가 그 사상의 무모함을 이유로 이슬람 신학자들에게 단죄받는 장면을 묘사한 19세기 동판화.

를 벌인다. 친절한 정원사 제로니모, 불운한 만화가 지미 카푸르, 노파 테레사 사카 등이 대표적인 인물들이며, 그 외에 잠깐 나오거나 스쳐 지나가는 인물도 상당히 많다. 주인공들은 '진 기생충'에 맞서 싸워야 하는데, 그놈들이 군중 사이에 풀려나면서 야기한 공포는 신문 헤드라인에서 곧바로 확인할 수 있다. 즉 '마이애미에서 사람 얼굴을 먹어치운' 것은 물론이고, '사막에서 여성을 돌로 쳐 죽인' 것이며 '운항 중인 여객기에서 승객을 향해 총격'을 가하기까지 한다. 인간 세계는 진이 벌이는 혼돈에 특히나 취약한 것으로 드러난다. "진이 우리의 조상들에게 풀어놓은 광기는 모든 인간의 가슴 안에서 기다리던 바로 그 광기였다." 화자의 말이다.

이 소설은 낙관적인 분위기로 끝난다. 즉 화자는 자기가 그로부터 수천 년 뒤에 이 글을 쓰고 있음을 밝힌 다음, 그 즈음에는 '인간이 그 분별력을 되찾고, 질서와 예절이 모든 곳에서 회복되고, 경제가 기능하기 시작하고, 농작물이 수확되고, 공장의 바퀴가 돌아가게' 되었다고 말한다. 아울러 '저 케케묵고 소멸된 신앙 체계'에는 아무도 '속지' 않는다고 말한다. 가장 중요한 점은 두니아가 페리스탄과 인간 세계 사이의 틈새를 막아버려서, 재난이 발생할 가능성을 없앴다는 것이었다. 하지만 이 계몽된 시대에도 인간은 일찍이 1001일 동안 활기를 드러냈던 저 골칫거리인 마법을 때때로 열망한다는 것이 이 소설의 결론이다.

공저자 약력

로라 밀러LAURA MILLER – 책임 편집인
뉴욕에서 활동 중인 언론인 겸 비평가. '살롱닷컴'의 공동 창립자로 20년 동안 편집자 겸 기고자로 활동했고, 현재 '슬레이트'의 도서 및 문화 칼럼니스트이다. 『뉴요커』, 『하퍼스』, 『가디언』 등 여러 매체에 기고했으며, 특히 『뉴욕 타임스 북 리뷰』에 '마지막 말'이라는 제하의 칼럼을 2년간 연재했다. 저서로는 『마법사의 책: 회의주의자의 나니아 모험』(2008)이 있고, 편저로는 『살롱닷컴 현대 작가 독서 지침서』(2000)가 있다.
178쪽

제스 배티스JES BATTIS
『왕좌의 게임 따라잡기』(2015)의 공동 편집자이며, 오컬트 특수 수사관 시리즈와 베일리 커닝엄이라는 필명을 사용한 패럴랠 파크스 시리즈의 저자이다. 밴쿠버 소재 콴틀런 폴리테크닉 대학의 영문학과에 재직 중이다. 중세 및 18세기 문학이 주 전공이고, 대중문화와 LGBTQ 역사에도 관심이 있다.
264쪽

로런스 배터스비LAWRENCE BATTERSBY
스코틀랜드의 프리랜스 작가로 20년간 파리에 거주 중이다. 배터스비는 단편소설과 시를 비롯한 여러 가지 장르의 글을 쓰고 있으며, 최근 19세기 에스파냐를 배경으로 한 역사소설을 탈고했다.
60쪽

매슈 체니MATTHEW CHENEY
『피: 단편집』(2016)의 저자이며, 새뮤얼 R. 딜레이니를 비롯한 여러 작가에 관한 학술 연구를 수행했다. 현재 뉴햄프셔 대학에서 박사과정 재학 중이다.
196, 220쪽

노엘 슈발리어NOEL CHEVALIER
서스캐처원 주 레지나 대학 산하 루터 칼리지의 조교수이다. 강의 및 연구 관심사로는 성서에 대한 문학적 반응, 그리고 18세기 해적에 관한 문학적 묘사 등이 있다.
70쪽

존 클루트JOHN CLUTE
캐나다의 과학소설 및 환상소설 비평가로 현재는 영국에서 활동 중이다. 클루트의 소설 『애플시드』는 2002년 『뉴욕 타임스』에서 '주목할 만한 책'으로 선정되었다. 현재 『과학소설 백과사전』 제3판을 작업 중이다.
214쪽

게리 돌킨GARY DALKIN
영국에서 활동 중인 작가 겸 편집자. 아서 C. 클라크 상의 심사위원을 역임했고, 국제 뉴미디어 저술상의 창설자이기도 하며, 『라이팅 매거진』, 『어메이징 스토리즈』, 『쇼어라인 오브 인피니티』 등에 기고했다. 최근의 편집 작업물로는 앤드루 데이비드 바커의 『죽은 잎사귀』, 그리고 『불가능한 식물학』이라는 선집이 있다.
124, 184, 216, 258쪽

리처드 얼리히RICHARD ERLICH
2006년 은퇴하여 오하이오 주 마이애미 대학의 영문학 담당 명예교수로 있다. 얼리히는 어슐러 K. 르 귄의 작품에 관한 학술 연구로 유명하다.
28, 174쪽

피터 피팅PETER FITTING
토론토 대학의 프랑스학 및 영화학 담당 명예교수이다. 피팅은 과학소설, 환상소설, 유토피아에 관한 다수의 논문을 집필했다. 저서로는 『지하 세계: 비평판 선집』(2004)이 있다.
78쪽

앤드루 R. 조지ANDREW R. GEORGE
조지는 런던 대학 산하 SOAS(동양 아프리카 연구원)의 바빌로니아어 담당 교수로 아카드어와 수메르어를 가르친다. 저서로는 『바빌로니아의 길가메시 서사시: 해설, 본문 비평, 쐐기문자 텍스트』(2003)가 있고, 『길가메시 서사시』(2000) 번역으로 상을 받았다.
16쪽

레브 그로스먼LEV GROSSMAN
언론인 겸 소설가이며, 『타임』의 도서 평론가로 활동 중이다. 『뉴욕 타임스』에서는 그를 가리켜 "미국에서 가장 명석하고 가장 믿을 만한 비평가 가운데 한 명"이라고 말한 바 있다. 소설로는 『워프』, 『코덱스』, 『마법사들』, 『마법사 왕』, 『마법사의 땅』 등이 있다.
268쪽

메리 해밀턴MARY HAMILTON
게임 디자이너 겸 『가디언』의 독자 담당 실무 편집자이다. 해밀턴은 스스로를 이야기꾼, 작가, 그리고 뉴스 중독자로 묘사한다.
282쪽

로버트 홀든ROBERT HOLDEN
오스트레일리아에서 활동하는 강사 겸 큐레이터 겸 역사가로 30권 이상의 저서가 있다. 홀든은 오스트레일리아 의회 산하 문학위원회상을 받았고, 미첼 도서관 연구 기금 수혜자이며, 오스트레일리아의 여러 학술 대회와 옥스퍼드 및 케임브리지 대학에서 강연한 바 있다.
136쪽

닉 홀드스톡NICK HOLDSTOCK
에든버러에서 활동하는 소설가 겸 에세이 작가이다. 홀드스톡의 저서로는 중국 신장 성의 생활에 관한 연구서 『피 흘리는 나무: 변경의 위구르 마을』(2011), 논픽션 『중국의 잊힌 사람들』(2015), 소설 『희생자들』(2015) 등이 있다.
222쪽

캣 하워드KAT HOWARD
캣 하워드는 미국 뉴햄프셔 주에 살고 있다. 단편소설로 세계 환상 문학상 후보에 올랐고, 여러 권의 선집을 편저하고, NPR에 출연했다. 데뷔 소설 『장미와 고사枯死』를 2016년에 간행했다.
262, 286쪽

마야 재기MAYA JAGGI
수상 경력을 보유한 문화 전문 언론인 겸 문학 평론가 겸 축제 기획자로 런던에서 활동 중이다. 10년 동안 『가디언』에서 예술 분야의 장문 인터뷰 기사를 작성했다. 2012년에 '국제적 글쓰기의 지도를 확장시킨' 공로로 영국 오픈 대학에서 명예박사 학위를 받았다. 옥스퍼드 대학과 런던 경제대학에서 학위를 받았고, 여러 국제 문학상의 심사위원을 역임했다.
292쪽

리디아 키슬링LYDIA KIESLING
샌프란시스코에서 활동 중인 작가이며, 문학 웹사이트 '밀리언스'의 편집자이다. 미국 도서 비평가 협회 소속이며 『가디언』, 『뉴욕 타임스 매거진』, '슬레이트', '살롱닷컴' 등 여러 매체에 기고했다.
308쪽

폴 킨케이드PAUL KINCAID
폴 킨케이드는 토머스 클레어슨 상과 영국 과학소설 협회 선정 최고 논픽션 상을 수상했다. 저서로는 에세이집 두 권이 있고, 최근 이언 M. 뱅크스에 관한 책을 탈고하여 일리노이 대학 출판부에서 간행할 예정이다.
252쪽

레예스 라사로REYES LÁZARO
매사추세츠 주의 스미스 칼리지의 에스파냐어 및 포르투갈어 담당 조교수이다. 라사로는 에스파냐 빌바오 소재 데우스토 대학에서 철학으로 학사, 매사추세츠 대학 애머스트 캠퍼스에서 철학으로 석사, 에스파냐어 및 포르투갈어로 박사학위를 취득했다.
62, 254쪽

앤 모건ANN MORGAN
런던 출신의 작가 겸 편집자이다. 모건의 첫 저서 『세계를 읽다: 문학 탐험가의 고백』(2015)은 1년 동안 지구상 모든 국가의 책을 읽어보려는 프로젝트에서 생겨난 결과물이다. 데뷔 소설 『정신착란』은 2016년 1월에 간행되었다.
156, 224쪽

마베시 무라드MAHVESH MURAD
파키스탄 카라치 출신의 도서 비평가 겸 편집자. 무라드는 '토르닷컴'의 인터뷰 팟캐스트 〈카라치의 한밤중〉의 진행자이며, 『에이펙스 세계 SF 선집 4권』의 편저자이다.
206, 208, 226쪽

조너선 뉴웰JONATHAN NEWELL
브리티시컬럼비아 대학에서 영문학 박사과정 재학 중이며, 전공 분야는 괴기소설이다. 『공포소설 연구』, 『과학소설 연구』, 『고딕소설 연구』 등의 학술지에 차이나 미에빌과 조지 R. R. 마틴 등에 관한 논문을 발표했다.
276쪽

제프 누노카와JEFF NUNOKAWA
뉴저지 주 프린스턴 대학 영문학 담당 교수이다. 누노카와는 19세기 문학에 관한 광범위한 글을 발표했으며, 저서로는 『재산의 사후생』(1994), 『와일드의 유순한 격정: 관리 가능한 욕망의 형식들』(2003)이 있다. 가장 최근의 프로젝트는 페이스북에 올린 글을 엮은 『노트북』이다.
198쪽

애버게일 누스바움ABIGAIL NUSSBAUM
이스라엘에서 활동 중인 칼럼니스트 겸 도서 비평가이다. 『프로그레시브 스캔』에 칼럼을 기고했으며, 4년간 『스트레인지 호라이즌스』의 서평 담당 편집자로 일했다. 『과학소설 대백과』 제3판의 공저자이며, 최근 영국 과학소설 협회상 후보로 올랐다.
166, 256쪽

마거릿 J. 오크스MARGARET J. OAKES
사우스캐롤라이나 주 퍼먼 대학의 영문학 담당 교수이며, 공저서로는 『해리 포터 읽기』(2003)와 『해리 포터 다시 읽기』(2009)가 있다. 오크스의 연구 관심 분야는 현대 초기 영국 시와 아동 환상 문학이다.
272쪽

로리 페니LAURIE PENNY
칼럼니스트 겸 작가로 하버드 대학 니먼 특별 연구원이며, 『뉴 스테이츠먼』의 객원 편집자이다. 페니는 『가디언』과 『뉴 스테이츠먼』에 기고했으며, 저서로는 『말할 수 없는 것들』(2014), 『사이버성차별주의』(2013), 『고기 시장: 자본주의하에서 여성의 신체』(2011) 등이 있다.
304쪽

앤드루 H. 플락스ANDREW H. PLAKS
문학비평가 겸 연구자로 중국 및 일본의 고전 문학이 관심 분야이다. 플락스는 뉴저지 주 프린스턴 대학 교수를 지냈고, 현재는 예루살렘 히브리 대학에서 강의하고 있다.
58쪽

에릭 래브킨ERIC RABKIN
미시간 대학의 영어영문학 담당 명예교수이며 전공 분야는 환상 문학 및 과학소설 등이다.
164, 260쪽

애덤 로버츠ADAM ROBERTS
영국의 과학소설 작가이며 런던 대학 로열 홀러웨이 캠퍼스의 19세기 문학 담당 교수이다.
138, 194, 204, 232, 296쪽

데이비드 시드DAVID SEED
리버풀 대학의 영문학 교수이다. 시드의 전공 분야는 과학소설, 냉전 문화, 첩보소설, 그리고 소설과 영화의 상호 접촉 등이다.
162쪽

톰 시피TOM SHIPPEY
세인트루이스 대학 명예교수이며 저서로는 『미들어스로 가는 길』(제4증보판, 1982-2004), 『베오울프: 비평적 유산』(1998), 『어둠 속의 존재』(2005), 『냉정한 독서: 과학소설에서 배운다』(2016) 등이 있다. 현재 『월 스트리트 저널』에서 환상소설 및 과학소설 서평을 기고하고 있다.
18, 22, 30, 34, 36, 40, 44, 48, 52, 54, 64, 68, 74, 96, 188쪽

재러드 슈린JARED SHURIN
미라부터 디킨스에 이르는 다양한 소재에 관한 열댓 권의 선집을 편저했다. 셜리 잭슨 상과 휴고 상의 최종 후보까지 올랐으며, 영국 환상소설상의 논픽션 부문에서 2회 수상 경력이 있다. 또한 대중문화 웹사이트인 '포르노키치'의 편집자이기도 하다.
210, 218, 244쪽

샤론 시버SHARON SIEBER
아이다호 주립 대학의 에스파냐어 담당 교수이다. 시버의 연구 분야는 라틴아메리카 및 20세기 에스파냐 문학이다.
192쪽

제임스 스미시JAMES SMYTHE
런던에서 활동 중인 소설가 겸 창작 교사이다. 스미시는『가디언』의 정기적인 기고자이며, 소설로는『증언』,『탐험가』,『기계』, 그리고 오스트레일리아 3부작 등이 있다.
238, 288쪽

모린 스펠러MAUREEN SPELLER
과학소설 및 환상소설 비평가 겸 서평가이다. 스펠러는『스트레인지 호라이즌스』의 선임 서평 편집자이며,『파운데이션: 국제 과학소설 평론』의 부편집자이다.
240, 284쪽

대릴 스터크DARRYL STERK
국립 타이완 대학의 번역학 조교수이며, 전공 분야는 영화와 소설에 나타난 타이완 원주민의 묘사이다.
302쪽

매슈 스트레처MATTHEW STRECHER
도쿄 소재 소피아 대학 인문학부의 일본 문학 담당 교수이다. 스트레처는 현대 일본 문학 전문가이며『무라카미 하루키의 금지된 세계』(2014)를 비롯해 무라카미 하루키에 관한 저서를 여러 권 간행했다.
298쪽

존 서덜랜드JOHN SUTHERLAND
언론인 겸 작가이며, 유니버시티 칼리지 런던의 현대 영어 담당 교수이다. 저서로는『소설 읽는 방법: 이용자 지침서』(2006),『문학의 흥미로운 사실들: 애서가를 위한 잔치』(2008),『마법의 순간: 삶을 바꾼 책, 영화, 음악, 그리고……』(2008)가 있다.『가디언』,『뉴 스테이츠먼』,『런던 리뷰 오브 북스』 등의 정기적인 기고자이다.
80, 82, 88, 94, 100, 104, 106, 108, 110, 116, 130, 132, 140, 212, 290쪽

앤드루 테일러ANDREW TAYLOR
영국에서 활동 중인 프리랜스 작가 겸 언론인이다. 옥스퍼드 대학에서 영문학을 공부했고, 저서로는『하느님의 탈주자: C. M. 더티의 삶』(1999),『시와 시인 간략 안내서』(2011),『상처받은 채 걷다: 버넌 스캐넬의 삶과 시』(2013),『세계를 바꾼 책들』(2014) 등이 있다.
134, 144, 148, 154, 170, 200쪽

콜라 터보선KOLA TUBOSUN
작가 겸 비평가 겸 언어학 교수인 터보선은 최근 아프리카 언어에 관한 에세이 선집을 공동 편저했다.『인터내셔널 리터러리 쿼털리』,『아케 리뷰』,『메이플 트리 리터러리 서플리먼트』 등 여러 간행물에 기고한 바 있다.
306쪽

리사 터틀LISA TUTTLE
리사 터틀은 수상 경력을 보유한 공포소설, 환상소설, 과학소설 작가이다. 소설로는 (조지 R. R. 마틴과 공저한)『윈드헤이븐』과『몽유병자와 염력 절도범의 흥미로운 사건』(2016)이 있다. 논픽션으로는『페미니즘 사전』(1986),『환상소설 및 과학소설 작법』(2001) 등이 있다.
186, 230, 248, 294쪽

벤저민 위디스BENJAMIN WIDISS
위디스는 뉴욕 해밀턴 칼리지에서 문학을 강의한다. 저서로는『모호한 초대: 20세기 미국 문학에서 작가의 영속』(2011)이 있고, 현재는『체화와의 불장난: 현대 서사의 텍스트적 은유와 텍스트적 현존』이라는 논고를 쓰고 있다.
158쪽

찾아보기

도판 판권

저작권이 있는 자료에 관해서는 저작권 보유자를 추적하여 허락을 얻기 위해 최대한 노력했습니다. 혹시 아래의 목록 가운데 오류나 누락이 있다면 사죄드리는 바이며, 수정이 필요한 부분을 알려주시면 향후 이 책의 개정 때에 반영하겠습니다.

Nineteen Eighty-Four by George Orwell (Copyright © George Orwell, 1948) Reprinted by permission of Bill Hamilton as the Literary Executor of the Estate of the Late Sonia Brownell Orwell.

The Bloody Chamber by Angela Carter. Published by Vintage, 2006. Copyright © Angela Carter. Reproduced by permission of the Estate of Angela Carter c/o Rogers, Coleridge & White Ltd., 20 Powis Mews, London W11 1JN

Ace Books, 1984, 244. Alamy Stock Photo: © 2nd Collection 64; © A. T. Willett 164, 165; © AF archive 179, 197, 219, 238, 263, 265, 289; © AF Fotografie 125; © Age Fotostock 255; © Agencja Fotograficzna Caro 298; © Alpha Historica 188; © Artokoloro Quint Lox Limited 56; © Antiques & Collectables 75; © Artepics 23; © Brother Luck 308; © CH Collection 130; © Chronicle 309; © Classic Image 4, 22, 101; © Craig Stennett 252; © DPA Picture Alliance 284; © Everett Collection Historical 174, 184, 186, 204, 216; © Frans Lemmens 307; © Frederick Wood Art 36; © Gary Doak 288; © GL Archive 64, 74; © Granger, NYC. 28, 46, 66, 81, 86, 89, 90, 91, 196; © Heritage Image Partnership Ltd 35, 38, 42, 50, 63, 97, 140; © Ian Dagnall Computing 52; © Interfoto 99,140, 212; © Jaguar 296; © Jeff Morgan 16 240; © Jeremy Sutton-Hibbert 272; © Kathy deWitt 262, 282; © Keystone Pictures USA 293; © Lebrecht Music and Arts Photo Library 76, 83, 102, 103; © Liam White / Alamy Stock Photo 226; © Liszt Collection 41; © Marco Destefanis 292; © Mary Evans Picture Library 53, 59, 60, 71, 157; © Moviestore collection Ltd 115; © Painting 27, 40; © Pako Mera 258; © Peter Barritt 95; © Photos 12 131; © Pictorial Press Ltd 80, 85, 87, 111, 117, 119, 144, 158, 164, 175, 209, 261; © Picture Library 31; © Prisma Archivio 168, 228; © Shaun Higson 248; © SOTK2011 231; © Steve Taylor ARPS 128; © The National Trust Photo Library 291; © Walker Art Library 122; © WENN Ltd 218, 264, 294; © World History Archive 25, 187; © ZUMA Press, Inc. 193, 232, 244, 273. Bridgeman Art Library: © Birmingham Museums and Art Gallery / Bridgeman Images 45; © Gallery Oldham, UK / Bridgeman Images 20; © Royal Library, Copenhagen, Denmark / Bridgeman Images 37; Bibliotheque des Arts Decoratifs, Paris, France; De Agostini Picture Library / Bridgeman Images 61; Musee d'Art Thomas Henry, Cherbourg, France / Bridgeman Images 33; Private Collection / Bridgeman Images 127; Private Collection / Photo © Christie's Images / Bridgeman Images. Gnome Press, 1950 185; Private Collection / Photo © Peter Nahum at The Leicester Galleries, London / Bridgeman Images 55; Private Collection / Photo © The Maas Gallery, London / Bridgeman Images 14; Pushkin Museum, Moscow, Russia / Bridgeman Images 19; Yale Center for British Art, Paul Mellon Fund, USA / Bridgeman Images 65; Private Collection / Photo © The Maas Gallery, London / Bridgeman Images 6. Ballantine Books 186, 214. Bantam Books, 220, 258, 264. Copyright © BBC Photo Library 233. Bloomsbury, 272, 286. © Mark J. Brady / www.mjb-graphics.co.uk 253. © Colleen Corradi Brannigan/ www.cittainvisibili.com 217. © Anne de Brunhoff, 1978 222. © Edgar Rice Burroughs, Inc. 132, 133. © Jonathan Burton 2011. Illustration from The Folio Society edition of *The Hitchhiker's Guide to the Galaxy* by Douglas Adams. All editions from The Folio Society are available exclusively at www.foliosociety.com 234. © Sam Caldwell, 'The Castle' (2014), watercolour and graphite 141. Cecilie Dresser Verlag, 2003, 284. Chatto & Windus, 1932, 148. Inkspell map © Carol Lawson 2005, reproduced with permission of Chicken House Ltd. All rights reserved 285. Colin Smythe Ltd., 1983, 240. Cover designed by Will Staehle and reproduced with permission of www.unusualcorporation.com 294. © Rebekah Naomi Cox 211. From: *The Sandman: Master of Dreams* #1 © 1999 DC Comics. Written by Neil Gaiman and illustrated by Sam Kieth and Mike Dringenberg. Courtesy of DC Comics. 256. Delacorte, 1969, 212. Used by permission of Samuel R. Delany and his agents, Henry Morrison, Inc. Copyright © 1969, 2016 by Samuel R. Delany. Image supply: Royal Books Inc. 221. © Carles Domènech 254. Donald M. Grant, 1982, 238. Doubleday & Company, Inc.,

208, 230. E. P. Dutton, 1924, 138. Editions Denoël, 1975, 222. Editorial Erein, 1988. 254. Editorial Sudamericana, 1967, 204. Editorial Sur, 1941, 158. Einaudi, 1972, 216. Marion Ettlinger/Corbis Outline 268. Eyre and Spottiswoode, 1950, 170. Faber & Faber Ltd. 2005, 290. Farrar & Rinehart, Inc., 1942, 162. © Finn Dean 2013. Illustrations from The Folio Society edition of *Brave New World* by Aldous Huxley. All editions from The Folio Society are available exclusively at www.foliosociety.com 149, 152. Fondo de Cultura Económica, 1955, 192. G. P. Putnam's Sons, 1962, 198. Geoffrey Bles Limited, 1950, 178. George Allen & Unwin, 1954, 188. Getty Images: © Bettmann 69, 135; © Buyenlarge 120; © Carl Mydans 198; © Cristina Monaro 139; © David Cooper 290; © DEA / A. de Gregorio 49; © DEA / G. Dagli Orti 17; © DEA Picture Library 29; © Fox Photos / Stringer 151; © Jack Mitchell 220; © Kean Collection / Staff 78; © Leemage 79; © Mondadori Portfolio 201; © Movie Poster Image Art 195; © Paco Junquera 192; © Philippe HUPP 208; © Photo by Leo Matiz/Leo Matiz Foundation Mexico/Getty Images) 205; © Portland Press Herald 260; © Raymond Kleboe / Stringer 170; © SFX Magazine 276; © The Asahi Shimbun 301; © Ulf Andersen 256; © Ullstein Bild 138; © Universal Images Group 48; © William Vandivert / The LIFE Picture Collection 213; © Javier Moreno/DPA/Getty Images 160. Courtesy www.maygibbs.org © The Northcott Society and the Cerebral Palsy Alliance, 2016 136 (top & bottom), 137. Gollancz, 1979, 226. © Ben Gonzales 210. Grayson & Grayson, 1952, 184. Copyright © Marian Wood Kolisch 206. Copyright © Ursula K. Le Guin 207. Harcourt Brace Jovanovich, 1973 218. © Penguin Random House, image used courtesy of George R.R. Martin, 267. Illustrations by John Harris, commissioned by Lauren Panepinto of Little Brown (US). www.alisoneldred.com 236, 305. Harvill Secker, 2006 292. Image courtesy: John Hay Library and Special Collections Brown University. Accession number: A32500. 147. Image courtesy: John Hay Library and Special Collections Brown University. Accession number: A55361. 145. Heinemann, 1962 196. Hodder & Stoughton, 2001 282. Hodder & Stoughton, 2014 306. Houghton Mifflin Company, 1993 260. © IWM (Art.IWM ART LD 2905) 199. A. C. McClurg & Co.,1922. 132. Hodder & Stoughton, 2004 288. © Tove Jansson 166 (top & bottom), 167. Jonathan Cape, 2015 308. © Josh Godin, sour.org 245. © Artist Igor Karash, 2012. Illustration from the Folio Society edition of The Bloody Chamber and Other Stories by Angela Carter. All editions from The Folio Society are available exclusively at www.foliosociety.com 227. Drawing by Jim Kay for Jonathan Strange and Mr Norrell. Courtesy of BBC/Cuba Pictures/Feel Films, www.alisoneldred.com 287. © Josh Kirby Estate / www.joshkirbyart.com 241, 242. Illustrations by Pauline Baynes, copyright © C.S. Lewis Pte. Ltd. 1950. Reprinted by permission. 180, 182. Library of Congress Prints and Photographs Division Washington, D.C. 20540 USA. LOT 11735 134. Little, Brown & Company, 1996 268. Macmillan UK (1987) 252. Macmillan, 200 276. © Maggy Roberts, www.thepaintednet.com 283. © Werner Bischof/Magnum Photos 223. © Paul Marquis, pmarq.com 215. © Joe Mazza – Brave Lux 306. McClelland & Stewart, 1985 248. © Lee Moyer, www.leemoyer.com 278. Orbit Books 304. Pan Books, 1979 232. Pantheon Books, 1979, 134. Parnassus Press, 1968, 206. Pax, 1977, 224, 225. Images by Mervyn Peake reprinted by permission of Peters Fraser & Dunlop (www.petersfraserdunlop.com) on behalf of the Estate of Mervyn Peake 171, 173. Image supplied by Harry Ransom Center, The University of Texas at Austin and used with permission of the David Foster Wallace Trust. 269. Used with permission of Edward Relph. 163. René Julliard, 1963 200. Scala House Press, 2004 156. Scholastic Ltd, 1995 262. Scholastic Press, 2008 296. Secker & Warburg, 1949 174. Illustrations from The Folio Society edition of The Handmaid's Tale by Margaret Atwood © Anna and Elena Balbusso 2012. All editions from The Folio Society are available exclusively at www.foliosociety.com 249, 250. Shinchosa Publishing Ltd., 2009 298. © Snap Stills/REX/Shutterstock 297. © Igor Sobolevsky 259. © Peter Stubbs, www.edinphoto.org.uk 274. © ThinKingDom Media Group Ltd.2016 302. "MS. Tolkien Drawings (fol.1) ORTHANC" © The Tolkien Estate. Image supplied by the Bodleian Library. 189. Viking Press, 1968 210. © 2009 Jarle Vines 224. © Michael Whelan www.michaelwhelan.com 239. Widawnictwo Ministerstwa Obrony Narodowej, 1961 194. © Nate Williams 295. © J. H. Williams III 257. © Zhang You-ran 303.

Conceived and produced by Elwin Street Productions Limited
14 Clerkenwell Green, London, EC1R 0DP
www.elwinstreet.com

문학으로의 모험

역사상 가장 위대한 가상 세계들로의 여행

초판 1쇄 펴낸날 2017년 8월 30일

책임 편집 로라 밀러
옮긴이 박중서
펴낸이 김영정

펴낸곳 (주)현대문학
등록번호 제1-452호
주소 06532 서울시 서초구 신반포로 321(잠원동, 미래엔)
전화 02-2017-0280
팩스 02-516-5433
홈페이지 www.hdmh.co.kr

ISBN 978-89-7275-819-8 03800

* 책값은 뒤표지에 있습니다.